KB105965

67번째 천산갑

67번째 천산갑

第六十七隻 穿山甲

천쓰홍 장편소설
김태성 옮김

민음사

나는 때때로 걸어야만 한다.
지금의 이 순간을 걷지 않으면,
그것을 영영 얻을 수 없다.

— E. M. 포스터

산책은 너무 즐겁다. 이렇게 즐거우니
어쩌면 어느 날 신선이 되어 산책하다가
영원히 집에 돌아오지 않게 될지도 모르겠다.
그게 좋지 않을까?

— 싼마오(三毛), 『황혼 이야기(黃昏的故事)』

차례

1부 산책

2부

길에 오르다

3부 낭트

1부

산책

휴대폰 대화 1

"나야. 날 잊진 않았지?"

"헬로."

"맙소사. 이게 현실이야? 그럴 리가. 널 찾다니. 놀랍게도 널 이렇게 찾아내다니. 불가능한 일이었어. 나는 아주 멀리 떠나 버리진 못하거든. 상관없어. 나 파리에 왔어! 널 만나면 꺄악 소리를 지를 것 같아."

"좋아."

"정말 가야겠지? 내가 가주길 바라? 날 보고 싶어?"

"?"

"부탁 좀 할게. 있잖아, 몇 마디만 더 해 주면 안 될까? 게다가 넌 대답하는 속도가 너무 느리잖아. 나는 하루종일 네 대답을 기다리고 있었다고. 줄곧 휴대폰만 쳐다보면서 기다리고 또 기다렸지. 그런데 고작 물음표 하나라고? 몇 마디만 더 해 주면 안 될까?"

"미안해."

"괜찮아, 그냥 내 말은 무시해 버려. 천천히 해. 말하고 싶지 않아도 상관없어. 하지만 부탁인데 내가 말을 좀 할 수 있게 해 줘. 제발 내 말 좀 들어줘. 난 요새 기분이 별로 좋지 않아. 짜증이 나. 부탁인데, 나를 좀 희한한 곳으로 데려가 줘. 네가 갈 수 있는 곳이면 어디든 좋아. 네가 일하는 곳도 괜찮아. 나를 데리고 가서 산책을 좀 해 줘. 길을 걷고 싶어. 산책을 하고 싶다고. 계속 걷고 싶어. 네가 살고 있는 곳이면 어디든 좋아. 무슨 관광 명소 따위는 전혀 관심이 없어. 우린 아주 오래 만나지 못했잖아."

"알았어."

"파리에 가서 가장 먼저 할 일은 잠을 푹 자는 거야."

1 자다

그와 그녀는, 파리의 여름이 끝나던 그날, 마침내 함께 잤다.

마지막으로 함께 잔 게 언제였던가? 그는 전혀 기억하지 못했지만 그녀는 기억했다. 그는 여전히 떠나는 쪽이었고 그녀는 자신이 남는 쪽이라는 걸 잘 알고 있었다. 기다렸다. 기다리고 또 기다렸다. 떠나지 않았다. 떠날 수 없었다. 자신이 잠들기를 기다리면서 자는 척했다. 불면증이 떠나가기를 기다렸다. 그렇게 오래 기다리면서도 그녀는 자신이 그를 기다리고 있는지, 아니면 스스로 포기할 때를 기다리고 있는지 분간할 수 없었다. 정말 오래 기다렸다. 분과 초가 한 세기가 되었고, 기다림이 확장되어 우림이 되었다. 생태계와 기후가 복잡해졌고, 지표의 썩은 낙엽과 나뭇가지 등이 분해되어 곰팡이가 되었다. 불면증에 걸린 표범은 잠기운이 밀려오기를 기다렸고, 거미줄에 걸린 모기는 죽음을 기다렸다. 맥(貘)*은 새끼들이 집으로 돌아오기를 기다렸고, 나뭇가지 위의 물방울들은 추락을 기다렸다. 구렁이는 허물이 벗어지기를 기다렸고, 매는 바람을 기다렸다. 수관(樹冠)은 일출을 기다렸고, 천산갑은 개미를 기다렸다. 계속 기다리는 것밖에 달리 방법이 없었다. 사라지기를 기다리던 그 사람이 침대 위로 올라와 그녀와 함께 우림 속에서 깊이 잠들었다. 그가 마침내 모습을 드러내면 기다림이 끝날 수 있을까? 어쩌면 기다림은 그녀가 살아가는 동력이었는지도 모른다. 좀 더 기다리고, 또 다음 사람을 기다리는 것. 기다림은 수동이 아니라 능동의 상태였다. 육체의 전투태세라 할 수 있다. 아주 잘 자기 위해 그녀는 반드시 그를 기다려야 했다.

마침내 또 같은 침대에서 자게 되었다. 아주 오래 잠을 자지 못한 그녀의 자갈 같은 의식이 다시 움직이기 시작했다. 비가 오자 계곡물이 폭발적으로 불어났다. 자갈들은 기꺼이 메마른 상류를 떠났다. 계곡물이 흘러가 아주 멀고 낯선 땅을 씻어 내렸다. 아프지 않았다. 몸 깊은 곳의 이름 모를 아픔들이 사라졌다. 그는 큰 비였다. 그는 홍수였다. 그만이 그녀의 잠을 옮겨 올 수 있었다. 단단했던 건조함을 무성함과 촉촉함으로 바꿔 놓을 수 있었다. 좁은 파리의 침대 위에 누운 그녀는 이 잠이 몽매한 혼돈상태에서 시작되었다는 걸 분명히 알고 있었다. 코 고는 소리가 문명을 깨웠고, 침이 대지를 적셨다. 깨어나 보니 창밖은 금빛이 넘쳐나는 새로운 미래였다.

하지만 그는 잠들지 못했다.

그는 창문을 열었다. 창밖의 파리도 잠들지 못하고 있었다.

* 곰처럼 생긴 표범과 유사한 동물이다. 구리 같은 쇠붙이를 잘 먹는다는 전설상의 동물로 알려져 있다.

달은 밝고 이웃들은 소란스러웠다. 거리에서는 술주정뱅이들이 큰 소리로 떠들어대고 있었다.

바람이 비 냄새를 몰고 왔다. 그는 이 냄새가 'Pétrichor'라고 불린다는 걸 알고 있었다. 사전을 찾아보면 페트리쇼르*라고 나온다. J가 그에게 가르쳐 주었다. J와 그는 공원 벤치에 앉아 휴대폰으로 주문 알림이 뜨기를 기다리고 있었다. 한여름은 덥고 건조했다. 오후의 시간은 멈춰 있었다. 바람과 결탁한 비만이 갈라진 시간의 틈새를 메우고 있었다. 그는 그렇게 기다리는 시간을 개의치 않았다. 만물이 느지막이 도착했고, 파리는 잠시 멈춰 있었다. 공원 나무 아래 벤치에는 그와 J만 남아 있었다. 햇빛이 조금만 더 방자해진다면, 조금만 더 세진다면 나무들이 서로 마찰하여 불이 나고 공원이 재로 변할 것 같았다. 그렇게 되면 그는 마침내 완전히 사라질 수 있을 것이다. 그는 매번 누군가 사라진다는 게 얼마나 무서운 일인지 의식했다. 하지만 지금은 전혀 두렵지 않다. 그의 곁에는 J가 있다.

J가 무슨 말을 하는지 그는 제대로 알아듣지 못했다. 프랑스어에서 억양이 너무 강했다. 어차피 그는 알아들을 생각도 없었다. 알아듣지는 못했지만 이해했다. 그는 말을 하지 않고 J가 하는 말을 듣기만 했다. 문법 구조와 발음에 관계없이 무슨 뜻인지 분명히 알 수 있었다. 그는 '안다'는 것이 무엇인지 전혀 알지 못했었다. 단어의 편단(偏斷)과 기표 부호를 전부 이해하는 게 '안다'는 것일까. 정말로 하고 싶은 말은 랍스터와도 같아서, 딱딱한 껍

* 비가 오기 시작할 때 마른 흙이 젖으면서 공기 중에 퍼지는 냄새.

질이 있고, 집게발이 있고, 촉각이 있어서 사람을 물기도 하기 때문에 재빨리 뜨거운 물을 가득 채운 솥에 넣어야 한다. 랍스터가 솥에 들어가면 뚜껑을 닫아 그것의 살길을 막아 버린다. 진심에서 우러나는 말은 사람에게 상해를 입히지 않는다. 거짓말은 신선하고 아름다워 입에 잘 맞는다. J의 언어는 뜨거워서 목소리로 감출 수 없었다. 입과 혀가 솔직했기에 하고 싶은 말을 다 했다. 키스하고 싶을 때는 혀를 내밀고, 울고 싶을 때는 목청을 찢었다. 날카로운 비명을 지르고 싶을 때는 몸이 일련의 공포 영화를 연출했다. 조금도 애매하지 않게 정면으로 부딪혀 왔다. 립스틱도 가장 요염하게 붉은색을 골랐고, 가짜 속눈썹은 문어 촉수만큼 길었다. 철저하게 사랑하고 죽도록 미워했다. 그래서 단어를 알아듣지 못한다 해도 그는 항상 J를 이해했다.

갑자기 한 익숙한 냄새가 공원으로 흘러들어와 떠돌다가 콧구멍 안에 달라붙었다. 곰팡이 냄새에 가까웠다. J는 일어서서 심호흡을 하고 환호했다. 붉은 두 입술에서 쉴 새 없이 페트리쇼르라는 단어가 튀어나왔다. 그가 고개를 가로저으며 무슨 말인지 모르겠다고 하자 J가 그의 손바닥에 페트리쇼르라고 써주었다. 그는 휴대폰에 단어를 입력하면서 몇 번 실패한 후에 결국 정확한 철자를 찾았다. 페트리쇼르였다. 이 단어에 해당하는 중국어를 그는 들어본 적이 없었다. 식물이 가뭄을 만났을 때 분비하는 기름방울이 진흙이나 암석에 스며들었다가 비가 건조한 대지를 때리면, 이런 기름이 만들어내는 냄새에 빗물이 섞이는 게 바로 페트리쇼르였다. 사실은 그도 이 냄새를 맡아본 적이 있었고, 어렸을 때부터 이런 곰팡이 냄새를 두려워했다. 이런 냄새를 맡으면 엄마가 생각나고 이별이 생각나고 두 눈에 비가 내렸는데, 알고 보니 정식으로 과학적 명칭이 있었던 것이다. 페트리쇼르가 도시를 공격하면 공원 주위 사방의 거리가 끓어오르기 시작하고, 여름 내내 계속 목이 말랐던 토양이 입을 크게 벌리고 그것을 빨아들였다. 피부에 빗방울이 닿기도 전에 천둥 번개가 먼저 에펠탑을 때리고, 거리의 행인들은 황급히 비를 피했다. 꽃무늬 치마를 입은 매릴린 먼로상은 빗소리에 전혀 관심을 보이지 않았으나 강한 바람이 노천 카페의 테라스를 찢어 버렸다. 커피 잔과 케이크 접시, 재떨이가 인도 위에 떨어져 깨지면서 드뷔시의 음악을 연출했다. 화려한 상점 간판들은 나사못과 싸우고, 누군가 시간을 쾌속으로 돌리는 스위치를 눌렀는지 파리의 속도가 빨라지면서 폭우가 작은 공원을 점령했다. J와 그는 손을 잡고 눈을 감은 채 심호흡을 했다. 페트리쇼르가 온몸에 퍼져 들어왔다. 내리기 시작한 비는 일 초도 되지 않아 두 사람에게 도달했다. 꼭 잡은 두 사람의 손바닥에는 이미 맹렬하게 열대우가 내리고 있었다. 비가 급습하자 두피에 구멍이 뚫렸다. J의 혀가 타르바간*처럼 길게 쭉 뻗어 그의 얼굴에 구멍을 뚫었다.

올해 파리의 여름에는 비가 오지 않았다. J도 없었다. 고온인데다 건조하기까지 했다. 여러 날 연달아 40도가 넘는 고온이 이어졌다. 오늘 그녀가 파리에 와서 그의 옆에 누웠다. 이토록 오래 못 보다가 같은 침대에서 자게 되니 밤새 잠자리가 생소하기만 했

* tarbagan. 다람쥐 과에 속한 동물로 오소리와 비슷하게 생겼으며, 털빛은 붉은 갈색 또는 누런 갈색이다. 건조한 초원에 떼를 지어 살며 페스트균을 옮기기도 한다. 몽골, 중국 동부 지방에 분포한다.

다. 하지만 달리 어디에서 잘 수 있단 말인가. 소파 위에서? 파리의 작은 아파트는 크기가 8제곱미터밖에 되지 않아 소파를 들일 공간이 없다. 두 사람은 함께 침대에 누웠다. 검은 구름이 창밖의 달을 적셨다. 서늘한 바람이 불자 두 사람은 페트리쇼르를 분명하게 맡았다. 곧 비가 내릴 것 같았다. 빗소리보다 먼저 페트리쇼르가 도착했다. 사실 파리의 여름이 끝나지 않으리라 생각했다. 아마도 그녀일 것이다. 그녀가 파리에 가을을 몰고 온 것 같았다.

자신에게 약속하지 않았던가. 여름이 끝나면 파리를 떠나야겠다고. 그런데 어째서 이 순간 옆에 그녀가 누워 있는 것일까. 어째서 아직 이 8제곱미터의 새장 안에 갇혀 있는 것일까.

J가 구급차에 실려 가자 그는 또다시 사라지고 싶어졌다. 좁은 공간에는 이렇다 할 옷이나 신발조차 없었다. 마음만 먹으면 언제든 떠날 수 있었다. 파리 전체를 통틀어 그를 붙잡을 사람은 하나도 없었고 센강은 그를 기억하지 않았다. 로댕의 생각하는 사람은 그를 본 적도 없었고, 뱅센(Vincennes) 숲의 풀과 나무들은 그를 잊었다. 문제는, 어디로 갈 것이냐였다. 알 수가 없었다. 사라지는 게 그의 특기였지만, 유감스럽게도 목적지를 찾기가 어려웠다. 항상 도망치고 싶었지만 어디로 가야 할지 알지 못했다. 애당초 파리에는 어떻게 온 걸까? 기억이 나지 않았다. 어차피 또 떠날 테니까. 그런데 갑자기 메일함에 초청장이 날아왔다. 아주 오래 만나지 못한 매니저가 그를 찾았다. 온몸이 땀에 젖은 채 작은 아파트 맨 꼭대기 층까지 올라온 그는 큰 소리로 여름을 저주했다. 자네를 찾는 건 정말 어려운 일이었어. 자네가 사는 이 후진 건물에는 엘리베이터도 없고 계단은 죽도록 지저분하더군. 대체 파리

에서 이사를 몇 번이나 한 거야? 내가 몇 사람한테 물어서 자네 새 주소를 찾았는지 알아? 아래층 창녀들은 정말 시끄럽더군. 맙소사, 자네 집은 완전 새장이야. 우리 집 욕실보다 작다니까.

그는 새장의 비유에 전혀 곤혹스럽지 않았다. 매니저의 둥근 배가 문틀에 한 번 부딪히더니 문 안에 들어서서 몸을 돌리다가 물컵에 또 부딪혔다. 씩씩거리면서 자리에 앉은 그는 땀을 줄줄 흘렸다. 배꼽이 천장에 닿을 듯했다. 그제야 그는 이 새장이 정말로 곤궁한 공간이라 손님을 맞기 어렵다는 걸 깨달았다.

매니저는 타이베이(臺北)에 있는 그녀가 약속을 했다고 말했다. 기꺼이 파리로 날아오겠다고 시원스럽게 대답했다는 것이다. 4K 필름 복원 상영을 위해 주최 기관에서는 특별히 그를 포함해 배우 두 사람을 초청하기로 결정했다. 감독은 이미 세상을 떠난 데다 적지 않은 배우들이 종적을 찾을 수 없었다. 행사는 그들 두 사람에게 의지하는 수밖에 없었다. 아울러 행사 당일 그가 남자 주인공으로 출연했던 다른 영화를 상영하기로 했다고 했다. 한꺼번에 두 편을 상영한다는 것이었다. 소규모 개인 회고전인 셈이었다.

매니저는 프랑스어로 말했던가. 아니면 중국어나 영어였던가, 알아들을 것 같기도 하고 못 알아들을 것 같기도 했다. 청각이 여러 해 동안 침적된 터라, 도도하게 울리는 상대방의 말이 가늘고 긴 이쑤시개처럼 귀를 거쳐 뇌를 찌르며 들어왔다. 매니저의 입은 지속적으로 나무를 가늘게 잘라 무수한 이쑤시개를 분출했다.

"우리는 이제 계약 관계가 아니잖아. 이건 내가 완전히 자네를 돕는 거라고. 내가 보기에 자넨 몸 상태를 제법 잘 유지해 온 것 같아. 운동은 계속하나? 팔 좀 보자. 좋아! 아주 좋아! 배는 어때? 배도 나쁘지 않네. 이번 기회에 완전히 컴백할 생각 없어? 난 말이야, 인정과 의리를 중시하는 사람이야. 당장이라도 자넬 위해 카메라 테스트 스케줄을 잡아줄 수 있어. 어때? 잘 생각해 보라고. 주최 측에서 상당한 성의를 보이고 있거든. 위원장이 자네 영화를 아주 좋아한다고 하더라고. 입만 열었다 하면 자네 얘기를 하면서 눈에서 별이 뚝뚝 쏟아진대."

천만 개의 이쑤시개가 그의 뇌에 꽂혔다. 그는 사람의 눈에서 별이 쏟아져 나오는 장면을 떠올렸다. 그 눈에서 날아오는 별빛은 여름밤의 반딧불이일까. 아니면 영화관에서 갑자기 정전이 되어 한순간 스크린 전체가 암흑으로 변했으나 방금 본 영화 속 폭파 장면이 아직 스크린 위에 남아 있을 때, 시각 속에 잔류하는 그런 수정 같은 광점일까. 아니면 파리가 겨울로 접어들었을 때 첫 번째로 내리는 눈일까. 추위가 도시의 모든 소리를 빨아들이면 갑자기 모든 것이 정적과 침묵에 빠진다. 그럴 때면 잿빛 하늘에 점점이 하얀 빛이 떠다녔다. 고개를 들어 흰 눈을 받아들이면 속눈썹이 초설을 가로막았다. 이런 때, 시선 속의 다이아몬드 결정체가 빛을 발하는 걸까. 아니면 유성비가 내리는 걸까. 몸 깊은 곳에서 커다란 폭발이 일어나고, 우주의 먼지가 두 눈동자를 향해 달려들면서 수정처럼 밝은 불화살 같은 빛의 궤적을 만든다. 그는 이처럼 기이한 광경을 본 적이 있었다. 어머니가 그에게 이별을 고한 뒤로 그의 눈동자에선 알록달록한 빛깔이 섞인 유성의 불이 타올랐다. 안녕. 다시는 볼 수 없었다.

오랫동안 연락이 두절되었던 그와 그녀가 매니저를 통해 다시 이어졌고, 서로 동일한 통신 애플리케이션에 가입하게 되었다. 사실 그는 한 번도 고개를 끄덕인 적이 없었다. 침묵하면서 아무 말도 하지 않았는데 매니저는 수락의 의미로 받아들였다. 명품 양복 몇 벌이 그의 주소로 배달되었다. 영화제에 참석하기 위한 전포(戰袍)였다. 아파트는 정말 너무 작아서 수트와 구두, 셔츠, 액세서리 등을 바닥에 늘어놓고 벽에 걸고 나니 몸 둘 곳이 없었다. 그는 창문을 열고 뛰어내리고 싶었다. 죽으려는 게 아니라 그냥 숨을 좀 쉬고 싶었다. 값비싼 수트는 너무도 아름답고 너무도 화려하고 너무도 탐욕스러워 아파트 안의 산소를 전부 빨아들였다. 작은 테이블과 의자가 질식해서 변형될 정도였다. 그는 창문을 열고 상반신을 밖으로 힘껏 내밀고는 입을 크게 벌려 파리 르마레(Le Marais)구 전체를 흉강으로 빨아들였다. 그러고는 다시 힘껏 공기를 토해 내 르마레구를 파리에 돌려주었다. 몸이 몇 센티미터만 물러나도 손에 잡히는 게 없어 추락할 수 있었다. 그러면 자신의 몸도 파리에 돌려주게 되는 것이다. 갑자기 아래층 창문에서 창백한 팔이 하나 뻗어나왔다. 손가락에는 담배가 쥐여 있었다. 사람 머리는 보이지 않고 한입 가득 뿜어낸 연기만 공중에 흩어지고 있었다. 아래층 할머니는 담배를 끊는 데 실패했다. 담배가 끝까지 다 타자 꽁초를 거리를 향해 던졌다. 주름 가득한 손바닥이 위를 향하더니 하늘에서 또 한 개비 담배가 떨어지기를 기다렸다. 거리의 창녀들이 고개를 들어 그를 바라보고는 찬란한 웃음과 함께 손 키스를 날렸다. 그 손 키스가 강력한 힘으로 그를 창문 안으로 도로 밀어 넣었다. 이곳으로 이사 온 첫날 밤, 잠을 이루지 못한 그는 거리로 나갔다. 인도에 앉아 사람들을 구경했다. 거리에는 술주정뱅이들과 패션의 첨단을 걷는 사람들이 있었다. 관광객과 소매치기, 창녀들도 있었다. 빨간 머리의 창녀 하나가 다가와 그의 옆에 앉았다. 새빨간 손톱으로 휴대폰을 누른 그녀는 영화 장면을 하나 띄우더니 그를 가리켰다. 그가 고개를 끄덕이자 빨간 머리 창녀는 그가 알아듣지 못하는 말을 한 무더기 쏟아놓고는 붉은 입술을 그의 오른쪽 뺨과 왼쪽 뺨에 가볍게 가져다 댔다. 그러고는 식지를 입술에 대면서 쉿 소리를 냈다. 다른 사람들에게는 절대로 말하지 않겠다는 뜻이었다. 그는 그녀가 얼마든지 말하고 다녀도 괜찮다고 생각했다. 자신을 알아볼 사람은 정말로 몇 안 되기 때문이다. J는 그를 전혀 알아보지 못했다. 그는 J에게 자신이 과거에 배우였다고 말하고 싶었다. 하지만 그가 말하기 전에, 그가 출연한 영화를 함께 보기도 전에 J는 사라져 버렸다.

그와 그녀는 좁은 침대에 함께 누웠다. 어려서부터 함께 잘 때, 두 사람에겐 신기한 묵계가 있어서 몸을 뒤집거나 이리저리 뒤척이고 웅크리면서도 몸이 전혀 접촉하지 않았다. 그래도 불편하지 않았다. 냄새와 코 고는 소리, 수면 자세 등 모든 게 익숙했다. 그렇다고 아주 편하기만 한 건 아니었다. 필경 아주 오래 만나지 못했고, 입 밖에 내지 못한 말이 너무도 많았기 때문이리라. J는 사라지기 전까지 거의 매일 밤 이곳에서 잤다. J는 잠자리 태도가 몹시 어수선하고 불량했다. 조용히 누워 있지 못하고 이리저리 굴렀다. J는 이불을 걷어차서 떨어뜨리며 필요 없다고 했다. 가늘고 여린 몸을 이불이 누르고 있는 모습은 마치 물을 떠난 새우가 몸부림치는 것 같았다. 이불이 이처럼 흔들리며 한바탕 울고 나서야 잠들었다. 소리 내어 울든, 낮게 흐느끼든 반드시 눈물을 흘려야 했다. 그는 이 이불을 꼭 껴안았고, 밤새 아랫도리가 딱딱해졌다. 정말로 J의 몸 안을 드나들고 싶었다. 하지만 깨울 수 없어서 잠시 참고 있으면, J가 간신히 잠들었다.

마침내 빗방울이 창문을 두드렸고 페트리쇼르가 더 진해졌다. 기온이 내려가고 하늘이 은빛으로 밝아졌다. 잠기운의 낚싯대가 마침내 그를 향해 던져졌다. 빗소리가 미끼였다. 그는 입을 크게 벌리고 미끼를 물었다. 잠이 힘겨루기를 벌였다. 그는 마침내 그녀를 받아들였다.

잠에서 깨기 전, 그녀의 마지막 꿈은 흰색이었다.

그녀는 꿈속 정경이 어디인지 분명히 알고 있었다. 그녀는 고개를 가로저어 그 흰색을 떨쳐 버리고 싶었다. 왜 꼭 흰색이어야 하는 걸까. 벽과 침대, 베개와 방바닥, 옷까지 온통 흰색이었다. 흰색은 본질적으로 평온치 않다. 죽음의 색깔이다. 보기만 해도 짜증이 난다. 그녀는 자신의 꿈을 직접 컨트롤해서 차를 몰고 들어가 페인트를 가득 실은 트럭과 충돌하고 싶다는 생각이 간절했다. 빨강, 노랑, 초록, 자주……. 어떤 색이든 흰색을 뒤덮어 버리기만 하면 된다. 하지만 트럭을 기다릴 수 없었다. 흰색이 끊임없이 꿈속으로 밀려 들어왔기 때문이다.

그는 옆에서 편안하게 자고 있었다. 깨어 있을 때도 말이 없고, 잘 때도 아무 소리를 내지 않았다. 코도 골지 않았다. 온몸이 편안하게 정지해 있었다. 어려서부터 이랬다. 전혀 변화가 없었다. 침대가 이리도 작은데, 그의 건장한 몸은 어떻게 이렇게 편안하게 잠들 수 있을까. 등을 구부리고 허리를 접어야 했다. 그리고 머리와 발은 여전히 벽에 대고 있어야 했다.

굵다. 맞다. 옆에 있는 그를 응시하면서 그녀는 머릿속으로 바로 이 한 단어를 생각했다. 짧은 머리카락도 굵고, 수염도 굵고, 입술의 무늬도 굵고, 눈가 주름도 굵었다. 눈썹도 굵고, 목도 굵고, 팔도 굵고, 손가락도 굵고, 지문도 굵었다. 허벅지도 굵고, 발가락도 굵고, 그것도 굵었다. 팔꿈치 부분의 피부도 굵었다. 그녀는 손가락으로 팔꿈치의 굳은살을 눌러 보고 싶었다. 그녀의 시선이 그의 바지통에 멈췄다. 단단하고 건장한 하체를 감싸고 있는 느슨한 면 재질의 잠옷 바지가 벌어지면서 웅장한 산을 이루었다. 굵고 거칠고 검은 음모가 배꼽까지 이어져 있었다. 누군가 붓으로 그의 굵은 몸 위에 먹을 풀어 산수화를 그려놓은 것 같았다.

그녀는 그 산수화 속으로 들어가고 싶었지만 한 번도 통로를 찾아낸 적이 없었다.

목이 몹시 말랐다.

아파트는 몹시 작았다.

체내의 호수가 바닥을 드러냈다. 분노한 개천처럼 입으로 모든 강을 빨아들일 수 있을 것 같았다. 몸을 일으켜 작은 보폭으로 두 걸음만 옮기면 바로 부엌이었다. 물 한 주전자를 통째로 다 마셨다. 이 아파트는 정말 작다. 두 사람을 수용하기에는 너무 비좁다. 아파트 문을 열 때도 힘을 너무 세게 주면 샤워부스에 부딪혔다. 그녀의 큰 캐리어는 살찐 코끼리나 다름없었다. 아파트는 창문 하나, 테이블 하나, 의자 하나, 침대 하나, 주전자 하나, 소형 냉장고 하나, 세면대 하나가 전부였다. 새 양복은 벽에 걸려 있었다. 옷장이 없기 때문이다. 도자기 접시 두 개, 물컵 두 개, 짝이 맞지 않는 나이프와 포크, 젓가락, 소형 전자레인지, 작은 냄비 두 개, 잘 접은 속옷 몇 점, 운동화 한 켤레, 완전히 새것인 에나멜 구두, 아령 두 개도 있었다. 그는 이처럼 청빈하고 깔끔하게 아무런 장식 없이 살았다. 너무 좁고 작았기 때문에 먼지마저도 몸 둘 공간을 찾지 못했다. 어제저녁 자기 전에 목욕을 하고 싶었는데, 마침 그가 나가서 우유를 사오겠다고 했다. 그녀는 그의 세심한 배려에 감격했다. 옷을 벗을 때마다 그에게 벽을 보고 있으라고 할 수는 없으니까. 샤워부스는 벽 한구석에 세워놓은 플라스틱 문 두 개가 전부였다. 벽에 샤워꼭지가 호스로 연결돼 있고 비누가 하나 놓여 있었다. 수건을 걸 곳도 없었다. 물을 너무 세게 틀 수도 없었다. 샤워꼭지를 높이 들 수 없어서 잘못하면 벽과 천장, 바닥이 전부 물바다가 될 수 있었다. 변기는 욕실 문에 바짝 붙어 있었다. 문이 따로 설치돼 있지도 않고 칸막이도 없었다. 캐리어를 변기통 옆에 세우니, 이 커다란 코끼리가 화장실 문 역할을 했다. 아파트 전체를 합쳐도 그녀가 사는 타이베이 집의 드레스 룸보다 작았다.

너는 어쩌다가 이렇게 좁은 곳에 살게 된 거야.

그녀는 바닥에 앉아 창밖의 비를 바라보면서 조용히 물을 마시다가 그의 튼실한 하체를 보면서 어째서 그는 줄곧 지치지 않는 걸까, 꿈속에서 누가 저 건장함을 지탱해 준 걸까 생각해 보았다. 어차피 그녀가 아닌 건 분명했다. 한 줄기 차가운 바람이 요란하게 떠들면서 창 안으로 밀려 들어와 그녀의 몸 안에서 번개를 일으켰다.

아팠다.

재빨리 입에 진통제를 털어 넣었다.

겨우 몇 시간 전, 기장이 방송으로 기체의 하강을 알릴 때, 기내 압력 때문에 재잘거리는 소리가 그녀의 귀에 정교한 새집을 지었다. 새끼 새들이 재잘거렸다. 비행기 날개가 구름을 가르고 기체가 약간 흔들렸다. 샴페인 잔에 파도가 일었다. 곧 파리에 도착할 것이다. 마침내 샴페인으로 진통제를 삼킬 수 있었다. 통증의 발원지가 분명하지 않았고, 말로 형용할 수도 없었다. 고공의 난기류가 그녀의 몸속 여기저기를 생선가시처럼 찔러댔다. 몸을 뒤로 뉘어도, 똑바로 일어서도, 식사를 해도, 술을 마셔도 아팠다. 열 시간 넘게 비행하는 동안 온갖 아픔이 쌓였다. 목구멍이 커다란 종 같았다. 그럴 수 없다. 절대로 종을 울릴 순 없었다. 옆 사람에게 들키면 안 될 일이었다. 진통제가 효과를 발휘한 걸까, 아니면 그저 기분 탓일까. 알약이 몸 안에 들어가 통증을 제압한 듯했다. 어쩌면 통증은 애당초 존재하지 않았는지도 모른다. 어쩌면 파리 역시 존재하지 않을지도 모른다. 그녀는 이 비행기를 탄 적이 없다. 전부 황당하고 부조리한 망상이다. 잠을 잘 수 있으면 좋을 것 같았다. 잤다. 자고 나서 깨어 보니 모든 것이 처음과 같았다. 피도 없고, 나무도 없고, 아들도 없고, 말도 없고, 딸도 없고, 엄마도 없고, 비도 없었다. 유년의 잠자리로 돌아왔다. 우리는 함께 푹 잘 잤다. 자고 나서 깨어 보니 모든 게 제자리로 돌아와 있었다. 전부 새로 시작이었다.

파리다, 파리. 내가 왔다. 마침내 잠을 푹 잤다.

그녀는 알고 있었다. 그를 만나기만 하면 잠을 잘 수 있다는 걸. 틀림없이 잠을 잘 수 있으리란 걸.

그는 도대체 누구인가? 이름이 무엇인가? 이름을 바꾸진 않왔나? 몇 해 동안이나 만나지 못했던 걸까? 늙거나 뚱뚱해졌거나 비쩍 마르진 않았을까? 함께 사는 사람이 있진 않을까? 아직도 영화를 찍을까? 그녀를 기억할까? 아직도 그녀와 함께 자기를 원할까?

그는 어려서부터 잠자리 친구였다. 처음 만나자마자 같이 잤다. 처음 만난 날부터 아주 달콤한 잠을 잤다. 처음 만난 순간부터 그녀는 그를 사랑했다. 처음 만났을 때의 잠자리 기억이 너무나 감미로워서 머릿속에 거대한 사탕수수밭이 자랐다. 아플 때마다 그걸 잘라 한입 야무지게 씹어 먹었다. 그러면 미소 짓는 입가에 당즙이 흘러내렸다. 그녀는 잠이 오지 않을 때마다 그가 필요했다. 그가 너무도 그립고 보고 싶었다. 그녀는 그 이유를 설명할 수가 없었다. 어쨌든 그가 옆에 있어야 적어도 여덟 시간 동안은 깊은 잠에 빠질 수 있었다. 깊이 잠들어 깨지 않았다.

타이베이에서 그녀는 얼마나 오래 잠을 자지 못했을까. 며칠일까? 몇 주? 몇 개월? 완전히 안 잤다고 하면 틀린 말이었다. 너무 피곤하면 지하철만 타도 잠이 오고, 택시를 타면 절대적으로 잠에 빠졌기 때문이다. 네일숍에서 손톱 치장을 받다가도 잠이 들고, 마사지를 받다가도 잠이 들고, 화장실 변기 위에 앉아서도 잠들 수 있었다. 집 앞에 있는 다안(大安) 삼림공원에서도 잘 수 있고, 명품 의류점 탈의실 안에서도 잠들 수 있었다. 텔레비전 공고문을 기다리다가 잠들 수 있고, 광고 사진을 찍다가 잠이 들 수도 있었다. 타이베이 전체가 잠들 수 있는 공간인데, 유독 집에서만 잠을 자지 못했다. 그녀는 죽은 나무라서 가지가 다 말라 버렸다. 잠을 자야 잎이 나고 자라는데, 황무지의 죽은 나무는 비를 만나고 봄을 맞아도 계속 잠만 잤다. 공원 의자에 앉아 여덟 시간을 자고 난 그녀는 그 잠 덕분에 공원의 백년 된 건장한 나무로 변할 수 있었다. 하지만 그가 옆에 없으면 깊이 잠들지 못했다. 게다가 수많은 낯선 손들이 늘 그녀의 어깨를 흔들어대면서 가벼운 목소리로 아줌마, 아줌마 하고 불러대며 수면을 방해했다. 그러면 간신히 돋아난 푸른 잎이 한순간에 가지를 이탈하여 누렇게 말라 버리고 말았다. 그 손들은 거칠고 난폭해서 그녀의 수면을 도끼로 잘라 버렸다. 그렇게 흔들어 깨우는 건 나무를 도끼로 찍어 베는 거나 다름없었다. 사람들에게 이 오래된 나무를 건드리지 말라고 부탁이라도 해야 할까.

시든 나무는 분노했다. 내가 얼마나 오래 못 잤는지 알아? 얼마나 오래 못 잤는지 나 자신도 모를 정도란 말이야. 당신들, 날 좀 자게 내버려두면 죽기라도 하는 거야? 아줌마라고? 무슨 뜻이야? 아가씨라고 부를 수 없다는 뜻이야? 다행히 그녀를 부인이라고 부른 사람은 없었다. 그녀가 가장 듣기 싫어하는 게 부인이라는 호칭이었다.

하지만 그녀는 변장에 능했다. 선글라스로 분노를 감추고 일 초 만에 잠자던 얼굴 위로 우아한 가짜 미소를 띠었다. 절대 낯선 사람들에게 성난 기색을 드러내지 않았다. 마른 나무는 뿌리가 뽑힌 채로 잽싸게 자리를 떴다.

그녀는 정말로 가장에 능했다. 집 안의 값비싼 스웨덴 수공 매트리스 위에 누워 있으면 옆자리의 남편은 그녀가 밤새 깨어 있었다는 사실을 알아채지 못했다. 새벽 3시쯤 남편은 늘 침대에서 내려가 소변을 보러 갔다. 그녀는 그 기회를 놓치지 않고 베개를 나란히 베고 자던 사람에게 숙면을 방해받았다는 듯이 짐짓 의도적으로 몸을 뒤집었다. 6시에 자명종이 울리면 그녀는 여전히 연기력을 발휘하여 몸을 가볍게 떨고 눈을 깜박이면서 빛을 피했다. 가늘게 뜬 눈으로 짙은 안개에 교란된 듯한 표정을 지었다. 국립희극원이 그녀를 초빙해서 연기를 부탁하지 않아도 상관없다. 그녀가 셰익스피어 희곡을 연기하는 세계적인 무대는 침대 매트리스였다. 연기하지 않을 수가 없었다. 남편은 항상 자명종이 날카롭게 울어대기 전에 잠에서 깨어 침대에 앉은 채 그녀를 응시하면서 깨기를 기다리다가 굿모닝 인사를 건넸기 때문이다. 그녀는 남편이 자신을 이런 식으로 쳐다보는 게 극도로 싫었지만 한 번도 그런 기분을 입 밖에 내지 못했다. 도대체 뭘 보는 건가. 이렇게 오래 바라봐 놓고 또 뭘 본다는 건가. 제발 그렇게 쳐다보지 않을 순 없나. 그녀가 자는 모습을 바라보는 걸 왜 이리 좋아하나. 최근에 그녀는 정말로 자신이 꿈속에서 급사하거나 귀신으로 변하기를, 재가 되거나 투명 인간이 되기를, 바람에 날려 산산이 흩어져 버리기를 간절히 바랐다. 그러면 남편이 자신을 볼 수 없을 테니까. 투명 인간이 되는 것도 좋을 것 같았다. 그러면 굳이 애써 가장할 필요도 없다. 밤새 자는 척한 데 이어 계속 깨어 있는 척하면서 충분히 자고 난 몸 상태를 연기해야 남편이 알아차리지 못한다. 무엇을? 변화를 알아차리지 못하는 것이다. 어떤 작은 변화들이 있었다는 걸. 사람이 보이지 않고, 아무 말도 없었고, 전화로도 연결되지 않으면 찾을 수 없을 것이다. 그렇게 그녀를 무시하고 답신 없이 떠날 것이다. 그녀는 망가지고 탈락하고 봉쇄될 것이다. 그래도 그 사실을 아는 사람은 없을 것이다. 아는 사람이 없으면 그녀는 안정될 것이다. 그녀는 틀림없이 해결할 수 있다. 그녀에게 며칠만 더 시간을 주면 모든 게 정상적인 궤도로 돌아올 것이다. 파리에 가서 사람을 찾을 수 있을 것이다. 그녀는 깎여서 떨어져 나간 것들을 다시 제자리에 쑤셔 넣을 수 있을 것이다. 그녀는 질서를 회복할 능력을 갖게 될 것이다. 그때가 되면 그녀는 더이상 연기를 할 필요가 없게 될 것이다. 어차피 그녀는 한물간 배우였다. 명성을 잃은 배우였다. 연기도 하지 않는다. 모든 게 다 좋았다. 그때가 되면 그녀는 틀림없이 잠을 잘 수 있을 것이다. 남편은 아무것도 알지 못했다. 푹 잘 자고 나면 될 일이다. 자고 나서 모든 걸 잊으면 될 일이다.

왜 파리에 갔어? 내가 계속 너를 찾았던 것 알아? 너 없이 내가 어떻게 잠을 잘 수 있겠어?

남편이 물었다.

"왜 갑자기 파리엘 간다는 거야?"

"내가 어릴 때 찍은 작품이 있거든. 내 첫 작품. 당신은 못 봤을 거야. 그걸 봤을 리가 없지. 너무 오래된 영화니까. 세월이 얼마나 흘렀는지. 나 자신도 감히 따져볼 엄두가 안 나네. 난 정말 늙었어. 전에는 전부 두루마리 필름을 썼잖아. 감독들도 이미 오래전에 전부 고인이 됐지. 비용이 어디서 났는지 모르지만 영화 자료관의 복원 프로젝트인 것 같아. 뜻밖에도 돈을 들여 이 오래된 영화를 디지털로 복원한다지 뭐야. 그것도 4K 해상도로. 부탁이야. 진짜 겁나. 가장 두려운 게 그거라고. 4K는 사람을 아주 천박하게 만들어. 얼굴의 모든 결점이 하나도 남김없이 선명하게 드러난단 말이야. 생각만 해도 무서워. 낭트 영화제에선 가장 먼저 이 영화를 상영하면서 복원의 성공을 대대적으로 경축할 예정이래. 난 귀빈 중 하나고. 대단하지."

"낭트라고?"

"못 들어 봤지? 하하, 사실 나도 한참을 생각하다가 지도를 한나절이나 뒤져서 간신히 찾아냈어. 나도 못 들어 본 곳이야. 우리의 이 옛날 영화는 맨 처음 이 영화제에서 수상을 했어. 난 그 일을 완전히 잊고 있었지. 정말로 기억이 없었어. 영화 제목도 생각나지 않았으니까. 처음에는 내가 무슨 영화를 찍고 있는지도 몰랐어. 줄곧 잠만 자다가 어른들이 뭔가 하라고 시키면 그대로 했을 뿐이야. 이 영화를 직접 보지도 못한 것 같아. 봤는지 안 봤는지 기억이 분명치 않아. 어차피 다 잊힌 일이니까. 맙소사, 관중들이 그 영화 속의 나를 보고 지금의 이 모습과 비교할 게 너무 두려워. 관중들은 내 옛 모습과 지금 모습을 비교하면 미칠 것 같은 느낌이 들 거야. 아니, 미칠 사람은 바로 나야."

"어렸을 때 당신도 영화제에 참석하러 따라갔었어?"

"원래 가려고 했어! 아주 많은 일들이 기억에서 멀어졌지만 이 일만은 잊을 수가 없어. 원래는 우리도 따라가기로 돼 있었어. 난 너무나 흥분했지. 뜻밖에도 해외에 놀러갈 수 있게 되었다고 말하고 싶었어. 하지만 나중에…… 아, 이 일은 정말 잊을 수가 없어. 어차피 나중에 벌어진 일이니까. 아마도 어른들은 아이들이 함께 가는 게 좋지 않다고 생각한 모양이야. 결국 우리를 못 가게 했어."

그녀는 잊지 않았다. 처음에는 항공권도 사고 짐까지 다 챙겼다. 게다가 촬영장에서 홍보 영상까지 찍었다. 막 홍보 영상 촬영을 마쳤을 때, 그의 엄마가 촬영장에 나타나 아이들을 데리고 놀러 가서 함께 동물을 잡을 예정이라고 했다. 동물을 잡느라 그들은 다음 날 낭트로 가는 비행기를 타지 않았다. 그런데 누가 알았으리, 이렇게 오랜 세월이 지나 마침내 낭트에 가게 될 줄을.

"나도 휴가를 낼 수 있어. 우린 이런 식으로 여행을 못 한 게 아주 오래됐잖아."

안 돼. 당신은 오면 안 돼. 이건 하나님이 내게만 내려주신 기회란 말이야. 당신이 따라오면 난 잠을 잘 수가 없어. 사람을 찾을 수가 없단 말이야. 난 반드시 그 사람을 찾아야 해. 당신은 변화가 생겨도 알아차리지 못할 거야.

"안 돼. 난 먼저 파리로 가서 다른 배우들과 합류해야 해. 그런 다음 낭트로 갈 거야. 당신이 따라오면 아주 불편해진다고. 게다가 당신 최근에 아주 바쁘잖아. 부탁이야. 연말에 선거가 있잖아. 얼마나 많은 곳을 돌아다녀야 하는데. 제발 농담하지 마."

"매니저가 함께 가나?"

"그 돼지 좀 부탁해. 날 따라 낭트로 출장을 가겠냐고 물었더니 그냥 타이베이에 남아 잠이나 자겠다고 하더라고. 젊은 애가 타이베이에 그대로 남아 8일 동안 잠이나 자겠다는 거야. 잠시 생각해 보고는 그러라고 했어. 난 괜찮은 훌륭한 고용주니까 그녀에게 긴 휴가를 주기로 한 거지."

남편이 그리도 멍청하지 않았다면, 틀림없이 그녀가 거짓말을 하고 있다는 걸 알아차리지 않았을까.

"내가 보기에 파리에 가서 놀고 싶은 건 당신 자신인 것 같군. 명품 백도 사고 말이야."

"어머나, 애들도 다 컸잖아. 말해 봐, 난 집안 관리를 아주 잘 해왔잖아. 밖에 나가 당신 체면을 떨어뜨린 일이라도 있어? 아내인 나한테 만족하지 못한 게 있으면 속 시원히 말해 봐."

"아이고, 부인께서 화가 나셨군! 됐어. 최근에 몇 군데 유세 활동이 있어서 당신이 무대에 함께 올라가 손을 좀 흔들어 줬으면 했던 것뿐이야. 상관없어. 당신이 돌아온 다음에 하지 뭐."

부탁인데, 날 부인이라고 부르지 좀 마.

항상 솔직하게 말할 수가 없었다. 초조한 마음에 배 속이 왈츠를 추었다. 그녀는 사람을 찾고자 했고, 잠을 자고 싶었다. 사실을 말할 순 없었다. 아무도 진실을 원하지는 않는다. 죽어라 진상을 요구하는 인간들은 하나같이 사기꾼들이다. 그녀의 정교한 인생은 거짓말로 아로새겨져 있었다. 약간의 유명세를 누리는 정당 원로의 부인으로, 경관 좋은 대형 파크 빌라에 거주하면서 사람들의 부러움을 샀다. 걱정도 없고 근심도 없는 삶이었다. 거짓말에 인이 박이다 보니 진실을 경계하게 되었다. 가장 어려운 건 자신을 속여 넘기는 일이었다. 자신도 믿을 수 있어야 완전한 사기극이 이루어지기 때문이다.

어렸을 때, 그와 그녀 두 사람은 나란히 붙어서 잔 적이 있었다. 잠으로 타이완 전체의 유명 인사가 되었다.

그의 옆에서 잠을 자면 가장할 필요가 없었다. 그녀는 그가 살고 있는 파리의 아파트를 상상해 보았다. 백년이 넘은 오래된 건물에 방이 세 칸이고 욕실이 두 개인 그런 아파트다. 꽃이 조각된 테라스와 꽃향기가 밴 부드러운 베개, 그리고 창밖으로 에펠탑이 보인다. 막 잠에서 깨면 밖에 나가 갓 구워낸 팽 오 쇼콜라*와 백년 된 빵집의 바게트, 살구잼, 장미꿀, 프렌치 프레스로 추출한 프랑스식 커피를 산다. 입안 가득 차는 달콤함에 곁들여 진한 커피를 마시고 나면 다시 침대에 누워 뒹굴고 싶어진다. 파리에 와서 루브르에도 가지 않고, 에펠탑에도 올라가지 않고, 센 강도 구경하지 않는다. 그녀는 잠을 자기 위해 왔기 때문이다. 어린 시절 자신을 유명 인사로 만들어준 잠자는 장면도 연기가 아니었다. 그녀는 정말로 잤다. 그는 어려서부터 조용하고 말이 없었다. 큰 눈은 맑고 투명했다. 마이크나 플래시도 그의 목구멍에서 말을 끌어내지 못했다. 그는 항상 바보처럼 웃으면서 머리를 긁적일 뿐이었다. 말은 전부 여배우인 그녀의 몫이었다. 마이크가 그녀의 목에 닿으면 마치 유정을 뚫은 거나 다름없었다. 질문의 불을 붙이면 대답은 거대한 화염이 되었다. 그녀는 그의 옆에서 도도하게 말을 쏟아냈다. 말을 하다가 입을 활짝 벌리고 하품을 하기도 했다. 갑자기 잠자고 싶어져서.

잠이 오지 않으면 어떡하나? 수면제는 소용이 없었다. 요가는 포기했고, 마사지는 너무 많은 고통을 그대로 드러내서 살려달라는 애원밖에 나오지 않았다. 살려 주지 않을 수 없고, 살려 주면 진상이 드러날 수밖에 없다. 잠은 일종의 엄폐였다. 자신을 파묻고 의식을 파묻고 진상을 파묻는 일이었다.

의사를 찾아갈 수도 없었다. 만에 하나 기자들에게 발견되기라도 하면 처방전이나 수면제 때문에 한물간 유명 배우가 우울증

* 퍼프 페이스트리와 비슷한 납작한 네모 모양의 효모 반죽 중간에 초콜릿을 한두 조각 넣어 만든 프랑스식 페이스트리.

이나 불면증에 걸렸다고 기사화될 게 뻔했다.

그녀는 현실이 이처럼 납작하리라고는 상상도 못 했다. 이렇게 소박하고 비좁은 아파트가 떠들썩한 파리 시내 번화가에 존재한다는 건 분명한 사실이었다. 계단 사이의 칠은 다 벗겨지고, 입구에는 화려한 색상에 노출이 심한 옷차림을 한 거리의 여인들이 늘어서 있었다. 거리에는 커피나 크루아상은커녕 소변 냄새만 진동했다. 지금 몇 시지? 분명 이른 아침이잖아. 그런데 맨 아래층은 왜 이렇게 시끄러운 거야? 누가 부부 싸움이라도 하나? 너무 과장된 시끄러움이었다. 벽과 바닥까지 흔들렸다. 누가 담배를 피우나? 팔이라도 달렸는지 담배 연기가 바로 아래층에서 기어 올라오고 있었다. 정말 악착같이 달라붙어 목을 조를 태세로. 창밖 길 건너편에 사는, 긴 머리에 수염을 기른 남자가 방금 잠에서 깬 모양이다. 잠옷 차림으로 테라스에 나온 그는 비를 맞으면서 담배를 피웠다. 중간에 하품도 했다. 맥주 캔이 산처럼 쌓여 있고 화분은 살해당한 상태였다. 심긴 채로 말라 버렸다.

그녀가 상상한 파리와는 완전히 딴판이었다. 하지만 적어도, 그는 여전히 그였다. 물론 나이가 들었고, 주름의 추격을 피하지는 못했다. 머리카락도 흑백이 뒤섞여 있었다. 작은 냉장고 위에는 안경이 하나 놓여 있었다. 그녀와 마찬가지로 노안이 생겨 잘 보이지 않는 걸까.

어제 택시를 타고 파리로 들어와 저녁식사 시간을 맞았을 때, 인근 거리와 골목은 몹시 흥청거렸다. 저 멀리 그가 거리 한쪽에서 빨간 머리 여자와 얘기를 주고받는 모습이 보였다. 아니, 얘기를 하는 게 아니다. 얘기를 나눈다는 게 성립하려면 쌍방의 언어적 기여가 모두 필요하다. 설마 그가 변한 걸까. 이제는 더이상 입을 열 때 긴장하지 않는 걸까? 말이 많은 사람으로 변했나? 택시가 가까이 다가갔다. 변하지 않았다. 그는 확실히 예전의 그였다. 빨간 머리 여자는 쉴 새 없이 입을 움직였고 음량도 과장되어 있었지만, 그는 미소를 지으면서 듣고만 있었다. 귀 기울여 경청하고 있었다. 그는 거의 말을 하지 않았으나 상대의 말을 열심히 듣고 있었다. 귀가 미세하게 진동하면서 상대방의 말과 냄새를 그러모았다. 눈과 코, 입도 함께 경청하고 있었다. 귀가 놓친 감정을 눈이 받아들였고, 코가 냄새를 포착했다. 입이 아주 미세하게 가는 소리를 내면서 분명하게 정보를 전달했다. 말해요. 나는 들을 테니까. 그의 입은 깊은 바다였다. 대답을 건지는 건 물고기를 잡는 것만큼이나 어려웠다. 하지만 그 바다는 상대의 모든 말을 받아들였다. 말없이 넉넉하게 전부 다. 그리고 상대의 모든 비밀을 지켜주었다.

큰 영화제에서 최우수 남우주연상을 안겨 준 그 영화에서 그에겐 대사가 전혀 없었다. 그는 줄곧 울기만 했다. 처음부터 끝까지 울었다. 아마도 이 영화는 정말로 그만이 연기할 수 있었는지도 모른다. 입이 감당할 수 없는 말들을 그 슬픈 두 눈에 맡긴 것이다. 그녀는 감독이 그의 귀에 대고 아주 많은 슬픈 이야기를 들려주었고, 그가 눈을 감은 채 그것을 진지하게 들었으리라고 추측했다. 이야기는 가루가 되어 분말 상태로 그의 귓속으로 빨려 들어간 다음, 그의 몸 안 곳곳으로 퍼졌을 것이다. 카메라 렌즈가 그를 조준하면 그는 눈을 크게 뜨며 눈물을 흘렸을 것이다. 마지막 장면은 바다에서 찍혔다. 눈물이 바다에 섞여 들어가자 큰 파도가 밀려왔고, 그는 사라졌다. 이렇게 영화가 끝나고, 카메라는 서서히 뒤로 물러났다. 거대한 잿빛 바다 위로 스태프 명단을 실은 크레딧이 천천히 올라왔다. 그녀의 몸이 스크린을 향해 돌진했다. 그녀는 미친 게 분명했다. 영화관 관객들도 그녀가 미쳤다고 생각했다. 그녀는 그런 사소한 것들에 신경 쓸 여유가 없었다. 그녀는 영화 속 바다로 뛰어들고 싶었다. 손으로 파도를 헤집으면 틀림없이 그를 찾을 수 있을 것 같았다.

그들이 다시 만나게 된 것에 대해서는 4K 복원에 감사해야 할 것이다. 바다 속으로 사라졌던 그가 이 순간 그녀의 눈앞에서 편안하게 잠을 자고 있었다. 가끔씩 뒤척이긴 했지만, 비가 창 안으로 들이쳐 잠옷을 적시는데도 그의 꼭 감은 눈은 바다를 감추고 있었다. 눈가에서 작은 파도가 무수히 흘러나왔다.

지도 위의 낭트는 루아르(Loire) 강가에 위치해 있고 바다와 가까웠다. 몇 걸음만 걸으면 바다에 도달할 수 있을 것 같았다. 대서양이었다. 헬로, 굿모닝. 나랑 같이 바다 보러 갈 수 있어? 영화제에서 우리를 위해 호텔을 예약해 줬어. 바다를 볼 수 있겠지? 호텔에서 잠이 오지 않으면 내가 네 방문을 두드려도 될까? 나와 함께 자고 싶지 않아? 아니면 나와 함께 이불을 싸들고 바닷가에 나가서 자는 건 어때? 나는 네게 묻겠지. 내가 찾으려는 사람이 어디에 있느냐고. 나는 네가 말하길 좋아하지 않는다는 걸 잘 알아. 하지만 내게는 솔직할 수 있지? 솔직히 말해 봐. 좋아, 싫어?

요의가 파도처럼 밀려왔다. 그녀는 변기 위에 앉아 물을 내릴까 말까 망설이고 있었다. 물소리에 그가 깰 게 분명했다. 사실 그녀는 그녀 자신이 완전히 깰까 봐 두렵기도 했다. 이 파리의 새장 아파트는 꿈일까? 변기 물을 내리면 그녀와 그, 코끼리 캐리어, 길 건너편 테라스에서 계속 손을 흔들어대는 잠옷 차림 남자가 전부 함께 파리의 하수도로 빨려 들어갈 것만 같았다. 잠에서 깨니 그녀는 타이베이의 아파트에 있었다. 남편이 그녀를 물끄러미 내려다보고 있었다.

역시나 변기 물 내리는 소리가 그를 깨우고 말았다.

그가 눈을 커다랗게 뜨자 바다가 흘러나왔다. 그 울던 얼굴은 영화의 피날레와 똑같았다. 어떻게 잠에서 깨자마자 울 수 있는 걸까. 눈물의 여정은 꿈에서 시작되어 가을의 첫날 아침 파리에 도착했다. 창밖의 비는 그의 눈물에 지고 싶지 않은지 갈수록 거세지고 있었다. 주룩주룩 내리는 빗소리는 하루종일 비가 올 것임을 분명하게 예고하고 있었다.

두 사람은 서로 쳐다보았다. 익숙하기도 하고 낯설기도 했다. 뭔가 말을 하고 싶었지만 둘 다 말이 없었다.

그녀는 속으로 생각했다. 너의 집은 정말 너무 작아. 손을 헤집을 필요도 없이 문 안에 들어서서 한번 훑어보기만 해도 내가 찾는 사람이 여기에 있지 않다는 사실을 알 것만 같아. 너도 나를 보고 있지. 내 속이 보여? 아는지 모르겠지만 내 몸 안에는 틀림없이 종양이 하나 있을 거야. 밤낮으로 자라고 있지. 나는 곧 죽을 것 같아. 너무너무 아파. 죽기 전에 꼭 찾아야 할 사람이 있어. 아주 오래 보지 못했거든. 나 정말 파리에 왔어. 네가 파리에 있다는 건 전혀 몰랐어. 여기 있으리라고는 생각지도 못했지. 이렇게 오래도록 헤어져 있던 잠자리 친구가 말이야. 너만 알고 있을 거야. 아니, 실은 너도 몰라. 내가 연쇄 살인마라는 사실을.

물론 그는 추측하지 못했다. 그는 그녀가 찾아온 의도를 전혀 알지 못했다. 그녀가 몹시 아프다는 것도 알지 못했다. 그는 자신이 왜 우는지 알지 못했다. 왜 함께 낭트에 가기로 허락했는지 알지 못했다. 사실 그는 허락하지 않았다. 그녀에게 말해야 할까? 아니, 절대로 말할 수 없었다. 허락한 이상 절대로 말할 수는 없었다. 잠옷이 옷새로 밀고 들어온 콩알만 한 빗방울을 탐욕스럽게 빨아들였다. 지금 몇 시지? 얼마나 오래 잔 거지? 지금 여긴 어디지? 그녀는 왜 여기에 있지? 도대체 그녀는 아는 거야, 모르는 거야? 모를 리가 없어. 어쩌면 알면서도 말을 안 하는지 모르지.

구급차가 거리로 들어서면서 가는 내내 날카로운 소리를 질렀다. 파리를 깨우려는 듯이. 그는 이 소리가 몹시 두려웠다. 앞으로 어디로 가야 할지는 모르지만, 구급차의 날카로운 소리가 들리지 않는 곳으로 가고 싶었다.

비가 너무 거셌다. 그는 일어나 창문을 닫았다. 페트리쇼르가 실내에 갇혀 창문을 거칠게 두드리며 자유를 외쳤다.

너무 비좁았다. 두 사람의 호흡마저 감당하기 힘들었다. 분명한 사실이지만 이 아파트엔 그들 두 사람만 있는 게 아니었다. 벽이 두 사람을 향해 좁혀져 왔다. 싸움이 격해지면서 아래층 남녀의 목소리가 더욱 커졌다. 구급차 소리가 하늘을 날아 그의 집 창문을 향해 돌진해 오는 것 같았다. 그랬다. 이 낡은 아파트의 맨 꼭대기 층에는 두 명의 환자가 있었다. 그들은 곧 메마른 시신이 될 것이었다.

길 건너편 테라스의 수염 기른 남자가 잠옷을 벗어 버리고 그녀를 향해 손을 흔들었다. 그녀를 향해 괴상한 웃음을 지었다.

그녀가 쪼그리고 앉아 간곡하게 말했다.

"부탁이야, 창문 좀 열어주면 안 돼? 숨을 못 쉴 것 같아."

그도 그녀에게 간곡하게 말하고 싶었다. 하지만 아무리 해도 입을 열 수가 없었다.

그는 낭트에 가는 게 단지 두 사람이 어릴 때 찍은 영화를 보기 위해서만은 아니라고 말하고 싶었다. 물론 그도 영화를 보고 싶었다. 하지만 그가 가장 보고 싶어 하는 건 영화가 아니었다.

낭트에 가서 그가 가장 보고 싶은 것은 천산갑이었다.

기억나, 우리와 함께 잤던 천산갑 말이야.

우리, 낭트에 가면 함께 천산갑을 보러 갈래. 영화 스크린에 있는 천산갑이 아니라 진짜 살아 있는 천산갑 말이야.

진실한 말은 입 밖으로 나오지 못했다. 잠을 충분히 자지 못해서인지 창문을 열 힘이 없었다.

그의 두 눈은 계속 바다를 분출하고 있었다. 뜻밖에도 그가 한 마디 했다. 두 마디를 넘지 않는 말이었다. 동사가 있는 의문문이었다. 발음은 아주 정확하고 분명했다. 둘 다 놀라움을 금치 못했다. 어떻게 된 걸까? 이렇게 완전한 한 마디 말이 어떻게 그의 입에서 나온 걸까?

"산책할래?"

휴대폰 대화 2

“너랑 얘기하는 건 정말 힘들어. 너는 아예 말을 안 하니까. 줄곧 바보처럼 웃기만 하잖아. 아니면 아예 표정이 없든가. 표정이 엄숙한지 슬픈지 아니면 화난 건지 알 수가 없어. 가끔씩 네가 바보가 아닌지 의심도 돼. 하지만 넌 바보가 아니야! 벙어리도 아니지.”

“미안해.”

“미안하다는 말 한 번만 더 하면 미쳐 버린다. 분명히 내 눈앞에 있는데도 문자를 보내야 답을 하니. 피곤해 죽겠어. 됐어. 아침 뭐 먹을래?”

“배고파?”

“난 네가 자는 모습을 보는 게 좋아. 너무 예쁘게 자더라고. 너의 그 영화는 정말 이해하기 힘들어. 뭐랄까, 입장권을 많이 팔기 위한 영화는 아니더라고. 할리우드에 진출해서 영화를 계속하는 건 어때? 하지만 말이야, 영화관에서 네가 마지막에 바닷속으로 가라앉는 모습을 봤을 때는 정말 슬펐어. 엄청 울었지. 정말이라니까. 안 믿는구나?”

“고마워.”

“뭐가 고맙다는 거야. 이어서 말하고 싶은 게 있는데, 사실 나도 입으로는 말을 못 하겠어. 그래서 휴대폰 문자로 치는 수밖에 없지. 그런데 말이야, 너는 자는 모습이 정말 예뻐. 영화보다 더 아름답지. 네가 잠 잘 때 너 자신의 모습을 볼 수 없다는 건 정말 안타까운 일이야. 참, 깜박했다. 네가 출연한 영화를 보면 되잖아. 영화 속에서 네가 자는 모습을 볼 수 있을 거야. 파리에 영화관이 있나? 옛날 영화를 틀어주는 영화관 말이야. 있잖아, 나한테 DVD가 있어. 네가 출연한 그 영화 DVD. 너의 집은 이렇게 텅 비었으니, 그걸 갖고 있진 않겠지?”

2 물구나무서기

긴 머리 요가 남자는 얼마나 오랫동안 움직이지 않고 있었던 걸까? 저렇게 계속 거꾸로 서 있으면 죽는 거 아닐까? 뇌일혈이 생기진 않을까? 여긴 어디지? 파리에 왔으면 에펠탑을 보러 가야 하는 거 아닐까? 여길 뭐 하러 왔지?

그녀의 원피스가 빗줄기와 결탁하는 바람에 꽃무늬 천이 피부에 달라붙어 버렸다. 땅 위 흙탕물과 부서진 돌가루가 구두 위에 피카소의 그림을 그렸다. 춥기도 하고 덥기도 했다. 재킷을 입으면 겨드랑이 아래로 시큼한 비가 내렸다. 재킷을 벗으면 간헐적으로 재채기가 터져 나왔다. 땅 위의 물은 맑은 거울이 되어 나이 든 여인을 궁지로 몰았다. 아니야, 이건 그녀가 머릿속으로 그렸던 파리의 산책이 절대로 아니었다. 그녀의 머릿속 그림의 붓에는 화려한 파스텔 톤 물감이 찍혀 있었다. 베레모를 쓰고 강변을 가볍게 산책하는 그림. 오른손에는 풍선을 쥐고, 왼손에는 바게트를 안은 채 혀를 내밀며 감미로운 빗방울을 맛보는 풍경이었다. 모든 게 깃털처럼 가볍고 꿀처럼 달콤했다. 그녀는 문을 나서기 전에 큰 코끼리의 배를 열어 잔 꽃무늬가 아로새겨진 원피스를 꺼냈다. 분홍색 신발에 잘 어울릴 것 같았다. 아니다. 밖에 비가 내리는데 분홍색 신발을 신는 건 완전 미친 짓이다. 재빨리 우아한 검은색 플랫슈즈로 바꿔 신고 빨간 하트가 가득 인쇄된 검은색 우산을 챙겼다. 머리를 묶고 얼굴에 재빨리 파운데이션을 발랐다. 그의 집에는 애당초 거울이 없었기 때문에 가지고 온 휴대용 거울에 전적으로 의지해야 했다. 그가 옆에 서 있다가 하품을 하면서 기지개를 켜더니 원피스 지퍼를 올려주었다. 그의 몸 냄새가 서서히 깨어나기 시작했다. 그녀는 그의 몸에서 나는 냄새를 무척 좋아했다. 그는 샤워를 할 때나 머리를 감을 때, 항상 가장 단순하고 향이 없는 비누를 썼다. 데오도랑트나 향수, 스프레이, 로션 같은 건 없었다. 체취가 겸손하게 절을 했다. 그가 움직인 후에 이어지는 땀 냄새는 죽림에 몸을 숨긴 그윽하고 조용한 나무 집 냄새였다. 그 냄새를 맡고 또 맡은 그녀는 잠을 자고 싶어졌다.

옷을 다 입고 나서 그녀가 물었다.

"파리에서 이렇게 입으면 합격인가?"

그는 가볍게 웃으면서 아무 말도 하지 않았다. 그가 입은 옷은 전부 진한 회색이었다. 모자 달린 외투가 비옷 대신이었다.

"거기 서서 그렇게 웃지만 말고 사실대로 말해 봐. 너희 집에 거울이 없어서 도저히 내 모습을 볼 길이 없단 말이야. 네가 바로 내 거울이라고."

거울은 어깨를 으쓱하고는 고개를 끄덕였다. 거울은 아주 굼떴다. 거울의 뇌 섬유는 몸에 걸친 리넨 재질의 짙은 색 셔츠와 마찬가지로 잔뜩 주름져 있었다. 파리에 머무는 지난 몇 년간 그는 섬세하고 세밀한 것들을 접하지 못했다. 화려한 치장은 아예 알지도 못했다. 하지만 그는 J의 빨간 립스틱을 좋아했다. J는 몇 끼를 굶으며 모은 돈으로 유명 브랜드 립스틱을 샀다. 그의 아랫부분의 밀림 같은 음모에는 항상 J의 립스틱이 묻었다. 그의 몸에서는 찾아보기 드문 요염함이었다.

"기억나? 우리가 어렸을 때도 이랬잖아. 함께 예쁜 옷을 입을 때면 내가 늘 물었지. 이렇게 입으니 예쁘냐고 말이야."

거울이 그걸 잊을 리 있을까. 어쩌면 옷이 너무 예뻐서 기억하는지도 모른다. 이 순간의 그는 너무나 단조롭고 색조가 결여된 무채색이었다. 파리의 거리에는 별처럼 많은 사람들이 조수처럼 밀려다녔다. 하지만 그는 오로지 어두운 밤이 되고 싶을 뿐이었다.

물론 그녀는 파리가 자신이 상상했던 것과 상당히 다르다는 사실을 모르지 않았다. 거리 가득한 사람들이 전부 명품만 걸치고 다닐 리는 없다. 여러 해 전에 그녀는 회의에 참석하는 남편을 따라 파리에 왔다가 우연히 명품 숍에서 초등학교 동창을 만난 적이 있었다. 이어서 백화점에서는 또 중학교 친구를 만났다. 그들은 하나같이 동일한 한정판 백을 사기 위해 앞 다투어 날아왔다. 그랬다. 타이베이 다안 삼림공원에서 지하철을 타면 다음 역이 샹젤리제 대로 아니던가. 타이베이에서 고정적으로 방송되는 패션 토크 프로그램을 틀면, 등장하는 유명 여배우들은 옷장마다 파리를 소장하고 있었다. 매주 새로운 상품이 반짝반짝 빛났다. 하지만 모두가 그런 명품들을 제대로 발음할 수 있는 건 아니고, 그 S를 발음하는지 마는지의 여부가 그 사람을 죽음으로 몰고 갈 수도 있었다. 자동차보다 비싼 토트백은 확실히 사람들의 경탄과 환호를 자아낼 만했다. 그녀는 목소리 톤을 높여 하이힐과 가죽 재킷, 머리 장식, 나이트 파티용 백 등을 자랑했다. 그 파티 백이 바로 그녀의 파리였다. 잠금쇠를 풀면 실크와 악어가죽, 미슐랭 미식의 화려한 세계가 쏟아졌다. 물론 그녀도 파리에 '진실'의 얼굴이 있다는 사실을 알았다. 그녀는 그렇게까지 멍청하진 않았다. 가난한 사람이 있으면 부유한 사람이 있고, 귀천의 차이는 벽 하나 사이에 불과했다. 천만 개의 등불을 켠 집이라면 누가 방세와 생활비를 벌기 위해 미친 듯이 뛰어다니겠는가. 하지만 그녀는 사나흘의 손님에 지나지 않았다. 그녀는 살러 온 게 아니라 파리와 가볍게 어깨만 스쳐갈 뿐이었다. 가볍게 수면을 튕길 뿐, 물에 들어가거나 깊이 잠수하지 않으니 진심일 필요가 없었다. 지난번 여행에서는 수많은 명품을 샀다. 남편은 그걸 보고서 고개를 가로저었다.

"이걸 다 쓸 생각이야?"

쓴다고? 쓴다는 게 뭔가? 푸른 꽃양배추 두 개랑 오골계 한 마리를 여기 넣으면 이른바 실용적인 사용법인가? 노벨 문학상을 수상한 소설이나 공쿠르 수상작 문학 전집을 넣고 다니면 이것들을 '쓰는' 것인가? 그녀는 이 명품들을 전부 텔레비전 프로그램에 가져가서 약간 과장된 부러움을 끌어낼 작정이었다. 그녀는 다들 진심이 아니라는 걸 잘 알았다. 하지만 그녀 자신도 진심을 내놓진 않을 것이다. 진심은 위험하고 깨지기 쉽기 때문이다. 그들은 촬영장의 허위처럼 서로 친절하게 호응할 뿐이다. SNS는 너무 복잡해서 그녀는 아이디를 매니저에게 맡겨 관리했다. 대충 포토샵으로 수정해 올린 사진은 항상 부정적인 평가를 받았고, 매니저는 그녀에게 이를 일일이 다 읽어주었다.

"명품 백만 살 줄 아는 한물간 여배우."

"로고만 한 무더기 찍혀 있네. 정말 추하고 공허해. 심미 교육에 완전히 실패했네. 감각이 너무 후져."

"그럴 돈을 기부해서 어린 친구들에게 영양가 있는 점심을 제공할 수는 없나?"

"가짜 얼굴이야. 딱딱하게 굳어 있잖아. 수술을 몇 번이나 한 거야?"

"나이든 여자가 이렇게 젊은 사람들 백을 들진 말았으면 좋겠어."

"정말 고라니를 잡아먹을 부인이네."

이런 댓글들은 그녀에게 상처를 주지 못했다. 공허하다는 평가를 그녀는 인정했다. 설마 인생에 이처럼 실질적인 생각으로 가득 찬 선택 항목들만 있겠는가. 당신의 공허는 나의 공허와 달라. 나의 파리는 당신의 파리가 아니라고.

산책을 하자고 말한 사람은 그였다. 그녀도 밖에 나가 좀 걷고 싶었다. 하지만 산책에 대한 두 사람의 정의는 같지 않았다.

그는 매일 자전거를 타고 음식을 배달했다. 건장한 두 다리로 폭우 속을 돌아다녔고, 해가 뜨겁게 내리쬐는 폭염 속에서도 반드시 파리의 시간을 이겨야 제때 음식을 전달할 수 있었다. 거처가 새장이다 보니 오래 머물 수 없었다. 집에 돌아오는 건 단순히 샤워를 하고 잠을 자기 위해서였다. 아침 일찍 일어나면 곧장 집을 나서서 산책하면서 빵을 산 다음, 의도적으로 먼 길을 우회해야 했다. 사실 그에겐 모든 빵집이 큰 차이가 없었다. 미세한 맛의 차이도 느끼지 못했다. 그는 스스로 최소한 한 시간을 걷기로 했지만, 목적지는 정하지 않았다. 그러니까 줄곧 빠른 속도로 걷다가 한 시간이 지나 우연히 마주치는 빵집에서 빵을 샀다. 그것이 그날의 아침식사였다. 그는 기억력이 좋아서 휴대폰 지도를 사용할 필요가 없었다. 거리명을 확인하지도 않고 가는 길 내내 눈으로 사진을 찍었다. 아침식사를 마치면 기억의 GPS를 따라 새장으로 돌아왔다. 걸음이 주체할 수 없는 속도도 빨라지면 그 어느 빵집도 그를 붙들 수 없었다. 지나치는 거리들은 그에게 아침인사를 건넬 기회를 갖지 못했고 돌아오는 길에는 이미 그를 잊었다. 때로는 인파가 조수처럼 밀려오는 거리로 들어서기도 했지만 그는 피하지 않았다. 몸이 사람들 속으로 흘러 들어갔다. 어깨를 스치고 발을 부딪치는 모든 순간이 아무렇지도 않은 섹스와 같았다. 아주 짧은 접합이었다. 누군가 다가오면 곧장 사정했다. 바지를 추키는 그 짧은 순간 서로 잊었다. 그는 이런 망각에 감사했다. 또다시 서로 부딪힐 일은 없었다. 영원한 이별이었다. 한 시간을 빠른 걸음으로 걸은 뒤에는 낯선 빵집에 들어갔다. 일찍 일어나 빵집을 찾은 사람들은 대부분 인근 단지에 사는 단골들이었다. 개를 끌고 나오거나 아이를 데리고 온 사람도 있었다. 나이든 부인들은 서로 가벼운 안부인사를 건넸다. 하지만 그는 어떤 빵집에서도 단골이 되고 싶지 않고, 어떤 인간관계에도 엮이고 싶지 않았다. 처음 만남이 마지막 만남이 되는 것이다. 잔돈은 필요 없어요. 저를 잊어 주시기만 하면 돼요.

문을 나서기 전에 그녀가 말했다.

"크루아상 먹고 싶어. 화덕에서 갓 나온 걸로."

배달원이라는 직업 때문에 그는 더 먼 길을 우회해서 빵을 사야 했다. 그래야 본 적 없는 낯선 빵집을 만날 수 있기 때문이다. 이 구역의 거리에선 모두가 그를 알고 있었고, 모로코 음식점 주인은 항상 그의 엉덩이를 꼬집었다. 베트남 음식점 주인은 그를 가게 안으로 불러들여 넓적한 쌀국수를 대접했고, 이탈리아 음식점 종업원은 찬합을 건네면서 담배 한 개비를 얹어 주곤 했다. 그는 담배를 피우지 않았으므로 받아서 빈 담뱃갑에 넣어두었다. 한 갑이 다 차면 집으로 돌아가서 그것을 방바닥에 내려놓고 약간 힘을 주어 세 번쯤 밟은 다음 창문을 열면, 아래층 창문이 열리고 곧장 손이 하나 뻗어 나왔다. 만일 아침에 가운뎃손가락을 들어 올렸다면 아래층 할머니가 담배를 끊기로 했다는 의미였다. 그러면 일단 담배를 남겨둔다. 손바닥이 위로 향해 펼쳐진 채 초조하게 떨리고 있다면, 이는 예상했던 대로 담배 끊기에 실패해서 위층에서 떨어지는 담뱃갑을 확실하게 잡을 준비가 돼 있다는 뜻이었다. 그는 아주 오랫동안 그 할머니의 얼굴을 보지 못했다. 별일 없을까? 최근 할머니는 남편과 자주 험악하게 다퉜다. 꽤 오래 문밖에 나가지 않은 것 같았다. 그와 파리 사이에서 유일하게 맺어진 관계가 바로 이 오른손이었다. 창밖으로 내밀어 위층에서 떨어뜨려주는 공짜 담배를 받으려는 손. J가 떠난 뒤에 그는 창문을 열고 울었다. 그는 자신이 아주 조용하다고 생각했다. 하지만 틀림없이 누군가 우는 소리를 들었을 것이다. 아래층 할머니가 창문을 열고 팔을 뻗었다. 그는 큰 소리로 외치고 싶었다.

"담배 없어요! 내겐 이제 아무것도 없다고요!"

하지만 그날 그녀의 손짓은 몹시도 부드러웠다. 손가락은 공기를 어루만지는 듯했다. 담배를 요구하는 태도가 아니었다. 그 손바닥에는 시들어 말라 버린 꽃이 한 송이 놓여 있었다. 그녀의 손이 받은 것은 담배가 아니라 그의 굵은 눈물방울이었다. 그는 눈을 감고 그 하얗고 주름 많은 손이 위로 뻗어와 자신의 창문에 도달하여 눈물을 닦아주는 걸 상상했다. 한 층 사이이지만 접촉은 불가능했다. 하지만 그것은 당시의 그에게 가장 절실하게 필요한 위로였다.

그는 자신이 이제 마침내 모종의 대인관계에 들어섰음을 알게 되었다. 그것은 자신의 익숙한 미소를 겨냥하고 있었다. 그의 몸에는 타인을 위해 물건을 남겨두는 습성이 생겼다. 그 때문에라도 정말로 밖으로 나가야 했다.

그녀가 크루아상을 먹고 싶어 한다. 좋다. 청각이 방향을 결정했다. 그는 빗소리가 가장 요란한 거리로 걸어 들어갔다. 어디로 갈지, 얼마나 멀리 갈지는 그녀에게 말하지 않았다. 그 자신도 몰랐기 때문이었다. 그녀는 우산을 들고 뒤를 쫓았다. 다음 골목에 커피와 크루아상이 기다리고 있을 거라 생각하면서. 정말로 모퉁이를 돌자 크루아상이 있었고, 백 개는 거뜬히 넘을 빵집들이 있었다. 하나같이 전설적인 가게들이었고, 빵 굽는 향기가 폭력단처럼 길가는 사람들을 가게 안으로 붙잡아 끌고 갔다. 하지만 그는 계속 앞으로 걸었다. 어떤 빵집도 그를 납치하지 못했다. 그녀는 그의 걸음을 늦추려고 시도했다.

"우리 어디로 가는 거야?"

"이 집이 괜찮아 보이는데!"

"건너편에 보이는 저 집이 관광 필수 코스에 오른 유명 빵집인 것 같아.”

“이 집에는 사람들이 줄을 길게 서 있어!”

“아, 이 집은 나도 알아! 엄청 많은 인플루언서들이 소개한 집이야.”

하지만 비는 계속 도발하듯 우산 위로 폭탄을 투하하고 있었고, 두 사람이 움직이는 사이, 그녀의 말은 묻혀 버렸다. 그는 계속 가면서 좌회전과 우회전을 반복했다. 눈앞에 센강이 펼쳐졌으나 그는 빠른 걸음으로 다리를 지나쳤다. 그녀가 좌안인지 우안인지 채 확인하기도 전에 그는 재빨리 작은 골목으로 접어들었다. 걸음의 속도는 무작위였다. 그녀는 꼭 그를 따라잡아야만 했다. 이번에는 절대로 놓칠 수 없다. 그를 놓치면, 그녀가 찾고자 하는 사람을 못 찾게 되기 때문이었다. 그녀는 그가 빨간불에 멈춰 설 테고, 그러면 적어도 숨을 좀 돌리면서 그를 붙잡을 수 있을 거라고 생각했다. 하지만 이른 아침이라 차량 행렬이 많지 않았고, 그는 가는 길 내내 빨간불인데도 건널목을 그대로 지나쳤다. 그 혼자만이 아니라 파리 시민 대부분이 건널목을 단체로 그냥 통과했다. 설마 다들 색맹인가? 평소에 운동을 하긴 했지만 그녀가 하는 운동은 헬스클럽에서 가볍게 뛰거나 요가를 하는 게 전부였다. 그런 운동을 할 땐 신발에 흙이 묻지도 않고, 실내 온도는 20도에 맞춰져 있다. 하지만 지금 이 순간 파리는 비가 내리고 있고, 석판 길은 울퉁불퉁했다. 우아한 검은색 플랫슈즈는 발을 죽이려고 작정한 듯했고, 심폐의 부하가 임계점에 도달했다. 집을 나서기 전에 삼킨 진통제는 약효를 잃었고, 몸 안의 알 수 없는 통증의 근원이 곧 깨어날 것만 같았다.

이번 외출 덕분에 두 사람의 사회 계급이 분명하게 드러났다. 같은 침대에서 출발했으나, 지금 그녀는 흰 피부를 지닌 우아한 계층이고, 그는 거칠고 난폭한 노동자 계층인 것이다. 그녀의 몸이 인정하는 산책은 발길 닿는 대로 도시를 한가하게 거닐다가 쇼핑을 하는 것으로, 맥박을 냉정하게 유지하면서 땀을 흘리지 않았고 화장도 망가뜨리지 않았다. 그리고 돌아가는 길에는 택시를 탔다. 이에 비해 그의 산책은 노동이나 고행에 가까웠다. 빠른 속도로 걷다가 가쁜 숨을 내뱉으면서 몸 안의 알 수 없는 분노를 해소하는 것이다. 누구에게 화내야 할지 알 수가 없어서, 어쩔 수 없이 자기 자신에게 화를 냈다. 밤에 잠을 자는 동안, 몸 안에 수많은 매듭이 맺혔다. J가 떠난 뒤로 그는 항상 울면서 잠에서 깼다. 길을 걸어도 그 매듭을 풀 수가 없었다. 기껏해야 약간 느슨해질 뿐이었다. 오늘의 그는 일부러 뒤를 돌아보지 않는 것도 아니고, 일부러 그녀를 기다리지 않는 것도 아니었다. 그녀가 외치는 소리를 하나도 빠짐 없이 다 듣고 있었다. 그는 그녀의 검정 플랫슈즈가 파리의 노면을 밟는 소리에 귀 기울였다. 그 소리로 그녀가 잘 따라오고 있다는 사실을 알았다. 그는 뒤를 돌아볼 수 없었다. 일단 돌아보면 그가 가는 길 내내 울고 있었다는 걸 그녀가 알게 되기 때문이다. 그는 자신이 왜 우는지 알지 못했다. 울어야 할 이유를 알지 못했다. 그는 그녀가 자기를 보기만 하면 잠을 자고 싶어진다는 걸 알지 못했고, 그녀는 그가 자신을 보기만 하면 울고 싶어진다는 걸 알지 못했다. 울고 싶은 건 대답 때문이었다. 그에겐 그녀에게 해 줄 수 있는 말이 아무것도 없었다. 말을 할 수 없는 상황에서 숨이 막혀 버린 말들이 눈물로 변형되어 끊임없이 흘러나왔다.

얼마나 걸었을까. 마침내 그가 어느 빵집 앞에서 걸음을 멈췄다. 다행이었다. 그녀는 더 걸었다가는 정말로 죽을 것만 같았다. 거의 한 시간 가까이 걸은 터라 그녀는 뭐든 크루아상이기만 하다면 갖고 있는 샤넬 백과 바꾸고 싶었다. 그는 되는대로 유리 진열대의 빵을 가리켰다. 그녀 차례였다. 그녀는 그곳의 빵을 다 먹고 싶었지만 종이봉지에 크루아상을 한 무더기 담는 걸로 만족하고 각자 한 잔씩 커피를 주문했다. 작은 가게라 테이블과 의자가 없었고, 밖에는 세차게 비가 내리고 있었다. 어디 가서 아침식사를 하지?

그는 이 빵집은 와 본 적 없었지만 이 거리는 기억했다. 거리 끝에 작은 공원이 하나 있었다. 공원 이름을 알지 못해 마음속으로 물구나무서기 공원이라고 불렀던 곳이다.

거리는 작은 골목으로 모여 있었다. 좁은 골목을 가로질러 들어가면 아주 작고 은밀한 공원이 하나 있었다. 정오가 되면 인근 사무실에서 일하는 직원들이 이곳에 와서 점심을 먹었다. 가장이 아이들을 데리고 놀러 오기도 했다. 그는 가끔씩 이 구역으로 배달을 오면, 일부러 이 공원에 들러서 요가하는 남자가 있는지 확인하곤 했다. 오늘은 비가 온 데다 골목에 바람이 요란했고 낙엽이 얼굴을 덮쳤다. 공원에는 사람이 하나도 없었다. 아니, 자세히 보니 공원 나무 아래 헐렁헐렁한 초록색 바지 차림의 남자가 있었다. 팔과 발을 다 드러낸 채 담요를 깔고서 물구나무를 서고 있었다. 옅은 갈색의 긴 머리가 마구 흐트러진 채 눈을 감고 명상을 하고 있었다. 그는 비를 두려워하지도 않고 물구나무를 선 채로 우산을 들었다. 종아리 사이에 우산 손잡이가 끼여 있었다. 나무 아래 외진 곳이라 공기가 맑았고 축축하지도 않았다. 그곳은 너무도 조용했다. 우산 아래 거꾸로 선 남자의 시간과 공간은 파리의 시간을 회피하여 일종의 평행 시공을 이루고 있었다. 이 도시와의 연결 끈이 전혀 없는 곳이었다. 그도 이런 경지에 이르러 문명이 세운 시간의 각도를 포기하고 스스로 우주가 되고 싶었다.

그녀는 황급히 비를 피할 곳을 찾느라 나무 아래의 요가 남자를 보지 못했다. 미끄럼틀 아래 모래밭이 그나마 좀 뽀송뽀송한 편이었다. 그는 빵을 담았던 종이봉지를 바닥에 깔고 그녀를 앉혔다.

그녀는 너무나 배가 고팠다. 뭔가 먹지 않으면 당장이라도 기절할 것만 같았다. 얼굴보다 더 큰 크루아상이 배고픔에 의해 점차 축소되면서 한입에 다 들어갔다. 맛이 다른 세 개의 크루아상이 그녀의 위 속에서 무성한 초목처럼 퍼져 나가 구름이 되었다. 파리의 비는 잠시도 두 사람을 놔주지 않았지만, 그녀의 배 속에는 마침내 해가 뜨고 흰 구름이 떠다니기 시작했다. 이처럼 미친 듯이 걸은 건 정말로 아주 오랜만이었다. 너무 걸어서 무릎이 목화솜 같았고, 척추는 파리와 걸음을 나란히 하며 가을로 접어들었다. 추간 연골이 가지를 이탈한 낙엽 같았다. 한 걸음만 더 걸으면 죽을 것만 같았다. 조금 후엔 꼭 휴대폰으로 택시를 불러야 할 것 같았다.

배고픔이 멈추자 시야가 확 트였다. 그제야 그녀는 주변에 관심을 갖기 시작했다. 두 사람은 은빛으로 반짝이는 동물의 혀 아래서 비를 피하고 있었다.

"아니, 이럴 리가. 이게 어떻게 가능해? 이게 파리에 있다고?"

그녀는 잠시 자신이 반신불수가 됐나 싶었다. 아무리 해도 몸을 일으킬 수 없었다. 하지만 이 은빛 생물은 여전히 빗속에서 반짝반짝 빛나고 있었다. 그녀는 몸을 일으켜야만 했다. 뒤로 몇 걸음 물러서야 제대로 정확히 볼 수 있었다.

"이렇게 오래 걸은 게 이걸 보기 위해서였네. 왜 아무 말도 안 했어."

작은 공원의 미끄럼틀은 은색 금속 재질로 제작한 천산갑 모양이었다. 긴 꼬리 부분이 계단이고, 그걸 타고 올라가면 천산갑의 둥그런 몸체로 들어갈 수 있었다. 안에는 한 아이가 벗어두고 간 신발 한 짝이 떨어져 있었다. 천산갑이 뻗은 혀가 바로 미끄럼판이었다. 그녀는 미끄럼을 타고 싶었다. 비가 오는데 이걸 어떻게 타지? 어차피 몸은 이미 젖어 있긴 했다. 그녀는 몸을 천산갑의 붉은 혀에 맡기고 눈을 감은 채 두 손으로 가슴을 감싸 안았다. 등을 뒤로 약간 젖히자 빗물에 의해 미끄러져 내려오는 그녀의 몸을 천산갑의 혀가 받아냈다. 몸 전체가 빠른 속도로 미끄러져 내려왔다. 분명히 겨우 일 초 정도 미끄러져 공원 모래밭에 닿았는데, 그녀가 느낀 시간은 한평생 같았다. 한평생은 얼마나 긴 시간일까. 어떻게 계산해야 하나. 단위는 연일까, 달일까, 아니면 분이나 초일까. 이 순간 그녀의 계산 단위는 천산갑의 혀였다. 한평생이란 천산갑의 혀였다. 천산갑의 혀 위에서, 그녀는 타이베이 근교 숲속의 그 침대 매트리스에 있다가 눈 깜짝할 사이에 파리의 이 작은 공원으로 왔다. 그것이 바로 한평생이었다.

그녀는 참지 못하고 여러 번 미끄럼틀을 탔고, 여러 평생을 지나왔다. 천산갑 미끄럼틀은 시공의 터널과도 같았다. 꼬리 위로 기어 올라간 그녀는 어린아이였다. 방금 먹은 크루아상은 이미 무릎에 와 있었다. 무릎 관절이 회춘해서 미끄럼틀 계단을 오르는 동작이 민첩해졌다. 천산갑의 몸통으로 들어서는 그녀는 이제 임신을 하여 엄마가 될 준비를 하고 있었다. 혀끝에 도착했을 때는 이미 얼굴에 주름이 지고 백발이 검은 머리를 밀어내고 있었다. 몸이 혀끝에서 빠르게 썩어갔고, 혀를 벗어나 모래밭에 내렸을 때는 다시 지금 그녀의 모습으로 변해 있었다. 다행히 공원에는 사람들이 없었다. 안 그랬으면 그녀가 미끄럼틀을 타는 모습이 인터넷을 떠돌았을지도 모르고, 그러면 죽도록 창피했을 것이다. 천산갑은 정말 아름다웠다. 수천수백 개의 금속 비늘이 빗속에서 찬란하게 빛나고 있었다.

"아, 얘 정말 예쁘네."

바로 그때 그녀는 비로소 요가 남자를 발견했다.

그녀는 눈을 비비면서 고개를 갸우뚱했다. 자신이 잘못 본 게 아니었다. 누가 이런 날씨에 공원에 와서 물구나무서기를 한단 말인가. 헐렁헐렁한 요가 팬츠의 색깔이 너무 심각하지 않은가. 괴상했다. 게다가 정강이 사이에는 펼쳐진 우산이 끼워져 있었다. 타이베이에서 그녀는 초급 요가 수업을 받은 적이 있었다. 강사는 백발의 노인으로 KFC 할아버지처럼 자상했다. 배가 둥글게 튀어나왔어도 늑골은 물처럼 흐물흐물했다. 다리 찢기와 물구나무서기, 나선형으로 비틀기를 자유자재로 시연했다. 곡예단 단장 같은 요가 강사는 항상 같은 말을 반복했다.

"아주 간단해요. 마음을 활짝 열고 마음속 깊은 곳에 있는 어린 아이를 꼭 껴안으면 돼요. 여러분들도 다 할 수 있어요. 자, 같이 해봅시다. 마음속에 한 줄기 강이 있다고 상상해 보세요. 우리 함께 그 아름다운 강이 흐르게 하는 거예요!"

그녀가 속으로 미친 영감이라고 욕하면서 요가 매트를 말아 몰래 빠져나가려고 하던 차에 늙은 강사가 다가와 물구나무 서는 방법을 가르쳐주었다. 강사는 두 손으로 그녀의 복사뼈를 잡아 위로 들어 올렸고, 준비가 안 돼 있던 그녀는 날카로운 비명을 질렀으나 요가 교실은 이미 거꾸로였다. 그녀의 머릿속에 KFC 할아버지가 손에 닭다리를 쥔 모습이 떠올랐다. 그녀는 이어서 발생할 일을 잊고자 자신을 억제했다. 사실 통제할 필요도 없었다. 물구나무서기가 성공했는지 실패했는지, 거꾸로 선 상태를 얼마나 오래 유지했는지 전혀 기억이 나지 않았기 때문이다. 기억나는 것이라고는 강사가 다리를 놓은 후, 비틀거리며 요가매트로 돌아왔던 것뿐이다. 그러면서 몸 안의 어떤 단추가 눌렸는지 요란하게 방귀를 뀌고 말았다.

"너 말이야. 저 사람 봤지?"

그가 고개를 끄덕이자 그녀는 안심이 되었다. 비 내리는 공원은 흡사 귀신 영화 촬영장 같았다. 어둡고 으스스한 데다 안개가 약간 끼어 있었고 바람이 구슬프게 울부짖고 있었다. 땅 위에는 거대한 은빛 천산갑이 돌출해 있다. 그녀는 핸드백에서 작은 손거울을 꺼내 자신의 모습을 살펴보았다. 귀신으로 분장한 사람은 나무 아래 있는 저 요가 남자가 아니라 화장이 망가진 거울 속의 바로 이 여자였다. 바로 이 순간에 귀신 영화의 카메라 테스트를 한다면 그녀는 틀림없이 배역을 따낼 수 있을 것이다. 화장을 지우는 가장 효과적인 클렌저는 파리의 비인 것 같았다. 빗물이 파운데이션을 다 씻어내 어두운 피부가 그대로 노출됐다. 레이저와 히알루론산, 전기파 등 시험해 볼 수 있는 것은 다 써봤고, 시도의 결과는 항상 역전이었다. 무엇이 역전된단 말인가. 세월? 얼굴이 팽팽하면 청춘인가? 그것이 세월을 이기는 법인가? 그녀는 분명히 알고 있었다. 시각은 너무도 성실했다. 아무리 작아도 세월의 흔적은 감출 수 없었다. 어떤 성형 기술로도 눈빛 속의 아픔을 지우진 못했다. 하지만 그래도 그녀는 뭐든 다 해보았다. 그래야 TV 프로그램에 출연해 특별하고 대단한 발언을 할 수 있기 때문이었다. 진정한 스타들은 성형을 인정하지 않았다. 하지만 그녀 같은 한물간 여배우들에게는 성형 경험도 프로그램에 출연할 자본인지라 솔직하게 어디를 깎아내고 어디를 높였는지 얘기했다. 성형조차 하지 않으면 네티즌들에게 크게 욕을 먹었고, 칼을 대면 또 성형귀신이라고 욕을 먹었다. 그렇게 해볼 수 있는 것은 다 해봤지만 파리의 비를 이겨낼 방법은 없었다.

빗줄기가 좀 가늘어졌다. 우산이 망가졌다. 됐다. 안 쓰면 그만이다. 가는 비 좀 맞는다고 해서 죽진 않는다. 화장도 고칠 필요 없다. 어차피 공원 안에는 그녀와 그, 그리고 눈을 감고 물구나무서기를 하고 있는 이상한 남자 세 사람이 전부니까. 그녀와 그는 천산갑의 혀 아래 쪼그리고 앉아 커피를 마시면서 물구나무서기를 하고 있는 요가 남자를 바라보았다. 그는 정말 대단했다. 바람이 악의를 품은 채 풀과 나무를 마구 흔들어대고 모래를 불어 날리면서 여러 차례 그를 넘어뜨리려 했지만, 그는 몸 안에 무거운 산이라도 들었는지 두 다리를 곧게 펴서 하늘을 향한 채로 요지부

동이었다.

두 사람 모두 기억했다. 아주 오래전에 두 사람도 이렇게 빗속에 앉아 있었다. 영화 촬영이 끝나던 날, 감독도 가 버리고 조명도 가 버리고 녹음도 가 버리고 미술도 가 버리고 메이크업 언니들도 가 버리고 천산갑도 가 버리고 없었다. 두 사람은 빗속을 걸어 숲으로 들어갔다. 영상에 찍혔던 매트리스가 커다란 나무 아래 버려져 있었다. 두 사람은 푹신푹신한 매트리스 위에 앉았다. 몹시 피곤했고 자고 싶었다.

좁은 골목에 발소리가 어지럽게 울렸다. 사람들 목소리로 시끄러웠다. 한 무리의 관광객이 작은 공원으로 들어서고 있었다. 모두 이어폰을 끼고서 가이드의 설명을 귀 기울여 듣고 있었다. 몸집이 아주 작고 귀여운 여성 가이드는 손에는 노란색 작은 깃발을 들고 머리에 마이크를 끼고서 길을 걸으면서 쉬지 않고 빠르게 뭔가 설명하고 있었다.

"이 천산갑이 파리의 무슨 비경이라도 되나 봐. 여행단이 구경까지 하러 오다니."

하지만 여행단은 천산갑을 무시하고 곧장 요가 남자에게로 다가갔다. 가이드는 사람들에게 발소리를 내지 말고 휴대폰과 카메라를 전부 꺼내 요가 남자를 촬영하라고 권했다. 그녀는 자리에서 일어나 관광객 무리에 합류했다. 다들 대체 뭘 찍는 거지? 신기했다. 그녀는 사람들이 돌아가면서 물구나무를 선 요가 남자와 함께 사진을 찍는 광경을 지켜보았다. 하나같이 큰 수확을 얻은 듯 흐뭇한 표정이었다. 아이돌을 보고 흥분하듯이. 그럴 리가 있나. 이 요가 남자가 파리의 유명 인사인가? 대스타? 그녀는 참지 못하고 앞으로 다가가 고개를 쭉 내밀었다. 몇몇 여성이 휴대폰을 꺼내 들고 흥분한 채 토론을 벌이고 있었다. SNS에는 이 요가 남자가 물구나무를 선 모습을 담은 사진이 무수히 올라와 있었다. 에펠탑 앞에서 물구나무를 선 모습도 있고 퐁네프 다리 위에 선 모습도 있었다. 보주 광장과 명품 숍 앞에 선 모습도 있었다. 생마르탱 운하 옆이나 룩소르 오벨리스크 앞, 루브르 피라미드, 모나리자 앞, 퐁피두 센터 등에서의 모습도 있었다. 꽃피는 봄이나 눈 내리는 겨울 할 것 없이 한결같이 헐렁헐렁한 요가 팬츠 차림이었다.

한 여자아이가 영어로 말했다. 그녀가 잘못 듣진 않았을 것이다.

"난 파리의 각기 다른 세 곳에서 저 사람을 봤는데, 일어선 모습은 한 번도 본 적이 없어."

이 물구나무를 서는 요가 남자가 최근에 파리의 움직이는 핫플레이스가 됐나 봐.

겹겹으로 둘러 선 관광객들이 요가 남자를 향해 마구 플래시를 터뜨렸다. 한 사람이 너무 가까이 다가가 우산 아래의 거꾸로 선 우주를 침범했다. 하지만 요가 남자는 줄곧 물구나무 자세를 유지했다. 관광객들은 서둘러 또 다른 핫 플레이스로 이동해야 했다. 가이드가 재촉하자 한 무리의 사람들이 비좁은 골목으로 향했다. 공원에는 다시 고요한 공허만 남았다. 사람들은 잘게 부서진 웃음소리만 남기고 떠났다.

천둥이 울리면서 하늘에 균열이 일었다. 두 사람은 천산갑 혀 아래 앉아 조용히 요가 남자를 응시했다. 그녀는 그의 어깨에 머리를 기대고 있었다. 시차가 머릿속에서 안개를 자아냈다. 그녀는 마음속으로 세기 시작했다. 한 마리, 두 마리, 세 마리, 일곱 마리. 불현듯 생각이 났다. 어쩌다 잊었단 말인가. 잠이 오지 않으면 천산갑 수를 셌다. 수를 세고 또 세다 보면 잠이 들었다.

그는 외투를 벗어 그녀의 몸을 덮어 주었다. 그는 줄곧 잠들지 못했다. 비가 올 때가 가장 좋았다. 빗소리는 수면에 도움을 주었다. 이 세상에 매일 비가 오는 곳은 없을까. 그런 곳이 있다면 진정으로 편안하게 몸을 맡길 수 있을 것이다. 이 순간, 이 작은 공원에서 비가 금속 천산갑을 때리며 팅팅 맑은 소리를 내고 있었다. 소리를 들으면서 그는 잠을 자고 싶어졌다.

그는 비에 젖는 걸 좋아했다. 어렸을 때, 다른 엄마들은 모두 비를 맞지 못하게 했다. 아이가 감기에 걸려 열이 날 수 있기 때문이었다. 하지만 그의 엄마는 예외였다. 그가 비옷도 입지 않고 장화도 신지 않은 채 빗속에 서서 고개를 쳐들고 비를 마실 수 있게 했다. 그가 가장 좋아하는 건 여름날 비가 내리는 숲이었다. 빗줄기가 나뭇잎을 때리면 흙은 따스하면서도 촉촉하고 매끈매끈해졌다. 인간들만이 비옷을 입고, 인간들만이 천둥소리를 두려워한다. 그는 내키는 대로 나무 하나를 골라 혀를 적시고 비를 마시면서 미소 띤 얼굴로 천둥소리를 들었다. 생각해 보면 비는 정말로 엄마와 닮았다. 감정이 다양하게 변했고 부드러우면서 촉촉했다. 격렬한 기세로 해를 가하기도 하고 비단처럼 부드러우며 아름답기도 했다. 또 차가운 한기로 피해를 주기도 했다. 피부에 닿을 때 비의 촉감은 수천수백 가지였다. 대지를 적실 수도 있고 문명을 침몰시킬 수도 있었다. 가장 기본적인 느낌만 정의해 봐도, 때로는 통쾌했고, 때로는 비통했다. 때로는 최면제가 되었다가 때로는 각성제가 되었다. 머리가 어지럽고 혼란스러울 때 몸을 활짝 열고 비에 몸을 내맡기면, 아주 오래 지켜 온 제방 같은 것이 무너지고 몸 깊은 곳의 어떤 단단한 핵이 부드러워졌다. 가장 중요한 건 마음 놓고 울 수 있다는 것이다. 쏟아지는 빗속에서 자전거를 타고 도시를 돌아다니면, 그의 눈에서도 비가 내리고 있음을 알아채는 사람은 하나도 없었다.

그는 스위스의 루가노(Lugano)에 가고 싶었다.

합작했던 감독이 새 영화 한 편을 완성했고 루가노 영화제에 초청을 받았다. 그에게 영화제 공개 상영 행사에 참석해 달라고 했다. 감독은 그가 매체들과의 접촉에 익숙지 않고 화려한 파티를 좋아하지도 않는다는 사실을 잘 알고 있었다. 주최 기관에서는 교통편과 호텔, 영화 티켓만 제공하고 어떤 활동에도 참석할 의무를 강요하지 않는다고 분명히 밝혔다. 그냥 와서 영화만 보라는 것이었다. 의도적으로 인사말을 할 필요도 없고 자유롭게 돌아다녀도 되고, 얼굴을 비추지 않아도 된다는 거였다.

그는 먼저 비행기를 타고 밀라노로 갔다. 한여름이라 덥고 건조했다. 들리는 바로는 벌써 여러 달째 비가 오지 않았다고 했다. 밀라노에서 총총히 하룻밤을 보냈다. 원래는 호텔에만 있고 어디에도 가지 않을 작정이었으나, 한밤중에 비가 창문을 두드리자 그는 창문을 열고 손바닥으로 비를 맞았다. 거리의 작은 술집에서는 사람들이 재즈를 부르고, 광장에서는 한 부부가 빗속에서 느린 춤을 추고 있었다. 그는 밖에 나가 비를 맞기로 마음먹었다. 그날 밤의 비는 아주 가볍고 부드러웠다. 갓 태어난 아기 손바닥처럼 야

들야들하고 젖 향기가 배어 있었다. 걷다가 배가 고파진 그는 셔츠 단추를 풀고 배에 힘을 주어 내밀었다. 고픈 배가 비를 맞았다. 아무런 목적 없이 몇 시간을 걷자 배가 북을 치면서 항의하기 시작했다. 밀라노의 비는 단백질을 함유하고 있지 않았고, 배가 고파 죽을 것 같았다. 길가의 패스트푸드점은 문이 반쯤 닫혀 있었지만 간판에는 아직 불이 켜져 있었다. 그가 몸을 구부려 안으로 들어가니 흰 가운을 입은 조리사가 문을 닫기 위해 청소를 하고 있었다.

다음 날 그는 기차를 타고 루가노로 갔다. 기찻길에서 수많은 호수들과 몸을 스쳤다. 그는 기차에서 내려 수영을 하고 싶은 마음이 간절했다. 도착해 보니 루가노는 호숫가의 작은 도시였다. 투숙한 호텔 객실은 마침 호수를 마주하고 있었다. 호수 이름은 라고 마조레였다. 읽기가 어려웠다. 성대와 구강이 호수와 관계 맺기를 거부했다. 그렇다면 몸에게 맡기는 수밖에 없다. 호숫가로 달려가 옷을 벗고 물속으로 들어갔다. 어젯밤에 비에 축축하게 젖었던 탓인지 호수 안에서 몸을 움직이자 밀라노에서 맞았던 비가 적지 않게 흘러나왔다. 호수의 수면이 미세하게 올랐다.

영화 첫 상연은 피아차 그란데(Piazza Grande), 대광장에서 이루어졌다. 커다란 광장의 노천 영화관이었다. 입장권에 인쇄된 상영 시각은 밤 9시 반이었다. 그는 상영 시각이 이렇게 늦은 건 아마도 날이 어두워져야 하기 때문이리라 추측했다. 밤 8시가 조금 넘자 하늘이 점점 어두워지기 시작하더니 검은 구름이 위협적으로 압박해 왔다. 천둥이 요란하게 울려댔다. 마치 교향악처럼. 그는 방수 재킷을 입고 있어서 비가 두렵진 않았다. 두려운 건 주최 측에서 날씨 때문에 상영을 취소하는 것이었다. 수영을 마친 그는 저녁식사를 하지 않은 터라 몸이 텅 비어 있었다. 영화 한 편으로 몸을 채워야 했다.

노천 영화관에 가 보니 정말 이름처럼 거대한 광장이었다. 대형 스크린이 광장 한구석에 설치돼 있고 광장은 천 개의 의자로 가득 채워져 있었다. 그가 본 중 가장 거대한 노천 영화관이었다. 의자 위에 빗물이 고여 호수를 이루고 있었다. 현지 관중들은 만반의 준비를 하고 왔다. 우비에 장화를 신고 방석을 깔고 앉아 있었다. 보온병에는 더운 물이 들어 있고, 보온 찬합에는 샌드위치와 소시지, 치즈 등이 담겨 있었다. 비가 오는 터라 광장 옆에 있는 음식점에서 맥주를 큰 잔으로 주문했다. 비에 맥주가 더해지니 독특한 진미가 되었다. 그는 아무것도 준비해 오지 않았다. 봄철에 입는 방수 재킷이 전부였다. 상관없었다. 그는 정말로 비에 젖어도 개의치 않았다.

그는 의자에 고인 호수를 걷어내고 앉아서 영화가 상영되기를 기다렸다. 빗줄기가 점점 굵어지더니 천둥과 번개가 하늘을 갈랐다. 천둥 치는 소리는 몹시 위협적이었다. 하지만 뇌우는 관중들을 쫓아내지 못했고, 광장 좌석은 여전히 사람들로 가득 차 있었다. 다들 흥분과 기대로 가득했다. 웃음소리가 빗소리에 대항하는 가운데 다들 영화가 시작되길 기다렸다. 그의 왼쪽에는 한 쌍의 연인이 앉아 있었다. 독일어로 말다툼을 하는 것 같았다. 말투가 고약해지더니 다툼이 이어졌지만, 그 소리는 곧 빗소리에 희석되었고 두 사람은 탄식과 함께 맥주잔을 들더니 이내 화해했다. 이어서 그들은 이탈리아어로 다정하게 얘기를 이어갔다. 큰비가 계속되는 가운데 두 사람은 우산을 들고 둘만의 세계를 쌓아갔다. 언어가 다시 프랑스어로 바뀌었다. 두 사람은 첫 연애인 듯 부드럽고 섬세했다. 빗속에서의 기다림은 전혀 무미건조하지 않았다. 관중석 도처에서 이미 영화가 펼쳐지고 있었다. 오른쪽 남자가 그를 향해 미소를 지으면서 우산이 필요하지 않느냐고 물었다.

9시 반이 되자 광장 주변의 모든 상점과 주택들이 일제히 전등을 껐다. 어둠이 광장을 다시 빼앗아갔다. 호반의 작은 도시 광장이 영화관으로 변했다. 대형 영상이 광장 건축물 벽에 투사되었다. 먼저 영화제 홍보 영상이 상영되었다. 영화제의 테마 색은 노랑이었다. 투영되는 노란 빛과 영상이 찬란했다. 비 오는 밤, 사람들의 말소리가 요란한 가운데 영상이 흐르기 시작했다. 그해 여름밤의 축제였다. 무대 위로 비를 막는 천막이 올라갔다. 두 명의 사회자가 화려한 복장으로 나타나 광장을 향해 외쳤다.

"부오나 세라, 피아차 그란데!"*

사회자가 감독과 배우들을 무대로 불러내 소개했다. 그를 루가노로 초청한 감독이 관중을 향해 손을 흔들면서 자신이 찍은 영화가 이렇게 큰 노천 영화관에서 첫 상영되리라고는 생각지 못했다고 말했다. 자신이 본 가장 큰 스크린이라면서 다들 바람과 비를 뚫고 영화를 보기 위해 광장에 와 줘서 고맙다는 인사도 잊지 않았다.

정말로 잊기 힘든 추억이었다. 인생에 행복한 시간은 그리 많

* Buona sera, piazza grande! 이탈리아어로 '대광장에 계신 여러분, 좋은 밤입니다.'라는 뜻이다.

지 않은 법인데, 뜻밖에도 이렇게 많은 사람들이 그와 함께 비를 맞으며 영화를 보았다. 감독은 물을 잘 찍는 것으로 유명했다. 그와 같이 찍은 영화는 쪽빛 바닷가에서 촬영되었다. 영화 전체가 그의 울음이었다. 마지막 신은 그가 우는 얼굴로 바닷속으로 사라지는 것이었다. 결말 부분의 장면은 꽤 여러 날에 걸쳐 촬영했다. 일출 때 찍고, 정오에 찍고, 일몰 때 찍고, 한밤중에 또 찍었다. 감독이 만족스러운 빛을 잡았다고 생각할 때까지 찍고 또 찍었다. 그는 잠수하여 바다로 들어가서 숨을 죽인 채 위를 바라보았다. 수면은 자줏빛으로 반짝였다. 아래를 내려다보니 바닥이 없는 어둠이 유혹하고 있었다. 물을 힘껏 몸 안으로 빨아들이고 바다 깊은 곳으로 내려가야 할까.

오늘 밤 이 영화도 물을 찍은 것이었다. 이탈리아의 추운 겨울, 강가에 고기잡이로 먹고사는 일가가 있었다. 물안개가 자욱한 가운데 카메라는 물속을 왔다 갔다 했다. 배우들은 차가운 강물 속에서 대자연을 상대로 사투를 벌였다. 영화 속에는 어슴푸레하게 겨울비가 내리고 있고, 영화 밖 여름 루가노 광장에도 비가 내리고 있었다. 두 세계가 빗소리를 통해 서로를 소환하고 있었다. 영화 속의 강은 흐르고 흘러서 거대한 스크린 밖으로 넘쳐 모든 사람의 몸 안으로 흘러 들어갔다. 커다란 광장에 넓고 큰 강이 나타났다. 그가 걸치고 있는 방수 재킷은 비를 막아주지 못했고, 신발 속에서도 가는 개울이 흘렀다. 다사다난한 대자연에, 어지러운 빗소리의 음향 효과와 눈을 자극하는 번개까지 더해졌다. 인공 음향 효과와 자연의 천둥소리가 교차하면서 영화와 현실의 한계가 사라졌다. 영화 속 배우들도 비에 젖고, 영화 밖 관중들은 더 젖었다. 광장의 관중들은 집단적으로 영화 화면 속으로 녹아 들어갔다.

관중들의 손은 두 시간 넘는 비에 흠뻑 젖었고, 북을 치는 듯한 빗소리는 더욱 커져갔다. 온몸이 비에 젖자 그는 옷을 벗고 어둔 밤의 마조레 호수에 뛰어들어 호수에 빗물을 더해주고 싶어졌다.

우산이 필요하지 않느냐고 물었던 옆자리 남자는 예리한 눈빛으로 비를 밀어내고 그의 옆으로 다가와 앉았다.

그가 고개를 돌려 그 눈빛을 받아들였다.

물론 그는 그 눈빛의 의미를 이해했다.

평범한 눈빛이 서로 마주쳤다가 일 초도 안 되어 멀어져갔다. 고개를 끄덕였다가 돌리는 걸로 낯선 사람에게 예의를 지켰다. 욕망으로 가득한 눈빛은 일 초도 안 되는 짧은 시간 동안에도 예의의 제한을 위반할 수 있다. 억지로 몇 초 더 머물렀다면 눈빛이 굳어 움직이지 못했을 것이다. 일 초, 이 초, 삼 초 계속 응시하면서 줄곧 그를 쳐다보았을 것이다. 그는 그 의미를 알았을 것이다.

이 순간 저 나무 아래 있는 요가 남자와 같았을 것이다.

요가 남자는 천천히 눈을 뜨고 개인적 명상의 우주에서 속세의 파리로 돌아왔다. 요가 남자의 눈빛이 서서히 초점을 찾더니 천산갑의 혀 아래서 비를 피하고 있는 그를 발견했다. 그러고는 눈빛을 교차하는 시간의 제약을 위반했다. 일 초, 이 초, 삼 초.

이 요가 남자가 제대로 서 있는 모습을 보지 못한 아주 많은 파리 시민들은 그가 태어날 때부터 거꾸로 서 있었으리라 상상했다. 그는 요가 남자의 다른 자세를 목격한 소수의 사람 중 하나였다.

요가 남자의 두 발이 우산을 풀어 놓더니 다리가 민첩하게 움직여 양반 다리 자세로 전환되었다. 눈빛은 줄곧 그를 놓아주지 않고 있었다. 거꾸로 섰을 때는 우산을 잡았으나 앉은 자세에서는 잡지 않았다. 그의 긴 머리카락들이 탐욕스럽게 비를 빨아들였다. 우산이 요가 남자를 빼앗으려 애쓰다가 바람을 타고 도망쳐 버렸다.

그 눈빛은 너무나 유혹적이었다. 그의 바지 안이 금세 단단해졌다.

그는 요가 남자가 그가 어떻게 해 주기를 바란다는 사실을 모르지 않았다.

그날 밤 밀라노에서 흰 가운을 입은 조리사도 그에게 이런 눈빛을 보냈다. 패스트푸드점의 셔터를 내리면서 조리사의 손이 뻗어와 그의 혁대를 풀었다. 그러고는 몸을 돌려 엉덩이를 그의 단단한 물건에 대고 비벼댔다. 그는 두 손을 테니스공처럼 사용했다. 조리사는 입으로 이탈리아 오페라를 노래했다. 테너였다.

다음 날 루가노 광장에서 오른쪽에 앉아 있던 남자가 오늘 길 내내 조용히 그의 뒤를 쫓아왔다. 호텔 방으로 들어와 보니 그가 테라스 문을 열고 들어와 의자에 앉아 있었다. 빗속에서 옆에 앉아 있던 남자는 그의 몸에 남은 비를 깔끔하게 핥아먹었다. 그날 밤 그는 비를 호수에게 주지 않고 옆자리 남자에게 주었다. 옆자리 남자는 그의 비를 깡그리 다 마셔버렸다. 아직 딱딱했다. 충분하지 못한 것 같았다. 그의 몸 안으로 축축한 영화 한 편이 들어왔다. 옆자리 남자의 바지는 방바닥에 힘을 잃고 흐물흐물 주저앉았다. 엉덩이는 그의 몸 위에 앉아 있었다. 엉덩이가 입을 열어 그의 몸속 그 영화를 보고 싶다고 말했다.

그는 천산갑의 몸통 안에서 요가 남자의 갖가지 부드럽고 유연한 요가 자세를 목격했다. 통상적으로 깊은 밤 혹은 이른 새벽에 그들이 천산갑의 꼬리에 기어 올라가면 요가 남자의 엉덩이가 올라왔다. 요가 남자의 목구멍은 전동 후추 그라인더처럼 매운 목소리를 가늘게 빻아냈다. 두 남자가 서로 뒤엉키면서 금속 재질의 천산갑에게 생명을 불어넣었고, 비늘이 가볍게 떨렸다.

그 남자들의 눈빛은 통상적인 에티켓이 정해 준 몇 초의 시간을 넘어섰다. 항상 그가 자신들을 어떻게 해 주기를 바랐다.

그는 그런 눈빛에 저항할 길이 없었다.

J만이 예외였다. J는 눈빛을 사용하지 않았다. J는 직접 다가와 그의 귀에 대고 한 마디 말을 했다. 그는 무슨 말인지 알아들을 수 없었다. 어느 지역 말인지도 알 수 없었다. 하지만 그는 알아들을 수 있었다.

그 한 마디는 "나 좀 어떻게 해 줘."였다.

요가 남자가 종종걸음으로 다가왔다. 눈길이 그의 어깨 위에 깊이 잠들어 있는 여인에게로 이동했다. 욕망이 물음표로 전환되었다.

그 눈빛이 물었다.

"이 여잔 누구지?"

천산갑은 입을 굳게 다물고 대답하지 않았다.

휴대폰 대화 3

"못 걷겠어. 젠장, 이렇게 걷다간 죽을 것 같아. 더 걷다간 죽어 버릴 것 같다고."

"좀 쉬었다 갈까?"

"쉬어도 소용없어. 피곤해 죽겠어. 조금 이따가 날 좀 업어 주면 어때?"

"오케이."

"어, 오케이라고 했어. 나 농담 아니야. 나 아주 무거워. 방금 아침을 너무 많이 먹었거든. 미친 것처럼. 이제 꽉 찼어. 죽도록 뚱뚱해졌어. 정말이야. 나 정말 더는 못 걸어."

"좋아."

"비는 언제 멈춰? 우리 언제 출발할까? 너 정말 날 업고 갈 거야? 우리 대체 어디로 가는 건데?"

3 새점

그녀가 깼다. 피부에 천산갑 발자국이 수없이 찍혀 있었다.

그녀는 애써 눈뜨려 하지 않고 피부 위의 천산갑 발자국을 손가락으로 더듬었다. 아직은 눈을 뜨고 싶지 않았다. 좀 더 참아야 했다. 눈이 완전히 감겼다. 손가락 끝의 시력은 눈동자보다 좋아서 천산갑의 진흙이 묻은 발자국을 볼 수 있었다. 눈을 크게 뜨면 그 발자국들은 사라진다. 차가운 공기에서 맑고 달콤한 향기가 났다. 타이베이는 더워 죽을 지경이지만 파리는 시원하고 쾌적했다. 잠을 좀 더 자도 될까. 하지만 정말로 잠이 오지 않았다. 눈빛의 욕망에 저항하면서 좀 더 기다려야 했다.

천산갑의 혀 아래서 그녀는 얼마나 오래 잠들어 있었을까.

충분히 잔 셈일까? 두 발을 땅에 딛는 순간 중심이 한쪽으로 기울었다. 파리의 비는 잠시 멈췄는데 머릿속의 비는 이제 시작되었다. 배를 만져 보니 몸 안의 통증은 아직 깨어나지 않은 상태였다. 방금 또 흰색의 꿈을 꾸었다. 흰색 꿈속에 천산갑이 있었다. 공원 안 천산갑의 은빛 비늘이 흔들리면서 사지가 움직였다. 어디에선가 애써 참는 듯한 신음이 들려왔다. 천산갑이 내는 소리일까? 아니었다. 천산갑은 아주 조용했다. 어떤 소리도 내지 않았다. 그녀는 머리를 양쪽으로 번갈아 기울였다. 방금 수영장에서 나온 듯한 발로 폴짝폴짝 뛰었다. 머릿속의 비를 털어내려는 듯이. 그리고 눈을 가늘게 뜨고 제자리에서 한 바퀴 빙 돌았다. 갑자기 멀어졌다 가까워지기를 반복하는 신음을, 원심력을 이용해 떨쳐 버리려는 듯이. 누구일까. 누가 그녀의 꿈속으로 쳐들어와 이처럼 희열의 소리를 내는 걸까. 왜 그녀의 목구멍은 그런 소리를 내지 못할까.

공원의 나무 아래에는 아무도 없었다. 물구나무서기를 하던 요가 남자도 사라지고 없었다. 그는 천산갑 꼬리 계단 위에 앉아 휴대폰을 응시하고 있었다.

그녀는 자신의 몸을 내려다보았다. 천산갑 발자국이 전부 사라지고 없었다. 방금 몇 마리 천산갑에게 밟히지 않았나.

보통 사람들은 잠이 오지 않으면 양을 센다. 하지만 그녀는 양을 세도 소용이 없어 천산갑을 셌다. 그가 그녀에게 가르쳐 준 방법이었다. 어렸을 때 그녀가 그에게 물었다.

"넌 잠이 안 오면 어떻게 해? 어른들의 말로는 양을 세면 잠이 온대. 하지만 난 효과가 없더라고."

그는 도화지 위에 천산갑을 그리기 시작했다. 한 마리, 두 마리, 세 마리, 아홉 마리, 도화지가 가득 찰 때까지 천산갑을 그렸다. 그녀가 도화지 위의 천산갑을 응시하자 잠기운이 파도처럼 몰아쳤다. 그가 그린 그림의 선은 전혀 섬세하지 않았다. 천산갑의 윤곽은 그의 펜을 통해 거칠게 변형되었다. 어지럽게 겹친 비늘은 거의 추하다 싶을 정도였다. 도화지는 볼펜 잉크를 완전히 흡수하지 못했다. 그는 손바닥으로 도화지 표면을 비벼 천산갑의 형태를 흐릿하게 만들었다. 정말 추했다. 재주가 있는 그림이라 할 만한 구석이 전혀 없었다. 하지만 그녀가 눈을 떼지 못하고 응시하자 갑자기 그림이 아름다워 보이기 시작했다. 이내 추한 천산갑들이 모두 움직이기 시작했다. 그가 손을 벌리자 작은 손바닥에 파란 잉크가 묻어 있었다. 바다 같았다.

그때 이후로 그녀는 잠이 오지 않을 때마다 천산갑을 셌다. 그 이전에는 양을 세면서 양들이 한 마리, 또 한 마리 울타리를 뛰어넘는 모습을 상상했다. 메에에에……. 양 우는 소리가 너무 시끄러웠다. 결국 머릿속의 산 언덕에 거대한 양 무리를 풀어놓았다. 목양견도 불러왔다. 밤새 잠이 안 오면 서둘러 알프스를 소환해서 양을 방목했다. 그런데 천산갑을 세면 머릿속에 한밤중의 낮은 산과 숲이 나타났다. 습지와 농지, 작은 개울도 나타났다. 오래된 나무와 둥근 달, 수많은 별들, 가는 비, 맑은 바람도. 한 마리, 또 한 마리 사면팔방에서 천산갑이 그녀를 향해 천천히 다가와 그녀의 몸을 밟고 올라섰다. 긴 꼬리가 그녀의 피부를 긁었다. 그녀의 몸은 한 장의 종이였다. 숫자가 천산갑을 소환하기 시작했다. 천천히 헤아린다. 진지하게. 온 마음을 집중해서. 자세한 상상력으로 모든 천산갑의 모양을 그렸다. 달빛 아래, 수천수백 개의 비늘이 빛났다. 그녀의 몸에 수백 마리의 천산갑이 멈춰 섰다. 그 발톱은 무척이나 날카로워 그녀의 피부 위를 파고들며 구멍을 뚫었다. 5백 마리가 넘어서자 온몸 도처에 천산갑이 뚫은 구멍이 보였다.

천산갑은 그 구멍 안으로 들어와 잠을 잤다. 수많은 발자국과 수많은 구멍이 생겨났고, 그녀가 헤아린 천산갑은 모두 구멍 뚫기를 마친 뒤 잠을 잤다. 이제 마침내 그녀 차례가 되었다. 의식이 희미해지는 가운데 내키는 대로 구멍 하나를 골라 비집고 들어가 천산갑의 비늘을 만졌다. 굿나잇. 내 몸에 구멍을 만들어줘서 고마워.

최근의 불면증은 아주 심각했다. 그런데 뜻밖에도 잊고 있었다. 분명히 천산갑을 셀 수 있었는데도 그녀는 그걸 잊어 버렸다. 천산갑도 그녀를 잊었다.

그녀는 휴대폰으로 시간을 확인했다. 파리는 아직 이른 시각이었다. 따스한 초가을의 햇빛이 그녀 몸에 남은 비를 다 빨아들였다. 차량 행렬과 사람들이 술렁대는 소리가 골목의 작은 공원 안으로 밀려 들어왔다. 파리가 그와 함께 깨어났다.

"우리, 네 집에서 얼마나 멀리 온 거야? 휴대폰으로 택시 부를까? 내 말 좀 들어봐. 농담이 아니야. 진심이야. 네가 업고 가지 않는 한, 더는 움직이지 못할 것 같아."

그녀가 재킷 지퍼를 올리자 그는 그녀에게 등을 향한 채 쭈그려 앉았다. 그의 등은 준마 같았다. 두 팔을 뒤로 뻗은 그는 하마가 올라타기를 기다렸다.

그의 등은 비 온 뒤의 촉촉한 들판이었다. 딱딱한 땅은 부드러워져 있었다. 풀 향기가 그윽했고, 목 뒤에선 땀이 솟았다. 귓바퀴 안에는 흙과 풀이 들어차 있었다. 방금 공원에서 뒹굴지 않았던가. 그는 강한 팔로 그녀의 허벅지를 잡고 빠른 걸음으로 공원을 나와 바삐 돌아치는 파리의 이른 아침으로 들어섰다. 겨우 두 블록을 지났을 뿐인데 그녀가 귀에 대고 말했다.

"됐어. 그만 내려줘."

거짓말이었다. 그녀는 그의 등에 탄 채 파리 일일 관광을 하고 싶었다.

"방금 한 말은 농담이야. 네가 진심으로 받아들일 줄 몰랐지. 정말로 나를 업을 줄이야. 부탁이야. 우리 나이가 얼만데 그래. 정말 꼴불견이야. 게다가 난 원피스를 입었다고. 자, 봐. 방금도 많은 사람들이 길을 가면서 저 아시아인 둘이 미쳤다고 생각했을 것 아냐. 창피하단 말이야!"

그는 다른 사람들의 눈길을 전혀 의식하지 않았다. 이상한 눈으로 본다 해도 개의치 않았다. 그와 파리 사이에는 한 줄기 강이 가로놓여 있었다.

"요 몇 년 동안 다이어트를 해서 그나마 다행이네. 안 그랬으면 지금쯤 네 허리가 끊어지고도 남았을 거야. 내가 휴대폰으로 택시를 부를게."

그는 고개를 가로저었다.

"이렇게 집까지 갈 거라고 하진 마. 있잖아, 이렇게 더 가다가는 내가 죽을지도 몰라. 그러면 너도 아주 난처해지잖아. 우리 남편이랑 아이에게 뭐라고 할 거야. 우리 남편이 아주 골치 아픈 인간이라는 건 네가 누구보다도 잘 알잖아. 정말 짜증나 죽겠어. 원래는 남편도 파리까지 따라오려고 했었어."

그는 또 고개를 가로저었다.

"계속 그렇게 고개 젓지 마. 미칠 것 같단 말이야. 도대체 무슨 뜻이야? 택시를 부르지 말라는 거야? 아니면 이렇게 더 걸어도 내가 안 죽는다는 거야?"

그의 머리가 흔들리기를 멈췄다. 얼굴에 엷은 미소가 번졌다. 그는 발을 과장되게 높이 들고서 걷기 시작했다. 이제 속도를 늦춰도 되는 상태였다. 그는 더이상 울고 싶은 마음이 없었다. 아까 천산갑의 몸에 기어들어갔다가 요가 남자의 몸에 들어갔었다. 눈물이 체액과 함께 요가 남자의 등에 분출되었다가 다 휘발되었다. 딱딱했던 것은 마침내 점차 물렁물렁해졌다. 이렇게 해서 울고 싶은 충동을 억제했다. 매번 울 수는 없는 일이다. 가장 좋은 방법은 다른 몸에 들어가는 거였다. 그는 정액의 성분이 눈물이라서 분출해 내면 되는 게 아닐까 생각해 보았다. 분출하고 나면 울지 않아도 된다.

아버지가 말했다.

"너희는 잘 모를 거야. 한번 해보면 알지. 끝나면 나는 집에 온다고. 이게 뭐가 잘못됐다는 거야?"

그는 이제 알 것 같았다. 하고 나면 기분이 많이 좋아졌다. 완전히 좋아지는 건 아니었다. 치유는 불가능했다. 하지만 적어도 조금은 좋아질 수 있었다. 약간이면 됐다.

요가 남자가 그에게 입을 맞추고는 그의 귓가에 말했다.

"메르시. 고마워. 덕분에 내 빈 공간을 채울 수 있었어. 오늘은 물구나무서기를 할 필요가 없을 것 같아."

그가 알아들은 것은 몇 개의 단어에 불과했다. 신음 정도였다. 일련의 프랑스어가 그의 귓가에 절로 뚝뚝 떨어졌다. 왜 고맙다고 하지. 천산갑이 배를 빌려준 걸 고마워해야 하지 않을까. 천산갑을 프랑스어로 뭐라고 하는지 요가 남자에게 묻고 싶었지만 입이 떨어지지 않았다. 그는 줄곧 사전을 찾아보고 싶었지만 줄곧 찾지 않았다. 요가 남자는 아주 빠르게 양복 차림의 남자로 변신했다. 그는 긴 머리를 묶은 후 출근해야 한다고 말했다.

가을이 찾아온 날, 파리 사람들은 몸에 새 재킷을 걸쳤다. 긴 것도 있고 짧은 것도 있었다. 머플러와 모자, 장갑 등도 마침내 옷장에서 자리를 다투기 시작했다. 뜨거운 여름의 학대가 몇 달씩이나 지속되었지만 에어컨이 있는 집은 그리 많지 않았다. 연인들은 서로 끈적끈적하게 달라붙는 걸 견디지 못해 서둘러 헤어졌고, 서로의 마음을 공격하는 가족들은 서로의 분노를 견디지 못했다. 집은 좁고 갑갑한데, 밖은 덥고 사람들로 북적거렸다. 몸 둘 곳을 찾기 힘들었다.

계절의 변화는 마치 날카로운 조각도 같았다. 하늘과 땅이 단칼에 나뉘었다. 여름이었던 어제는 전부 찢어내고 가을이 화려하게 등장했다. 어제는 거리의 나무들도 푸르렀는데 하룻밤 사이에 가을이 되었고, 오늘 아침에는 초록이 눈에 띄게 옅어졌다. 무수한 나뭇잎이 견디지 못하고 노랗게 물들기도 전에 가지를 이탈해서 자유를 탐했다. 바람을 만나 반란을 일으키기도 했다. 빛의 질감도 변하여 구운 고구마 색이 되었다. 입을 크게 벌려 심호흡을 하면서 가을을 곱씹으면 얇게 썬 고구마를 씹듯이 공기에서 청량한 소리가 났다. 거리의 누군가는 아코디언을 켜고, 또 누군가는 창틀에 기대어 바이올린을 켰다. 밝고 경쾌한 음색이 가을의 맑고 차가운 바람에 여과되어 들려오면 가슴에 시름이 쌓였다. 얼음이나 차가운 음료에 이별을 고하자 갑자기 위장이 소슬해지면서 뜨거운 핫초콜릿을 바라게 되었다. 레드 와인을 따서 한두 모금 입을 적시는 건 그저 남들에게 보여주기 위한 연기였고, 실제로는 아침에 곧장 반병을 마시고 남은 반병으로는 약한 불로 쇠고기를 삶았다. 시장에 호박이 등장하면 내친김에 통통하게 살이 오른 붉은 과육의 고구마를 샀다. 즙이 많은 망고도 있었다. 여기에 생강을 더해 전부 한데 때려 넣고 진한 수프를 끓였다. 한 냄비 주황색으로 가득하게 끓여 가을을 났다.

두 사람은 천천히 센강 강변까지 걸었다. 햇빛 아래 강물이 아주 맑고 깨끗해 보였다. 천천히 걸으면서 두 사람의 거리가 좁혀졌다. 서로 안 지 오래인 데다 걸으면서 천천히 서로의 몸이 닿을 수밖에 없었다. 생소함을 극복하고 그녀가 그의 팔을 잡아끌었다. 왕성한 여행의 계절이 지나고 강 위를 오가는 배에는 관광객이 드문드문했다. 한 쌍의 연인이 갑판 위에서 느린 춤을 추고 있었다. 두 사람은 어제 헤어지기로 했었는데, 아무래도 인생은 낯선 행로인지라 오늘 아침에 일어나 보니 문득 가을이 돼 있었고, 갑자기 육체가 고독에 점령되었다. 그래서 두 사람은 재빨리 재결합하기로 하고 배 위에서 춤을 추면서 겨울에 치를 결혼식을 떠올리고 있는 것이었다. 예기된 이별은 결렬되었고 여름에 다시 얘기하기로 했다.

바람이 진한 초콜릿 향을 실어와서 사람들을 강가 카페로 몰아넣었다. 그들은 발길이 닿는 대로 가게에 골라 들어갔다. 라지 사이즈 핫초콜릿 두 잔이 테이블에 올랐다. 배 속에서 코코아 열매와 콩꼬투리가 터지면서 열기가 추위를 쫓아냈다.

그녀의 휴대폰이 울렸다. 틀림없이 남편의 문자 메시지일 것이다. 어제 파리에 도착하자마자 무사함을 알렸는데도 일어나자마자 휴대폰엔 확인하지 않은 문자 메시지가 한 무더기 와 있었다. 하지만 전혀 답신하고 싶지 않았다. 집에 돌아간 후에 시차 핑계를 대면 될 것이다.

"난 또 남편인 줄 알고 계속 문자 보내서 짜증나 죽겠다고 하려고 했는데, 남편이 아니라 매니저였네. 그 사람 말로는 네가 줄곧 답신을 안 하고 있대. 오늘 아침 11시에 카메라 테스트가 있는데 네가 올지 말지 모르겠대. 어휴, 왜 속 시원히 말을 하지 않는 거야? 설마 내가 옆에 있어서 그런 건 아니지? 제발 이러지 좀 마. 내가 견디기 힘들단 말이야. 11시면 아직 시간이 있어. 가는 걸로 하자. 내가 같이 가 줄게."

그는 라지 사이즈 핫초콜릿을 마시면서 고개를 끄덕여야 할지 가로저어야 할지 몰라 망설이고 있었다.

"부탁이야. 넌 여러 해 동안 연기를 접었잖아. 카메라 테스트 기회가 있으면 당연히 가야지. 내가 옆에 있다는 이유로 기회를 포기하진 마. 나 진심이야. 내가 농담한다고 생각하지 마. 네 매니저는 상당히 적극적인 사람인 것 같아. 타이베이에서 전화를 받았을 때는 이 인간은 또 뭔가, 했었지. 전화로는 아주 느끼하게 느껴졌거든. 전화를 끊고 나서 곧장 티슈로 기름을 닦아내고 싶을 정도로 진짜 느끼했어. 얼굴에 기름칠을 당하는 것 같았다니까. 과장에, 허풍에. 중국인이 파리에서 예술인 매니저라고 활동하면서 무슨 음흉한 일을 꾸미는 거냐 묻고 싶었지. 하지만 네가 남우주연상을 받은 그 영화가 너를 끌어들이고 있는 거잖아. 그러니 알 수 없지. 혹시 이번엔 정말 대단한 감독을 만나게 될지도. 아니면 이렇게 하자고. 내가 너랑 같이 가줄게. 내가 너의 매니저인 척하면 되잖아. 아니면 비서라고 하지 뭐. 그건 네 맘대로 해. 어차피 우리 어렸을 때도 그랬잖아. 아주 멋지게 연기했잖아. 함께 카메라 테스트 하면서. 제발 부탁인데, 다 잊었다고 하진 마. 우린 옛날에 죽이 잘 맞았었으니까. 아주 대단했지. 타이완 최고의 아역배우들 말이야. 안 그래?"

그걸 어떻게 다 잊는단 말인가. 그의 기억력은 기이했다. 뭐든 선명하게 기억했다. 소리와 냄새, 색깔은 물론 날짜도 분초까지 다. 예전에 한 남자아이가 그에게 '새점'에 대해 얘기한 적이 있었다. 그런데 그건 조롱에 갇힌 흰 카나리아가 시구를 적은 부적을 뽑는 그런 게 아니라 상대방의 바지를 벗기고 '새'*를 열독하는 거였다. 길이와 굵기, 무늬, 음모의 방향, 냄새, 맛 등에 따라 전생과 금생을 산출해 내는 방식의 점술로, 상당히 정확했다. 남자아이는 그의 새를 진지하게 열독했다. 눈으로 관찰하고 맛을 보고 누르고 당기고 주물렀다. 마치 도자기 흙으로 도자기를 빚듯이. 딱딱할 때도, 말랑말랑할 때도 열독했다. 그러고 나서 마지막으로 결론을 내렸다.

"너는 정말 계산하기 어려워. 내가 만난 것 중에 가장 복잡한 새야. 미안해. 사실대로 말하자면 네 인생은 힘든 것 같아. 평생 힘들게 살게 돼. 너는 말 안 해도 네 새를 보면 다 알 수 있지. 머릿속에 아주 많은 게 들어차 있는 게 분명해. 그렇게 많은 일들이 감춰져 있는데 또 말은 안 하니까……. 말이야, 내가 충고하는데, 사람이 일정한 나이가 되면, 즉 중년에서 노년으로 달려갈 때쯤 되면 기억을 지워 버려야 해. 과거를 다 털어놓은 다음에 깨끗이 잊어

* 남성의 성기를 상징하는 은어.

버리는 거지. 너는 기억을 버리지 않고 모든 일들을 쌓아두고 있어. 너의 아랫도리에 쌓이고 또 쌓이게 되지. 어쩐지 네 새가 터무니없이 크더라. 그렇게 커서 어디에 쓸 거야? 크면 좋긴 하지. 우리를 즐겁게 해 주니까. 하지만 문제는 너 본인이 행복하냐 하는 거야."

새점을 보고 설명을 마친 아이는 계속해서 혀끝으로 점괘를 확인해 나갔다.

그는 나비넥타이도 기억했다. 매트리스 광고 카메라 테스트를 할 때, 목에 나비넥타이를 했었다. 어머니는 그가 목에 작은 나비넥타이를 하는 걸 좋아했다. 그래서 카메라 테스트가 있을 때마다 반드시 하얀 와이셔츠와 나비넥타이를 준비해 주었다. 그녀와 그는 둘 다 여섯 살이었다. 걸핏하면 울음이 터져 나왔다. 많은 아이들이 울면서 엄마를 찾았다. 현장에는 아주 많은 엄마들이 있었다. 어떤 아이는 장난을 치다가 싸우고 상대를 물기도 했다. 엄마 A와 엄마 B가 말다툼을 하자 엄마 C가 치고받고 싸우라고 권했다. 현장에 아빠들은 없었다. 타이베이엔 고층건물이 한 동 있었는데, 엘리베이터를 타고 14층까지 올라가려면 먼저 등록을 하고 번호를 기다려야 했다. 그의 셔츠 주머니에 번호표가 붙었다. 136번이었다. 어린 남자아이가 한쪽에 앉아 있고 여자아이가 그 옆에 앉아 있었다. 여자아이가 구토를 하자 곧이어 옆에 있던 남자아이도 덩달아 토했다. 토하는 소리가 교향악을 이루었다. 남자아이 하나가 바지에 오줌을 쌌다. 오줌이 의자를 지나 바닥을 적셨다. 건너편에 앉아 있던 여자아이가 날카롭게 소리를 질렀다.

"엄마, 재 오줌 쌌어!"

오줌 냄새가 났다. 엄마가 아이에게 말했다.

"시끄러워. 엄마가 이야기 하나 해 줄 테니까 잘 들어."

수많은 아이들이 몰려들어 아이의 엄마가 들려주는 얘기에 귀를 기울였다. 아이 엄마는 이야기를 들려주는 능력이 탁월했다. 환경과 인물에 임기응변으로 맞춰 대단한 말재주와 모험심을 발휘하면서 화려한 이야기를 펼쳐갔다. 아이 엄마가 그날 한 이야기는 카메라 테스트에 관한 것이었다. 한 무리의 아이들이 타이베이의 고층 건물로 안내되어 광고 영상의 카메라 테스트에 참여하게 되었다. 카메라 테스트에 들어간 아이들 모두 나오지 못했다. 아이들이 들어간 곳은 또 다른 평행 시공이었기 때문이다. 그 공간에는 고층 건물도 없었고 차량 행렬도 없었다. 하늘에는 파란 반점의 가오리와 농어, 넙치가 떠다녔고, 악어가 양복 차림으로 직립한 채 빠르게 걸어 다녔다. 나무들이 나른한 몸짓으로 발레를 추고 미끼를 강물 속으로 던져 통통하게 살이 찐 분홍색 구름을 낚아 올렸다. 아이들은 초원 위에서 불을 피워 구름을 구워먹었고, 구름이 위 속에 들어가자 몸이 떠오르기 시작하더니 하늘에서 가오리와 농어를 따라 이리저리 날아다녔다. 136번! 마침내 그의 차례가 되었다. 아이 엄마는 이야기를 중단했다. 아이들은 애석한 마음으로 이야기를 더 듣고 싶어 했다. 아이와 엄마는 검은 천으로 칸막이가 쳐진 방으로 들어갔다. 냉기가 가득했다. 공간 한가운데 침대가 하나 놓여 있었다. 눈을 찌르는 몇 대의 조명이 매트리스를 조준하고 있었다. 카메라 테스트 감독이 그의 귀에 대고 말했다.

"꼬마야, 너 몇 번이지? 사진을 아주 잘 받는구나. 기억해라.

이제부터 너는 우리한테 신경 쓸 필요가 없어. 우리가 여기 없다고 생각하고 침대 위에서 자기만 하면 돼. 백일몽을 꾸거나 멍하니 누워 있어도 된다. 뭐든 좋으니까 너 편한 대로 하면 돼. 중요한 건 네가 아주 편안해야 한다는 거야. 편안하기만 하면 돼."

엄마가 아이의 손을 놓고는 매트리스를 향해 아이를 가볍게 밀었다. 아이는 다시 엄마의 손을 찾고 싶었다. 하지만 두려움 때문은 아니었다. 아이는 엄마가 눈을 자극하는 조명 뒤쪽에 있고, 자신이 임무를 완성하기만 하면 곧 엄마 손을 잡을 수 있다는 걸 잘 알고 있었다. 문을 나서기 전에 엄마는 감독님이 하시는 말씀을 잘 들으라고 당부했다. 한 글자도 빠뜨리지 말고 머리와 가슴속에 잘 담아두고 잘 기억했다가 그대로 행동으로 옮기면 된다고 당부했다.

"여기엔 이제 아무도 없어."

그는 눈을 감았다. 감독의 지시는 갓 짜낸 오렌지주스 같았다. 몸 안에 들어오자 당분이 확산되면서 신비로운 연기 본능을 일깨웠다. 눈을 떠 보니 앞에는 매트리스 외엔 아무것도 없었다. 조명감독과 스태프들, 엄마 모두 사라지고 없었다. 아이는 텅 빈 방 안에 있었다. 아이는 나비넥타이를 풀고 이어서 셔츠 맨 위 단추를 풀었다. 그런 다음 나비넥타이를 바지 주머니에 넣고 셔츠 소매를 팔꿈치까지 걷어 올렸다. 그러고는 베개를 잡아당겨 옆으로 누웠다. 푹신푹신한 매트리스가 아이의 작은 몸을 고스란히 받쳐주었다. 몸이 매트리스에 묻히는 순간 아이의 귓가에 빗소리가 들렸다. 매트리스 위에는 여린 봄풀이 돋아 있었다. 위를 볼 필요도 없이 아이는 하늘에 농어가 있다는 걸 알고 있었다. 감독은 편하게 있기만 하면 된다고 했다. 편안하다는 건 뭘까. 귀로는 알아듣지 못했지만 몸으로는 알아들은 것 같았다. 몸을 매트리스에 맡기고 나른한 상태로 잠이 들었다. 하지만 또 진짜 잠든 건 아니었다. 집에서 자신의 작은 침대 위에서 자는 것과는 달랐다. 연기였다. 몸이 현실 밖의 어떤 경지로 진입했다. 밤이고 비가 내렸다. 자는 것과 안 자는 것 사이에서 그는 몸을 편안하게 내맡겼다. 하지만 가짜로 자는 게 아니었다. 절대로 가장이 아니었다. 그는 그저 엄마의 말을 듣고 감독의 말을 들었을 뿐이다. 몸이 작은 배처럼 매트리스의 조용한 바다 위에서 가볍게 흔들렸다.

당시 감독은 수백 명의 어린아이들 명단에서 그의 이름에 빨간 펜으로 동그라미 쳤다.

카메라 테스트는 끝난 게 아니었다. 이어서 그의 동작이 다른 여자아이와 잘 어울릴 수 있는지를 확인해야 했다. 감독은 그에게 계속 편안한 자세를 유지하라고 요구했다. 그에 뒤이어 다른 여자아이들이 침대에 올랐다. 어떤 아이는 그를 보자마자 울음을 터뜨리고는 날카롭게 소리를 지르며 엄마를 불러댔다. 손을 내밀어 그를 때리기도 했다. 어떤 아이는 몸이 뻣뻣하게 굳어 있었고, 또 어떤 아이는 열정이 넘쳐서 그의 얼굴을 보자마자 달려들어 뽀뽀를 했다. 어떤 아이는 침대 위에서 토했다. 서로 다른 여자아이들을 대하면서도 그는 매트리스 위에서 한결같이 냉정을 유지했다. 계속 '편안'했다.

수많은 조합을 반복한 끝에 결국 지각한 여자아이의 차례가 되었다.

지각한 여자아이가 검은 천으로 된 칸막이 방으로 불려 들어갔다. 어른들이 아이에게 미처 뭔가 지시를 내리기도 전에 아이는 스스로 그 매트리스에 매혹되었다. 침대 위의 남자아이를 본 아이는 전혀 낯선 느낌 없이 아주 오래 알고 지낸 친구를 본 듯이 신발을 벗고 침대에 올라 베개를 끌어당기고 눈을 비비더니 허리를 쭉 폈다. 아이는 앞에 있는 남자아이를 내려다보았다. 아이는 이 남자아이의 냄새가 무척이나 좋았다. 새하얀 와이셔츠 밑에서 옅은 흙과 풀밭의 향기가 났다. 여자아이의 눈길이 남자아이의 팔꿈치에 멈췄다. 팔꿈치 주름에 흙이 숨겨져 있었다. 마치 지도 같았다. 대륙도 있고 바다도 있고 섬들도 있었다. 한참을 내려다보다가 손가락을 뻗어 가볍게 남자아이의 팔꿈치를 가볍게 어루만져 보았다. 한참을 그러고 있자니 눈이 뻑뻑했다. 여자아이는 눈을 비비면서 "잘 자." 하고 인사를 건네고는 눈을 감고 깊은 잠에 빠져들었다. 남자아이의 잠은 연기였다. 하지만 여자아이는 정말로 잤다. 신속하게 깊은 잠 속으로 빠져 들어갔다. 침대 위에서 두 아이가 자는 장면은 너무나 조용했다. 감독은 하루종일 머리가 아팠는데, 매트리스 위에서 두 아이가 자는 모습을 보다 보니 갑자기 자신도 불을 끄고 자고 싶어졌다. 현장에 있던 어른들 모두가 눕고 싶어졌다. 싱글인 사람은 함께할 사람을 찾고, 반려자가 있는 사람은 집으로 돌아가고 싶었다. 감독이 찾고자 한 것이 바로 이런 숙면의 맛이었다.

그녀의 기억은 세월에 억눌려 일그러졌다. 그날 그녀의 머릿속에서 변형이 일어났다. 여섯 살이었던 나이를 열 살로 기억했다. 어쨌든 그 잠의 기억은 아주 즐거웠다. 아이는 잠을 좀 잔 것만으로 TV 광고를 찍을 기회를 얻게 되었다. 그녀는 당일 누구를 만날지 전혀 알지 못했던 걸로 기억했다. TV 광고의 카메라 테스트라고만 알고 있었다. 엄마는 근처에 차를 세울 자리를 찾아내고는 먼저 아이를 큰 빌딩 앞에 내려주면서 혼자 올라가라고 말했다. 지각을 했기 때문에 더 지체할 시간이 없다면서 "엄마가 차를 세우고 올라가 널 찾을게."라고 했다. 그녀는 혼자 건물 안으로 걸어 들어가 자발적으로 관리원에게 물었다. 엘리베이터를 타고 카메라 테스트가 있는 층으로 올라가자 응시자들을 안내하는 스태프가 물었다.

"혼자 왔니? 엄마나 아빠는 같이 안 왔어?"

아이는 스스로 집안 사정을 얘기했다. 아이의 혀끝에서 홈 드라마 한 편이 튀어나왔다.

"우리 아빠 외국에서 일해요. 태국인 것 같아요. 하지만 어떨 때는 싱가포르라고 하기도 해요. 엄마는 오늘 아침엔 아빠가 인도에 계시다고 했어요. 어차피 저는 거기 못 가봤고 아빠를 본 지도 아주 오래됐어요. 어쩌면 아빠는 계속 타이완에 있었는지도 몰라요. 어른들은 항상 아이들을 속이잖아요. 엄마는 스타 엄마가 되고 싶어서 항상 저를 차에 태우고 여기저기 다니면서 매니저를 찾고 있어요. 엄마도 젊었을 때는 스타가 되는 게 꿈이었거든요. 하지만 잘나가지 못했어요. 그래서 제가 대스타가 되어 돈을 많이 벌기를 바라는 거예요. 하지만 저는 이해가 안 돼요. 엄마는 분명히 돈이 아주 많거든요. 아빠가 엄마한테 돈을 아주 많이 줬는데 왜 제가 또 많은 돈을 벌기를 바라는지 모르겠어요."

스태프는 이 소설을 소화할 겨를이 없었다. 어린 여자아이가 곧 두꺼운 속편을 써낼까 두려웠던 스태프는 서둘러 아이를 카메라 테스트 장소로 들여보냈다.

아이는 콤팩트를 하나 들고 파리의 비가 훔쳐간 분장을 다시 되찾아왔다.

"어때요? 비슷하죠? 이러니까 제가 꼭 무기력한 남자 스타의 조수 같지 않아요?"

스태프는 여전히 고개를 끄덕여야 할지 가로저어야 할지 알 수 없었다.

엘리베이터 문이 열리자 천장에서 전구가 반짝거리며 명멸했다. 어둡고 답답하고 덥고 좁고 긴 통로는 사람들로 가득 차 끝이 보이지 않았다. 그들은 인파를 헤치고 나아가려고 했으나 우호적이지 않은 팔들의 바리케이드에 막혀서 결국 줄 맨 끝으로 밀려나야 했다. 뒤편의 낡은 엘리베이터에서 귀를 자극하는 날카로운 금속성이 들렸다. 엘리베이터 문이 열렸다 닫히기를 반복하고 있었다. 바퀴축에서 나는 소음의 데시벨이 갈수록 커지더니 문이 닫히지 않은 채 고속으로 하강했다. 그들의 눈이 서서히 실내의 어둠에 적응하면서, 흐릿했던 사람들의 모습이 점점 선명해졌다. 카메라 테스트에 참가한 사람들은 전부 아시아 남자의 얼굴을 하고 있었다. 중년에 검정과 회백색이 섞인 짧은 머리카락, 갖가지 체형, 두 손을 허리에 갖다 댄 자세, 자기 가슴을 끌어안은 자세, 다리를 떠는 자세, 바닥에 앉은 자세, 휴대폰을 보는 자세. 꺼져 가는 불빛 아래에서 온갖 유형의 사람들의 모습이 흔들리고 있었다. 표정은 불분명했지만 하나같이 초조하고 조급했다. 그녀로선 예기치 못한 상황이었다. 파리에 아시아 남자 배우들이 이렇게 많이 있었다니. 다들 좁고 긴 통로를 비집고 들어가 맨 끝에 있는 그 선문(扇門)*에 도달하고 싶어 했다. 어쩌면 그 문 뒤에는 빛나는 태양이 있고, 마침내 배역을 따내면서 연기자 인생의 첫 여명에 도달할 수 있을지도 모른다. 하지만 이렇게 많은 사람들이 몰려간다 해도 태양을 맞을 수 있는 사람은 단 하나였다. 다른 사람들은 문을 열자마자 지는 해를 맞아야 했다. 감사합니다. 다음에 다시 연락해 주세요. 또다시 견디기 힘든 긴 밤 속으로 걸어 들어가야 했다.

그는 이미 여러 해 카메라 테스트에 참가하지 않았다. 남우주연상을 받은 게 뭐 그리 대수란 말인가. 카메라 테스트의 좁은 관문은 언변에 능한 연기자들만이 통과해서 다음 단계로 진입할 수 있는데, 그는 말솜씨가 뛰어나지 못해 항상 첫 단계에서 미끄러졌다.

그는 카메라 테스트 진행 과정을 아주 잘 알았다. 이름을 부르면 들어가서 캐스팅 담당자와 감독과 제작자를 만난다. 때로는 원작자를 만나기도 한다. 그런 다음 사진을 찍는다. 기본적으로 정면과 좌측면, 우측면을 찍는데, 때로는 머리 정수리 부분의 촬영을 요구하는 경우도 있다. 감독이 손에 이력서를 들고 안부인사를 건네면서 긴장하지 말고 편안한 자세를 가질 것을 주문한다. 때로는 곧장 사전에 준비한 독백을 연기해 보라고 요구하기도 한다. 때로는 현장에서 다른 연기자들과 무대 연습을 시키기도 하고 즉흥 연기를 요구하기도 한다. 연기 상대와 간단한 이야기를 나누게 하기도 하고, 갑자기 노래를 불러보라고 시키기도 한다. 간혹

* 두 쪽이 대칭을 이루는 문.

옷을 벗어야 하는 때도 있다. 이 모든 행위들이 빠르게 이뤄지기 때문에 디테일한 부분을 꼬치꼬치 캐묻거나 따질 겨를이 없다. 지원자의 몸부림과 고통, 즐거움, 울지 못하는 이유, 연기자가 되고 싶어 하는 이유 같은 걸 누가 알고 싶어 하겠는가. 밖에는 울라고 하면 당장 눈물을 쏟을 수 있는 아주 많은 사람들이 줄을 서 있었다.

카메라 테스트는 언어를 중시했다. 하지만 그의 언어는 성대의 언어도 아니고 인쇄된 언어도 아니고 글쓰기의 언어도 아니었다. 그의 언어는 인류 문명이 익숙한 시스템이 아니었다. 인내심을 갖고 경청해 줄 사람이 없었다.

어린 시절 많은 사람들이 얘는 왜 말을 하지 않느냐고, 엄마에게 어서 병원에 데리고 가 보라고 권하기도 했다. 하지만 엄마는 아이에게 그 어떤 교정도 필요치 않다고 생각했다. 말이 없는 건 확실하지만 감정 표현은 충분해서 울 때 울고 웃을 때 웃을 줄 아는 데다 동요를 딱 한 번 가르쳐 줘도 잘 따라 부르고, 어쩌다 입에서 말이 한 마디 나오면 아주 분명하고 완벽하기 때문이었다. 한번은 아빠의 사업 파트너가 산 위에 있는 집으로 투자 상담을 위해 찾아왔다가 엄마와 그가 합창하는 소리를 들었다. 아주 맑고 커다란 그의 눈을 본 남자는 명함을 남기면서 엄마에게 아이를 데리고 가서 카메라 테스트를 받아보라고 권했다. 너무 번잡하게 생각하지 말고 아이에게 스트레스를 주지도 말고, 그냥 한번 해보라면서.

그는 첫 카메라 테스트에서 일을 얻었다. 아동복 카탈로그 촬영이었다. 겨우 몇 시간 동안 백 벌이나 되는 옷을 갈아입으면서 카메라 앞에서 다양한 자세로 포즈를 취했다. 카메라 기사는 찬탄을 금치 못했다. 어린아이가 이렇게 조용할 수 있다는 것도 놀라운데 뜻밖에도 오만 가지 자세와 표정을 전부 다 소화했기 때문이었다. 전문적인 성인 모델도 이 정도는 쉽지 않다. 촬영 현장에 나가기 전에 엄마는 그의 귀에 대고 이야기를 들려주었다. 잠시 후 카메라 렌즈가 보이지 않는 손을 뻗어 오더라도 마음을 편히 가지라고 했다. 그것은 악마의 손이 아니라 장난꾸러기 요정의 손이고, 너의 겨드랑이와 배꼽을 간질이고, 너를 힘주어 껴안고, 너를 따스하게 어루만지고, 너의 머리를 어루만지고, 너의 볼을 꼬집고, 너의 눈을 크게 벌리고, 너의 귀를 잡아당기고, 너를 위해 스트레칭을 해 줄 거야. 그 손은 또 너의 귓구멍을 청소해 주고, 주먹으로 가볍게 두드려 주고, 콧구멍을 파 주고, 양치질을 해 주고, 손톱을 깎아 줄 거야. 그의 몸은 그 보이지 않는 두 손에 맞춰 리드미컬하게 움직였다. 큰 웃음과 작은 미소 속에서 미간을 찌푸리고 놀라고 부끄러워했다. 사지가 어린 사슴처럼 앙증맞게 움직였다. 그를 찍은 사진은 아이들의 '귀여운' 모습에 대한 어른들의 상상에 완전히 부합했다.

오늘 파리에는 엄마가 들려주는 이야기가 없었다. 어른이 된 뒤에도 카메라가 그를 조준하면 그는 여전히 장난기 많은 손이 카메라 렌즈에서 뻗어 나오는 상상을 했다. 비좁은 통로에서 카메라 테스트 인파가 서서히 흩어져 가고, 그의 차례가 다가오면 심장이 흉골을 두드리기 시작했다. 머리 위 전구가 몸부림을 포기하고, 어둠이 밀려와 통로 사방에 부딪혔다. 잠시 후 그는 그 문 안으로 들어서게 된다. 몸에는 시퍼런 멍이 가득했다. 통로가 깔끔하게 비었다. 그들 두 사람밖에 남지 않았다. 문이 열리자 빛이 생선 가시처럼 두 눈을 찔렀다. 가시 많은 갯농어처럼 눈을 뜨고 빛을 받아들이자, 눈앞은 물풀이 잔뜩 떠 있는 혼탁한 물이었다. 봉주르. 오래 기다리게 해서 미안해요. 나는 이 영화의 감독입니다. 이 분은 원작자이고 이 분은 캐스팅 담당자예요. 잠깐, 어느 영화에선가 당신을 본 것 같은데요? 당신 이름을, 내가 어디선가 들어본 것 같네요? 눈이 아직 지나치게 밝은 방 안의 조명에 적응하지 못한 상태라 감독의 얼굴 윤곽은 뚜렷하지 않았다. 열린 창문으로 습한 냄새가 밀려왔다. 또 비가 올 것 같았다.

지금 앞에 있는 이 감독은 그에게 어떤 동작과 자세를 요구할까. 그의 성대가 무성영화용이라는 걸 알게 되어도 시간을 줄까. 어떤 기회라도 줄까. 아니면 크게 메르시(Merci), 행운을 빕니다, 라고 하고는 매니저가 보내온 이력서를 파쇄기에 넣을까.

그는 카메라 테스트에 실패한 경험이 너무 많았다.

현장에서 세 장의 원고를 주면서 거기 적힌 셰익스피어의 독백을 프랑스어로 낭송해 보라고 하기도 했다.

앉으세요. 테이블 위에는 빈 일기장이 한 권 놓여 있었다. 이 배역을 생각해 보세요. 오늘 같은 날씨와 이런 환경에서는 일기에 뭐라고 쓸 수 있을까요? 십 분을 드릴게요.

콧구멍으로 국수를 먹을 수 있나요? 입에 주먹을 넣을 수 있나요? 발을 넣어도 돼요.

물구나무를 서서 이 여자 연기자를 상대로 연기를 해보세요.

오래전에 외웠던 대사 세 마디를 말하려 했다가 두 번째 마디에서 잘렸다. 상의를 벗어 보세요. 복근 좀 확인하게요.

뒤로 공중제비를 넘을 수 있나요? 이소룡처럼 말이에요. 당신들 아시아인들은 그런 것 다 할 줄 알잖아요? 걱정 마요. 우리가 푹신푹신한 매트리스를 준비해 놨으니까요.

쌍절곤 연기를 해보세요.

스시를 만들 수 있나요? 여기 식재료가 다 있어요.

삿갓을 쓰고 기이한 한삼(漢衫) 차림으로 눈을 가늘게 뜨고 미소를 지었다. 그 모습은 '아시아인 분위기와 감정'에 반드시 부합해야만 했다. 한삼은 죽은 사람이 입는 수의 같았다. 수의를 입고 고추냉이 맛이 나는 서양 토란을 한 봉지 들고서 미소를 지었다. 신비로운 미소여야만 했다. 그의 미소는 충분하지 않았다. 머나먼 동양 고대 국가처럼 신비로워야 했다.

실외 카메라 테스트가 이어졌다. 반드시 운동복을 착용해야 한다는 지시가 떨어졌다. 현장에 도착해서야 수행할 일이 파쿠르*라는 걸 알았다. 이쪽 담장에서 뛰어내려 계단에서 몸을 굴린 다음, 다른 벽으로 뛰어 올라가는 것이었다. 카메라 테스트에 참가하는 사람들은 전부 그보다 적어도 서른 살은 적었다.

이어서 발레 동영상을 틀어주었다. 그러고는 그에게 영상에 나오는 발레 스텝을 밟아보라고 했다. 영상 속 인물은 젊은 시절의 실비 기엠**이었다. 그는 실비 기엠이 누군지 알지 못했다.

십 초 내에 눈썹으로 사계절을 연기해 보세요.

* Parkour. 도시나 시골의 건물이나 다리, 벽 등의 지형 및 사물을 효율적으로 이용하여 빠르게 이동하는 동작.

** Sylvie Guillem(1965~). 전설적인 발레 무용수로 파리 오페라 발레의 발레리나였다.

한국어 할 줄 아나요? 타이완에서 왔다고요? 타이완 사람들은 한국어를 하지 않나요?

일본어 못 한다고요? 어떻게 그럴 수가 있나요? 우리는 상세하게 역사 연구를 했어요. 타이완은 과거에 일본의 식민지였는데 어떻게 일본어를 못 할 수 있나요? 그날 그는 다른 연기자들이 그걸 두고 인종차별이라고 불평하는 소리를 들었다. 확실한 건 아니었다. 그는 자신과 파리 사이에 한 줄기 강이 가로놓여 있는 장면을 상상했다. 그 강의 이름은 센이 아니었다. 하류가 때로 넓어졌다가 때로는 좁아졌다. 때로 수위가 올랐다가 때로는 바짝 말랐다. 어제는 다리를 지었다가 오늘은 다리를 부쉈다. 강 건너편 사람들이 말하는 소리에 귀 기울이고 싶었지만 빗소리가 커지면서 제대로 들을 수가 없었다. 강 건너편에서 자신을 향해 소리를 지르면 뭘 어떻게 대응해야 할지 알 수가 없었다. 파리는 그의 몸을 잘못 읽었고, 그는 파리의 사계절을 잘못 읽었다.

기타를 쳐보세요. 바이올린. 피아노. 비파. 고쟁(古箏). 갑자기 바닥이 갈라지면서 구멍이 생기더니 하프가 올라왔다.

조용한 사람, 내향적인 사람이 연기자가 될 수 있을까. 이 바닥에서 조용하다는 건 질병이었다. 그의 조용함은 끊임없이 거부되었다. 갑자기 바닥에서 하프가 올라왔던 그때, 그는 여기까지다, 라고 생각했다.

방금 통로에서 한 무더기의 사람들과 한데 섞여 바글거릴 때 그는 수많은 얼굴들을 알아보았다. 매번 영화나 드라마에서 드물게 아시아 배역을 필요로 할 때마다 그는 이 얼굴들을 만났다. 그들의 본업은 연기자가 아니라 음식점 주인이나 술집 종업원, 경찰, 배달원 동료, 댄스홀의 스트립 댄서, 길거리 담배 가게 주인 등이었다. 다들 연기를 하고 싶어 했다. 그들도 그를 알아보았다. 영화제에서 남우주연상을 수상한 사람이라는 걸. 상을 받은 사실이 얼어 죽을 무슨 소용인가. 결국은 그들과 한데 섞여 이 전구가 나간 통로에서 바글거리고 있는데.

오늘의 영화감독은 어떠한 요구도 제시하지 않았다. 그가 창밖의 비를 바라보는 모습을 보면서 마침내 비가 온다고, 여름이 끝나긴 했지만 가을이 상당히 갑작스럽게 찾아왔다고 말했다. 커피 마실래요? 아니면 차?

에스프레소 커피가 그의 입술에 경미한 작열감을 남겼다. 아무 말도 하지 않았다. 그들은 그를 바라보기만 했다. 다들 몹시 피곤해 보였다. 가을바람이 사람들의 눈 아래를 앞당겨 누렇게 만들었다. 그는 오늘의 마지막 테스트 참가자였다. 함께 조용히 앉아 커피를 마시면서 빗소리를 듣고 있었다. 아무도 말을 하려고 하지 않았다. 또 한 번의 실패한 오디션이었다.

메르시.

그가 일어서며 고개를 끄덕였다.

오 르부아(Au Revoir).

잘 있어, 파리.

일어서서 문손잡이를 돌렸다. 종이 파쇄기가 작동하면서 그의 이력서를 잘게 파쇄했다. 그 이력서는 바로 그의 몸이었다. 매번 오디션 때마다 그는 또다시 발기발기 찢겼다. 문을 열자 그녀가 바닥에 앉아 있었다. 머리를 두 다리 사이에 묻은 채. 몸에는 천 산갑의 발자국이 찍혀 있었다. 그녀가 고개를 들어 그를 바라보았다. 놀라서 깬 그 표정은 전혀 변하지 않았다. 구겨진 종이뭉치 같았던 얼굴이 천천히 펴졌다. 여섯 살이던 그해의 매트리스 광고 카메라 테스트 때, 그녀는 어른들이 큰 소리로 부른 후에야 잠이 깼다. 얼굴에는 놀라서 깬 표정이 역력했다.

여섯 살인 그녀에겐 안 좋은 버릇이 하나 있었다. 자다가 시끄러워 깨면 큰 소리로 발길질을 하면서 소란을 피웠다. 하지만 그때는 옆에 있는 남자아이를 보면서 더이상 눈을 감지 않기로 결정했다. 그녀는 줄곧 그의 두 눈을 바라보고 싶었다.

"확실해? 우리가 또 이 엘리베이터를 타야 하는 거야?"

그는 엘리베이터 안으로 들어갔다. 모든 것이 갈기갈기 찢어졌다. 두려울 게 뭐란 말인가.

엘리베이터 문이 세 번이나 열렸다 닫히기를 반복하고서야 아래로 내려갔다. 그들은 엘리베이터와 함께 빠른 속도로 아래로 추락할 거라고 생각했다. 하지만 이번에는 극도로 느렸다. 한 층 내려가는 데 한 세기가 걸렸다. 엘리베이터 안의 전등은 다 죽어 버리고, 층수를 표시하는 버튼에서만 미약한 빛줄기가 새어나왔다. 그녀는 그의 팔을 잡아끌었다. 어둠이 두려워서가 아니라 그의 팔을 잡고 싶어서였다. 그의 건장한 몸이 곧 사라질 것만 같았다. 그를 붙잡아 가 버리지 않게 하고 싶었다. 그래도 지금은 괜찮다. 가 버린다면 함께 가면 된다. 어둠 속에서 그녀는 그의 오른팔 팔꿈치를 잡고서 손가락으로 팔꿈치 위의 그 굳은살을 가볍게 어루만졌다. 그러는 사이에 엘리베이터가 멈춰 섰다. 그들이 가려던 층이 아니었다. 문이 열리고 두 사람의 눈앞에 2층과 3층 사이의 바닥이 수평으로 나타났다. 위를 쳐다보니 3층은 완전히 어두웠다. 차가운 구덩이 같았다. 아래를 내려다보니 2층은 아주 밝았다. 남자 둘이 공포에 질린 얼굴로 엘리베이터 안에 있는 네 개의 다리를 바라보고 있었다. 엘리베이터 문이 또다시 닫혔다 열리기를 세 번 반복했다. 이번에는 문이 닫히고 빠른 속도로 하강했다. 추락과 파멸의 기세였다.

마침내 지상으로 돌아왔다. 엘리베이터 안의 등이 갑자기 환하게 밝아졌다. 문이 열리고 벨이 울렸다. 손님들을 쫓아내려는 듯이. 그들은 밖으로 나왔다. 여기는 파리인가 아니면 또 다른 시공인가. 하늘에는 가오리가 떠다녔다. 카메라 테스트 전에 이 거리의 은행나무는 온통 초록빛 아니었던가. 어떻게 지금은 온통 노랗게 변하고 부채 모양 나뭇잎이 가지에서 떨어져 땅을 황금빛으로 뒤덮을 수 있나. 그들은 길가에 아주 오래 서 있었다. 이제 어디로 가야 하나. 어쩌면 그들은 바람을 기다리고 있는지도 모른다. 바람에 날려 가면 걸을 필요도 없을 것이다. 어디로 가야 할지 고심할 필요도 없을 것이다. 바람은 불어오려 하지 않았다. 두 사람은 하는 수 없이 두 발을 움직여야 했다. 은행잎을 밟으며 다시 그 작은 아파트로 돌아가야만 했다. 몸이 움직이려 하지 않는 게 분명했다. 너무나 자고 싶었다. 하지만 달리 방법이 없었다. 바람이 불지 않았다. 계속 걷는 수밖에 없었다.

가는 길 내내 말이 없었다. 두 사람은 천천히 그의 작은 아파트로 돌아가 침대 위에 앉아 뜨거운 차를 마셨다.

"이 매트리스 어디서 샀어? 잠이 아주 잘 오네."

"주운 거야."

이것이 그가 그녀에게 두 번째로 한 말인 것 같았다.

"주운 거라고? 파리에서는 거리에서 매트리스도 주워? 진짜 황당하네. 우리 동네에서는, 뭐야, 그 스웨덴 수공 매트리스, 그게 얼마나 하는지 알아? 네가 주워 온 이 매트리스가 훨씬 더 잠이 잘 오는 것 같아."

두 사람의 눈빛이 충돌했다. 곧장 튕겨나갈 것 같았다. 둘 다 기억하고 있었다. 그도 잊지 않았고 그녀도 잊지 않았다. 유년의 길목에서 거쳤던 그 매트리스를. 두 사람은 함께 길가의 매트리스에서 잠을 자면서 기다렸다. 구급차가 달려와 억지로 두 사람의 기다림을 끝냈다.

맨 처음 그는 매트리스조차 없어서 그냥 바닥에서 잤다. 등이 아프면 근육을 당겼다. 왜 침대를 산단 말인가. 집이 있어야 침대가 필요했다. 작은 아파트는 집이 아니었다. 그는 이 작은 아파트가 우산과 다를 바 없다고 생각했다. 비를 피하고 햇볕을 가리는 기능뿐이었다. 우산 아래 침대를 펼쳐놓는 건 너무나 뜬금없었다. 한번은 아침 일찍 일어나서 마구 돌아다녔다. 길가에서 인도에 버려진 이 매트리스를 발견했다. 걷기가 너무 피곤해 매트리스 위에 앉았다. 매트리스는 재봉선이 터져서 솜이 밖으로 드러나 있었다. 스프링도 물리적 피로로 인해 헐거워져 있었다. 커피를 흘린 자국도 남아 있었다. 어쩌면 소변 자국인지도 모른다. 아니면 말라버린 핏자국? 어차피 매트리스는 시체 같았다. 한참을 앉아서 파리 사람들이 오가는 모습을 바라보았다. 잠이 들 때까지. 깨어 보니 매트리스 위에는 길가는 사람들이 던져놓고 간 유로화 동전이 널려 있었다. 그는 얼른 일어나 이 시체를 집으로 가져가기로 마음먹었다. 매트리스를 머리에 이었더니 시야가 가려졌다. 다리 위에서는 자전거에 스치거나 부딪혔다. 자전거를 탄 사람이 새된 소리를 하고 지나갔다. 마치 자기가 다리를 완전히 벗어나 물에 빠지기라도 한 양. 사실 매트리스는 애당초 그의 몸에 닿지도 않았고 자전거가 약간 기울어졌을 뿐이었다. 날카롭게 외치던 자전거 운전자가 그의 매트리스를 밀쳤다. 대판 싸울 작정이었다. 하지만 그를 보는 순간 날카롭게 소리 지르던 걸 멈추고는 손을 뻗어 그의 짧은 바지와 조끼를 잡아당기면서 운반을 도와주겠다고 말했다. 이 길가에 버려진 매트리스 때문에 그는 우연히 J를 만나게 되었다.

"잠깐, 내가 미친 것 같아? 아니야. 기억나. 오늘 아침에……. 아아, 시차가 심각했나 봐. 머리가 망가졌어."

그랬다. 오늘 아침에 잠에서 깨어난 그녀는 길 건너편에 수염을 기른 긴 머리 남자를 보았다. 테라스에는 맥주 캔이 가득 쌓여 있었다. 곧 넘칠 것만 같았다. 하지만 지금은 테라스가 아주 깨끗했다. 맥주 캔도 보이지 않고 말라죽은 화분도 보이지 않았다. 테라스 전체가 깔끔하게 비어 있었다. 수염을 기른 긴 머리 남자가 테라스에 나왔다. 몸에 실오라기 하나 걸치지 않은 모습으로 그녀를 향해 손을 흔들고 있었다. 그녀는 힘껏 눈을 비비며 머리를 흔들었다. 눈을 크게 뜨자 긴 머리 남자는 또 사라지고 보이지 않았다.

"내가 미친 게 분명해. 나 알은체하지 마. 날 좀 자게 해 주면 그걸로 충분해."

그녀는 누웠다. 천산갑을 셀 준비를 했다. 바닥 한구석에 그림이 한 폭 놓여 있는 게 보였다.

나무 액자는 아주 소박했다.

이 썰렁한 아파트의 유일한 장식이었다.

어째서 어젯밤에는 이 그림을 알아보지 못했나.

나무 액자 안에 담긴 것은 손으로 그린 채색화였다.

팡싼(胖三)이 그린 것이었다.

아주 작은 그림이었다. 채색 크레용으로 흰 종이에 그린 그림이었다. 무슨 귀신이라도 그린 건지 알 수가 없었다. 빨간 크레용이 질주하고 있었다. 피 같았다. 이처럼 오래됐는데, 어떻게 빨간색이 바래지 않고 파리의 햇빛 아래서 이렇게 선명하고 요염할 수 있는 걸까.

전부 잃어버리지 않았던가.

전부 태워버리지 않았던가.

어떻게 네가 팡싼의 그림을 갖고 있는 거지?

왜 죽은 사람의 그림을 아직 간직하고 있는 거야? 살아 있는 사람은? 말해. 말해 보라고.

기다려 봐.

그녀는 보았다.

살아 있는 사람의 그것이, 냉장고 위에 있었다.

그녀는 정말로 눈이 멀었다.

냉장고 위에 그 안경이 있었다. 타원형 금속 재질의 안경테였다. 그녀는 정말 백치였다. 어떻게 그것을 그의 노안을 위한 안경이라고 생각한 걸까.

눈이 멀었다. 그녀가 파리까지 찾으러 온 사람은 알고 보니 이 작은 아파트에 있었다.

휴대폰 대화 4

"야, 아직도 자네. 방금 너를 건드려 봤는데 아무 반응이 없더라. 꼭 죽은 것처럼 자더라고. 나는 깼어. 완전히 깼지. 정신이 너무 말짱해. 계속 잘 수 있을 것 같았는데, 너무 피곤한데도 잠이 안 오네. 타이베이와 파리의 시차를 탓할 수밖에. 하지만 생각해 보니 사실 어딜 가든 시차가 존재하는 것 같아. 어딜 가도 잠을 잘 못 자거든. 나는 지금 네가 자는 모습을 보면서 휴대폰으로 네게 문자를 보내고 있어. 네가 깨면 읽겠지. 네가 자는 모습은 한 편의 영화야. 이렇게 휴대폰으로 글을 한 무더기 써서 보내는 게 재미있어. 이런 말들은 정말 입으로 하기 어려우니까 문자로 쓰는 거야. 그 말들이 내 몸을 떠나 네트워크에 들어가면 구름 끝을 넘어서 네 그 낡은 휴대폰 안으로 들어가 네게로 전달될 것 같아. 네 휴대폰, 정말 오래되고 낡았네. 신호도 잘 안 잡히고. 새 걸 사주고 싶지만 네가 받지 않으리라는 걸 알아. 틀림없이 고개를 가로젓겠지. 난 네가 고개를 숙이고 내 문자 메시지를 진지하게 읽는 모습이 너무 좋아. 답장해 줘. 제발 꼭 답장해 줘. 앞으로 내가 어디를 가든, 앞으로 네가 어디를 가든, 우리 두 사람이 앞으로 어디를 가든, 함께 가든 따로따로 가든 간에 내가 보내는 문자 메시지는 꼭 읽어야 해. 진지하게 읽어야 해. 계속 읽어야 해. 여러 번 읽어야 해. 알았어? 알았지?"

"좋아."

"너 아주 오래 잤어."

"굿모닝."

"부탁인데 그런 인사 좀 하지 마. 지금은 이미 오후라고. 날이 곧 어두워질 텐데 굿모닝은 무슨 얼어 죽을."

"머리를 좀 자르러 가고 싶어."

4 산을 만드는 사람

낮잠이었을 뿐인데 어떻게 이렇게 바위처럼 잤다는 생각이 들까. 그녀는 오래된 암석층에 끼어 완고하게 오랜 옛날, 천백 년의 세월을 밀고 들어가서 겨우 몇 센티미터 이동했을 뿐이다. 갑자기 지각이 요동치고 암석층이 압력을 받아 갈라지며 그녀를 지표 위로 밀어냈다. 잠에서 깼다. 하지만 눈을 뜨고 싶지 않았다. 눈을 감고 자는 척했다. 애당초 깨고 싶지 않았다. 지표로 밀려나기 싫었다. 인간 세계로 돌아가고 싶지 않았다.

의식은 뚜렷했다. 방금 전 깊은 잠의 꿈속으로 돌아가고 싶었다. 흰색은 없었다. 아주 좋았다. 마침내 흰색에서 벗어난 것이다.

손으로 배를 어루만져 보았다. 위아래로 반복해서. 가볍게 누르고 손가락으로 꼬집어 봤지만 통증은 없었다. 너무 좋았다. 말로만 못 잤다고 했을 뿐이다. 잠을 배부르게 자면 아프지 않았고 모든 게 좋았다.

인체의 설계는 정말 이상하다. 눈에는 감을 수 있는 눈꺼풀이 있는데 왜 귀에는 스스로 당길 수 있는 덮개가 없나? 보고 싶지 않을 때는 눈꺼풀을 살짝 내리면 세상이 즉시 어둠으로 변한다. 그런데 듣고 싶지 않을 때는 손가락으로 귀를 막아야 한다. 그리고 그래 봤자 별 소용이 없다. 소리는 어떻게든 방법을 강구해서 틈새를 찾아 청각 안으로 뚫고 들어온다. 이 순간 그녀는 창밖 파리의 빗소리를 전혀 듣고 싶지 않았다. 귀를 막고 싶었다. 빗소리는 지나치게 선명했다. 그 소리를 탓하는 수밖에 없었다. 빗소리만 아니었으면 더 오래 잘 수 있을 것 같았다. 사실 파리의 비는 그리 요란하지 않았다. 하지만 이 날 낮잠은 너무나 길고 원만했다. 오관이 두루 원활하게 소통하자 청각이 예민해졌다. 가는 비가 창문을 어루만지고 지붕 위의 누런 잎들이 비에 젖었다. 검은 새가 물웅덩이에 발을 담그고, 하이힐이 석판 길 위의 은행잎을 짓이겼다. 열차 객차 바퀴에 빗소리가 끼었다. 아래층 부부는 격렬하게 말다툼을 벌였고, 길 건너편에선 아몬드케이크를 구웠다. 하늘과 인간 세계, 땅 밑, 건물 아래, 옆방의 모든 것이 다 들렸다. 너무 시끄러웠다.

코에는 왜 코꺼풀이 없을까? 담배 냄새가 고약했다. 잠시라도 좋으니 후각을 잃고 싶었다. 낮잠을 자기 전에 창문을 닫고 아래를 보았다. 아래층 창문에서 늙은 팔 하나가 뻗어 나왔다. 손가락에는 담배 세 개비가 쥐여 있었다. 그 팔은 너무 늙고 버석했다. 푸른 핏줄이 백년 된 나무 뿌리 같았다. 유치하고 조악한 문신은 색이 바래고 변형되었으며 수많은 칼자국이 나 있었다. 오랫동안 주삿바늘을 꽂은 탓에 시퍼런 멍이 해파리처럼 피부 위에 떠 있었다. 엉성한 창문이 공기를 완전히 차단하지 못해 담배 냄새의 유령이 창을 넘어 실내로 들어왔다. 고약한 냄새였다. 그는 왜 방금 바닥을 세 번 구르고 담배를 갑째 아래로 던진 걸까? 아래층 그 담배 귀신은 누구지?

약간 추웠다. 손에 이불이 잡히지 않았지만 그녀는 허둥대지 않았다. 외롭지도 않았다. 그녀의 오른손 엄지와 식지가 주름진 피부를 가볍게 만지작거리고 있었다. 그의 팔꿈치였다. 그는 같은 침대에 누워 있었다. 그녀의 오른손은 그렇게 자는 동안 바위가 되어 암석층 깊은 곳에 끼어 버렸고, 다시 인간 세계로 돌아오지 못했다.

그날 오후에 낮잠을 대체 얼마나 잔 걸까.

그녀는 분명 낮잠을 싫어하는 사람이었다. 초등학교 때 점심 식사를 마치면 반 전체가 책상에 엎드려 잠을 잤다. 규칙이었다. 오후 집단 수면 시간이면 학교 전체가 휴식에 들어갔다. 하지만 그녀는 잠이 오지 않았다. 책상에 엎드려 팔 위에 머리를 올려도 잠이 오지 않고, 어깨를 바짝 오므려도 마찬가지였다. 누워도 잠이 잘 오지 않는데, 엎드려 자니 아프기만 했다. 그녀는 멍하니 앉아서 다른 아이들이 자고 있는 모습을 구경하고 싶었다. 창밖에는 커다란 용수(榕樹) 나무가 한 그루 있었다. 학교가 잠들면 다람쥐들이 바빠졌다. 규율부장이 살금살금 다가와 그녀의 뒤통수를 톡 쳤다.

"어서 엎드려 자!"

"근데…… 잠이 안 온단 말이야."

"잠이 안 오는 건 네 사정이고, 어서 엎드려! 안 엎드리면 네 이름을 적어 선생님한테 전달할 거야."

"적을 테면 적어."

그녀는 그렇게 잠을 자지 않고 멍하니 앉아 있었다. 돌아다니지도 않고 소란을 피우지도 않는데 대체 누구에게 방해가 된단 말인가.

규율부장이 허리를 구부리며 잡아먹을 듯한 기세로 노기등등하게 소리쳤다.

"네가 무슨 대단한 CF 스타라도 된 줄 아니!"

종소리와 함께 낮잠 시간이 끝났다. 평소보다 몇 배는 더 빠른 발소리와 함께 선생님이 교실로 들이닥쳤다. 선생님은 곧장 그녀에게 다가가 볼을 꼬집었다. 그러고는 대나무 작대기로 손바닥에 세 개의 운하를 만들었다. 눈에서 쏟아진 바닷물이 손바닥으로 흘러 들어갔다. 운하의 물이 넘쳐나고 수면 위로 배들이 줄을 이었다.

선생님은 그날 교무실 책상에 엎드려 있었다. 침 때문에 책상 위에 작은 물구덩이가 고였다. 침이 르웨탄* 정도 고여야 깰 작정이었다. 하지만 규율부장이 달려가 선생님의 계획을 방해했다.

"선생님, 잠을 안 자는 애가 있어요!"

선생님이 그녀에게 호통을 쳤다.

"넌 네가 무슨 아역 스타라도 되는 줄 알아? 그 구역질나는 매트리스 광고 하나 찍었다고 학교에서 무슨 특권이라도 누리고 싶어? 잠을 안 자겠다고? 네가 찍은 그 광고에선 줄곧 자기만 했잖아? 어린 나이에 남자하고 자고 나서 부끄러운 줄도 모르고. 그

* 日月潭. 타이완 중부에 있는 커다란 호수로, 유명 관광지 중 하나다.

러고 나서 학교에서는 안 자겠다고? 그게 무슨 뜻이야? 말해 봐. 울긴 뭘 울어. 안 잘 거면 내 교실에서 나가!"

잠이 오지 않았던 그녀는 그날 많은 것을 배웠다. 교실은 학생들 것이 아니라 선생님 것이었다. 규칙은 규칙이라 아무리 잠이 오지 않아도 엎드려서 자는 척해야 했다. 모든 어린이는 반드시 일치된 동작을 해야 했다. 가지런하고 획일적인 모습을 취해야 했다. 누군가 집단에서 돌출하면 선생님은 곧장 손바닥에 수에즈 운하를 냈다. 광고가 TV에 나오면 길가는 사람들이 알아보고 부러워하는 게 아니라 다들 미워했다. 그녀의 자리는 규율부장 바로 앞에 배정되어 매 순간 감시와 관리의 대상이 되었다.

마침내 학교가 파하고 그녀는 교문 건너편의 가구점에서 엄마를 기다렸다. 가구점 문밖에는 매트리스 광고 포스터가 붙어 있었다. 포스터에는 그녀와 그가 손을 맞잡고 함께 편안하게 누워 자는 모습이 담겨 있었다. 같은 반 애들은 일부러 포스터 앞에서 큰 소리로 카피를 읊었다.

"안심 매트리스를 만나면 함께 좋은 꿈을 꾸게 됩니다. 하하하. 우리 선생님이 그러는데 어린애가 야한 광고를 찍었대. 남자아이와 함께 침대에 올라갔다면서. 창피한 줄도 모르고 말이야! 우리 아빠가 그러는데 여기서 말하는 꿈은 춘몽(春夢)이래. 정말 창피한 거잖아! 앞으로 누가 이런 애를 데려가겠어! 크크큭."

그녀는 가구점으로 뛰어 들어가 구석에 쌓여 있는 특가 침대보를 보고 그 안에 몸을 숨겼다. 가구점이 문을 닫을 때가 되었을 때 가게 주인은 침대보 더미 안에 어린 여자아이가 하나 숨어 있는 걸 발견했다.

매트리스 광고를 촬영하던 날에는 메이크업 담당 아줌마가 두 사람의 얼굴에 두껍게 파운데이션을 발랐고, 얼굴이 몹시 간지러웠다. 하지만 어른들이 얼굴을 만지지 말라고 단단히 당부했다. 여러 벌의 잠옷을 갈아입는 동안 엄청나게 많은 조명이 매트리스를 에워쌌다. 카메라는 끊임없이 각도를 바꿔 가며 어린 여자아이와 남자아이가 함께 누워 자는 다양한 모습을 촬영했다. 그녀는 침대에 올라 눕자마자 남자아이를 알아보았다.

"어, 너였구나! 나 기억나?"

그녀는 거침없이 자기소개를 늘어놓았다. 무엇을 즐겨 먹고 무엇을 가장 싫어하는지, 그리고 귀신과 바퀴벌레가 가장 무섭다는 것도. 어디에 살고 있고 집 전화번호가 몇 번인지. 그는 미소를 지으며 그녀의 말에 귀를 기울여 주었다. 옛날 이야기를 듣듯이 심취한 표정이었다. 그녀는 남자아이의 커다란 눈이 정말 마음에 들었다. 속눈썹이 길어서 주머니에 감춰둔 사탕을 올려도 떨어지지 않고 버틸 것 같았다. 얘기를 계속하던 그녀는 이상하게도 잠을 자고 싶어졌다.

"그런데 넌 안 자고 싶어?"

그가 고개를 가로저었다. 전혀 졸리지 않았다. 하지만 감독은 두 사람에게 잠자는 '연기'를 하라고 했다. 그는 사실 '연기'가 무엇을 의미하는지 몰랐다. 단지 잠시 후에 눈을 감고 모종의 수면 상태로 들어가야 한다는 것만 알 뿐이었다. 여러 번 메이크업을 고치는 사이에 조명도 계속 조정되었다. 첫 번째 카메라가 마침내 촬영을 시작했다. 그녀는 그의 손을 잡고 곧장 잠이 들었다. 이어서 두 사람은 끊임없이 잠옷을 갈아입으면서 자세를 바꿨다. 감독은 매트리스의 오른쪽과 왼쪽, 위아래로 자리를 교체하면서 두 아이에게 다양한 포즈를 요구했다. 하지만 그녀는 별로 기억나는 게 없었다. 희미하게 기억나는 거라고는 자신이 아무도 조종하지 않는 장난감 같았다는 것이다. 온몸에 힘이 없고 계속 졸리기만 했다. 포스터에 둘이 손을 잡고 있는 사진은 맨 처음 첫 번째 카메라가 잡은 모습이었다. 그때 그녀는 이미 깊은 수면 상태에 빠져 있었다. 광고 촬영은 밤늦게까지 이어졌는데, 그 이상 계속해서 찍을 수 없었다. 두 아이의 얼굴에 화장품 알레르기 반응으로 붉은 발진이 일었기 때문이다.

광고는 촬영을 마치고 일 년이 지나서야 TV에 방영되기 시작했다. 침대 위의 두 아이는 광고를 다 찍고 나서는 서로 만나지 못했다. 남자아이는 산 위에 있는 집으로 돌아갔고, 여자아이는 도시에서 학교에 들어갔다. 광고가 방영된 후 매트리스는 크게 유명해지면서 판매량이 대대적으로 늘었다. 광고 속 여자아이는 진한 황금빛 꿀처럼 달콤한 잠을 자고 있었다. 광고 밖의 여자아이는 광고가 방영된 뒤로 심각한 불면증에 시달렸다. 침대에 누웠다 하면 학교 아이들이 놀리는 웃음소리가 들리고 목에 빨간 발진이 번졌다. 엄마와 함께 버스를 기다리다가 버스 문에 자신의 사진이 붙어 있는 걸 본 적이 있었다. 누군가 자기 얼굴에 검정 펜으로 괴상한 것을 그려놓았다. 당시 그녀는 그 어설픈 그림 속의 괴상한 물체들이 남성의 성기라는 사실을 알지 못했다. 이해할 수 없는 건 왜 자신의 얼굴에만 그런 그림을 그리고 옆에 있는 남자아이의 얼굴에는 아무것도 안 그리는가 하는 것이었다. 모두 그녀가 남자랑 같이 잔 게 구역질나고 변태 같은 일이라고 생각했다. 심지어

'부녀자의 도리를 지키지 않았다'고 비난하는 사람도 있었다. 그녀는 이 모든 비난을 알아듣지 못했다. 그저 자신은 이렇게 대대적으로 욕을 먹고 있는데, 함께 침대에서 잤던 남자아이는 어떤지 알고 싶을 뿐이었다. 어딜 가야 그 아이를 찾을 수 있을까. 그녀는 그 아이가 학교 선생님들로부터 '부녀자의 도리를 지키지 않았다'고 욕을 먹지는 않았는지, 누군가로부터 비난받지 않았는지, 이렇게 나이가 어린데 여자아이랑 한 침대에서 잤다고 구역질난다는 소리를 듣지는 않았는지 묻고 싶었다.

매트리스 TV 광고는 엄청난 반응을 이끌어냈다. 공장에서는 예산을 추가하여 감독에게 또 다른 판본을 편집해 황금 시간대에 집중적으로 방영해 달라고 요청했다. 정말 너무도 유명해졌다. 함께 사진을 찍거나 사인을 받기 위해 그녀가 다니는 초등학교 앞에서 기다리는 사람들도 있었다. 교장은 국기 게양식 때 그녀에게 특별히 상장을 주며 표창하기도 했다. 사열대 아래서는 박수 소리와 함께 비웃는 웃음소리가 가득했다. 남자 화장실을 지나칠 때마다 한 무리의 고학년 남학생들이 그녀를 화장실 안으로 끌고 들어가서 물었다.

"그런데 너 걔랑 자고 싶어?"

남학생들이 미친 듯이 웃어댔다. 그녀는 날카로운 비명을 지르며 화장실 밖으로 뛰쳐나오다가 계단에서 넘어졌다. 보건실에서는 간호 선생님이 그녀를 큰 소리로 질책했다.

"네가 바로 그 광고 스타니? 마침내 만났네! 얘, 너한테 완전히 속아 넘어갔어. 엄청난 돈을 주고 그 안심 매트리슨가 뭔가를 샀는데 너무 불편해서 잠을 못 자겠더라고. 나와 우리 남편 둘 다 아예 잠이 안 왔어. 광고에 속은 거지. 너희가 돈을 돌려줘야 해!"

그녀가 울면서 하는 얘기를 들으면 엄마는 그저 냉랭하게 대답했다.

"넌 정말 할 일도 없다. 그런 사람들은 상대 안 하면 돼."

매트리스 광고가 방영되기 전부터 엄마는 이미 스스로 스타가 되려는 계획을 접었다. 도처에서 카메라 테스트를 받았지만 다 실패했다. 하지만 딸의 광고는 대성공을 거두었고, 매니저들이 찾아왔다. 엄마의 눈에서 로켓이 날아왔다.

"어쩌다 이렇게 넘어진 거야. 보기 싫어 죽겠네. 이래 가지고 어떻게 매니저를 만나러 갈래? 애가 왜 이렇게 칠칠치 못하니!"

그녀는 물고기를 죽이기 시작했다.

집 거실에는 어항이 하나 있었다. 그 안에 각양각색의 작은 물고기들이 있었다. 그녀는 어항 앞에 서서 금붕어를 한 마리 골랐다. 그것이 규율부장이라고 상상했다. 그녀는 어망으로 금붕어를 건져내 바닥에 놓았다. 금붕어는 극렬하게 파닥거리며 입을 떨었다. 오래지 않아 동작이 멈췄다. 참신한 쾌감이 느껴졌다. 무지개송사리는 보건실 간호사였다. 그녀는 무지개송사리를 건져 변기통에 넣고 물을 내렸다. 또 다른 금붕어는 그녀를 화장실로 끌고 들어갔던 남학생이었다. 이번에는 끓는 냄비에 넣고 불길을 높였다. 제브라피시는 선생님이었다. 산 채로 화분 흙 속에 묻어버렸다. 사열대에 올라가 교장으로부터 상장을 받을 때 아래에서 아이들이 전부 웃고 있었다. 집으로 돌아온 그녀는 어항 속 모든 물고기를 전교 학생들로 여기고는 냉장고에서 얼음을 꺼내 하나하나 야무지게 물속에 떨어뜨렸다. 엄마는 어항에 있던 물고기들이 전부 사라진 걸 알아채지 못했다. 언제쯤 매니저를 만나 계약을 맺어야 할지에만 관심이 있었다.

나중에 마침내 그 남자아이를 다시 만나게 되자 그녀는 곧장 질문부터 했다.

"너희 집에는 어항 없어?"

남자아이는 고개를 가로저었다.

옆에서 이 말을 들은 남자아이의 엄마가 빙긋이 웃으면서 말했다.

"우리가 사는 산에서는 물고기를 키우지 않아. 하지만 너에게만 말해 주는데, 우리는 천산갑을 아주 많이 키우고 있단다. 천산갑이 어떻게 생겼는지 아니?"

그녀는 그 동물을 들어본 적도 없었다. 그녀는 어른들이 자리를 뜬 틈을 놓치지 않고 남자아이에게 물었다.

"그럼 너는 천산갑을 몇 마리나 죽였어? 너에게만 하는 말이니까 다른 사람에게 말하면 안 돼. 나는 물고기를 아주 많이 죽였어."

나중에 그녀는 남자아이가 물고기를 죽일 필요도, 천산갑을 죽일 필요도 없었다는 사실을 알게 되었다. 아무도 남자아이의 얼굴에 이상한 털 모양의 물건을 그려 넣지 않았고, 그가 여자아이와 함께 잔 사실이 부끄러운 것이라며 비웃는 사람도 없었기 때문이다. 그가 다닌 초등학교는 산 위에 있었고 학생도 몇 명 되지 않았다. 대부분의 친구들은 집에 TV도 없었다. 도시에서는 광고가 온통 확산됐지만, 번화한 도시와 산간 지역 촌락 사이엔 시차가 있어서 안심 매트리스가 아직 남자아이의 생활에 도달하지 않은 것이다. 마침내 학교 교장이 이 광고를 보고서 TV를 학교로 가져와 전교생을 집합시켜 놓고 오후 낮잠 시간에 TV를 시청하게 했다. 다들 매트리스 광고가 나오기를 기다렸다. 한참을 기다려 마침내 광고가 나왔다. 카메라는 특별히 남녀 두 아이가 손을 꼭 잡고 있는 부분을 클로즈업했다. 학교 전체에 열렬한 박수 소리가 울려 퍼졌다. 교장은 남자아이가 학교를 빛냈다며 상장과 트로피를 수여했다. 다들 이 조용한 남자아이를 부러워했다. 정말 대단해. 텔레비전에 나오다니. 아역 스타가 됐네. 남자 선생님이 그의 머리를 쓰다듬으며 말했다.

"정말 대단하다. 이렇게 어린 나이에 예쁜 여학생과 함께 자다니. 선생님이 너한테서 한 수 배워야 할 것 같다."

남자 선생님은 몇 달 치 월급을 모아 마침내 안심 매트리스를 샀다. 여기저기 다니면서 맞선을 봤지만 여전히 외로운 잠자리를 지켜야 했고 늙을 때까지 쉬 잠들지 못했다.

그 남자아이는 지금 파리 길거리에서 주워온 매트리스 위에서 잠을 자고 있다.

그녀는 그에게 하고 싶은 말이 무척 많았다. 시간이 좀 지나면 잊어 버릴까 두려워 얼른 휴대폰을 들어 문자 메시지를 보냈다. 그러면 그가 잠에서 깨어 읽을 수 있을 것이다. 사실 그녀는 줄곧 소셜 네트워크라는 게 뭔지 이해하지 못했다. 네트워크는 눈에 보이지 않고 손으로 만질 수도 없고 먹을 수도 없었다. 한참을 배운 결과 간신히 휴대폰으로 문자 메시지를 보낼 수 있게 되었다. 하지만 이 순간 그녀는 네트워크가 활이라는 생각이 들었다. 그녀가 보내는 문자 메시지는 화살이었다. 그녀의 휴대폰에서 그의 휴대폰으로 날아가는 화살. 그의 낡고 오래된 휴대폰은 침대 옆에서 자고 있었다. 액정은 깨지고 몸체는 칠이 벗겨져 있었고, 보이지 않는 화살이 끊임없이 포위 공격을 가하자 몸부림을 치면서 흔들렸다. 물을 떠나 죽어가는 금붕어 같았다.

배고픔이 슬슬 깨어나려는 모양인지 그녀의 위 속에서 복싱 왕 알리가 주먹을 휘둘렀다. 그녀는 그의 몸을 흔들어 깨우려고 했지만 소용없었다. 그는 조금도 움직이지 않았다. 바위 같았다. 살아 있기는 한 걸까. 한동안 그녀는 매니저에게 출국 수속 처리와 함께 강력한 수면제를 가져다 달라고 부탁했다. 그 약을 먹으니 정말 죽은 듯 잘 수 있었다. 알약이 그녀를 바닥이 없는 검은 심연으로 데려다주었다. 꿈도 없고 의식이 완전히 단절돼 있었다. 그렇다면 그건 죽음과 다를 바 없지 않을까. 사실 죽어도 상관없었다. 하지만 죽지 못하고 다시 깼다. 잠에서 깨면 반쯤 죽은 것처럼 몸을 가누기 어려웠다. 꼭 물에 빠진 것 같았다. 숨쉬기도 힘들고 사지가 굳어 있었다. 분명히 침대 위에 누워 있지만 머릿속에서는 계속 추락하는 장면이 나타났다. 남편이 옆에서 그녀를 바라보고 있었다. 웃는 얼굴인지 아닌지 알 수 없었다. 그는 늘 이렇게 말했다.

"아주 예뻐. 정말이야. 당신 자는 모습은 정말 보기 좋아."

남편의 몸이 파동하자 그녀의 시선이 아래로 향했다. 단지 딱딱해지지 않았을 뿐이었다. 남편은 중년으로 들어선 후로 딱딱해지지 않은 지 아주 오래되었다. 그녀는 입버릇처럼 말했다.

"괜찮아요. 아이도 다 낳았는데 뭐."

이 말의 진의는 딱딱해지지 않으면 그만두라는 것이었다. 말랑말랑한 채 서지 않는 게 천만다행이라는 거였다. 하지만 그는 포기하지 않았다. 가랑이 사이의 금붕어가 죽은 게 분명한데 그의 손바닥은 계속 심폐소생을 시도하고 있었다. 죽은 물고기는 손으로 비빌수록 더 쉽게 문드러지는 법이다. 수면제 부작용 때문에 몸이 얼어붙지 않았다면 그녀는 일어나서 남편의 죽은 금붕어를 발로 밟아 문드러지게 했을지도 모른다. 어렸을 때 금붕어 여러 마리를 발로 밟아 죽인 적 있었던 그녀에겐 그리 어려운 일도 아니었다. 발바닥으로 문드러진 물고기 살을 짓이기고 나면 비린내가 남아 며칠을 씻어도 가시지 않았고, 그러면 그녀는 계속 발바닥 냄새를 맡았다. 그 냄새는 기이한 쾌감을 가져다주었다. 발바닥 냄새를 맡은 다음 신발을 신고 문을 나서면 그녀는 얼굴 가득 미소를 지으며 학교에 가거나 카메라 테스트에 갈 수 있었다.

그녀는 몸을 일으켜 창문을 열었다. 파리 시내의 소음과 먼지 연기가 방 안으로 밀려들었다. 그가 몸을 움찔하더니 마침내 깼다.

창밖 파리의 하늘은 무겁게 가라앉아 있었다. 하늘이 음산했다. 곧 밤이 되려는지 가로등이 켜지기 시작했다. 거리에는 사람들 물결이 넘실댔다. 음식과 고기 냄새가 거리의 허공을 메웠다.

어지러웠다. 갑자기 일어서서 그런가. 늙은 몸이 갑작스러운 동작에 대응하지 못하는 걸까. 나는 늙었다. 정말 늙었다. 창밖의 파리는 비틀어져 있었다. 나선으로 변형되었다. 밝은 등이 갑자기 꺼지기 시작했다. 눈을 감았다. 주먹을 쥐고 심호흡을 했다. 다시 눈을 뜨니 눈앞은 온통 칠흑 같은 어둠이었다. 큰 파도가 밀려왔다. 안개가 짙었다. 그녀는 캄캄한 바다에 와 있었다. 파도가 이미 배를 삼켜 버렸다. 곧 폭풍이 몰아칠 것이다. 육지는 보이지 않았고 부목을 붙잡지도 못했다. 정박할 해안이 없었다. 그녀는 그를 생각했다. 물이 머리까지 잠기는 순간에 생각나는 사람은 어째서 그일까. 그 영화의 결말에서 그는 혼자 바다 위를 표류했다. 그녀는 카메라를 느끼지 못했다. 그건 애당초 영화 촬영이 아니었는지도 모른다. 너무나 고독했다. 그는 연기에 완전히 몰입했다. 외로움을 단 하나도 남기지 않고 쏟아냈다. 잔인했다. 너무 심한 영화였다. 영화는 오락 아닌가. 어떻게 이렇게 현실과 단단하게 결합할 수 있나. 영화관에 들어가는 건 현실을 탈피하기 위해서 아닌가. 왜 관중을 외로움에 익사시키려는 거지.

한 줄기 강한 빛이 반짝였다. 빛은 길 건너편에서 비춰 왔다. 빛은 규칙적인 속도로 360도 회전했다. 등대였다. 그녀는 등대를 찾았다. 등대는 곧 육지였다. 그녀는 마침내 사악한 물에서 벗어날 수 있었다. 등대 맨 꼭대기의 조명이 회전하면서 캄캄한 수면 위에 한 줄기 흰빛을 그으며 길 잃은 배들을 이끌어 주었다. 그녀는 어느 방향으로 헤엄쳐 가야 할지 알았다. 빛이 다시 한번 그녀의 얼굴에 뿌려졌다. 눈을 비비자 시야 안에 은색 광점들이 가득했다. 손으로 광점들을 흩뿌리자 이번에는 광원이 선명하게 보였다. 길 건너편 작은 테라스였다.

뭐야 저게? 잘못 본 건 아니지? 작은 테라스에는 조개껍데기가 잔뜩 걸려 있었다. 그 장발 남자가 하얀 등대로 변장하고 있었다. 머리에 조명기구를 매달고 테라스 위를 천천히 돌고 있었다.

등대가 그녀를 다시 파리로 데려다주었다. 캄캄한 바다는 사라지고 없었다. 얇은 담요가 한 줄기 난류처럼 등 뒤에서 다가왔다. 그였다. 창가에 있는 그녀가 추울까 걱정됐나 보다. 가을밤 기온은 예측하기 어렵기에 얇은 담요로 그녀를 감싸준 것이다.

"깼어?"

그가 단단해진 몸을 뻗어왔다. 건너편 테라스의 강한 불빛이 동공으로 밀려들어 오자 몸이 뒤로 두 걸음 물러섰다.

"나 배고파 죽겠어."

그녀가 배고프다고 칭얼대는 소리를 듣자마자 그의 배도 뇌성으로 호응했다.

"난 음식 안 가려. 뭐든 다 좋아. 고급 음식 아니어도 돼. 되는대로 대충 먹으면 그만이야."

위장이 깨어나자 그는 서둘러 음식을 구하러 밖으로 나가고 싶었다. 하지만 사지가 아직 이불 속에 미련을 두고 있었다. 카메라 테스트를 끝내고 돌아오자마자 잠시 잠을 좀 자고 싶었을 뿐인데 어째서 미친 듯이 며칠을 잔 느낌인가. 그는 정말 오랜만에 푹 잤다. 몸과 매트리스가 긴밀하게 결합되자마자 의식은 먼 곳으로 사라져 버렸다. 겨드랑이 밑이 만조가 되면서 흐릿하게 바다 냄새가 났다. 지금 몇 시지? 아직 하루가 넘어가지 않았나? 낭트로 출발해야 하는 거 아닐까? 그녀는 어째서 여기 있는 거지? 침대에 오르기 전에는 소녀의 모습 아니었나? 왜 잠에서 깨니 반세기는 늙은 것 같지? 침대 위의 천산갑은 어디로 갔지? 그는 어디 있지? 아, 파리, 파리인가? 강한 불빛이 또다시 작은 아파트 안으로 밀려들어 왔다. 그랬다. 그는 파리에 있었다. 길 건너편 테라스는 오늘 어떤 주제로 변장했을까.

열 손가락을 두피에 찔러 넣고 혈도를 마사지하며 억지로 깨려 했지만 별 소용 없는 것 같았다. 오히려 J가 생각났다. J는 항상 그를 위해 두피 마사지를 해 주었다. 손바닥에 모로칸 오일을 잔뜩 바르고 마사지를 시작하면, 오른손 손가락은 고무래가 되고 왼손 손가락은 호미가 되었다. 오른손 손바닥은 제초기가 되고 왼손 손바닥은 굴삭기가 되어 그의 황무지 같은 두피를 공략했다. 땅을 파고 물을 뿌리고 가위질을 하고 솔질을 했다. 그럴 때면 그는 늘 기분 좋게 졸았다. 땅고르기를 마치면 J는 가볍게 그의 얼굴을 두드린 다음 촉촉한 입맞춤으로 그를 깨웠다. 황무지는 기름진 밭이 되었고, 두피는 장미를 심을 수 있게 되었다.

그는 머리카락을 자르고 싶었다.

이 작은 아파트를 벗어나고 싶었다. 사방의 벽과 천장, 바닥이 조금씩 부드러워지고 투명해지더니 비닐 랩으로 변해 작은 아파트 안에서 자고 있던 남녀를 감싸기 시작했다. 슈퍼마켓 냉장고 속의 생닭처럼.

생닭 두 마리는 몸부림쳐서 간신히 랩에서 벗어나 빠른 걸음으로 작은 아파트를 빠져 나왔다. 다급한 발걸음이 계단에서 커다란 소리를 냈다. 낡은 건물의 계단은 백세 넘게 장수한 터라 밟히면 서글픈 비명을 질렀다. 아래층 사람이 갑자기 문을 열었다. 짙은 담배 연기만 뿜어져 나오고 사람 모습은 보이지 않았다. 쉰 목소리의 저주만 들릴 뿐이었다.

"아래층 사람, 미친 사람 아니야? 정말 무섭네."

그는 마음속으로 조금 이따가 돌아오는 길에 담배를 한 갑 사다가 발로 적당히 밟아 아래층에 던져 줘야겠다고 생각했다.

이번엔 그녀도 학습 효과 덕분에 운동화를 신었다. 그는 지하철을 타지도 않고 택시를 부르지도 않았다. 여전히 걷는 걸 고집했다. 다행히 퇴근하는 사람들의 조수 같은 차량 행렬이 두 사람의 속도를 늦춰 주었다. 빨리 걷지 못하게 되자, 길가에서 이름을 따라 부르기도 어려운 달고 짠 주전부리들을 샀다. 두 사람은 말이 없었다. 길을 따라가며 파리의 음식을 먹었다. 그녀의 시간 감각이 착란을 일으켰다. 파리에 온 지 며칠이나 됐지? 방금 도착하지 않았나? 어째서 여러 날이 지난 것처럼 느껴지는 거지? 틀림없이 너무 많이 걸었기 때문인 것 같았다. 시간이 그들로 인해 느려졌다. 그녀의 부실한 무릎 때문에 분초가 길게 늘어났다. 마음 내키는 대로 산 에클레르*는 그냥 삼켜지기 싫었는지 입 안에서 몸부림치다가 그녀의 샤넬 핸드백에 튀었다. 새똥 같았다. 됐다. 닦고 싶지 않았다. 내일 새 걸 사면 그만이다.

두 사람은 시끄럽고 요란한 거리로 들어섰다. 사람과 차들이 길을 다투느라 북적거렸다. 혹시 놓칠까 두려워 그는 그녀의 팔을 꼭 잡았다. 인파는 진흙 같기도 하고 모래 같기도 했다. 두 사람은 힘을 주며 버텨야 간신히 앞으로 조금씩 나아갈 수 있었다. 진흙과 모래 사이에서 천천히 이동하면서 그녀는 이곳 파리의 하늘이 전부 어둡다는 걸 깨달았다. 거리의 사람들도 완전히 어둠에 물들어 있었다. 모두 검고 어두웠다.

"야, 우리가 있는 여긴 어디야? 왜 온통 흑인들만 있는 거야?"

많은 사람들이 그녀에게 흑인을 조심하라고 했다. 불법 이민자들이 그녀의 샤넬 백을 노릴 거라고 했다.

* Eclair. 밀가루와 달걀, 버터 등을 섞어 만든 슈 안에 커스터드나 휘핑크림을 채우고 그 위에 초콜릿이나 바닐라, 버터 등을 입힌 간식.

그녀는 그에게서 손을 빼내 두 손으로 샤넬 백을 꽉 쥐었다. 사람이 너무 많았다. 사람들과 몸이 스쳤다. 새똥이 닦였다. 끝났다. 새똥은 보이지 않았다. 샤넬 백 안의 지갑과 여권도 함께 인파에 쓸려가지 않았을까.

마침내 인파를 뚫고 나오자 온몸이 팽팽하게 당겨지는 느낌이었다. 사방팔방 온통 검은 사람들의 흐름이었다. 그녀는 숨쉬기가 힘들었다. 도대체 그는 어찌된 걸까. 왜 항상 그녀를 이상한 곳으로만 데리고 다니는 걸까.

그는 어느 헤어숍 앞에 멈춰 서더니 그녀에게 말했다.

"나 머리를 좀 잘라야 해. 금방이면 돼."

거리의 사람들은 무척이나 시끄러웠다. 수많은 상점들이 가사가 많은 음악을 큰 소리로 틀어놓는 바람에 그가 아주 드물게 입 밖에 낸 말이 묻혀 버리고 말았다. 그녀는 미간을 찌푸린 채 그를 바라보았다. 소란한 거리에서 무성영화를 보는 듯했다. 그녀는 불안한 마음으로 주변을 둘러보았다. 여기가 파리의 헤어숍 거리인가? 어떻게 거리 전체가 헤어숍인 데다 하나같이 아프리카인들 두발 견본 사진만 잔뜩 붙어 있지? 왜 이 거리에 들어서는 사람들은 전부 피부색이 어두운 밤이지? 그들 두 사람은 피부가 어두운 밤이 아닌데도 대담하게 이 거리로 들어섰다. 무슨 일이 생기진 않을까.

두 사람은 어느 헤어숍 안으로 들어갔다. 안에는 하나같이 아프리카 출신 흑인들이었다. 손님들도 흑인이고 주인도 흑인이었다. 미용사들은 전부 하던 일을 멈추고 두 사람을 쳐다보았다. 그녀는 샤넬 백을 꽉 쥐었다. 자신이 어항을 나온 금붕어라는 생각이 들었다. 재빨리 그곳을 빠져나가지 않으면 수많은 발들이 달려들어 자신을 짓밟을 것만 같았다. 그가 미쳤나. 어째서 나를 이런 곳으로 데려왔지?

카운터 뒤쪽에서 헐렁헐렁한 자주색 원피스에 과장되게 땋은 머리가 불꽃처럼 부풀어 있는 여인이 두 사람을 향해 성큼성큼 다가와 두 팔을 벌리고는 풍만한 상체 가득 그를 안았다. 입으로 한 다발의 프랑스어를 쏟아냈다. 그 프랑스어는 처음부터 몹시 건조했다. 토하는 소리 같기도 했다. 하지만 말과 어투에 점차 물기가 더해졌다. 우는 소리 같은 억양이 갈수록 진해졌다. 어두운 밤의 얼굴이 우기를 맞아들이고 있었다. 견과류만큼 큰 빗방울이 그의 어깨 위에 떨어졌다. 그는 굳은 얼굴로 애써 우기를 뒤로 미루고 있었다. 주먹을 꽉 쥐고 빗방울을 떨구지 않으려고 애썼다. 두 사람은 서로를 꼭 껴안고 있었다. 오랜 이별 뒤에 재회한 가족처럼.

그들의 말을 한 마디도 알아들을 수 없었던 그녀는 어떤 상황인지 알 수가 없었다. 갑자기 웃는 얼굴 하나가 그녀를 자리에 앉히면서 케이크와 음료를 눈앞에 밀어주었다. 그러면서 뭐라고 한마디 물었다. 그녀는 샤넬 백을 손에 꼭 쥐고 고개를 가로저을 뿐이었다.

헤어숍에서는 아프리카 리듬의 댄스 음악이 흘러나왔다. 미용사가 음악에 맞춰 몸을 흔들면서 손님들에게 머리 감기와 커트, 면도, 머리 땋기 등 다양한 서비스를 제공하고 있었다. 자주색 옷차림의 여인이 직접 가위를 들고 손가락으로 머리카락 길이를 재고 전동 이발기로 귀밑머리를 밀었다. 가위의 움직임이 재빨랐다. 그의 머리는 분명히 짧은 편이었고 그녀가 보기엔 전혀 깎을 필요가 없었다. 하지만 자주색 옷차림의 여인이 빠르게 가위를 움직이자 원래는 물에 빠진 듯했던 얼굴의 오관이 뚜렷하게 수면 위로 떠올랐다. 입꼬리가 약간 위로 올라가 있었다. 두발 형태가 좋아지니 마치 심폐소생술을 받은 것 같았다. 죽었다가 다시 살아난 듯이. 재빨리 머리를 헹구고 기름으로 두피 마사지를 한 다음 포마드를 바르자 거울 속의 남자는 집에 돌아가 양복만 입으면 곧장 낭트로 가서 오래전 영화를 부활시키는 활동에 참여할 수 있을 것 같았다.

자주색 옷차림의 여인이 그를 꽉 안아 주었다. 그녀의 울음엔 음계가 있었다. 엄마가 침대 옆에서 자장가를 불러 주는 것 같았다. 땋은 머리가 문어 촉수처럼 그를 뒤덮었다. 다른 미용사들도 그를 안아 주면서 함께 울었다. 그녀는 다들 대체 왜 이렇게 우는지 알 수가 없었다. 갑자기 자주색 여인이 한 걸음 다가오더니 그녀 역시 품에 안았다. 그녀는 자신이 몸부림치리라 생각했지만 자주색 여인의 몸에서 나는 냄새를 맡으며 피부가 상대의 넓은 품에 닿는 순간, 갑자기 몸이 부드러워지면서 몸부림칠 의지를 완전히 상실하고 말았다. 그녀는 몸을 완전히 상대에게 내맡겼다. 열 손가락이 느슨해지면서 샤넬 백이 바닥에 떨어져서 가방에 무수한 머리카락이 달라붙었다. 그 냄새를 어떻게 표현해야 좋을지 알 수 없었다. 그것은 하나의 본질의 향기였다. 촉촉하게 젖은 진흙의 숨결, 전병이 막 프라이팬을 떠났을 때의 열기와도 같았다. 미용 제품과 인공 향료가 한데 뒤섞인 따스하고 넓고 직접적인 냄새였다. 우회하지 않는 직접적이고 진한 냄새였다.

헤어숍에서 나오자 높이 솟았던 그녀의 어깨가 내려갔다. 거리는 여전히 어두운 밤과 검은 피부였다. 하지만 이제는 두렵지 않은 것 같았다. 아니, 사실은 여전히 약간 두려웠다. 하지만 재킷에 자주색 여인의 냄새가 남아 있었고 몸은 여전히 부드러웠다. 그녀는 그와 함께 어두운 밤의 인파 속으로 걸어 들어갔다. 모두가 술을 마셔 휘청거리는 몸으로 인파를 이뤘다. 무슨 특별한 날인가? 축제? 왜 이 헤어숍 거리의 사람들은 이렇게 즐거워 보일까? 누군가 그녀에게 같이 춤을 추자고 청했다. 와인을 건네는 사람도 있었다. 길가에는 고기 굽는 연기가 자욱했다. 색소폰과 아프리카 드럼 소리에 맞춰 노랫소리와 떠드는 소리가 거리를 가득 메웠다.

두 사람은 인파에서 벗어나 조용한 골목으로 접어들었다. 드럼 소리가 계속 뒤따라왔다. 그는 일부러 그녀의 뒤에서 걸으면서 그녀의 발걸음을 즐겼다. 그녀도 이런 상황을 인식하고 있을까. 그녀는 드럼 리듬에 발걸음을 맞추고 있었다. 오는 길 내내 춤을 추듯이 가벼운 발걸음을 유지했다. 그에게 더 걷다간 죽을 것 같다는 원망을 이제는 늘어놓지 않게 되었다. 골목에는 아름다운 나무들이 한 줄로 늘어서 있었다. 나뭇잎이 가로등 사이에서 반짝반짝 빛났다.

"너…… 평소에도 그 집 가서 머리를 잘라?"

"응."

"그 주인아줌마 참 괜찮은 사람 같더라. 돈을 안 받겠다고 고집부리는 것도 그렇고. 어떻게 그렇게 좋을 수가 있지?"

"응."

"너 진짜 파리 사람 다 됐네. 이렇게 이상한 곳도 알고. 난 예전에 파리에 왔을 때 이런 곳이 있다는 것 자체를 아예 몰랐거든."

그녀는 마음속으로 생각했다. 왜 파리에서 살고 있다는 걸 내게 말해 주지 않았지? 최근 몇 년 사이 파리에 몇 번 왔었는데 혹시 거리에서 어깨를 스쳐 지나가진 않았을까. 소통의 길이 완전히 사라진 후로는 너를 찾을 수가 없었어. 내가 줄곧 너를 찾고 있었다는 것 알아?

그는 그녀에게 무수한 물음표가 있다는 걸 모르지 않았다. 왜 울지? 포옹은 왜 하지? 왜 돈을 받지 않는 걸까? 머리카락을 잘라 준 사람은 누구지? 왜 그렇게도 먼길을 걸어 그 헤어숍에 가서 머리카락을 자르지? 분명히 집 근처에도 헤어숍이 있는데.

그가 입을 열 생각이 있다 해도 어떻게 말해야 할지 모를 게 분명했다.

자주색 여인은 한 무더기 프랑스어를 쏟아냈지만 그가 알아들은 건 절반 정도였다. 하지만 어떤 말들은 아주 분명하게 알아들었다.

"튀 에 장 망브르 드 라 파미."*

너는 가족이야. 그래서 돈을 받을 수 없어.

가족이라고? 그에게 가족이 있었나. 그의 가족은 다 떠났다. 구급차가 삼켜 가 버렸다.

그녀에게 어떻게 말해야 할까. 머리를 자른다는 건 이별 통보였다.

* Tu es un membre de la famille. 프랑스어로 '너는 내 가족이야.'라는 뜻이다.

물론, 그는 말하지 않았다.

그는 또 그녀를 데리고 어느 베트남 음식점에 들어갔다. 식당 안은 자리가 다 차 있었다. 인도에 마련된 자리도 만석이었다. 일부 손님들이 조급한 마음으로 줄을 서서 기다리고 있었다. 그녀가 테이블 위의 탕면을 보면서 말했다.

"아주 맛있어 보이네. 어, 내가 탕면 좋아하는 건 어떻게 알았어? 날이 추워지면 탕면 생각이 나. 하지만 사람이 너무 많다. 포기하자. 아주 오래 기다려야 할 것 같아."

카운터에서 걸어 나온 음식점 주인이 손가락으로 낚싯바늘을 그리더니 두 사람을 뒤편의 주방 쪽으로 끌고 갔다. 주방을 지나치는데 안에서 뜨거운 냄비와 씨름을 하던 주방장이 그를 보고는 큰 소리로 불러 세웠다. 두 사람은 식재료들로 가득 찬 창고를 비집고 들어가 음식점 뒤쪽의 좁은 골목에 이르렀다. 음식점 주인은 커다란 쓰레기봉투 몇 개를 쌓아 테이블과 의자 두 개를 만들어 냈다.

"이렇게 특별한 자리가 있었네. 와, 너 진짜 파리의 모든 식당 주인들과 다 알고 지내는 거야? 잠깐만, 메뉴가 전부 프랑스어네. 저거, 아래 있는 저거. 빽빽하게 적혀 있는 거……. 베트남어인가? 이상한 글자네. 난 하나도 모르겠어. 게다가 글씨는 또 왜 이렇게 작아. 나 노안이란 말이야. 이거 어떻게 주문해? 혹시 돋보기 가지고 왔어? 좀 빌려줘 봐. 저거. 주인한테 말해 봐. 나는 밖에 있는 저 넓적한 쌀국수가 먹고 싶어. 저 탕면 말이야……."

그는 메뉴판을 전혀 보지 않고 주인에게 가볍게 윙크만 했다. 주인은 고개를 끄덕이고는 메뉴판을 걷어 가 버렸다.

"어머나! 이게 다야? 네가 뭘 주문했는지 내가 모른다는 거, 문제네."

커다란 생맥주 잔 두 개와 반 쎄오*가 테이블에 올랐다. 베트남 전병이었다. 노란 외피에 숙주나물과 튼실한 새우, 양상추, 박하, 차조기**를 듬뿍 넣은 다음 마늘과 고추, 쏘가리 젓갈 등으로 조미한 음식이었다. 그녀는 먹어본 적 없었지만 곧장 손으로 집어 들고는 한입 크게 베어 물고 씹으면서 말했다.

"이게 대체 뭐지? 한 번도 먹어본 적이 없어! 어떻게 파리에 이렇게 맛있는 베트남 음식이 있지? 정말 맛있네!"

이어서 반 미***가 나왔다. 베트남 빵이었다. 프랑스식 빵 안에 파슬리와 고수, 돼지고기, 고추, 염장한 무 등을 넣은 음식이었다. 주식은 큰 그릇에 담긴 퍼, 즉 면이 넓적한 베트남 소고기 쌀국수였다. 손가락으로 라임 열매를 짜서 국물에 넣고 작고 빨간 고추를 고명으로 넣어 먹었다. 두 사람은 콧물까지 흘려가면서 맛있게 먹었다. 음식이 또 나왔다. 고추와 함께 볶은 새우가 커다란 접시에 담겨 있었다.

음식이 바닥을 드러낼 때쯤 시원한 바람이 골목 안으로 밀려왔다. 황금빛 부채꼴 모양의 잎사귀가 테이블 위에 떨어졌다. 고개를 들어 보니 두 사람이 앉아 있는 자리가 바로 은행나무 아래였다. 조금 전까지는 너무 배가 고파 눈여겨보지 못했는데.

그녀는 그가 음식을 먹는 모습을 바라보았다. 변한 게 없었

* Bánh xèo. 새우나 고기 등을 넣어서 쌀로 만든 베트남 팬케이크.

** 향이 강한, 꿀풀과에 속한 한해살이 풀.

*** Bánh mì. 고기와 야채를 쌀로 만든 바게트에 넣은 베트남 샌드위치.

다. 음식을 먹으면서 눈을 감는 버릇이 있었던 바로 그 아이. 당시 그녀는 침대 옆의 남자아이에게 왜 음식을 먹을 때 눈을 감느냐고 물었다.

"천산갑들도 그러거든."

그녀는 냅킨으로 힘껏 코를 풀었다. 고추를 너무 많이 넣은 것 같다. 비강 전체가 얼얼했다. 냅킨이 콧물에 닿자마자 불이 붙을 뻔했다.

"고마워. 정말 맛있었어. 이렇게 앉아서 함께 식사하는 거 얼마 만이지? 기억도 안 나네."

뜨거운 국물은 일종의 위로였다. 국물이 그의 몸 안에 장작을 던져 넣고 고추가 불을 붙이자 그는 재킷을 벗었다. 안 그랬다가는 화로가 가슴으로 돌진할 것 같았다. 은행잎이 계속 흩날렸다. 고개를 들어 나무를 보니, 그사이로 좁은 골목의 하늘에 떠 있는 몇 개의 밝은 별이 보였다.

그녀는 기억하지 못했지만 그는 기억했다. 지난번 두 사람이 마주 앉아 식사를 한 건 팡싼의 장례를 치른 뒤였다.

오랜 이별 후에 이렇게 만나니 음식이 가장 즐거운 연결고리가 되었다. 많은 말도 필요 없었다. 후루룩 소리를 내면서 뜨거운 국물을 마시고, 서로 음식을 집어 주고, 새우 껍질을 벗겨 주었다. 고추가 불을 질러 생소함을 태웠다. 그는 그녀가 매운 음식을 좋아한다는 걸 기억했다. 그녀는 그가 새우 머리를 빨아먹는 걸 좋아한다는 걸 기억했다. 음식이 기억을 불러 왔다. 두 사람이 마지막으로 이렇게 앉아 식사를 했던 건 산 위의 오래된 집에서였다.

하지만 그때의 식사는 단절이었다.

팡싼의 출상이 끝나고 유골이 항아리에 담겨 납골당에서 긴 잠에 들었다. 납골당 밖에서 작별인사를 건네던 그는 멀리 장례 행렬에서 벗어나 걷고 싶었다. 그녀는 남편의 차에서 새된 소리를 지르고 싶었다. 납골당 입당 의식은 몇 시간에 걸쳐 진행되었고, 살아 있는 사람들은 몹시 지쳤다. 두 딸과 아들은 뒷자리에서 자고 있었다. 자동차 룸 미러가 그의 뒷모습을 비췄다. 그는 몇 걸음 옮기면서 눈물을 훔쳤다. 얼마간 가다가 또 걸음을 멈췄다. 이번에는 눈물을 훔치지 않고 허리를 구부려 눈물방울을 길 위에 떨궜다. 그가 천천히 멀어져가는 모습을 보면서 그녀는 당장이라도 소리를 지를 것만 같았다. 더이상 참을 수 없었다.

그녀가 남편에게 말했다.

"먼저 아이들 데리고 집으로 돌아가."

"뭘 하려고 그래?"

"저 사람이랑 잠깐 좀 걸으려고."

"안 피곤해? 난 피곤해 죽겠다고."

"얼른 집에 가서 쉬어. 내 걱정은 하지 말고. 알아서 택시 타고 가면 돼."

"솔직하게 말해 봐. 팡싼, 저 사람 아이지?"

"뭐라고?"

"죽었잖아. 이제는 내게 사실대로 말해도 되잖아."

"애들 앞에서 지금 무슨 귀신 씻나락 까먹는 소리야?

"그게 아니면 저 친구가 왜 울어. 자기 애도 아닌데."

"그렇게 함부로 말하지 마."

"팡싼과 저 남자, 엄청 닮았잖아. 맞아. 당신들 두 사람은 죽마고우지. 그앨 보면서 저렇게 우는 건 정말 바보지. 바보야. 정말 한 대 패주고 싶네."

확실히 남편은 바보가 아니었다. 눈물 한 방울도 없었다.

그녀는 안전띠를 푼 다음 차문을 열고 뛰쳐나왔다. 차 안에서 일 초만 더 지체했다가는 새된 비명을 지를 것만 같았다. 소리를 질러선 안 된다. 소리를 지른다는 건 성실해진다는 뜻이다. 성실해져선 안 된다.

그녀는 그를 쫓아가 숨을 헐떡이며 말했다.

"나, 산 위로 좀 데려다줄래? 배고파 죽겠어. 며칠 동안 제대로 못 먹었어. 네가 아주 오랫동안 그곳에 안 돌아갔다는 거 잘 알아. 하지만 난 정말 가고 싶어. 잠깐 보기만 하면 돼. 안 되겠어?"

차를 몰고 산으로 올라갔다. 그 임산품 가게는 아직 남아 있었다. 그녀는 고액의 지폐 몇 장을 꺼내 주인에게 건넸다.

"저는 음식을 주문할 기분이 아니에요. 알아서 몇 가지만 만들어주세요. 좀 매워도 상관없어요."

임산품 가게 주인은 아버지의 친구였다. 메뉴판에 적힌 소고기, 양고기, 돼지고기, 생선, 새우 같은 그럴듯한 음식만 주문한다면 음식 모양새는 아주 초라하게 나왔을 것이다. 어릴 때 이곳에 오면, 잘 아는 손님들은 암호를 대고 메뉴판에 없는 야생의 산 음식을 먹었다. 줄머리 사향 삵이나 다마사슴, 박쥐, 안경뱀, 야생 기러기, 긴 털 산양 같은 것들이다. 그리고 아버지가 공급하는 천산갑도 있었다.

그의 산 위 옛집에 가면, 정원에 탁자가 하나 놓여 있고 그 위 가득 임산물로 만든 뜨거운 음식에서 김이 모락모락 피어올랐다.

그는 식욕이 전혀 없었지만 그녀는 게걸스럽게 먹어댔다.

그의 아버지가 집 안에서 걸어 나왔다. 온몸에서 술 냄새가 났다. 속옷만 입어서 팔이 다 드러났다. 아버지는 알은체도 하지 않고 의자를 끌어당겨 자리에 앉더니 그들과 함께 식사를 했다.

"아저씨……."

그의 아버지가 그녀의 말을 끊었다.

"입 열지 마. 시끄러워 죽겠으니까. 너희 둘은 정말 시끄럽다고. 일절 안 찾아오고 내가 죽었는지 살았는지 관심도 없으면서, 어쩌다 한번 오면 죽도록 시끄럽지. 나는 잽싸게 먹고 자리를 뜰 거니까 너희들은 신경 쓸 것 없어. 그냥 귀신 취급하면 돼."

맥주 몇 캔을 부리나케 마신 귀신은 집 안에 들어가 고량주를 내오더니 고기 몇 접시를 깡그리 먹어치웠다. 그러고는 탁자를 두드리면서 큰 소리로 노래를 불렀다. 그렇게 정원 안을 이리저리 비틀거리며 돌아다녔다. 정말 귀신 같았다.

"너네 아빠, 요새 기분이 별로 안 좋으신가 봐? 투자 실패하신 거야? 아니면 그 여자한테 버림받았어?"

아버지에게는 줄곧 여자가 끊이지 않았다. 엄마가 떠난 뒤로 수많은 여인들이 산에 올라와 함께 밤을 보냈다. 그는 이 여인들을 전부 '아줌마'라고 불렀다. 아줌마들이 너무 많았다. 끊임없이 오가며 하룻밤 혹은 며칠을 머물다 갔다. 때로는 집 안에 동시에 여러 명의 아줌마가 머문 적도 있었다. 하지만 그도 아주 오랫동안 산에 오지 않았다.

그녀는 그제야 정원 한구석에 선거용 플래카드와 포스터가 잔뜩 쌓여 있는 걸 보았다. 그의 아버지는 이번 선거전에 뛰어들었던 것이다. 그녀는 조심스럽게 선거 결과를 묻고 싶었지만 흉물스럽게 쌓인 플래카드와 포스터가 이미 답하고 있었다.

그의 아버지는 산을 만들어 내는 사람이었다. 항상 한 가지 일에 몰두하면 그 성패가 정원 한구석에 쌓여 산이 되었다. 선거에 지자, 크고 작은 거리와 골목에서 수거한 플래카드가 한데 모여 패배의 산을 이뤘다. 그날 술을 많이 마시고 노래도 부를 만큼 부른 그는 패배의 산 옆에서 고함을 치며 플래카드 더미 위에 고량주를 부었다. 말로는 불을 지르겠다고 했지만 한참이나 고함을 치다가 플래카드의 자기 사진을 보더니, 결국 주머니 안의 라이터를 꺼내지 못했다. 예전에는 산에서 다양한 종의 개들을 교미시키기도 했다. 외모가 귀여운 순종 아키다 견을 도시의 애견인들에게 팔아 목돈을 벌기도 했다. 하지만 아키다 견은 사육이 쉽지 않아 수많은 견주들이 도로 산에 가져와 버렸다. 그러다 보니 산간 전체에 떠돌이 아키다 개들이 넘쳐났고, 결국 장사는 끝나 버리고 말았다. 아버지는 아예 개집을 전부 열고 볜파오*를 터뜨려 개들을 전부 쫓아버렸다. 빈 개집이 수없이 쌓여 산을 이루었다. 봄에는 빈랑**을 심겠다고 하더니 가을에는 여지***로 바뀌었다. 입동이 되자 정원엔 각양각색의 농기구가 쌓였다. 농기구의 산이 무너

* 鞭炮. 한 꿰미에 죽 꿴 연발 폭죽으로, 주로 설이나 혼례 등에 악신을 쫓고 행운을 기대하는 의미로 터뜨린다.

** 檳榔. 종려나뭇과에 속한 상록 교목으로 타이완에서는 열매를 기호식품으로 씹기도 하고 두통이나 설사, 피부병, 구충 따위에 약으로 쓰기도 한다.

*** 荔枝. 무환자나뭇과에 속한 상록 교목으로 주로 중국 남부에서 과수로 재배한다. 중국 당나라 때 양귀비가 즐겨 먹었다는 전설이 있다.

지자 트럭이 와서 실어갔다. 며칠 후 아버지는 다시 힘을 내서 새로 산을 만들기 시작했다. 천산갑 산, 타조알 산과 분재 산, 난초 산, 간장 산, 백주 산, 단황수* 산, 파인애플 케이크 산, 선거 산.

산바람이 행패를 부렸다. 정원의 기름오동나무에 꽃이 만발했다. 유백색 꽃잎이 천천히 춤추며 하늘에 떠다녔다. 선거 포스터 몇 장이 마법의 담요처럼 하늘을 날아 나뭇가지를 넘어 어두운 밤 속으로 사라졌다. 그들은 꽃잎이 바람에 흩날리는 광경을 보면 그날이 생각났다. 비행기를 타고 낭트로 떠나려 했던 그날도, 그의 어머니가 떠나던 그날도 광풍이 불어왔다. 천산갑의 비늘에 바람이 불었다. 엄마는 이미 떠났고 다시 돌아올 리도 없다. 하지만 바람 속엔 엄마의 목소리가 담겨 있었다.

"가자. 또다시 잡으러 갈 시간이야. 우리 같이 동물을 잡고 내기를 하자. 우리가 이번엔 몇 마리를 잡을지."

"나 오늘 밤 여기서 자도 될까? 정말 집에 돌아가고 싶지 않아. 화장(火葬)이란 게 사람 정말 지치게 하네. 하루종일이었잖아. 나 정말 죽을 것 같아."

그는 고개를 가로저어 거절하고 싶었다. 그녀는 취했고 그는 전화를 해야 했다. 그녀의 남편에게 차를 몰고 와서 그녀를 집으로 데려가라고 해야 했다.

아버지가 방 안의 TV 음량을 최대한으로 높였다. 뉴스 앵커가 그녀 남편의 이름을 거론했다.

* 蛋黃酥. 달걀 노른자와 설탕을 주원료로 하여 강황의 식물성 염료로 색깔을 낸 과자.

"신과(新科) 당선인이 눈물을 흘리며 유명 여배우인 아내와 함께 가장 사랑하는 딸을 떠나보냈습니다."

"내 남편은 걱정할 필요 없어. 오늘 신문에 난 효과가 아주 크거든. 내가 보증할게. 입으로는 아무 말 없지만 마음속으론 틀림없이 신바람이 났을 거야. 나는 내일 알아서 돌아갈게. 얌전하게 돌아갈 거야. 아주 예쁘게 치장하고서 좋은 며느리, 좋은 마누라, 좋은 엄마가 될 거야."

눈앞에 있는 당선인의 이 뛰어난 부인은 젓가락을 땅바닥에 던져 버리더니 손으로 고기를 집어 입 안 가득 쑤셔 넣었다. 입가가 온통 기름투성이였다. 그리고 큰 소리로 웃으면서 맥주를 마셨다.

그는 그녀에게 조금도 울고 싶지 않냐고, 전혀 슬프지 않냐고 묻고 싶었다.

그녀가 남아서 밤을 보낸다면 틀림없이 그의 침대로 올라올 것이다.

하지만 오늘 밤은 정말로 그녀와 함께 자고 싶지 않았다.

왜 팡싼을 구하지 않았을까?

그날 밤, 그는 그녀를 마주하고 많은 말들을 쏟아냈다. 말하는 속도는 아주 느렸다. 한 글자 한 글자 천천히 말했다. 그렇게 마음속에 쌓인 말들을 전부 다 쏟아냈다.

"돌아가. 여기 남아선 안 돼. 나는 너랑 같이 자고 싶지 않아. 다시는 너랑 같이 자지 않을 거야. 난 여길 떠날 거야. 지금이 네가 나를 보는 마지막 밤이야. 오늘 그들이 팡싼을 화장할 때 너에게 말해 주고 싶었어. 오늘이 네가 나를 보는 마지막 날이 될 거라고. 잘 들었지? 마, 지, 막이라고. 왜냐고? 네 딸을 구하지 못해서냐고?"

그녀는 맥주를 너무 많이 마셨다. 그가 입을 열기 전에 그녀는 이미 얼굴을 새우 껍질 무더기에 묻은 채 테이블에 엎드려 있었다. 그가 하는 말은 하나도 듣지 못했다. 그는 계속 말했다. 아주 천천히 반복해서 말했다. '마, 지, 막'이라는 말을 여러 번 반복했다. 목소리가 갈수록 커졌다. 그의 아버지가 방 안에서 포효했다.

"그 개 같은 입 좀 다물어! 시끄러워 죽겠단 말이야!"

그는 개의치 않고 계속 말했다. 그가 한 말이 정원에 쌓여 커다란 산이 될 때까지 쉬지 않고 말했다.

그도 아버지와 마찬가지로 실패로 산을 이루는 사람이었다.

실패로 산을 이루는 사람의 말은 말도 아닌 셈이었다. 팡싼을 화장하고 나서 며칠 후, 교회에서 추도회가 있었다. 그도 그곳에 갔다.

휴대폰 대화 5

“파리는 겨울이 오면 눈이 내리나?”

“그럼. 매년은 아니지만 가끔씩.”

“진짜 부럽다. 난 눈을 본 적이 없어. 여기 남아서 눈을 기다리면 안 될까? 걱정 마. 방세는 낼 테니까. 공짜로 먹고 마시고 자지는 않을 거라고. 눈이 내리는 그날 곧장 꺼져줄게. 어때?”

“좋아.”

“좋다고? 그런데 눈이 안 오면 어떡하지? 지구 온난화 때문에 해수면이 상승하고 센강이 완전히 바닷물에 잠기고 세계가 멸망하면 우린 내일 당장 죽게 될 텐데 어떡하지? 아무래도 난 여기서 계속 널 귀찮게 해야 할 것 같아.”

“그래도 좋아.”

“네가 분명히 말했다. 젠장, 너무 많이 먹었나 봐. 파리에 솜씨 좋은 작은 음식점들이 이렇게 많다니. 곧장 돌아가서 자면 살찔 것 같아. 우리 산책 좀 하다 들어가자.”

5 킥보드

"농담 아니야. 난 진심이라고. 배불리 먹었으니 좀 걷자."

밤은 화려했다. 거리에 사람들이 들끓었다. 누군가가 킥보드를 타고 다니며 전단지를 나눠주고 있었다. 전단지 한 장이 그의 손에 쥐였다. 삽화가 아주 세밀했다. 별이 가득한 하늘과 옥상, 영화관이 있었다. 그가 입을 열었다.

"영화 보러 갈까?"

"응? 영화? 좋지! 영화 안 본 지 오래됐네. 하지만 프랑스 영화는 대사를 못 알아들을 텐데."

방금 배에 들어간 뜨거운 탕면과 전병이 위에 차곡차곡 쌓여 몸이 무겁고 걸음이 굼떴다. 맥주를 너무 많이 마셨더니 알코올이 동공을 통해 낙서를 그리기 시작했다. 밝은 달밤인데도 눈앞의 파리는 뿌연 안개에 가려 흐릿했다. 노란 가로등이 밤마다 따스하게 석판 길을 닦아서인지 노면은 기름기로 번들거리는 초콜릿 같았다. 작은 광장의 회전목마는 아이들을 싣고 돌아가고 있었다. 금빛 등 장식이 휘날려서 목마를 탄 아이도 온통 금빛이었다. 웃음소리가 가득했다.

그녀는 참지 못하고 탄성을 연발했다.

"파리의 밤은 정말 아름다워."

그는 정말로 파리가 아름답다고 생각했다. 하지만 자신과는 아무 관계도 없었다. 잠 안 오는 밤이면 그는 항상 밖으로 나와 길을 걸었다. 파리의 밤은 금빛으로 찬란했다. 가로등의 물결은 오렌지색 촛불 같았다. 그는 검은색 차림을 하고 최대한 금색과 은색으로 빛나는 곳을 피해 음산하고 어두운 곳으로만 다녔다. 어두운 골목과 버려진 철로, 공사장, 건물 옥상, 지하실. 어두운 곳에서 찬란한 파리를 바라보았다. 그는 최근에 영화관을 하나 찾아냈다. VHS 비디오테이프가 가득한 곳이었다. 곰팡이 냄새가 코를 찌르는 영화관은 한밤중이 되어야 영업을 시작했다. 옛날 프랑스 영화를 틀어주는 곳이었다. 입장권을 한 장 사면 VHS 비디오테이프를 하나 골라 가져갈 수 있었다. 그는 항상 고개를 가로저으며 거절했고, 주인은 어깨를 가볍게 으쓱했다. 프런트 뒤의 커튼을 열면 먼지가 커튼 위에서 캉캉 춤을 추었다. 안에선 먼지 폭풍이 일었고, 그는 혼탁한 공기를 밀어내며 좁은 영사실로 들어갔다. 온통 쪼글쪼글한 주름투성이 흰 천이 스크린으로 쓰이고 있었다. 한밤중의 영화관은 개장하기 직전까지도 관중이 거의 없었다. 보통은 그가 유일한 관객이었다. 전부 그가 못 본 영화들이었다. 흑백도 있고 컬러도 있었다. 고화질이 아닌 데다 색채가 뒤섞이기 일쑤였고, 걸핏하면 영상이 끊겼다. 주인이 커튼을 들추고 들어와 테이프가 손상되었다고 선포하며 새 영화로 바꿔 주었다. 그러다

보니 적지 않은 영화의 결말을 알 수 없게 되었다. 상상에 의존하는 수밖에 없었다. 이른바 결말이라는 게 정말 있기는 할까. 왜 사람들은 영화를 볼 때 결말을 갈구할까. 사람들은 화해나 파국, 여행의 종점, 도로의 끝, 우기의 끝, 서설의 강림을 기대했다. 지금부터는 즐거움만 있거나 영원히 슬플 수도 있을 것이다. 어쩌면 그가 이해할 수 있는 건 많지 않았을 것이다. 진짜 인생에선 원래 선명한 마침표가 없다. 종종 작별인사를 건넬 기회를 놓치고, 눈을 뜨건 감건 영원히 못 보는 경우도 있다. 그는 이렇게 화질이 열악한 옛날 영화를 좋아했다. 빛과 영상이 흩어지고 때로는 사운드트랙과 화면이 어긋났다. 칼이 주인공의 몸에 아직 들어가지도 않았는데 처연한 비명이 들리며 오 초 후의 죽음을 예고한다. 영화가 끝났음을 알리는 자막이 천천히 올라가면 하얀 스크린 옆의 작은 문이 열렸고, 그는 옥외의 파리로 돌아갔다. 고개를 돌려보면 문은 이미 닫혀 있고, 그 혼자만 인적이 끊긴 파리의 거리에 서 있었다. 이 한밤의 영화관이 정말로 존재하는지 확신이 서지 않을 때도 있다. 거리에는 등불 하나가 깜박이고 있었다. 사람과 등 둘 다 켜졌다가 꺼지기를 반복하고 있었다. 모든 것이 꿈같았다.

어느 날 밤 주인은 그에게 비디오테이프를 하나 고르라고 집요하게 요구했다. 실내가 어두워서 어지럽게 잔뜩 쌓인 테이프들의 제목을 제대로 볼 수가 없었고, 그는 손 가는 대로 아무거나 하나 골라 가져갔다. 다음 날 잠에서 깨고서야 그것이 프랑수아 트뤼포의 영화라는 사실을 알았다. 그는 트뤼포의 VHS 비디오테이프를 갖고 집을 나서서 길을 걸으면서 그것을 줄곧 던져 버리고 싶었다. 그러면서도 왜 그것을 손에서 놓지 못하는지 의문을 품은 채 단숨에 몽마르트르 묘지를 미친 듯이 돌아다녔다. 걷다가 지치면 멈춰 서서 물을 마셨다. 눈앞의 반짝이는 검은 비석에 뜻밖에도 트뤼포의 이름이 새겨져 있었다. 절묘한 우연의 일치일까. 트뤼포가 그를 부른 걸까. 그는 중고 전자제품 상점을 여러 곳 돌아다녀서 VHS 비디오테이프를 재생할 수 있는 기계를 찾아냈다. 상점 주인은 기계가 작동할지 확신하지 못했다. 사 가는 사람이 하나도 없어 구석에 처박아 둔 지 오래였다. 누가 이렇게 오래된 물건을 사겠는가. 주인이 트뤼포의 테이프를 낡은 기계에 집어넣자 기계에서 날카로운 소리가 났다. 주인은 재빨리 퇴출 버튼을 눌렀지만 기계는 테이프를 토해 내기를 거부하면서 대신 하얀 연기를 뿜어냈다. 주인이 공구를 이용해 억지로 테이프를 꺼냈다. 자기 테이프가 검은 장어처럼 늘어진 채 끌려 나왔다가 다시 기계 안으로 말려들어 갔다. 결국 가위로 트뤼포를 잘라야 했다. 장어가 진동을 멈췄다. 주인은 죽어 버린 장어를 내려다보면서 전부 곰팡이가 슬어서 그럴 거라고 말했다. 자기가 보기엔 플레이어도 망가진 것 같으니 그냥 주겠다고 했다. 그는 망가진 트뤼포와 죽은 플레이어를 들고 파리의 거리로 돌아왔다. 그렇게 하루 밤낮을 꼬박 걷고 나서야 트뤼포와 플레이어를 쓰레기통에 던져 버렸다.

올해 여름은 너무 더웠다. 그의 작은 아파트는 완전히 찜통이었다. 정말로 그 안에서 지내기가 어려웠다. 하는 수 없이 집 근처 대형 영화관에 가서 냉기를 쐬었다. 마침 그가 한밤의 영화관에서 보았던 옛날 영화를 완전히 새롭게 복원한 4K 판본을 상영하는 영화관이 있었다. 그가 입장권을 사서 들어가 보니 옛날 영화의 희미한 느낌은 완전히 사라지고, 배우들 얼굴의 주름까지 선명하게 보였다. 눈썹이 몇 가닥인지까지도 알 수 있었다. 그는 놀라움을 금치 못했다. 곰팡이가 슨 기억의 테이프가 고화질 디지털 판본으로 변했다. 세월의 먼지가 잔뜩 내려앉은 유리가 깨끗이 닦인 느낌이었다. 흐릿하고, 흔들리고, 결함이 있고, 잊히고, 초점을 잃고, 색감이 없어지고, 일그러지고, 잡음이 섞인 것들이 전부 교정되었다. 영상은 선명하고 시원했다. 어떻게 이런 일이 일어날 수 있을까. 그는 영화 복원의 마술이 어떤 것인지 알고 싶었다. 오래된 영화 테이프를 창고에서 꺼낼 수 있을 것 같았다. 수많은 영화 속 인물들이 세상을 떠났고 테이프도 세월에 훼손되어 버렸는데, 복원 기술자들은 도대체 어떤 마술봉을 휘둘러 반점으로 얼룩진 기억의 테이프를 신세기로 가져와 찢어진 화면에 새로운 색을 입힐 수 있었을까. 그는 한밤의 영화관에서 보았던 판본을 기억했다. 흰 스크린 위의 화면엔 큰비가 내리는 듯했다. 무수한 빗물 자국과 반점이 있었다. 하지만 복원된 판본은 영상의 바탕이 맑고 명쾌했다. 배경도 깊이가 있고 선명한 데다 색채도 조화를 이루고 있었다. 비도 멎었다. 비가 멎은 건 당연히 복원 기술자들의 업적이었다. 덕분에 필름은 시간에 의해 융해되었다. 하지만 비가 멎자 그는 오히려 그 비가 그리워졌다.

그들이 어렸을 때 찍은 그 영화도 복원되었다. 두 사람의 영화도 복원되기 전에는 큰비가 쏟아졌을까. 복원된 이후의 고화질 판본에서도 그 비를 볼 수 있을까.

노천 영화관은 한 아파트 옥상에 마련돼 있었다. 그들이 엘리베이터를 타고 옥상으로 올라가니 영안실이 펼쳐졌다.

옥상에는 요가 매트가 빼곡이 깔려 있었고 그 위에 사람들이 빈틈없이 누워 있었다. 전부 대자로 누워 손바닥을 위로 펼치고 눈을 감은 상태였다. 그는 이것이 요가 수업의 마지막 단계인 사바사나(Shavasana), 즉 송장 자세라는 걸 알고 있었다. J가 그를 이끌고 요가 수업에 참여한 적이 있었다. 요가 강사는 송장 자세가 곧 죽음의 연습이라고 말했다. 갖가지 유형의 자세를 훈련한 다음, 아무것도 안 하고 자신의 몸을 대지에 바치는 자세였다. 시신처럼 누워 죽음을 받아들이는 연습을 하는 거였다. 요가 강사는 늘 중얼거리듯이 말했다.

"죽음에는 연습이 필요합니다. 사바사나 자세를 할 때마다 여러분은 사실을 받아들이게 될 겁니다. 자신이 모든 사람과 마찬가지로 반드시 죽는다는 사실 말입니다. 우리는 모두 죽음을 향해 가고 있습니다. 빠르거나 느리게 빛나거나 암울하게 다들 죽어가고 있지요. 강줄기나 사막, 구름이나 나무뿌리, 빗방울이나 바위도 마찬가집니다. 진지한 자세로 누우세요. 편안하게 몸에 힘을 빼세요. 천천히 호흡하면서 죽음을 연습하세요."

하지만 그는 매번 요가 매트에 누울 때마다 머릿속이 잠잠해지지 않았다. 몸은 시신 같았지만 머릿속은 끊임없이 돌아가고 있었다. 죽음을 어떻게 연습하지. 호흡이 어떻게 느려질 수 있지. J가 떠나고 나서 그는 작은 아파트의 매트리스에 꼼짝하지 않고 누워 있었다. 며칠 동안 몸을 일으킬 수 없었다. 그것이 진정한 송장 자세였다. 줄곧 누운 채, 그는 이미 결정을 내렸다. 진정한 송장이 되겠다고. 연습도 필요 없었다. 당장 죽음을 받아들이면 그만이었다. 머리는 계속 돌고 있었다. 울었다. 몸이 물을 마시고 싶어 했다. 음식을 갈망했다. 그는 의지력으로 모든 구생의 본능을 억제했다. 그는 자신의 죽음의 장면을 예지했다. 집주인이 올라오거나 시신에서 악취가 나서 경찰이 문을 부수고 들어와 매트리스 위의 시신 한 구를 보게 될 것이다.

문자 메시지 하나가 그의 휴대폰으로 밀려 들어왔다. 휴대폰은 왜 아직 전원이 나가지 않은 걸까.

"너 맞지? 네 휴대폰 번호 아직까지 버리지 않고 있었어. 네가 번호를 바꿀까 봐 걱정했지. 말 좀 해 줘. 부탁이야. 내게 말해 줘. 이게 너라고."

가볍게 걸음을 옮긴 두 사람은 옥상 구석 요가 매트에 앉아 멀리 파리의 경치를 조망하면서, 옆에 조용하게 누워 있는 시신들이 하나씩 부활하기를 기다렸다. 옥상에는 수많은 장식용 전구가 달려 있었다. 바닥과 탁자에는 촛불이 밝혀져 있었다. 화려한 털빛의 고양이 여러 마리가 옥외 난로 옆에서 자고 있었다. 옥상 공간 자체가 하나의 그럴듯한 발광체를 이루었다. 그는 멀리서 반짝거리는 에펠탑을 바라보았다. 구름이 없어서 달이 밝고 별들이 빛났다. 모든 등불이 밝은 빛을 쏟아내는 밤이었다. 그는 어쩌다 여기 오게 된 걸까. 줄곧 빛을 피해 왔는데, 어쩌다 이렇게 수정처럼 밝은 파리의 옥상에 오게 된 걸까.

징이 울렸다. 시신들이 몸을 움직이기 시작하더니 천천히 몸을 일으켜 두 손을 합장했다. 고개를 끄덕이면서 가볍게 미소를 지으며 눈을 감았다. 그렇게 집단적으로 부활한 사람들이 파리로 돌아왔다. 영안실에선 곧 사람들의 목소리가 들리기 시작했다. 다들 안부인사와 작별인사를 나눴다. 서로 포옹하고 입을 맞추고 술병을 땄다. 팝콘 냄새가 흐르고 사람들이 오갔다. 등불이 점점 어두워지는 가운데, 사람들은 요가 매트 위에 앉아 영화가 시작되기를 기다렸다. 등이 완전히 꺼지자 밤의 어둠이 옥상에 자리를 잡고 앉았다. 바람이 불어 흰 스크린 위에 물결이 일었다. 영사기가 한 줄기 빛다발을 투사하자 요가 매트 위의 사람들은 말을 멈췄다. 빛이 스크린 위에 쏟아지면서 검은 바탕에 흰 글자가 나타났다. 피아노 연주가 배경음악으로 깔리는 가운데 첫 장면으로 비 내리는 해변이 나타났다. 그는 화면 속의 모래사장을 알아보았다. 칸(Cannes)이었다.

그해 영화제 때 영화 제작진은 모두 칸 시내에 묵었지만, 그는 인파를 피해 일부러 칸에서 차로 삼십 분 거리에 있는 호텔에 방을 잡았다. 칸 공항 근처였다. 공항은 규모가 작아 소형 개인 항공기나 헬리콥터만 이착륙할 수 있었고 여행객 인파도 없었다. 주변엔 대형 매장이나 패스트푸드점들이 자리 잡고 있었다. 유럽 교외 도시의 전형적인 모습이었다. 투숙 첫 날 그는 먼저 건너편의 대형마트에서 샐러드와 뜨거운 먹거리를 사다가 호텔 방에서 작은 텔레비전을 마주하고 먹었다. 뉴스에선 영화제 개막식을 보도하고 있었다. 레드 카펫과 빨간 입술, 빨간 의상, 온통 빨강이었다. 다음 날 아침 일찍 그는 영화 제작진과 만나 하루종일 기자들의 연합 인터뷰에 응해야 했다. 이어서 기자 시사회가 있고 경선 영화들의 레드 카펫 세리머니, 시사회, 만찬, 그리고 더 많은 인터뷰가 있었다. 그는 딱딱한 침대에 누워 잠이 들도록 자신을 압박했다. 창밖이 너무 조용했다. 비행기 엔진 소리가 들리는 것 같았는데 알고 보니 초여름 작은 벌레들이 우는 소리였다. 너무 조용하면 오히려 잠이 오지 않았다. 이렇게 조용한데 머릿속에서는 구급차가 사이렌 소리를 내기 시작했다. 비행기가 굉음을 내면 좋을 것 같았다. 그러면 구급차는 입을 다물 테고 그는 잠을 잘 수 있을 것이다.

정말로 잠을 이룰 수가 없었다. 긴 밤이 창문 틈새로 흘러들어 와 새 깃털로 그를 간질였다. 그는 일어나 호텔에서 준 지도를 살펴보았다. 바다가 멀지 않은 곳에 있었다. 나가서 바다를 보고 싶었다. 방문과 창문을 열자, 귀가 접시 모양의 위성 안테나가 되었다. 오늘 밤 푸른 해안의 바다는 시끌벅적할까. 데시벨이 높으면 바닷가에서 잘 수 있을 것이다.

5월의 밤은 덥지 않았고 해변 가로등은 어둡고 쓸쓸했다. 도로 위 KFC 주차장 밖에서 한 무리의 청소년들이 시끄럽게 떠들면서 킥보드를 타고 담배를 피우고 기타를 치며 놀고 있었다. 그러면서 먹던 치킨을 서로에게 던졌다. 바다는 어디에 있지? 남쪽으로 가면 될 것 같았다. 그가 방향을 바꿔 좁은 오솔길로 들어서자 바람이 짜고 떫은 바다 냄새를 몰고 왔다. 깊은 밤 해변의 오솔길에는 사람 그림자 하나 없었다. 가로등 아래서 검은 고양이 한 마리가 빠른 걸음으로 다가와 그의 발에 부딪혔다. 그가 쭈그려 앉자 고양이는 그의 무릎을 타고 어깨 위로 올라왔다. 너도 잠이 안 오니. 함께 바다를 보러 갈까.

그렇게 걷다 보니 오솔길 위에는 그와 고양이만 있는 건 아니었다. 창백하고 수척한 사람 그림자 하나가 뒤를 따라오고 있었다. 그가 일부러 신발 끈을 매는 척하자 뒤따라오던 하얀 그림자도 멈춰 섰다. 고개를 돌려보니 헐렁한 후드티 차림에 두 다리가 비쩍 마르고 얼굴을 모자 속에 감춘 사람이었다. 겨드랑이에는 킥보드를 끼고 있었다. 방금 패스트푸드점 주차장 앞에 있던 남자아이였다. 그는 따라오는 사람에게 악의가 있는 건 아니라고 판단하고 계속 걸으면서 일부러 속도를 늦췄다. 남자아이가 앞질러 가게 하기 위해서였다. 아이는 그와의 간격을 한 걸음으로 좁혀 함께 걷게 되었다. 이런 심야에 산책하는 건 자기 혼자일 줄 알았는데 어쩌다 고양이와 남자아이가 합류하게 된 걸까. 해변 도로를 건너 촉촉하고 부드러운 모래밭에 이르자 고양이가 그의 귓가에 대고 야옹 하고 울었다. 심야 택시 역할을 해 줘서 고맙다고 인사를 건네는 듯했다. 고양이는 어둔 밤 속으로 뛰어 들어가더니 이내 어디론가 사라졌다. 남자아이가 다가오더니 손을 들어 모자를 벗었다. 얼굴 가득한 주근깨가 하늘의 별 같았다. 눈빛 속엔 진흙이나 침적된 토사가 전혀 없었다. 더 없이 맑고 순진한 눈빛이었다. 아이는 그를 쳐다보면서 몸을 기대왔다.

그는 모래밭에 앉았다. 그의 다리가 아이의 베개였다. 그는 몸 안의 조수를 애써 억누르면서 주도적으로 아이를 건드리진 않았다. 그는 자신을 아주 잘 알았다. 손을 뻗기만 하면 남자아이의 엉덩이를 쥐게 될 테고, 끝내 참지 못하고 주무르게 될 것이다. 아이의 헝클어진 머리카락 속에 치킨 부스러기가 있었다. 아이가 몸을 뒤로 젖히며 머리를 흔들 때까지 치아로 아이의 청바지 지퍼를 내리고 싶었다. 조수는 그리 요란하지 않았고 전혀 졸리지 않았다. 팔에 시계를 차고 오지 않았다. 시간이 그를 포기했다. 그는 아이의 얼굴을 가볍게 두드렸다. 하마터면 입에서 몇 개의 물음표가 튀어나올 뻔했다. 몇 시지? 이렇게 늦은 시각에 왜 혼자 밖에 있니? 너 몇 살이니? 이렇게 밖으로 나돌아다니는 걸 엄마 아빠가 아셔? 가족은 있니? 집 있어? 하지만 입을 굳게 다물었다. 어떤 소리도 내지 않았다.

남자아이의 얼굴엔 주름은 없었다. 주근깨와 여드름이 전부였다. 입가에 희미하게 수염이 나고 있었다. 추측건대 열여섯 살쯤 되는 것 같았다. 그도 열여섯 살 때 항상 혼자 밖으로 떠돌았다. 번화한 타이베이의 변두리엔 밤의 어둠에 의지하여 자신을 감추는 사람들이 많았다. 다리 밑이나 강둑, 묘당, 주차장, 공원 등이 그런 어둠의 공간이었다. 그도 일찍이 사람들을 따라간 적이 있었다. 당시에는 그런 충동이 무엇인지 해석되지 않았다. 서로 몇 초간 바라보다가 어둠 속에서 전광석화처럼 스쳐갔다. 몸 안의 어떤 스위치가 작동하면 그는 반드시 상대의 뒤를 따라갔다. 반드시 따라잡아야 했다. 강둑에는 밤낚시를 하는 사람들이 있었다. 어떤 남자는 물고기를 낚지 않고 눈빛을 낚았다. 눈빛이 그의 몸 위에 멈춰 있었다. 남자가 그를 자기 집으로 데리고 가면서 말했다.

"어린 친구, 내가 가르쳐 줄게."

하룻밤의 학습을 마치고 이른 아침의 햇빛 속에서 남자는 깊이 잠이 들었다. 테이블 위엔 교사 신분증이 놓여 있었다. 검사를 기다리는 숙제 뭉치와 시험 답안지가 사방에 흩어져 있었다. 그는 유명 고등학교 교사였다. 설마 이렇게 아이들을 가르친단 말인가. 교사는 그에게 콘돔을 끼는 방법과 젤 사용법을 가르쳐 주면서 조급해하지 말고 상대방의 몸에 천천히 들어갈 것을 가르쳤다. 동시에 키스와 손가락, 귓바퀴, 유두, 겨드랑이 밑, 엉덩이, 혀, 발가락, 엉덩이 양쪽의 혈도를 가르쳤다. 관절을 누르고 주무르면서 들어가는 법을 가르쳤다. 딱딱한 엉덩이를 부드럽게 하고 엉덩이 주인이 신음을 토해 내게 하는 법을 가르쳤다. 응? 혈도를 못 찾겠다고? 내가 가르쳐 줄게, 이 친구야. 우선 이 테니스공으로 연습해. 교사는 그에게 테니스공을 하나 건넸다. 테니스공을 바닥에 놓고 그 위에 앉아 공이 엉덩이 측면을 이리저리 이동하게 했다. 조금 힘을 주면서 앉아 봐. 느껴지지? 찾았어? 맞아. 바로 거기야. 싸하게 아프면서 마비되는 것 같으면서도 시원하지? 이제 네 손이 테니스공이라고 생각해. 자, 내 엉덩이로 연습을 시켜주지. 제대로 잡아야 해. 이 세상의 모든 엉덩이가 네 거라고 생각하라고. 그는 틀림없이 아주 유능한 교사일 것이다. 그는 하룻밤 만에 깊이 있고 폭넓은 무공을 전수했고 테니스공의 명장이 되게 해 주었다. 죽을 때까지 사용할 수 있을 정도로. 자명종이 울렸지만 교사를 깨우지는 못했다. 그는 어젯밤의 수업을 복습하기로 마음먹고 두 손을 테니스공 삼아 다시 한번 교사의 몸으로 들어가 보았다. 교사는 신음을 토하면서 잠에서 깼다.

호텔로 돌아오는 길에도 킥보드 아이가 계속 그를 따라왔다. 길에 차량의 행렬이 나타났고 커다란 등이 번쩍였다. 남자아이는 황급히 모자를 쓰고 걸음을 늦춰 거리를 벌렸다. 그는 이 의도적인 거리의 의미를 이해했다. 그것은 부끄러움이자 자기 자신에 대한 증오였다. 밤새 어둠에 가려져 있었던 자기혐오가 발동해야 했던 것이다. 호텔로 돌아온 그가 방문을 열자 아이는 재빨리 킥보드를 타고 문틈으로 미끄러져 들어왔다.

그는 교사가 아니라서 학습을 제공할 수 없었다. 문을 닫고 커튼을 치자 남자아이는 부끄러움을 잊고 몸을 움직이기 시작했다. 아이가 손을 뻗어 그의 단단한 물건을 잡았다. 그는 뒤로 한 걸음 물러서 거절의 의사를 밝혔다. 안 돼. 넌 너무 어려. 할 수 없어. 안 돼. 못 한다고. 자신이 할 수 없다는 걸 알기 때문에 할 수 없었다. 하지만 아이는 그가 잠들게 하는 데는 신통한 효력을 발휘했다. 남자아이가 자신의 가슴을 베개 삼아 머리를 얹자 몇 초 지나지 않아 그는 큰 소리로 코를 골기 시작했다. 코 고는 소리는 북소리 같았고, 이를 가는 소리는 건물을 철거하는 소리 같았다. 요란했다. 머릿속에서 구급차가 달렸다. 그는 그렇게 남자아이를 안고 잠을 잤다.

잠에서 깨보니 남자아이와 재킷 주머니 안의 현금이 함께 사라지고 없었다. 어젯밤에 정말 아이가 있었나? 아니면 꿈인가? 그는 일어나 머리를 빗고 세면을 하고 나서 발로 킥보드를 걷어찼다.

그는 버스를 타고 칸 시내로 들어갔다. 차 안은 영화제에 참석하는 사람들로 가득 차 있었다. 평온하던 해변의 작은 도시가 한순간에 찬란한 빛을 발했고, 유명 영화인들과 스타들이 모여들었다. 발을 디딜 곳이 없는 것 같았다. 몸이 허공에 가볍게 떠 있는 것 같았다. 모든 것이 현실적이지 않았다. 어떻게 이게 가능한 걸까. 그들이 찍은 저예산 독립 영화가 경선 부문에 진출했다. 팔레 데 페스티발(palais des festivals) 밖에는 사람들이 가득 운집해 있었다. 수많은 사람들이 야회복 차림으로 거리를 돌아다니고 있었다. 손에는 '표 구합니다.'라고 쓰인 팻말을 들고서 마음 착한 누군가가 건네 줄 표를 기다리고 있었다. 이미 완벽하게 단장한 상태라 표만 손에 넣으면 언제든지 레드 카펫 위를 걸으면서 대스타들을 흉내 낼 수 있었다.

영화 제작진은 경비가 충분하지 않았기 때문에 간단히 수선한 복장을 하고서 매체들과의 연합 인터뷰를 시작했다. 그가 말하기를 좋아하지 않는다는 걸 잘 아는 감독이 그와 함께 인터뷰에 응해서 기자들이 던지는 모든 질문에 대신 대답했다. 칸의 무더위 속에서 이뤄진 기자회견에서는 끊임없이 플래시가 터졌다. 눈을 뜨려고 애쓰다 보니 눈앞이 온통 혼을 앗아가는 하얀 빛이었다. 사실 그는 어려서부터 이런 플래시의 바다에 잘 길들여져 있었다. 그는 그녀와 함께 기자들 앞에 서서 인터뷰 사진을 찍었다. 그녀는 웃는 얼굴로 부드럽게 대응했지만, 그는 멍청한 웃음에 말도 어눌했다. 플래시 세례를 받을 때마다 한 무더기 질문이 쏟아졌고, 그럴 때마다 그는 옆에 있는 그녀를 쳐다보았다. 어떻게 그녀가 없을 수 있나. 그녀가 있으면 무조건 좋았다. 그녀는 어떤 질문도 다 받아낼 수 있고, 기자들이 기대하는 멋진 말을 해 줄 수 있었다. 검은 수트를 입고 개막 영화 레드 카펫을 밟는 이 주인공은 인지도가 부족했고 감독도 그다지 유명한 인사가 아니어서 레드 카펫의 분위기가 전혀 익숙하지 않았다. 팔레 데 페스티발의 계단을 오르면서도 그의 발은 여전히 땅에 닿지 않았다. 내내 허공에 떠 있는 듯한 기분으로 걸었다. 영화관 안에 들어가서는 수없이 앉았다 일어섰다. 사람들에게 절을 하고 안부인사를 건넸다. 조명이 어두워지고서야 그의 발은 바닥에 닿았고 마침내 영화를 보았다. 영화에서 그는 줄곧 울었다. 해변을 천천히 걸으면서 울고, 다른 남자와 침대에 오르면서 울었다. 커피를 마시면서 울고, 기타를 치면서 울었다. 낯선 사람의 말을 들으면서 울고, 노래를 부르면서 울고, 끝내 바닷속으로 들어가면서도 울었다. 그는 감독이 익스트림 클로즈업으로 그의 하반신을 일 초 동안 촬영한다는 사실을 알지 못했다. 그는 이런 각도에서 자신의 은밀한 곳을 본 적이 없었다. 그 모습이 스크린에 수백 배로 확대되어 방영되자 그는 당연히 마음이 편치 않았다. 눈을 감고 꼼짝도 하지 않았다. 하지만 부끄럽지는 않았다. 당시 자신의 몸 전체가 연기하고 있었다는 사실을 잘 알기 때문이었다. 음경과 고환과 음모도 그의 원래 모습이 아니라 영화 속 인물의 모습이었다. 그건 그가 아니었다. 그는 확실히 울기를 잘했지만 영화 속 주인공처럼 그렇게 낯선 사람들 앞에서 울진 않는다. 그의 은밀한 부위도 아니고 그의 눈물도 아니고 그의 목소리도 아니었다. 그건 분명히 다른 사람이었다.

자막이 올라가고 조명이 서서히 켜지자 그는 눈물을 훔쳤다. 그와 감독이 서로를 보았다. 아주 조용했다. 박수 소리도 없었다. 괜찮아. 애당초 우린 아무런 기대도 안 했잖아. 여기까지 온 걸로 됐어. 영화를 칸의 경쟁 부문까지 올려놓은 것만으로도 이미 기적이야. 설마 관중들이 전부 자고 있는 건 아니겠지. 그래도 나쁠 게 없었다. 모두를 푹 자게 한 것만으로도 크게 감사할 일이었다. 하지만, 누군가 울고 있었다. 아니, 아주 많은 사람들이 울고 있었다. 영화 속의 바다가 팔레 데 페스티발까지 밀려왔다. 많은 사람들의 눈시울이 짠 바닷물에 젖었다. 울음소리는 천천히 박수 소리로 전환되었다. 관중석에서 사람들이 우르르 일어서기 시작했다. 관중 전체가 일어서서 박수를 쳤다. 그와 감독의 두 발은 땅을 벗어나 관중석 위에 떠 있었다. 관중석 전체의 박수와 경의의 대상이 돼 있었다.

며칠 후 칸에 큰비가 내렸다. 푸른 해안이 음침해졌다. 화려한 옷들이 비에 젖었다. 시상식과 폐막식이 진행되었지만 그는 무대 위에서 사람들이 말하는 프랑스어를 전혀 알아듣지 못했다. 마음속으로 잠시 후에 어딘가에서 산책이나 좀 했으면 좋겠다고 생각했다. 걸어서 호텔로 돌아가는 방법도 염두에 두었다. 매일 바쁘게 인터뷰에 응하느라 바다에 들어가 수영도 하지 못했다. 잠시 후 시상식이 끝나면, 꼭 양복을 입은 채로 바다에 뛰어들 작정이었다. 감독이 갑자기 펄쩍 뛰면서 소리를 지르더니 그에게 입을 맞추고 축하 인사를 건넸다. 그는 시상식에서 자신의 이름이 호명되는 걸 전혀 듣지 못했다. 곤혹감이 가득한 얼굴로 무대 위로 올라간 그는 장내에 가득한 박수 소리를 마주하며 한마디 말도 하지 못했다. 목이 텅 비어 있어 언어를 짜낼 수 없었다. 그리하여 그는 울었다. 왜 울음이 나오는지 알 수 없었다. 그는 울면서 허리를 구부려 인사를 했다. 울면서 상을 주는 게스트를 안았다. 그러고는 울면서 무대를 내려왔다.

폐막식은 아주 빨리 끝났다. 그는 손에 수상 증서와 상패를 들고서 사진을 찍고 인터뷰에 응했다. 말은 한마디도 나오지 않았다. 그냥 줄곧 울기만 했다. 눈물이 플래시의 빛줄기를 실컷 빨아들였다. 밤새 두 볼이 수정처럼 빛나는 진주로 젖어 있었다. 기자가 그에게 감동해서 우느냐고, 고진감래라고 생각하느냐고, 마침내 인정을 받았기에 우는 거냐고 물었다. 그는 언어로 자신의 눈물을 해석할 길이 없었다. 이런 순간에 언어는 무용지물이었다. 눈물이 바로 그의 언어였다. 눈물에 자신의 문법과 구두점과 발음과 서사가 있었지만, 사람들은 그의 눈물을 알아듣지도 못하고 읽어내지도 못했다. 그 자신도 이해하지 못했다. 하지만 눈물은 그 순간 그가 줄 수 있는 유일한 언어였다.

칸의 비는 그치지 않았다. 영화 제작진은 식당으로 가서 수상을 축하하는 조촐한 파티를 열 계획이었다. 그가 파티에 가지 않으려 할 것임을 분명히 알고 있던 감독은 억지로 강요하지 않았다. 두 사람은 우산 아래서 서로를 꼭 안아 주었다. 감독은 줄곧 고맙다고 인사했고 그는 쉴 새 없이 고개를 가로저었다. 빗속에서 작별인사를 하고 그는 빠른 걸음으로 버스 정류장으로 갔다. 칸 공항 방향으로 가는 마지막 버스가 오고 있었다. 이 버스를 놓치면 그는 빗속에서 한 시간을 걸어야 했다. 그는 사람이 많은 걸 두려워하긴 했지만 버스 타는 건 좋아했다. 버스 안의 낯선 사람들은 그저 낯선 사람들일 뿐이라 말을 걸거나 안부를 물을 필요가 없었다. 친절하게 대할 필요도, 미소로 맞을 필요도 없었다. 초라한 얼굴이라 해도 누군가의 비위를 거스를 리 없었다. 구두와 몸에 딱 맞는 수트, 수상 증서는 빗속에서는 장애물일 뿐이라서 온몸을 속박했고 빨리 뛰기 어려웠다. 아예 구두와 재킷을 벗고 맨발로 해변 도로를 달리는 게 더 편했다. 버스 정류장 표지판에 도착하자 마지막 버스가 막 문을 닫으려 하고 있었다. 그는 재빨리 뛰어서 버스에 오른 마지막 승객이 되었다.

그는 손을 뻗어 버스 천장에 매달린 링 모양의 손잡이를 잡고 먼저 큰 한숨을 내쉬었다. 버스를 놓치지 않아 다행이었다. 그는 머리카락에 묻은 빗물을 털어내고 고개를 들어 자리를 찾았다. 앞뒤를 두루 살피면서 마음속으로 경탄을 금치 못했다.

'이 깊은 밤에 서쪽으로 달리는 칸의 마지막 버스라니. 환상적이네.'

버스 안은 차려입은 사람들로 가득했다. 화려한 로코코풍 치마와 매끄럽게 흘러내린 어깨, 깃털 장식, 짙은 화장, 양복, 연미복, 하이힐 등 전부 파티와 시사회장, 시상식에서 쏟아져 나온 사람들이었다. 다들 비를 무릅쓰고 간신히 마지막 버스를 잡아탄 터라 제정신이 아니었다. 버스 안의 창백한 불빛 아래로 지워진 파운데이션과 립스틱, 일그러진 머리 스타일이 그대로 드러났다. 입을 벌려 숨을 내쉬면 레드 와인 몇 병이 풍겨져 나왔다. 전부 화려한 야회복 차림이면서도 귀신 같아 보였다. 버스 가득 화려한 야회복 차림의 귀신들이 버스와 함께 천천히 칸에서 이동하고 있었다. 창밖의 비는 인정사정없었고, 차량 행렬은 분주하기만 했다. 버스는 가다서다를 반복하면서 느린 속도로 움직였다. 한 부인이 예복을 끌어당기다가 버스 문에 끼었다. 버스는 화려한 성장을 한 귀신 무리를 서로 다른 각각의 정거장에서 토해 냈다. 여인들은 로코코 치마를 들어올리고서 미친 듯이 달렸다. 완전히 젖은 예복이 피부에 달라붙었다. 마치 무너져 내린 호화 저택 같았다. 버스가 시내 구간을 벗어나자 승객은 갈수록 줄어들었다. 그가 방금 무대에 올라가 남우주연상을 받은 배우임을 알아보는 사람은 하나도 없었다. 덕분에 그는 더 안전하다고 느낄 수 있었다. 그의 몸은 플래시를 흡수하지 못했다. 일단 카메라 밖으로 나가면 그는 금세 산 위에 사는 소년의 모습을 회복했다. 그의 몸에는 흙이 있고 개미가 있고 풀이 있었다. 버스 안에서 힘껏 몸을 말고 있으면 그는 전혀 빛나지 않는 평범한 사람이었다.

온몸이 비에 홀딱 젖은 채로 호텔로 뛰어 들어온 그는 먼저 더운물로 목욕을 했다. 텔레비전 뉴스에 그가 울면서 상을 받는 장면이 나왔다. 침대 위에 앉자 조수처럼 조용히 잠기운이 몰려왔다. 침대 옆에 놓아둔 킥보드는 보이지 않았다.

영화가 다 끝나고 스태프 명단 자막이 올라가기 시작하자 파리의 옥상 영화관에 불이 환하게 켜지고 흰 스크린이 걷혔다. 영화가 끝나고 사람들은 흩어졌다. 그녀는 그의 배를 베고 잠들어 있었다.

센강은 잠들지 않았다. 강가의 불빛이 수면 위에 불을 놓았다. 황금빛 석박* 같은 강물이 도도하게 흘러갔다. 가을밤이 발화점에 다다라 있었다. 딱 좋은 열기였다. 한밤중을 새벽으로 착각한 달이 새벽빛을 뿌리고 있었다. 강변의 노천 음식점들이 영업을 시작하자마자 젊은이들이 몰려와 노래를 부르고 술을 마시고 키스를 했다. 청춘들은 잠이 없어 화려하고 아름다운 차림으로 문을 나서서 밤새 돌아다닌다. 그들 몸에는 인과 유황이 넘쳤다. 혼자일 땐 적막하고 건조한 성냥에 불과하지만 문을 나서서 사람들을 어루만지면 마찰로 불꽃이 일고 서로의 밤을 밝혔다.

두 사람은 다리 밑에 앉아 핫초콜릿을 마시면서 수많은 파리의 젊은이들이 강변에서 춤을 추면서 즐기는 모습을 바라보았다.

"젊음은 좋구나. 이렇게 밤을 새울 수 있다니. 내가 보기에 저 남자애들 몇몇은 아직 미성년자인 것 같은데. 아빠 엄마가 저 애들이 밤새 돌아다니는 걸 알까? 담배도 피우네. 내가 마지막으로 밤에 돌아다닌 게 언제였더라? 대학교 1학년 때였나?"

대학 1학년 때였다. 그녀는 기억하고 있었다.

그는 잊었다. 하지만 그녀는 잊으려고 애써 자신을 압박했음

* 한쪽 면에 얇은 주석 막을 바른 종이.

에도 절대로 잊지 않았다.

자전거 한 대가 두 사람 앞에 멈춰 섰다. 자전거에는 젊은 남자가 타고 있었다. 긴 곱슬머리의 무정부주의자였다. 수염이 얼굴에서 혁명을 주창하고 있었다. 머리카락이 어지럽게 헝클어진 남자는 손에 수첩을 하나 들고 밤을 잃은 강변의 사람들에게 하나하나 말을 걸었다. 대부분 고개를 가로저으며 거절했다. 소수 몇 사람만이 고개를 끄덕였다. 모종의 교역에 관해 얘기를 주고받는 것 같았다. 협상이 달성되자 헝클어진 머리의 남자는 다리를 접고 주저앉아서 앞에 있는 사람을 응시하면서 수첩에 빠르게 뭔가 적었다. 노래를 흥얼거리면서 몸을 흔들고 다리를 벌린 채 물구나무를 서기도 했다. 마지막으로 수첩의 한 페이지를 찢어 상대에게 건네자 상대방은 주머니를 뒤져 머리가 헝클어진 남자에게 푼돈을 건넸다. 마침내 그들 두 사람 차례가 되었다. 머리가 헝클어진 남자는 입에서 실크 스카프를 토하듯 목소리와 말투가 가볍고 부드러웠다.

그녀가 샤넬 백을 꼭 쥐며 물었다.

"뭐라는 거야? 하나도 못 알아듣겠어. 이 사람이 대체 뭘 하려는 거야?"

그는 빙긋이 웃으면서 고개를 끄덕였다.

머리가 헝클어진 남자는 누워서 달을 쳐다보더니 또 두 사람을 바라보았다. 그러더니 몸을 돌려 땅바닥에 엎드렸다. 눈을 감고 얼굴을 땅으로 향했다. 그러다가 또 갑자기 펄쩍 뛰어올라 얼굴을 두 사람에 가까이 가져다 대더니, 그들 몸에서 나는 냄새를 맡았다. 코가 그녀의 샤넬 백에 멈췄다. 고개를 끄덕이더니 수첩에 뭔가 적기 시작했다. 눈빛이 수첩과 두 사람 사이를 빠르게 오갔다. 초상화를 그리는 것 같았다. 그러고는 수첩의 한 페이지를 찢어 앞에 의혹 가득한 얼굴로 앉아 있는 두 남녀에게 건넸다. 그가 주머니를 뒤져 찾아낸 푼돈을 전부 남자에게 주었다.

그 페이지는 꽃의 향기였다. 필체가 부드럽고 맑았다. 다섯 행의 문장이 가지런히 배열되어 신비한 문자의 우주를 이뤘다. 그는 휴대폰을 꺼내 그 프랑스어 단어를 찾아보았다. 그의 프랑스어 실력은 형편없어서 문장 단위의 번역이 불가능했다. 그저 몇 개의 단어를 알아볼 뿐이었다. 찾아낸 의미만으로는 완전한 문장을 만들기 어려웠다. 다섯 행의 문장이 따로따로 흩어졌다.

"절반으로 자른 방울양배추. 샤넬의 홍수.

오후. 커피의 불면. 초콜릿의 동면.

눈동자. 기다림. 비누. 산차화(山茶花).

비. 촛불. 아몬드. 타서 눋다.

기다림. 치타. 산토끼. 치타의 피부에 눈이 내리다. 흑설(黑雪)."

"뭐야? 이게 뭐야? 저 사람 시인이야? 파리엔 정말 이상한 사람들이 많네. 세상에, 이렇게 어지럽게 몇 글자 써주고 거리에서 돈을 벌 수 있다니! 넌 정말 잘도 속는다."

머리가 헝클어진 남자는 방금 자기소개를 하면서 자신이 거리의 즉흥시인이라고 말했다. 그는 반복해서 읽었지만, 단어들은 파열돼 있었다. 그는 맨 마지막 구절이 마음에 들었다. 잘못 읽은 건 아니겠지? 치타의 피부에 흑설이 내린다. 그녀가 외투 안에 입고 있는 옷이 마침 치타 무늬였다.

시인이라.

그녀는 속으로 생각했다. 시인은 무슨 얼어 죽을. 나가 죽으라고 해.

대학 1학년의 밤에 돌아다닐 때 함께 있었던 건 의과 남학생이었다. 그는 시를 쓴다고, 자기가 시 동아리의 회장이라고 했다. 의사 가문 배경은 볼 필요도 없이, 돈이 아주 많은 집인 건 분명했다. 그렇다고 모리배의 속된 기질을 가진 애는 아니었다. 그는 나중에 의사이자 시인이 될 작정이었다. 두 손으로는 의술로 사람들을 구하고 동시에 시를 써서 노벨문학상을 받는 게 꿈이었다.

"나중에 노벨문학상 받으러 나랑 같이 오슬로에 가자. 자, 약속."

"오슬로? 그건 평화상 아니야? 문학상은 스톡……."

그녀는 자신의 말을 삼켜 버렸다. 의사 시인의 두 눈이 분노로 이글거렸다. 그녀는 아주 일찍 알아차렸다. 의사 시인은 남에게 지적받기를 좋아하지 않는다는 사실을.

그녀는 아주 많은 일들을 다 잊었다.

그해에 그녀는 대체 그에게 어떤 말들을 했을까? 그에게 말을 하긴 했을까? 안 했다. 그녀는 아무것도 말하지 않았다. 그녀는 의사 시인을 데리고 산에 올라갔다. 그들 세 사람은 몇 번 함께 식사도 했다. 그랬나? 확실치 않았다. 어차피 다 지난 일이었다.

때는 대학이 개학하고 한 달이 채 안 됐을 때였다. 명문대 의대생이 친목 모임에 초대되어 왔다. 오토바이를 타고 산에 가서 밤을 보내는 모임이었다. 그녀는 그다지 참석하고 싶지 않았다. 같은 반 여학생이 말했다.

"안 돼. 네가 안 오면 어떡해. 너는 유명 배우잖아. 네가 있어야 괜찮은 남자들이 참가 신청을 한단 말이야. 우리가 의사 남자 친구를 사귈 수 있느냐는 전적으로 너한테 달려 있어. 제발 부탁이야. 절대로 우리 행복을 망치지 말아 줘."

유명 배우라고? 그녀는 아역배우 출신이라 불편한 청춘기를 보내야 했고, 신체와 용모가 전부 변한 데다 출연한 작품도 얼마 되지 않아서 지명도도 그다지 높지 않았다. 간신히 대학에 입학하여 캠퍼스 안에서 평범한 새 생활을 하고 싶었다. 하지만 개학 첫날, 학과장이 공개적으로 출석을 불렀다. 그녀는 같은 반 학생들의 눈에서 자신의 진실한 모습을 보았다. 친구들이 귓속말로 소곤거렸다. "유명 배우?" "누가?" "못 들어 봤는데." "본 것 같기도 해." "아, 그 매트리스 팔던 아역배우네."

금요일 밤, 그들은 교문 앞에서 집합하기로 돼 있었다. 미래의 의사가 오토바이를 타고 도착했다. 그가 오토바이 열쇠를 주머니에 넣자 한 여학생이 손을 뻗어 주머니에서 열쇠를 도로 꺼냈다. 그녀가 열쇠를 꺼내자 남학생들이 뜨겁게 환호하면서 열쇠 주인을 그녀 앞으로 떠밀었다.

"안녕? 난 장이판(張翊帆)이라고 해. 중학교 때 TV 연속극에서 널 봤어."

오토바이 행렬이 산길로 들어섰다. 목적지는 산속의 야경 핫플레이스였다. 찬란한 타이베이의 야경을 조망할 수 있는 곳이었다. 산길이 구불구불 이어져서 남학생들은 서로 속도를 다투며 일부러 뒷자리에 앉은 여학생들을 긴장하게 했다. 하지만 장이판은 속도를 내지 않았고 고개를 돌려 그녀에게 말했다.

"걱정하지 마. 난 다른 남자애들이랑 다르니까. 난 저렇게 멋지게 보이려고 애쓰지 않아. 산길에서 오토바이를 빨리 모는 건 위험해. 우리는 천천히 가자."

느린 속도는 확실히 그녀를 안심시켜 주었다. 하지만 얼마 지나지 않아 그들은 뒤로 처져 일행과 멀어지고 말았다. 장이판은 가로등이 없는 좁은 길로 들어섰다. 사방의 숲이 밤의 어둠 속에서 흉악해 보였다. 그녀가 참지 못하고 물었다.

"우리 길 잃은 거 아니야?"

"걱정할 것 없어. 이 일대는 내가 아주 잘 아니까. 내가 널 아무도 모르는 곳에 데려다줄게. 거기 야경은 정말 끝내주게 아름답거든."

"하지만 친구들이……."

강풍이 그녀의 말을 날려버리고 오토바이는 그윽한 숲속으로 들어갔다.

친목 모임이 끝나고 며칠 후 장이판은 고급 독일 차를 몰고 학교로 와서 하교하는 그녀를 맞았다. 커다란 장미꽃 다발에 친필로 쓴 연애시를 손에 들고 있었다. 친구들은 그녀를 몹시 부러워하면서 역시 스타의 운명은 대단하다고, 1학년인데, 벌써 순조롭게 잘생긴 부잣집 자제인 남자친구를 만났다고 했다. 게다가 시까지 쓴다고?!

그녀는 이런 상황을 전혀 이해하지 못한 채 그렇게 모두가 부러워하는 미래의 의사 부인이 되었다.

그날 밤 도대체 무슨 일이 벌어졌었나. 사실은 아무 일도 일어나지 않았을 것이다. 어느 날 수업을 마친 그녀는 자신의 온몸이 떨리는 걸 느꼈다. 강의실 밖으로 나갈 수가 없었다. 그녀는 친구들이 다 나가기를 기다렸다가 심호흡을 하면서 자신의 뺨을 가볍게 때렸다. 아무 효과도 없었다. 몸은 계속 떨렸다. 그녀는 교문 쪽으로 나아갈 수가 없었다. 그 독일 차를 보게 될까 봐 두려웠다. 왜지? 그녀는 이해가 되지 않았다. 새 남자친구 때문인가? 엄마도 그를 보고는 크게 만족해했다. 그러면서 "훌륭한 미래의 사위네. 졸업하면 곧장 결혼하도록 하자."라고 했다. 모든 것이 꿈이요, 환상이었다. 그녀는 왜 울고 있을까? 그녀는 화장실로 들어갔다. 캠퍼스가 조용해질 때가 되어서야 옆문을 통해 학교를 빠져나올 수 있었다.

그녀는 택시를 불렀다. 줄곧 그를 생각했다. 택시는 시내를 가로질렀다. 그녀는 뒷자리에 앉아 계속 떨었다. 기사가 긴장한 표정으로 물었다.

"학생, 학생, 괜찮아요? 병원으로 데려다줄까요?"

그녀가 간절히 부탁했다.

"안 돼요! 제발 부탁이에요. 저를 그가 있는 데로 데려다주세요……."

그녀는 도저히 가만히 앉아 있을 수 없었다. 시내 거리의 모든 차들이 새 남자친구의 독일 차 같아 보였다. 오토바이들도 전부 친목 모임 날 밤에 탔던 그 오토바이 같았다.

그녀는 임산품점의 반짝이는 간판을 보고서야 비로소 몸을 일으켰다. 산길에는 앞뒤로 차들이 보이지 않았다. 곧 도착할 것 같았다. 하느님, 제발 부탁이에요. 그가 집에 있게 해 주세요. 하지만 그는 집에 없었다. 그의 아버지뿐이었다. 그는 TV를 마당에 내다 놓고 흔들의자에 앉아 텔레비전을 보고 있었다. 옆에는 새 아줌마가 있었다. 그의 아버지는 그가 학교에서 퇴학당했고 지인의 소개로 방송국 무대 뒤에서 잡일을 하고 있다고 말했다. 무대 배경 설치와 연예인들의 도시락 구매, 에스코트 같은 일들을 하면서 산에 올라오지 않은 지 아주 오래됐다고 했다. 불효자라 월급은 한 푼도 가져오지 않는다고 했다. 그녀는 서둘러 작별인사를 하고 혼자 산길을 걸어 집으로 돌아왔다. 다음 날 학교에 가니 몸은 더 이상 떨리지 않았다. 교문에 들어서기도 전에 장이판의 독일 차가 보였다. 장이판이 그녀의 어깨를 잡으면서 낮은 목소리로 물었다.

"너 대체 어제 어디 갔었던 거야? 내가 여기서 얼마나 오래 기다렸는지 알아? 너희 어머니도 널 못 찾으시더라. 솔직히 말해 봐. 누구 만나러 갔었던 거야?"

그녀는 촬영 때마다 감독에게서 나무토막 같다고, 전혀 재치가 없다고 욕을 먹었다. 하지만 카메라는 지금 이 순간의 그녀를 포착하지 못한 것이다. 그녀에게 느껴지는 건 주위 친구들의 눈빛뿐이었다. 그녀는 자신이 정말 연기에 능하다는 사실을 깨달았다. 몸이 진정되자 그녀가 미소를 지으면서 말했다.

"중간고사 성적이 엉망이야. 기분이 안 좋아서 그냥 땡땡이 치고 집에 갔어. 지금이라도 우리 엄마한테 물어봐. 내가 몇 시에 집에 들어왔는지. 정말이야. 신발도 다 망가졌는데 어딜 가겠어. 상관없어. 좀 돌아다니면 기분이 풀리겠지. 미안해. 사과할게. 화내지 마."

금빛 강가를 떠나 길을 걸어서 묵고 있는 거리로 돌아와 보니, 상점들은 대부분 영업을 마치고 문을 닫았고 음식점들은 손님을 배웅하고 있었다. 주정뱅이 몇몇이 거리에서 큰 소리로 떠들고 있었다. 거리 한구석에서 그의 자전거가 모습을 드러냈다. 맙소사. 왜 또 나타난 거야. 이미 오 르부아라고 했는데. 그는 배달원 일을 그만두던 날, 일부러 자전거 자물쇠를 잠그지 않고 그 자리에 놔두었다. 누구든 필요한 사람이 있으면 가져가라는 뜻이었다. 자전거는 그다음 날 자취를 감췄지만 며칠 후 원래 있던 자리로 돌아왔다. 그녀가 파리에 도착하기 전에 자전거는 이미 사라진 지 일주일이 넘은 터였고 도둑에게 감사하는 마음도 가졌었는데 어떻게 오늘 다시 돌아와 있나. 안장은 따뜻했고 체인에도 기름이 칠해져 있었다. 타이어도 정상이고 브레이크도 손상되지 않았다. 자물쇠가 채워져 있지도 않았다. 그에게 버림받은 적이 없는 듯한 모습이었다.

그녀는 그가 자전거 기능을 테스트하는 모습을 지켜보았다. 자전거에 생명이 있는 것 같았다. 잃어버린 개와 주인이 상봉한 것 같았다.

"이 자전거 네 거였어? 자물쇠를 안 채웠네. 이러면 도둑맞지 않아? 파리의 치안이 좋다는 얘긴 하지 마. 날 속일 작정이지?"

구급차가 지나갔다.

그가 머리를 두드렸다. 아니었다. 머릿속의 구급차가 아니었다.

구급차가 골목을 쓸고 지나가면서 연도에 요란한 사이렌 소리가 울렸다. 행인들은 일제히 피했다. 구급차가 그가 사는 집 앞에 멈춰 서고 구급대원들이 건물 위로 올라갔다. 뒤이어 경찰도 도착하고 구급대원들이 증강되었다. 뭔가 부딪히는 소리가 나고 군중이 에워쌌다. 곤히 자고 있던 수많은 사람들이 시끄러운 소리에 깨서는 창밖으로 고개를 내밀고 내려다보았다.

두 사람은 건물 위로 올라갔다. 경찰이 아래층 이웃의 문을 두드렸다.

노인이 두 손에 수갑을 차고 있었다. 술 냄새가 진동했다. 계단에서 경찰에 제압당한 그는 온갖 욕을 쏟아냈다. 구급대원들이 들것을 들고 올라왔다. 들것에 누운 노부인의 몸은 앙상하게 말라 있고 피부는 회백색이었다. 주먹에 맞아 얼굴이 멍 자국으로 얼룩덜룩했다. 얼굴 전체가 오르세 미술관의 인상파 명화 같았다. 손에는 담배 한 개비를 꼭 쥐고 있었다. 그가 던져준 담배였다. 그녀는 그 자주색 팔을 기억했다. 문신과 칼자국이 가득한 팔. 아래층 창문 밖으로 내밀던 그 팔.

노부인의 부은 얼굴이 동굴 속의 기억을 끌어냈다. 건물로 올라온 그녀의 몸에 지진이 일어났다. 침대 안으로 기어들어 간 그녀는 심호흡을 하라고 자신에게 말했다. 왜 떠는 거야. 아무도 모른다. 아무도 모르면 없는 일이 된다. 힘껏 자신을 때렸다. 그날 밤 무슨 일이 일어났는지 아무도 모른다. 더이상 떨지 않아도 된다.

그해에 그녀는 산에 올라갔다가 그를 찾지 못했다. 나중에 방송국 무대 뒤에서 페인트칠을 하고 있는 그를 마침내 발견했다. 그녀가 옆에 있던 남자를 소개했다.

"이쪽은 내 남자친구야. 장이판이라고 해."

그녀는 그간 그와 얘기를 나눈 적이 없었다. 장이판과 알게 된 첫날, 오토바이는 숲속에 멈춰 섰다. 애당초 타이베이의 야경은 보이지도 않았다. 어둠 속 나무의 모양이 흉측해 보였다. 야수가 울부짖는 것 같았다. 갑자기 땀에 젖은 손이 그녀의 가슴에 닿더니 힘껏 주무르기 시작했다. 그녀는 벗어나려고 몸부림을 치다가 숲속으로 뛰어 들어갔다. 그 두 손이 계속 쫓아와 그녀를 밀어 넘어뜨렸다. 그녀를 땅바닥에 눕혀 놓고 찍어 누르면서 그녀의 팬티를 벗겼다.

그녀의 엉덩이가 차가운 이끼에 젖었다. 입은 장이판의 완력에 막힌 상태였다. 사실 그녀는 비명을 지르지도 않았다. 그녀는 무슨 일이 일어났는지 전혀 알지 못했다. 갑자기 극렬한 통증이 밀려오더니 장이판이 그녀의 몸 안으로 들어왔다. 그녀는 마침내 비명을 질러댔다. 장이판은 그녀에게 손바닥을 휘둘렀다.

"짜릿하잖아. 천한 계집애! 이렇게 해 주니까 짜릿하잖아! 유명 배우인데 이렇게 당하니까 아주 짜릿하지?"

불과 몇 초 사이에 장이판이 자세를 바꿔 하늘을 향해 소리쳤다. 그 소리가 그녀의 비명을 덮었다. 장이판이 또 그녀에게 몇 번 손바닥을 휘둘렀다.

번개가 쳤다. 비가 오려나. 천둥소리는 들리지 않았지만 번개가 그녀 가까이에서 쳤다. 눈을 떠보니 빛이 몇 번 번쩍거렸다. 빗방울이 그녀의 이마에 부딪혔다. 대기 중에 곰팡이 냄새가 떠다녔다. 몸을 누르던 중량이 튕겨져 나갔다. 장이판이 일어서 바지를 입었다.

오토바이가 움직였다. 그녀의 엉덩이에는 아직 이끼의 촉감이 느껴졌다. 그녀는 아직도 방금 무슨 일이 일어났는지 알지 못했다. 모든 것이 아주 빨리 이루어졌다. 얼굴이 쓰라렸다. 코피가 가슴에 흘렀다. 오토바이는 빗속을 달렸다. 장이판은 달리면서 날카로운 환호를 내질렀다.

“짜릿했지? 그렇게 소리를 지르는 걸 보니 짜릿했던 게 분명해. 말이야, 내 여자친구가 되면 매일 이렇게 짜릿할 수 있다고.”

휴대폰 대화 6

"난 오늘 정말 걷고 싶지 않아. 이렇게 걸어서 대체 어디로 가는 거야? 끝이 없으면 어떡해? 안 갈래. 안 간다고."

"좋아."

"차를 타고 싶어. 버스도 좋고 지하철도 좋아. 지하철을 타고 싶어. 우리 지하철 타고 교외로 가는 게 어때."

"오케이."

"해가 너무 아름다워. 오늘은 아주 덥네. 봐, 건너편 저 사람 또 이상한 짓을 하네. 제대로 미친 것 같아. 도대체 어떻게 저럴 수 있지? 저 사람 정말 신기해. 정신병인 것 같아."

6 숲

양산과 종려나무, 선풍기, 칵테일이 보였다. 술에는 작은 종이우산이 하나 꽂혀 있었다. 홍학 모양의 튜브도 보였다. 길 건너편 테라스의 긴 머리 남자는 삼각 수영복 차림이었다. 얼굴에는 빨간 하트 모양의 선글라스를 끼고 있었다. 피부는 창백할 정도로 희었다. 모래밭 선베드에 누워 책장을 넘겼다. 선크림을 바르고 발밑의 금빛 모래를 발로 찼다.

그녀는 창문에 엎드려 이 거리에 사는 사람들이 전부 자신 같다는 사실을 알았다. 창문을 열거나 테라스에 앉아 커피를 마시면서 건너편 테라스를 바라본다는 점에서. 긴 머리 남자가 단추를 누르자 살수기에서 가는 안개가 분출되고 테라스 전체에 열대우가 내렸다. 비안개는 아주 진해서 테라스에 반투명 수막을 그렸다. 긴 머리 남자는 수막 뒤에서 몸을 흔들었다. 어디서 북소리가 나나? 잘못 들었겠지. 갈매기 우는 소린가? 파도 소리? 살수기가 분사를 멈추자 비가 흩어졌다. 모든 것이 조금 전과 완전히 같은 모습이었다. 긴 머리 남자는 선베드에 앉아 책장을 넘겼다. 아니, 주의 깊게 살펴보니 뭔가 달라진 것 같았다. 눈을 크게 뜨고 살펴보았다. 아, 마침내 찾아냈다. 빨간색 작은 수영복이 노란색 수영복으로 바뀌어 있었다.

정신병자야! 그녀는 큰 소리로 외치고 싶었다. 정신병자를 프랑스어로 뭐라고 하지?

어젯밤 자기 전에 길 건너편 테라스를 봤을 때 긴 머리 남자는 등대로 분장하고 있었다. 테라스 위에서 제자리를 빙글빙글 돌았다. 드라이아이스 연기가 아파트 안에서 테라스로 흘러나와서 등대가 안개에 묻혔다. 갑자기 기적이 울렸다. 연달아 세 번이나. 기적 소리는 긴 간격을 두고 그윽하게 퍼졌다. 둔중한 기물처럼 무거운 소리가 그녀의 몸을 때렸다. 눕기 전에 자기 몸을 보니 커다란 구멍이 세 개였다. 밤새 꿈의 바다에서 파리에는 미친 듯한 폭우가 내렸다. 컨테이너선이 몸의 장기에 부딪혀 왔다. 사실 그게 기적 소리라는 것도 몰랐다. 한 번도 들어본 적 없는 소리였다. 하지만 그 낮고 무거운 소리는 아주 두텁고 실해서, 길 건너편 드라이아이스의 가짜 안개를 걷어내고 파리를 향해 밀려왔다. 오늘 아침엔 등대가 퇴장했다. 대체 저게 무슨 귀신 놀음인가. 어디서 저렇게 빨리 변신 도구들을 챙기지? 저 종려나무는 어디서 났고? 계속 수영복을 갈아입는 건 무슨 연극인가?

길 건너편 테라스에 또 비가 내리고 안개가 끼었다. 이번에는 초록색 수영복이다. 그는 아침으로 먹을 음식을 사러 밖에 나갔다. 나간 지 얼마나 됐지. 빨강, 노랑, 초록, 그녀는 마음속으로 계산해 보았다. 얼마나 많은 색깔의 수영복을 목격한 후에야 그가 돌아오려나. 안 돼. 빨리 돌아와. 저 정신병자가 더 갈아입을 수영복이 없어서 알몸으로 나타나면 어떡해. 안 볼래. 그래도 구경은 하고 싶네. 그녀는 자신을 타이르며 창문을 닫고 바닥에 앉아 휴대폰을 들었다. 또다시 문자 메시지를 보냈다. 여전히 읽지 않았다. 회신도 없었다. 대체 어딜 간 건가.

공복에 진통제를 먹었다. 알약이 최대한 빠르게 몸 속의 배[船]를 진정시켜 주기를 바랐다. 빨리, 빨리 좀 돌아와. 알약이 아주 빨리 효과를 발휘했다.

창문으로 따스한 바람이 들어왔다. 이 바람은 정말 때에 안 맞는다. 가을바람이 아니었다. 너무 뜨거웠다. 뜨거운 바람이 그를 문 안으로 밀어 넣었다. 창문과 문은 전부 열려 있었다. 바람이 아주 빠르게 밀고 들어왔다. 작은 아파트의 실내 온도가 빠르게 상승했다. 그의 온몸엔 땀이 흘렀다. 나올 때 입었던 재킷을 허리에 묶고 바짓단을 무릎까지 걷어 올렸다. 입추 아닌가? 격퇴당해 물러간 여름이 반격해 오자 반바지와 민소매 상의가 다시 옷장에서 튀어나왔다. 다리털이 또다시 파리의 거리를 자랑스레 활보하고 있었다.

"내가 방금 인터넷 검색을 해봤는데 다들 숲을 구경하라고 하더라. 파리 동쪽에 하나, 서쪽에 하나 아주 아름다운 숲이 있대. 나는 둘 다 못 가 봤거든. 아침식사를 마치는 대로 우리 동쪽에 있는 숲에 가 보는 게 어때? 이름도 아주 아름답더라고. 뱅센 숲이야. 뱅. 센. 듣기만 해도 너무나 파리답잖아."

건물을 내려가다 보니 아래층 문은 경찰에 의해 부서져 있었다. 봉인 테이프가 금지구역임을 알리고 있었다. 들어가지 마시오. 열려 있는 문에 흡인력이라도 있었는지, 두 사람은 참지 못하고 머리로 봉쇄선을 넘었다. 커튼이 햇빛을 거부하고 있고, 작고 희미한 수면 등 하나만 켜져 있었다. 테이블과 의자, 수납장 등은 어젯밤의 공격과 방어를 겪고 나서 패배를 인정하고 전부 운 나쁜 카펫 위로 자빠져 있었다. 시체들처럼. 다탁 위엔 담배꽁초가 산을 이루고 있었다. 옷가지는 마구 흩어졌고 변기 수조가 깨져서 안에 있던 더러운 물이 강을 이루어 졸졸 소리와 함께 흐르고 있었다. 하지만 악취는 나지 않았다. 조금도 나지 않았다. 후각으로는 담배꽁초와 곰팡이, 먼지의 정보를 수집할 수 없었다. 진한 표백제 냄새만 날 뿐이었다. 분명히 소리가 없는 무성영화를 보고 있는데, 기억들이 자발적으로 더빙에 나섰다. 구타와 욕설, 저주, 발길질이 3D 입체 영상을 이루며 유년의 전경을 재현했다.

그해 첫 번째 매트리스 광고는 효과가 아주 좋았다. 업체는 예산을 추가하여 일련의 텔레비전 광고와 평면 광고를 더 제작했다.

어린 남자아이와 여자아이는 손에 손을 잡고 숲속 오솔길을 달린다. 뒤에서는 괴물이 쫓아오고 있다. 아이들은 숲으로 도망쳐 들어가 깊은 산 속 호수에 이른다. 호수 가장자리에 매트리스가 하나 떠 있다. 아이들이 그 위에 눕자 매트리스는 저절로 호수 한가운데로 이동한다. 아이들은 더이상 괴물을 두려워하지 않고 호수 위에서 편안하게 잠이 든다.

떠들썩한 타이베이의 대로가 퇴근길 정체로 막히기 시작한다. 도시인들은 늘 초조하다. 오토바이와 자동차가 살짝만 스쳐도 도로 한가운데서 주먹다짐과 욕설이 난무하고 상대방을 죽이겠다고 큰소리치는 가운데 모든 차량이 들썩인다. 수많은 사람들이 차에서 내려 욕설과 저주를 쏟아낸다. 카메라가 차량 흐름 속에서 승용차 한 대를 클로즈업한다. 앞좌석에 탄 부모가 격렬하게 말다툼을 벌이자 뒷좌석에 탄 어린 여자아이와 남자아이는 참지 못하고 차에서 내려 대로 위를 질주하다가 매트리스를 운송하는 트럭을 향해 다가간다. 트럭 화물칸에 올라 탄 두 아이가 마음대로 매트리스를 하나 골라 함께 눕자, 갑자기 도시 전체가 입을 다물고 세상이 고요해진다. 마지막 장면에서는 모든 운전자들이 차를 포기하고 트럭 위로 기어 올라가 함께 잠을 잔다. 마침내 타이베이 전체가 평온한 수면 상태에 빠진다.

어린 남자아이가 피터 팬으로 분장하여 가을 나뭇잎과 거미줄로 만든 옷을 입고 깊은 밤 웬디가 된 여자아이의 창문을 찾아간다. 두 아이는 함께 찬란한 우주로 날아가 매트리스가 가득 깔려 있는 환상의 섬에 도착한다.

매트리스는 마법 양탄자로 변해 잠을 자지 못하는 어린 남자아이와 여자아이를 태우고 도시를 넘어 날아간다. 양탄자는 대기권을 뚫고 달에 도착한다. 옥토끼는 약을 빻는 일을 멈추고 나무꾼은 더이상 도끼질을 하지 않는다. 상아(嫦娥)는 탄식을 멈춘다. 쉿, 아이들은 마침내 편안한 잠을 잔다.

몇 년 후 그들은 와이어에 매달려 각양각색의 연극 의상을 입고 타이완의 크고 작은 거리에 들어가 잠을 잤다.

광고영화 감독은 두 매트리스 아역배우의 가족들과도 친해지게 되었고, 종종 산에서 열리는 만찬에 초대되곤 했다. 술을 많이 마실 땐 산 위에서 밤을 보내기도 했다. 어느 날 밤, 남자아이

부모가 격렬하게 말다툼을 벌여 모든 사람의 꿈을 방해했다. 집 전체가 흔들렸다. 잠이 깬 감독은 밖으로 나왔다. 하늘에는 은빛 달이 떠 있고 산바람에 술이 다 깼다. 남자아이가 달빛 아래 서 있었다. 품에는 럭비공을 안고 있었다. 럭비공은 달빛 아래 은빛 광택을 발했다. 남자아이의 품에 있던 공에서 손과 발이 삐져나오더니 한 바퀴 빙 몸을 돌렸다.

욕하는 소리가 벽을 뚫고 나와 한밤의 숲을 놀래켰다. 남자아이는 고개를 들어 감독을 힐끗 쳐다보았다. 왼쪽 눈은 태평양이고 오른쪽 눈은 대서양이었다. 남자아이의 품 안에 있던 동물이 몸을 쭉 벌려 바다를 받아냈다. 남자아이의 눈물이 감독의 몸을 찔렀다. 남자아이의 응시는 주사기 관 같아서 피부를 조준해 찔렀다. 일 초, 이 초, 삼 초, 정체를 알 수 없는 액체가 바늘을 따라 혈관으로 주입되어 온몸에 퍼지자, 술에 취한 듯 몸이 나른했다. 몸 안이 드넓은 바다가 되었다

"어떻게 된 거야? 지금 몇 시지? 넌 왜 안 자니?"

남자아이는 고개를 가로저으며 천천히 집 뒤의 숲을 향해 걸어갔다.

"네 품안에 있는 건 뭐니? 어디로 가는 거야?"

남자아이는 대답하지 않고 숲속으로 향했다. 도시의 불빛에만 익숙했던 감독의 눈에 숲의 어둠이 몹시 흉물스러워 보였다. 인공 조명이 환히 밝혀진 장소에만 있었던 그는 사물의 윤곽이 분명해야 카메라를 조준할 수 있었다. 집 안으로 들어가 광분한 부부에게 숲이 남자아이를 삼켜 버렸다고 해야 할까? 싸우는 소리는 곧 극렬한 신음으로 바뀌었고, 몸이 창문에 빠짝 달라붙어 맹

렬하게 창문을 밀어붙이는 소리가 들려왔다. 그 소리를 더이상 참을 수 없다고 생각한 감독은 남자아이의 응시를 좇고 싶어졌다. 두려웠다. 몹시 두려웠다. 하지만 몸 안의 바다로부터 용기를 얻은 감독은 수풀을 헤치고 어두운 숲속으로 들어갔다.

소리를 따라 앞으로 나아갔다. 시선이 점차 어둠에 적응하면서 숲의 윤곽이 모습을 드러냈다. 발밑에서 뭔가 미끄러졌다. 미끌미끌한 진흙을 밟은 것 같았다. 나뭇잎이 두 볼을 스쳤다. 나뭇가지가 손과 팔에 긁혀 자국을 남겼다. 이슬은 아주 차가웠다. 모든 것이 새로운 감각을 일깨웠다. 위험하고, 잠시 후를 알 수 없고, 어둡고 두렵고 축축했다.

마침내 남자아이를 찾았다. 남자아이는 몸을 구부려 품에 안고 있던 럭비공 같은 동물을 풀어주었다.

천산갑이었다.

남자아이의 아버지는 최근에 천산갑 양식업에 투자했다고 말했다. 육질이 신선하고 부드러운 데다 몸에 가득 난 비늘이 중의(中醫)에서 희귀한 약재로 쓰인다고 했다. 경혈을 활성화해 주고, 산모들의 모유 생성을 원활하게 하며, 남성들의 강장을 돕고, 뼈를 튼튼하게 한다고 했다. 그래서 가격이 아주 높아 타이완에서만 판매되는 게 아니라 동남아로도 수출할 수 있고, 심지어 중국대륙에 밀수출 할 수도 있다고 했다. 양식에 성공하면 매달 수백만 달러*를 벌 수 있는데 아들이 광고를 찍어 돈을 벌 필요가 어디

* 타이완에서 통용되는 '뉴 타이완 달러(New Taiwan Dollar)'로 신타이비(新臺幣)라고도 부른다. 1달러가 한화 약 42원에 해당한다.

있느냐고도 했다. 하지만 천산갑은 양식이 무척 까다롭고 부끄럼을 많이 타기 때문에 사소한 일에도 놀라서 전신을 둥글게 만 채 단번에 죽어 버리기 십상이고, 그 죽음의 대가는 자신이 고스란히 떠안아야 한다고 했다.

남자아이의 품안에 있던 천산갑은 아이와 무척이나 친밀한 게 분명했다. 거리낌이 없어 보였다. 남자아이가 천산갑을 진흙탕에 놔 주었다. 천산갑은 진흙에 닿자마자 몸을 쭉 펴고 앞발로 흙을 파면서 코로 뭔가를 탐색하기 시작했다. 그런 다음 몸 전체가 진흙 속에 들어가 꿈틀댔다. 뾰족한 꼬리가 더 많은 진흙을 갈아 올렸다. 몸의 모든 비늘에 전부 진흙이 묻었다. 남자아이는 웃으면서 덩달아 진흙 속으로 들어갔다. 달빛이 나뭇가지를 들어 올려 진흙 속의 남자아이와 천산갑을 비춰 주었다. 감독도 웃었다. 감독은 처음으로 달빛이 인공 조명보다 밝을 수 있다는 사실을 깨달았다. 숲속의 신기한 황금빛 전구처럼. 진흙은 깊은 바다이자 밭이었고 모래사장이자 은하이자 미궁이었다. 남자아이와 천산갑은 진흙탕 속에서 신이 나서 움직였다. 빗소리가 있고 지진이 있었다. 해일과 새 울음, 표범의 포효도 있었다. 웃음이 언어를 대신했다. 가장 혼탁하면서 가장 순정한 언어였다.

방 안의 신음이 숲까지 전해져 와 달빛을 놀라게 하고 전구를 깨뜨렸다. 웃음소리가 멈추고 숲이 조용해졌다. 진흙탕이 입을 다물었다.

바로 그 순간, 감독은 영화를 찍어야겠다고 마음먹었다.

감독은 방금 본 그림을 영화로 찍고 싶었다. 당장 차를 몰고 산을 내려간 그는 도시의 주거지로 돌아가 몇 날 며칠을 깨어 인생 최초로 영화 시나리오를 썼다. 무슨 일이 있어도 영화를 찍고 싶었다. 온몸이 진흙탕에 묻힌 천산갑을 찍고 싶었다. 남자아이 눈 속의 바다를 찍고 싶었다. 부모의 요란한 말다툼을 피하는 남자아이를 찍고 싶었다. 금빛 달을 찍고 싶었다. 저주와 폭력을 찍고 싶었다.

감독은 도처에서 자금을 끌어 모으는 동시에 광고를 찍어서 번 돈을 전부 투입했다. 나중에 감독은 이 영화를 찍은 건 거의 귀신에 씌어서 한 일이라고 털어놓았다. 시나리오 초고는 사흘 밤낮을 몰두한 끝에 금세 완성되었다. 자금은 충분히 조달되지 못했다. 게다가 매트리스 회사도 투자를 꺼리면서 큰돈을 까먹게 될 거라고 했다. 하지만 감독은 개의치 않았다. 우선 찍고 보자는 생각이었다. 아직 영화에 대한 꿈을 갖고 있던 주변 친구들이 전부 모였다. 다들 미쳐 있었다. 영화를 찍지 않으면 죽을 것 같았다. 사실 그건 정확한 표현이 아니었다. 사실은 죽음도 두렵지 않았다. 영화를 찍는 건 죽음을 두려워하지 않기 위해서였다. 그렇지 않고서야 어떻게 기술적 장애를 극복하며 매트리스가 숲 위로 비상하는 장면을 찍을 수 있단 말인가.

그 영화에서 난이도가 가장 높은 장면은 산 위에 있는 남자아이의 집에서 촬영되었다. 매트리스 위에 남자아이와 여자아이가 손을 꼭 잡고 있다. 남자아이는 울고 있고 여자아이는 자고 있다. 화면 밖에서는 부모가 격렬하게 다투는 소리가 들린다. 욕설과 저주가 난무한다. 유리잔이 깨지고 접시와 젓가락이 표창이 된다. 방바닥이 진동하고 지붕이 벗겨진다. 매트리스가 지면을 이탈하여 천천히 집 위로 떠오르기 시작하더니 숲을 향해 날아가 지저분한 진흙탕 속에 내려앉는다. 피아노 연주가 배경 음악으로 깔리고, 가는 비와 가벼운 안개 속에서 나뭇가지가 춤을 추고, 풀잎이 흔들린다. 수많은 천산갑들이 숲 깊숙한 곳에서 나와 진흙탕을 향해 기어간다. 남자아이는 울음을 그치고 여자아이는 잠에서 깬다. 달빛 아래서 부모가 날카롭게 고함치는 소리도 마침내 잦아든다. 아이는 천산갑과 저지분한 진흙탕 속에서 몸을 뒤집으며 논다.

그가 복원된 판본의 영화를 보러 낭트에 가기로 약속한 건 정말로 커다란 스크린에서 당시 자신이 키우다시피 한 천산갑들을 보고 싶었기 때문이다. 당시 그의 아버지는 천산갑의 비늘이 고가에 팔린다는 소문 때문에 인공양식을 생각했고, 지난한 루트를 통해 천산갑을 구했다. 대규모로 번식시키는 일만 남았다. 하지만 우리 안의 천산갑은 부끄럼을 많이 타는 데다 겁이 많아 제대로 먹이를 먹지 않고 물도 마시지 않았다. 산에서 채집해 온 개미집을 우리 안에 넣어 주었지만 한 마리도 먹으려 하지 않아 몇 달 사이에 절반이 죽고 말았고, 돈을 벌기도 전에 먼저 거액을 배상해야 했다. 아버지는 자신이 우리를 찾을 때마다 천산갑들이 전부 몸을 공처럼 말고 있다는 사실을 깨달았다. 마치 그가 천적이라도 되는 듯이. 하지만 아들이 우리 안에 들어가 앉아 있으면 천산갑들이 천천히 다가왔고, 심지어 아들의 몸 위로 기어 올라와 킁킁대며 냄새를 맡았다. 아버지는 숲에서 채집한 개미집을 아들에게 건넸다. 개미들이 몸에 기어오르면 몹시 간지러웠을 게 분명했지만 아들은 조용히 앉아 전혀 몸을 틀지 않고 개미들이 몸 위로 마음껏 기어오르고 파고들도록 내버려 두었다. 천산갑 한 마리가 천천히 아들의 몸 위로 기어 올라가 가늘고 긴 혀를 뻗어 아들의 피부를 핥으면서 개미를 몇 마리 잡아먹었다. 나머지 천산갑들도 다가와 가늘고 긴 코를 무기 삼아 개미집을 찢어 열고 탐식하기 시작했다. 아이 아버지는 우리 밖에서 유심히 관찰한 결과, 천산갑들이 먹이를 먹을 때 눈을 감는다는 사실을 발견했다. 개미들이 자신의 눈을 공격하는 걸 방비하기 위해서였다. 아들도 동물들을 따라 눈을 꼭 감았고, 몸 위로 여러 마리의 천산갑이 이리저리 기어 다녔다. 천산갑 꼬리에 스쳐 간지러우면 아이는 웃었다.

사실 그는 몹시 두려웠다. 복원 기술자들이 옛날 필름에서 구해 낸 천산갑들을 보는 게 두려웠다. 그는 천산갑의 비늘에 다시 광택이 돌아온 장면을 상상했다. 천산갑들이 긴 혀를 뻗어 비늘에 잔뜩 묻은 진흙을 청소하는 모습을 상상했다. 세월이 디지털 복원을 관통하면서 천산갑들은 영원히 영화 속에서 살아 있을 것이다. 현실 속 영화를 찍은 현장에서는 그는 그 천산갑들을 구해 내지 못했다. 숲에 한차례 광풍이 몰아쳐 나뭇잎들을 전부 날려버렸다. 아버지가 고가에 팔 예정이었던 천산갑 비늘을 전부 벗겨 가 버렸다.

여름이 다시 파리 지하철로 돌아왔다. 분명히 가을인데도, 가을 호랑이라 불리는 초가을 무더위가 커다란 입을 벌리고 지하철 객차 안 승객들을 공격하고 있었다. 깨물린 몸에서 피가 나고, 복잡한 사람 냄새가 분출되었다. 땀 냄새와 싸구려 향수 냄새가 뒤섞인 고약한 냄새가 무수하게 확산되었다. 그녀는 손가락으로 지하철 노선도 위의 정거장 수를 세어 보았다. 지하철은 동쪽으로 가고 있고, 목적지는 샤토 드 뱅센(Château de Vincennes)이었다. 아직 열세 정거장 더 가야 했다. 객차 안의 고약한 냄새를 맡으니 돼지우리가 떠올랐다. 뜨듯하면서도 고약한 냄새. 그의 어깨에 머리를 베고 눈을 감은 채 반수면 상태로 갔다. 몇 정거장이나 잤을까. 그녀가 느낀 건 문이 열렸다 닫히는 것뿐이었다. 몸은 열차를 따라 파리 지하를 뚫고 나아가고 있었다. 가끔씩 밝은 빛이 망막에 반점을 남겼다.

기관사의 요란한 안내 방송에 잠이 깼다. 열차는 지하 터널 안에서 멈췄다. 전 정거장에서는 아주 멀리 왔고, 다음 정거장은 얼마나 더 가야 하는지 알 수 없었다. 지하철이 시간에게 버려져 파리 지하 깊은 곳에 갇혀 버렸다. 열차는 잠시 흔들렸으나 앞으로 나아가지는 않았다. 객차 안의 조명은 어둠침침했다. 안내 방송이 또 나왔다. 프랑스어가 끈적끈적하게 귀에 대고 잠을 재촉하고 있었다. 손가락으로 그의 팔꿈치 두꺼운 피부를 만져 보았다. 그는 아직 있었다. 사라지지 않았다. 샤넬 백을 손에 꼭 쥐었다. 천산갑을 두 마리까지 세는 사이, 의식과 객차의 불이 동시에 꺼졌다.

갓난아기 울음소리가 그녀를 또 깨웠다. 방금 잠들지 않았나. 객차가 지하 터널에 얼마나 오래 있었던 걸까. 지금은 어떻게 전속력으로 전진하고 있지. 객차 안에는 수많은 유아차들과 아이들을 데리고 놀러 나온 한 무리의 젊은 엄마들이 있었다. 이 엄마들은 어디서 탔지? 죽은 듯이 자다 보니 이런 것들을 전혀 의식하지 못했다. 아기가 울자 젊은 엄마들은 유아차를 흔들었다. 그래도 아기가 울자, 엄마는 아기를 품에 안고 객차 안을 왔다 갔다 하면서 낮은 목소리로 자장가를 흥얼거리는 수밖에 없었다. 아기는 짐승처럼 몸부림치더니 진하고 걸쭉한 것을 토해 내 엄마의 원피스 위에 프리다 칼로의 그림을 그렸다.

그녀는 마음속으로 엄마들은 너무 힘들다는 생각을 했다. 다행히 그녀의 아이들은 이미 다 성년이 되어 그녀를 거들떠보지도 않았다. 그녀가 그 젊은 엄마를 향해 따스한 미소를 보냈지만 젊은 엄마의 반응은 매서운 눈빛이었다. 그녀는 재빨리 고개를 숙였다. 그녀는 엄마들의 걱정을 잘 알았다. 옆에서 누군가 건네는 따스한 배려도 아기의 울음소리에 여과되면 큰 재앙이 되기 일쑤다. 게다가 따스함 따위로 뭘 어쩌란 건가요? 나 대신 아기를 건사해 주기라도 할 건가요? 하루종일까진 필요 없어요. 몇 시간만이면 돼요. 아기를 돌봐 줄 수 없다면 입이라도 좀 닫아 주면 안 되겠어요? 무시하는 게 사실은 자비였다.

아이 엄마는 아주 젊어 보였다. 과거에 그녀가 처음 아기를 가졌을 때처럼 손발이 무척 바빴다.

대학교 1학년 오토바이 친목 모임에서 장이판을 알게 된 그날 밤, 그녀는 도대체 무슨 일이 일어났는지 알지 못했다. 단지 자신이 아주 빨리 새 남자친구를 사귀게 되었다는 것만 알고 있었다. 모두가 자신을 부러워했고 엄마도 허락했다. 심지어 둘이 결혼해야 한다는 말까지 너무나 일찍 나왔다. 그날 밤 이후로 장이판은 여러 차례 그녀의 팬티를 내리려고 시도했지만 그녀는 갖가지 방법을 동원해 피했다. 임기응변으로 핑곗거리를 지어냈다. 생리 중이다. 머리가 아프다. 최근에 엄마랑 묘당에 가서 순결한 몸을 지키게 해 달라고 기도하고 왔다. 내일 학교에서 시험이 있다. 교양 체육수업 중에 쓰러져 몸이 불편하다. 그러자 장이판이 말했다.

"부탁이야. 네가 허락하지 않으면 나는 이걸 풀 다른 대상을 찾아야 한다고. 내가 다른 여자를 찾아가게 되는 게 두렵지 않아?”

그녀는 고개를 가로저으며 두렵지 않다고 말하고 싶은 마음이 간절했다. 하지만 몸이 굳어 있었다. 장이판의 손이 또다시 치마 속으로 들어왔다. 그 달에 생리가 늦어졌다. 복강에 말로 형용할 수 없는 이상한 느낌이 있었다. 가득 차면서도 텅 빈 듯한 느낌이었다. 진정 말로 표현하기가 어려웠다. 뭔가가 강림한 걸 알게 되었다. 입맛이 변하고 주위 공기의 냄새가 달라졌다. 산부인과에 가서 접수를 하고 대기실에서 기다리는 동안, 갑자기 눈앞이 완전히 캄캄해졌다. 깨어나 보니 병상이었다. 의사가 말했다. 아가씨, 방금 혼절하셨던 거예요. 걱정할 것 없어요. 축하드립니다. 임신이에요.

임신이다. 어떻게 하나. 그녀는 꾹 참고 있다가 병원 문을 나선 후에야 통곡했다. 그럴 리가 없었다. 어떻게 단 한 번에 임신이 된단 말인가. 또 한 적이 있었던가? 또 있었는데 그녀의 멍청한 뇌 근육이 지워 버린 건가? 장이판의 손가락이 이미 몇 차례 들어온 적은 있었다. 그것도 영향이 있나? 그가 생각났다. 그를 만나고 싶어졌다. 하지만 그는 산 위의 집에 있지 않았다. 어딜 가면 그를 찾을 수 있을까.

며칠 후 방송국에서 종합 예능 프로그램 출연 소식을 알려왔다. 그녀는 수시로 토악질을 했지만 매니저는 잘난 제작자의 눈밖에 나면 안 된다고 말했다. 어렵사리 프로그램에 참여하게 된 터라 절대로 놓칠 수 없다는 것이었다. 그날의 주제는 한 무리 배우들의 노래 공연이었다. 그녀는 얼굴이 창백해졌다. 올라오는 구역질을 억지로 목구멍 아래쪽에 붙잡아 뒀다. 곡목은 제비뽑기로 결정되었다. 난이도가 높은 「빈 술병 파세요」*였다. 현장 악단의 연주에 맞춰 억지로 부른 그녀의 노래는 곧 전체가 악보를 이탈했다. 고음 부분에서는 음 이탈이 이어져 마이크가 망가졌다. 사회자와 다른 참가자들은 웃다가 쓰러지고 바닥을 굴렀다. 결국 일부 가사에서는 도저히 견딜 수 없는 상황이 벌어졌다. 입이 분화구가 되어 녹화 전에 먹은 도시락을 그대로 분출해 버린 것이다. 그녀는 울면서 치맛자락으로 바닥의 토사물을 닦고는 사회자에게 고개 숙여 사죄했다. 토하고 나서 몸이 훨씬 편해진 그녀는 다시 한 곡을 부를 수 있었다. 이번에는 음 이탈이 없었고 연출자도 고개를 끄덕였다. 녹화는 계속 이어졌다. 그녀는 마침내 고난도 악보를 정복할 수 있었다. 전업 가수 수준은 아니었지만 적어도 체면은 만회할 수 있었다. 하지만 며칠 후 녹화된 프로그램이 방영되자 그녀가 노래를 부르다 토하는 장면은 주말 최고 시청률을 찍었다. 그 화면은 계속 재방송되면서 그녀의 연예인 인생의 대표작이 되었다.

녹화 당일 토사물 청소를 도왔던 스태프가 그녀와 한담을 나누면서 말했다.

"제가 어렸을 때 선생님이 찍은 매트리스 광고를 아주 좋아했어요. 하지만 엄마는 아무리 졸라도 그 매트리스를 사 주지 않더라고요. 그런데 그 광고의 주인공을 직접 보게 되다니. 며칠 전

* 酒矸倘賣無. 타이완의 유명 여가수 쑤루이(苏芮)가 부른 노래. 영화 「잘못 탄 차(搭错车)」의 주제곡으로 1984년에 3회 홍콩영화제에서 주제가상을 수상했다.

에 다른 스튜디오에서 선생님과 함께 광고를 찍었던 그 남자아이를 보았어요. 제작자가 말해 줘서 그 사람이라는 걸 알았죠. 맙소사. 그 아이도 지금은 완전히 어른이 돼 있더라고요."

여러 날을 찾아 헤맨 끝에 결국 스튜디오 뒤에서 그를 찾아냈다. 그날 그녀는 정말로 장이판을 떨쳐낼 수 없었고, 하는 수 없이 세 사람이 함께 식사를 하러 갔다. 장이판은 질투심이 무르익어 식사 자리에서도 그녀를 만지고 껴안으면서 졸업하면 미국으로 가서 일할 생각이라고 말했다. 뉴욕 최고급 병원에서 의사로 일할 예정이며, 앞으로 그녀는 더이상 대중 앞에 모습을 드러낼 필요 없이 기쁜 마음으로 의사의 아내로 살게 될 거라고 했다. 그는 한마디도 하지 않고 고개를 끄덕이거나 미소만 짓다가 조용히 눈을 감고 음식을 먹었다. 식사가 끝나고 장이판은 거리 입구에서 심하게 욕을 해댔다.

"이 천박한 년아, 저놈이랑 한 침대에서 잤다는 거야?"

화가 난 장이판은 독일 차를 몰고 가 버렸다. 그녀는 길가에 서서 그가 나타나기를 기다렸다. 정말로 그는 이해했다. 구호를 요청하는 그녀의 신호를 접수한 그는 예의를 갖춘 작별인사를 건넨 후에도 줄곧 길가 작은 가게 쪽에 몸을 숨기고 있었다.

"이 멍청아, 그동안 어디 가 있었던 거야. 이제야 찾아냈네."

그날 밤, 두 사람은 아주 먼 길을 걸었다. 광푸남로(光復南路)에서 출발하여 종샤오동로(忠孝東路) 4단을 거쳐 종샤오서로(忠孝西路)에 이르는 구간이었다. 한밤의 타이베이 기차역에 앉아 서둘러 차를 잡는 사람들을 바라보면서 그녀는 너무 오래 걸었더니 자고 싶다고 말했다. 하지만 집으로 가기 싫었던 그는 그녀를 화이닝가(懷寧街)에 있는 작은 여관으로 데려갔다. 프런트의 중년 여자는 그가 건넨 찬란한 미소를 보았다. 하지만 옆에 여자를 하나 대동한 걸 보고는 얼굴 가득 의아한 기색을 드러냈다. 평소엔 남자랑 함께 밤을 보내지 않았던가? 이 여자가 어디서 많이 본 듯한 얼굴이라는 생각이 들었다. 평소처럼 세 시간의 대실 비용을 계산했다. 밤을 보내진 않을 작정이었다. 객실에 들어서자마자 그녀는 변기통부터 찾았다. 다 토한 뒤에야 침대에 올라 손가락으로 그의 팔꿈치를 만지다가 이내 잠이 들었다. 그가 프런트 아줌마에게 전화를 걸어 대실 시간을 몇 시간 연장하려고 하던 차에 그녀가 갑자기 깨더니 빠른 속도로 세면을 하고 머리를 빗고는 그를 재촉하기 시작했다.

"서둘러. 세 시간만 계산하지 않았어?"

두 사람은 그가 항상 가던 신공원과 공공화장실, 오솔길, 수풀을 지나쳤다. 그는 눈빛으로 주머니를 뒤져 따뜻한 열쇠를 꺼내 삼 초 만에 자물쇠를 풀곤 했다. 그는 항상 일부터 뒤에 떨어져 걷는 걸 좋아했다. 너덧 걸음 거리를 유지하는 것이다. 그러면 상대방의 엉덩이를 최대한 감상할 수 있었다. 딱 좋은 거리에서의 전희였다. 부근의 작은 여관에 도착하면 프런트 아줌마가 방문 열쇠를 주었다. 그의 손은 이미 상대방의 허리에 가 있었다.

목적지도 없고 방향을 정하지도 않았다. 두 사람은 아무 생각 없이 타이베이 기차역으로 돌아왔다. 도시는 깊은 잠에 들 준비를 하고 있었고, 도로의 차량도 드문드문했다. 두 사람은 노점에서 마음 내키는 대로 간단한 반찬에 곁들여 흰죽을 먹고 종샤오서로와 종샤오동로를 거쳐 돌아왔다. 천천히 걸으면서 아무 말도 하지 않았다. 가끔씩 걸음을 멈춰 구토를 하고 길가 노점에서 염수계*를 사먹었다. 다 먹고 나면 또 토했다. 해가 뜰 때쯤 두 사람은 국부 기념관**에 와 있었다. 날씨는 덥지도 않고 춥지도 않았다. 그녀는 배가 고프지도 않았고 토하고 싶지도 않았다. 웃고 싶지도 않고 울고 싶지도 않았다. 하늘은 어둡지도 않고 밝지도 않았다. 모든 것이 딱 알맞고 좋았다. 찬란한 아침이었다. 떠오르는 해가 금빛을 뿌렸다. 많은 사람들이 아침 조깅을 하고 있었다. 기념관 공원에는 포크댄스를 추는 사람도 있고 전통 부채춤을 추는 사람도 있었다. 태극권과 권투 수련을 하는 사람들도 있었다. 굿모닝 타이베이.

"아, 이걸 말해 준다는 걸 잊었네. 나 임신했어."

포크댄스를 추는 할머니들이 준비운동을 마치자 앰플리파이어에서 노래를 한 곡 골랐다. 「빈 술병 파세요」였다. 할머니들의 몸이 음악에 맞춰 빙글빙글 돌았다. 고음 부분에서는 엉덩이를 힘차게 흔들었다. 그가 참지 못하고 웃음을 터뜨렸다. 물론 그도 TV에서 그녀가 음 이탈 하는 장면을 보았다. 그녀가 그의 등을 힘껏 때렸다.

"뭐가 재미있다고 웃는 거야!"

하지만 그녀는 자신도 웃고 있다는 걸 깨달았다. 두 사람은 국부 기념관 앞 계단에서 목을 놓아 미친 듯이 웃어댔다.

* 鹽酥雞. 가볍게 염장한 닭고기를 밀가루 옷을 입혀 고온에 튀긴 음식으로 타이완에게 보편적으로 즐기는 간식이다.

** 종샤오동로 5단에 위치한 쑨원(孫文) 기념관으로 대형 공원을 포함한 유명 관광지이다.

마침내 샤토 드 뱅센에 도착했다. 객차 문이 열리고 열차가 우는 아기와 유아차를 플랫폼으로 분만했다. 전철역을 나서자마자 커다란 성루가 보였다. 정오의 뜨거운 햇볕 아래 고개를 숙이고 팔을 보았다. 땀이 피부 위에서 넓은 대형으로 포크댄스를 추며 번지고 있었다.

성루를 돌아 잔디밭 사이의 오솔길을 걸었다. 앞에 숲이 펼쳐져 있었다. 며칠 연속 기온이 낮아 나뭇잎은 이미 누렇게 변해 있었다. 하지만 계절이 질서를 잃고 갑자기 여름이 돌아오자 많은 나뭇잎들이 가지를 떠날지, 초록을 최대한 유지할지 몰라 몹시 곤혹스러운 듯했다. 숲 입구에서 그녀가 걸음을 멈추더니 허리를 구부려 신발 끈을 다시 맸다. 아기들 무리가 떠들썩하게 우는 소리가 들렸다. 앞은 그윽한 숲이고 사람 모습은 보이지 않았다.

"숲이 정말 예쁘네. 하지만 우리가 어디로 가는지 말 좀 해 주면 안 돼?"

그가 손가락으로 숲속 깊은 곳을 가리켰다.

"거짓말. 숲속으로 들어간다는 건 나도 알아. 하지만 숲이 이렇게 크니까 어쨌든 목적지는 있을 것 아니야."

"야외식사."

"야외식사? 그게 뭔데? 내가 잘못 들은 건 아니지? 야외식사라고? 우린 둘 다 빈손이잖아. 아무것도 안 가져왔는데 무슨 야외식사야. 아니, 이 근처에 상점이라도 있나? 아니면 슈퍼마켓이라도."

대략 이십 분 정도의 시간이 흘렀다. 처음에는 숲속에 그들 두 사람밖에 없었는데 점차 다른 사람들이 합세하기 시작했다. 자전거를 타는 사람도 있고, 천천히 뛰는 사람도 있고, 그들과 함께 걷는 사람도 있었다. 그렇게 걷다가 그녀는 문득 자신이 숲속 오솔길을 걷고 있는 유일한 여성이라는 사실을 깨달았다. 미소를 지으며 그녀에게 "봉주르!" 하고 인사를 건네는 사람도 있고, 웃통을 벗은 채 자전거를 타는 사람도 있고, 야외식사 바구니와 요가 매트를 든 사람도 있었지만 하나같이 남자들이었다. 여긴 어떤 숲일까? 여성들이 못 들어오는 곳일까?

숲을 나서자 앞에 드넓은 풀밭이 나타났다. 그녀는 참지 못하고 그의 팔을 잡았다. 여기, 여기가 어디야?

풀밭에는 백 명이 넘는 사람들이 모여 있었다. 전부 나체였다. 이쪽에서는 나체로 요가를 하고 저쪽에서는 나체로 배드민턴을 치고 있었다. 대부분의 사람들은 야외식사를 위한 깔개 위에서 일광욕을 하고 있었다. 절대 다수가 남성이고 소수의 몇 명만 여성이었다. 눈을 들어 대충 훑어보는 수밖에 없었다. 애써 그런 관점에서 보지 않아도 아주 쉽게, 너무나 많은 남성 성기가 보였다.

어떤 남자가 두 사람을 향해 다가왔다. 무의식적으로 뒤로 도망가고 싶었던 그녀는 재빨리 그의 등 뒤로 피했다. 남자는 몸에 실오라기 하나 걸치지 않은 상태였다. 기관이 위아래로 요동치면서 다가왔다. 그녀는 샤넬 백으로 시선을 가리는데도 몸이 계속 뒤로 밀렸다. 남자는 두 팔을 벌려 원숭이가 나무를 껴안듯이 그를 꼭 껴안고는 두 볼에 입을 맞췄다. 입으로는 일련의 감탄사를 연발했다.

줄곧 샤넬 백으로 얼굴을 가리고 있던 그녀는 상황을 전혀 이해하지 못한 채 혼자 야외식사용 깔개 위에 앉아 있었다. 한 무더기의 디저트와 과일이 전달되어 왔다. 온몸이 털투성이인 남자가 다가와 물었다. 커피 드실래요, 차 드실래요?

그녀는 커피라고 말했다. 하지만 사실은 "꺼져!" 하고 외치고 싶었다. 털이 더부룩한 남자의 물건 크기는 놀라웠다. 성기가 무릎까지 처져서, 쭈그리고 앉아 자신에게 커피를 따라 줘야 하는 것 아닐까 하는 생각이 들었다. 봐서는 안 되는 물건이었다. 하지만 참지 못하고 몇 번 힐끗 쳐다보았다. 어떻게 저렇게 클 수 있지? 가짜겠지. 실리콘으로 만든 가짜일 거야. 속임수지.

털이 덥수룩한 남자가 커피를 따라 주었다. 다른 손에는 위스키를 들고서 그녀를 향해 눈을 깜박였다. 그녀는 즉시 힘껏 고개를 끄덕였다. 위스키를 섞은 커피를 마시면 놀란 마음을 진정시킬 수 있을 것 같았다. 그녀는 눈을 꽉 감았다. 틀림없이 꿈일 테고 두 사람은 아직 지하철 안에 있을 것이다. 그녀는 잠을 자고 있을 뿐이다. 숲에서 어지럽게 천체영*에 참여하는 꿈을 꾸고 있을 뿐이었다.

눈을 떠보니 바로 옆에 있던 그도 옷을 다 벗고 있었다.

그녀가 낮은 목소리로 항의했다.

"너 왜 이래. 천박하게."

그는 얼굴 가득 의미 심장한 표정을 지으며 아무 말 없이 어지럽게 잔뜩 담긴 디저트 접시를 내밀었다.

* 天體營. 일정한 지역에서 사람들이 남녀노소 구별 없이 몸에 실오라기 하나 걸치지 않고 집단적으로 놀이와 운동, 오락, 휴식하는 문화로 경찰이 단속하지는 않는다. 이 표현은 서양에서 유행하는 이런 나체 문화에 대해 중국인들이 붙인 말이다.

"날 이런 데 데려오다니, 대체 무슨 생각을 한 거야? 너 정말 짜증나."

디저트와 위스키 커피가 몸 안을 신나게 휘젓고 다녔다. 그녀는 자세를 조정하며 어깨의 방어 자세를 풀었다. 그녀는 풀밭 위의 분위기가 상당히 자유롭고 자연스럽다는 걸 느꼈다. 각양각색의 남자들이 있었다. 뚱뚱한 사람도 있고 비쩍 마른 사람도 있었다. 흑인과 백인, 늙은이와 어린이, 문신을 한 사람과 창백할 정도로 피부가 흰 사람 등 온갖 사람이 다 있었다. 뚱보도 부끄러워하지 않았고 왜소한 사람도 오만할 수 있었다. 모두가 햇빛을 피부에 초대하여 목탄 스케치를 그리게 하고 있었다. 모두가 웃고, 쫓아다니고, 자고, 책을 읽고, 음악을 듣고, 휴대폰을 하고, 먹고, 마시고, 잡담하고, 글씨를 썼다. 눈빛은 물 같았다. 몰래 흘러 다니거나 대담하게 움직였다. 욕정이 소리 없이 흘러 만연했다.

"이 사람들이…… 모두 네 친구야?"

친구라고? 그럴 수도 있다. 여름이 되면 그는 종종 자전거를 타고 이곳에 와서 나체 일광욕을 즐겼다. 원래는 혼자 조용히 하늘을 바라보려던 것인데, 가끔은 누군가의 눈에서 자물쇠를 풀고 숲속으로 들어가거나 그의 집 아니면 우리 집에 갈 수도 있었다. 나중에는 J와 함께 오기도 했다. J는 그를 풀밭의 단골 손님들에게 소개하기도 했다. 서로 잘 아는 사이가 아니다 보니 이름은 잊어버리기 일쑤였다. 하지만 이 풀밭 위에서는 술이 하늘 위의 햇빛과 마찬가지로 공유물이라 모두가 함께 누렸다. J가 떠난 뒤로 그는 이곳에 오지 않았었다. 그는 가을의 풀밭에 아무것도 없으리라고 생각했는데, 뜻밖에도 갑자기 찾아온 고온에 다들 주거지를 빠져나와 숲속 깊은 곳을 찾은 것이다.

그녀는 옆에 있는 나체 남자의 밀짚모자를 빌린 다음, 샤넬 백을 베개 삼아 누워 모자로 얼굴을 가렸다. 커피 몇 잔을 더 마신 데 이어 레드 와인을 몇 잔 마셨다. 샴페인도 나쁘지 않았다. 왠지 몸이 나른했다. 방금 먹어버린 에그 타르트 같았다. 눈빛을 모자 챙 밑으로 감췄다. 허벅지와 엉덩이, 항문들이 다 보였다. 그녀는 남자들의 엉덩이를 이렇게 자세히 본 적이 없었다. 남편이 어떻게 그녀에게 이런 식으로 엉덩이를 보일 수 있겠는가. 솔직히 말하면 보고 싶지도 않았다. 섹스를 할 때면 남편은 그녀에게 눈을 감으라고 요구했다. 자는 척하는 게 최상이었다. 처음에는 이상하다는 생각이 들었지만 아주 빨리 적응했다. 어차피 아주 잠깐이라 자는 척하는 게 더 힘들었다. 그녀는 원래 남자들의 엉덩이를 이렇게 자세히 보면 구토라도 하게 될 줄 알았다. 하지만 햇빛 아래서 모든 것이 정직하고 당당했다. 그녀는 각양각색의 남자들 엉덩이가 하나같이 아주 귀엽고 주름이 있고 가는 털이 있다는 걸 알았다. 그녀의 시선이 천천히 다른 쪽으로 이동했고, 그는 몸을 뒤집어 풀밭에 엎드린 자세를 취했다. 엉덩이가 위로 들려 있었다. 항상 자전거를 타기 때문일까.

그녀는 그가 남자의 엉덩이를 가장 좋아한다는 사실을 알고 있었다.

그는 자기 자신이 남자를 좋아한다는 사실을 언제쯤 알았을까.

물론 그녀는 정확한 시간의 좌표는 기억하지 못했다. 대략 열여섯 살 때였을까? 아니면 열일곱? 그 무렵 그녀는 진학 시스템 속에 빠져 있었다. 학교 성적이 좋지 않자 매니저는 그녀를 압박하기 시작했다. 성적이 반드시 상위 몇 위 안에 들어야만 착하고 똑똑한 이미지를 유지할 수 있고, 기자들이 인터뷰할 때도 중요한 보도자료가 될 수 있다는 거였다. 가장 좋은 것은 최고 학부에 입학하는 것이었다. 그것은 아이돌이 되기 위한 필수조건이었다. 이른바 아이돌이란 대중이 우러러보는 존재다. 그녀는 특별히 아름답지도 않았고 울라고 할 때 당장 울 수 있을 정도의 뛰어난 연기력도 갖추지 못했다. 노래 실력도 엉망이었다. 유일한 방법은 훌륭한 학생이 되는 것이었다. 어느 날 저녁 학원에서 나와 보니 이미 밤 9시가 넘은 시각이고 저녁을 먹지 않은 상태였다. 집에 돌아가면 또 한 과목의 과외가 기다리고 있었다. 견딜 수가 없었던 그녀는 거리의 공용 전화로 산에 전화를 했다. 전화벨이 한참을 울렸다. 그녀가 거의 포기하고 끊으려 할 때쯤 누군가 전화를 받았다. 전화를 받은 사람은 아무 말도 하지 않았다. 너무 좋았다. 전화를 받은 사람이 바로 그라는 의미였기 때문이다.

"여보세요. 나야. 나 너무 괴로워. 날 좀 어디로 데려가서 놀아주면 안 돼?"

그가 오토바이를 타고 그녀를 데리러 왔다. 아주 오래 못 만난 터였다. 그동안 그는 키가 많이 컸다. 입술 주위에 희미하게 수염도 났다. 얼굴에 상처도 있었다.

"이거 왜 그런 거야? 학교에서 싸웠어?"

그는 득의만만한 승리의 표정을 지었다. 그는 학교에서 말을 거의 하지 않아 일부 불량한 아이들에게 오만하다는 인상을 주었다. 수업이 끝나자 녀석들이 그를 에워쌌다. 그는 일부러 그 패거리의 우두머리가 자신을 맘껏 때리도록 허락했다. 그는 이 수업이 아주 맘에 들었다. 학교에서 불량 학생 패거리를 조직하여 허약한 아이들을 괴롭히던 반장은 아주 귀여웠다. 작고 펑펑한 엉덩이를 갖고 있었다. 반장이 소리쳤다.

"어떻게 된 거야. 정말 대단하네. 네가 무슨 대스타라도 되는 줄 알아?"

한 무리의 아이들이 돌아가면서 그에게 발길질을 했다. 수업 시작을 알리는 벨이 울리자 주먹과 발은 흩어졌다. 학교가 파하자 반장은 텅 빈 교실에서 자신과 단둘이 붙자고 제안하여 주먹을 휘둘렀다. 그는 몇 년 전에 무술 영화를 찍으면서 적지 않은 방어기술을 배웠다. 한 가지 손동작만으로도 상대를 제압해 바닥에 내다 꽂을 수 있었다. 반장이 울면서 소리를 질러댔다. 너무 시끄러웠다. 다른 아이들이 몰려오면 일이 더 커질 게 뻔했다. 그러면 아주 곤란해진다. 그렇다고 테이프로 입을 막을 수도 없지 않은가. 반장이 계속 소리를 지르자 그는 아예 입을 맞춰 버렸다. 갑자기 반장의 사지가 흐물흐물해지더니 정말로 더는 소리를 지르지 않았다.

그도 자신이 왜 입을 맞췄는지 알지 못했다. 그냥 한번 해보고 싶었을 뿐이다. 반장의 입에서는 밀크티의 신맛이 났다. 아니, 총유병*인가? 다시 한번 해보았다. 맞았다. 틀리지 않았다. 계란을 곁들인 총유병 냄새였다. 반장이 갑자기 또 울었다. 그에게 몸을 기대오면서 여전히 울고 있었다. 그는 참지 못하고 손으로 그

* 蔥油餅. 밀가루를 반죽하여 기름, 소금, 다진 파를 넣고 지진 것으로 타이완의 대표적인 길거리 음식이다.

의 평평한 엉덩이를 주물렀다. 마음대로 주무르면서 혈도를 눌렀다. 반장은 자신도 들어보지 못한 소리를 냈다.

오토바이는 강둑을 향해 달렸다. 이곳은 그가 밤중에 떠돌던 곳이었다. 두 사람은 염수계를 한 보따리 사서 강둑 황무지로 갔다. 잡초들이 사람 키보다 높게 자라 있었다. 다리 밑에서 적지 않은 사람들이 밤낚시를 하고 있었다. 강물에서는 이상한 냄새가 났다. 버려진 소파 하나가 물 위에 떠 있었다. 두 사람은 눈에 보이는 대로 다리 아래 계단을 찾아 앉아 미친 듯이 염수계를 먹어댔다. 그녀는 아주 오랫동안 튀긴 음식을 먹지 못했다. 엄마와 매니저가 그녀의 체중이 반드시 48킬로그램 아래로 유지되어야 한다고 엄격하게 규정했기 때문이다. 그녀는 염수계를 입에 넣고 차가운 밀크티를 한입 가득 들이켰다. 요 며칠 학교 시험 때문에 잔뜩 쌓여 있던 스트레스가 한순간에 해소되는 기분이었다.

"어, 이거 너무 맛있네!"

그녀는 처음엔 최근에 일어났던 일들을 주절주절 얘기했다. 매니저를 교체했고, 레코드회사에 가서 보컬 테스트를 받았으며, 여러 명의 감독을 만났다고 했다. 카메라 테스트가 얼마나 힘든지는 너도 알지? 이런저런 테스트를 받으면서 매번 상대방의 마음에 드는 모습을 보여야 하잖아. 정말 피곤해 죽을 지경이라고. 나 자신이 원래 어떤 모습이었는지 잊게 되지. 완전 변태 감독도 있어. 호텔 방에서의 일대일 테스트만 고집하면서 방에 들어가면 엉덩이를 만지거나 가슴을 더듬는다고. 그녀는 상대방을 발로 걷어차고 도망쳐 나왔다. 하지만 뜻밖에도 엄마는 그런 얘기를 듣고도 그 감독이 거물이라 한번 미움을 사면 앞길이 완전히 막혀 버린다며 얼른 돌아가서 사과하고 오라고 화를 냈다. 그녀도 고집을 부리며 사과하지 않겠다고 했더니 정말로 계획이 무산되고 말았다. 전화로 진행 중이던 일을 전면 취소한다는 통보가 왔던 것이다.

"어떡하지? 나는 원래 그럼 그만두겠다고, 앞으로 공부나 열심히 해서 보통 학생이 되겠다고 말할 작정이었어. 그런데 성적이 너무 엉망이었지. 에이, 너는 어때? 성적 괜찮아?"

그녀는 그가 애당초 자신의 말을 듣고 있지 않았다는 것을 깨달았다. 그의 눈빛은 강가에서 낚시를 하고 있는 한 남자의 눈빛과 교감하고 있었다.

바로 그런 눈빛이었다. 그 순간 그녀는 알게 되었다.

그는 한 번도 그런 눈빛으로 그녀를 바라본 적이 없었다.

그 눈빛에는 섬광이 가득했다. 머리가 가볍게 기울어지면서 욕망을 쏟아내고 있었다.

"야, 내가 얘기하고 있잖아. 하나도 안 듣고 있네."

그녀는 자신의 얼굴이 뜨거워지는 걸 느꼈다. 염수계에 고춧가루가 너무 많이 들어갔나 봐. 질투일 리가 없지. 그녀는 이런 자문에 확답할 수가 없었다. 함께 자라온 남자아이, 이른바 죽마고우라 불리던 남자아이, 어려서부터 변치 않는 짝이라고 여겼던 남자아이. 어렸을 때 그녀는 커서 그에게 시집갈 거라고 말한 적도 있었다. 그 순간 그녀는 분명히 알게 되었다. 그가 애당초 자신을 좋아할 리가 없다는 사실을.

강가의 남자는 얼굴을 수면을 향한 채 쭈그리고 앉아 담배를 피웠다. 그 뒷모습이 바로 초대장이었다. 그의 시선은 강가 남자의 엉덩이에 멈춰 있었다. 당시 그는 이미 모든 걸 다 배운 터였다.

머릿속으로 어떻게 테니스공을 움직여 남자의 입에서 담배 냄새가 아니라 환락의 신음이 나게 할지 구상하고 있었다.

그녀는 그가 남자의 엉덩이를 보고 있다는 사실을 알았다. 그녀가 알고 말았다.

온몸이 활활 타기 시작한 그녀가 벌떡 일어서며 말했다.

"내가 알아서 택시 타고 집에 갈게."

그가 따라왔다. 가는 길 내내 따라왔다. 택시에 탄 그녀는 룸미러를 볼 필요가 없었다. 뒤를 돌아볼 필요도 없었다. 그녀는 알고 있었다. 그가 틀림없이 뒤에 있으리라는 걸, 자신이 차에 오르는 모습을 보고 있으리라는 걸.

그날 늦게 집에 돌아온 그녀는 참지 못하고 또 산에 전화를 걸었다. 그가 집으로 돌아가지 않고 강둑으로 갔는지를 확인하고 싶어서였다. 전화벨이 한참이나 울렸다. 전화를 받은 사람은 아무 소리도 내지 않았다. 그녀는 조용히 울었다. 자신이 무엇 때문에 우는 건지 알 수 없었다. 울 일이 뭐 있단 말인가. 두 사람은 원래 커플이 아니었다. 전화를 끊기 전에 그녀가 말했다.

"오늘 저녁에 고마웠어. 정말 맛있는 염수계 가게를 소개해 줘서."

피부가 벌겋게 익은 채 풀밭으로 돌아왔다. 오후에 샴페인을 얼마나 마셨나. 와인은 또 몇 잔이나 마셨나. 머릿속이 회전목마가 되었다. 그녀는 문득 그에게 사과하고 싶어졌다. 미안해. 이렇게 많은 욕망의 눈빛들이 너를 바라보고 있는데도 나와 함께 집으로 돌아가야 하니 말이야. 이 숲은 네 것이고 과거의 그 강둑도 네 것이야. 나는 애당초 끼어들지 말았어야 했어. 그녀는 분명히 이 숲에 속하지 않았다. 작별인사를 건네면서 막 알게 된 이 나체의 남자들은 외부자인 그녀를 꼭 안고 두 볼에 입을 맞춰 주었다. 나체의 남자들은 그녀의 샤넬 백을 칭찬했다. 언어는 통하지 않았지만 포옹으로 마음을 표현했다. 그녀는 숲속에 이런 정경이 펼쳐지리라고는 전혀 생각지 못했다. 아름다운 사람들이 이렇게나 많을 줄은 꿈에도 생각지 못했다. 그녀도 혹시 다음에 이곳에 오면, 옷을 다 벗을 수 있을까?

너무 많이 마신 게 분명했다. 머릿속에 환상이 나타났다. 요가 매트에 앉아 있던 나체 남자가 지면을 이탈하여 풀밭 위로 떠오르고 있었다. 커다란 나무 아래 나체 남자 하나가 물구나무를 서고 있었다. 눈에 익은 모습이었다. 어디선가 본 것 같은 남자가 그녀를 향해 눈을 깜박였다. 손에 수첩을 들고 있던 그 헝클어진 머리의 주인공이었다. 아, 그 강변의 시인. 그렇지? 오늘은 옷을 하나도 입지 않고 있었다. 숲속에서 시를 몇 편이나 팔았을까? 잠깐, 그녀가 잘못 본 게 아니었다. 헝클어진 머리의 남자는 숲에서 펜으로 시를 쓰는 게 아니라 아래의 그 기관에 물감을 찍어 수첩 위에 돌리고 있었다. 그러면서 머리를 위로 쳐들고 호방한 자세로 소리를 질러댔다. 젠장, 정말 너무 많이 마신 것 같았다. 그게 아니라면 귀신 들린 게 틀림없다. 빨리 집으로 돌아가야 한다.

숲을 나오자 하늘에 먹구름이 짙게 깔리더니 기온이 현저하게 떨어졌다. 여름이 다시 물러가고 있었다. 패기라고는 찾아볼 수 없었다.

그녀는 갑자기 몹시 화가 나 샤넬 백으로 그의 등을 세게 후려쳤다.

"알고 보니 파리에서 이렇게 짜릿한 삶을 살고 있었네. 망가질 정도로 짜릿하게. 정말 대단해!"

뱅센 숲에서 실오라기 하나 걸치지 않았던 그 남자들도 전부 짜릿하지 않았을까.

비가 내렸다.

그녀는 숲속의 그 벌거벗은 남자들이 빗속에서 춤을 추면서 서로 껴안고 키스하는 장면을 상상했다. 왜 당신들만 이토록 짜릿하게 사는 거야.

강둑에서 염수계를 먹던 날 밤, 그녀는 집으로 돌아와 산으로 전화를 걸었다. 그에게 제발 전화를 끊지 말아 달라고 부탁했다. 말을 하지 않아도 괜찮다고 했다. 그녀는 정말 잠을 이룰 수 없었다. 다음 날 영어 시험에 나올 단어도 전혀 외우지 못했다.

"수화기만 들고 있어줘. 내게 신경 쓰지 않아도 좋아."

그는 그대로 했다. 그녀는 수화기를 어깨에 얹은 채 계속 단어를 외웠다. 산속의 벌레 울음소리가 들리는 것 같았다. 숲이 가볍게 움직이는 것 같았다.

변기 물 내리는 소리, 문 여는 소리, 발소리, 선풍기 돌아가는 소리, 남자 목소리가 들렸다. 그가 아니었다. 그의 아버지도 아니었다. 남자의 목소리는 긴장되어 있었다. 오늘 밤 물고기는 못 잡고 너를 잡았네. 그 남자가 줄곧 물어댔다. 여기에 혼자 살아? 어린 친구, 올해 몇 살이야? 미성년자는 아니지? 이름이 뭐야? 얼굴에 이 흉터는 뭐야? 싸웠어?

그녀는 교과서를 내려놓고 수화기를 귀에 붙였다. 온몸에서 땀이 났다. 감히 소리를 낼 수 없었다. 연속극 방송을 듣고 있는 것 같았다. 어떤 미세한 음향효과도 놓치지 않으려고 조바심쳤다.

발소리가 들렸다. 선풍기가 꺼지고 탁자와 의자가 부딪치는 소리가 들렸다. 맥주 병 따는 소리가 들렸다. 침대 스프링 소리가 들렸다. 목소리는 더이상 긴장하지 않았다. 부드러운 소리였다. 어투가 마치 노래하는 것 같았다.

그녀는 수화기 이편에 있었기 때문에 당연히 그의 손가락과 혀가 강둑에서 낚시하던 남자의 엉덩이 깊이 들어가는 걸 볼 수 없었다.

"친구, 내 엉덩이…… 맘에 들어?"

"좋아요."

뜻밖에도 그가 말을 했다.

남자의 어투는 무척이나 간절했다.

"해 줘. 부탁이야."

"알았어요."

그녀는 밤새 울부짖는 듯한 남자의 신음을 들었다. 산 위 매트리스의 스프링이 그녀의 머릿속에서 계속 이완했다가 수축하기를 반복했다. 머릿속에 스프링이 가득했다. 영어 단어는 하나도 외우지 못했다. 수화기 위는 온통 그녀의 콧물과 눈물이었다.

그녀는 몹시 화가 났다. 이렇게 오랜 세월이 지났는데도 그녀는 여전히 화가 났다. 왜 모두들 이렇게 짜릿하게 살고 있는 건가. 이 쳐 죽일 인간들아. 어쩐지 다들 당신들을 경시하고 차별하더라니. 그들이 경시한다면, 그건 질투 때문일 거야. 당신들은 뭘 근거로 그렇게 짜릿하게 살고 있지. 어째서 눈빛만 마주쳐도 그렇게 짜릿한 거지. 짜릿하고 나서 임신을 걱정할 필요도 없고 결혼을 하지 않아도 된다니. 숲은 왜 당신들만의 것인가. 우리는 짜릿할 수 없어서 당신들을 경시하고 차별하는 거야. 알겠어? 설마 너희 아버지가 널 패킷 손실*시키겠어? 샤넬 백이 이번에는 그의 얼굴을 가격했다. 맙소사, 너무 어지러워. 정말 많이 마신 것 같아.

"너 도대체 알아 몰라. 난 한 번도 짜릿해 본 적이 없단 말이야."

빗속에서 그의 미간에 물음표가 그려졌다. 빗줄기가 거세졌다. 그녀는 풀밭에 쪼그리고 앉아 앞으로 나아가려 하지 않았다. 그가 그녀를 두 팔로 안고 지하철역으로 뛰어갔다.

그녀는 계속해서 샤넬 백으로 그를 때렸다. 분노가 온몸을 휘감고 있었다. 심지어 그녀는 절정을 가장하는 법도 모르고 있었고, 가장해도 소용이 없었다. 매번 아주 빨리 끝났다. 애당초 가장할 시간조차 없었다.

그녀는 한 번도 짜릿해 본 적이 없었다.

단 한 번도.

* Packet loss. 인터넷에서 하나 혹은 다수의 데이터 유닛을 목적지까지 보내지 못해 도중에 유실되는 현상.

휴대폰 대화 7

"내 추측인데, 네가 이 집에서 얼마나 오래 살았는지 몰라도, 건너편 테라스의 저 남자가 대체 무슨 연극을 하는지 모르고 있는 것 같네."

"몰라."

"어제저녁에 길에서 우연히 그 사람이랑 마주쳤어. 아주 소박하더라고. 뭐라고 말을 한 무더기 내뱉는데 영어였어. 하지만 알아들을 수 있는 건 일부였고. 내가 보기엔 무슨 예술가인 것 같아. 공연 예술가일까? 혹시 배우?"

"그랬군."

"내 추측이야. 어쩌면 내가 잘못 들었는지도 모르지. 너도 배우잖아. 하지만 안타깝게도 넌 테라스가 없고 창문 하나뿐이지. 안 그랬다면 우리도 그의 연극에 참여할 수 있었을지도 모르지. 창문이라도 있어서 다행이야. 가야겠어. 파리를 떠나야 할 것 같아. 차를 몰고 갈까? 아니면 기차를 탈까? 프랑스에도 여객선 있어?"

"있겠지. 있을 거야."

"아니면 걸어서 가는 것도 나쁘지 않겠다. 파리에 와선 매일 걷고 또 걸었으니까. 걸어서 파리를 떠나는 거야. 센강을 따라서 계속 걷다 보면 해구에 닿겠지. 센강이 바다로 연결되는 지점은 어디야? 지도를 찾아봤더니 르아브르(Le Havre)인 것 같아. 아니면 옹플뢰르(Honfleur)인가? 젠장, 이 두 글자는 발음이 정말 어려워. 프랑스어는 진짜 어려워. 나 원래는 프랑스어를 전공할까 했던 적이 있었거든. 하하. 연극영화과에 들어가는 것도 생각했었고. 사실 애당초 전공을 어떻게 선택할지를 몰랐어. 제대로 할 수 있는 게 아무것도 없었으니까. 죽도록 멍청했지. 그런데 너 이거 읽을 수 있어? 좀 가르쳐 줘."

"나도 못 읽어."

"가 봤어? 센강이 바다와 만나는 곳."

"아니."

"정말 떠나야겠다. 파리여, 안녕. 아, 고마웠어. 정말 고마웠어. 미안해. 안녕."

7 나무가 없다

그녀는 벌써 잠에서 깼다. 자는 척하면서 눈을 가늘게 뜬 채 그가 아령을 들고 엎드렸다 일어서기를 반복하고, 바닥에 엎드린 채 몸을 곧게 펴고, 플랭크 자세를 하는 모습을 지켜보고 있었다. 근육이 소리 없이 확장되어 넓적하고 푸른 열대수 잎이 되었다. 몸을 돌려 웅크리면 딱딱한 호두가 되고, 온몸의 근육을 쭉 펴면 헐떡이는 숨마저 끊어져서 질식해 죽을 것 같아 낮은 소리로 비명을 질렀다. 땀은 부끄럼을 타는 것 같으면서도 가는 비에 젖듯 피부를 한 겹 물기로 뒤덮었다. 그녀는 줄곧 그를 형용할 인간 세계의 어휘를 찾아내지 못했다. '조용함' 혹은 '내향적' 같은 단어도 충분할 정도로 정확하지 않다. 그는 숲속의 동물처럼 형태와 소리를 감췄다. 그렇게 추적을 피하면서 사냥을 계획했다.

사실 그녀는 일어나 거울을 보고 싶었다. 머리에 금이 가서 깨진 수박이 되진 않았는지 확인해야 했다. 하지만 일어날 필요도 없었다. 작은 아파트에는 애당초 거울이 없었으니까. 그녀는 머리에 난 금이 뒷머리에서 이마로 확장되어 서서히 미간까지 펼쳐지는 걸 상상했다. 어제 숲에서 정말 많이 마셨다. 머릿속에서는 지금도 수천수백 개의 스프링이 쉴 새 없이 튕겨지고 있는 것 같다. 등은 작은 늪지대를 이뤘지만 잇몸과 치아는 메말랐다. 사지가 흐늘흐늘했다. 어젯밤엔 어떤 꿈을 꾸었더라. 숙취 상태 속에서 꿈속 장면들은 조각나 부서졌지만, 음향 효과는 여전히 머릿속을 메아리치고 있었다. 어린 아기들의 울음소리가 아직도 귓가에 남아 있다. 수백 명의 영아들이 지하철 객차에 들어차 울어대는 가운데 정전과 화재, 폭발이 잇달았다. 객차는 지하 터널에서 궤도를 이탈해 땅속 깊은 곳으로 뚫고 들어가고 있었다.

그녀는 아직 화가 풀리지 않았다.

왜 그리 많이 마셨는지. 숲속의 낯선 사람들이 건네는 술을 전부 받아 마시다니, 정말 바보 천치였다. 게다가 완전 나체 상태의 낯선 사람들이었는데. 그녀는 딸에게 낯선 사람이 건네는 음료는 절대 받아 마시면 안 된다고 경고했다. 자신이 그에게 아무 말도 하지 않은 것에도 화가 났다. 한참이나 화가 났으면서도 화난 티를 내지 않은 것, 말로는 불가능해서 가슴속 뿌연 안개를 문자로 토해 낼 수 없었던 것, 자신이 아직도 누군가를 찾지 못한 것, 그에게 아직 묻지 않은 것, 그가 아직 말을 하지 않은 것, 그가 파리에서 실컷 짜릿하게 지내고 있다는 것, 말을 안 하면서도 실제로는 그렇게 짜릿한 삶을 살고 있다는 것 전부에 화가 났다. 숲과 숲속을 덜렁거리던 그 물건들, 햇빛과 가을, 쉬지 않고 울려대는 휴대폰, 계속 문자 메시지를 보내는 남편, 자신이 파리에 왔다는 것 자체도 화가 났다. 이 낡은 매트리스, 그리고 제대로 잠을 잘 수 없다는 것도. 파리에 화풀이를 해서인지, 날씨가 서늘했다가 갑자기 더워지는 것에도 화가 났다. 빗소리가 귀에 들어오면 욕처럼 들렸고, 새들이 노래하는 소리는 그보다 더 심한 욕설이었다.

오늘 파리를 떠나게 됐다.

어젯밤에 이 거리로 돌아올 때, 그녀는 그의 손을 뿌리치면서 이 건물에 올라가고 싶지 않다고 말했다. 자신이 정확히 무슨 말을 했는지는 기억이 나지 않았다. 아마도 나가서 호텔에 묵고 싶다고 큰소리친 것 같았다. 내가 돈이 없는 것도 아니잖아. 유명 여배우인 내가 왜 너와 함께 이렇게 다 쓰러져가는 집에 묵어야 하냐고. 그녀는 거리에 주저앉아 있었고, 샤넬 백 안에서는 휴대폰이 끊임없이 울려댔다. 휴대폰을 꺼내들자 남편이 전화를 걸어 왔다. 그녀는 딱 두 마디만 듣고서 신호가 안 좋다고 외치고는 전화를 끊어 버렸다. SNS 기록을 확인해 봤더니 남편이 유세 활동을 하면서 찍은 사진을 열 장 넘게 보내왔다. 무대에 올라 열변을 토하는 장면도 있었다. 후보자도 아니면서 제 이름이 대문짝만하게 찍힌 조끼를 입고 있었다. 그녀는 타이완 정치인들이 이런 경선용 조끼를 입은 모습을 가장 싫어했다. 괴상한 모양으로 재단된 형광색 비닐 옷에 정당 휘장이 커다랗게 인쇄돼 있다. 한 무더기 인간들이 이런 지저분하고 귀신 같은 옷을 입고 무대 위에서 타이완의 심미 교육을 강화하겠다고 떠들어대는 건 인간의 지성에 대고 주먹을 휘두르는 거나 마찬가지였다. 남편을 따라 선거 유세에 동행할 때마다 누군가 그녀에게도 억지로 이런 조끼를 입혔다. 그녀는 정당 원로의 부인이라 거절할 입장이 못 됐다. 그걸 입으면 몸에 싸구려 천막을 두른 느낌이었다. 그녀의 남편은 정당의 핵심인물이다. 그녀는 마음이 초조해질수록 등에 인쇄된 글자가 더 커 보이고 눈에 더 잘 들어온다는 사실을 잘 알고 있었다. 가장 두려운 건 아무도 궁금해하지 않는 것이기 때문에, 그는 늘 큰소리로 자기 집안에 대해 떠들었다. 남편이 말했다.

"똑같은 이치야. 당신네 배우들도 좋은 반응을 얻으려고 노래 부르면서 웃잖아. 우리도 좋은 반응을 기대하는 거야. 반응이 안 좋은데 어떻게 표를 얻겠어. 그리고 표를 못 얻으면 어떻게 돈을 벌겠어. 돈이 없으면 민주니 자유니 이상이니 다 개떡 같은 소리야. 당신 같은 여배우는 예쁘고 가슴 크고 엉덩이가 처지지 않으면 인기를 얻을 수 있지. 우리 같은 사람들은 못생기고 대머리고 난쟁이 똥자루 같은 키라 스타가 될 순 없지만, 그래도 잘나가고 싶어서 정계에 들어온 거라고. 배우들은 금마장*을 받고 싶어 하고 우리는 대팽금마**를 받고 싶어 해. 똑같은 이치라고."

같았다. 그녀는 고개를 들어 집 거실에 걸린 편액들을 둘러보았다. 틀린 말이 아니었다. 다 똑같았다. 어느 해인가 결혼 기념일에 정당 고위 인사가 축하의 의미로 고급 삼나무 편액을 보내 왔다. 편액에는 붉은 글씨로 '천조지설'***이라는 말이 새겨져 있었다. 당시 그녀는 얼굴 가득 거짓 미소를 지었다. 마침 타이베이에

* 金馬獎. 타이완에서 매년 열리는 연례 영화제에서 수여하는 영화상으로 홍콩의 진샹장(金像獎)과 중국의 진지바이화장(金鷄百花獎)과 함께 중국어권에서 열리는 3대 주요영화제 상 중 하나다.

** 臺澎金馬. 타이완과 부속 도서인 펑후(澎湖), 진먼(金门), 마주(马祖)를 모두 합쳐 타이완 전체를 통칭하는 말.

*** 天造地設. 하늘의 은덕으로 모든 것이 아름답고 이상적이라는 뜻.

한파가 닥쳤고, 그녀는 마음속으로 저절로 불을 때서 손이나 녹일까 하는 생각을 했다. 집 안 벽에는 곳곳에 편액이 걸려 있었다. 빨간색과 금색, 은색으로 '공재당국(功在黨國)', '중망소귀(眾望所歸)', '위진남북(威震南北)', '자부해모(慈父楷模)'* 등의 문구가 새겨져 있었다. 남편에겐 이게 바로 금마장 상이었다. 남편은 편액들을 전부 벽에 걸어 놓았다가 손님들을 초대하여 연회를 열면서 직접 꺼내 먼지를 털고 닦았다. 그녀가 가장 싫어하는 건 '천조지설'이었다. 다른 편액의 문구는 전부 거짓이지만 이 문구는 진실이었다. 진실은 귀에 거슬리는 법이다. 확실히 그랬다. 잘나가고 싶어 하면 잘나가지 못하게 되고, 잘나가지 못하니 잘나가고 싶어지는 것이다. 사실 '천조지설'은 이처럼 못난 족속을 가리키는 말인 것이다.

'천조지설' 편액이 거실 벽 정중앙에 걸리는 순간, 그녀는 자신의 인생을 철저히 이해했다. 그녀는 어려서부터 마이크 앞에서 끊임없이 자신을 소개하는 연예인으로 훈련돼 있었다. 입에서 나오는 모든 말로 기자들이 기사 제목을 쓰게 할 수 있었다. 어른이 되어 만난 배우자도 자기소개에 능한 사람이었다. 만난 지 삼 분 만에 이름과 집안, 학력, 직위, 예상 수입, 띠, 별자리 등이 신문에 세세하게 보도되었다. 사람들이 그걸 다 기억하지 못하는 게 걱정이었다. 가장 큰 두려움은 잊히는 것이었다. 장이판과 헤어진 뒤

* 공재당국은 당과 국가에 공을 세운다는 뜻이고, 중망소귀는 뭇사람의 바람을 한 몸에 받는 인망이 높은 사람을 뜻하며, 위진남북은 전국, 전 세계로 위세를 떨친다는 뜻이고, 자부해모는 자애로운 아버지의 본보기라는 뜻이다.

에 만난 사람은 쑤다런(蘇大仁)으로, 같은 학교 선배였다. 그는 몇 번 회식 자리를 가진 후, 그녀의 직속 후배인 여학생과 헤어지고 나서 그녀를 쫓아다니기 시작했다. 그는 자신이 변호사 집안 아들이라고 하면서 장차 미국에 가서 변호사 자격증을 딴 다음, 뉴욕의 대형 로펌에서 파트너 변호사로 일할 거라고 했다. 그러면서 그녀에게 나중에 함께 뉴욕에 가서 피프스 애비뉴나 파크 애비뉴에서 살지 않겠느냐고 물었다. 주말이면 헬기를 타고 롱아일랜드 별장에 가서 가든 파티를 즐길 수 있다고도 했다. 짜증나 죽겠네. 왜 또 뉴욕이야. 쑤다런과 헤어진 뒤엔 영화 촬영장에서 만난 부감독인 루홍밍(陸宏明)과 사귀게 되었다. 만난 지 삼 분 만에 그녀는 루홍밍이 이미 열 편이 넘는 시나리오를 써서 직접 연출을 맡을 예정이며 앞으로 칸과 베니스, 베를린 영화제의 대상 수상을 목표로 하고 있다는 사실을 알게 되었다. 그는 오스카 상처럼 세상의 흐름을 추종하는 저속한 미국식 영화에는 관심이 없다면서, 유럽 대륙의 영화 미학을 타이완에 수용하는 기수가 되겠다고 맹세했다. 그가 구상하는 시나리오의 배역 중에는 그녀에게 적합한 게 아주 많았다. 그는 그녀의 허리에 팔을 감으면서 자신의 뮤즈가 되어 국제 영화제에 함께 출전하고 늙을 때까지 함께 영화를 찍지 않겠느냐고 물었다. 하지만 그 영화가 미처 완성되기도 전에 그녀의 라이벌 여배우가 촬영장에서 임신 사실을 밝혔다. 아이 아빠는 부감독이었다. 성대한 혼례에서 그녀는 신부 들러리를 섰다. 대학을 졸업한 뒤에 어느 식사 자리에서 그녀는 학생 운동을 하던 장하이타오(江海濤)를 알게 되었다. 그는 정계의 떠오르는 신성이었다. 그는 광장에서 연설하듯이 구애했다. 격앙되고 비분강개

한 연설에 언사가 거창하고 화려했다. 독실한 기독교 신자였던 그는 가정과 민주 전통의 가치를 수호하겠다고 맹세했다. 그녀는 장이판과 쑤다런, 루훙밍, 장하이타오가 모두 다 같은 사람들이라는 사실을 깨달았다. 고르고 자시고 할 필요도 없었다. 그녀 같은 사람은 미래에도 같은 유형의 사람들에게만 관심을 끌게 된다는 걸 깨닫게 되었다. 됐다. 이럴 수밖에 없었다. 장하이타오가 구혼했을 때 그녀는 주저하지 않고 고개를 끄덕였다.

파리의 거리에 앉아 그녀는 갑자기 장하이타오를 차단하고 싶어졌다. 시차를 계산해 보았다. 타이베이는 한밤중 아닌가? 그녀는 남편이 침대 위에 앉아 비서가 찍은 사진을 자신에게 끊임없이 전송하고 있다는 사실이 생각났다. 남편이 그녀에게 물었다.

"단지 사이트에 어떤 사진을 올리는 게 좋을 것 같아?"

그녀 옆에서 서성이던 거리의 여인들이 손님을 잡아끌면서 과장된 소리를 질렀다. 그녀의 시선은 다시 손바닥 위의 휴대폰으로 돌아왔다. 장하이타오는 그 꼴도 보기 싫은 조끼를 입고 손을 쳐든 채 격렬하게 뭔가 외치고 있었다. 그녀는 또 화가 났다. 창녀들에게 입 좀 다물라고 소리치고 싶었다. 그녀에겐 그 여자들처럼 마음대로 소리 지를 기회조차 없었다.

장하이타오와 결혼한 뒤에 시어머니 댁에 설을 쇠러 갔다. 남편이 쓰던 방에 들어서자마자 천산갑이 보였다. 남편은 이것이 신혼인 아내를 기쁘게 하는 방법이라고 생각했다. 하지만 그녀는 그 방이 귀신 붙은 방처럼 느껴졌다. 벽에는 그녀가 어렸을 때 찍었던 매트리스 광고 포스터가 잔뜩 붙어 있었다. 가장 큰 것은 영화 포스터였다. 침대를 정면으로 마주하고 그녀와 그가 천산갑을 안은 채 잠들어 있고, 옆에는 잠들지 못한 수많은 천산갑들이 꿈틀대고 있었다.

"내가 세어 봤어. 이 포스터에 다 합쳐서 천산갑이 예순여섯 마리 있더라고."

예순여섯 마리라고? 그녀는 세어 보지 않았다.

"아마 의도적으로 그랬겠지? 길상의 숫자라서 그런가? 이 포스터, 아주 희귀한 거야. 내가 가구점 주인에게 오랫동안 졸라서 간신히 얻어낸 거라고. 나는 어렸을 때 당신을 아주 좋아했어. 이 매트리스도 당신이 판 거였지. 성인이 돼서 당신을 만나게 되리라고는 정말 생각도 못 했어. 당신을 알게 되고 나서 스스로에게 말했지. 당신을 만났으니 무슨 일이 있어도 아내로 맞아 집으로 데려와 한 침대에서 자야 한다고 말이야. 이제 우리가 결혼을 했으니 당신한테 말해도 될 것 같아. 나는 사춘기 때 항상 당신 포스터를 보면서 권총을 쏘았어."

장하이타오는 여러 해 동안 깊이 잠들어 있는 그녀의 모습을 보면서 권총을 쏘았다. 그녀가 포스터에서 나오고 진짜 그녀가 그의 침대 위로 올라왔지만 그날 밤 그는 딱딱해지지 않았다. 그녀는 괜찮다고, 시어머니가 옆방에 계시다고, 벽이 너무 얇아서 소리가 다 들릴 거라고 말했다. 그는 그대로 자면 안 된다면서 그녀에게 요구했다.

"당신이 자는 척 좀 해 주면 안 될까? 눈을 감고 움직이지 마. 아무 동작도 하지 말고 몸만 내게 맡기면 돼. 광고를 찍을 때처럼 자는 데 집중하란 말이야. 당신한테 식은 죽 먹기잖아?"

알았어. 눈을 감았다. 잤다. 움직이지 않았다. 그녀는 자신이 자는 모습을 남편이 응시하고 있는 걸 느낄 수 있었다. 옷을 벗었고 바지를 무릎까지 내렸다. 마침내 단단해졌는지 그녀의 몸 안으로 들어와 위아래로 기복했다. 그녀가 자세를 바꿀 틈도 없이 목구멍으로 소리를 낼지 말아야 할지 고민하기 시작했을 때 모든 게 끝났다. 그렇게 임신을 했다. 그렇게 여러 아이를 낳았다.

시어머니 댁에서의 그날 밤, 그녀는 누운 채 울었다. 소리를 지르고 싶었다. 바로 그때 남자아이가 벽에 붙은 포스터에서 걸어나와 그녀 옆에 누우며 일깨워 주었다.

"잠이 오지 않을 때는 천산갑을 세어 봐."

그제야 그녀는 목구멍까지 올라온 날카로운 소리를 누를 수 있었다. 천산갑을 세기 시작했지만 아무 소용이 없었다. 일어나서 벽에 붙어 있는 포스터를 전부 찢어 버리는 수밖에 없다. 몸을 일으킬 수가 없었다. 날이 밝았다. 남편이 그녀가 자는 모습을 응시하고 있었다. 그녀는 계속 자는 척했다.

거리의 여인들은 손님들과 조건을 흥정하다가 그녀를 향해 눈을 깜박이며 찬란한 미소를 보내더니 차에 올라타 심야의 파리 속으로 달려갔다. 그녀는 하마터면 그 차로 달려들어 남자들에게 자신도 데려가 달라고 부탁할 뻔했다. 어디를 가든 다 좋을 것 같았다. 휴대폰은 계속 울려댔다. 이번에는 남편이 아니라 그의 매니저였다. 문자 메시지로 내일 차를 인수할 시간과 장소를 알려온 것이다.

아, 맞다. 내일 파리를 떠나야 해. 차를 몰고 낭트로 가야 했다. 그녀는 완전히 잊고 있었다. 파리에 온 지 며칠이나 됐지? 시공의 질서가 흐트러졌다. 알코올이 뇌를 교란해서 몸 안에 분명하게 인쇄돼 있던 일력이 비에 젖었고 시간 감각이 흐려졌다. 낭트엔 왜 가야 하지? 거길 간다는 건 애초에 핑계에 지나지 않았다. 그녀는 그곳에 가고 싶지 않았다. 어렸을 때 못 갔으면 그걸로 그만이지 이제 와서 간들 무슨 소용이란 말인가.

그녀는 건물 안으로 들어가기가 싫었다. 알코올이 용기를 주었다. 떠나고 싶었다. 일어섰다. 오른쪽, 맞아, 곧장 오른쪽으로 가면 될 것 같았다. 어디로 이어지든 상관없었다. 일어서서 치마를 툭툭 털다가 비로소 치마가 온통 초록색인 걸 알았다. 빌어먹을! 숲속의 풀밭이 줄곧 뒤를 따라와 명품 치마를 망쳐놓고 말았다. 욕을 하고 싶었다. 휴대폰을 내던져 부숴 버리고 싶었다. 센강에 가서 소리를 지르고 싶었다. 샤넬 백으로 사람들을 휘갈기고 싶었다. 알코올이 그녀의 발에 날개를 달아 발걸음이 가벼웠다. 이 거리에서 멀리 벗어나 공원을 지나 자전거를 타고 달리다가 자전거를 버리고 번쩍번쩍 빛나는 파리의 지하철에 올라타 에펠탑에서 내리면 강이 보일 것이다. 다리를 지나 올라탄 배가 연기를 내뿜기 시작하기만 하면 마침내 자유가 될 것이다. 내가 못 갈 거라고 누가 그래. 나는 아주 잘 걷는다고. 파리 전체를 걸어서 돌아다닐 수도 있어.

맞아. 어젯밤에 혼자 배를 타러 가겠다고 하지 않았나? 어째서 이 아파트로 다시 돌아온 거지?

그는 그녀가 자는 척하고 있다는 걸 알았다. 운동을 마치고 쾌속으로 몸을 씻은 그는 짐을 싸기 시작했다. 여권과 신분증, 가죽 재킷 등 필요한 물건을 전부 가방 하나에 때려 넣었다. 골치 아픈 건 양복과 구두였다. 접어서 가방에 넣을 수 없으니 들고 다녀야 했다. 모든 준비가 끝났다. 오후에 차를 인수해서 가는 길에 이틀 밤을 투르(Tours)에서 보낼 수 있었다. 사실 이틀이나 보낼 필요도 없었다. 파리에서 출발하여 동쪽으로 천천히 차를 몰아도 다섯 시간이면 낭트에 도착한다. 그는 그냥 투르에 가 보고 싶었던 것이다.

J가 지도 위에 노선을 그렸다. 고향에 작별을 고하고 북쪽으로 가서 지중해에 도달한 다음, 캄캄한 밤에 배를 타고 며칠 밤낮을 떠돌다가 이탈리아에 상륙한 후 곧이어 프랑스로 들어올 수 있었다. 그는 한동안 투르의 자동차 정비공장에서 일하면서 약간의 돈을 모아 마침내 수도인 파리로 왔다.

그의 휴대폰에는 J가 투르에서 찍은 오래된 사진이 한 장 들어 있었다. 강가의 푸른 풀밭에서 J는 위아래가 붙은 작업복 차림으로 자전거를 타고 있었다. 하늘에는 해가 떠 있고 J의 입에도 해가 있었다. 그는 그곳을 찾으려 했다. 그 강으로 걸어 들어가려 했다.

J는 어느 날 저녁, 그곳에서 마침내 혼자가 되었다고 말했다. 월드컵 축구경기 때라 다들 경기를 보기 위해 밖으로 나갔다. J는 공장에서 몰래 여장을 하고 나가서 강가를 산책했다. 안타깝게도 길 가는 사람들에게 사진을 좀 찍어달라고 부탁하진 못했다. 여장을 들킬까 봐 두려웠기 때문이다. 하지만 그날 그는 정말 아름답게 꾸몄다. 립스틱도 완벽했다. 강물은 아주 차가웠다. 물속에선 건장한 남자아이들이 물장난을 치면서 소란스럽게 놀고 있었다. 달빛이 강물을 물들인 가운데 수풀에선 벌레들의 맑은 노랫소리가 울렸다. 고향을 떠난 뒤 처음으로 J의 어깨가 가벼워졌다. 부

담이 없으면 웃어야 하는데. 하지만 그는 엉엉 울기 시작했다. J는 자신이 울기 시작하면 파리 전체가 흔들린다는 것을 아느냐고 물었다. 울음소리가 놀던 아이들의 관심을 끌었다. 몇몇 아이들의 관심은 금세 변질되어 J의 가발과 원피스를 잡아당겨 벗겼다. 멀지 않은 곳에 있던 군중이 날카로운 목소리로 환호했다. 어느 팀인지 골을 넣은 모양이었다. 물놀이 하던 사내아이의 손가락 관절이 J의 눈두덩 속으로 들어갔다.

그날 밤 먼저 집으로 올라온 그는 창문을 열고 아래를 유심히 살폈다. 그녀가 길가에 앉아 있다가 다시 일어나 빙빙 제자리를 맴돌고 있었다. 프랑스어는 한 마디도 못하면서 길거리 창녀들과 아주 유쾌하게 잡담을 나누고 있었다. 그녀가 갑자기 잰 걸음으로 뛰기 시작하자 그는 재빨리 건물 아래로 뛰어 내려갔다. 그녀가 멀리 갈까 봐 걱정했지만, 그녀는 그냥 이 거리를 한 바퀴 돌았을 뿐이었다. 뛰고 또 뛰다가 몸이 기우뚱하더니 전봇대를 끌어안고 울고 웃으면서 소리를 질렀다. 낯선 사람에게 부딪치기도 하고 벽을 마주한 채 딸꾹질을 하기도 했다. 이어서 그가 버린 자전거를 타고 계속 거리를 돌았다. 그가 그녀를 안고 집으로 올라왔다. 그는 그녀가 이렇게 취한 모습을 한 번도 본 적이 없었다. 그녀의 얼굴에는 만족의 웃음이 가득했다. 아름다운 뭔가를 목격하기라도 한 듯이. 꼭 감은 눈꺼풀에서 점점이 금빛이 흩어졌다.

"어, 지금 몇 시야? 내가 얼마나 잔 거지?"

두 사람은 창문에 기대 커피를 마시고 심호흡을 했다. 어느 집에서 케이크를 굽나. 가을이 슬그머니 밀가루 반죽 속으로 들어와 있었다. 볶은 헤이즐넛, 노랗게 잘 익은 배, 쓴 초콜릿 냄새도 났다. 건너편 테라스는 오늘 깨끗하게 비어 있었다. 모든 도구가 사라져 버렸다. 그녀는 줄곧 테라스를 바라보고 있었다. 기대 가득한 눈을 깜박이면서. 테라스에 갑자기 막이 오르더니 수천수백 개의 작은 전구에 불이 들어왔다.

"우리, 렌터카 회사에 몇 시까지 가야 해? 젠장, 난 아직 짐도 안 쌌는데. 짜증나 죽겠어. 내가 가장 싫어하는 게 바로 짐 싸는 일이야."

그가 손가락으로 건물 아래 세워져 있는 파란색 시트로앵을 가리켰다.

"뭐야? 벌써? 야, 날 깨우지 그랬어. 우리 몇 시에 출발하지?"

그는 가볍게 어깨를 으쓱했다. 시간은 두 사람을 쫓아오지 않는다. 마음 내키는 대로 하면 그만이었다.

"네가 모는 차를 마지막으로 탄 지 얼마나 됐더라."

잊은 척했지만 사실은 기억하고 있었다. 그녀가 첫 임신을 한 그해 가을이었다.

엄마한테는 절대로 말할 수 없었다. 그녀는 어려서부터 엄마에게 진실을 말하지 않았다. 그 광고를 찍고 싶지 않았고, 계속 배역을 따내고 싶지 않았고, 얼굴에 레이저를 쬐고 싶지 않았고, 미백 주사를 맞고 싶지 않았고, 변태 제작자와 함께 밥을 먹고 싶지 않았고, 혼자 산에 올라가 귀신 영화를 찍고 싶지 않았고, 하이힐을 신고 싶지 않았고, 다이어트를 위해 사흘 동안 굶고 싶지 않았지만 한 번도 이런 생각들을 입 밖에 내지 않았다. 사춘기라 신체가 변하면서 여드름이 심해지자 엄마는 서둘러 그녀를 사방의 피부과로 데리고 다녔다. 얼굴이 엉망이 되어 배역을 따내지 못할까 두려웠던 엄마는 주사를 맞게 하고, 쓰고 고약한 냄새가 나는 약을 달여 먹이고, 마지막에는 얼굴에 레이저를 쏘였다. 아울러 묘당을 찾아가 제사를 올리는 것도 잊지 않았다. 그녀의 몸이 아직 발육 중인데도 엄마는 성형외과에 데리고 가서 진단을 받기도 했다. 엄마는 그녀의 키가 너무 클까 봐 걱정이었다. 여자 거인이 되면 무슨 배역을 맡을 수 있겠느냐며. 누가 기린을 상대로 연기를 하겠어. 엄마는 그녀의 키가 너무 작을까 걱정하기도 했다. 난쟁이 똥자루가 어떻게 국제영화제의 레드 카펫을 밟는단 말이야. 가슴도 그다지 커 보이지 않았다. 유방 확대 수술도 고려해야 했다. 먼저 겨드랑이 밑을 영구적으로 제모하고, 코를 조금 높여야 할지 진단해야 했다. 엉덩이를 올리는 수술은 마침 판촉 기간이라 할인을 받을 수 있었다. 엄마는 그녀를 외국에 보냈다고 둘러대고 젊었을 때 전신을 개조하는 게 어떨지 심각하게 고려했다. 몸 어딘가 조금이라도 살이 찌면 엄마는 그 부위를 꼬집고 험악한 눈빛을 했다. 그런 엄마에게 임신 사실을 알리면 그녀를 어디로 데려갈지는 하늘도 안다.

그날 밤 그와 타이베이 거리에서 밤을 보내면서 그녀는 국부기념관 앞에서 아이 아빠에게 말해야겠다고 마음먹었다.

“뭐? 임신했다고? 그걸 왜 나한테 얘기하지? 오늘 우리 만나서 훠궈(火鍋)나 먹는 게 어때?”

런아이로(仁愛路)에서 길이 막히자 장이판의 독일 차가 끊임없이 경적을 울려댔다.

“젠장, 더럽게 막히네. 배고파 죽겠는데. 아니면 저 앞에 있는 스테이크 집으로 갈까?”

"그게…… 내 말 들었어? 나 임신했다고 했잖아."

그러자 장이판의 입에서 명차의 클랙슨 같은 고성이 튀어나왔다.

"바보 같은 소리 하지 마. 내가 귀머거리인 줄 알아? 네가 임신한 게 나랑 무슨 상관이냐고."

"너…… 나는……."

"뭐? 너 지금 그 아이가 내 아이라고 말하고 싶은 거야?"

그녀가 고개를 끄덕였다.

"이런 미친, 헛소리하지 말라고. 우린 한 번밖에 안 했잖아! 너 같은 배우들이 사생활 지저분한 걸 모르는 사람이 어딨어? 남자들이랑 엄청 자잖아. 우리 집이 부자라서 나랑 엮여 보겠다는 거야? 응? 말해 봐. 무슨 근거로 그 아이가 내 아이라는 거야? 증거를 가져와 보란 말이야."

갑자기 앞 차가 후진하더니 장이판의 차와 부딪혔다. 장이판은 두 손으로 클랙슨을 두드리며 욕설의 수류탄을 던졌다.

장이판은 차에서 내려 앞차 유리창을 두드리면서 미친 듯이 고함을 질러댔다. 차에서 내린 운전자는 키가 장이판보다 주먹 두 개는 더 컸다. 얼굴 가득하던 그의 미안한 표정이 장이판의 욕설에 금세 사라져갔다.

"어쩌라고? 살짝 스친 것 가지고 뭘 그래? 누가 배상 안 한대? 소리는 왜 지르고 지랄이야. 미친개처럼. 냉정하게 처리하면 되잖아?"

"스쳤다고? 염병할, 무슨 운전을 그 따위로 해. 갑자기 후진을 하다니. 그 국산 똥차로 감히 내 차를 받았잖아. 배상만 안 해 봐. 죽었어!"

키 큰 상대 운전자는 말을 받지 않고 트렁크를 열어 야구 방망이를 꺼냈다.

장이판은 뒤로 두 걸음 물러서면서 목구멍까지 올라온 더러운 욕설을 도로 삼켜야 했다. 고개를 돌려 보니 차 안에는 공포에 질린 그녀가 타고 있었다. 흉악했던 그의 말투는 금세 진압당해 도움을 구하는 울먹이는 소리로 변했다.

"내 새 차를 받은 건 그렇다 칩시다. 지금은? 야구 방망이로 사람을 치기까지 하네. 내 여자친구가 차에 타고 있는 것 안 보여요? 임신한 상태라고요. 당신이 이렇게 차를 박는 바람에 복통을 호소하고 있단 말이에요……. 만에 하나 유산되기라도 하면 당신이 책임질 거예요? 엉? 말해 보라고요. 야구 방망이? 일시양명*이라는 말 알기나 하는지 모르겠네?"

정말 시끄러웠다.

어릴 때 찍은 매트리스 광고 같았다.

그녀는 박수를 쳤다. 장이판의 연기력은 진정으로 출중했다. 감정 전환도 부드럽고 대사도 막힘이 없이 유창했다. 대본을 철저히 외우기라도 한 듯이. 전공을 잘못 선택한 게 분명했다. 의사가 되고 시인이 되는 게 아까울 정도였다. 하지만 이 연극에서 그녀는 퇴출되었다. 그녀는 출연하지 않기로 했다. 차에서 내려 문을 쾅 닫고, 차량 행렬 뒤쪽으로 도로에 가득 차 있는 차들 사이를 가

* 一屍兩命. 임산부가 사망하면 시신은 하나지만 두 생명을 잃게 된다는 뜻이다.

로질러 갔다. 자신은 강물 위에 떠 있고, 타이베이가 사라지고 있고, 모든 차들이 자갈로 변하는 상상을 했다. 극렬한 말다툼에 경적까지 더해지자 까치와 까마귀, 원숭이와 공작이 한데 어우러진 듯했다. 강물로 들어가긴 쉽지 않았다. 그녀는 곧장 앞으로 걷다가, 마침 길가에 침구점이 있는 걸 발견하고는 뭍으로 올라가 가게 안으로 들어갔다. 쇼윈도에 놓인 매트리스에 기어 올라가 천산갑을 세기 시작했다. 일단 잠부터 자고 다시 얘기하기로 했다.

가게 점원이 흔들어 깨우고 나서야 그녀는 결정을 내렸다.

사방으로 수소문해 본 결과 타이베이에서는 들킬 확률이 너무 높았다. 위험을 계산할 수조차 없었다. 특히 '낙태 1번지'라는 별명을 갖고 있는 네이장가(內江街)에서는 아무리 이름 없는 병원을 찾는다 해도 일단 발각되면 그다음 날로 유명세를 탈 게 뻔하다. 과거에 함께 영화를 찍었던 여배우가 남부의 명의를 소개해 주었다. 합법을 보장하는 곳이라 서명할 필요도 없었고, 기록을 남길 필요도 없었다. 비용은 비교적 높았지만 전문적이고 깨끗했다. 하루 휴식을 취하고 타이베이로 돌아오면 다시 새사람이 되는 것이다. 놀러 간다고 생각하면 되는 일이었다.

그가 말했다.

"내가 운전해 줄게."

오늘 파리에서 갓 빌린 차는 새것이라 빛이 났다. 그녀는 과거의 그가 몰았던 차가 빨간색 똥차였던 걸 기억했다. 브랜드도 알 수 없고 숲속을 뒤져 땅에서 파낸 골동품 같았다. 엔진은 오래된 담뱃대 같고, 도장은 거의 앙코르와트 수준이었으며, 배기관은 먹물을 뿜는 오징어였다. 그 차를 보고 그녀는 땅바닥에 쪼그려 앉아 웃음을 터뜨렸다.

"뭐야. 이걸로 가오슝(高雄)까지 간다고? 내가 보기엔 타이베이를 벗어나자마자 해체될 것 같은데?"

그 차는 그가 일 년 동안 모은 돈으로 산 중고차였다. 어린 시절의 그는 호리호리했으나 지금은 얼굴에서 아이의 순진함이 사라졌고, 더이상 시장이 필요로 하는 귀여운 얼굴이 아니었다. 그는 고등학교를 졸업했지만 특별한 기술이 없어 영화 제작사 사장의 소개로 방송국에서 세트 제작을 하게 되었다. 월급은 적었지만 작은 원룸을 얻었고, 산 위에 있는 집을 떠나 도시에서 새 생활을 하기에는 충분했다. 마침내 차를 한 대 샀지만 다른 사람들 눈에는 완전히 똥차였다. 하지만 그는 그 차가 무척 아름답다고 느꼈다. 길가에 정차할 때, 차 문을 완전히 잠그지 않아도 훔쳐 가는 사람이 없었다.

차가 먹물을 분사하면서 구불구불한 길로 들어섰다. 물론 독일 차처럼 안정적이지는 못했지만 그녀는 더없이 편안했다. 크게 굽은 길을 돌 때도 차가 해체되지는 않았다. 그녀는 좌석을 뒤로 최대한 눕혀서 앉았다. 졸리기도 하고 토하고 싶기도 했다. 차가 고속도로에 접어들자 큰비가 내리기 시작했다. 와이퍼가 있는 힘을 다해 투실한 빗방울과 사투를 벌이고 있었다. 창밖 너머의 모든 사물이 희미하기만 했다. 창문이 꼭 닫히지 않아 유리창을 비집고 들어온 빗방울이 얼굴을 때렸다. 무척이나 차가웠다. 라디오 신호도 좋지 않았다. 유행가 한 곡이 잡음에 뒤섞여 흘러나왔다. 몸과 좌석의 낡은 가죽이 마찰하면서 삐직삐직 소리가 났다. 마치 무슨 노인의 옛날이야기를 듣는 듯했다. 차 안의 모든 것이 낡고 닮았지만 아주 편안하고 쾌적했다. 그녀는 이 도로가 끝나지 않고 무한히 이어지길 바랐다. 두 사람은 그렇게 남쪽을 향해 빗속을 달렸다. 출발점은 잊었고 종점은 알지 못했다. 비가 시간을 길게 연장시켰고, 시간은 아예 탄성을 잃고 아래로 축 처져 버렸다. 비가 시간의 모든 궤적을 씻어 갔다. 비가 그치자 모든 것이 다시 시작되었다.

비가 용기를 주었음에도 불구하고 그녀의 주특기인 두려움이 되살아났다.

"어떡해. 나 무서워. 과거에 어떤 사람 얘길 들었는데, 이런 수술을 하면서 어른들을 대동해서 서명을 하게 할 수가 없었대. 그래서 면허 없는 데서 수술을 했는데, 그 결과 자궁 출혈로 죽었대."

그가 고개를 돌리고 가볍게 웃었다. 그는 그녀에게 필요한 게 무엇인지 잘 알고 있었다. 방향등을 켜고 차선을 바꿨다. 차는 휴게소로 미끄러져 들어갔다. 그녀는 이 휴게소가 기억났다. 과거에 그의 엄마는 두 사람을 데리고 동물을 잡으러 여러 차례 타이베이를 떠났었고, 그때마다 이 휴게소에 들러 화장실을 이용하고 완자탕을 한 그릇씩 먹은 다음 계속 길을 갔다. 휴게소는 새로 정비했는지 외관이 많이 변해 있었다. 하지만 완자탕 맛은 변함이 없었다. 맑은 국물에 두 개의 회색 생선 완자와 잘게 썬 파가 떠 있고, 후춧가루가 먼지처럼 퍼져 있었다. 뜨거운 국물이 입에 들어가면 몸 안의 모든 불안이 녹았다. 고속도로에 대한 두 사람의 기억은 완자탕과 긴밀하게 연결돼 있었다. 완자탕을 먹고 콧물을 닦으면 배가 부르고 모든 준비가 끝났다. 동물을 잡으러 출발하기만 하면

됐다.

가오슝에 도착했을 때는 이미 날이 어두워져 있었다. 여관은 기차역 근처였다. 시설은 형편없었다. 매트리스는 시멘트 바닥보다 딱딱했다. 이상한 일이었다. 그녀는 비닐봉지를 잔뜩 준비해 왔다. 지저분한 차 안에서 덜컹거리면 가는 길 내내 토할 거라고 생각해서. 하지만 오는 내내 차가 흔들렸는데도 몸은 토하려는 신호를 보내지 않았다. 그리고 지금은 창문을 여니, 거리 노점들이 음식을 만드는 온갖 향기로운 연기를 내뿜고 있었다. 갑자기 식욕이 폭발했다. 두 사람은 밖에 나가 열 봉지 넘는 자잘한 음식들을 사 가지고 돌아왔다. 구운 것, 튀긴 것, 졸인 것, 볶은 것, 지진 것 등 갖가지였다. 다양한 맛의 음식들을 다 먹어치웠다. 위장에 야시장이 열렸다. 가장 마음에 든 건 튀긴 음식이었다. 재료에 쌀가루를 묻혀 튀긴 음식은 정말로 배길 수가 없었다. 기름에 튀긴다는 건 원래도 파괴적인데, 뜨거운 기름이 재료 모양을 철저하게 변화시키는 동시에 우주에 깃든 고열량을 농축시킨다. 그래서 한 입 먹으면 높은 건물도 허물어져 평평한 언덕이 돼 버린다. 그에 비해 푸른 채소는 뜨거운 물에 데치면 풀이 죽고, 생 야채샐러드는 명함도 못 내민다. 이런 순간이라면, 누구도 다음날의 생사가 궁금해지지 않는다. 먹고 싶은 건 먹어야 죽어서도 등급을 갖게 된다. 닭튀김은 마음을 안정시키고, 돼지갈비 튀김은 분노를 삭여 주고, 야채 튀김은 근심걱정을 없애 준다. 목욕을 하고 잠자리에 들었지만 몸 안의 야시장은 아직도 요란했고 잠들 줄을 몰랐다. 깊은 밤 밖으로 나와 산책을 했다. 걸어서 아이하(愛河)에 가고 싶었는데 왜 아직 못 가 봤을까. 가오슝의 도로는 아주 넓었다. 큰길을 지나 걷기 시작하자 그녀는 이내 토하고 싶어졌다. 길 한가운데서 파란 신호등이 들어오기를 기다리다가 위 속의 야시장을 전부 가오슝 노면에 반납해 버렸다. 마침내 무사히 도로를 건넌 후 그가 가볍게 그녀의 등을 두드려주었다. 다 토하고 나니 기분이 상쾌했다. 방금 지나온 길 어귀의 염수계 노점에서 닭이 끓는 기름 속으로 들어가는 치지직 소리를 들으니 다시 배가 고파졌다.

다음 날 아침 작은 병원에 왔다. 바깥에 걸린 간판에는 '무통. 쾌속. 안전. 월경 규칙술. 당일 출근 가능'이라고 쓰여 있었다. 그녀는 그의 팔꿈치 관절을 꼭 쥐면서 고개를 끄덕였다. 실은 자기 자신을 향해서 그런 것이었다. 준비는 다 됐다. 계산을 하고 의사의 설명을 들었다. 백발의 노의사로 타이완 사투리를 썼다. 어제 저녁에 남방의 과일을 너무 많이 드셨나, 의사의 입에서 나오는 모든 단어가 또르르 굴러가는 듯한 느낌이었다. 또르르 굴러서 그녀의 귀에 들어왔다. 마치 실에 꿴 용안(龍眼) 열매처럼. 옆에 있던 조수는 알고 보니 노의사의 아름다운 부인이었다. 그녀는 온통 백색인 진료실로 들어가 온통 백색인 침대에 누웠다. 온통 백색인 제복 차림의 의사 부인이 그녀의 귀에 대고 속삭였다.

"두려워할 것 없어요. 선생님은 기술이 아주 뛰어나시거든요. 우리 딸도 했어요. 마음 편히 가져요."

과정이 얼마나 길었는지, 촉감의 차가움이 어땠는지, 병원 냄새는 어땠는지, 아팠는지 안 아팠는지, 울고 싶었는지 울고 싶지 않았는지, 뭔가를 잃는 느낌이었는지 아닌지, 이 모든 것에 대해 그녀는 아무런 기억이 없었다. 기억나는 거라고는 의사 선생님 부인이 그녀의 손을 꼭 잡고 있었다는 것뿐이었다. 임시 엄마처럼.

그녀는 의대생 장이판이 생각났다. 그에게 시집을 갔더라면 자신도 나중에 이렇게 따스한 의사 부인이 되어 젊은 딸의 손을 꼭 잡아줄 수 있을까.

"두려워할 것 없어요."

그녀는 앞으로 장이판을 만날 일이 없다는 걸 잘 알았다. 그녀는 장이판이 타이베이의 도로에서 아끼는 차 때문에 또 더러운 입을 털어대는 모습을 상상했다. 그 기세는 하늘을 찌를 것 같았고 칠일 밤낮을 쉬지 않고 욕을 해댈 수도 있을 것 같았다.

수술이 끝나고 의사의 당부를 들었다. 그가 그녀를 안고 차로 돌아왔다. 사실 특별히 몸이 허약해진 느낌은 없었다. 혼자서 천천히 걸을 수 있을 것 같았다. 하지만 그는 똑같은 표정을 견지했다. 차에 올라 자리를 잡자 그가 입을 열었다.

"타이베이로 돌아갈까?"

"그럴 필요 없어. 우리 휴가 온 거잖아. 며칠 쉬었다 가자."

똥차는 길에 올라 그대로 남하했다. 그녀는 자기 자신에게 어떤 실체적이고 유형적인 '상실'의 느낌이 있는지 자문했다. 그녀의 몸에서 꺼낸 것은 형상을 갖췄을까. 사각형이었나, 계단형이었나. 아니면 삼각형이나 원형이었나. 그녀는 친목 모임 당일의 그 캄캄한 숲을 회상했다. 몸이 강한 완력에 의해 땅바닥에 눌려 있었다. 나뭇가지 끝을 올려다보면서 나무들이 고개를 숙여 자신을 보고 있다는 생각을 했다. 최근에는 줄곧 그 나무들이 생각났다. 병원을 나올 때도 의사 선생님 부인이 손을 꼭 잡아주었다. 그 손을 놓는 순간, 몸이 그의 두 팔에 의해 허공으로 들렸었다. 눈을 크게 뜨고 하늘을 보았으나 나무들은 이제 보이지 않았다. 확실히 그것은 유형을 갖췄다. 그것은 나무의 형상이었고, 이제는 그녀의 몸을 떠난 것이다. 그날 밤 그 숲의 모양은 생각나지 않았다. 어두운 숲은 아직 존재했지만 나무들은 어디론가 사라지고 없었다. 남은 것은 광활한 밤하늘뿐이었다. 이것이 이른바 '상실'일까. 슬프지도 않고 기쁘지도 않았다. 분노할 힘이 없었다. 나무가 없다. 그랬다. 그녀는 열 손가락을 꼭 쥐었다. 그녀는 이제 나무가 없는 사람이다.

그는 먼저 자신의 양복과 배낭을 내려다 놓았다. 그녀는 아직 짐을 싸고 있었다. 옷가지가 여기저기 흩어져 있었다. 그녀는 짐 싸는 걸 끔찍이도 싫어했다. 항상 자신이 뭔가를 빼먹고 있다는 생각이 들었다. 방금 삼킨 진통제가 몸 안에서 바늘 같은 구멍을 빠르게 통과하고 있었다. 머리의 상처는 아직 봉합되지 않았고, 복강에 알 수 없는 통증이 또 밀려왔다. 뭘 찾기 위해 캐리어를 열었는지 생각이 나지 않았다. 옷가지를 다시 쑤셔 넣고 캐리어를 닫았다. 일어서서 길 건너편을 바라보았다. 작은 테라스는 여전히 텅 비어 있었다. 낙엽 하나, 소리 하나 없었다. 창문을 열고 내려다보니 거리 전체가 조용했다. 아래층 창문은 여전히 굳게 닫혀 있었다. 담배를 기다리는 팔은 뻗어 나오지 않았다. 그가 빨간 머리 창녀와 포옹하는 모습이 그녀의 눈에 들어왔다. 포옹은 제법 길었고 몇 초간 이어졌다. 어딘가 심상치 않아 보였다. 둘은 너무 꼭 껴안았다. 작별을 고하듯이, 다시는 만나지 못할 듯이.

문을 열고 커다란 캐리어를 엘리베이터 안으로 밀어 넣었다.

찾을 수가 없었다.

그녀는 도대체 뭘 찾으려는 걸까.

그녀는 문 밖에 서서 작은 아파트를 보았다. 갑자기 알 것 같았다.

냉장고 전원을 뽑아야 했다. 음식물은 다 청소해 두었고 쓰레기가 될 어떤 물건도 남기지 않았다. 식기도 버렸나? 솥은? 그는 틀림없이 그녀가 깊이 잠든 사이에 바닥과 탁자를 닦았을 것이다. 변기통도 먼지 하나 없이 흰 상태일 것이다.

그는 돌아오지 않을 작정이었다. 어디로 가려는 걸까. 두 사람의 목적지는 낭트였다. 낭트에서 영화를 본 다음엔? 이번에 그는 어디로 갈까?

그녀는 생각이 났다. 찾아야 했다.

매트리스를 치우고 테이블과 의자를 끌어당겼다. 수납장 위를 검사하고 냉장고를 열어 보았다. 비어 있었다. 아무것도 없었다. 찾지 못했다. 틀림없이 그일 것이다. 그가 가져갔다. 틀림없이 그의 배낭 안에 있을 것이다.

열 살, 처음으로 안경을 끼었다. 그녀가 말했다. 뭐든 네가 골라. 매일 끼어야 하잖아. 네 마음에 드는 게 제일 중요해. 아이가 그 작은 얼굴로 전혀 아동용 같지 않은 테를 고를 줄 누가 알았을까. 아이가 고른 안경테는 커다란 성인용 테였다. 가장 좋아한 건 빨갛고 큰 안경테였다. 그 안경은 아이의 콧등에 얹히지도 않아서 테 자체가 콧방울까지 내려왔다. 일어서서 제자리를 한 바퀴 돌면서 아이가 말했다. 엄마, 나 이거 끼고 학교 가서 애들을 놀라게 하고 싶어요. 잡지에 나오는 슈퍼모델들도 전부 이런 걸 쓰고 런웨이를 걷잖아요. 그녀도 덩달아 안경을 가지고 놀았다. 안경점에 비치된 과장된 형태의 안경들을 전부 집어 얼굴에 얹어 보았다.

두 사람은 신나게 웃었다. 아이는 고등학교에 들어가면서 콘택트렌즈를 끼기 시작했다. 졸린 눈을 손으로 비볐고, 그래서 바닥이 온통 콘택트렌즈였다. 간신히 렌즈를 끼고 학교에 가면 어김없이 지각이었다. 머리도 세워야 했다. 최근에는 또다시 안경을 쓰기 시작했다. 밋밋한 스타일의 테를 골랐다. 머리를 세우지도 않았다. 웃지도 않았다.

그 안경을, 그가 가져갔다.

그것은 단순한 타원형 금속 안경테였다. 그녀가 함께 가지 않고 아이가 직접 고른 것이었다.

그가 짐을 가지러 위로 올라왔다. 건물 아래 선문은 고치려는 사람이 없어서 그대로였다. 파리는 여전히 속도를 중시했다. 이 선문은 앞으로도 몇 달은 열려 있을 것이다. 문을 닫기 전에 다시 한번 아파트 안을 둘러보았다. 비어 있었다. 애초에 아무도 살지 않았던 집 같았다. 사실 그는 매트리스를 가져가고 싶었다. 하지만 그렇든 말든 간에 가져갈 수 없다는 건 분명히 알고 있었다. 길 건너편 테라스에 사람 그림자가 번쩍 나타나더니 그를 향해 손을 흔들었다. 몸을 돌려 캐리어를 끌고 나오면서 다시 한번 뒤를 돌아보았을 때 테라스는 또 비어 있었다.

짐을 트렁크에 싣고 차에 올라 자리를 잡고 안전띠를 맸다. GPS에 목적지를 투르 호텔로 설정했다. 시간에 쫓기지 않으니 통행료를 내는 길은 피했다. 약 네 시간 정도 거리였다. GPS가 없던 옛날엔 어떻게 차를 몰고 먼 길을 갔었을까. 여러 해 전, 두 사람은 가오슝의 병원을 출발했다. 그에게는 간이 타이완 전도 하나뿐이었다. 어딜 향해 차를 몰아야 하나. 신경 쓰지 않기로 하고 그냥 앞으로 향했다. 도시를 떠나 시골로 갔다. 미로 만세! 좌회전과 우회전을 정하는 건 그녀가 맡았다. 될 대로 되라지. 휴가란 원래 이런 즉흥적인 것이다. 인적이 드문 시골로 가서 작은 음식점을 찾았다. 가게 이름은 러우빠오린*이었는데, 안에서는 뭐든 다 팔면서도 고기 빠오즈만은 팔지 않았다. 테이블 가득 음식을 시켜놓고 주인아줌마에게 근처에 호텔이 있느냐고 물었다. 아줌마는 깔깔대고 웃었다. 호텔이요? 우리 같은 시골에 무슨 호텔이 있겠어요? 우리 집에 묵으면서 설거지나 좀 해 주실래요? 가게 뒤편에 방이 하나 있으니 두 분이 주무실 수 있게 내드릴게요.

그리하여 두 사람은 시골 작은 음식점에서 사흘 동안 그릇과 젓가락을 씻고, 가을 태풍에 무너진 '러우빠오린' 간판을 수리하고, 벽에 석회 칠을 했다. 형광등을 갈고, 야채를 씻고 썰어 국에 넣는 걸 도왔다. 밤이 되면 침대를 밖으로 내다 놓고 모기장 안에 앉아서 파인애플 밭을 마주한 채 주인아줌마가 남겨준 흑백절** 에 곁들여 맥주를 마시면서 하늘 가득한 별들을 보았다. 모기도 그리 많지 않았다.

주인아줌마에게 작별인사를 할지 말지 고민하고 있던 날, 파인애플 밭에서 소동이 일어났다. 농사꾼들이 고함을 치며 뛰쳐나왔다. 두 사람도 덩달아 파인애플 밭으로 쫓아갔다. 인근 군사 기지의 낙하산 훈련 중에 낙하산 하나가 파인애플 밭에 떨어졌다.

* 肉包林. '고기 소를 넣은 왕만두의 숲'이라는 뜻이다.

** 黑白切. 타이완 남부의 대표적인 지방 음식으로 돼지고기와 말린 두부, 푸른 채소 등을 얇게 저며 접시에 깔고 그 위에 소스를 뿌리고 잘게 썬 파를 얹어 먹는 간편식이다.

파인애플은 엽관(葉冠)이 딱딱했고, 낙하산병의 엉덩이가 하늘에서 내려오다가 파인애플을 먹어버린 것이다. 온몸이 파인애플 가시투성이가 된 병사는 밭에서 처량하게 울부짖었다.

"큰일났네. 낙하산이 찢어지면 처벌 받아서 휴가를 못 나가는데."

그녀는 슬피 우는 낙하산병을 보고 있었다. 파인애플 밭의 낙하산병은 한 폭의 아름다운 추상화 같았다. 갑자기 몸 어딘가 꽁꽁 묶여 있던 뭔가가 풀어지는 느낌이 들었다. 아프지 않았다. 그렇게 해서 타이베이로 돌아올 수 있었다. 그녀는 설명할 수가 없었다. 병원을 떠난 뒤로 몸에 은근히 찌르는 듯한 통증이 남아 있는 것 같았지만 확실치는 않았다. 통증은 실재하는 것 같기도 하고, 자신의 어지러운 상상의 소치인 것 같기도 했다. 그래서 수시로 출혈이 없는지 유심히 살폈다. 그런데 낙하산병이 파인애플 밭 한가운데서 울부짖고 있었다. 농사꾼들 말로는 목숨을 잃을지도 모른다고 해서, 주위 구경꾼들은 간신히 웃음을 참고 있었다. 대기에 파인애플 향기가 가득했다. 신기하게도 그 순간부터 그녀 몸속의 통증이 사라졌다.

구급차 사이렌이 울렸다. 멀리서 빠른 속도로 달려오고 있었다. 구급차가 파인애플 밭에 도착하기도 전에 그는 이미 차에 시동을 걸고 있었다. 왼쪽으로 갈까, 오른쪽으로 갈까? 맘대로 해. 어차피 지도는 차창 밖으로 던져 버렸으니까. 왼쪽 오른쪽을 정하는 건 그녀였다. 그렇게 이리저리 차를 몰았으나, 어쨌든 타이베이로 돌아올 수 있었다.

이번에는 정확한 GPS가 있었다. 서쪽으로, 목적지는 투르였다. 전방 3백 미터 위치에서 우회전.

이제는 정말로 파리를 떠나게 되었다.

그녀는 참을 수가 없었다. 더이상 말을 않고 있으면, 찾아야 할 사람을 영원히 찾지 못할 것 같았다.

그녀가 갑자기 핸들을 잡았다.

그가 재빨리 브레이크를 밟았다.

며칠을 참았던 그녀가 마침내 소리쳤다.

"내 아들 돌려줘!"

2부

길에 오르다

휴대폰 독백 1

“언제 떠날 거야?”

“나 대신 쓰레기 버려줘서 고마워.”

“너 안경 끼는 걸 잊었어.”

1 발라드

파란색 시트로앵이 천천히 파리 시내를 관통했다. 차 안에는 분노의 말이 가득했다. 그는 달릴수록 차가 점점 더 무거워지는 느낌이었다. 가속 페달을 더 밟아야 했다. 분노에 침이 튀었고, 그것은 보이진 않았으나 무게가 있었다. 시내는 차량으로 분주했다. 좌우로 다가오는 차들과 빨간불인데도 차도로 뛰어드는 행인들을 주의하느라 옆자리 그녀에게 신경을 쓸 여력이 없었다. GPS를 알리는 여성 음성은 그녀의 분노에 파묻혀 들리지 않았다. 상관없다. 그는 이 거리들을 너무나 잘 알았다. GPS 없이도 파리와 작별할 수 있었다. 그는 최근 몇 년간 파리를 두 발과 자전거로만 돌아다녔던 터라 차를 몰며 가는 길이 약간은 버거웠다. 속도와 시야가 바뀌었고 도시의 광선과 윤곽이 달라 보였다. 이 파리는 그의 파리와 달랐다.

소리 역시 그랬다. 그는 그녀의 분노에 약간의 기계음이 섞여 있는 걸 느꼈다. 그녀는 마치 프린터가 된 것 같았다. 침이 분출되면서 차 안의 진하고 탁한 공기에 검고 두꺼운 분노의 글자들을 무수히 토해 냈다. 그렇게 인쇄를 계속하다가 종이가 걸렸다. 단어가 비틀리고 찢겼다. 하지만 그녀의 입은 작동을 포기하지 않았다. 인쇄량은 실로 방대했고 잉크도 떨어져갔다. 목이 쉬었다. 하지만 분노는 여전히 작동을 계속했다.

"내가 너한테 차 세우라고 했어? 브레이크를 밟으라고 했냐고. 계속 달리란 말이야. 저 앞에 자전거 안 보여? 저 사람 치어 죽일 작정이야? 너 알아, 몰라. 도대체 알아, 몰라. 나는 그 애를 낳으려고, 아들을 낳으려고 아주 오랫동안 계속 애를 낳았어. 곧 죽기 직전까지 애를 낳았어. 죽기 직전이라는 게 무슨 말인지 알아? 자궁도 없는 네가 그걸 알아? 넌 멍청이야! 의사가 웃으면서 말했지. 축하한다고, 음식을 골고루 잘 먹어야 한다고. 골고루 잘 먹어? 잘 먹긴 뭘 잘 먹어? 음식을 골고루 잘 먹어야 한다는 게 무슨 뜻인지 알아? 됐어, 이 바보 천치야! 말도 못 하는 천치가 골고루 잘 먹으라는 게 무슨 말인지 알기나 하겠어. 오늘 분명히 말하는데, 파리 전체에게 알려 줘라. 음식을 골고루 잘 먹는다는 게 뭘 말하는지! 그건 자연 분만을 말하는 거야. 고통으로 죽기 직전이라 한나절이나 비명을 질렀다고. 아니! 무슨 한나절이야, 하루종일이었지! 아랫도리는 이미 완전히 폭파됐어. 누가 내 거기에 폭탄을 꽂아 넣은 것 같았다고! 죽도록 아팠다고! 네가 그걸 알아? 그렇게 소리를 질렀더니 의사가 뭐라는 줄 알아? 분만이 끝나면 앨범을 하나 내라더라고. 폭풍 같은 고음으로 타이완의 머라이어 케리가 될 거라면서. 죽을 것 같았어. 그렇게 소리만 지르다가 죽을 것 같았다고. 그런데도 의사는 계속 귀신 씻나락 까먹는 소리나

해 대더라고. 침대 옆에 있는 걸 집어 들어서 내 머리통을 내려치고 싶었어. 대체 얼마나 오래 소리를 질렀는지도 몰랐어. 그러다가 혼절했어. 결국 칼을 대야 했어. 개복 수술을 한 거지. 그 정도로 끝났을 것 같아? 배를 가르고 아들은 순조롭게 태어났지. 하지만 마취가 풀린 뒤의 고통이 어떤지 알아? 누군가 네 배에 칼을 대지 않는 한 알 리가 없지. 멍청아! 난 세 차례나 극심한 고통에 시달렸어. 아래가 폭파되는 것 같았고, 배에 칼을 대면서 아팠고, 마지막으로 죽을 것 같은 아픔이 며칠 동안 다시 올라왔어. 온갖 통증이 밀려와서 고통의 진수성찬이었다고! 젠장, 너 내 말 듣고 있는 거야? 목말라 죽겠네. 물 어딨어? 물을 마셔야겠다고. 물 있어, 없어? 이런 똥차가 또 어디 있어? 물! 이 멍청아, 내가 그 안경을 못 봤을 거라고 생각했어? 내가 낳은 아이가 어떤 안경을 썼는지 내가 모를 줄 알았어?"

빨간불인데도 전방에서 자전거 한 대가 튀어 나왔다. 그는 속도를 줄이면서 손가락으로 조수석 앞의 글로브 박스를 가리켰다. 그녀가 힘껏 박스를 열자 병에 담긴 탄산수가 나왔다. 병에 담긴 물이 금세 바닥을 드러내자 프린터가 잠시 인쇄를 멈췄다. 탄산수가 횡격막을 제압하자 그녀는 우레 같은 딸꾹질을 하면서 프린터에 걸린 종이를 끄집어내고는 새 종이를 장착했다. 잉크 카트리지도 새 걸로 갈아 끼웠다. 그런 다음 작동을 계속했다. 이번의 잉크 카트리지는 컬러였다. 분노는 다채롭고 화려했다. 하지만 그녀가 줄지어 프린트 하는 다양한 색상의 글자에 그는 아무런 관심도 보이지 않았다. 그는 줄곧 계기반 아래 물건을 넣는 공간인 글로브 박스를 생각했다. 그걸 프랑스어로 뭐라고 하더라. 중국어로는 셔

우타오샹(手套箱)이라고 하던가. 프랑스어는 어렵고 중국어도 제대로 되지 않았다. 어디선가 배운 것 같긴 한데. 혹시 J가 가르쳐줬던가? 그럴지도 모른다. J는 카센터에서 일한 적이 있으니 차체의 각 부분을 가리키는 어휘에 익숙했을 것이다.

"너 죽고 싶어? 차를 왜 이렇게 천천히 모는 거야? 난 신경 안 써. 네가 알아서 몰아. 너! 지금! 대체 내 말을 들은 거야, 못 들은 거야? 지금 이 차 몰고 나랑 같이 그 아이를 찾아가 보자고. 내가 그 앨 낳느라 하마터면 죽을 뻔했다는 거 알아? 잠깐, 그 집 디저트는 정말 맛있었던 것 같네! 왜 날 그 집에 안 데려간 거야! 계속 나를 멍청하고 귀신들 나오는 데로만 데리고 다녔잖아! 그때 그곳에 누워 있으면서 내가 줄곧 소리쳤잖아. 난 죽을 수 없다고 말이야. 나는 당연히 죽어선 안 돼. 죽으면 그 애를 볼 수 없잖아. 내 아들도 만날 수 없는데 죽어서 뭐 하겠어? 하마터면 죽을 뻔했다는 게 무슨 의민지 알아? 최근 몇 년 동안 난 온갖 곳을 다 돌아다녔지만 널 못 찾았어. 너도 날 찾아오지 않았고. 난 네가 죽은 줄 알았어. 죽어, 버린, 줄 알았다고. 네 의도가 대체 뭐야? 말해 봐. 내가 이사를 했어, 어디로 도망가길 했어? 나는 멍청이라 차도 운전할 줄 몰라, 할 줄 아는 게 없다고. 나는 줄곧 거기 있었단 말이야! 그곳에서 계속 기다렸는데 넌 나를 찾아온 적이 있었어? 옛 친구한테 연락 한번 하면 죽기라도 하는 거야? 나를 찾는 게 그렇게 힘든 일이야? 한번 찾아오는 게 불가능한 일이야? 나는 네가 죽은 줄 알았다고. 하지만 어디 묻혔는지, 아니면 유골을 태워 어디에 뿌렸는지만이라도 알고 싶었어. 그러면 적어도 찾아가 절을 올릴 순 있을 테니까. 하지만 너는 애당초 죽지도 않았어. 죽지 않왔는데도 날 안 찾아왔어. 내 아들이 대단했던 거지. 그래, 내가 직접 낳고 기르고 가르쳤으니까 당연히 대단해야지. 아주 똑똑하고 말이야. 나는 너를 못 찾았는데 그 애는 너를 찾았어. 다행히 나는 그렇게까지 멍청하진 않아서 그 애가 널 찾아가리란 걸 알았지. 근데 네가 파리에 있으리라고는 생각지도 못했어! 파리에서 뭘 하고 있었던 거야? 무슨 귀신 놀음을 하든 간에, 나한테 문자 메시지 하나 보내면 죽기라도 하는 거야? 그래, 죽었다면 문자를 보낼 길이 없었겠지. 하지만 애당초 죽지도 않았잖아? 죽지도 않았으면서 거기서 무슨 귀신 놀음을 한 거야? 나를 찾아와서 말을 좀 해주면 죽기라도 하는 거야? 내가 스트레스가 얼마나 컸는지 알아? 내가 스트레스를 잘 받는 거 알잖아! 내가 그 애를 얼마나 힘들게 찾아다녔는지 알기나 해? 다행히 어찌된 조화인지 그 영화가 복원됐지. 그 일 아니었으면 내가 어떻게 널 찾았겠어. 내가 그 애를 낳느라고 얼마나 고통스러웠는지 알아! 이 때려죽여도 모자랄 나쁜 놈아, 멍청이, 더러운 양아치 새끼야. 내가 오늘 너 죽인다!"

샤넬 백이 그의 목을 가격했다.

아, 생각났다.

부아트 아 강(Boîte à gants).

글로브 박스.

그의 머릿속에서 계속 '부아트 아 강'이 반복되었다. 그녀는 울고 있었다, 소리 없이.

그는 창문 버튼을 눌렀다. 창문 틈이 가늘게 벌어지면서 분노의 어휘들을 밖으로 흘러가도록. 그는 고속도로 위에 타이어 흔적이 남는 대신, 길 위에 글자들만 버려져 있는 풍경을 상상했다. 단단한 그 글자들은 노면 위에 버려진 후에도 파쇄를 거부하고, 그로 인해 타이어가 평평하게 굴러가지 못하게 될 것이다. 어떤 글자들은 너무 뾰족해서 타이어를 찌를 수도 있다. 그는 두 사람이 비밀 첩보 영화를 찍는 걸 상상했다. 파리 시내를 관통하며 테러리스트들의 공격을 피해 하이테크 차량으로 연도에 예리한 암살무기들을 뿌리면, 추격해 오던 차들의 타이어가 터져 버리는 것이다.

그는 그녀가 이렇게 화내는 모습을 한 번도 본 적이 없었다. 하지만 전혀 개의치 않았다. 마음껏 욕을 하게 놔 두었다. 욕을 다 하고 얘기하면 된다. 또한 그는 아주 어릴 때부터 욕에 익숙했다. 이런 날카로운 어휘들에 길들여져 있었다. J는 화를 잘 냈고 질투심이 강했다. 그가 길에서 다른 남자와 마주보고 있는 걸 발견하거나 뱅센 숲에서 다른 남자들과 얘기를 주고받는 모습을 보는 즉시 통제력을 잃고 거친 목소리로 욕을 하면서 그를 때렸다. J의 그런 태도에도 그는 개의치 않았다. 어려서부터 워낙 길이 들어서였다.

언제였을까. 기억의 원점으로 돌아가 보았다. 다섯 살, 네 살, 아니면 세 살? 당시 그는 글을 몰랐던 것 같다. 말다툼이 그의 몸을 가격했는지, 아니면 알아듣지 못해서 그랬는지, 귀를 자극하는 소리와 몸을 밀치고 당기는 물리적 가해에 공포가 증폭되었다. 이 기억을 뇌에서 꺼내면 한 편의 단편영화가 될 수도 있다. 접시나 쟁반이 떨어져 깨지는 음향 효과만 추가하면 된다.

엄마가 말했다.

"왜 소리를 지르는 거예요. 애가 놀라잖아요."

아버지가 말했다.

"내가 뭘 어쨌다고? 무리하게 소란을 피운 게 나라고? 내가 물건을 떨어뜨려 깨트리기라도 했나?"

나중에 그는 학교에 들어갔다. 종이 위에서 언어가 형태를 이루었다. 선생님을 따라 일필일획을 학습했다. 처음 본 글자를 숙제장에 열 번씩, 최대한 똑바로 써야 했다. 그의 필적은 '똑바름'에 대한 교육 시스템의 요구에 부합하지 못했다. 필획이 날아다녔고, 늘 선생님에게 교정을 받아야 했다. 선생님은 정 못하겠으면 다른 사람들이 쓴 것을 잘 보라고 말했다. 그리고 반에서 1등 하는 학생의 숙제장을 그에게 보여 주면서 본받으라고 했다. 호기심이 동했던 그는 1등 학생의 숙제장 외에도 그의 전후좌우에 앉은 다른 아이들의 숙제장도 살펴보았다. 서로 다른 아이들이 모두 규정에 의해 모범을 따라야 했고, 그래서 써낸 글씨도 하나같이 똑같았다. 다른 사람들과 달라선 안 됐다. 그는 입을 열어 선생님에게 왜 모두 똑같아야 하냐고 묻고 싶었다. 하지만 입을 열지 못했다. 자신의 글씨도 마구 날아다니지 않고 남들처럼 착실하게 네모 안에 들어가도록 스스로를 압박하는 수밖에 없었다.

글자를 배운 뒤로 집 안의 말다툼에서 분명한 이치와 틀이 보이고 형상이 분명해졌다. 엄마는 아버지를 욕하고 아버지는 엄마를 욕했다. 그는 그런 상황을 단어로 써내고 싶었지만 안타깝게도 아직 그에 해당하는 다른 단어를 배우지 못했다. 그는 입에서 쏟아져 나오는 글자들이 서로 다른 무게, 다른 성분, 다른 질감을 지니고 있다는 걸 깨달았다. 종이에 쓰면 시끄러운 음향 효과가 났다.

때로 그것은 고치실 같기도 했다.

엄마가 식탁 가득 음식을 차렸다. 뜨거운 국에서 김이 모락모락 올랐다. 숲에서 나는 재료들을 마늘을 넣고 볶은 것에 순 쌀로 빚은 술과 산닭 찜, 그리고 농어탕도 있었다. 아버지가 엄마에게 하는 말은 누에가 토해 낸 실처럼 가늘고 부드러웠다.

때로 그것은 철사 같기도 했다.

"당신 제정신이에요? 은행에 돈 한 푼 없으면서 남들 따라 투자 노름을 하겠다고? 가서 정상적인 직업을 찾으면 죽기라도 하는 거예요?"

"그래. 죽는다. 내가 죽으면 당신이 제일 신나겠지."

식칼 같기도 했다.

아빠는 요 며칠 산으로 돌아가지 않았다.

"어떤 천박한 년한테 간다는 건지 말해 보라고요!"

"사업 얘기 하러 가는 거야. 그렇게 함부로 말하지 말라고."

"바지나 벗어요."

"당신 미쳤어? 애들이 있잖아."

"당장 바지 벗으라고요. 그 물건 잘라 버리게. 고기 살 돈도 없으니 그거라도 잘라서 음식에 넣어야겠어요."

우기의 축축한 밤공기 같기도 했다.

엄마와 아빠의 몸이 부딪혔다. 침대보가 파도를 이루며 벽을 두드렸다. 엄마 아빠 모두 감정을 억제하지 못하고 소리를 질러댔다. 이해하지 못한 수많은 단어들 하나하나가 물기를 가득 품고 있었다. 그는 침대에 누워 천장을 바라보았다. 글자들이 벽을 뚫고 들어와 그의 방에 떠다니다가 이불 위로 떨어졌다. 이른 아침 소변을 보러 가기 위해 침대를 내려갔다. 밤 내내 글자들을 빨아들인 탓인지 이불이 무거웠다. 그는 오줌을 싸지 않았다. 요실금에 걸린 건 그의 이불이었다.

굶주린 들개 같기도 했다.

아빠는 술에 취하면 그를 밀쳤다. 손바닥이 그의 작은 얼굴에 날아왔다.

"야, 인마, 넌 도대체 말을 할 줄 아는 거야, 모르는 거야? 지적 장애야? 재수가 없으려니까 저능아를 낳았네. 맞아도 울지를 않아. 이봐, 이 녀석 데리고 의사한테 가 봐. 내가 낳은 놈 맞긴 한 거야? 나를 하나도 안 닮았잖아."

그는 땅바닥 위에 웅크렸다. 며칠 전 숲속에서 천산갑을 공격하던 들개들을 본 게 생각났다. 천산갑이 몸을 공처럼 말자 들개들은 미친 듯이 짖어댔다. 그가 나뭇가지를 들어 들개들을 향해 던지자 개들이 달려들어 천산갑의 꼬리를 물었다.

고양이 발톱 같기도 했다.

동물을 잡는 임무가 성공하면 엄마는 큰 소리로 그런 글자들을 내뱉었다.

그렇게 그는 어려서부터 단어의 각종 성질에 익숙해지는 훈련을 받았다. 소리치고 욕할 때는 자극이 심했다. 바늘이 비가 되어 그를 적셨다. 그는 비에 젖는 걸 싫어하지 않았다. 한 번도 소리로 되받아치지 않았다.

나중에 그는 어휘들의 더 많은 속성들을 발견했다. 그가 남자의 엉덩이에 들어가면 남자들마다 서로 다른 말을 했다. 캐시미어 양모처럼 부드러운 말도 있고, 모래나 자갈처럼 거친 말도 있었다. 직물을 짜는 면실처럼 빙빙 휘감기는 말도 있고, 꽃향기를 품은 기체처럼 떠다니는 말도 있고, 고구마 무스처럼 면밀한 말도 있고, 산화된 금속처럼 녹슨 말도 있었다.

파란색 시트로앵이 시내를 벗어나자 파리 전체가 룸 미러에 들어왔다. 차가 파리를 출발하자마자 빗방울이 차창을 때리기 시작했다. 빗줄기는 물방울만 흩날리는 게 아니라 유리창에 달라붙은 누런 낙엽도 떨쳐냈다. 빗줄기는 점점 강해졌고 그녀의 목소리는 점차 낮아졌다. 단어가 느슨해지기 시작했다. 마침내 바람이 유리창에 붙은 낙엽을 몽땅 날려 버렸다. 비바람에 날려 떨어진 나뭇잎들이 뒤따라오던 트럭 바퀴 밑으로 빨려 들어갔다. 파리가 사라졌다. 룸 미러에는 교외 도로의 단조로운 풍경만 남았다. 주유소와 아스팔트 길, 도로 표지판, 나무, 대형 가구점, 음산한 하늘, 길을 재촉하는 차량들뿐이었다.

이제 그녀의 어휘는 어떤 속성이 될까. 고양이가 할퀸 두루마리 화장지처럼 축축하고 부드러우면서도 너덜너덜할까.

그녀는 목이 너무나 말랐다. 물 한 병을 다 마셨는데도 갈증은 그대로였다.

그녀가 내뱉는 욕설과 더러운 어휘는 곧 바닥날 것 같았다. 해야 할 말을 다 한 걸까. 이런 말들을 분출한 후에 그녀의 몸은 풍선처럼 가벼워져서 자동차 좌석 위로 둥둥 떠다니게 될까. 그래서 안전띠를 매지 않으면 차창을 열자마자 낙엽들처럼 날아가 버리게 될까.

목이 몹시 마르고 배도 고팠다. 그녀는 좌석 옆의 콘솔박스를 열었다. 물 한 병과 커다란 포장 견과류가 들어 있었다. 크루아상도 두 개 있었다. 안 돼! 그녀는 입을 크게 벌려 씹어 먹기 전에 한 마디 외쳤다. 하지만 방금 자신이 그렇게 외친 게 기억나지도 않았다.

"계속 운전해. 멈추면 안 돼. 나를 데리고 가서 그 애를 찾아줘! 너는 그 애가 어디에 있는지 틀림없이 알 거야."

분노는 일종의 윤활제이기도 했다. 중년에는 뇌가 건조해져서 영화를 찍으면서 대사를 외더라도 카메라 앞에 서면 단어들이 황량한 사막이 되었다. 하지만 분노가 몸을 점령하면 뇌에서 목구멍까지, 구강에서 입까지, 심지어 겨드랑이까지도 강우가 넘쳐나고, 욕설도 막힘 없이 유창해졌다. 침과 땀이 도도하게 흐르고, 욕을 한 뒤엔 댐 수위가 올라가 올해에 쓸 물 걱정도 할 필요가 없을 정도였다.

그녀가 마지막으로 화를 낸 게 언제였더라.

정확히 특정할 수가 없었다. 그녀는 화를 내는 일이 극히 드물었다. 화를 내려면 진심이 필요했다. 그녀는 자신이 진심이 아니고 성실하지 못하다는 걸 잘 알고 있었다. 그녀는 진심을 원하지 않았다. 진심은 너무 위험하기 때문이었다. 분노하기 위해선 온몸의 근육을 다 동원해야 하고, 감정이 격앙되면 자칫 진심의 말이 튀어나오게 된다.

아마 두 번째 임신했을 때였을 것이다.

그때는 입덧도 없었고 복강에 특별히 이상한 느낌도 없었다. 단지 생리가 찾아오지 않았을 뿐이었다. 그녀는 얼른 약국에 가서 임신 테스트 키트를 샀다.

다섯 개의 키트가 전부 같은 결과였다. 자신이 또 임신했다는 사실이 확정되는 순간, 그녀는 날카로운 비명을 지르고 싶었다. 또다시 가오슝에 갈 순 없다. 또다시 파인애플 밭에 묵을 순 없다.

전에 그녀에게 가오슝에 가서 의사를 만날 수 있도록 주선한 여배우는 한참이나 잔소리를 늘어놓으며 그녀를 멍청하다고 욕했다. 남자에게 콘돔을 쓰라는 말도 못 하냐는 것이었다. 그녀는 솔직하게 인정했다. 남자가 그걸 쓰려고 하지 않았다고. 그걸 끼면 도로 말랑말랑해지기 때문이라고 했다고. 사실 끼지 않아도 큰 차이는 없었다. 딱딱해진 상태는 몇 초도 가지 않았다. 선배 여배우의 욕은 계속되었다. 남자가 그걸 안 쓴다고 하면 너라도 약을 먹었어야지. 아니면 아예 하질 말든가. 대학까지 나온 거 아니었어? 그런 일반적인 지식도 없이 하고 싶은 대로 다 해도 된다고 생각하는 거야? 지금이 어떤 시댄데. 그렇게 멍청하면 그런 걸 할 자격도 없는 거라고. 여배우는 욕을 할 만큼 해대고 나서 약국 주소와 통관 암호를 건네주었다. 그러면서 무슨 일이 생기더라도 자신은 책임을 지지 않겠다는 한마디를 덧붙였다.

뭘 어떻게 할 수 있을까. 차라리 장이판에게 얘기해야 했다. 하지만 그녀는 그에게 먼저 얘기했다.

"맞아. 또 장이판이야."

그가 방송국에서 도구를 운반하고 있을 때였다. 창고 안의 조명이 어두워졌다. 얘기를 마친 그녀는 그의 표정을 제대로 볼 수 없었다. 보이지 않는 게 다행이었다. 안 그랬다면 그녀는 그 표정을 감당하지 못했을 것이다. 누가 창고 등을 켰는지 모르지만 갑자기 날아든 형광등 불빛이 표창처럼 그녀의 눈을 찔렀다. 8시 연속극의 거실 벽이 그의 손바닥을 스쳤고, 벽이 넘어지면서 먼지가 일었다. 강한 조명 아래 모든 윤곽이 선명하게 드러났다. 두 사람은 정지된 상태로 한참이나 서로를 보았다. 먼지가 춤을 추었다. 멋진 드라마 속 한 장면 같았다.

그는 두 동강 나 버린 세트 잔해를 수습하고 큰 조명을 껐다. 8시 연속극에서는 시어머니가 딸만 여럿 낳고 아들을 못 낳은 며느리를 학대하는 스토리가 펼쳐지고 있었다. 시청률이 대단히 높았다. 농담이겠지. 어떻게 또 장이판일 수가 있어. 8시 연속극이 아무리 허튼소리래도 이런 현실을 끌어들이진 않는다.

그녀는 장이판이 수업을 듣는 곳으로 찾아가 기다렸다. 수업 제목은 '생명 윤리 사건사례 연구'였다. 장이판은 그녀를 잡아끌고 학생들과 선생님에게 소개했다.

"제 여자친구예요."

부러워하는 듯 보이는 사람도 있고, 그녀가 예쁘다고 칭찬하는 사람도 있었다. 장이판을 추켜세우는 사람도 있고, 애써 경멸의 눈빛을 감추는 사람도 있었다. 하지만 그녀는 그런 것들을 거들떠보지도 않았다. 그저 빨리 장이판에게 분명하게 밝히고 싶을 뿐이었다. 이번엔 우물쭈물 주저하지 않고 단도직입적으로 말했다. 분명한 대답을 요구할 작정이었다. 그녀는 사람들이 다 흩어질 때까지 참았다가 입을 열었다.

"나 또 임신했어. 맞아. 네 아이야. 장이판 학생. 다른 사람 없어. 네가 또 지난번처럼 나온다면 내가 알아서 처리할 거야. 하지만 제발 부탁인데 앞으로는 날 찾아오지 마. 나를 그만 놔 달라고."

그날 저녁 장이판은 그녀를 집으로 데려다주면서 그녀의 엄마와 최근에 어떤 주식을 사야 하는지 열띤 토론을 벌였다. 장이판이 가자 엄마는 그녀에게 돈을 요구했다. 새집을 사고 싶은데 초기 자금이 필요하다는 거였다. 아빠는 이미 사라진 지 여러 해였다. 캄보디아에서 새 마누라를 얻었다는 소문이 들려왔다. 엄마는 종이 위에 숫자를 하나 쓰면서 내일까지 돈을 보내라고 했다. 그 숫자는 볼링공처럼 그녀의 몸을 쓰러뜨렸다. 그녀는 바닥에 무표정하게 주저앉아 있다가 다시 일어나 입으로 분노를 토해 냈다. 여러 해 동안 감추고 있었던 진심을 털어놓고 말았다.

그녀는 그날 엄마에게 뭐라고 했는지 잊었다. 아마도 한 무더기 욕설을 내뱉었을 것이다. 엄마는 아무 표정도 없었고, 그녀가 맘대로 소리를 지르고 차를 따르고 차를 마시고 과자를 먹도록 내버려 두었다. 영화를 관람하는 듯했다. 그녀는 자신이 임신해서 아는 의사를 만나러 가오슝까지 갔었다고 큰 소리로 말했다. 분노의 영화는 거기서 끝이 났다. 엄마가 일어서 방으로 들어가다가 방문을 닫기 전에 한마디 던졌다.

"내일 돈 보내는 것 잊지 마."

이번에는 장이판이 책임을 지겠다고 했다. 이른바 책임이라는 것은 명차를 몰고 그녀를 그 약국으로 데려가겠다는 거였다. 차는 완전한 새것이었다. 지난번 충돌사고 뒤로 차를 몰 때마다 어두운 그림자가 따라다녀서 자기 아버지에게 새 차를 사 달라고 졸랐다는 것이다. 차가 약국 앞에 섰다. 장이판은 머리에 모자를 썼다. 밤중인데도 선글라스를 끼었다.

"나랑 같이 들어갈 거지?"

"부탁이야, 여배우님, 상황을 정확히 파악해. 이건 불법이야. 알지? 이건 관방에서 통제하는 약품이라고. 발각되기라도 하면 나는 죽음이야. 날 죽일 작정은 아니지?"

"그게 무슨 말이야? 무서워? 나는 안 무서운 줄 알아? 너를 불렀는데 너는 차 안에 있겠다니 그게 무슨 말이야? 그럴 바엔 그냥 택시 타고 갈 테니까 돌아가."

장이판은 핸들을 꼭 잡고 계속 고개를 가로저었다.

그녀는 길가의 공중전화를 찾아 그에게 전화를 걸었다. 산 위에선 아무도 전화를 받지 않았다. 세트 제작사에서는 그가 퇴근했다고 말했다. 마지막으로 그가 거주하는 곳으로 전화를 걸어 보았다. 신호가 아주 오래 울렸다. 끊었다가 다기 걸기를 몇 번 반복했다. 그녀는 그가 틀림없이 집에 있을 거라고 확신했다. 그녀는 기다렸다. 계속 기다리는 수밖에 없었다. 그는 결국 전화를 받을 게 분명했다.

그녀는 장이판과 함께 길가에서 한참을 기다렸다. 약국이 문을 닫을 때가 거의 다 되어서야 룸 미러에 그의 똥차가 모습을 드러냈다.

그가 그녀와 함께 약국에 들어갔다. 곧 문을 닫을 시각이라 다른 고객은 없었다. 카운터 뒤쪽에도 사람이 없었다. 그가 카운터 벨을 누르자 안에서 여자 목소리가 들렸다.

"네, 나가요!"

여자가 주렴을 밀면서 나왔다. 품에 갓난아기를 안고 있었다.

"죄송해요. 오래 기다리셨어요? 아기에게 젖을 좀 먹이느라고요. 직원들이 전부 퇴근했거든요. 정말 죄송해요."

그녀는 눈앞에 아기를 안고 있는 주인 여자를 보면서 발밑의 바닥이 무너져 아래로 떨어지는 듯한 느낌이었다. 입에서 통관암호가 나오지 않았다.

그가 먼저 입을 열었다.

"RU486."

뭐라고? 그건 암호가 아니었다. 암호를 대야 약국에서 약을 준다. 그녀는 쪼그리고 앉아 머리를 허벅지 사이에 묻었다.

갓난아기가 큰 소리로 울었다. 약국 여주인은 뭔가를 중얼거리면서 사그락사그락 비닐봉지 움직이는 소리를 냈다. 여자는 줄곧 뭐라고 말을 했다. 똑같은 말을 여러 차례 반복했다. 그녀는 소리를 지르고 싶었다. 그 순간, 그녀는 갑자기 운전을 배우고 싶어졌다. 왜 안 배웠을까. 왜 면허를 따지 않았을까. 그녀가 차를 몰 줄 알았다면 지금 밖으로 뛰어나가 그의 똥차에 올라 뒤로 백 미터쯤 후진했다가 가속 페달을 밟아 전속력으로 장이판의 신차를 들이받을 것이다.

그녀의 머릿속에 똥차가 명차를 박아 버리는 속 시원한 광경이 그려졌다. 그가 쪼그려 앉았다. 손에 약봉지가 들려 있었다.

두 사람이 약국을 나서자마자 주인 여자는 셔터를 내렸다. 갓난아기 울음소리가 셔터를 걷어차고 있었고, 거리 전체가 그 소리를 들었다. 두 사람은 길가에 서 있었다. 오른쪽에는 독일제 새 차가 서 있고 왼쪽에는 똥차가 서 있었다.

그녀가 독일 차 안으로 머리를 집어넣고 말했다.

"너 먼저 가. 난 저 애가 집까지 데려다줄 거니까."

독일 차는 속도를 내며 자리를 떴다. 한시도 지체하기 싫다는 듯이.

똥차 안에서 그는 약국 주인이 한 말을 전부 다시 한번 낭송했다. 먼저 임신 기간을 물었다. 장이판이랑 마지막으로 한 게 언제야? 삼 주쯤 됐어. 좋아. 약의 조제량과 부작용, 위험성 등의 설명이 이어졌다. 그러고는 이 약을 복용하고 나서 아마 몇 시간쯤 후에 첫 배출이 시작되고 기타 조직들이 이어서 나올 거라고 설명했다. 그러고 나서 두 주가 지났는데 상황이 심각해질 경우엔 반드시 곧장 의사를 찾아가야 한다는 주의도 덧붙였다. 문제가 있을 때는 수시로 명함에 적힌 번호로 전화하면 된다고 했다. 주인 여자는 밤마다 갓난아이가 울고 잠을 안 자니, 일이 있으면 한밤중에도 전화하라고 했다. 밤늦게 전화해도 꼭 받겠다고 했다.

욕을 하는 것도 피곤한 일이었다. 그녀는 신선한 공기가 필요했다. 창문을 열자 차가운 바람과 가는 비가 얼굴을 때렸다. 차창 밖 프랑스는 온통 작은 집들과 작은 길, 작은 마을이었다. 길가에 늘어선 키 큰 나무들 중 일부는 여전히 비췻빛을 유지하면서 가을에 신복하기를 거부하고 있었다. 그녀가 뱉은 분노의 단어들이 전부 차창 밖으로 버려진 후, 갑자기 차 안이 확 넓어졌다. 물을 마시고 크루아상을 다 먹어치웠다. 그녀의 몸은 더이상 극렬하게 기복하지 않았고 호흡도 평온했다. 해야 할 말은 다 한 것 같았다. 그가 라디오 방송을 켰다. 몇 개의 채널을 전전하다가 마지막으로 셰리(Chérie) FM에서 멈췄다. 방송에서는 1980년대 미국 발라드 팝송 몇 곡이 연달아 흘러나왔다. 그 사이사이에 프랑스 노래도 끼어 있었지만 노래 스타일과 악기는 다 옛날식이었다.

"이건 무슨 방송인데 전문적으로 발라드만 틀지? 전부 우리가 어릴 때 듣던 노래잖아."

옛 발라드들이 기억을 불러 와, 두 구절을 따라 흥얼거렸다.

당시엔 이 노래들이 완전히 신곡이었다. 두 사람은 그의 엄마가 모는 차를 타고 함께 광고를 찍으러 가고, 동물을 잡으러 가고, 카메라 테스트를 받으러 가고, 산에 올라가고, 바다를 보러 갔었다. 그해에 그녀가 처음 산에 올라갈 때도 그의 엄마가 모는 차를 탔었다. 광고 촬영 현장에서 그가 그녀의 귀에 대고 말했다.

"산에 올라가서 천산갑 구경할래?"

그의 엄마는 차 안에서 서양 팝송을 즐겨 들었다. 볼륨을 최대로 높여 큰 소리로 따라 부르기도 했다. 노래 솜씨가 나쁘지 않았다. 소싯적엔 꿈이 유명 가수가 되는 거였고 '오등장'* 프로그램에 출연해 전 세계로 순회 공연을 하고 싶었지만 지금은 산에서 귀신들을 상대로 노래를 부르는 신세가 되었다고 엄마는 말했다. 산바람이 나무들을 어루만지다가 창문 틈새를 비집고 들어오는 소리는 정말로 귀신 우는 소리 같았다. 그녀는 그의 엄마 말이 틀리지 않다고 생각했다. 숲에는 틀림없이 귀신들이 있을 것이다. 하지만 그녀는 무섭지 않았다. 테이블에 사람들이 가득했기 때문이다. 그의 아빠와 같이 사업하는 사람들이 술을 마시고 소리 높여 노래를 불렀다. 그의 엄마는 바삐 손발을 놀리며 부엌을 들락날락 했다. 엄마가 부엌에 들어가면 금세 뜨거운 음식 한 접시를 만들어 가지고 나왔고, 테이블은 온통 환호로 떠들썩했다. 산 아래 그녀의 집은 그저 썰렁할 뿐이었다. 매일 엄마와 둘이서 말없이 차가운 도시락을 먹어야 했다. 반면 산 위는 항상 떠들썩했고

* 五燈獎. 타이완 방송사가 외주로 제작, 방영한 종합 예능 프로그램. 타이완에서 가장 장수한 프로그램으로, 1965년 10월 9일부터 1998년 7월 19일까지 무려 33년 동안 방영되었다.

이야기가 넘쳐났다. 뜨거운 닭국에 입을 데고, 다양한 맛이 혀를 자극했다. 테이블에는 한 번도 먹어보지 못한 음식들이 가득했다. 어른들은 술에 취하면 마당에 가라오케 기계를 놓고 노래를 불렀다. 그럴 때 그는 그녀의 손을 잡아끌고 집 뒤에 있는 천산갑 양식장으로 갔다. 아주 큰 우리가 있고, 인공적으로 만든 나무 위에 여러 마리의 천산갑들이 매달려 있었다. 그녀는 우리 바깥에서 천산갑이 그의 몸에 기어오르는 광경을 구경했다. 밤이면 그는 바닥에서 자고 그녀는 침대 위에서 잤다. 한밤중에 땅이 흔들렸다. 집 전체가 극렬하게 요동쳤다. 하지만 그녀는 두렵지 않았다. 그가 곧장 침대 위로 올라와 그녀 옆에 누웠기 때문이다. 광고를 찍을 때처럼. 지진이 옆방에서 자던 엄마 아빠를 깨웠다. 바스락바스락하던 말소리가 천천히 데시벨 높은 신음으로 변해 갔다. 벽이 살아나고 파도가 치기 시작했다. 그녀는 그의 엄마 아빠가 내는 소리를 이해하지 못했지만 들어서는 안 될 것 같아 귀를 막고 머리를 베개에 묻었다. 그가 그녀의 손을 잡고 침대를 내려갔다. 신발을 신은 두 아이는 집 뒤의 숲으로 갔다. 조금 전의 지진이 한밤의 산을 뒤흔드는 바람에 새들이 푸득거리고, 보이지 않는 생물들이 꿈틀대고 있었다. 그는 땅바닥에 엎드려 당황하여 혼란에 빠진 개미들을 관찰했다. 개미의 대오를 따라가 개미집을 찾아냈다. 그가 달빛 아래서 환하게 웃었다. 주머니에서 커다란 비닐봉지를 하나 꺼내더니 개미집을 통째로 봉지에 담아 천산갑 우리로 가져갔다. 그녀는 우리 밖에서 졸고 있었다. 너무나 졸렸다. 집이 노래를 부르고 있었다. 아니, 그의 엄마가 노래를 부르고 있었다. 높고 쨍한 소리가 듣기 좋았다.

유행가는 기억의 단층을 파고드는 강한 힘이 있었다. 수십 년 동안 듣지 못하던 노래를 듣자 라디오 방송 선율이 무척이나 친숙하게 느껴졌다. 지금 이 순간은 휴대폰 번호도, 집 문패 번호도 기억나지 않았다. 은행 현금카드 번호도 못 외울 것 같았다. 그런데도 과거에 들은 노래 가사들은 먼 기억으로부터 입가로 쏟아졌고, 입을 열자마자 1980년대 발라드 가수가 혀 위에서 소리 높여 노래를 했다.

그날 밤 약국을 나온 그녀는 집에 돌아가고 싶지 않다고 말했다. 엄마의 냉담한 표정을 감당할 수 없다고. 그러면서 그와 함께 며칠만 지내면 안 되냐고 물었다. 그의 거처는 몹시 누추했다. 타이베이의 오래된 아파트 주차장을 별실로 개조한 이곳은 나무 판자를 사이에 두고 여러 가구가 거주하고 있었다. 평수도 아주 작아서 등 하나, 침대 하나, 탁자 하나가 전부였다. 처음에 그녀는 하혈을 했고 약간의 구역질과 경미한 설사도 있었다. 하지만 줄곧 자기만 했다. 그의 거주지는 확실히 형편없었다. 창문도 없고 습기는 많은데 통풍이 되지 않았다. 하지만 그녀는 하루종일 잘 수 있었다. 그가 퇴근하면서 도시락을 사다 주었다. 도시락 내용물은 매일 바뀌었다. 약선 갈비와 마유계,* 농어탕도 있었다. 그녀는 생리를 할 때도 이런 음식들을 먹어야 하는 것이리라 유추할 뿐이었다. 두 사람 모두 그런 것들은 잘 알지 못했다. 그가 사다 주는 대로 먹을 뿐이었다. 음식을 먹고 나면 몸이 따뜻해졌고, 축축한 이

* 麻油雞. 적당한 크기로 썬 닭고기와 각종 야채를 양념과 참기름을 넣고 볶은 음식.

불 속에 들어가 누우면 금세 졸음이 몰려왔다. 하혈 양은 처음부터 꽤 많은 편이었다. 그는 침착한 모습으로 약국 주인의 말에 따르면 정상적인 배출이니까 걱정할 필요가 없다고 말했다. 그녀는 한밤중에 놀라기도 했다. 아랫도리가 너무 축축해졌다. 옆에서 곤히 자는 그를 깨울 수도 없었다. 그녀는 자신의 몸 안에서 한 줄기 붉은 강물이 흘러나오는 걸 상상해야 하지 않았을까. 하지만 그녀는 줄곧 장이판을 생각하고 있었다.

그때 그녀를 찾아온 장이판은 차를 교외 대형마트 주차장 옥상으로 몰고 갔다. 그는 손을 뻗어 그녀의 팬티를 벗겼다. 그녀의 얼굴에는 두려움이 가득했지만, 장이판은 그녀에게 걱정하지 말고 편하게 생각하라고 했다. 자신은 의과 우등생이라 작은 것부터 큰 것까지 전부 일등이고, 통제하는 방법과 날짜를 계산하는 법까지 다 알고 있으니 콘돔을 사용할 필요도 없다고 했다. 그게 너무 꽉 끼고 느낌도 좋지 않다면서, 여자들은 꽉 조이는 듯한 그 느낌을 이해하지 못한다고 했다. 누군가 목을 조르는 것처럼 중요한 부위가 단단해지지 못한다고 했다. 그러면서 지난번에는 미안했다고 말했다. 이번에는 아주 잘 알고 특별히 조심하고 있으니 마음 놓으라고 했다. 정말로 무척 조심하는 듯 보였다. 숲에서 할 때처럼 폭력적이지도 않았고 동작이 급하지도 않았다. 하지만 이번에도 몇 초 만에 아아아 하고 비명을 지르더니 자기는 만족했다면서 그녀에게도 짜릿하지 않았느냐고 물었다. 그녀는 장이판을 피와 함께 몸 밖으로 쏟아 버리고 싶었다. 그러면 새 피가 필요하지 않을까? 약을 더 먹어야 하지 않을까? 누군가 포도가 보혈 작용을 한다고 했던 것 같은데. 포도가 아니라 홍두탕(紅豆湯)인가? 아니면 저혈고?* 머릿속에 한 무더기의 음식들이 떠올랐다. 전부 먹고 싶었다. 그가 갑자기 침대 맡의 작은 등을 켜더니 일어나 앉아 눈을 비벼댔다.

"어, 너도 잠 안 오지? 잘됐다. 피를 너무 많이 흘렸더니 보신을 해야 할 것 같아. 이렇게 늦은 밤엔 어딜 가야 홍두탕을 사 먹을 수 있을까?"

두 사람은 똥차를 몰고 타이베이를 돌아다녔다. 도시는 불야성이었다. 그녀는 먹고 싶은 걸 다 먹었다. 심지어 저간탕**까지. 한밤중에 보혈을 위한 임무를 마친 두 사람은 그의 거처로 돌아와 계속 잤다. 자기 직전, 머릿속에 맑고 붉은 강줄기가 나타나면서 장이판의 얼굴이 흐려져 갔다. 그는 그녀가 깊이 잠든 걸 확인하고는 핏자국으로 오염된 그녀의 속옷을 욕실로 가져갔다. 처음에는 잘 몰라서 끓는 물로 빨았다. 핏자국이 응고되어 잘 지워지지 않았다. 다시 냉수에 잠시 담가놓았다가 칫솔에 분말 세제를 묻혀 천천히 문질렀다. 그제야 속옷 여기저기 흩어져 있던 핏자국들이 지워졌다.

이렇게 일주일을 자고 나니 출혈량이 점차 줄어들었다. 그녀는 그의 작은 라디오를 켜서 서양 음악 채널에 주파수를 맞췄다. 불을 끄고 음악을 들었다. 흥얼흥얼 따라 부르기도 하면서 그가 오기를 기다렸다. 어느 날 저녁 그가 전화를 걸어왔다. 오늘 밤에

* 豬血糕. 돼지 선지를 쌀가루나 밀가루와 섞어 찐 음식.

** 豬肝湯. 돼지 간을 주요 재료로 하고 시금치와 생강, 후춧가루, 참기름 등을 넣고 끓인 탕으로, 몸에 쌓인 독소를 제거해 주는 효능이 있는 것으로 알려져 있다.

야근해야 해. 별일 없지? 그는 늦게야 돌아올 것 같았다. 별 문제 없었다. 직접 밖에 나가 저녁을 사 먹으면 된다. 그는 한밤중이 되어서야 돌아왔다. 몸에 밴 냄새가 복잡했다. 전부 그의 냄새가 아니었다.

"무슨 일이야? 약속이 있으면 말을 했어야지. 나는 네가 하는 일을 막을 생각은 없어. 그냥 너희들이 부러울 뿐이야. 임신 걱정을 안 해도 될 테니까."

분명히 농담이었는데 말투가 잘못 받아들여진 듯했다. 듣기에 따라서는 비꼬는 풍자처럼 받아들여질 수도 있었다. 그녀는 미안하다고 말하고 싶었다. 그러나 '미안하다'는 말마저 입에서 나오자마자 다른 말로 변형되었다.

"하지만 임신은 두렵지 않아도 병에 걸리는 건 두렵지? 네가 담이 이렇게 큰 줄 몰랐어. 설마 죽는 게 두렵지 않은 건 아니지? 그 병에 걸리면 죽음이잖아. 구제할 약도 없고. 네 친구니까 솔직하게 말하는 거야. 조심해. 이 침대는 도로 너한테 줄게. 걱정 마. 나는 조금 이따 택시를 부르면 되니까. 그러면 사람들을 집으로 불러들일 수 있잖아."

그녀는 택시를 부르지 않았다. 걸어서 집에 갔다. 걸으면서 울었다. 끝났다. 그의 주소가 기억나지 않아 황급히 돌아갔지만, 아무리 걸어도 왔던 길을 찾을 수 없었다. 기억나는 거라곤 골목 입구에 신주(新竹) 쌀국수와 완자탕을 파는 노점이 있고 근처 어딘가에서 계속 한약을 달이고 있었다는 것, 비행기 착륙 소리가 들렸고 근처에 야시장이 있었다는 것뿐이었다. 이런 것들뿐, 거리 이름과 문패는 전혀 기억나지 않았다. 그녀는 밤 내내 근처를 돌아다녔지만 길가에 세워놓은 그의 똥차를 찾을 수 없었다. 그의 집도 찾을 수 없었다. 그의 집 골목 입구에서 파는 완자탕이 너무 먹고 싶었다. 여러 번 지나쳤는데. 왜 거기서 한 그릇을 주문할 생각을 못 했을까.

"소변 좀 보고 싶어."

그녀는 도로 앞 멀지 않은 곳에서 맥도날드 표지판을 발견했다. 맥도날드만 보면 화장실을 가고 싶어졌다.

화장실에서 나오니 또 배가 고팠다. 그녀는 키오스크에서 이것저것 살폈다. 보는 것마다 다 먹고 싶었다. 가리는 음식 같은 건 완전히 잊었다. 무엇 때문에 이러는지는 그녀도 알지 못했다. 자동차 여행을 하면 쉽게 허기가 졌다. 주문한 음식은 아주 빨리 나왔다. 그의 추측이 맞았다. 그녀가 주문한 건 역시 피시버거였다.

"야, 그거 모르지? 우리 아들도 맥도날드를 제일 좋아했어."

그도 알고 있었다. 그녀의 아들이 가장 좋아하는 게 맥도날드 피시버거였다.

"간신히 파리에 왔는데 매일 맥도날드만 먹고 싶네. 이건 좀 창피한 일인가? 상관없어. 어차피 내가 여기 있다는 걸 아는 사람도 없으니까."

그녀의 아들은 휴대폰에서 파리 시내의 맥도날드 지점들을 찾아다니며 다 가서 먹어 보고 싶다고 말했다.

"어차피 지금은 이런 키오스크가 있는 데다, 이건 영어로도 서비스가 되니까 굳이 점원에게 프랑스어로 이것저것 막 주문하지 않아도 돼요. 파리의 맥도날드는 정말 다 맛있는 것 같아요. 마카롱까지 팔 줄은 꿈에도 몰랐죠. 하지만 사실 최고로 맛있는 건 아니에요. 이것저것 먹다 보면 역시 피시버거가 가장 맛있더라고요. 피시버거는 세계 최고예요! 미슐랭 스타를 아흔아홉 개쯤 줘야 한다고요!"

그녀의 아들은 그를 끌고 파리의 맥도날드를 열몇 집이나 찾아다녔었다. 그는 미국식 패스트푸드를 거의 먹지 않았지만 그녀의 아들이 맥도날드 피시버거를 먹는 의식을 구경하는 게 좋았다. 아이는 먼저 천천히 햄버거 종이 상자를 열어 코를 상자에 대고 냄새를 맡았다. 그런 다음 손가락으로 햄버거 빵을 찔러 온도를 확인했다. 너무 뜨겁거나 너무 차가우면 미간을 찌푸렸다. 온도가 딱 맞으면 눈으로 가볍게 웃었다. 아이는 빵을 들춰 소스를 확인하고 다시 빵을 덮었다. 이어서 햄버거를 가볍게 손에 쥐고 다시 한번 냄새를 맡은 다음 작은 입으로 피시 패티를 조금 씹으면서 맛을 확인했다. 그러고 나서 입을 크게 벌려 본격적으로 먹기 시작했다. 피시버거를 다 먹고 나면 서글픈 표정을 하면서 자리에서 일어나 하나를 또 주문했다. 최고 기록은 연달아 여섯 개를 먹어치운 것이었다.

"저한테 신경 쓰실 필요 없어요. 그냥 계속 먹게 해 주세요. 정말 좋아요. 우리 아빠가 여기 있었다면 하나도 제대로 못 먹었을 거예요. 그런데요, 프랑스에도 맥도날드 같은 게 있나요? 에이, 그러니까 제 말은 프랑스판 맥도날드 말이에요. 햄버거와 감자튀김 같은 걸 파는 가게요."

그는 배달원으로 일하면서 자주 퀵(Quick) 주문을 받았다. 자신은 먹어 보지 못했지만 메뉴판과 포장은 많이 보았다. 확실히 프랑스판 맥도날드였다. 퀵 파리 지점엔 맥도날드가 없었다. 최근 몇 년 사이에 여러 지점이 문을 닫은 것 같았다. 그는 일부러 집에서 한 시간을 가야 하는 지점을 선택했다. 그녀의 아들은 거리가 멀어도 전혀 불평하지 않았다. 가는 길 내내 긴장해서 아무 말도 하지 않았다. 몽마르트르 지점에 도착하니 테이블은 지저분하기 짝이 없고 바닥도 기름기 때문에 끈적끈적했다. 그녀의 아들은 노르망디 카망베르 치즈가 든 햄버거를 골랐다. 계절 한정 메뉴였다. 치즈가 햄버거 빵 사이에서 녹아 고기 패티와 베이컨과 결합돼 있었다. 그는 눈을 감고 햄버거 하나를 잽싸게 먹어치우고 나서야 그녀의 아들이 그런 그를 빤히 보면서 웃고 있다는 걸 알았다. 아이의 앞에 놓인 햄버거는 손도 안 댄 상태였다.

카망베르 치즈가 들어간 햄버거는 J가 떠난 뒤로 그의 입에 들어간 최초의 제대로 된 한 끼 식사였다. 구강의 미뢰가 맛을 기억해 냈다는 점에서 처음이라는 의미다. 게다가 배고픔까지 일어서 통째로 게걸스럽게 삼킨 식사였다.

그녀의 아들은 먼저 카망베르 치즈를 조금 깨물어 먹은 다음 큰 입으로 햄버거 전체를 먹기 시작했다. 미간을 찡그리더니 이어서 다시 한입을 먹었다. 미간이 풀리면서 아이가 말했다.

"나쁘지 않네요. 하지만 역시 피시버거가 더 맛있어요. 우리 조금 이따가 피시버거 하나씩 더 먹을래요?"

그녀는 피시버거를 다 먹고 나서 자리에서 일어나 하나를 더 주문했다. 테이블에 있던 감자튀김과 닭 날개는 손도 안 댄 상태였다.

"어떡해. 나 정말 미쳤나 봐. 어떻게 햄버거를 두 개나 먹어치웠지? 이제는 완자탕이 먹고 싶어. 너네 프랑스 휴게소엔 완자탕

파는 데 없어? 날이 서늘해지면 그게 먹고 싶어."

그녀는 갑자기 그에게 묻고 싶어졌다. 자신의 기억이 틀리지 않았는지 걱정이었다. 과거 그가 타이베이에서 살던 집으로 가는 골목 입구에 완자탕을 파는 국수 노점이 하나 있지 않았느냐고 묻고 싶었다.

그날 밤 이후로 그의 전화번호는 없는 번호가 되었다. 그녀는 택시를 타고 산에 올라가 봤지만 그의 아버지는 그 잡종 놈 얼굴을 본 지 이미 아주 오래라고 했다. 돈을 들고 와서 효도할 생각이 없다고 투덜댔다. 그녀는 그가 살던 구역을 자주 돌아다녔다. 아무리 다녀도 그가 살던 그 골목을 찾을 수가 없었다. 길 가는 사람에게 묻기도 했다. 혹시 이 부근에서 완자탕을 파는 국수 노점 못 보셨나요? 행인이 가르쳐준 덕분에 완자탕 집을 하나 찾기는 했지만 창문이 아주 환하고 깨끗한 집이었다. 그녀는 아주 분명하게 기억하고 있었다. 그녀가 찾는 노점은 골목 어귀의 누추한 노점이었다. 그래도 그녀는 행인이 가르쳐준 가게에 앉아 완자탕을 한 그릇 주문했다. 쏟아지는 눈물이 탕 국물보다 많았다.

그다음에 그를 다시 만난 건 아주 오랜 세월이 흐른 뒤였다. 그녀는 이미 네 아이의 엄마가 돼 있었다. 당시 팡싼은 위중하다는 진단을 받은 상태였다.

그래서 줄곧 그에게 얘기할 기회가 없었다. 지금까지 그에게 하지 못했다.

고맙다는 그 말을.

그때 나를 위해 팬티를 빨아 준 것 정말 고마워. 나를 위해 침대 시트를 갈아 준 것, 삼계탕을 사다 먹여 준 것, 한밤중에 내 체온을 재 준 것, 약을 먹여 준 것, 나를 위해 운전해 준 것, 이 모든 것들, 다 눈물 나게 고마웠어.

너에게 말하진 않았지만 당시 나는 무척이나 당황스러웠다. 너는 왜 또 장이판과 함께 있었던 것일까.

파인애플 밭에서 타이베이로 돌아온 뒤에 그녀는 다시 캠퍼스로 돌아갔다. 수업을 하고 몇 건의 종합 예능 프로그램에 출연했고 노래를 부르다가 웃음거리가 되었다. 겨울방학이 끝나고 새 학기가 되었다. 아무도 그녀의 몸에 나무가 있었다는 사실을 눈치채지 못했다.

어느 날 아침 8시 수업에 그녀는 하마터면 지각을 할 뻔했다. 강의실로 뛰어 들어가자마자 장이판이 그녀가 평소에 앉던 자리에 앉아 있는 모습이 눈에 들어왔다. 그녀와 같은 과 여학생과 함께 아침을 먹고 새 차를 샀다고 말했다. 다음 친목 모임에는 오토바이 모임 같은 건 하지 말자고 했다. 궁상맞다면서. 그러면서 돈 많은 집 아이들을 많이 알아 뒀으니 오토바이 말고 명차를 타고 모이자고 했다.

그녀는 냉담한 태도로 상대하다가 수업이 끝나자마자 곧장 밖으로 나갔다. 장이판이 소리쳐 불렀지만 거들떠보지도 않았다. 연달아 며칠을 장이판은 그녀가 수업을 듣는 강의실에 나타났다. 그녀의 강의 시간표를 손바닥 들여다보듯 훤히 아는 듯이. 그녀는 냉담한 태도를 유지했다. 한 친구가 와서 말을 전했다. 이러면 장이판의 체면이 깎인다는 거였다. 그러면서 연인 사이의 말싸움은 툭 터놓고 말을 해야지 이렇게 어색하게 굴 필요가 없다고 충고했다.

다음 주, 장이판이 그녀가 버스를 기다리는 정류장에 나타났다. 그녀가 버스에 오르려는 순간 장이판이 수첩을 하나 내밀었다.

"보고 싶어?"

"미친놈. 꺼져."

장이판도 그녀를 따라 버스에 올랐다. 차체가 흔들렸고 승객들로 빼곡했다. 장이판은 사람들 사이를 비집고 다가와 손에 든 그 수첩을 펼쳤다.

작은 사진첩이었다.

장이판이 그 사진들을 눈앞에 흔들었다.

전부 그녀였다.

숲속이었다. 친목모임이 있던 그날이었다. 숲. 번개.

플래시를 번개로 착각한 것이었다. 그녀는 어려서부터 플래시가 터지면 미소를 짓도록 훈련을 받아왔다. 엄마의 분부였다. 촬영기사 아저씨들에게 잘 보여야 한다면서. 보란 말이야. 기사 아저씨들은 전부 남자야. 아저씨들한테 잘 보여야 해. 큰 소리로 오빠라고 부르고 예의를 갖추면서 포즈를 취해야 한다고. 눈빛으로 어리광도 부리고 가짜 미소라도 좋으니 그들을 기쁘게 해야 예쁜 사진을 골라 준단 말이야. 장이판의 사진첩에 있는 사진 한 장에도 그 가짜 미소가 있었다.

장이판은 사진을 아주 많이 찍었다. 숲에서 그녀를 땅바닥에 눕혀 놓고 찍은 사진도 있었다. 눈빛에 초점이 없고 머리카락이 얼굴 위로 마구 흩어져 있었다. 괴상한 미소를 짓고 있었다. 상의는 목까지 치켜 올라가서 가슴이 다 드러나 있었다. 다른 사진들은 하반신을 찍은 것이었다. 그의 성기가 그녀의 몸에 들어가 있는 걸 아주 가까이서 찍은 사진도 있었다.

장이판이 그녀에게 달라붙으며 귓가에 대고 속삭였다.

"여배우님, 이 사진들을 다른 사람들에게 보이고 싶진 않겠지? 이걸 주간지 기자들에게 보내면 어떻게 될지 한번 생각해 봐. 한 무더기 인화해서 알바들한테 너희 학교 앞에서 나눠주게 하면 어떨까? 아니, 그건 안 되겠다. 알바생들이 잡히면 골치 아프잖아. 그놈들이 날 찾아올 거 아냐. 차라리 이게 좋겠다. 걔들을 시켜 밤중에 캠퍼스 곳곳에 붙이는 거야. 어때? 말해 봐. 그게 좋을까?"

그녀는 갑자기 「빈 술병 팔아요」를 부르고 싶었다. 맞다. 그때 그녀의 마음속에 이 노래가 울려 퍼졌다. 그래서 버스 안에서 큰 소리로 노래를 불렀다. 모든 승객들을 향해 큰 소리로. 고음 부분은 틀림없이 음 이탈 했을 것이다. 아침에 먹은 계란 전병과 샌드위치를 고음을 따라 전부 토해 냈다. 그녀 앞의 장이판을 향해.

"그리고 말이야, 물론 이것도 잊지 않았지. 내친김에 방송국에도 붙이는 거야. 프로듀서들에게도 보내고. 내가 보증하는데, 넌 아주 잘나가게 될 거야. 올해 가장 잘나가는 여배우가 될 거라고."

몇몇 승객들이 어깨너머로 사진을 훔쳐보고는 경악하여 소리를 내질렀다.

장이판은 사진첩을 도로 주머니에 집어넣었다. 얼굴에 찬란한 미소가 번지고 있었다.

"자, 그럼 우리 여기서 내리자. 내 새 차에 태워 학교까지 바래다줄게. 사람 많은 버스를 타는 것도 그렇게 궁상맞은 일은 아니지만 말이야. 화낼 것 없어. 유명 여배우님, 난 지금 너에게 정중하게 사과하고 있는 거라고. 그런데 넌 언제까지 그렇게 화를 낼 건데. 자, 그만 내리자."

새 차에 타자마자 장이판의 손이 치마 속으로 들어왔다. 그녀는 소리를 지르고 싶었지만 목구멍에서 소리가 나오지 않았다. 너무나 화가 났다. 자신을 죽도록 때리고 싶었다.

장이판이 말했다.

"맞아. 이러면 아무 일 없는 거지. 우린 이미 화해한 거지? 내가 사람들에게 말할게. 넌 그냥 화가 좀 났던 것뿐이라고. 네가 어떻게 날 안 좋아할 수 있겠어."

새 차는 그녀를 학교로 데려다주지 않고 교외 대형마트 주차장 옥상으로 갔다. 장이판이 거칠게 그녀에게 들어왔다.

프랑스 도로변의 맥도날드에서는 완자탕을 팔지 않았다. 라디오의 셰리 FM에서는 계속 발라드가 흘러나오고 있었다. 그녀는 전화를 걸어 「빈 술병 팔아요」를 신청하고 싶었다. 청취자 신청곡도 받아줄까.

당시 그녀는 그에게 아무것도 말하지 않았다. 약국으로 약을 사러 가던 그날 저녁, 장이판의 차는 빠른 속도로 타이베이의 어두운 밤으로 진입하더니 마침내 완벽하게 사라져 버렸다. 그 뒤로 다시는 그녀를 찾지 않았다. 지금 그녀의 배 속에는 맥도날드 피시버거 두 개가 들어 있다. 이제는 뭐든 다 말하고 싶었다. 머릿속에 있는 걸 전부 다. 지금 말하지 않으면 다시는 기회가 없을 것 같았다. 그녀는 과거를 재연하는 게 두려웠다. 아무리 돌아다녀도, 매일 돌아다녀도, 그 완자탕 노점은 찾을 수 없었다. 그를 다시 만난 건 아동 특별 간호병실 문밖에서였다.

"말해 봐. 솔직히 말해. 화내지 않을게. 하지만 부탁이야. 솔직하게 말해 줘. 우리 아들 어디 있어?"

차가 인터체인지로 접어들고 있었다. 노변에 마침 퀵이 한 집 보였다.

그가 고개를 돌려 그녀를 바라보았다. 차가 도로 안으로 비스듬히 들어섰다. 뒤따라오던 차가 큰 소리로 경적을 울려댔다.

그는 재킷 주머니에서 그 안경을 꺼내 그녀에게 건넸다.

휴대폰 독백 2

"우린 지금 길 위에 있어."

"먼저 투르로 갈 거야."

"마지막으로 낭트에 가지."

"너희 엄마가 널 찾고 있어."

2 빵

그녀는 샤넬 백 깊은 구석에서 안경 닦는 천을 찾아냈다. 안경을 손바닥에 놓고 세밀하게 닦았다. 갓난아기를 목욕 시키듯이. 렌즈에는 기름때가 잔뜩 끼어 있고, 가는 면 부스러기가 붙어 있었다. 그녀는 마음속으로 어떻게 해야 할지 생각했다. 고도 근시인 네가 안경 없이 어떻게 길을 찾아다니고 있어? 길을 잃으면 어떡하려고? 여분의 안경은 가져왔어? 수중에 돈은 있어? 너는 프랑스어를 못하는데 어떻게 안경을 맞추러 갈 수 있어? 왜 내 문자 메시지에 답도 안 하는 거야? 이번에 내가 널 못 찾으면 어떡해?

그녀는 안경이 빵 부스러기라는 걸 잘 알고 있었다.

애들이 어렸을 때 가장 좋아한 동화책은 『헨젤과 그레텔』이었다. 이걸 읽고 나서 교외로 놀러 나갈 때면 그녀가 잠시 주의를 돌린 사이에 아이들이 숲속에서 길을 잃을 수도 있었다. 큰딸과 둘째 딸은 그녀를 도와서 애들을 찾으려 하지 않았다. 걱정할 필요 없다고 했다. 그 망할 놈의 아들 녀석은 엄마가 제일 예뻐하는 애잖아. 멋대로 돌아다니다가 배가 고파지면 알아서 엄마를 찾아 올 거야. 그녀는 팡싼을 데리고 산속 산책길로 가서 소리쳐 아들을 불렀다. 날이 어두워지고 나서야 나무 위에 올라가 있던 아들이 기어 내려왔다.

"다들 참 멍청해. 내가 두 걸음 걸을 때마다 빵 부스러기를 땅바닥에 뿌렸어. 근데 아무도 그걸 못 보더라고."

팡싼이 가볍게 어린 아들의 뒤통수를 밀었다.

"너야말로 바보지! 새가 빵 부스러기를 다 먹어 버리잖아!"

어린 아들이 눈을 까뒤집으며 반박했다.

"있잖아, 이건 엄마가 구운 빵이라고. 죽도록 맛이 없어. 새들도 안 먹는다고."

세 사람은 빵 부스러기를 따라 주차장으로 왔다. 그녀는 마음속으로 욕을 내뱉고 있었다. 숲에 사는 망할 놈의 새들조차 음식을 가린다.

이때부터 빵 부스러기는 단서가 되어 길을 안내했고, 가는 길 내내 정보를 뿌렸다.

어머니의 날 며칠 전이면 그녀의 옷장과 화장대, 핸드백, 가죽 재킷, 구두에서 계속 작은 메모 쪽지가 나타났다. 그녀가 어느 곳에서 어떤 선물을 획득하게 되리라는 걸 암시하는 메모였다. 어렸을 때 아들의 생일이나 크리스마스에 어떤 선물을 받고 싶은지 물으면 아이는 한 번도 확실하게 대답한 적이 없었다. 아이는 애써 갖가지 빵 부스러기를 준비했다. 신문지나 잡지를 오리고, 온갖 작은 사물들로 다양한 단서를 만들어 엄마에게 추리하게끔 했다. 몇 년 전 유명 대학에 합격했을 때 남편은 집안의 외아들에게

상으로 차를 한 대 사주겠다고 했다. 물론 독일 모델이었다. 아들은 가격이 훨씬 싼 미국 모델을 선택했다. 단지 그 차에 '빵 부스러기' 기능이 있다는 이유에서였다. 그 차의 GPS 시스템은 가상의 지도를 만들어 운행한 구간에 파란색 궤적이 그려졌다. 길 위에 빵 부스러기를 뿌리는 것과도 같았다.

안경을 파리에 남겨둔 건 틀림없이 의도적으로 빵 부스러기를 남긴 거나 다름없다. 그녀는 곰곰이 돌이켜보았다. 이번에도 빵 부스러기들을 남겼을까.

그 애가 사라지기 전에, 바닥을 닦는 청소부 아줌마도 오지 않았었다. 방은 아주 깨끗하고 가지런하게 정리돼 있었다. 모든 게 신경 써서 정리한 티가 났다. 심상치 않은 냄새를 맡은 그녀는 빵 부스러기를 찾기 시작했다.

벽에 걸린 시계는 1시 30분에 멈춰 있었다. 오후 1시 30분일까, 아니면 새벽 1시 30분일까.

교회에서 준 매일 찢어내는 일력도 어느 날짜에 멈춰 있었다.

이미 아이는 한동안 그녀와 소원해져 있었다. 서로 완전히 입을 다물고 있다가 갑자기 그녀에게 영화를 보러 가자고 하더니 프랑스 영화「여왕 마고」를 선택했다. 옛날 영화를 디지털로 복원하여 재상영한 것이었다. 그녀는 예전에 이 영화를 보고 아주 깊은 인상을 받았다. 젊었을 때 영화관에 가서 본 적이 있었다. 영화가 아주 길어서 시작하고 얼마 후에 잠들었던 걸로 기억했다. 자신이 여덟 시간쯤 잤다고 생각했다. 허리를 펴고 영화관을 나설 준비를 하는데, 영화는 두 시간 더 계속되었다. 뜻밖의 일이었다. 그해 그 영화의 피비린내 나는 학살 장면이 그녀의 몸 안에 깊은 구덩이를 봤다. 정말로 다시 보고 싶지 않았지만 아들이 고집을 부렸다. 이번에도 그녀는 잤다. 자다 깨서 확인해 보니 영화가 끝날 때까지 아직 갈 길이 멀었다. 옆에 앉은 아들도 자고 있었다. 모자는 영화관 안에서 영화가 끝날 때까지 잤다. 영화관을 나온 두 사람은 훠궈와 아이스크림을 먹고 걸어서 집으로 돌아왔다. 집으로 가면서 아주 많은 얘기를 나눴다. 그녀는 그날 밤이 너무 좋았다. 아무 일도 일어나지 않았다. 가족이란 이런 것이다. 말다툼 좀 하다가 영화를 한 편 보고 산책을 하면서 얘기를 나누면, 변함없이 계속 가족이다.

책상 서랍 깊숙한 곳에 DVD 케이스가 하나 있었다. 빈 케이스였다. 안에 있던 DVD는 보이지 않았다. 케이스에는 그가 그해에 칸에서 남우주연상을 받았던 그 영화의 제목이 인쇄되어 있었다.

거실 DVD 플레이어 안에 DVD가 하나 들어 있었다. 프랑스 영화였다. 중국어 자막이 없어 그녀는 몹시 짜증이 났다. 알아들을 수가 없었다. 파리에서 찍은 영화였다. 그녀는 소파에 앉은 채 잠이 들었다.

그녀의 샤넬 백 안에는 『파리는 언제나 축제』*가 한 권 들어 있었다.

그 애가 몇 년 타지도 않은 '빵 부스러기' 차는 팔아 버렸다.

또 어떤 것들이 있을까. 몇 년 전 아들은 그녀에게 아주 많은

* 어니스트 헤밍웨이의 회고록으로 1920년대 파리에서 기자로 생활하면서 쓴 글들을 모은 책이다. 그의 사후인 1964년에 처음 출판되었다.

빵 부스러기를 주었다. 수많은 암시들을 그녀는 애써 무시했다. 자기 자신에게 무시하라고 강요하면서 못 본 척했다. 하지만 지금은 프랑스의 시골길에서 자기 자신에게 그때를 떠올리라고 강요하고 있었다. 너무 늦지 않았을까. 그앨 못 찾으면 어떡하지.

그녀는 몹시 피곤했다. 너무나 춥고 피곤했다. 짙은 안개가 두껍고 무거운 담요처럼 도로를 뒤덮으며 차들을 포위하고 있었다. 시야가 좋지 않았다. 그는 안개등 버튼을 누르고 속도를 줄였다. 전후 안개등이 모두 켜졌다. 빛줄기가 안개 속으로 굴절되어 흩어지면서 안개를 노란색으로 물들였다. 주위가 온통 금빛으로 가득했다. 앞뒤 모두 차가 없었다. 두 사람은 세상으로부터 버림받은 듯이 안개 자욱한 신비로운 공간으로 차를 몰고 들어갔다. 차가 드넓은 바다로 들어가는 듯한 느낌이었다. 서치라이트를 최고로 밝히자 물결이 금빛으로 반짝였다. 차는 끊임없이 바다 깊은 곳으로 흘러 들어갔다. 두 사람은 어디로 가는 걸까. 이렇게 계속 가도 되는 걸까. 종점도 없이 안개에 삼켜진 채 영원히 떠내려가도 되는 걸까. 어쩌면 바다 가장 깊은 곳에 드넓은 파인애플 밭이 있을지도 모른다.

그럴 수는 없었다. 아직 그 애를 찾지 못했다. 파인애플 밭으로 갈 순 없었다.

"나 추워."

그가 차내 온도를 조절하는 동시에 좌석의 히터 버튼을 눌렀다. 그녀는 좌석을 가장 낮게 조절한 다음, 외투를 담요 삼아 덮고 눈을 감은 채 휴식을 취했다. 머릿속으로는 계속 빵 부스러기를 건져내고 있었다.

아들은 어떻게 그를 찾아 파리까지 온 걸까. 두 사람은 언제부터 서로 알게 된 걸까.

아동 특별 간호병실이다.

하지만 당시 아들은 정말 어렸다.

그녀는 아동 특별 간호병실 밖에서 기다리고 있었다. 병실은 하루에 두 번만 열렸고 그때만 면회가 가능했다. 오전 10시 반에 한 번 열리고 저녁 7시 반에 또 한 번 열렸다. 병실에 들어갈 수 있는 시간은 삼십 분으로 제한되었다. 그녀가 기억하는 건 오전 면회시간이었다. 그녀는 이미 며칠째 잠을 자지 못했다. 남편은 최대한 빨리 오겠다고 해 놓고는 전화도 받지 않고 행방이 묘연했다. 병원의 에어컨 바람이 너무 셌다. 그녀는 커피가 몹시 마시고 싶었다. 뜨거운 국물이라도 좋을 것 같았다. 아무거나 상관없었다. 오장에 서리가 내린 듯했다. 끓인 것이 필요했다. 한참이나 고민하다가 커피를 사러 건물 아래로 내려가기로 마음먹었다. 얼른 돌아오면 면회시간을 맞출 수 있다. 엘리베이터 문이 열렸다. 그였다.

못 만난 지 몇 년이지?

그도 키가 자랐나? 머리카락이 아주 길었다. 말린 머리카락 끝이 살짝 어깨에 닿았다. 야위고 얼굴이 검게 그을어 있었다. 반바지에 반소매 차림이었다. 방금 해변에서 돌아온 것처럼.

"완자탕 먹고 싶어. 십 분 남았어. 서둘러. 면회시간이 곧 시작된단 말이야."

그는 재빨리 닫힘을 눌렀다. 엘리베이터 문이 닫혔다. 그녀는 두 손을 가볍게 떨면서 엘리베이터 문을 뚫어져라 보았다. 곧 문이 다시 열렸다. 이번에는 안에 아무도 없었다. 그녀는 한 걸음 물러서 엘리베이터 문이 닫히기를 기다렸다. 이렇게 오랫동안 못 만났는데 그에게 했던 첫 마디 말은 기이했다. 잠시 후에 또 엘리베이터가 도착했다. 바닥이 가볍게 진동하더니 문이 열렸다. 그녀는 고개를 숙이고 바닥을 내려다보았다. 감히 고개를 들 수가 없었다. 혹시 이번에도 빈 엘리베이터일까. 완자탕 한 그릇을 기다리면서 그녀는 엘리베이터 앞에서 몇 년을 기다리고 있는 걸까.

그는 틀림없이 TV 뉴스에서 그녀를 보았을 것이다. 뉴스에 나올 줄 누가 알았겠는가. 팡싼은 여름 수련회에서 쓰러져 병원으로 이송되었다. 당시 그녀는 분장 담당 스태프에게 메이크업 수정을 받으면서 명품 발표 행사에 참석할 준비를 하고 있었다. 그녀는 황급히 응급실로 뛰어 들어갔다. 며칠 못 본 사이에 팡싼은 전신이 심하게 부어 있고 황달 증세를 보였다. 의식도 뚜렷하지 않았다. 의사는 병세가 위급하다는 통지를 내렸다. 매니저가 옆에서 재촉했다. 빨리 행사 현장으로 돌아가야 한다고. 안 그러면 계약 위반이라고 했다. 분명한 입장을 밝혀야 했다. 광고를 의뢰한 회사 측에서는 반드시 현장 참석을 고집했었다. 기자들도 다 와 있었다. 갑자기 취소하기가 정말 어려운 상황이었다. 그녀는 명품을 걸치고 무대에 올라갔다. 행사 진행자가 화려하지만 내용이 없는 공허한 말을 몇 마디 했다. 모든 게 순조로웠다. 사진을 몇 장 찍고 다시 병원으로 돌아갈 수 있었다. 하지만 마지막 한 가지 문제는 가족이었다. 전부 사전에 설정돼 있던 대사였다. 남편의 세심한 배려에 감사하는 말. 그리고 세 딸에 아들 하나 모두 활발하고 귀엽다. 이 브랜드가 모두에게 주는 느낌도 이처럼 행복하고 따뜻하다. 그녀의 입이 이미 공허한 말을 하기 시작했다. 사전에 준비된 대사 그대로 말하면 된다. 그녀는 사회자의 얼굴에 의혹이 가득한 걸 보았다. 무대 아래 기자들의 표정도 온통 의문부호였다. 그제야 자신이 울고 있다는 걸 감지했다. 눈물을 수습할 방법이 없었다. 원래의 찬란한 대사는 전부 잊어 버렸다. 그녀가 마이크를 들고 말했다

"지금 제 셋째 딸이 응급실에 있어요. 의사가 방금 제게 특수 보호 병실로 옮겨야 한다고 했어요. 부탁입니다……. 미안해요……. 이 브랜드의 품질은 정말 믿을 만해요. 이 브랜드의 물건을 진심으로 추천드립니다……. 겨우 여름 수련회에 며칠 갔던 것뿐이에요. 제발 부탁인데, 절 이대로 가게 해 주세요……. 제 딸이 타이완 대학 병원에……."

셀 수 없이 많은 카메라들이 갈피를 잡지 못하고 있는 그녀에게 집중되었다. 그는 틀림없이 보았을 것이다.

아동 특수 보호병실에 들어가기 전에 그녀는 완자탕을 한 그릇 먹었다. 몸에서 서리를 제거하는 데 성공했다. 완자탕 때문일 수도 있고 그가 옆에 있어서일 수도 있다. 정말 이상한 음식이었다. 종이 그릇에 미지근한 맑은 국물이 담겨 있었다. 참기름과 식초를 좀 뿌린 것 같다. 부실한 완자 세 개가 떠 있다. 국물에 분홍색 생선 비늘도 두 개 있었다. 죽도록 맛이 없었다. 병원 안은 모든 게 창백했다. 그녀는 이런 색깔이 정말 싫었다. 당장이라도 나가서 페인트를 사다가 벽에 뿌리고 싶었다. 맛이 기묘한 완자탕을 삼키듯이 다 먹고 나서, 마음속으로 그녀는 붉은 페인트를 사러 가기로 마음먹었다.

주치의가 그를 보았다.

"잘됐습니다. 마침내 오셨군요."

팡싼은 침대 위에 누워 있었다. 의식이 모호한 상태로 울면서 엄마를 불렀다. 그녀는 감히 팡싼을 건드리지도 못했다. 그랬다가는 부서질 것만 같았다.

의사는 빠른 속도로 설명했다. 방금 검사 결과가 나왔는데 아주 보기 드문 유전성 질환이라는 것이었다. 환자가 신진대사를 통해 구리를 배출할 수 없기 때문에 장기간 체내에 구리가 축적되었다고 했다. 현재 복수가 차 있고 심각한 황달 증상을 보이고 있다고 했다. 윌슨병(Wilson's Disease)이었다. 국내에 발병 사례가 극히 드문 데다 이런 희귀병은 확진에 어려움이 있다고 했다. 타이완 대학 병원에서도 이런 증상을 가진 환자를 받은 적이 있다고 했다.

"마침내 아버지가 오셨네요. 너무 잘됐어요. 그럼 두 분께 분명하게 설명할 수 있을 것 같군요. 지금 상황으로 보건대 아이를 구하려면 간 이식밖에 없습니다. 부모님이 이 점을 신중하게 고려해 보시기 바랍니다. 딸에게 간장을 떼어 주는 겁니다. 나중에 좀 더 세밀하게 이야기 나눌 수 있겠지만 두 분 모두 너무 걱정하실 필요는 없습니다. 간장은 신기한 기관이라 재생이 가능하거든요. 향후 생활에 큰 지장이 없습니다. 요샌 의학 기술이 아주 잘 발달했으니까요."

그가 처음으로 팡싼을 만난 자리였다. 그녀는 감히 딸을 건드리지도 못했다. 그가 팡싼의 눈물을 닦아주고 귀에 대고 작은 목소리로 말했다.

"헬로, 잘 지냈어? 있잖아, 방금 그 키 큰 의사 선생님은 내가 네 아빠인 줄 알았나 봐. 헤헤. 우리 한번 맞혀 볼까? 의사 선생님 키가 얼마나 될까? 나는 193센티미터쯤 될 것 같아. 네가 보기엔 어때?"

면회시간이 끝났다. 햇빛이 무척 좋았다. 두 사람은 병원 근처를 천천히 걸었다. 아무 말 없이. 신공원(新公園)으로 걸어 들어갔다. 공원 이름이 2·28 평화 기념공원으로 바뀌어 있었다. 걸으면서 마음먹었다. 붉은 페인트를 사지 않기로.

"저녁 7시 반 면회시간에 같이 들어가 줄 수 있겠어? 팡싼이 널 좋아하는 것 같아."

그가 고개를 끄덕이며 물었다.

"팡, 싼이라고?"

"별명이야. 누가 지어 준 건지도 몰라. 아마 내가 지어 줬을 거야. 아니면 우리 남편이겠지. 아니면 우리 큰딸. 셋째는 어려서부터 통통했어. 그래서 팡싼이라고 부르게 되었지. 남편은 이 애를 아주 싫어했어. 큰딸과 둘째 딸은 얼굴도 예쁜 데다 애교가 넘쳐 호화 저택의 공주님 같아. 셋째는 당연히 아들이어야 했어. 남편이 외아들이거든. 시어머니는 아들 낳는 한약을 보내 줬다가 셋째가 또 딸이라는 걸 알고는 며느리를 나무라면서 약을 달이는 법도 알려주지 않았어. 한약의 처방은 아주 비쌌어. 남들은 이 약을 먹고 아들을 낳는데 어떻게 우리 집은 빠오즈*만 낳느냐고 질책

* 包子. 한국에서 흔히 왕만두라고 불리는 음식으로 밀가루로 동그랗게 빚은 외피에 고기나 야채를 소로 넣어 찐 것이다. 중국인들의 식사에 보편적으로 등장한다.

했지. 셋째 딸은 생김새가 둥글둥글하고 얼굴에 주름이 잡힌 게 확실히 빠오즈를 닮았거든. 태어날 때부터 조용했고 울거나 소란을 피우지 않았어. 남편은 셋째를 보고는 미간을 찌푸리며 안아 주지도 않았지. 셋째 딸은 어려서부터 자기가 아빠의 환심을 사지 못한다는 걸 알았기 때문에 어리광을 부리지도 않았고 안아 달라고 조르지도 않았어. 최근 몇 년 사이에 팡싼은 더 펑퍼짐해지더니 쉽게 피로를 느끼고 학업도 좋지 않았어. 언어 표현력도 저하됐지. 작은 병원에 데리고 갔더니 의사도 원인을 찾지 못하겠다더라고. 남편은 그게 무슨 병이냐고, 게을러서 그런 거라고 잘라 말했어. 천성이 게으른 데다 먹는 걸 밝히니 살이 쪄서 그렇게 됐다는 거야. 밖에 데리고 나가기도 창피하다고 하더라고. 남편은 우리가 가르칠 수 없는 아이라고 했어. 교회의 형제 자매들이 등 뒤에서 뭐라고 말할지 알 수가 없다나."

의사의 말을 따져 보면 팡싼이 병을 앓기 시작한 지 이미 상당 기간이 지났다는 걸 알 수 있었다. 의사가 물었다.

"아이가 여름 수련회에 가기 전에 특별한 이상 증세는 없었나요?"

그녀는 고개를 가로저었다. 거짓말이면서도 사실이었다. 팡싼은 두 다리가 부어 있었고 피부색도 정상이 아니었다. 행동도 둔하고 느렸다. 그녀는 의사가 원인을 찾지 못하는 걸 보면 성장 과정에서 나타나는 현상일지도 모른다고 생각하고 그냥 넘겼다. 팡싼은 항상 이렇게 말하곤 했다.

"엄마, 나는 문제없어. 나한테 신경 쓰지 않아도 돼."

그날 저녁 7시, 그녀는 엘리베이터를 타고 아동 특수 보호병실 층으로 갔다. 엘리베이터 문이 열리자마자 그녀는 맛있는 냄새를 감지했다. 냄새의 근원은 그의 손에 들린 도시락이었다. 원통 모양의 보온 도시락은 여러 해 사용한 듯 보였다. 도시락 몸체가 여기저기 조금씩 찌그러져 있었다. 뚜껑을 여니 완자탕이 들어 있었다. 푸짐한 완자 하나하나가 다 지구 모양이었다. 오대주 칠대양이 담겨 있다. 국물에서 맑고 감미로운 향기가 났다. 미나리에서도 시원한 맛이 났다. 백후추가 많이 들어가 있었다.

골목 입구에 있는 그 집에서 샀어?

그녀는 묻지 않았다. 감히 물을 수 없었다. 물었다가는 또 그를 못 찾게 될 것 같았다.

저녁 7시 반에 팡싼이 그를 보자마자 말했다.

“제가 보기에는 198쯤 될 것 같아요.”

특수 보호병실의 치료가 효과를 발휘하는 것 같았다. 팡싼은 정신이 약간 맑아졌고 엄마를 보고는 웃기도 했다.

말이 없던 그는 팡싼에게는 아주 많은 말을 했다. 엄마를 어떻게 알게 되었는지 얘기하고, 어렸을 때 광고를 찍고 영화에 출연하고 천산갑을 키운 일들을 얘기했다. 그녀는 이런 지난 일들을 아이들에게 얘기해 준 적이 없었다. 팡싼은 그의 얘기를 귀 기울여 들으면서 그녀를 쳐다보다가 다시 고개를 돌려 그를 보았다. 침대 옆 이야기의 주인공이 이야기책 속에서 걸어 나와 낮은 목소리로 속삭이는 걸 보듯이. 팡싼, 울면 안 돼. 의사 선생님과 간호사 선생님들 말 잘 듣고 잠도 얌전히 잘 자야 해. 잘 자. 내일 또 만나.

남편은 남부 지방에서 하층민들을 만나고 다니느라 몸을 뺄 수 없다면서 최대한 빨리 타이베이로 돌아갈 예정이라는 말만 반복했다. 그녀는 전화로 의사의 제안을 얘기하면서 최대한 빨리 병원을 찾아 간 이식 가능성 문제를 토론해 보자고 간청했다. 남편이 오기 전에 시어머니가 먼저 찾아왔다. 그녀는 남편이 매일 시어머니와 통화하면서 그날 있었던 자질구레한 일들을 다 보고한다는 사실을 잠시 잊고 있었다. 뭘 먹었는지, 누구를 만났는지, 재킷을 입었는지 안 입었는지도 다 얘기했다. 비타민은 꼭 챙겨 먹어야 한다는 말도 했다. 시어머니가 가장 자주 언급하는 게 과거 남편이 참여했던 학생운동이었다. 그는 학생운동을 하면서도 배곯을 걱정을 한 적이 없었다. 시위대에서 가장 기세등등한 학생 지도자라 먹는 것도 당연히 제 엄마가 직접 준비한 도시락이었다. 그 도시락은 그의 집 부엌에서 시위 현장까지 곧장 배달되었다. 엄마가 준비한 훌륭한 음식을 먹었으니 후일 타이완 정치의 스타가 되는 것도 당연한 일이었다. 결혼 후에 산 집도 시어머니 집에서 걸어서 십 분 거리에 있었고, 시어머니에게 여분의 열쇠도 하나 만들어 주었다. 시어머니는 매일 보양탕을 끓일 때 필요한 채소 종류와 양, 직접 적계정*을 만드는 방법, 계절에 따른 보조 식품, 저녁에 과일을 먹는 세밀한 요령 등을 지도했다. 안타깝게도 며느리는 손이 둔해 실제로는 가르치는 게 불가능했다. 결국 시어머니 본인이 직접 만드느라 뻔질나게 부부의 집을 드나들면서 보배 같은 아들이 멍청한 며느리에게 학대받지나 않는지 세심하게 확인했다. 한번은 시어머니가 왔는데 보배 같은 아들이 사과를 깎

* 滴雞精. 타이완의 전통적인 보양식품으로, 닭 한 마리의 핵심 영양소를 전부 한 사발의 국물에 담아낸 음식이다.

고 있었다. 시어머니는 눈빛으로 며느리에게 폭탄을 던졌다. 시어머니는 입을 열어 어떻게 남편에게 사과를 깎게 하느냐고 나무라진 않았지만 곧장 아들 집으로 입주해 한동안 머물다 감으로써 아들의 하루 십 분의 시간을 절약했다.

일상이 이렇다 보니 그녀는 시어머니의 질책에 익숙해져 있었다. 하지만 키 큰 의사 선생의 얼굴에는 의아해하는 표정이 가득했다. 눈앞의 가족은 따스하고 향기로운 장면을 연기하다가 갑자기 돌변하여 핼러윈의 귀신 영화 형상으로 바뀌고 있었다. 다정한 할머니가 달빛 아래서 사람 잡아먹는 괴수로 변해 날카로운 이빨로 대동맥을 노리고 있었다. 온몸을 우아하게 치장하고 나타난 시어머니는 주치의와 팡싼의 병세에 관해 의논하면서 자기 가족을 여러모로 도와준 데 대해 감사의 뜻을 전했다. 그러다가 간 이식 얘기를 듣자마자 자리에서 벌떡 일어나 담담한 어투로 조목조목 따져가며 의사를 공격하기 시작했다.

"선생님 말씀은 우리 아들의 간을 떼어내야 한다는 뜻인가요? 이 병원 의사들의 의술 수준이 아직 형편없나 보네요. 어린 여자애 하나도 구하지 못하더니 이젠 우리 아들을 죽이려는 건가요?"

"아닙니다, 부인께서 오해하고 계신 거예요. 간은 재생이 가능하기……."

"제게는 아들이 이 애 하나밖에 없어요. 어려서부터 어른이 될 때까지 지극 정성으로 키운 아들이에요. 여태까지 몸에 상처 하나 난 적이 없는 아이에게 지금 간을 내놓으라는 게 무슨 뜻인가요? 뭐라고 하시든 저는 절대 동의 못 해요. 게다가 몸에 칼을 대려면 이 여자에게 대시면 되잖아요. 엄마가 딸에게 간을 이식하는 게 성별도 같으니까 더 합리적이지 않나요?"

"이건 성별과는 관계없는 일입니다. 저희는 이미 필요한 검사를 시작했습니다. 엄마가 이식에 적합한지 부적합한지는……."

"정말 이상하네요. 이렇게 큰 병원이면 의사도 한 무더기 있을 거잖아요. 내가 보기엔 선생의 의술이 별로인 것 같네요. 언제 졸업했죠? 너무 젊어서 풋내기 아닌가요? 원장한테 전화해 봐야겠네요."

그녀의 머릿속에 또 붉은 페인트가 떠올랐다. 이번에는 벽에 뿌리려는 게 아니었다.

당시 그도 그 자리에서 모든 것을 목격했다. 그녀는 마음속으로 그래도 나쁘지 않다고 생각했다. 유년 시절의 옛 친구를 만났으니 없었던 동안의 일들을 다 말해 주고 싶었다. 그녀의 사랑스러운 시어머니의 이 한 마디는 그녀의 그간 결혼생활을 여실히 다 말해 주고 있었다.

며칠 후 팡싼의 병세는 많이 호전되어 일반병실로 옮길 수 있었다. 남편은 아직도 나타나지 않고 전화로만 말했다.

"나도 방법이 없어. 염병할, 타이베이로 돌아가는 걸 당에서 허락하지 않는다고. 게다가 정말로 바빠. 거짓말이 아니야. 곧 선거잖아. 이건 당신도 알아 줘야 해."

맞다. 기억이 잘못된 게 아니라면 어린 아들은 일반병실에서 처음으로 그를 만났다.

파란색 시트로앵은 안개 구간을 벗어나 모퉁이를 돌았다. 보였다. 저 앞이 바로 루아르강이었다.

루아르, Loire, 발음이 민남어(閩南語)의 '롸즈(捋仔)'라는 단어와 비슷했다. 빗이라는 뜻이다.

강 우안을 따라 차를 몰아 남쪽으로 향했다. 오후의 햇살이 하곡 위로 뿌려지는 가운데 옛 성채가 반짝반짝 빛났다. 아름다운 경관을 보아도 아무 생각이 없었다. 차는 강변에 잠시 정차했다. 그녀는 몸이 좀 불편한 것 같았다. 추웠다 더웠다 했다. 열도 좀 나는 것 같았다.

"너는 내려서 좀 걸어. 나는 차 안에서 잘 테니까. 나한테 신경 쓰지 않아도 돼."

그는 뻣뻣해진 몸을 쭉 펴고 기지개를 켰다. 금빛 바람이 어루만지는 강 수면이 거울처럼 강변의 붉게 물든 단풍을 비추고 있었다. 가을은 항상 사람들의 마음을 심란하게 한다. 천지의 절반은 초록이고 절반은 빨강이었다. 빛의 명멸은 일정치 않았고, 수목들은 절반쯤 죽어 살아 있지 않았다. 겨울에는 나뭇잎들이 확실히 죽고 사람들의 마음이 적막해지지만, 가을은 뭔가 모호해서 더위와 추위가 번갈아 제멋대로 찾아오곤 했다. 마음이 왠지 안절부절못하게 되고 왼쪽 눈으로는 풍요로움을 보면서 오른쪽 눈은 소슬함에 놀란다. 눈을 크게 떠도 모든 풍경이 어슴푸레했고, 눈을 감으면 곧장 귀신들의 집으로 향하게 된다. 검은 그림자가 흔들리고 구급차의 경적이 요란하게 울렸다.

루아르강의 물결 무늬는 초록색이었다. 물은 쉴 새 없이 흐르면서 몰래 그의 눈 안으로도 흘렀다. 그는 이 강을 커다란 빗이라고 상상했다. 푸른 원목 재질의 빗은 빗살 끝이 둥글게 마감되어 있었다. 머리카락을 빗는 빗이 아니라 눈을 빗는 빗이었다. 빗살이 두 눈동자를 찌르면 우는 수밖에 없었다.

J, 내가 왔어. 네가 말했었지. 투르에서 출발하여 그 강을 따라 계속 갔다고. 차를 탈 돈은 없지만 두 다리는 공짜였다고. 강물이 시간을 세척해 버리는 바람에 며칠 밤낮을 걸었는지 몰랐다고. 손목시계도 없고 휴대폰 전원은 떨어졌었다고. 어쩌다 착한 사람들을 만나면 차를 얻어 타면서 마침내 오를레앙에 도착했었다고. 파리의 식구들에게 전화하여 곧 도착할 거라고 말했다고.

그는 젊었을 때 이렇게 떠돌아다녔다. 하지만 마음속에 파리를 그린 적은 없었다. 목적지도 없었다. 그저 걷고 싶을 뿐이었다. 그는 고등학교를 떠난 뒤로 다른 학력이나 전문 기술이 없었다. 영상 제작 회사에서 임시 잡역부로 일하는 수밖에 없었다. 촬영지를 따라다니면서 배우들을 실어 나르고, 도시락을 사다주고, 미술 작업을 했다. 걸핏하면 감독에게 붙잡혀 엑스트라로 출연하면서 카메라 앞을 잠시 스쳐가기도 했다. 촬영이 끝나면 다음 작품을 기다리면서 밖에 나가 돌아다녔다. 기차를 타고 마음대로 가다가 이름을 들어보지 못한 진(鎭)에 내렸고, 강을 만나면 강줄기를 따라 걸었다. 바다로 들어가는 해구까지 걸어갈 수 있는지 가 볼 작정이었다. 한 영화에서 강가에서 외부 풍경을 촬영했다. 남자 주인공은 아이돌 배우였다. 담배를 피우고 싶었지만 그 모습이 카메라에 찍혀 이미지가 손상될까 봐 그에게 수고스럽지만 큰 타올을 들고 담배 피우는 모습을 좀 가려 달라고 부탁했다. 바람이 아이돌 배우의 팬이었는지 쉴 새 없이 불어 닥쳐와 큰 타올을 걷어냈다. 그는 아이돌 배우에게 자신을 따라오라는 눈짓을 했다. 그는 이 구간의 하곡에 와 본 적이 있었고, 어디에 은밀한 장소가 있는지 잘 알고 있었다. 강변에는 드넓은 금빛 참억새 밭이 펼쳐져 있었다. 억새풀은 사람 키보다 높이 자라 있었다. 아이돌 배우는 참억새 밭에 쪼그려 앉아 담배를 피웠다. 담배를 다 피운 아이돌은 그의 트레이닝복 바지를 당겨 그가 피우던 담배까지 빼앗아 마저 다 피웠다. 두 개비 담배를 다 피우고 나서 아이돌 배우가 말했다.

"메이크업 아줌마 얘기를 들으니 형도 과거에 아역배우였다더군요. 다시 컴백하시는 게 어때요?"

그는 껌을 찾으려고 차 트렁크를 열고 배낭을 뒤졌다. 하지만 껌은 못 찾고 팡싼의 그림을 찾았다.

팡싼은 일반병실로 옮기긴 했으나 걷지를 못했다. 하지만 바이털 그래프의 형적과 정신 상태는 안정적이었다. 그는 매일 도서관에서 그림책을 빌려다가 병실에서 읽어 주었다. 말이 없는 그는 팡싼에게 아주 많은 말을 했다. 팡싼은 겁이 많고 조용한 아이였다. 자신감도 없었다. 병이 없다 해도 제 의견을 자유롭게 표출하지 못하고, 웃고 싶어도 마음껏 웃지 못할 아이였다. 항상 자신의 말과 눈물을 조용한 소리로 눌러두고 고통을 참는 데 뛰어났다. 그는 팡싼에게 입을 열어 궁금한 것들을 물어보라고 격려했다. 여러 차례 주저하던 아이는 마침내 주치의에게 물었다. 정확한 대답은 193센티미터였다. 항상 엄숙한 얼굴을 하던 의사는 갑자기 완전히 다른 사람이 되었다. 팡싼의 질문에 돌연 아이의 침대로 비집고 들어온 그는 아이와 자신의 키를 비교했다. 의사가 두 발을 병상 위로 쭉 뻗자 팡싼이 물었다.

"그럼 선생님은 병이 나면 어떻게 해요? 맞는 침대가 없잖아요."

의사의 고개가 갸우뚱했다. 예상치 못한 질문이었다. 간호사가 크레파스 한 곽과 도화지를 가져다주면서 팡싼에게 그림을 그리게 했다. 아이는 가장 먼저 의사 선생님을 그렸다. 도화지 위에 아주 날씬하고 긴 사람의 몸이 그려져 있었다. 머리는 없었다. 팡싼은 발부터 그려 나가기 시작했는데, 의사 선생님이 키가 너무 커서 크레파스로 다리를 길게 늘어뜨리다 보니 머리를 그릴 공간이 부족했고, 그래서 머리 없는 의사 선생님을 그리게 되었다고 설명했다. 의사는 회진할 때 팡싼에게 꼬마 화가의 걸작을 자신이 소장해도 되느냐고 물었다. 그러면서 나중에 퇴원할 때는 머리가 있는 그림을 한 장 그려서 선물해 달라는 부탁도 잊지 않았다.

그는 세 사람이 아주 즐겁게 그림을 그렸던 걸 기억했다. 크레파스가 다 떨어져 나가서 새로 사와야 했다. 이 세 사람은 그와 팡싼, 그리고 그녀의 어린 아들이었다. 병상에는 열 장의 그림이 나붙었다.

그녀의 시어머니는 손자가 병원에 가는 걸 반대하면서 병원이 손자에게 적합하지 않다고 말했다. 세균이 그렇게 많은데 병이라도 걸리면 어떻게 하느냐는 거였다. 하지만 어린 아들은 떼를 쓰면서 셋째 누나를 만나러 병원에 가겠다고 우겼다. 그녀는 시어머니의 반대를 무릅쓰고 어린 아들을 병원에 데리고 갔다. 그녀는 검사를 받느라 바삐 몰아치면서 의사와 간 이식 문제를 상의했다.

그날 팡싼은 빨강 크레파스를 썼다. 팡싼은 아동 특수 보호 병실에서 한 어린아이가 피를 토하는 걸 보았다고 말했다. 온몸이 피투성이였다고 했다. 아이의 엄마 아빠가 둘 다 울고 193센티미터 의사도 울었다고 했다. 그 모습을 본 팡싼은 그림을 연달아 여러 장 그렸다. 흰 도화지 위로 빨강 크레파스가 빙글빙글 돌았다.

구체적인 형상은 없었다. 그날은 정말 너무나 혼란스러웠다. 그림들은 한 장만 남기고 전부 버려졌다. 살아남은 그림은 크기가 아주 작았다.

상황이 그리 나쁘지 않아 식사도 하게 되었다고 하지 않았던가. 아이는 웃고 떠들면서 그가 들려주는 이야기를 들었다. 그가 어린 시절 아이의 엄마와 영화를 찍던 이야기와 사람들이 기중기를 사용하여 매트리스를 공중으로 들어 올린 이야기를. 눈에서 불이 나올 것 같았다. 팡싼이 갑자기 쓰러졌다. 응급 조치도 효과가 없었다.

마침내 그녀의 남편이 모습을 드러냈고, 어린 아들이 그의 품 속에서 자고 있는 모습을 보았다. 남편의 눈에서 차가운 빛줄기가 뿜어져 나왔다. 어린 아들을 안고 나가 버리려 했지만, 아들은 팡싼 누나가 의식을 잃은 걸 알고는 한참을 울다가 간신히 잠이 든 터라 그의 품을 떠나려 하지 않았다.

기자가 왔다. 그녀의 남편은 차가운 눈빛을 거두고 선글라스를 끼었다. 마누라를 잡아끌면서 서글픈 어투로 가장 사랑했던 셋째 딸이 방금 떠났다고 말했다. 의사 선생님들의 노고에 감사드리며 아버지로서 지금은 너무나 침통한 마음뿐이라고 카메라를 향해 고개를 숙여 인사를 했다. 집안에 상사가 있어 남부 지방에서의 경선은 잠시 중단한다면서 유권자들의 양해를 구했다.

그녀는 놀란 표정을 한 채 울지도 않았고 말도 하지 않았다. 플래시가 하늘의 별처럼 무수히 터졌다. 그녀의 창백한 얼굴에 기이하고 담담한 미소가 떠올랐다. 그는 그 미소를 보고는 몸을 돌려 병원을 나왔다.

자애로운 아버지가 사랑하는 딸을 잃어 비통해 하는 모습은 남부 지역 선거에 큰 도움이 되었다. 원래는 뒤처지고 있던 상황이었으나 몇 주 뒤에는 높은 득표수로 당선될 수 있었다. 정당에서 투표한 지지자들에게 감사의 인사를 올리는 자리에서 자애로운 아버지가 오열하면서 이미 장례를 마친 셋째 딸을 언급하자 모든 사람들이 울컥했다.

팡싼의 추도식은 교회에서 거행되었다. 자애로운 아버지는 구석으로 피해 있는 그를 찾아 명함을 건네면서 말했다.

“병원에서 선생을 봤어요. 아주 눈에 익더군요. 틀림없이 어디선가 봤다고 생각했어요. 마누라가 얘기해 줘서 그제야 생각이 났지요. 맞아요. 왜 기억하지 못했는지 모르겠어요. 내 머리가 나쁜가 봐요. 옛날, 방에 두 분의 매트리스 광고를 잔뜩 붙여 놨었는데 말이에요. 나중에는 테이프로 선생의 얼굴만 가려 버렸지요. 하하. 어렸을 때라 철이 없었어요. 양해해 주세요.”

사회자가 곧 추도식을 시작하겠다고 선언하면서 모두들 입장해 자리에 앉아 달라고 부탁했다.

“제가 드리고 싶은 말은 단 하나입니다. 부탁인데 앞으로 제 집사람을 귀찮게 하지 말아 주세요. 선생과 우리 마누라가 같이 있는 모습이 사람들 눈에 띄기라도 하면 뒤처리하기가 어렵거든요. 제가 사람들을 시켜 알아 보니 최근에 해외에 나가 영화를 촬영할 기회가 생기셨다면서요? 정말로 축하드립니다. 세상은 넓으니 노형께서 마음껏 나래를 펼쳐 대성하시길 기원합니다. 감사합니다.”

어린 아들이 달려와 그의 다리를 끌어안더니 그에게 맨 앞줄에 앉으라고 말했다.

"착하구나. 아저씨는 일이 있어서 먼저 가야 해. 아저씨한테 바이바이라고 말해 줄래."

어린 아들은 울음을 터뜨리면서 가면 안 된다고, 가지 말라고 연이어 소리쳤다.

어떻게 둘이 다시 만나게 되었을까. 어떻게 파리에 왔을까. 또 어떻게 그가 자는 사이에 떠나 버렸을까.

그는 자전거를 타고 파리에 있는 맥도날드를 전부 돌아다니며 그 애를 찾았다. 타이어가 터졌다. 체인도 빠졌다. 자전거는 폐기되면서 전진을 거부했다.

그녀의 문자 메시지는 파리 아파트에 있을 때 받았다.

"나야. 오랜 친구, 알고 보니 파리에 있었네. 영화가 복원되었대. 함께 낭트에 갈래?"

그는 휴대폰 메시지를 어린 아들에게 보여주었다. 마침 계란 프라이를 하고 있던 아들은 타이베이에서는 가족의 집에서 거주해야 한다고 말했다. 엄마 아빠가 나가 사는 걸 허락하지 않는다고 했다. 부엌에 들어가지도 못하게 하고, 빨래 같은 건 손도 못대게 해서 세탁기조차도 조작할 줄 모른다고 했다. 그러면서 계란 프라이 굽는 게 이렇게 재미있는데 왜 아무도 자기에게 말해 주지 않았는지 모르겠다고 했다. 자기는 정말 바보 대학생이라고 한탄했다.

"우리 엄마가 파리에 오면 아저씨부터 만나겠죠? 저랑 약속한 것 아시죠? 엄마한테 제가 여기에 있다고 말하면 안 돼요. 저 가야 할 것 같아요. 아저씨 걸 먹고, 아저씨 걸 써서 미안해요."

그는 어린 아들에게 계란을 깨는 법과 프라이 하는 법, 물에 삶는 법을 가르쳐주었다. 아주 간단하고 일상적인 조리법인데도 아들은 놀라움을 표하면서 슈퍼마켓에 가서 값비싼 유기농 계란을 한 무더기 사다가 한 손으로 계란 깨는 법을 연습했다. 그런 후에 요리하면서 대부분 태우거나 소금을 너무 많이 뿌렸지만 환하게 웃으면서 계란을 다 먹어치웠다.

심야에 파리의 셀프 세탁소에 가면 먼저 옷들을 색깔별로 분류하는 법을 배워야 했다. 그런 다음 세탁 온도를 설정하고 계산하는 법, 건조기 사용법을 배웠다. 심야 세탁소에는 그들 두 사람만 남아 끝없이 돌아가는 세탁기를 바라보고 있었다. 거리 쪽으로 난 거대한 유리창에 기다리는 두 사람의 모습이 비쳤다. 그는 항상 셀프 세탁소가 이 세상에서 가장 고독한 곳이라고 생각했다. 조명은 창백하고 사람들의 얼굴은 부어 있었다. 창밖의 파리는 잠들어 있었다. 누군가 곰 인형 하나를 흘리고 갔다. 인형은 축축하게 젖은 채로 세탁기 안에 남아 있었다. 이미 며칠이 지났는데도 찾아가는 사람이 없었다. 아들은 흔들리는 세탁기에 등을 기댄 채 자신이 잠들기를 기다리고 있었다. 그 모습이 마치 누군가 흘리고 간 곰 인형 같았다.

어린 아들은 자전거를 탈 줄 알았다. 하지만 직진밖에 못 했다. 모퉁이를 돌 때는 브레이크를 잡고 자전거에서 내려 끌고서 모퉁이를 돈 다음에 다시 올라탔다. 그는 어린 아들을 데리고 기차를 타고 베르사유 숲으로 자전거를 타러 갔다. 왼쪽 오른쪽으로 돌면서 언덕을 올라갔다 내려오기를 여러 번 반복했다. 그녀의 아들은 약간의 찰과상과 용기를 얻어 가지고 도시로 돌아왔다. 그는 아들에게 자전거를 내 주면서 이 길을 따라 신호등 열 개를 세면서 곧장 타고 가다가 오른쪽에 있는 시장에 가서 계란을 가장 싼 걸로 한 꾸러미 사오라고 시켰다. 녀석은 겨우 오 미터쯤 가다가 모퉁이를 돌아 거리 한구석에 있는 슈퍼마켓에서 가장 비싼 유기농 계란을 사왔다. 하지만 적어도 모퉁이는 돌 수 있게 되었다.

그는 녀석에게 슈퍼마켓에서 가격 비교하기부터 수염 깎기, 코털 깎기, 아침에 일어나서 기지개 켜기, 과일 깎기, 채소 씻기 등을 가르쳤다. 가장 어려운 건 가르치지 않았다. 사실 그 자신도 할 줄 모르는 게 분명했다. 그것은 혼자 있기였다. 그는 낮에 자전거를 타고 다니며 음식을 배달했다. 어린 아들은 감히 어디도 가지 못하고 그저 집 안에만 틀어박혀 있으면서 건너편 테라스의 공연자에게 손을 흔들거나 그에게 줄곧 문자 메시지를 보냈다.

"언제 돌아와요? 건너편 테라스의 그 사람 오늘은 곡마단 피에로로 변장했어요."

밖에 산책하러 나가면서 단단히 약속을 했다. 그가 일부러 뒤로 열 걸음 떨어져 걸을 테니 절대로 뒤를 돌아보지 말고 계속 앞으로 걸어가라고. 뒤에서 따라갈 테니 걱정하지 말라고 당부했다. 첫 산책에서 녀석은 두 블럭도 못 가서 땅바닥에 주저앉아 열 걸음 뒤에서 따라오는 그가 구해 주기를 기다렸다. 울지는 않았지만 두 눈에 놀람이 가득했고 호흡도 빨라져 있었다. 두 사람은 생마르탱 운하 옆에 앉았다. 주말 밤이라 유행을 즐기는 남녀들이 운하 양쪽에 앉아 술을 마시면서 즐거운 시간을 보내고 있었다. 맥주를 두 모금 마시자 아들의 얼굴 근육이 다소 누그러지는 것 같았다.

"제가 뭘 두려워하는 건지 잘 모르겠어요. 예전에는 이렇지 않았거든요. 방금 머릿속으로 줄곧 간판이나 도로 표지판의 문구를 못 알아보면 어쩌나, 파리에 친구가 하나도 없는데 어쩌나, 조금 전처럼 아저씨가 보이지 않으면 어쩌나 하는 것들을 생각하고 있었어요. 어떡해요. 전 망가졌나 봐요. 아저씨가 너무 부러워요. 어떻게 해야 혼자 잘 지낼 수 있어요? 저도 할 수 있다고 생각했었어요. 제가 파리에 오면 산책을 하고 싶다고 했잖아요. 아주 간단한 일 아닌가요? 그런데 저는 사과 하나도 깎지 못하잖아요. 며칠 전에 제가 딸기를 한 팩 사왔잖아요. 그때 아저씨한테 묻고 싶었는데 끝내 묻지 못했어요. 딸기 껍질을 벗겨야 하는지 말아야 하는지를요."

그는 그녀와 함께 투르 호텔에 투숙했다. 트윈 베드 룸이었다. 강변의 오래된 호텔이라 조명이 어두웠다. 벽지와 바닥의 카펫은 백년쯤 묵은 것 같았다. 창문을 열자 눈앞에 초록색 긴 루아르강이 펼쳐졌다. 강물은 아주 조용히 흐르고 있었다.

"지금 우리가 있는 곳이 어디야?"

"투르(Tours)."

"투, 르. 단어 맨 끝의 s는 묵음이야?"

그가 고개를 끄덕였다.

"프랑스어는 참 이상해. 발음하지 않는 철자가 왜 끼어 있는 거야. 필요 없는 건 들어내는 게 좋잖아."

그는 밖에 나가 강가를 좀 걷고 싶었다.

"내 이마 좀 만져 봐."

손바닥엔 아직 가을바람이 불고 있었다. 무얼 만지든지 지나치게 뜨거웠다. 그는 호텔 프런트로 가서 체온계를 빌렸다. 아무래도 그녀의 몸에 열이 좀 있는 것 같았다.

“난 좀 누워 있으면 돼. 야, 밖에 나가지 마라. 나 혼자 호텔에 있으면 무서울 것 같아. 날 좀 자게 해 줘. 충분히 자고 일어나서 우리 같이 먹으러 가자. 그때쯤이면 너도 배가 고파질 테니까.”

그녀는 몹시 두려웠다. 잠에서 깼다. 혼자 낯선 호텔에 남아 있었다. 그는 이미 보이지 않았다.

그는 정말 그들 모자가 꼭 닮았다는 생각을 했다. 눈빛 속의 두려움이 같은 곳에서 왔다. 색깔과 모양, 무게의 질과 양이 똑같았다.

등을 끄고 두 사람은 침대에 누웠다. 창밖의 가로등이 무척 밝았다. 낯익은 오렌짓빛 빛줄기가 커튼을 때렸다. 마치 유령의 그림자가 방 안을 떠다니는 듯했다. 그녀는 천산갑을 셌다. 두 마리까지 세고는 코를 골았다. 코 고는 소리는 아주 조심스러웠다. 소리가 코에서 가볍게 솟아 방 안을 쏘다녔다.

텔레비전이 켜져 있었으나 소리는 크지 않았다. 정치 평론 프로그램이었다. 엄숙한 학자 정객이 소리 없이 열변을 토하고 있었다. 그녀의 손바닥이 풀어지면서 어린 아들의 안경이 매트리스 위로 떨어졌다.

산책 연습을 했다. 열 걸음이 점차 확대되어 스무 걸음, 서른 걸음, 쉰 걸음이 되었다. 어느 날 그는 베트남 쌀국수를 배달하는 길에 몹시 반가운 문자 메시지를 받았다.

“저 혼자 밖에 나왔어요! 줄곧 아저씨가 뒤에서 따라오고 있다고 상상했어요. 그렇게 곧장 걸었어요. GPS나 지도도 필요 없었어요. 그렇게 걸으면서 마음속으로 생각했죠. 걷지 않으면 죽는다. 그러니까 걸어야 한다고 말이에요. 아직도 걷고 있는 중이에요. 저는 죽지 않아요."

깊은 밤이 되어서야 녀석은 작은 아파트로 돌아왔다. 안경은 비와 땀으로 범벅이 되어 있었다. 진앙은 복부에서 시작되었다. 몸이 격렬하게 흔들렸다. 안경을 벗자 녀석의 눈이 밝게 빛났다. 신세계에 갔다 온 듯이. 안경테에는 새 바다와 새 등대, 새 지표(地標), 새로운 물종, 새 달, 새 태양, 새 색깔이 가득했다. 입을 벌리면 새로운 세상이 혀끝에서 쏟아져 나올 것만 같았다. 녀석은 입을 열기도 전에 먼저 울었다. 그는 그렇게 거대한 눈물의 무리를 본 적이 없었다. 눈구멍에서 줄줄이 헤엄쳐 나오는 파란 고래들 같았다. 고래들은 헤엄치면서 낮은 주파수로 노래를 했다. 그랬다. 그 눈물엔 소리가 있어 작은 아파트의 벽을 때렸다. 파란 고래들을 문질러 닦고 호흡을 가다듬고 나서야 녀석은 마침내 입을 열었다. 음식점에 가서 음식을 주문했어요. 맥도날드가 아니라서 마구 얘기하면서 대충 주문했어요. 그랬더니 테이블에 참치 피자와 뜨거운 우유가 올라오더라고요. 상관없었어요. 이런 이상한 조합의 음식을 좋아하는 척하면서 우유 한 모금에 피자 한입씩 먹었어요. 거의 토하기 직전까지 먹고 나서 센강 좌안을 걸어 우안으로 돌아왔어요. 강변에는 이상한 사람들이 아주 많았죠. 할리우드 애니메이션을 보았어요. 프랑스어로 더빙되어 있었어요. 갑자기 영화 전체가 아주 가볍고 예술적이라는 느낌이 들었어요. 서점에 들어가 책도 한 권 샀어요. 표지가 너무 아름다웠어요. 프랑스어를 배워서 이 책을 읽어야겠다는 생각이 들었어요. 정말로 오줌이 마려웠는데 길가에서 어떤 남자가 곧장 물건을 꺼내는 걸 보았어요. 정말 참을 수 없었어요. 그래서 같은 자리에 소변을 보았죠. 휴대폰이나 지도는 전혀 보지 않았어요. 기억에만 의지했어요. 아니, 기억이 아닌 것 같아요. 느낌이었어요. 돌아와서 계단을 오르려는데, 마침 아래층 담배 피우는 아줌마가 들어오더라고요. 물론 그 아줌마가 뭐라고 말하는지 하나도 알아듣지 못했어요. 그냥 따라 들어왔지요. 우리는 함께 창가에서 담배를 피웠어요. 아줌마가 제게 어떻게 불을 붙이고 어떻게 빨아들이는지 가르쳐 주었어요. 메스꺼워 죽을 뻔했어요. 냄새가 아주 지독하더라고요. 죽을 때까지 담배를 피우는 일은 다신 없을 것 같아요. 하지만 시도는 해 본 셈이네요. 제가 담배를 좋아하지 않는다는 걸 알았어요. 저 자신이 좀 대단하다는 생각이 들었어요. 자신을 포기하지 않았으니까요. 처음으로 제가 쓸모 있다는 걸 느꼈어요. 어려서부터 피아노와 바이올린을 배웠고 열심히 연습했지만 연주가 뛰어나진 못했어요. 이제 알 것 같아요. 알고 보니 저는 생활할 줄 모르는 사람이었다는 걸요. 길을 걸을 줄도 모르고 어떻게 길을 잃게 되는지도 몰랐거든요. 음표가 완전히 비어 있었던 거예요.

텔레비전에서는 정치 평론 프로그램이 끝나고 극지의 풍광을 방송하고 있었다. 엄마 바다표범이 온몸이 새하얀 새끼 바다표범에게 젖을 먹이고 있었다. 아주 짧은 며칠의 시간에 새끼 바다표범은 성실하게 젖을 먹었고, 어미는 헤엄치는 법을 가르쳤다. 모자가 얼음 위에서 몸을 뒤집었다. 다른 성년 바다표범이 가까이 다가오자 어미가 화를 내며 이들을 쫓아냈다. 새끼 바다표범이 이제 기본적인 구생의 기술을 터득한 것을 확인하고 나서야 어미는 물속으로 잠수해 들어가더니 차가운 수면 위로 머리를 내밀었다. 호박(琥珀) 같은 갈색 눈이 아들을 바라보았다. 이것이 마지막 눈길이었다. 모자는 영원히 이별했다.

텔레비전은 소리가 없었다. 무성으로 빙원에서 바다표범 모자가 이별하는 모습을 알렸다. 새끼 바다표범이 입을 열었다 다물기를 반복했다. 울부짖는 소리는 들리지 않았다. 울부짖는 소리가 들렸다.

그녀가 깼다. 텔레비전 속 극지방의 색조가 하얀 침대보를 파랗게 물들였다. 그녀는 바다표범 모자가 이별하는 장면을 보고는 침대 맡에 놓인 리모컨을 집어 텔레비전을 껐다.

"배고파 죽겠어."

그녀는 이별을 말하고 싶지 않았다. 그럴 수 없었다. 그녀는 모자의 이별을 원치 않았다.

호텔 프런트에서 추천해 준 음식점을 골랐다. 현지 하곡에서 생산된 와인에, 전채는 샐러드이고 메인 디시는 스테이크였다. 디저트는 탑 모양으로 쌓은 사과와 산양 치즈였다. 전부 맛있었다. 두 사람은 음식을 즐길 마음은 없었다. 그저 허기를 달랠 뿐이었다. 맛있는 음식을 씹어도 마치 냅킨을 씹는 것 같았다. 그녀는 휴대폰을 눌러 애써 남편의 문자 메시지를 무시해 버렸다. 몇 마디 간단한 답장을 하면서 신호가 좋지 않다고 핑계를 댔다. 그는 창밖의 경전철을 바라보고 있었다. 승객들이 내리고 타는 모습이 눈에 들어왔다. 상점들은 하나둘씩 문을 닫고 있었다. 정말로 맥도날드 피시버거를 먹으러 가야 할 것 같았다.

음식점을 나온 두 사람은 강가로 가 보기로 했다. 그는 신발을 벗고 맨발로 강물을 밟아보고 싶었다. J는 처음에 물장난치는 남자아이들에게 붙잡혀 물속에 들어갔을 때 아이들이 머리를 눌러 강물 속에 처박혔었다. 물장난치는 아이들의 발이 J의 후두부를 밟았다. J는 강물 속의 모래와 진흙이 아주 맛있었다고 말했다.

두 사람은 작은 골목으로 접어들었다. 빠른 속도로 사람들 그림자가 몰려들었다. 그녀의 몸이 벽에 부딪혔다.

사람들이 빠른 속도로 또다시 몰려왔다. 이번에는 그녀의 손을 조준하고 있었다.

줄다리기가 시작되었다. 그녀의 샤넬 백이 손에서 벗어나더니 골목 입구를 향해 날아갔다.

휴대폰 독백 3

"J."

"그의 이름은 J야."

"네가 물었었지. 평생 어떤 사람이든지 사랑한 적이 있냐고. 나는 말하지 않았어."

"말하지 않았어. 입 밖에 낼 수 없었지. 모르겠어. 말했으면 또 어땠을지."

"이제는 말하고 싶어. 너에게 말하고 싶어."

"J."

3 농어

그녀는 줄다리기에서 졌다. 샤넬 백을 빼앗겼다.

샤넬 백을 빼앗아간 사람들의 그림자는 아주 재빨랐다. 골목을 향해 날듯이 사라졌다. 그녀는 소리를 지르고 싶었지만 갑자기 몰려온 두려움이 목구멍을 닫아 버렸다. 아무런 소리도 내지 못했다.

그도 떠밀려 넘어졌다. 얼른 일어서 빠른 걸음으로 쫓아가 그림자를 잡았다. 밀고 당기고 소리를 질렀다. 이번엔 경기 결과가 뒤집혔다. 그가 가볍게 승리했고 샤넬 백을 도로 찾아왔다.

그녀는 분명히 보았다. 상대방은 아이였던가. 복면을 하고 모자를 깊게 눌러 쓰고 있었다. 체형이 마르고 왜소했다. 청소년의 자태였다.

그가 샤넬 백을 그녀 옆에 도로 놓아주고는 위아래로 그녀의 몸을 살펴보았다. 부상을 당했는지 확인하려는 듯이. 그녀는 고개를 가로저으며 아무 일 없다고 말했다. 막 몸을 일으키려는 순간 눈앞이 가물가물했다. 방금 벽에 부딪혀 시각이 혼란을 일으킨 것 같았다. 골목의 사람 그림자가 스스로 복제하면서 증가하기 시작했다. 하나, 둘, 셋, 넷, 네 개의 마르고 왜소한 그림자가 있었다.

이번에는 목구멍이 두려움을 이겼다. 맑고 낭랑한 목소리가 긴 골목에 메아리쳤다. 아주 높고 우렁찼으며 음은 완벽했다. 오페라 수석 소프라노처럼. 그림자들이 그녀의 고음을 듣고는 웃음을 터뜨렸다.

틀림없었다. 하나, 둘, 셋, 넷. 그림자는 넷이었다. 그들이 천천히 두 사람을 압박하며 다가왔다. 상당히 위협적인 자세였다.

그가 샤넬 백을 그녀에게 건네주면서 말했다.

"먼저 호텔로 돌아가. 어서."

그는 그녀를 가볍게 밀면서 빨리 가라고 재촉했다. 그녀는 잰걸음으로 달리기 시작했다. 하지만 다섯 걸음쯤 가다가 발길이 느려졌다. 큰일이었다. 음식점을 찾기 시작했으나 이리저리 모퉁이만 돌았다. 그녀는 머릿속으로 줄곧 어린 아들을 생각하고 있었다. 어차피 길을 알아볼 수 없을 것이다. 호텔이 어딘지 알 수가 없었다.. 휴대폰 지도를 사용해야 할 것 같았다. 다시 돌아가 그에게 물어야 할까? 잠깐, 호텔 이름이 뭐였더라?

그녀가 고개를 돌려보니 그 네 개의 그림자가 그를 향해 압박해 다가가고 있었다. 그녀는 또다시 고음을 질렀다. 화려하고 아름다운 소리로.

그녀는 뒤로 물러섰다. 방법이 없었다. 경찰에 신고해야 했다. 다른 사람들의 도움을 찾아야 했다, 빨리.

네 명이 한 명을 상대하고 있었다. 넷은 체격이 마르고 왜소한 탓인지 서로를 부추기면서 어지럽게 소리를 지르고 있었다. 날카로운 무기는 없었다. 그는 사실 상황이 그다지 위급할 것 없다고 판단했다. 그는 재빨리 팔을 뻗어 그 중 한 명의 복면을 벗겼다. 앳된 얼굴이 드러났다. 아이였다. 몇 살 안 되어 보였다. 하지만 그 두 눈은 험악한 꼴을 많이 보았을 게 틀림없었다. 순진함은 사라진 지 오래고, 두려움과 분노가 교차하고 있었다. 그는 주먹에 힘을 풀었다. 어린아이를 상대로 주먹을 쓸 순 없었다.

몇 개의 그림자가 그에게 달려들었다. 그를 밀쳐 넘어뜨린 그들은 그의 몸에 주먹과 발길질 세례를 가했다. 그는 눈을 감고 엎드렸다. 몸을 접고 두 손으로 머리를 보호하면서 무릎을 이마까지 올렸다. 주먹과 발길질, 욕설이 계속 이어졌다. 그는 녀석들에게 분노를 배설하게 내버려 두었다. 잠시 후면 도망칠 게 분명했다.

아.

처량한 비명이 울렸다. 그가 눈을 뜨는 순간 아이 하나가 그의 몸에서 튕겨져 나갔다.

이어서 두 번째 아이가 날아가 벽에 부딪혔다.

샤넬이었다. 샤넬이 어두운 골목길에 날아와 두 아이의 머리를 정확히 가격했다.

"내 샤넬 백이 그냥 지갑인 줄 알아? 오늘 너희한테 기술 몇 가지 보여주지. 내 백을 빼앗고 싶은 거지? 좋아. 이 백에 얼마나 많은 걸 넣을 수 있는지, 얼마나 대단한지 보여주지."

방금 몇 걸음 도망칠 때는 두려움에 다리가 꼬여 비틀거리며 넘어지고 말았다. 마음속으로는 빨리 휴대폰 지도를 열어야 한다는 생각뿐이었다. 빨리 달려야 했다. 길 가는 사람을 찾아 도움을 청할 수 있으리라는 보장이 없었다. 샤넬 백을 열었다. 깨진 안경 잔해가 쏟아져 나왔다.

어린 아들의 안경이었다. 줄다리기 시합의 희생물이 되어 렌즈가 깨지고 테가 변형되어 있었다.

너희들이 내 아들의 안경을 박살냈어.

그녀의 머릿속에 텔레비전에서 보았던 극지의 바다표범이 번쩍 스쳐갔다. 어미 바다표범이 다른 바다표범들의 기세를 꺾어 버리는 장면.

어린 아들은 고도 근시였다. 길도 제대로 보지 못하는데 길을 잃으면 어떡하나. 프랑스에 온 지 며칠이나 지났는데 끝내 찾지 못하면 어떡하나.

너희들, 이 더러운 놈들이. 감히.

내가 업신여김을 당할 것 같아?

이번에 그녀가 토해 낸 것은 로큰롤의 거대한 굉음이었다. 순수한 분노의 표출이었다.

노면에는 돌이 있었다. 빨리 가서 던져야 한다. 아니, 던지긴 뭘 던져. 돌을 전부 샤넬 백 안에 담았다. 돌 하나가 노면에 돌출돼 있었다. 그녀는 그것도 힘껏 뽑았다. 샤넬 백에는 이미 돌이 가득 들어 있었다. 샤넬 백의 잠금쇠를 꼭 잠근 그녀는 당당하게 전진했다. 그 더러운 녀석들 몇 명은 계속 소리를 질러대고 있었다. 발로 쉬지 않고 그의 등을 걷어차고 있었다. 그 중 한 녀석이 휴대폰을 꺼내 그가 몸을 접고 있는 모습을 찍으면서 신이 나서 웃었다.

처음에 이 백을 살 때 남편은 눈썹을 움직이면서 말했다.

"이렇게 작은 백에 뭘 집어넣을 수 있어. 비싸긴 더럽게 비싸

네. 내 물병 하나도 못 담잖아. 이 코딱지만 한 지갑을 꼭 사야겠다는 거야? 부인, 다시 생각해 보세요. 사지 말라고요. 당신도 알잖아. 정치인 부인이 명품 백을 들고 있는 걸 보면 사람들이 안 좋게 생각한다는 걸 말이야."

지갑이라고?

어깨끈을 꽉 말아 쥔 그녀는 첫 번째 녀석의 머리통을 조준하여 샤넬 백을 휘둘렀다.

그녀는 신바람이 나서 머리통 숫자를 세기 시작했다.

"하나!"

몸 하나가 완전히 뒤로 빠지더니 땅바닥에 쓰러졌다.

"둘!"

두 번째 몸은 더 작았다. 샤넬 백이 작은 머리를 가격하자 몸 전체가 깃털처럼 날아가 벽에 부딪히더니 땅바닥에 떨어졌다.

다시 샤넬 백을 끌어당겨 셋을 셀 준비를 했다.

하지만 세 번째 녀석은 이미 그녀를 향해 달려들고 있었다. 그녀는 재빨리 뒤로 물러서서 백 어깨끈을 거두어들였다. 천박한 세 번째 녀석이 그녀를 붙들기 전에 샤넬 백이 녀석의 왼쪽 뺨을 무겁게 후려쳤다.

"셋!"

손에 가해진 힘은 실로 엄청났다. 그녀는 마지막 한 녀석을 보았다. 이 나쁜 놈은 이제 울고 있었다. 손으로 얼굴을 가리고 소리를 질렀다. 그녀가 전혀 알아들을 수 없는 말이었다. 엄마를 부르는 것 같기도 했다. 네 번째 녀석이 갑자기 주머니에서 칼을 꺼내 들었지만 두 손이 격렬하게 떨리고 있었다. 칼을 제대로 쥐지도 못했다.

샤넬 백을 휘두르려는 순간 그가 그녀의 손을 꼭 잡았다.

강가의 작은 술집에는 손님이 거의 없었다. 두 사람은 술을 주문했다. 실내 난방이 너무 강해서 술집 밖 계단에서 마시기로 했다.

"이봐, 별일 없지? 병원에 갈 필요 없겠지?"

그가 고개를 가로저었다. 그 남자애가 그를 걷어찰 때의 원동력은 두려움이었다. 힘은 그리 세지 않았지만 당연히 아팠다. 등 전체에 시퍼렇게 멍이 들었을 게 분명했다. 방금 몸을 펴봤더니 뼈까지 다치진 않은 것 같았다. 큰 상처는 없었고 꿰맬 필요까진 없었다. 다행이었다. 며칠만 지나면 별일 없을 것이다.

그녀는 레드 와인을 벌컥벌컥 들이켰다. 알코올이 놀란 마음을 잠재워 주었다. 흥분했던 몸이 다소 진정되었다. 그가 그녀를 잡아끌지 않았다면 그녀는 네 번째 녀석을 가격했을 테고, 어두운 골목이 온통 돌투성이가 되었을 것이다. 악당 네 녀석은 울고 소리를 지르며 서로를 부축해 재빨리 도망쳤다. 긴 골목길이 조용해졌다. 한 줄기 바람이 누런 낙엽들을 몰고 왔다. 땅바닥에는 칼 한 자루와 휴대폰이 하나 떨어져 있었다. 그녀는 샤넬 백을 열어 안에 든 돌들을 전부 쏟아 버렸다. 돌들이 땅바닥에 부딪히면서 청량한 타격음을 냈다. 귀가 즐거운 소리였다.

그는 단숨에 백주 반잔을 들이켰다. 고개를 숙여 그녀가 몸에 매고 있는 샤넬 백을 들여다보았다. 방금 어두운 골목의 전장에서 개선하느라 여기저기 긁힌 상처가 많았다. 하지만 어깨끈은 튼튼했다. 백 몸체와 금속 장식, 봉제선도 그대로였다. 가죽이 가로등

불빛 아래서 황금빛으로 반짝였다.

"맞다. 조금 전까지 생각 못 했는데, 우리 경찰에 신고해야 하는 거 아냐?"

그는 고개를 비스듬히 숙이고 진지하게 생각해 보았다. 두 사람은 크게 방해받은 것도 없고 돈이나 소지품도 없어지지 않았다. 그런데도 경찰에 신고할 필요가 있을까.

"야, 나한테 신경 쓸 것 없어. 신고는 무슨 신고. 경찰에게 가서 뭐라고 말하겠어. 샤넬 백에 돌을 잔뜩 담아서 나쁜 놈 셋의 머리를 후려쳤다고? 젠장, 그랬다가는 잡혀가는 쪽은 나일지도 몰라. 됐어. 그만둬. 나는 외국인이잖아. 아무 일 없으면 그걸로 된 거야."

그가 참지 못하고 웃음을 터뜨렸다. 눈앞에는 강물이 유유히 흐르고 있었다. 하지만 지금 그는 신발을 벗고 강물에 들어가고 싶지 않았다. 옆에 그녀가 없었다면 어쩌면 정말로 머리를 물에 집어넣고 수온을 체크하고 강물 속에 가을이 있는지 확인했을지도 모른다. 물속의 진흙과 모래가 정말 맛있는지 확인했을지도 모른다. 조금 전 발 하나가 자신의 목을 밟았을 때 그는 문득 J를 생각했다. 이어서 J의 엉덩이가 생각났다. J의 엉덩이를 생각하자 웃음이 났다. 그 네 명에게 마구 차이고 얻어맞은 것도 별일 아니었다. 지금은 정말로 웃음이 났다. 정말 아무 일도 아니었다. 신발을 벗지 않기로 했다. 진흙과 모래를 먹지 않기로 했다.

"웃긴 뭘 웃어. 너도 정말. 그 녀석들보다 머리 하나는 큰 게 분명한데 그냥 닥치는 대로 주먹을 휘둘렀어도 지지는 않았을 것 아니야. 그런데 땅바닥에 누워 맘대로 때리게 놔두다니. 반격할 줄 몰라? 너 말이야, 사람들한테 포위된 적 없어? 정말 죽도록 멍청하네. 반격도 할 줄 모르다니. 어서 나한테 고맙다고 인사해. 내가 널 구해 준 거잖아!"

그랬다. 그녀의 말이 옳았다. 매번 사람들에게 포위될 때마다 그가 할 수 있는 것은 몸을 움츠리는 것뿐이었다.

지난번에는 베를린에서였던가.

영화제에서 그에게 심사위원을 맡아달라고 초청했다. 매일 여러 편의 영화를 보고 다른 심사위원들과 회의를 하고 당일 영화를 보고 얻은 소회를 토론해야 했다. 입을 열어 말을 하는 것 자체가 이미 크나큰 어려움이었고, 각국 심사위원들과 회의를 열고 토론을 벌인다는 건 고통이자 학대였다. 영화제에서는 타이완 통역원도 한 명 초청하여 그를 위해 소통의 교량을 마련해 주었다. 통역가는 언어의 깔때기였다. 중국어와 영어, 프랑스어, 독일어를 귀에 쏟아 넣으면 입에서 번역된 언어가 쏟아져 나왔다. 깔때기는 각국의 언어를 그에게 통역해 주었지만 그에게서 언어를 수집하여 각각의 심사위원들에게 전달하진 못했다. 그는 이 일을 수락한 걸 후회했다. 그는 영화 막후의 기술 제작과정을 잘 알았고 그 자신이 배우이기도 했다. 당연히 영화 미학의 고하를 판별할 수 있었다. 하지만 생각을 정확한 언어로 변환시킬 줄 몰랐다. 심사위원 회의에서의 침묵은 아무런 이득도 없었고, 그의 마음에 든 영화를 지켜 주지도 못했다. 세심하게 만들어진 영화가 칭찬을 받았지만 그는 반대 의견을 말하지도 못했다.

그해 영화제는 특별히 혹한에 이루어졌다. 대설도 영화를 보고 싶었던 모양이다. 주최기관에서는 매일 사람을 불러 눈을 치워야 했다. 그래야 레드 카펫이 붉은색으로 보일 수 있었다. 각국의 스타들은 얇은 예복 차림으로 레드 카펫 위를 걸었고, 추위에 떨면서 억지로 미소를 지었다. 레드 카펫과 파티, 만찬, 악수, 사진 촬영이 이어졌고 플래시가 눈을 찔러댔다. 이처럼 찬란한 순간들을 즐겨야 했지만, 그는 애당초 놀란 오징어나 다름없었다. 수시로 도망치고 싶었다. 오징어는 완전히 캄캄한 영화관에 흘러 들어간 후에야 마침내 편안할 수 있었다. 수천수백 명의 사람들이 대화를 중지하고 휴대폰도 보지 않고 커다란 스크린에 펼쳐지는 빛과 영상에 집중했다. 각국 언어를 듣고 자막을 읽으려고 노력하면서 함께 울고 웃었다. 영화란 정말로 환상적인 기술이었다. 이렇게 많은 사람들을 집단적으로 입을 다물게 할 수 있었다. 자신이 참여한 영화가 영화관에서 상영되고 있는데 관중들이 자거나 울거나 웃거나 자리를 뜬다면, 이렇게 참패한 무언의 인생에 어떤 성취가 있는 걸까 하는 생각이 들었다. 그의 존재가 어떤 사람들로 하여금 입을 다물고 말을 하지 않고 조용히 영화를 감상하게 할 수도 있고, 혹은 몰래 자리를 뜨게 할 수도 있었다. 그는 중간에 자리를 뜨는 사람들을 유심히 관찰하곤 했다. 허리를 펴고 자리에서 일어나 같은 열에 앉은 관중들 전부에게 민폐를 끼쳤다가, 결국 통로까지 나와서야 배낭을 자리에 두고 온 게 생각나 계속 사과를 연발하면서 제자리로 돌아가는 사람도 있고, 어정쩡한 자세로 중간에 일어서다가 여러 사람의 발을 밟고 넘어지는 사람도 있었다. 그가 할 수 있는 일이라고는 중간에 자리를 뜨는 이유를 유추하는 것뿐이었다. 영화가 너무 어려운가? 소변이 급해서? 너무 지각해서 포기했나? 배가 고픈가? 이유가 무엇이든 간에 결국 사람들이 취하는 행동은 영화관을 떠나는 것이었다. 며칠 전 그는 정말로 호기심이 생겼다. 영화가 정말로 황당해서 중간에 영화관을 떠나는 여자의 뒤를 밟아보기로 했다. 그가 알고 싶은 건 중간에 영화관을 떠난 사람이 도대체 어디로 가는가 하는 것이었다. 여자는 영화관을 떠나는 내내 몸을 숙이고 있었다. 일단 상영관을 나서자 허리를 곧게 펴고 가죽 재질의 외투를 걸쳤다. 키가 등대 같았다. 등대는 빠른 걸음으로 거리를 가로질러 세 덩어리가 얹힌 아이스크림을 하나 주문했다. 커다란 접시에 김이 모락모락 나는 감자튀김도 주문해서 그것에 아이스크림을 찍어 먹었다. 교차하는 냉기와 열기를 즐기며 심취해 있었다. 그는 그 표정을 알아보았다. 등대 여자는 방금 본 영화에서 몇 가지 연기를 했다. 카메라의 포커스를 받지 못한 몇 마디 자잘하게 부스러진 대사였다. 어쩌면 자신이 편집되어 버리지 않은 걸 보고 만족했는지도 모른다. 감자튀김과 아이스크림을 다 먹은 등대는 밖에서 담배를 피웠다. 이어서 슈퍼마켓에 가서 물건을 샀다. 꽃양배추와 애호박, 농어와 화이트 와인을.

영화관을 떠난 사람의 손에는 농어와 일상의 삶이 들려 있었다.

영화관으로 돌아가서 다음 영화를 보아야 한다는 것을 뻔히 알면서도 그는 갑자기 몸을 움직일 수가 없었다.

그 문제가 줄곧 머릿속을 맴돌고 있었다. 떠난 엄마는 어디로 갔을까. 그는 눈 속에 서서 등대 여자의 가냘픈 몸을 눈이 삼키는 광경을 바라보면서 소리 없이 울고 있었다. 어쩌면 엄마는 세상의 어느 한 구석을 걷고 있을지 모른다. 조용하게 살고 있을지 모른다. 영화를 절반쯤 보다가 자리를 떠서 혼자 음식점에 가서 식사를 하고 혼자 노래를 부르러 갔을지도 모른다. 텐부라*를 먹고 생선을 한 마리 사서 집으로 갔을지도 모른다. 생선은 아마도 농어였을 것이다. 엄마는 농어를 좋아했다. 엄마가 하는 얘기에는 항상 농어가 등장했다. 마음속으로 오늘 미행한 여자가 농어를 쪄서 먹을지 구워 먹을지 유추했다.

영화제가 끝나가고 있었다. 다음 날에는 반드시 수상자 명단을 결정해야 했다. 그날 밤 그는 심사위원단과 함께 북국(北國) 영화를 한 편 보았다. 영상이 시 같고 리듬이 완만했다. 외로운 여자가 혼자 황무지 위를 걷고 있었다. 세 시간을 걷는 동안 카메라는 사계절의 변화를 담았다. 영화관을 나온 그는 한 발을 눈 속에 깊이 넣어 보았다. 거리를 몇 걸음 걸었더니 나이가 스무 살은 더 들어 보이게 되었다. 머리가 온통 백설이었다. 너무 추웠고 너무 외로웠다. 타이완 통역원은 그의 옆에서 담배에 불을 붙였다. 그런 그가 부러웠다. 그 순간 갑자기 담배가 피우고 싶어졌다. 타이완 통역원이 차가운 공기 속으로 연기를 토해 내면서 불만도 함께 털어놓았다.

"영화가 어려워 죽겠어요. 누가 보라고 이런 영화를 찍었는지 모르겠어요. 제가 보기엔 귀신들이나 보라고 찍은 것 같아요. 부탁인데 제발 선생님 같은 심사위원들께서 제게 저 영화가 죽도록 마음에 든다, 반드시 대상을 줘야 한다고 말하지 않았으면 좋

* 甛不辣. 일본의 덴부라를 음역하여 '달고 맵지 않다'는 뜻을 가진 타이완의 길거리 음식으로 일종의 튀김이다.

겠습니다. 젠장, 욕을 하고 싶어지거든요. 제 온몸에서 냉기가 뿜어져 나오는 것 안 보이세요? 뜨거운 물을 한 솥 가져다가 스크린에 뿌리고 싶네요."

"보아하니 그 물을 내게 뿌리고 싶은 것 같네요. 아닌가요?"

타이완 통역원은 담배 연기를 삼키고는 쪼그려 앉아 캑캑 기침을 하더니, 기침이 멎자 고개를 들어 그를 쳐다보았다.

"잠깐, 방금 뭐라고 하셨어요? 원래 벙어리 아니셨어요?"

그는 가볍게 고개를 가로저었다. 눈발은 갈수록 더 거세졌다. 이것이 그날의 마지막 영화였다. 잠시 후 시장이 마련한 만찬이 열릴 예정이었다.

"선생님의 통역을 하게 된 건 정말이지 제 일생에서 가장 무서운 경험이었습니다. 첫날 그만두고 싶었거든요. 이 사람, 말을 안 할 거면 여길 뭐 하러 온 거야, 싶었지요. 하지만 나중에는 통역을 맡고 싶어졌습니다. 선생님이 말을 안 하시면 저도 통역할 필요가 없으니까요."

"미안해요."

"사실을 말하는 거예요. 어차피 보수는 책정된 대로 받았으니까요. 통역하지 않아도 되는 게 얼마나 좋아요. 선생님께 감사해야지요. 참, 저는 이제 파티에 가 봐야 해요. 안 가실래요? 좀 더 안목을 넓히고 싶으시다면 베를린의 가라오케가 어떤 모습인지 구경하시는 것도 나쁘지 않을 거예요."

호기심일까. 너무 외로워서일까. 몸이 소란을 피우고 있었다. 그는 분명히 사람이 많은 자리를 싫어하는데도 어찌된 일인지 그를 따라 택시에 올랐다. 어쩌면 정말로 호텔로 돌아가 만찬용 정장으로 갈아입고 싶지 않았는지도 모른다.

영화는 모든 사람이 집단적으로 입을 다물게 할 수 있다. 음악도 그랬다. 폐기된 공장 모양의 대형 건축물 안에 수천수백 명의 춤 손님들이 들어차 있었다. 전자 음악이 귀를 때리는 바람에 대화는 불가능했다. 말을 할 수 없다면 춤을 추거나 키스를 하거나 술을 마시면 된다. 그는 이곳이 예전에는 발전소가 아니었을까 추측해 보았다. 대형 기계의 유물이 옮겨가지 않고 그대로 남아서 차갑고 기름이 반질대는 산업 현장의 풍격을 드러내고 있었다. 전자 음악의 무거운 박자에 벽과 바닥이 흔들렸다. 그의 몸이 음악 덕분에 지면을 이탈했다. 흔들림을 참을 수 없었다. 알고 보니 그도 춤을 출 수 있었다. 그는 맥주를 한 잔 주문하고 나서 창문 옆에서 눈을 구경했다. 창밖의 눈꽃은 입장권을 살 돈이 없었는지 벽을 뚫고 옥외로 새어 나가는 전자음악의 무거운 박자를 훔쳐서 하늘 가득 광란의 춤을 추고 있었다. 그는 이처럼 성대한 눈은 본 적이 없었다. 너무나 조밀하게 흩날리면서도 차들을 묻어 버리고, 지붕을 점령하고, 사람들의 시선을 가리고, 도시의 인공적인 윤곽을 개조했다. 집들의 날카로운 모퉁이가 부드러워지고 거리의 선이 흐릿해졌다. 모든 색깔을 눈이 다 먹어치웠다. 아니, 흰색이 아니었다. 가로등에 불이 들어오면서 오렌지빛이 눈 덮인 땅에 의해 하늘로 반사되었다. 베를린의 하늘이 전부 불타고 있었다. 들불이 하늘을 뒤덮은 것 같았다.

베를린 옥외에 불이 났다. 가라오케 안은 가마처럼 타고 있었다. 모두가 다 아는 곡조로 곡이 바뀌었다. 극렬한 리듬이 불길을 더하고, 몸 깊은 곳에 숨겨진 등잔 심지가 순간적으로 불붙으면서 다들 옷을 벗고 치마를 휘둘렀다. 웃통을 벗어던지고 서로 몸을 비볐다. 서로가 서로를 태우고 파괴했다. 서로가 서로에게 오염되고 더럽혀졌다. 육체의 테트리스가 쌓여 견고한 한밤의 욕망의 성과 해자를 빠르게 무너뜨렸다.

누군가 그에게 입을 맞췄다. 누군가 그의 바지 지퍼를 내렸다. 누군가의 혀가 가볍게 그의 유두에 닿았다. 누군가 그의 발가락을 빨았다. 누군가 그의 아랫부분 음모를 뽑았다. 누군가의 땀에 젖은 손바닥에 알약 몇 개가 보였다. 누군가의 유방, 누군가의 엉덩이, 누군가의 겨드랑이, 이 모든 것들이 누구의 것인지 생각할 필요가 없었다. 상대가 누구인지 묻지도 않았다. 모두가 서로에게 타향이다. 모두가 우연히 만났다 흩어진다. 깊은 감정과 가벼운 행동을 요구하지 않는다. 단지 한순간의 환락을 추구할 뿐이다. 몸이 서로 만나면서 그날 밤 이후로 다시는 만나는 일이 없으리라는 굳은 약속이 있었다.

그는 화장실에서 타이완 통역원을 찾았다. 이른바 화장실이라는 곳은 소변기도 없고 캄캄한 공간에 미세한 빛이 비출 뿐이었다. 많은 남자들이 커다란 욕조 하나를 에워싸고 있었고, 기관을 꺼내 욕조에 분사했다. 욕조 안에서 타이완 통역원이 몸을 활짝 열고 각 방향에서 발사되는 세찬 물줄기를 받아들이고 있었다. 욕조 안의 통역원을 발견한 그는 방광이 쪼그라들면서 요의가 완전히 사라졌다. 통역원은 정말로 깔때기였다. 기쁜 마음으로 각양각색의 단비를 받아들이고 있었다. 젖은 두 눈은 염미한 장미꽃이었다. 사람들이 아주 긴 줄을 이루고 있었다. 그는 소변을 보기 위한 줄인 줄 알았지만 아니었다. 욕조에 들어가기 위한 줄이었다.

그는 사방을 이리저리 돌아다녔다. 어두운 방들이 수없이 많았다. 각양각색 육체의 충돌과 접촉이 이루어지고 있었다. 그는 남자 하나가 자신을 미행하고 있는 걸 알았다. 그가 구석의 소파를 찾아 앉자마자 남자가 달려들었다. 혀가 불을 품고 있었다. 몸이 뜨겁게 달궈진 숯 같았다. 갑자기 주먹이 날아와 그의 어깨를 가격했다. 주먹의 출처는 가죽 재킷 차림의 곰 같은 남자였다. 두 눈이 질투로 이글거리고 있었다. 곰 같은 남자와 먼저 접근한 남자의 격렬한 말다툼을 음악이 덮어 주었다. 그가 막 몸을 일으키려는 순간 주먹이 또 날아왔다. 이번엔 힘이 실린 무거운 주먹이었다. 그는 주먹을 맞고 땅바닥에 쓰러졌다. 한 무더기의 주먹이 그를 향해 날아왔다. 그는 눈을 감고 몸을 접었다.

타이완 통역원이 그를 구해 주었다.

그러고 나서 통역원이 이 한 무더기의 기억을 삭제하고자 했다. 두 사람은 가라오케 밖의 눈 덮인 숲에서 택시를 기다릴 수 없어 걸어서 지하철역으로 가기로 했다. 타이완 통역원이 말했다.

"방금 제가 혼자 열 명을 상대로 싸웠는데 고맙다는 인사도 안 하시네요. 인간들이 뭘 먹었는지는 모르지만 누군가 선생님을 때리는 걸 보더니 곧장 발길질 대열에 합류하더라고요. 다행히 전 사실 베를린의 양자경이에요. 안 그랬더라면 선생님이 어떻게 죽었는지 아무도 몰랐을 거예요."

그는 자기 몸 냄새를 맡았다. 냄새가 증거였다. 타이완 통역원은 방금 일어났던 일을 멋대로 변조했다. 베를린 양자경은 주먹이나 발을 뻗을 필요도 없었고, 그냥 그들을 밀치기만 하면 됐다. 타이완 통역원은 욕조를 점령하고 하룻밤 인공 비에 젖어서 냄새가 정말로 고약했다. 오로지 냄새만 가지고도 사람들을 물러서게 할 수 있었다. 강호에서 실전된 냄새 신공이랄까.

두 사람은 눈을 밟으며 질주했다. 양쪽에는 사회주의 분위기의 집단 주거지가 늘어서 있었다. 눈은 성실하게 내렸고 바람은 모자를 벗겼다. 하늘은 붉은빛으로 불타고 있었다. 차도 없고 사람도 없고 새도 없고 별도 없고 달도 없었다. 베를린 전체가 죽고 그들 두 사람만 남은 것 같았다. 구급차 사이렌이 울렸다. 사이렌 소리가 멀어졌다 가까워지기를 반복했지만 정작 구급차는 보이지 않았다. 다리에 올랐다. 검정에 가까운 초록색 운하 수면에 부서진 얼음 조각들이 흩어져 있었다. 자전거 한 대가 물 위에 떴다가 가라앉기를 반복했다. 요의가 돌아왔다. 그는 다리 위에서 강물을 향해 소변을 보았다. 타이완 통역원도 덩달아 바지를 내리고 방금 욕조 안에서 흡수했던 소변을 해방시켰다. 두 줄기 소변은 뜨겁고 풍성해서 운하의 수위가 오르고 지구 온난화가 가속되었다. 물 위에 떠 있던 얼음들이 녹았다.

추워서 고장이 난 걸까. 아니면 방금 발길질 때문에 문제가 생긴 걸까. 그는 갑자기 말이 하고 싶어졌다. 입을 열자마자 거세게 흐르는 강물이 되었다. 멈출 수가 없었다. 지난 며칠 동안 본 영화를 전부 한 번씩 거론했다. 촬영과 미술, 대본에 대해 얘기하다가 어느 배우가 훌륭했다느니, 배경음악 때문에 울 뻔했다느니, 어느 영화의 자막 디자인이 아주 정교했다느니 하는 수많은 생각들을 늘어놓았다. 눈도 그의 얘기를 듣고 싶었던지 어깨 위에 수북이 쌓였다.

눈밭이 갈라지는 곳에 커다란 구멍이 하나 있었다. 두 사람은 마침내 지하철 입구까지 걸어온 것이다.

"선생님은 정말 운이 좋으세요. 베를린 양자경은 무술에만 정통한 게 아니라 기억력도 좋거든요. 방금 이러쿵저러쿵 잔뜩 늘어놓으신 얘기, 전부 기억했어요. 내일 모든 사람들에게 통역해 줄 작정이에요."

두 사람은 지하철 플랫폼에서 작별했다. 그는 서쪽으로, 타이완 통역원은 동쪽으로 갔다.

"선생님, 그런데요, 선생님이 출연하신 영화 정말 좋았어요. 선생님의 통역원이 되려면 반드시 공부를 좀 해야 할 것 같아요. 선생님이 젊었을 때 출연하신 그 영화는 정말 찾기 어렵더군요. 아주 오래 찾아다닌 끝에 간신히 화질이 좋지 않은 테이프를 찾았어요. 기억하세요? 어린아이 둘이 천산갑과 함께 있는 장면 말이에요. 도대체 그걸 어떻게 찍은 거예요? 당시에는 특수효과도 없었을 것 아니에요. 그 천산갑들은 실물이었겠지요?"

시간은 가장 잔인한 특수효과였다. 당시 침대 위의 두 아이가 지금은 투르 시내 강가를 천천히 산책하고 있다. 그녀는 머리카락이 헝클어지고 화장이 엉망이었다. 몸에 걸친 재킷 단추가 어두운 골목에서 뜯겨 나가고, 바짓단이 찢어져 잭슨 폴록*의 그림이 돼 있는 것도 몰랐다. 생기 없는 그의 얼굴에 상처가 드러났다. 술을 몇 잔 더 욕심냈던 탓인지 발걸음이 흐트러졌다. 웃고 싶었지만 울고 싶은 마음이 더 강했다. 자고 싶었지만 잠이 오지 않았

* Paul Jackson Pollock(1912~1956). 미국의 유명 화가로 추상표현주의를 주도했다. 특히 액션 페인팅의 대표적인 인물이다.

다. 앞에 아주 긴 무지개다리가 나타났다. 세어 보니 교각이 다 합쳐서 열다섯 개나 됐다. 아직 호텔로 돌아가고 싶지 않았던 두 사람은 다리 위를 걸으면서 강물을 내려다보았다. 강 위의 모래섬을 보고 다리 위를 달리는 경전철을 바라보았다. 서로의 모습을 바라보면서 다리 양 끝 사이를 걸어서 왕복했다. 때로는 거리를 벌렸다가 때로는 어깨를 나란히 하고, 때로는 서로 등을 지기도 했다. 일부러 발걸음을 느리게 하여 시간을 끌었다. 우선은 호텔로 돌아가지 않기로 했다. 지금 그 방으로 돌아간다면 서로 얼굴을 마주해야 하고, 아마도 진심을 털어놓아야 할 것이다. 그녀는 더 많은 것들을 물을 테고, 그는 어떻게 대답해야 할지 몰라 난감해할 게 분명했다. 다리 위는 아주 좋았다. 낯선 도시와 이국의 소리 등 주변의 모든 것들이 주의력을 분산하기에 충분했다. 서로 눈을 바라볼 필요가 없었고, 굳이 진심을 내보일 필요도 없었다. 가을밤은 서늘했고 행인들은 희소했다. 경전철은 차가운 표정의 승객들을 실어 나르고, 금빛 찬란한 조명이 다리 전체를 비추고 있었다. 한밤의 루아르강은 금빛으로 찬란했다. 몇 주만 더 지나면 겨울이었다. 그때가 되면 루아르강 하곡에 얼음이 얼까.

"이 다리는 정말 예뻐. 이름이 뭐지?"

그녀는 휴대폰을 열어 손가락 끝으로 지도를 확대했다.

퐁 윌슨.*

그녀는 프랑스어를 모르지만 충분히 유추할 수 있었다.

아직 건설되지 못했던 어떤 다리가, 알고 보니 프랑스인들에

* Pont Wilson. 윌슨 다리.

의해 일찌감치 건설돼 있었던 것이다.

과거에 남편이 당선되고 나서 상대 정당은 사진을 한 장 공개했다. 젊은 비서가 한밤중에 남편의 차를 타고 빠른 속도로 황량한 산간 지역으로 가서 농가에서 밤을 보내고 왔다. 성추문 위기는 반드시 가족이 해결해야 했다. 부인인 그녀는 곧장 남부로 내려가 남편과 팔짱을 끼고 여비서와 함께 자선 활동에 참여했다. 기자들이 남편의 외도에 관해 묻자 그녀의 얼굴에 사전에 훈련한 밝은 해가 떴다. 그녀는 여비서가 여동생이나 마찬가지 관계라고 해명하면서 선거구 주민들을 위해 일하느라 정적들의 근거 없는 공격과 소문에 일일이 대응할 시간이 없다고 말했다. 부인이라는 카드가 충분치 않을 경우엔 죽은 사람 카드를 쓰면 된다. 장하이타오는 다리를 윌슨교라고 명명하겠다고 선포했다. 가장 사랑하는 딸이 윌슨병으로 세상을 떠났기 때문이었다. 당시 그녀는 그의 의도를 이해하지 못했다. 어린 딸의 이름으로 명명하려면 팡싼교라고 해야 하지 않을까. 왜 윌슨이라는 서양 이름이란 말인가. 나중에야 그녀는 그의 의도를 이해했다. 애당초 다리를 건설할 계획도 없었고, 적절치 못한 그 서양식 이름은 연기가 되어 사라져 버렸다. 이런 명명은 일종의 혼란을 불러일으키기 위한 것이었다. 알아듣지 못하니 기억도 불가능했다. 위기가 지나자 사람들은 약속이나 한 듯이 추문을 집단적으로 망각했다. 부인인 그녀마저도 덩달아 망각했는데, 어쩌다가 프랑스의 이 낯선 강가에서 이미 잊힌 그 다리 이름과 만나게 된 걸까.

아무리 더 우회한다 해도 결국엔 호텔로 돌아가야 했다. 호텔 프런트 여자가 얼굴 가득 미소를 지으면서 저녁식사는 어땠는지 물었다. 그 역시 미소를 지으면서 대충 대답했다. 아주 맛있었어요. 추천해 줘서 고마워요. 하지만 사실은 저녁에 뭘 먹었는지 아예 기억조차 나지 않았다. 입가에 상처가 있어 억지 미소를 지으면서 듣기 좋은 소리를 했을 뿐이다. 프런트 옆에는 수많은 관광 안내 팸플릿이 비치되어 있었다. 동물원과 와이너리, 관람차, 치즈 농장, 옛 성 등 다양한 명소를 소개하고 있었다. 그녀는 손이 가는 대로 몇 가지를 뒤적거리다가 천산갑을 발견했다.

영화제 상영 특집호였다. 그녀는 프랑스어 해설을 알아보지 못해 멍한 눈빛으로 잡지에 인쇄된 작은 포스터들을 들여다보았다. 매트리스 위에 눈을 감고 편안하게 자고 있는 어린 소년과 소녀, 그리고 깊이 잠든 천산갑의 모습도 있었다.

그녀는 프런트 직원에게 영화제 특집호 잡지를 펼쳐 보이며 손가락으로 포스터를 가리켰다가 이어서 자신과 옆에 있는 그를 가리켰다. 프런트 여자는 무슨 뜻인지 몰라 고개를 갸우뚱하다가 눈을 가늘게 뜨고 포스터를 보고 그 밑의 소개 글을 읽었다. 그러고는 다시 고개를 들어 눈앞의 투숙객을 보면서 여전히 미간을 찌푸린 채 계속 고개를 가로저었다.

여자가 고개를 젓는 건 너무나 당연한 일이었다. 포스터에 있는 어린 소년과 소녀가 바로 지금 눈앞에 서 있는 나이든 남녀라는 사실을 어떻게 설명해야 할까. 이미 온몸에 풍진이 가득하고 두 눈은 말라 있으니, 어떻게 알아보겠는가.

특집 잡지 속의 작은 포스터는 일종의 버튼이었다. 손으로 가볍게 누르면 시공의 회전이 시작되었다. 나이든 남자와 여자의 몸이 신속하게 미립자로 축소되어 포스터 안으로 말려 들어가 그 매트리스 위로 떨어졌다. 서로를 바라보는 눈동자에 신선한 사과의 광택이 번졌다. 웃음소리는 숙성되어 반점이 생긴 바나나 같았다. 부드럽고 달콤했다. 그 순간의 두 사람은 살육을 경험하지 못했다. 이별을 체험하지 않았다. 시간은 빠르게 흘러 살육이 두 사람을 기다리고 있었다. 이별이 기다리고 있었다.

매트리스 위의 어린 소년과 소녀에게 영화를 찍는다는 게 뭐냐고 물었다. 두 아이는 고개를 가로저으며 모르겠다고 말했다. 두 아이는 그저 침대에 누워 감독의 말에 따라 잠을 자고 침대에서 내려오고 왼쪽으로 가고 오른쪽으로 뛰었을 뿐이다. 이미 촬영이 시작되고 며칠이 지났는데도 매일 기다리기만 했다. 빛을 기다렸다. 구름이 감독이 원하던 형상과 색감을 바꿔 버렸다. 일출을 기다렸다. 자홍빛 석양을 기다렸다. 카메라를 기다렸다. 미술팀이 좋은 도구를 만들어주기를 기다렸다. 까만 밤을 기다렸다. 구름이 일기를 기다렸다. 비가 오기를 기다리고 또 비가 멎기를 기다렸다.

자연의 빛과 그림자는 감독이 불러도 듣지 않았다. 안개를 기다리지 못해 나무를 태워야 했다. 인공 안개가 숲을 채웠다. 기우제를 올렸으나 청명한 날씨만 이어졌다. 하루종일 비를 기다렸다. 분명히 여름 휴가철인데 산에서는 추위가 사람들을 압박했다. 빗속에서 촬영을 하다가 전원이 감기에 걸리기도 했다. 계속 기다리는 수밖에 없었다. 감독의 몸에서 열이 내리기를 기다리고, 촬영감독의 설사가 끝나기를 기다리고, 도시락을 사러 갔던 아가씨가 수액을 다 맞기를 기다렸다.

어린아이는 동물과 촬영을 함께하는 걸 겁낸다는 말이 있다. 하지만 감독은 이 두 아이와 여러 차례 작업을 해 봤지만 하나도 겁내지 않았다고 말했다. 두 아이는 천연의 연기 에너지를 갖고 있어서 카메라를 두려워하지 않는다고 했다. 아니, 두 아이는 카메라를 잊었다고 해야 할 것이다. 눈물은 얼마든지 넘칠 수도, 메마를 수도 있었다. 웃음은 얼마든지 풍족할 수도, 공허할 수도 있었다. 카메라가 연기자의 얼굴을 클로즈업할 때 가장 두려운 요소는 과장이다. 눈빛이 물 흐르듯이 움직여 미세한 감정을 전달해야 하는데, 이 두 아이의 눈에는 은하가 있었다. 눈을 크게 뜨면 성운이 흘러가고 눈을 감으면 우주가 사라졌다. 감독은 항상 커트를 외치기 아까워했다. 시간을 더 끌고 싶었다. 분초의 전진을 저지하고 싶었다. 어느 날 이 두 아이가 나이가 들고 이마에 주름이 지면, 영화 필름에 시공을 압축하여 영원히 두 사람의 유년을 보존하고 싶었다.

하지만 동물은 정말 무서웠다.

숲에서 영화를 찍을 때 뱀이 카메라 위로 기어 올라오면 촬영감독은 날카로운 비명을 지르면서 뛰쳐나가 일을 못 하겠다고 선언했다.

일기예보에서는 청량하여 달을 볼 수 있을 것이라고 했으나 갑자기 오징어 형상의 구름이 몰려오더니 먹물을 쏟아냈다. 달은 보이지 않고 비만 퍼붓듯이 내렸다. 공기가 미세하게 떨리더니 숲에서 곤충 대군이 몰려나와 설치해 둔 조명기구를 공격했다. 작은 벌레들이 영화 제작팀 몸으로 기어올라 머리카락 사이로 파고들거나 옷 속을 기어 다니기도 했다. 스태프들은 비명을 지르거나 울음을 터뜨리면서 조명기구와 촬영도구를 걷어차기도 했다. 남자아이의 엄마가 조용하고 침착한 어투로 말했다.

"긴장하지 마세요. 이건 물개미예요. 겁낼 필요 없어요. 우선 조명을 전부 끄세요."

조명을 다 끄자 설치해 놓은 세트가 어두워졌다. 어린 남자아이가 집 안에서 커다란 쇠 대야를 하나 들고 나와 화로를 대야 한가운데 놓았다. 성냥을 그어 불을 붙이자 화로에서 오렌지색 불길이 솟으면서 마당의 유일한 광원이 되었다. 감독이 촬영을 다시 이어가기로 하고 서둘러 카메라를 설치했다. 어린 남자아이의 동작은 잘 숙련되어 있었다. 마치 산속의 어린 무당 같았다. 몇 마디 중얼거리자 불이 만들어졌고 천지를 소환했다. 이런 모습은 반드시 찍어둬야 했다. 불길이 커지며 불을 붙인 어린 무당의 얼굴을 밝혔다. 수천수백 마리의 물개미들이 불길 속으로 달려들었다. 날개가 불에 닿아 꺾이고 몸이 쇠 대야 위로 떨어지면서 가늘게 쇠 부서지는 소리를 냈다. 물개미 군단은 불 속에서 전멸했다. 대야 안에는 날개가 꺾인 물개미들이 가득 꿈틀대고 있었다. 카메라는 남자아이를 따라 천산갑 우리로 갔다. 대야에 가득한 물개미를 바닥에 쏟아놓자 천산갑들이 몰려들어 눈 깜짝할 사이에 잔치를 벌였다.

천산갑은 가장 찍기 어려웠다. 감독은 천산갑의 다양한 모습을 찍고 싶었다. 진흙탕에서 꿈틀대는 모습과 혀를 길게 내밀어 비늘을 청소하는 모습, 꼬리로 나무에 매달리는 모습, 조용히 자고 있는 모습을 다 찍고 싶었다. 감독은 천산갑이 천성적으로 몹시 부끄럼을 탄다는 걸 몰랐다. 조명을 켜고 카메라를 들이대면 녀석들은 몸을 둥글게 말고 미동도 하지 않았다. 감독의 극본에는 천산갑의 연기가 일부 포함돼 있었다. 날개를 길게 늘어뜨린 천산갑, 비늘이 무지갯빛인 천산갑, 침대보 안으로 비집고 들어가는 천산갑 등을 여러 차례 시도해 봤지만 천산갑은 전혀 극본에 부합하지 않았다. 찍을 수가 없었다.

남자아이의 아버지가 낮은 목소리로 감독에게 말했다.

"방법이 있어요. 아주 간단해요. 하지만 처리비 명목으로 약간의 돈을 내셔야 합니다. 걱정하지 마세요. 감독님은 특별히 우대해 드릴 테니까요. 그리고 우선은 우리 아들이 알지 못하게 하셔야 합니다."

살아 있는 천산갑은 통제를 수용하지 않는다.

죽은 천산갑은 맥베스(Macbeth)였다.

천산갑을 사육하는 건 당연히 비늘을 팔기 위해서였다. 약재장에서는 천산갑 비늘이 신약(神藥)으로 간주되고 있었고 가격도 무척 높았다. 이미 일정량의 주문서를 받아놓은 터라 언제든 납품할 준비가 되어 있었다. 천산갑을 죽여 비늘을 채취한 다음 고기는 냉동하여 임산품점에 팔 수 있었고 미식가들은 이 고기를 아주 좋아했다.

감독은 동의했다. 수표를 한 장 더 써서 남자아이의 아버지에게 건넸다.

미술 스태프들이 차가운 천산갑의 사체에 그림을 그렸다. 비늘이 요염하고 화려해졌다. 어떤 것은 날개를 달았고, 어떤 것은 수면 모자를 썼다. 발톱에 빨간 매니큐어를 칠한 것도 있고 꼬리에 구슬을 줄로 이은 듯한 조명을 단 것도 있었다.

죽었다. 줄에 매달린 생명이 없는 나무인형이 지지대를 통해 연결되어 조종되면서 카메라 앞에서 각양각색의 포즈를 취했다.

남자아이의 아버지는 촬영을 빨리 마쳐달라고 재촉했다. 비늘을 채취해야 한다면서. 너무 지체하다가는 육질이 손상될까 봐 걱정이라고 했다.

천산갑과 함께 자는 신을 찍을 때가 되어서야 남자아이는 천산갑들이 전부 죽었다는 사실을 알았다.

눈물도 필요 없었다. 아이는 산 위 숲에서 자랐고 엄마와 함께 닭과 오리를 키웠기 때문에 동물들을 잡아먹는 걸 충분히 이해했다. 하지만 희귀해서였을까. 자신이 직접 사육해서 그랬을까. 천산갑의 부드러운 사체가 침대 위에 놓여 있고 발톱에 빨간 매니큐어가 칠해져 있는 걸 보는 순간, 아이의 마음속에서 뭔가가 쿵 하고 무너졌다. 옆에 있던 아이의 아버지가 말했다.

"보세요. 이러니까 찍기 편하잖아요. 어서 찍으세요. 우리도 빨리 처리해야 하니까요. 안 그러면 고기를 팔지 못하게 되니까 감독님이 책임지셔야 합니다."

카메라가 급하게 움직이긴 했지만, 영화 전체에서 가장 잊기 어려운 신이 결국 완성되었다. 숲속에 침대가 하나 있고, 여자아이가 침대보 깊은 곳에서 기어 나온다. 수많은 천산갑들이 그 곁을 오르내린다. 달과 별이 밝게 빛나는 여름날 밤, 아이들은 천산갑들에게 잘 자라는 인사를 건네고는 함께 축축하고 비가 많은 꿈속으로 빠져든다. 커다란 스크린에 가볍게 비가 내리고 천산갑들이 기계처럼 이동하는 모습이 투영된다.

누군가 남자아이에게 영화를 찍는다는 것이 무엇이냐고 묻는 것 같았다. 그는 말을 하지 못했다. 하지만, 그의 마음속에는 답이 있었다.

영화를 찍는다는 건 아주 잔혹한 일이었다. 카메라로 성취를 얻기 위해 인간은 반드시 주재 위에 군림하며 생사를 지배하고 빛과 그림자를 지배해야 했다.

카메라가 촬영하지 못하는 것을 남자아이와 여자아이는 보았다.

두 아이는 어른들이 천산갑의 사체를 가져다 비늘을 벗기는 모습을 보았다. 또 한 차례 큰비가 내렸다. 물개미들이 집 안으로 들이닥쳤다. 천산갑들이 전부 죽었기 때문에 불을 피워 물개미들을 채집할 필요도 없었다. 남자아이는 등불 아래 서서 고개를 들어 물개미들이 미친 듯이 날아다니는 모습을 바라보았다. 모든 것이 그의 잘못이었다. 그가 이 영화를 찍겠다고 약속하지만 않았다면 천산갑들이 죽을 필요도 없었을 것이다.

나중에 소녀는 잠을 잘 자지 못하게 되었다. 머릿속으로 상상한 천산갑은 처음에는 비늘이 멀쩡했다. 새끼 천산갑은 어미 천산갑의 꼬리에 바싹 달라붙어 비틀비틀 걸어가면서 그녀의 몸에 구멍을 팠다. 세고 또 세다 보면, 인간의 손이 나타나 폭력적인 방법으로 비늘을 뽑기 시작했다. 이런데 어떻게 잠을 잘 수 있겠는가. 마지막까지 세다 보면 침대보가 온통 피로 물들었고, 천산갑은 영원히 눈을 감았다.

엄마가 사라지던 그날, 남자아이는 여자아이와 함께 산에 올라왔었다. 천산갑 비늘이 마당에 널려 있었다. 곧 상자에 포장될 예정이었다. 사전에 아버지와 약정했던 약재상은 모습을 드러내지 않았고 비늘은 줄곧 집 안에 보관되어 있었다. 한참이나 시간을 끌던 아버지는 결국 비늘을 다른 사람에게 팔기로 했다. 물건을 본 상인은 흔쾌히 돈을 지불했다. 동남아로 밀수출할 계획이었다.

남자아이는 방금 엄마를 잃었다. 엄마가 떠났다는 걸 아버지에게 어떻게 알려야 할지 알 수 없었다. 경찰이 아버지에게 이미 말하지 않았을까. 엄마의 눈빛은 의미가 아주 분명했다. 다시는 산에 올라오지 않겠다는 것이었다. 영원한 이별이었다. 그는 알았다. 그렇게 알아들었었다. 그는 딱딱한 천산갑 비늘을 쓰다듬었다. 그러자 온몸의 피부가 빨갛게 물들었다. 분노가 차올랐다. 그는 숲을 마주한 채 눈을 감고 간구했다. 숲의 나무들이 요동치면서 서로 신호를 주고받기 시작했다. 회의를 열어 뭔가를 토론하듯이. 좋아, 바람이 필요하겠군. 우리가 바람을 보내주지. 숲속 깊은 곳에서 광풍이 불어오기 시작했다. 통제되지 않는 바람은 큰 나무들을 넘어뜨리고 지붕을 벗겨 버렸다. 닭과 오리들이 바람에 날려 허공으로 휘말려 올라갔다. 마당에 널려 있던 천산갑 비늘도 전부 사라졌다. 고동색 비늘들이 바람 속에서 날개를 달았다. 하늘 가득 꽃잎이 춤을 추며 날아가는 것 같았다. 바람 속에서 엄마의 목소리가 들려왔다.

"가자, 우리 동물을 잡으러 가자."

이어서 아버지의 저주와 고함이 들렸다. 바람을 상대로 이 진귀한 천산갑 비늘을 다투려는 듯했다. 이 죽일 놈의 바람에게 질 순 없다. 하지만 아버지는 결국 지고 말았다. 비늘들은 전부 바람을 따라 가 버렸다. 숲속으로 날아가거나 산 구릉에 떨어지거나 구름 속으로 사라져 버렸다.

바람이 멎었다. 아버지는 숲속으로 들어갔다. 적어도 비늘의 일부는 회수할 수 있을까? 하지만 없었다. 한 조각도 남아 있지 않았다. 집으로 돌아온 아버지는 전기톱을 들고 나와 나무들을 마구 베는 것으로 분풀이를 했다.

영화제 특집 잡지를 덮는 순간, 남자아이와 여자아이는 시공의 소용돌이 속으로 빨려 들어가 프랑스 루아르강 강변의 호텔 침대 위로 떨어졌다. 몹시 늙은 채로.

4K 복원 상영, 그해의 비, 물개미 떼, 몸에 무지개를 품은 천산갑, 날개를 단 천산갑도 다 복원되었을까. 관중들은 복원된 영화를 보고 침대 위의 천산갑들이 죽었다는 걸 알아챌 수 있을까.

그는 침대 위에 누웠다. 그녀에게 사실을 얘기하고 싶었다.

그는 애당초 영화를 보러 가고 싶지 않았다. 죽음이 복원될 수 있을까. 4K 고화질의 살육은 지나치게 선명할 것이다. 그는 영화관에 가서 앉아 있다가 중간에 일어서 나가는 사람이 될 게 뻔했다.

낭트에 가기로 약속한 건 뉴스에서 타이베이 동물원이 낭트 동물원에 천산갑을 기증했다는 소식을 들었기 때문이었다. 타이베이 동물원은 특별히 제조한 사료를 먹이기 때문에 두 마리 천산갑의 식사에 아무 문제가 없고, 두 마리가 프랑스에서의 새 삶을 잘 펼쳐나갈 거라고 설명했다. 천산갑은 야행성 동물이지만 시차를 조절하지 못하기 때문에 모든 일과 휴식이 타이베이 시간에 맞춰져 있는 셈이었다. 관람객들은 녀석들이 활발하게 움직이는 모습을 보고 싶으면 두 곳의 시차를 계산해야 했다. 그래야 이리저리 기어오르는 천산갑을 볼 수 있었다.

영화는 보고 싶지 않았다. 그가 보고 싶은 것은 시차를 조절하지 못하는 이 두 마리 천산갑이었다. 하지만 밤에 움직이는 천산갑은 보고 싶지 않았다. 편히 자고 있는 천산갑을 보고 싶었다.

그는 뉴스를 다 보았다. 밤의 파리는 깊은 바다와도 같아서 잠들기가 어려웠다. 문을 열고 몸을 따라 바다로 들어갔다. 영화를 보았다. 밤새 걷다가 술집에서 낯선 사람과 입을 맞추고 체액을 휘발시켰다. 강가를 미친 듯이 돌아다녔다. 어두운 밤을 동력으로 삼다 보니 걸을수록 정신이 말짱해졌다. 그는 알 것 같았다. 그는 마침내 혼란스러운 이 수면의 작용을 용서하기로 했다. 알고 보니 천산갑과 마찬가지로 그 역시 시차 조절 능력이 없었다.

그녀는 온몸이 불편했다. 춥기도 하고 덥기도 했다. 잠자기 전에 진통제를 먹어야 할까. 목욕을 하고 싶었다. 이 오래된 호텔은 그 자체로 귀신의 집이었다. 방에 있는 모든 등을 다 켰는데도 어두운 느낌이었다. 오래된 벽지의 꽃무늬가 꿈틀대는 것 같았다. 카펫에는 함정이 숨어 있어 그걸 밟는 순간 바닥이 없는 심연으로 빠져들어 갈 것 같았다. 귓가에 아주 가는 소리의 파편들이 들려왔다. 졸졸. 소곤소곤. 밖에 강물 흐르는 소리인가. 아니면 벽에 걸린 초상화 속 옛날 사람이 말하는 소리인가. 텔레비전을 켜니 노래 프로그램이 방영되고 있었다. 가사가 많고 즐겁지만 요란한 음악이었다. 볼륨은 이미 아주 높여져 있었다. 옆방 투숙객에서 피해를 끼칠 정도였다. 하지만 그 많은 가사와 무거운 리듬도 작고 세밀한 속삭임을 쫓아내지는 못했다.

일어나 욕실로 간 그녀는 더운물을 틀었다. 물이 욕조를 때리는 소리는 충분히 시끄러울 것이다. 시끄러우니 굳이 신경 써서 말을 할 필요가 없었다. 먼저 자. 난 목욕을 좀 할 테니까. 몸을 욕조에 담그자 뜨거운 물이 피부에 스며들었다. 고통이 약간 누그러지는 듯했다. 작은 욕실 창이 열려 있어서 바람이 새어 들어오고, 밤이 새어 들어오고, 마른 낙엽이 새어 들어왔다.

"네 안경이 깨져 버렸으니 어떡하지."

그녀는 혼자 중얼거렸지만 자문자답하고 싶지는 않았다. 그녀는 휴대폰을 들어 다시 한번 문자 메시지를 보내고 메일을 한 통 썼다. 전화는 여전히 없는 번호였다. 아들은 여전히 돌아오지 않았다.

"미안해. 엄마는 네 얼굴을 보면서 얘기하고 싶었어. 정말 미안해."

쑤다런의 머리가 욕조 위로 불쑥 솟아나왔다.

그녀는 외마디 비명을 질렀다.

그가 조용히 욕실 문을 두드렸다.

"아, 아무것도 아니야. 난, 그냥…… 아니야, 먼저 자."

쑤다런 생각은 오래전에 잊었는데 어떻게 이 호텔 욕조 안에서 생각난단 말인가. 귀신이 난리 치는 호텔이 틀림없다. 지나간 귀신들이 전부 돌아온 것이다.

쑤다런은 법학과 우등생으로 신사적이고 예의를 갖춘 사람이었다. 장이판은 그녀로 하여금 남자를 두려워하게 했지만, 쑤다런은 다가가기만 해도 즉시 그녀가 튕겨져 나왔다. 쑤다런은 예의와 거리를 유지했다. 손을 잡지도 않았고 허리에 팔을 감지도 않았다. 입을 맞추지도 않았다. 그는 그저 앞으로의 포부를 공유하려 했다. 함께 뉴욕으로 가서 훌륭한 변호사가 되고 싶어 했다. 그녀는 기꺼이 변호사 부인이 될 수 있었다. 그녀는 길을 갈 때면 항상 자신도 모르게 뒤를 돌아보곤 했다. 또 장이판이 갑자기 나타나 미소를 지으면서 자신을 기다리고 있을까 두려웠다. 어느 날 쑤다런과 함께 영화 동아리에서 준비한 유럽 예술영화를 보게 되었다. 영화가 끝나고 캠퍼스를 산책했다. 걸으면서 얘기를 나누고 있는데 심상치 않은 비명이 들렸다. 두 사람은 숲속에서 치고받고 싸우는 남녀를 발견했다. 남학생이 여학생의 목을 조르고 있었다. 쑤다런이 곧장 달려가 남학생을 밀쳐내자 여학생은 재빨리 큰 소리로 도움을 청했다. 몇 분 후 교내 경찰이 도착했다. 쑤다런은 남학생의 몸 위에 올라타 있었다. 그녀는 쑤다런이 교내 경찰과 얘기를 나누는 것을 보고서야 자신이 얼마 전부터 뒤를 돌아보지 않게 되었다는 걸 깨달았다. 그녀는 장이판이 다른 사냥감을 찾고 있거나 죽었을 거라고 추측했다. 이 정도면 충분했다. 쑤다런은 그녀의 손을 잡아도 됐다.

쑤다런과 온천 호텔에서 주말을 보내게 되었다. 그녀는 자신이 이미 준비가 되었다고 생각했다. 몸도 더이상 저항하지 않았다. 호텔 객실 안에서도 온천욕을 할 수 있었다. 커다란 욕조 안에 유황 냄새가 가득했다. 그녀가 먼저 욕조 안에 들어가 낮은 목소리로 문밖에 있는 쑤다런을 불렀다.

쑤다런은 욕조 안에서 발가락이 그녀의 허벅지에 닿자 재빨리 발을 거둬들였다. 그녀가 미소를 지으며 괜찮다고 하면서 다가가 그를 안았다. 그녀는 마음이 놓였다. 정말 좋은 사람임이 틀림이 없었다. 갑자기 쑤다런의 몸이 뻣뻣해졌다. 평소에는 목구멍이 쉴 틈이 없을 정도로 말이 많더니 이 순간엔 기이한 잡음뿐이었다. 그녀가 뒤로 조금 물러서자 쑤다런의 얼굴이 일그러지면서 울음이 터졌다.

"미안해. 정말 미안해."

쑤다런은 머리를 물속에 푹 집어넣더니 한참이나 숨을 참다가 다시 내밀었다. 온천수가 입과 코에 들어갔는지 마구 기침을 해댔다.

그러면서 계속 미안하다고 말했다.

계속 울었다.

그날 밤, 온천수가 다 식은 다음에야 쑤다런은 그녀에게 진실을 털어놓았다.

"미안해. 나는 너를 이렇게 대할 수 없어. 나는 남자를 좋아해. 하지만 우리 가족들은 그걸 받아들이지 못하지. 미안해. 항상 죽을까 생각했어. 내가 죽으면 아무 일 없잖아. 물에 빠져 죽으면 아무 일 없게 되잖아."

쑤다런은 나중에 뉴욕에 갔을까.

당시 그녀는 욕조 안에 한참을 멍하니 앉아 있었다. 온수가 냉수로 변하면서 몸이 약간 떨렸다. 그녀는 그를 생각했다. 어째서 그가 생각난 걸까. 하지만 그를, 완자탕을 찾을 수가 없었다. 대체 자신에게 어떤 특이점이 있기에 남자를 좋아하는 남자들만 만나는지 알 수가 없었다.

그녀가 쑤다런에게 말했다.

"약속해 줘. 반드시 뉴욕으로 가겠다고. 아주 멀리멀리 가 버리겠다고. 비행기가 없으면 배를 타고, 배가 없으면 자전거를 타고, 자전거가 없으면 걸어서라도 가. 헤엄쳐 가도 돼. 내 말 잘 들었지?"

그는 침대에 누워 텔레비전을 껐다. 다시 일어나 방 안을 걸었다. 삐걱삐걱. 백 살은 넘은 마룻바닥이 그의 발걸음이 무겁다며 불평했다. 잠을 잘 수가 없었다. 밖에 나가 좀 걷고 싶었다. 창문을 여니 루아르 강변에 사람들의 모습이 보였다. 그는 휴대폰에서 친구 만들기 앱을 열고 싶었다. 낯선 사람의 엉덩이를 만지고 싶었다. 그것만이 유일한 해소법이었다. 몸이 이렇게 움직일 때면 줄곧 J가 생각났다. 눈물을 주체할 수 없었다. 한번 하면 좋을 것 같았다.

그녀가 욕실 문을 열었다. 진한 수증기가 방 안으로 흘러들어왔다.

그녀가 소리쳤다.

아아아아악.

그녀는 목욕 가운을 입고 있었다. 표정이 일그러져 있었다.

그녀는 침대 위에 엎드려 침대 시트로 몸을 덮으면서 날카롭게 소리쳤다.

"나 좀 살려 줘. 죽을 것 같아. 빨리 구급차 좀 불러줘."

휴대폰 독백 4

"너."

"우리는 구급차에 타고 있어."

"너희 엄마는."

4 수세미

"난 죽을 수 없어."

욕조 안에 누워 그녀는 쉴 새 없이 같은 말을 반복했다.

창밖에는 번갯불이 번쩍였다. 큰비가 창문을 때리고 있었다. 그녀는 바람을 탓했다. 모든 게 그 욕실의 작은 창으로 밀려들어 온 차가운 바람 때문이었다. 그 바람은 기체가 아니라 거의 젤 상태에 가까웠다. 아니, 애당초 속이 꽉 찬 고체였다. 강물과 모래, 썩은 나뭇잎, 마른 나뭇가지, 진흙, 사람들의 말, 빗방울, 번개를 동반한 채 창문을 깨고 들어와 그녀의 복부를 향해 덮쳐왔다.

고통이란 무엇일까. 고통을 언어로 표현할 수 있을까. 한동안 참은 고통이 왜 갑자기 욕조 안에서 통제되지 않고 폭발해 버린 걸까. 도저히 참을 수 없었다. 곧 죽을 것 같았다. 끝이었다.

이번 고통의 체감은 구체적인 이미지를 갖고 있었다. 고통은 과일의 씨처럼 아주 작고 단단했다. 원래는 침착하고 조용하며 부끄럼을 타기 때문에 복강 깊은 곳에 숨어 있었으나, 바람의 무거운 타격에 순간적으로 파열되어 무수히 많은 미세하고 날카로운 파편들로 변했다. 이 파편들이 몸속에서 장기들을 공격했다. 그녀의 뇌 속에 각종 혼란한 고통의 기억이 집중적으로 나타났다.

종이가 손가락 끝에서부터 배를 찔렀다. 시뻘건 핏덩어리를 낳았다.

어릴적 영화를 찍을 때 침대 위에는 풍선이 가득했다. 햇빛이 바늘처럼 풍선을 찔러 귓가에서 폭발했다.

한 무리의 사람들이 두 손으로 거칠게 천산갑의 비늘을 뽑았다. 천산갑들의 고통이 깨어났다. 그들은 아직 살아 있었던 것이다. 그들은 몸을 비틀면서 소리 없이 울고 비명을 질러댔다.

약방에서 사온 낙태환을 삼키자 몸이 강의 수원으로 변했다. 날카롭게 울부짖는 붉은 시냇물을 토했다.

거칠고 포악한 두 손이 그녀의 어깨를 무겁게 내리눌렀다. 두 무릎이 차가운 타일에 부딪혔다. 남자가 깨끗하게 씻지 않은 아랫도리 기관으로 그녀의 얼굴을 때렸다.

가벼운 통증이 있었다.

자연 분만통이었다.

배를 가르는 산통이었다.

몸에 와이어를 매달고 고대의 복장을 한 영화를 찍다가 와이어가 끊기는 바람에 그녀는 몇 자 높이의 나무 위에서 미끄러져 바닥으로 떨어졌다.

상처를 바늘로 꿰맸다.

귓구멍을 뚫었다.

팡싼.

완자탕에 혀를 데었다.

엉덩이가 하늘에서 떨어지면서 나란히 서 있는 파인애플 나무들을 덮쳤다.

치아를 뽑았다.

치질 수술을 했다.

겨울에 테이블 다리에 발가락이 부딪혔다.

그녀의 몸 안에 이 모든 통증들이 숨어 있었다. 미세한 통증도, 커다란 통증도 있었다. 그 모든 통증이 한순간에 전부 깨어났다.

그녀는 거짓말을 했다. 그녀는 차 안에서 그를 향해 소리를 질렀다. 자신이 아들을 낳을 때 난산이었다고 했다. 온갖 고통의 진수성찬 속에서 한나절이나 소리를 질렀다고 했다. 타이완의 머라이어 케리가 될 뻔했다고 했다. 사실 그녀는 전혀 소리를 지르지 않았다. 의사가 말했다. 부인, 아프면 소리를 지르셔도 돼요. 그래야 우리가 부인의 상황을 제대로 파악할 수 있어요. 하지만 그녀는 아무 소리도 내지 않았다. 그녀에겐 평생 어떤 고통을 만나도 다 참아 내는 방법이 있었다. 그렇게, 소리를 지르지 않은 것이다. 그가 옆에 있을 때만 그녀는 어떤 방식으로든 소리를 냈다. 어쩌다 그를 만나면 그녀는 목소리에 커다란 천막을 세웠다. 사자후와 곰 울음. 호랑이의 포효, 말 울음, 어릿광대가 풍선을 터뜨리는 소리, 아이들의 폭소, 대포 같은 관중의 환호와 박수, 곡마단의 날카로운 비명의 축제를 토해 냈다.

파리에 오기 전에 그녀는 어느 보건 잡지에서 이런 글을 읽었다.

"수많은 아시아 여성들이 장기간 감정을 억누르면서 수시로 직접적인 감정 배출을 하지 못하다 보니 갖가지 감정이 몸 안에 쌓여 오래 누적되면서 전부 고통의 감각이라는 형식으로 신체를 침범하게 된다."

그녀는 갑자기 자신의 고통을 이해하게 되었다. 억눌린 모든 감정들이 몸 안 구석구석에 숨어 있었던 것이다. 그토록 오래 숨어 있다가 술래잡기가 끝나서 마침내 몸에 나타나게 된다.

몸 안의 파편들이 빠른 속도로 변형되어 날카로운 갈고리가 되고 낚싯바늘이 되어 장기들을 잡아당기게 된다. 그녀가 소리를 질렀다.

"난 죽을 수 없어!"

손발이 저리고 힘을 쓸 수 없었다. 욕조 밖으로 기어 나올 수가 없었다. 광풍이 사지를 흔들고 바닥 가득 목욕물을 흘리고 나서야 그녀는 마침내 자신의 몸을 욕조 밖으로 끌어낼 수 있었다. 그녀는 목욕 가운을 걸쳤다. 모든 동작이 고통을 수반했다. 복강이 폭발했다. 죽을 것 같았다.

욕실에서 나온 그녀는 그의 얼굴을 쳐다보자 목구멍에서 사자후를 토했다.

나 좀 살려 줘. 부탁이야. 너만이 날 구할 수 있어.

사자가 그의 몸을 물었다. 그는 몸이 얼어붙기라도 한 듯 멍한 표정으로 아무 반응도 보이지 않았다.

그녀는 이번엔 갈색곰의 울음을 토했다.

"이 멍청아, 내가 곧 죽는다고. 빨리 구급차 불러!"

곰발바닥이 그를 때려서 깨웠다. 구급차. 빨리. 구급차를 불러. 그는 구급차를 가장 두려워했다. 그는 떨면서 휴대폰을 꺼냈다. 근육이 흰 종이가 되었고, 날카로운 비명에 유린되고 찢겼다. 구급차를 부르려면 몇 번을 눌러야 하지. 타이완은 119지? 119 맞나? 프랑스는 211인가? 잠깐, 51인가? 아니면 15? 아니야. 전화가 연결되면 뭐라고 말하지? 증상을 어떻게 설명하지?

그녀의 얼굴에 눈이 내렸다. 혈색이 완전히 사라지고 땀이 폭포수처럼 흘렀다. 입을 벌린 채 침대를 두드리는 모습이 덫에 걸린 동물 같았다.

"너…… 그러니까, 먼저 증상을 말해 봐. 어디가 불편한 거야?"

그녀는 고개를 가로저으면서 배를 가리켰다. 너무나 아파서 말도 나오지 않았다. 그녀의 이마가 하얘졌다. 그가 손바닥으로 만져보니 불처럼 뜨거웠다.

불가능했다. 그가 해낼 수 있는 일이 아니었다. 도움이 필요했다.

"내가 프런트에 가서 얘기할게. 부, 부탁인데, 조금만 참아. 금방 돌아올게."

"죽을 것 같아. 빨리……."

그는 문을 열고 밖으로 뛰쳐나갔다. 낡은 카펫에 발이 걸려 계단 아래로 굴렀다. 밖에는 큰 눈이 길을 막고 있었다. 전속력으로 중앙 정원을 가로질렀다. 온몸이 눈에 젖었다. 호텔 로비에는 사람이 하나도 없었다. 그는 있는 힘을 다해 프런트의 벨을 눌렀다. 야간 당직을 하는 종업원이 뒤쪽 사무실에서 나와 모습을 드러냈다. 한밤중에 귀신을 본 듯한 눈빛이었다. 이 투숙객의 언어는 몹시 혼란스러웠다. 듣기엔 프랑스어 같았지만 입을 열면 혼탁한 땀이 섞여 있어 귀에 제대로 들어오는 말이 절반도 되지 않았다.

그는 말을 하다가 끝내 울음을 터뜨렸다. 어떻게 하나. 원래 말을 할 줄 모르고 말을 잘하지도 않는데 지금은 어쩔 수 없이 해야만 했다. 어째서 프랑스어를 제대로 배우지 않았나. J는 그의 프랑스어가 너무 엉망이라고 비웃으며 억지로 프랑스어 학원에 등록시키기도 했었다. 글쓰기와 문법은 그런대로 제법 잘 통하는 편이었지만 입으로 하는 말은 너무나 둔하고 어색했다. 간단한 안부 인사를 건네는 것 외에는 제대로 되는 말이 거의 없었다.

봉수아! 크 퓌 주 페르 푸르 부, 무슈?*

프런트 직원의 예의를 갖춘 의문문은 한밤중 녹음기에서 흘러나오는 프랑스 옛 노래 같았다. 곡조가 부드럽고 리듬이 그윽했다. 비는 기억을 갖고 있었다. 이 노래를 기억했다. 유리창에 달라붙는 소리였다. 바람도 노래가 좋아서 윙윙 소리를 멈추고 조용히 경청했다. 옛 노래는 귀를 후비고, 아주 오래 들러붙어 있던 완고한 귓밥을 파냈다. 갑자기 그의 청각이 예민해졌다. 그는 프런트 직원의 질문을 한 자 한 자 몸 안으로 받아들였다. 영화 촬영 현장에서 감독의 지시를 하나도 놓치지 않고 받아들이듯이. 좋아요. 알았어요. 그렇게 해 주시면 될 것 같습니다.

입을 열면서 그는 자기 뇌가 절반으로 자른 레몬 같다는 생각이 들었다. 힘껏 짜내면 뇌 속 깊은 곳에 숨겨져 있던 단어들이 전부 흘러나와 입가가 단어의 즙으로 촉촉하게 젖을 것 같았다.

안녕하세요. 여기 투숙객인데 제 친구가 긴급 의료지원을 필

* Bon soir! Que puis-je faire pour vous, Monsieur? 프랑스어로 '안녕하세요? 무얼 도와드릴까요, 선생님?'이라는 뜻이다.

요로 하고 있습니다. 감사합니다. 그녀는 복부에 극렬한 통증을 느끼고 있습니다. 체온도 높고 걸을 수도 없습니다. 구급차가 필요합니다. 협조 부탁드립니다. 전화를 걸어 구급차를 불러주세요. 감사합니다.

프런트 직원이 곧장 전화를 걸었다. 대단히 다급한 어투였다. 여러 차례 버튼을 누르고서야 마침내 정확한 기관으로 연결된 모양이었다. 쾌속으로 환자의 상황을 설명하고 전화를 끊었다. 삼십 분 내지 한 시간 이내로 구급차가 도착할 겁니다.

그는 빠른 걸음으로 객실로 돌아왔다. 계단을 오르다가 또 낡은 카펫에 걸려 넘어지면서 계단 위를 구를 뻔했다. 다시 넘어질 순 없었다. 그랬다가는 구급차에 환자 두 명이 함께 실려 가야 할 것이다.

"삼십 분, 삼십 분쯤 지나면 구급차가 온대."

그녀는 카펫 위를 굴렀다. 목욕 가운은 벗어 버렸다. 목욕 가운을 입고 싶었지만 통증이 지속적으로 공격해 왔다. 그녀가 졌다. 두 손 들었다. 몸을 가릴 힘조차 없었다. 이렇게 늙고 추한 몸을 그가 다 보고 말았으니 큰일이다. 그녀의 머릿속에 열한 살 시절의 일이 스쳐갔다. 이미 여러 날 엄마를 보지 못한 터였다. 누구를 찾아야 할지 정말 몰랐다. 산 위로 전화를 걸어 그를 찾았다. 어떡해. 나 어떡해. 나 지금 피가 난단 말이야. 아파. 좁은 욕실에서 그에게 몸을 보여 주었다. 당시에는 애당초 여러 생각을 할 수가 없었다. 그저 그에게 보여주고 그의 의견을 묻고 싶을 뿐이었다. 그녀는 학교 다닐 때도 친구가 없었다. 다들 그녀를 고귀한 일을 하는 유명 아역배우로 여기고 그녀와 얘기를 나누려 하지 않았다.

그에게 묻는 수밖에 없었다. 그라면 틀림없이 알 것이다. 그가 위아래를 살펴보았고, 속눈썹 한 가닥 한 가닥이 전부 일그러져 의문부호가 되었다. 그 부호들에 그녀는 웃었다. 다 웃고 나서 옷을 입자 몸 안의 불안이 크게 줄어들었다. 모르기는 그도 마찬가지였다. 그녀가 외롭지 않다는 걸 입증할 뿐이었다. 욕실 바닥에 앉아 있으니 타일이 몹시 차가웠다. 머리와 머리를 맞대고 낮잠을 잤다. 그녀와 함께 잠을 자는 사람이 있다. 둘 다 뭘 모르긴 마찬가지였다. 아프기도 했다. 피도 흘렸다. 그걸로 충분했다.

안 돼. 삼십 분쯤 지나 구급차가 왔을 때 낯선 사람들에게 이런 모습을 보일 수는 없었다. 그녀는 옷을 입으려 했다. 어차피 죽을 거라 해도 추하게 죽을 순 없었다. 확실히 그는 제대로 보지 못했다. 하지만 이렇게 오랜 세월 못 보다가 언뜻 보게 된 건 그녀의 몸에 남은 임신선(妊娠線)이었다. 그것은 마치 마른 낙엽의 엽맥 같았다. 귤껍질 조직처럼 울퉁불퉁 험한 길의 기복이 남아 있었다. 제왕절개는 복부에 꽃게발 모양의 부종을 남겼다. 그 형상은 뜨거운 물에 데친 새우 같았다. 안 돼. 사람들에게 이 새우를 보여 줄 순 없었다.

그녀는 캐리어에 기어 올라가 옷을 뒤적거렸다. 그는 한쪽에 쭈그리고 앉아 있었다. 손을 내밀어 도와줘야 할지 말아야 할지 망설였다. 그녀는 손이 가는 대로 블라우스와 잠옷 바지를 하나 꺼냈다. 사지가 거의 마비된 터라 정말로 입을 수가 없었다. 그녀가 그를 향해 소리쳤다.

"뭘 보고 있는 거야, 안 도와 주고! 난 곧 죽을 것 같단 말이야. 이래도 안 도와 주고 뭐 하는 거야."

그는 그녀에게 옷을 입혀 주었다. 그녀의 목구멍 안 곡마단에는 아직 우리 밖으로 나오지 않은 동물들이 아주 많았다. 이번에는 이치를 따지지 않고 욕설과 행패를 일삼는 원숭이를 내보내 그를 깨물었다.

"눈 감아! 보지 말라고! 이렇게 추한데 어쩌란 말이야. 난 죽도록 추하다고. 정말 죽고 싶단 말이야."

그는 빠른 속도로 바지를 입히고 그녀를 안아서 침대 위에 눕혔다. 그런 다음 그녀의 눈물을 닦아 주었다. 냉기가 그녀의 온몸을 점거하고 있었다. 통증이 그녀를 놔 주려 하지 않았다. 바로 누웠다가 옆으로 누웠다가 허리를 구부려 보기도 했지만 어떻게 해도 통증은 잦아들지 않았다. 만에 하나 구급차가 오기 전에 그녀가 통증으로 죽어 버리면 어쩌나. 만에 하나 구급차가 아예 오지 않는다면 어쩌나.

안 돼. 설사 당장 죽는다 해도 그녀는 반드시 물을 것이다. 어째서 고통이 심해질수록 말은 더 많아지는 걸까.

"부탁이야. 솔직하게 말해 줘. 정말 죽을 것 같단 말이야. 정말 멍청해. 죽는 연기도 여러 번 했는데. 작년에야 나는 드라마에 출연할 수 있었어. 호텔 침대 위에서 죽는 연기였지. 아이들 몇 명이 내 침대 곁에서 울면서 엄마를 불러댔어. 그런데 지금은? 정말로 호텔 침대 위에서 죽어가고 있잖아. 상관없어. 너는 죽은 사람한테나 진실을 말하겠지. 도대체, 우리 아들이 어떻게 널 찾은 거야? 그 애가 어렸을 때 둘이 만난 적이 있다는 건 알아. 하지만 서로 연락을 유지했을 리는 없잖아. 어서 말해. 귀 기울여 들을 테니까. 다 듣고 나서 얌전히 죽어줄게. 부탁이야. 말해 줘. 그 애가 어떻게 너를 찾은 거야?"

그는 자신이 그 바다로 돌아온 것 같다는 생각을 했다. 그녀가 하는 말들이 전부 부유 생물들 같았다. 크릴새우와 해파리, 녹조류 같은 것들이 주위에 떠다니면서 오렌지색과 파란색, 녹색 형광을 뿜어대는 것 같았다. 그는 입을 크게 벌린 고래였다. 빛을 내는 부유생물을 전부 배 속으로 빨아들였다. 그녀의 수많은 질문들이 전부 그의 배 속에 들어왔다. 그는 그녀에게 그 바다를 기억하는지 되묻고 싶었다. 잿빛 바다. 마지막 신이었다.

"기억나? 내가 출연했던 그 영화 말이야."

그녀는 고개를 가로저었다.

고개를 가로저은 건 거짓말이었다.

그녀는 그가 말하는 게 무슨 영화인지 잘 알고 있었다.

사실 그가 찍은 영화는 애당초 몇 편 되지 않았다.

그는 울고 있었다. 울고 있는 그 얼굴이, 그 영화 마지막 장면의 클로즈업이었다. 그녀는 그가 흘린 눈물방울 하나하나가 수족관처럼 어류와 바다표범, 고래, 상어, 펭귄을 전부 가두고 있다고 생각했다. 슬픈 울음을 둘러싸고 있어서 영원히 바다로 돌아가지 못한다고 생각했다. 큰 파도가 밀려오면서 그는 잿빛 바다 수면으로 사라졌다. 장면이 연결되지 못해서 같은 화면에서 그의 모습은 보이지 않았다. 과거 타이베이에서 처음 그 영화를 상영했을 때, 그녀는 스크린으로 달려가 파도를 헤집으며 그를 찾았다.

사실 당시 그는 바로 옆 홀에 있었다.

그 영화는 국제 영화제에서 남우주연상을 수상했다. 영화사에서는 타이베이의 대형 영화관을 여러 개 계약하여 시사회를 진행했다. 신문을 보고서야 그가 감독과 함께 타이베이로 돌아와 시사회에 참석한다는 사실을 알게 된 그녀는 소속사에 입장권을 한 장 구해 달라고 부탁했다. 그녀는 시사회 입장권을 손에 꼭 쥐고 그가 레드 카펫을 걸으면서 미소를 짓고, 사람들에게 사인을 해 주고, 관객들을 향해 손을 흔들고, 무대에 올라 사회자와 인터뷰를 하는 모습을 바라보았다. 언제나 그랬듯이 그는 말은 하지 않고 연신 고개 숙여 인사만 했다. 그녀도 그를 향해 손을 흔들었지만, 너무 많은 사람들이 손을 흔드는 바람에 그는 아예 그녀를 발견하지도 못했다. 팡싼의 장례가 끝난 뒤로 그는 여러 해 동안 종적을 감췄었는데, 어떻게 국제 영화제의 황제 신분으로 타이베이로 돌아올 수 있었던 걸까. 마침내 그를 찾은 그녀는 쉴 새 없이 사람들 틈새를 비집고 나아갔다. 그와 몇 마디 말을 나눌 수 있기를 고대하며. 사람들이 마구 밀쳐대는 바람에 그녀의 신발이 밟혀 벗겨졌다. 쪼그려 앉아 얼른 신발을 신은 그녀는 다시 일어섰다. 인파는 영화관으로 밀려들어 가고 광장에는 그녀 혼자 남았다. 그는 또다시 보이지 않았다. 그녀는 영화관으로 들어가 관중석에서 열심히 그를 찾았다. 스태프 하나가 마이크를 들고 알렸다.

"잠시 후면 영화 상영이 끝납니다. 관객들께서는 바로 옆에 있는 홀로 가 주시기 바랍니다. 감독님과 주연 배우가 그곳에서 여러분들과 대담을 나눌 예정입니다."

알고 보니 그는 이 홀에 있었던 게 아니었다. 영화가 끝났지만 그녀는 아예 옆에 있는 홀에 들어갈 수조차 없었다. 사람들이 너무 많았다. 사람들 틈에서 산소를 들이마시지도 못할 지경이었던 그녀는 얼른 밖으로 뛰어나가 실컷 숨을 쉬었다. 상관없었다.

조금 전에는 바다에서 그를 건지지 못했지만, 행사가 다 끝나고 인파가 물러가고 나면 틀림없이 그를 찾을 수 있을 것이다.

그녀는 단지 자신의 아들이 그날 밤 그 영화의 시사회에 참석하리라고는 생각지 못했을 뿐이다.

"타이베이에서 시사회를 했어. 그가, 행사가 끝나자, 나를 찾아왔어."

그녀 몸 안의 날카로운 낚싯바늘이 또다시 변형되어 가는 침이 되었다. 통증은 재봉틀이고 그녀의 몸은 찢긴 천이었다. 바늘이 정성껏 그녀를 감침질했다.

그때 그녀의 추측이 맞았다. 시사회가 끝나고 그는 틀림없이 뒤풀이 파티에는 참석하지 않을 것이다. 사람들에게서 멀어지기를 갈망하면서 비밀의 뒷문을 찾아 걸어서 현장을 떠날 것이다.

그녀는 흩어지는 사람들을 관찰했다. 영화관 광장은 곧장 지하철로 연결되어 있었다. 뒤로 돌아가면 분명히 번화가이지만 오히려 훨씬 조용했다. 그녀는 한참을 기다렸다. 휴대폰에 끊임없이 진동 신호가 날아왔다. 남편의 이름이 휴대폰 액정에 나타났다. 밤은 깊어가고 사람들은 흩어졌다. 그녀는 휴대폰을 부숴 버리고 싶었다.

어떻게. 어떻게 이럴 수가. 그녀는 기다리지 못했지만 아들은 기다렸다.

그녀는 아들이 그날 밤 인파 속에서 그녀를 보았다는 사실을 알지 못했다. 행사가 끝나고 아들은 영화관 뒤쪽 거리를 향해 가는 그녀를 눈으로 배웅했다.

그녀는 조용히 기다렸다. 줄곧 그 문들을 바라보고 있었다.

어느 문이든 갑자기 열리기를 기대하면서.

아들은 주도적으로 그의 뒤를 따라갔다.

시사회가 끝나고 관객들과의 대담에서 남자 주인공은 미소만 지을 뿐, 말을 하지 않았다. 답변은 감독이 담당했다. 행사가 끝나고 아들은 스태프들 사이에 끼어 남자 주인공을 바짝 뒤따랐다. 감독이 남자 주인공의 귀에 대고 낮은 목소리로 뭔가를 속삭였다. 관객들이 흩어져 돌아가자 감독은 스태프들과 함께 택시를 탔다. 뒤로 물러선 남자 주인공은 인파를 역류하여 걸어서 현장을 떠났다. 아들은 그의 뒤를 쫓았다. 시사회의 플래시가 유성처럼 남자 주인공의 몸에 쏟아졌다. 아들은 남자 주인공의 뒷모습을 바라보면서 그 커다란 몸이 영롱하게 빛나고 있다고 생각했다. 하지만 남자 주인공은 일부러 몸에 쏟아지는 유성을 털어내고 있는 듯했다. 걸으면서 입고 있던 명품 양복 재킷을 벗었고, 에나멜 구두도 발에 너무 꽉 끼인다고 생각했는지 벗어서 길가 쓰레기통에 던져 버렸다. 셔츠도 벗어 가방에 넣고 맨발로 계속 걸어갔다. 일부러 어두운 길만 골라서 걸었다. 몸이 나무 그림자 속에 녹아 들어갔다. 그렇게 걷다 보니 몸에서 더이상 빛이 나지 않았다. 조용히 검은 그림자로 변해 컴컴한 타이베이 한구석으로 걸어갔다.

그는 누군가 따라오고 있다는 걸 알았다. 바로 그의 등 뒤에서 다섯 내지 열 걸음의 거리를 유지하고 있었다.

분명히 파란 불이었지만 그는 일부러 걸음을 멈췄다. 뒤따라오던 그림자도 멈췄다. 오늘 협찬사에서 보내준 구두는 식인 물고기 가죽으로 만든 모양이었다. 그걸 신으면 그 자리에 멈춰 설 수밖에 없었다. 두 블록을 걷는 동안, 두 발이 다 먹히고 뼈만 남았다. 구두를 던져 버릴 때도 뒤따라오는 그림자가 있었다. 그가 몸을 돌렸다. 따라오는 사람의 의도가 선의인지 악의인지 알아야 했다. 타이베이의 썰렁한 거리 위로 가로등이 희미한 빛을 뿌리고 있었다. 그 사람의 그림자가 멈췄다. 일 초, 이 초, 삼 초, 계속 그를 응시했다. 그는 그 눈빛의 신호를 간파했다. 남자였다. 소년이었다.

그는 계속 앞을 향해 걸었다. 걸음을 늦췄다. 깊은 밤에 한 사람은 앞서 걷고, 한 사람은 뒤를 따르는 그들만의 작은 게임이 계속되고 있었다.

그의 호텔은 그 방향이 아니었다. 원래 그는 발길 닿는 대로 마구 걸어 다닐 작정이었다. 산책은 일종의 폐기였다. 걸으면서 조금 전의 박수를 전부 던져 버릴 생각이었다. 걸으면서 조금 전 관객들과의 문답을 잊고 싶었다. 조금 전 레드 카펫과 무대, 영화관에서의 그는 전부 진정한 그가 아니었다. 그건 다른 사람이었다. 일부러 길을 에둘러 줄곧 앞으로 걸었다. 어쩌면 호텔로 돌아가기 전에 원래의 자신으로 돌아올 수 있을지도 모른다. 그는 원래의 자신이 어떤 모습인지 알지 못했다. 하지만 지금 모습이 아니라는 건 확실히 알았다.

다리가 아파 길가 공원에 앉아 좀 쉬기로 했다. 남자아이가 그 옆에 와서 앉았다. 사실은 공원이 아니라 조용한 아파트 단지의 작은 정원이었다. 누군가 그곳에 채소를 심고 간단하게 울타리를 쳐 놓았다. 달빛 아래 채소 줄기가 소리 없이 위로 기어 오르고 있었다. 길쭉한 수세미는 아주 튼실했다. 딸 때가 된 것 같았다.

남자아이가 가볍게 기침을 하더니 고개를 돌려 그에게 말했다.

"저를 기억하지 못하시죠?"

남자아이의 말이 수세미 줄기처럼 그의 팔과 목을 타고 올라와 머리까지 뻗어 왔다. 기억을 찾고 있었다.

그가 고개를 가로저었다.

정말로 기억이 나지 않았다. 잠시 기다렸다. 기억은 깊은 바다였다. 어떤 해만의 아주 깊은 곳이었다. 비슷했다. 알 것 같았다. 그 얼굴의 윤곽과 코의 선조를.

"저 팡싼 동생이에요."

시간의 단위는 분초나 연월일이 아니었다. 시간의 단위는 상실이었다. 그해의 그 어린아이가 시간 속에서 성장하여 키가 커지고 입술 주위에 가느다란 수염이 났다. 하지만 그 눈빛은 순진함을 잃었다. 순진함이란 건 무엇일까. 당시 병원에서의 그 어린아이에겐 욕망이 없었다. 울음도 복잡하지 않았고 웃음의 성분도 단순했다. 눈빛에는 호기심이 가득했고, 아직 왜곡을 알지 못했으며, 악의는 찾아볼 수도 없었다. 지금도 분명히 소년이지만 그 눈빛은 많은 것을 잃어 슬픔으로 가득 차 있었다. 너무 많은 것을 잃어서 두 눈이 슬픔에게 이토록 많은 공간을 내어주고 있는 게 분명했다.

소년이 몸을 일으켜 수세미 울타리 아래 쭈그리고 앉았다. 수세미를 하나 땄다. 그러더니 냄새를 맡아보고는 수세미를 세게 꽉 쥐었다. 눈빛은 줄곧 그의 몸에 머물러 있었다.

"지금 어디 사세요? 예전에 엄마가 아저씨는 산 위에 산다고 했었거든요. 맞죠? 하지만 엄마는 아무것도 말해 주려 하지 않아요. 제가 아저씨에 관해 물을 때마다 엄마는 아무 말도 하지 않았어요. 그저 친구라고만 했지요. 칫. 그거 아세요? 엄마도 오늘 영화 보러 왔었어요."

그가 고개를 가로저었다. 뭐라고 대답해야 할까. 마지막으로 산 위에 돌아갔던 건 아주 오래전 일이었다. 이번에 타이베이에 와서도 산에 올라가지 않았다. 그는 이 소년이 자신과 함께 가고 싶어 한다는 걸 모르지 않았다. 밤의 끝까지 함께 가고 싶어 하는 것이다. 안 돼. 그럴 순 없었다. 아니, 엄마가 왔었다는 건 몰랐어. 대답은 태어나기도 전에 목구멍 안에서 요절하고 말았다. 그가 할 수 있는 것은 고개를 가로젓는 것뿐이었다.

소년은 수세미를 꽉 쥔 채 그의 옆에 앉았다. 눈빛은 그의 바짓가랑이에 머물러 있었다. 손가락은 수세미를 주무르고 있었다.

그는 고개를 가로저으며 몸을 뒤로 뺐다. 안 돼. 그건 안 돼.

소년은 택시에 오르기 전에 배낭에서 수첩을 하나 꺼내더니 그에게 전화번호를 적어달라고 했다. 그는 프랑스 휴대폰 번호를 적어주었다.

올여름, J가 사라지고 나서 소년이 그의 휴대폰 안으로 쳐들어왔다.

휴대폰 대화의 주인공은 그와 그녀였을까, 아니면 그녀의 아들이었을까.

그는 파리의 작은 아파트에서 휴대폰 문자 메시지를 확인하고 있었다. 낯선 번호였다. 타이베이에서 온 것이었다. 다음 메시지는 사진이었다. 그해에 자신을 따라왔던 소년이었다. 나이를 몇 살 더 먹은 얼굴에 안경을 끼고 있었다. 표정이 복잡했다. 더 슬퍼 보였다. 잃은 것이 더 많아진 것이다.

그가 답신을 보냈다.

"헬로."

소년은 곧장 전화를 걸어왔다. 파리로 그를 찾아오겠다고. 그는 좋다고 대답했다. 대신 아무에게도 말하지 말라고 했다. 소년이 전화로 자신의 요구를 말했다.

"가게 해 주세요. 아무래도 안 되겠어요. 이 상태로는 도저히 안 되겠어요. 사람들이 저를 얼마나 괴롭히는지 모르시죠. 아빠는 저를 미국으로 보내 버리겠대요. 분명히 갔다 왔는데 또 보내려는 거예요. 저는 싫어요. 가기 싫다고요! 미국에 안 갈래요. 싫어요!"

그녀가 옆에 있던 베개를 들어 그를 향해 던졌다.

"이 나쁜 새끼. 나한테 아무것도 말해 주지 않았네."

베개를 던지자 매트리스에 커다란 구멍이 하나 뚫리더니 그녀가 밑으로 떨어졌다. 그녀의 몸이 투르를 벗어나 지표와 바다를 가로질렀다. 시간의 거센 흐름을 거슬러 영화 시사회가 열리던 그날 밤으로 돌아갔다. 그녀는 영화관을 나와 걸어서 집으로 돌아갔다. 걸으면서 울었다. 그가 바로 눈앞에 있는 것을 뻔히 알면서도 찾지 못했다. 우는 수밖에 없었다. 울면서 집이 있는 골목까지 이르러 눈물을 회수하고 더는 울지 않았다. 여기까지만 울 수 있었다. 더는 울 수 없었다. 아들이 인도에 앉아 책을 보고 있었다.

"어머, 오늘은 이렇게 진지하게 공부를 하고 있네."

"방해하지 마. 내일 수학 시험에 합격하지 못하면 선생님한테 엄마가 방해했기 때문이라고 할 거야."

"그래. 알았어. 방해하지 않을게. 그런데 왜 여기 나와 있어? 이층 방이 그렇게 안락한데 이렇게 늦게 밖에 나와 수학 공부를 하다니. 좀 웃기는 거 아니니?"

"아빠가 너무 짜증나게 굴어서 그래."

별이 총총한 밤이었다. 타이베이 시내에선 고개를 들어 별을 보기가 쉽지 않았다. 그날 하늘은 특별히 맑고 깨끗했다. 수많은 별들이 눈을 깜박이고 있었다. 건너편 삼림공원의 나무들이 가볍게 흔들렸다. 잠을 이루지 못한 새들이 허공에 날아올랐다.

"방금 영화 보러 갔었어."

"그래요? 재미있었어요?"

"나쁘지 않았어."

"어쩐지 눈이 빨갛다 했더니!"

"호호, 너도 엄마가 울보라는 것 잘 알잖아. 영화 속 사람이 울면 나도 꼭 따라 울곤 했지. 얘, 우리 함께 영화 보러 간 지 꽤 오래됐지? 시험 끝나면 엄마랑 같이 영화 보러 가는 게 어때?"

알고 보니, 그날 밤 아들도 현장에 있었다. 그녀는 그날 밤 기온이 아주 쾌적했던 걸 기억했다. 한여름이 마침내 막을 내린 것이었다. 바람이 시원했고 몇몇 나무들은 이미 가을 옷으로 갈아입었다. 아들은 그녀와 함께 고개를 들고 셈을 해보았다. 하나, 둘, 셋, 넷, 다섯. 별을 셌다. 수학 교과서가 땅바닥에 떨어졌다. 아무도 다시 주우려 하지 않았다.

차가운 손이 그녀를 타이베이 다안 삼림공원에서 한순간에 투르의 이 호텔로 데리고 왔다. 그녀가 정신을 차려 보니 눈앞에서 낯선 남자 둘이 얘기를 나누고 있었다.

그녀는 혼절했다. 그는 어떻게 해야 좋을지 몰라 그녀의 얼굴을 가볍게 두드리기만 했다. 조금 전까지 계속 죽을 것 같다고 했는데, 정말 죽은 건 아니겠지? 조금 전까지 체온이 높지 않았나? 지금은 어째서 이렇게 차가운 거지? 구급차는 왜 아직 안 오는 거야? 전화를 걸어 재촉해야 하나?

구급차 사이렌 소리가 선명하게 귀에 들어왔다. 왔다. 마침내 도착했다. 그는 재빨리 방문을 열고 로비로 뛰어 내려갔다. 남성 구급대원 둘이 큰 걸음으로 들어서고 있었다. 구급대원들이 방 안에 들어설 때까지 그녀는 여전히 혼절한 상태였다. 재빨리 체온과 혈압을 재고 생명의 흔적을 확인했다. 구급대원 한 명은 계속 그녀를 부르면서 손을 그녀의 뺨에 댔다. 마침내 그녀가 깨어났다. 구급대원들은 아주 많은 것들을 물어보았다. 몇 살이냐, 어디가 아프냐, 만성질환이 있느냐, 침대에서 내려 걸을 수 있느냐, 통증이 얼마나 오래 지속됐느냐 하는 것들이었다.

그는 열심히 통역을 했고 그녀는 열심히 고개를 흔들었다. 그녀는 소리를 지르고 싶었다. 통증이 더 심해졌다. 하지만 눈앞에 낯선 사람이 둘이나 있었다. 그녀는 끝내 소리를 지르지 못했다.

그녀의 두 눈은 벌집 같았다. 구급대원들이 프랑스어로 뭐라고 하면 그녀는 놀란 표정으로 눈물을 한 무더기 쏟아냈다. 너무 아파요. 부탁인데 절 좀 살려 주세요. 하지만 당신들이 무슨 귀신 씻나락 까먹는 소릴 하는지 하나도 못 알아듣겠어요. 그러니 어떻게 날 구해 줄 거예요?

들것이 올라왔다. 그녀는 침대 옆 탁자에 놓여 있던 샤넬 백을 집어 들었다. 그 안에는 여권과 갖가지 증명서, 지갑이 들어 있었다. 그리고 부서진 안경도. 그는 배낭을 꺼내 빠른 속도로 빨아 놓은 옷과 슬리퍼, 치약칫솔 등을 챙겨 넣었다. 들것이 방을 나서서 아래층으로 내려갔다. 계단 하나하나가 한 세기였다. 마침내 구급차에 올랐다. 그녀는 그의 손을 잡지 못했다. 그녀는 눈을 크게 떴고 그는 구급차 뒤쪽에 서서 고개를 숙인 채 구급대원들의 설명을 듣고 있었다. 너 거기 서서 뭐 하고 있는 거야. 빨리 차에 타란 말이야.

어째서 또 구급차일까.

지난번에 두 사람이 헤어진 것도 구급차에서였다. 타이완의 고속도로, 봉쇄된 입체교차로에서였다. 노면에 안개가 일고 있었다.

안 돼. 이번에는 반드시 차에 타야 해. 너를 그냥 가게 내 버려둘 수 없어. 가면 안 돼.

그녀가 손을 들었지만 정말 힘이 없었다. 하지만 그녀는 손을 흔들어야만 했다. 부탁이야. 이번에는 꼭 나를 봐야 해. 내가 여기서 손을 흔들고 있잖아. 내가 안 보여? 어쩌면 그녀의 눈에서 날아간 벌이 너무 시끄러웠는지도 모른다. 그가 들었다. 이번에는 그가 마침내 고개를 들어 그녀가 손을 흔드는 걸 보았다.

잘됐다. 차에 탄 그가 들것 바로 옆에 앉아 그녀의 손을 꽉 잡았다. 그녀도 그의 손을 꽉 잡고는 마음 놓고 눈을 감았다.

구급차 문이 닫히고 요란하게 사이렌이 울렸다. 구급대원은 가속 페달을 세게 밟으며 루아르강 다리를 건너 북쪽을 향해 질주했다.

그가 가장 두려워하는 것이 구급차였다.

이번이 몇 번째인가.

첫 번째, 그는 울면서 구급차에 타려 하지 않았다. 엄마가 아직 돌아오지 않았다.

두 번째, 그는 구급차에서 쫓겨났다.

세 번째, 그는 구급차를 따라잡지 못했다.

이번이 네 번째였다. 왜, 어째서 그는 또 구급차에 탄 걸까.

그녀는 눈을 감은 채 슬피 흐느꼈다. 얼굴에 눈물이 가득했다. 그는 그녀의 손을 꼭 잡고 떠나지 않으려고 자기 자신을 저지했다. 그녀가 손을 풀었고 손가락이 그의 팔로 기어 올라와 팔꿈치 굳은살을 부드럽게 어루만졌다. 그는 요란한 구급차가 가장 무서웠다. 이번에는 사이렌이 바로 머리 위에 있었다. 금방이라도 머리가 깨질 것만 같았다.

프랑스의 시골 도로는 무수한 원형 인터체인지를 통해 사면팔방으로 연결되어 있었다. 구급차는 빠른 속도로 북쪽을 향해 달렸다. 하나 또 하나, 둥그런 인터체인지가 달려왔다가 뒤로 밀려갔다. 그의 몸도 인터체인지를 따라 움직였다. 끊임없이 원심력에 의해 몸이 한쪽으로 쏠렸다가 다시 제자리로 돌아오기를 반복했다. 원통형 세탁기 안에 들어간 기분이었다. 인터체인지를 하나 만날 때마다 그가 먹은 저녁식사가 목구멍 일 센티미터 밑까지 접근했다. 두려움에 스트레스가 더해지고 고속과 회전이 더해지자 그녀는 들것에 누운 채로 날카로운 소리를 질러댔다. 그 역시 덩달아 비명을 질러댔다. 구급차 사이렌의 높은 데시벨 덕분에 둘이 함께 비명을 질러도 괜찮은 것 같았다.

그는 엄마를 부르고 싶었다.

남자아이와 여자아이는 무척이나 흥분해 있었다. 내일이면 낭트에 가서 영화제에 참석할 예정이기 때문이었다. 두 사람은 영화제가 뭔지 알지 못했고 비행기도 타 보지 못했다. 낭트라는 이름도 몰랐다. 프랑스 도시의 이름이라는 것만 들어 본 것 같았다. 두 사람은 자신들이 영화를 한 편 찍었다는 사실도 모르고 있었다. 그들이 아는 거라고는 감독과 함께 비행기를 타고 외국에 놀러 나간다는 것뿐이었다. 새 옷도 많이 샀다. 남자아이는 연미복을 입고 여자아이는 레이스가 많이 달린 예복을 입고 스튜디오에 들어가 홍보용 사진을 찍어야 했다. 사진 촬영이 끝나고 그의 엄마가 스튜디오에 나타나면 동물을 잡으러 갈 시간이 된 것이었다.

동물을 잡는다는 건 여자를 잡는다는 뜻이었다. 그의 아버지의 여자들이었다.

그의 아버지에겐 여자들이 아주 많았다. 형체와 색상, 나이가 제각기 달랐다. 아버지는 그에게 여자는 그저 여자일 뿐이라고 말한 적이 있었다. 다양한 모습이 하나같이 예쁘고 능력이 있었다. 훌륭한 남자가 되려면 가리지 않는 남자가 되어야 했다. 각양각색의 여자들에게 즐거움을 줄 수 있어야 했다. 가리긴 뭘 가려. 바보들이나 가리는 법이지. 엄마는 그 여자들을 전부 동물이라고 말했다. 오소리와 냄새나는 곰, 늙은 타조, 멍청한 악어, 파란 뱀, 발정 난 고양이, 살찐 하마, 교활한 원숭이, 흉악한 이리, 손이 매운 고슴도치, 꾀 많은 하이에나, 거짓으로 우는 앵무새, 포악한 이빨의 코끼리 같은 것들이었다. 엄마는 차를 몰고 두 아이와 함께 동물을 잡는 임무를 수행했다. 자동차 여관이나 시골의 작은 집, 도시의 아파트, 산 위의 농장 등 가리지 않았다. 엄마는 탐정으로 변해 차를 몰고 그런 곳들을 찾아가서는, 문을 부수고 안으로 들어가 카메라로 공포에 질린 동물들을 사진에 담았다.

두 사람은 그의 엄마가 미신사*에 의뢰해 전문 탐정들이 아버지를 미행했다는 걸 알지 못했다. 출장과 친지 방문, 장거리 여행, 친구 방문 등 어떤 일정이든 일단 동물이 나타나면 미신사가 곧바로 산으로 전화를 걸었다. 두 사람은 전화로 통보하는 대상이 그의 아버지였다는 사실도 알지 못했다.

동물을 잡는 건 정교하게 설계된 의식이었다. 엄마는 그의 머리카락을 잘라 주고 손톱을 깎아 주었다. 새 옷을 입히고 새 신발을 신겨 주었다. 엄마 자신도 정성껏 치장을 했다. 공연을 위해 무대에 올라갈 준비를 하듯 화장을 했다. 모자는 차를 몰고 산 위에서 출발하여 시내로 들어가 여자아이를 태운 다음 편의점에서 주전부리를 한 무더기 샀다. 차 안에선 유행가를 틀고 세 사람이 함께 큰 소리로 노래를 따라 부르면서 신바람이 나서 동물을 잡으러 갔다.

자동차 여관은 문을 따고 들어가야 했다. 지폐를 몇 장 쥐여 주면서 자신이 원래 배우자라며 흑흑 흐느끼는 시늉을 했다. 그런 방법이 안 통하면 경찰에 신고하겠다고 위협을 했다. 이 두 아이를 보세요. 얼마나 불쌍해요. 그러면 통상적으로 프런트에서는 아주 빨리 객실 열쇠를 건넸다. 문을 열기 전에 엄마는 목에 카메라를 걸고 셋이 함께 소리 없이 카운트다운을 했다. 셋, 둘, 하나. 문을 박차고 들어가면 내부 광경이 어떻든 간에 먼저 사진부터 몇 장 찍었다.

두 아이에게는 확실히 즐거운 놀이였다. 가는 길 내내 주전부

* 徵信社. 타이완의 사립탐정 회사.

리를 까먹고 놀면서 차를 타고 새로운 현장을 수없이 돌아다녔다. 사진을 찍고 나면 아버지는 네미 씹할! 하면서 격렬하게 욕을 해댔다. 동물들은 침대보로 몸을 감쌌다. 어른들 추태의 완결판이었다. 텔레비전 연속극보다 더 재미있었다. 동물 잡기 놀이의 핵심은 빠른 철수에 달려 있었다. 동물들에게 치욕을 안긴 다음엔 재빨리 차로 돌아와 현장을 떠나야 했다. 그의 엄마는 가는 길에 사진관을 찾았다. 쾌속 인화 서비스를 하는 곳이면 즉시 차를 세워 카메라를 통째로 맡겼다. 세 사람은 아이스크림과 다른 간식들을 사서 사진관 앞에 쪼그려 앉아 먹으면서 사진이 다 인화되기를 기다렸다. 그들은 이 동물 사진들이 기계에서 빨리 튀어나오기를 기다렸다. 아울러 사진관 직원의 일그러진 표정을 기대했다. 한 무더기의 사진을 받으면 세 사람은 상대 여자를 어떤 동물로 부르는 게 좋을까를 두고 토론을 벌였다. 이 머리 스타일은 무얼 닮았어? 얼굴은 어떤 동물에 가깝지? 성격은 어떨 것 같아? 몇 살이나 먹었을까? 어른이 어린아이들에게 그림책을 읽는 법을 가르치듯이. 단지 내용이 성인들의 몸이고 대부분 나체라는 게 다를 뿐이었다. 마침내 동물을 결정했다. 그의 엄마가 크게 웃으면서 임무가 성공했음을 선포하고는 차 안에서 미친 듯이 욕설을 쏟아냈다. 해, 박으라고. 얼마든지 박으란 말이야. 계속 이렇게 외치면서 산으로 돌아왔다.

동물 잡기가 매번 성공하는 건 아니었다. 때로는 애당초 현장에 들어갈 방법이 없는 경우도 있었다. 그럴 때면 그의 엄마는 밖에서 큰 소리로 외치거나 미친 듯이 문을 걷어찼다. 너무 심한 소란에 옆방 사람들이 경찰에 신고하는 경우도 있었다. 심지어 시골에선 이장까지 나서는 때도 있었다. 그의 아버지는 견디지 못하고 뛰쳐나와 사자후로 대응했고, 두 사람은 이내 치고받으며 싸웠다. 동물을 잡지 못하면 그의 엄마는 차를 몰면서 울거나 급정거를 하거나 과속을 하거나 역방향으로 주행했다. 빨간불을 무시하고 가다가 경찰에게 걸리면 경찰관을 부여안고 엉엉 울면서 남편에게 맞았다고 하소연했다. 가정 폭력에 시달리다가 두 아이를 데리고 친정으로 돌아가는 길이에요. 이제 갈 곳도 없는 처지라고요. 경관 나리, 좀 봐 주세요. 그냥 좀 보내 주세요.

동물 잡기 놀이를 한 며칠 후 아버지가 산 위로 돌아왔다. 문에 들어서자마자 말다툼이 벌어졌다. 날개가 없는 그릇과 접시가 날아다니고 탁자와 의자가 공중제비를 했다. 전구가 몽둥이에 맞아 불이 꺼졌다.

게임인 건 틀림없었다. 배역도 있었다. 쫓는 사람과 쫓기는 사람, 피하는 사람이 정해져 있었다. 드라마틱한 충돌이 있고 장애가 있고 돌파가 있었다. 단지 이 게임에서는 승자와 패자를 구분할 수 없었다.

매번 게임의 종점은 격렬한 신체적 충돌이었다. 저주와 욕설, 구타가 원래의 감정을 증폭시키면 육체가 달려들면서 두 사람은 고함치기 시합을 벌였다. 소리가 커질수록 게임의 종점을 향한 신체의 결합은 더 격렬해졌다. 바닥과 벽이 심하게 흔들리면 숲이 귀를 막아 주었다.

“네 엄마 저 천한 것이 내가 박는 걸 못하게 하잖아. 잘 기억해 둬라. 한번 박고 나면 기분이 아주 좋아지지. 내 말 들었어?”

게임이 통제를 벗어날 때도 있었다. 표범을 사냥하려면 민첩해야 했다. 카메라를 들고 창밖으로 뛰어내려야 할 때도 있었다. 하마가 덤벼들어 그의 엄마를 계단 위로 넘어지게 하기도 했다. 들고양이가 허리를 잔뜩 구부리고 새빨간 발톱으로 엄마의 몸에 오선지를 그리고 그 위에 날카로운 음표를 가득 채울 때도 있었다. 안경뱀은 독이빨을 드러냈고, 카메라를 들고 있는 엄마를 물지는 않았지만 재빨리 목표물을 바꿔 두 아이의 몸에 이빨 자국을 남겼다. 타이베이를 떠나 매트리스 회사의 새 지점 개소식을 할 때 두 아이가 테이프커팅을 하고 매트리스에 올라가 폴짝폴짝 뛰었다. 그의 엄마는 갑자기 지독한 통증을 예감하고는 산 위로 전화를 걸었다. 아무도 전화를 받지 않았다. 행사가 다 끝나기도 전에 매트리스 회사 사장의 항의에도 불구하고 두 아이를 데리고 차를 몰고 자리를 떠 버렸다. 산에 도착해서도 그의 엄마는 핸들을 꼭 쥔 채 차에서 내리려 하지 않았다. 두 아이에게만 내려서 집 안을 둘러보게 했다. 몇 분 뒤에 아이들이 나와서 보고했다. 메이크업 담당 스태프 언니가 안에 있다고. 메이크업 담당 언니라고? 영화 찍을 때 화장을 해 주는 그 언니 말이야? 아직 어리지 않나? 영화팀에 실습하러 나온 여학생이잖아? 아이들이 고개를 끄덕였다. 절망한 그의 엄마는 머리를 핸들에 마구 부딪쳤다. 집에 들어가지 않았다. 세 사람은 그대로 차를 몰고 산을 내려왔다. 목적지도 없이 기름이 다 소모될 때까지 마냥 앞을 향해 달렸다.

낭트에 가기 하루 전, 엄마가 촬영 스튜디오로 왔다. 두 아이는 예복을 입고 진한 분과 립스틱으로 화장을 했다. 너무 좋았다. 게임 분장은 완벽했다. 그들은 차를 몰고 타이베이를 떠났다. 고속도로 휴게소에서 완자탕을 먹었다. 시골로 갔다. 캄캄한 밤은 전기톱이었다. 폭력이 낮을 전기톱으로 베어 냈다. 하늘이 자홍색 피의 별들을 뿌렸다. 여자아이가 소변이 급하다고 소리쳤다. 마침 길가에 도교 묘당이 하나 있어서 차를 세우고 화장실을 빌려 썼다. 묘당 광장에는 허술한 무대가 하나 있어서, 신에게 감사하는 묘회가 진행되고 있었다. 진행자가 무대에 올라와 오늘 행사에 참석해 준 열정적인 신도들과 청중들을 향해 감사의 인사를 올렸다. 하지만 관중석에는 길을 가다가 화장실을 빌려 쓰는 사람들뿐이었다.

"가장 열렬한 박수로 오늘의 공연자를 맞아주시기 바랍니다. 세계적인 스타 엘리자베스 텐부라를 소개합니다!"

드라이아이스 기계가 오랜 기침 끝에 미약한 연무를 약간 토해 냈다. 엘리자베스 텐부라가 반짝이는 은색 인어 복장으로 주렴을 들추고 무대 위로 나왔다. 아주 어색한 공연이 틀림없었다. 무대 아래 관중은 고작 세 사람뿐이었다. 묘공(廟公)은 한쪽에서 꾸벅꾸벅 졸고 있었다. 하지만 엘리자베스 텐부라는 최선을 다해 엉덩이를 비틀면서 신나는 댄스곡을 여럿 선사했다. 엘리자베스 텐부라는 목소리는 낮은 편이고 키가 크고 풍만한 체형이었다. 아래턱에 수염 찌꺼기가 두꺼운 파운데이션을 뚫고 삐져나와 있었다.

그는 엄마의 이런 모습을 본 적이 없었다. 엄마의 눈에서 황금빛 빛줄기가 흘러나오더니 자리에서 일어서 엘리자베스 텐부라를 따라 몸을 흔들었다. 조금 전까지만 해도 오는 길 내내 말이 없었고 죽은 듯이 조용한 눈빛으로 먼 곳을 바라보던 엄마가, 지금은 의자를 박차고 일어나 큰 소리로 노래를 따라 부르고 있었다. 나중에 그는 그때의 엄마 표정이 자주 생각났다. 물론 당시엔 이해하지 못했다. 나중에야 알 수 있었다. 부러움이었다. 엄마는 엘리자베스 텐부라가 부러웠던 것이다. 엘리자베스 텐부라는 그런 조악함에 익숙해져 있는 게 분명했다. 무대는 썰렁했지만 춤추는 자태에 활력이 넘쳤고 노랫소리는 찬란했다. 호화로운 몸짓으로 빈약한 박수소리에 저항하고 있었다. 쇠락을 거부하고 있었다. 화려한 인어 복장이 지는 해의 잔광을 반사하고 있었다. 온몸이 붉은빛으로 반짝이는 은하였다.

묘당을 떠나 차는 가로등이 없는 시골의 좁은 산업도로로 접어들었다. 앞뒤로 차가 한 대도 없었다.

여자아이가 참지 못하고 물었다.

"아줌마, 우리 어디로 가는 거예요? 얼마나 더 가야 해요?"

"모르겠어."

"아줌마, 우리 내일 비행기 타야 하는데……."

"내가 모른다고 했는데 못 들었니? 모른다고. 이 네 글자가 그렇게 알아듣기 어려워?"

"죄송해요……."

차가 급정거했다. 불을 끄고 식혀야 했다. 차내등을 껐다. 어둠이 깨진 차창 사이로 새어 들어왔다. 여자아이는 손가락으로 남자아이의 팔꿈치를 꼭 쥐었다. 소리를 지르고 싶었지만 감히 그러지 못했다.

"피곤하다. 정말 피곤해. 그만 놀고 싶다."

눈이 점점 어둠에 적응하고 있었다. 창밖은 밭이었다. 아주 멀리 밭의 끝이 보였다. 그곳에는 등불이 켜져 있는 것 같았다.

"나 좀 자고 싶으니까 너희 둘은 떠들지 말고 조용히 있어."

두 아이는 뒷좌석에 타고 있어서 엄마 얼굴을 뚜렷하게 볼 수 없었다. 어둠이 점점 진해졌다. 하늘에 먹구름이 모이기 시작했다. 밭이 사각사각 움직였다. 앞좌석에서 들려오는 코고는 소리에 전염되었는지 두 아이도 졸리기 시작했다. 두 아이도 좌석에 파묻힌 채 꿈속으로 빠져들었다.

빠앙.

강한 불빛이 후방에서 차 안으로 비쳐 들어왔다. 대형 트럭 한 대가 뒤에 서 있고, 기사가 있는 힘을 다해 경적을 눌러대고 있었다. 기사는 자신의 눈을 믿을 수 없었다. 매일 밤 이 외진 산업도로를 지날 때는 사람도 없고 차도 없었는데, 어떻게 이런 시각에 차 한 대가 도로 한가운데 서 있는지 알 수가 없었다. 급정거를 해야 했다. 하마터면 추돌할 뻔했다. 경적을 몇 번 울리자 차 뒤쪽 창문에서 작은 머리 두 개가 빠져나왔다. 기사는 잠시 부르르 떨었다. 작은 머리 두 개가 손을 내밀어 라이트 불빛을 가리고 있었다. 얼굴에는 하얗게 분칠을 한 데다 모습이 괴상했다. 이 밭은 휴경 상태라 오랫동안 사람이 없었다. 그렇다면 이 차는 도대체 어디서 온 걸까. 경적을 울려도 소용이 없었다. 차는 미동도 하지 않았다. 기사가 트럭에서 내려 운전석 쪽으로 다가가 보니 빨간 옷차림의 여자가 입을 크게 벌리고 앉아 있었다. 흰자위만 남은 것 같은 두 눈으로 그를 쳐다보고 있었다. 뒷좌석을 살펴보니 여자아이는 예복을 입고 있고 남자아이는 연미복 차림이었다. 짙은 화장에 커다란 눈으로 역시 그를 쳐다보고 있었다.

기사는 얼른 뒤로 물러서다가 길가의 돌에 걸려 넘어지고 말았다. 그의 비명에 두려움이 가득했다.

"이런 씹할!"

기사는 황급히 트럭으로 돌아가 가속 페달을 밟아 후진하더니 왔던 길로 가 버렸다. 그 자리에 연기 폭풍만 남겼다.

누가 먼저 웃었는지는 기억이 나지 않았다. 공포에 질린 기사의 표정이 세 사람의 겨드랑이를 간질였다. 차가 어둠 속에서 미세하게 움직였다.

하늘에 먹구름이 가득 몰려들었다. 바람이 모종의 곰팡이 냄새를 몰고 왔다. 차 안에는 습기가 가득해 큰비가 올 것을 예고하고 있었다. 이 농지에는 몇 달째 비가 내리지 않은 터였다. 번개가 하늘을 가르고 균열을 냈다. 곰팡이 냄새는 갈수록 진해졌다. 빗소리가 저 멀리서부터 가까이 압박해 오고 있었다.

폭우가 광야의 차를 포위하고 있었다. 원근의 모든 것이 사라졌다. 아무것도 보이지 않았다. 남은 거라고는 비뿐이었다. 그의 엄마는 운전석 의자를 뒤로 젖히고 뒷자리의 아이들에게 춥지 않은지, 배고프지 않은지 물었다. 두 아이는 고개를 가로저었다.

"그럼 우리 자는 게 어떻겠니? 내가 몹시 피곤하거든."

비가 잠을 도왔다. 비가 세상의 모든 소리와 그림자를 없애주었다. 비가 모든 것을 접수하여 관리했다. 비가 지배하는 세상이었다. 비에 갇혔으니 자는 수밖에 없었다.

이른 아침은 자객처럼 도착했다. 깨진 차창이 잠기운을 깨뜨렸다. 세 사람은 얼마나 오래 잔 것일까? 비가 멎었다. 차에서 내려 기지개를 켜고, 물을 마시고, 소변을 보았다. 비가 모든 것을 깨끗이 씻어주었다. 대지가 반짝반짝 빛났다. 차는 누런 진흙을 잔뜩 뒤집어쓴 채 노면을 비스듬히 점거하고 있었다.

여자아이가 손목시계를 들여다보았다. 그 시각이면 공항에서 비행기 탑승을 준비하고 있어야 했다. 어제의 비는 흔적도 없이 사라지고 없었다. 어디에 숨었는지 알 수 없었다. 남자아이의 엄마는 얼굴이 다소 풀린 것 같았다. 담담한 미소가 어려 있었다. 찾았다. 알고 보니 비는 남자아이 엄마의 눈 속으로 숨어 들어갔다. 두 눈에 물이 가득 고여 있었다. 감히 눈을 깜박일 수가 없었다. 그랬다가는 홍수가 나서 눈앞에 있는 두 아이를 쓸어가 버릴 것만 같았다.

"나 가야겠어."

모든 게 너무 빨리 일어났다.

두 아이는 밭두렁에 앉아 연못 속의 올챙이를 바라보고 있었다. 그의 엄마가 차 쪽으로 다가가다가 고개를 돌려 그를 쳐다보았다. 눈에서 눈물이 툭툭 떨어지고 있었다. 맑게 갠 하늘은 울지 않았지만 귀에는 빗소리가 가득했다.

아이들은 그 눈빛을 보지 못했다. 하지만 아이들은 알았다. 알고 있었다. 이별을 고하는 눈빛. 엄마가 얼굴 위에 걸려 있던 눈물을 떨어냈다. 눈으로 얼룩덜룩한 불의 유성을 빚어냈다.

차가 움직이기 시작하더니 너무나도 빠르게 산업도로 끝으로 사라졌다.

두 아이는 밭두렁에 멍하니 앉아 있었다. 차를 따라가지 않았다. 모든 일이 너무 빨리 일어나서 두 아이는 어떻게 반응해야 좋을지 몰랐다.

감독은 두 어린 배우를 기다리지 않고 비행기에 올라 프랑스로 갔다. 두 어린 배우는 길가에서 한참을 기다리다가 뜨거운 해가 쫓아오자 산업도로를 따라 천천히 걷기 시작했다. 어디로 가야 하는지 알지도 못하면서 계속 앞을 향해 걸었다. 피곤하고 목이 말랐다. 길가 용수 아래 사람들이 내다버린 매트리스가 하나 놓여 있었다. 두 아이는 그 위에 누웠다.

농부 하나가 길가에 버려진 매트리스 위에서 자고 있는 두 아이를 발견하고는 재빨리 자전거를 타고 집으로 돌아가 경찰에 신고했다. 경찰은 두 아이가 의료 지원을 필요로 한다고 판단하고는 구급차를 불렀다. 뜨거운 해가 아이들의 몸을 태우면서 입술에 열상이 생기고 피부가 빨갛게 그을었다. 탈수 증세도 보였다. 마침내 구급차 사이렌이 남자아이를 깨웠다. 아이는 울기 시작했다. 엄마를 찾아야 한다면서 주먹을 휘두르며 구급차에 타기를 거부했다. 그는 그곳을 떠나려 하지 않았다. 엄마가 잠시 자리를 떴을 뿐, 조금 있으면 다시 돌아올 것이라고 믿었다. 그는 가려고 하지 않았다. 그 자리를 벗어나면 엄마가 자신을 찾지 못하기 때문이었다.

남자아이가 놀라울 정도로 힘이 세다는 걸 몰랐던 구급대원들은 경찰과 농부의 도움을 받아 간신히 아이를 들것에 실을 수 있었다. 병원으로 가는 길에 남자아이는 구급차 사이렌보다 더 큰 소리로 요란하게 울어댔다.

병원에서 수액을 맞은 아이에게 의사는 입원할 필요 없이 집에 돌아가 좀 쉬기만 하면 된다고 말했다. 경찰은 엄마가 차를 몰다가 길을 잃었던 거라며 지금 이미 산 위에서 아들이 돌아오기를 기다리고 있다고 말했다. 그는 경찰이 거짓말을 하고 있다는 걸 모르지 않았다. 그는 줄곧 엄마의 마지막 눈빛을 떠올리고 있었다. 귓가에는 쉬지 않고 빗소리가 들렸다. 몹시 화가 난 그는 숲에게 바람을 불러 달라고 독촉했다. 아버지는 천산갑의 비늘을 찾으러 숲에 들어가고, 두 아이는 집 안으로 들어갔다. 방금 의사는 물을 많이 마시고 밥도 잘 먹고 잠도 잘 자야 한다고 당부한 터였다. 여자아이는 집으로 전화를 걸었다. 받는 사람이 없었다. 엄마는 어디에 있는지 알 수 없었다. 정말로 잠이 오지 않자 여자아이는 남자아이 엄마의 옷장을 뒤지다가 옷장 깊숙한 곳에서 반짝거리는 옷 몇 점을 찾아냈다.

"아줌마가 말했어. 예전에 노래자랑에 나간 적이 있다고. 그때마다 이 옷들을 입었다고 하셨어."

남자아이는 여전히 화가 났다. 구급차는 왜 아이들을 억지로 이곳에 데려다 놓은 것인가. 지금쯤 엄마가 그 길에서 자신을 기다리고 있을지도 모른다는 생각이 들었다. 엄마는 단지 잠시 잊었을 뿐이다. 자신을 데리고 가는 걸 잊었을 뿐이다. 나중에 어른이 된 그는 자주 그 농지 주변을 찾아가 산책을 했다. 이미 새집들이 많이 들어서 있었다. 아무리 돌아다녀도 그 곧은 산업도로는 보이지 않았다. 길가의 매트리스도 보이지 않았다. 그 묘당은 찾았지만 신에게 보답하기 위해 진행하는 묘회에는 스트립쇼 공연뿐, 세계적인 가수 엘리자베스 텐부라는 없었다. 그는 유년의 기억에 배신당한 기분이었다. 장소를 잘못 기억한 것 같았다.

구급차가 둥그런 인터체인지를 지날 때 그는 휴대폰으로 그녀의 아들에게 문자 메시지를 보냈다. 전방에 새로 지은 대형 건물이 위용을 뽐내고 있었다. 밤의 어둠 속에서 차가운 은빛을 발산했다. 지붕에는 선홍색 간판이 빛나고 있었다. NCT+라고 쓰여 있었다.

구급차가 응급실 앞에 멈춰 섰다. 사이렌도 마침내 입을 닫았다. 구급차가 입을 크게 벌려 그를 토해 냈다. 안 돼. 저녁 먹은 것이 곧 목구멍의 관문을 뚫고 나올 것 같았다. 그는 재빨리 병원 앞에 있는 화단으로 달려가 입을 크게 벌리고 나이아가라 폭포를 쏟아냈다.

구급차는 이어서 들것을 토해 냈다. 그녀는 병원의 소독약 냄새를 맡았다. 무슨 곰팡이 냄새도 맡았다. 소나기가 그녀의 도착을 맞아주었다. 순간 모든 것을 지워 버렸다. 그녀의 눈엔 폭우 외엔 아무것도 보이지 않았다. 구급차도 보이지 않았고 병원도 보이지 않았다. 구급대원들도 보이지 않고 그도 보이지 않았다.

통증은 밀대처럼 그녀의 몸 안을 왔다 갔다 하면서 쉬지 않고 움직였다. 그녀의 기관과 뼈마디를 평평하게 깔아뭉개고 부드러운 밀가루 반죽으로 만들려는 것 같았다. 큰비가 의식을 씻어주었다. 그녀는 다시 혼절했다. 흔히 혼절하는 것은 갑자기 눈앞이 캄캄해지는 거라고 말하지만, 쓰러지기 백 분의 몇 초의 순간에 그녀는 자신의 샤넬 백을 선명하게 보았다. 안에 돌이 가득 든 채로 자신의 얼굴을 향해 날아오고 있었다. 샤넬 백이 그녀의 머리를 내려쳤다. 그녀의 눈과 입, 코에 날개가 달리면서 도망치기 시작했다. 그녀는 뭔가 타는 듯한 냄새를 맡았다. 자신이 녹아서 고온의 버터가 되고 있었다. 곧 타서 황갈색으로 변할 것만 같았다. 피부가 미끌미끌하고 뜨거워지더니 유년 시절에 들판에서 보냈던 그날 밤으로 미끄러져 들어갔다. 한밤중에 놀라서 깨니 폭우가 쏟아지고 있었다. 시골 산업도로가 물에 잠겼다. 차가 홍수에 들려 도로 위를 천천히 떠다니기 시작했다. 옆에 있던 남자아이는 보이지 않았다. 앞좌석에 앉아 있던 아줌마도 보이지 않았다. 그녀 스스로 앞좌석으로 올라가 차 열쇠를 돌렸다. 차가 움직였다.

낭트, 그녀는 낭트에 가야 했다.

휴대폰 독백 5

“응급실로 밀고 들어가려고 해.”

“너희 엄마. 어떡하지. 쓰러졌어.”

“안 된대. 간호사가 날 못 들어가게 해. 나는 밖에서 기다리는 수밖에 없어.”

“내가 병원 위치를 전송해 줄게.”

“너 도대체 어디에 있는 거야?”

5 배의 잔해

여기. 여기가. 그녀는 묻지 말아야 했다. 하지만 묻고 싶었다. 물어볼 사람을 찾을 수 없었다. 드라마를 촬영할 때면 항상 병원의 병실 침대 위에서 깨어났다. 시나리오 작가와 편집자는 기억을 잃었다. 대사는 항상 "지금 내가 어디지?"였다. 하지만 지금은 드라마를 찍는 게 아니었다. 여기는 꿈속이었다. 아니, 꿈이 아니었다. 깨어보니 자질구레한 꿈이었다. 악몽이 잘게 부서져 있었다. 잘게 부서진 꿈의 파편이 피부에 남아 있었다. 얼른 욕실로 달려가 수도꼭지를 틀었다. 냉수와 온수를 교대로 틀었다. 피부가 말라 건조해질 때까지 그렇게 했다. 꿈의 파편을 깨끗이 씻는 것이다. 잊어 버리는 것이다. 애당초 잊지 못했다 해도 잊었다고 자신을 속이는 것이다. 잊은 척하는 것이다. 하지만 이건 꿈이 아니었다. 구급대원들은 그녀를 들것에서 응급실 병상으로 옮겼다. 혼수상태가 끝났다. 꿈의 파편들이 피부를 아프게 찔러댔다. 물에 잠겼다. 흰색. 낭트. 큰비. 눈앞의 흰색은 상당히 진짜 같았다. 세척

한 파편이 아니었다. 그것은 여러 해에 걸친 악몽의 재현이었다. 모든 것이 실체였고 흰색이었다. 하얀 등과 하얀 커튼, 하얀 기계와 하얀 베개, 하얀 천장, 하얀 바닥, 하얀 얼굴, 심지어 들리는 목소리들마저 흰색이었다. 간호사가 커튼을 걷었다. 건너편 병상의 백발 할머니가 하얀 유즙 분비물처럼 고통의 신음을 토하고 있었다. 분비물이 그녀의 침상, 그녀의 귓가에까지 흘러왔다. 그 냄새도 흰색이었다. 소독약과 알약, 물약, 가루약, 산소 등 모든 냄새가 섞여 거대한 통에 든 표백제가 되었다. 그 냄새가 그녀의 비강을 가득 채웠다. 다른 색깔은 전부 물러갔다. 흰색만 남았다.

아이를 지우고, 아이를 낳고, 병을 앓고 하는 것들은 모두 백색이었다. 매번 병원에 갈 때마다 그녀는 등을 끄고 싶어졌다. 제발 짙은 어둠이 흰색을 소멸시켜주기를 갈망했다. 큰 병원에서는 정전이 두려워 자가발전 시스템을 갖추고 있다고 했다. 그녀는 몹시 아팠다. 이동이 불가능할 정도로 아팠다. 안 그랬다면 일어나서 병원 건물 전체를 돌아다니며 발전설비를 찾아내 전부 다 절단해 버렸을 것이다. 왜 병원은 온통 흰색이어야만 하는 걸까.

의사와 간호사들의 언어도 흰색이었다. 전혀 낯선 발음 시스템이 귀에 창백하게 들어왔다. 백지 위에 하얀 글씨를 인쇄하는 것 같았다. 머릿속에 어떤 의문부호도 수용되지 않았다. 적어도 그녀는 그것이 의문부호라는 것은 알았다. 말끝의 어조가 위로 약간 들려 올라갔다. 그녀가 할 수 있는 것은 쉴 새 없이 고개를 가로젓는 것뿐이었다. 물음이 대답을 얻지 못하자 이제는 간호사들이 고개를 가로젓기 시작했다. 고통도 그녀의 몸 안에서 힘껏 고개를 젓고 있었다.

방금 그녀는 어떻게 들어왔던 것일까? 그는 어디로 간 걸까? 왜 그는 침대 곁에 있지 않는 걸까?

혈압을 재고 맥박을 쟀다. 심전도를 재고 채혈을 했다. 수액을 맞았다. 시간은 천천히 흘렀다. 많은 사람들이 신음하고 있었다. 간호사가 침대 옆으로 와서 휴대폰에 대고 몇 마디 말했다. 그러고는 그녀에게 휴대폰 액정을 보여주었다. 아이고, 엄마야. 저는 한국 사람이 아니에요. 프랑스어를 한국어로 번역하면 제가 어떻게 대답을 해요? 간호사는 그녀를 쳐다보더니 또다시 고개를 가로저으면서 휴대폰 상의 뭔가를 조정했다. 이번에 번역된 문장은 일본어였다.

너는 어디 있어? 아직 병원에 있어? 아니면 이미 떠난 거야? 그를 좀 불러줄 수 있나요?

그는 응급실 밖 대기실에 앉아 창밖의 비를 바라보고 있었다. 방금 대기실에 노부인 한 사람이 의자에 앉아 자고 있었다. 그는 커피를 사고 싶어 동전을 넣었다. 자동판매기 버튼에 빨간 불이 들어오더니 미약하게 삐익 하는 소리가 났다. 기계가 동전을 먹어버렸다. 커피를 토해 내지도 않았다. 그가 주먹으로 버튼을 두드리자 기계가 가볍게 흔들리더니 종이컵이 하나 내려왔다. 한참을 기다렸지만 종이컵뿐, 커피는 보이지 않았다. 그가 기계를 두드리는 소리에 노부인이 잠에서 깨더니 이맛살을 찌푸리며 불평을 늘어놓았다. 그는 재빨리 사과했다.

뭐든지 다 고장이었다. 방금 들것이 들어올 때 프런트에서는 당장 3백 유로를 내라고 했다. 비용 명세를 따질 겨를도 없이 먼저 영수증을 받으면 나중에 보험회사에 청구하여 배상을 처리할 수 있다고 했다. 카드 결제도 되나요? 프런트에 있는 여자는 미간을 찌푸리면서 옆에 있던 카드 단말기를 살펴보더니 버튼을 몇 개 눌렀다. 그러고는 어깨를 가볍게 들썩이면서 고장이라고 말했다. 그럼 현금인출기는요? 여자는 길을 안내해 주었다. 저쪽으로 가서 우회전한 다음에 다시 좌회전하라고 했다. 몸을 돌리기 전에 그는 이미 현금인출기도 고장일 것임을 예감했다. 정말로 기계 전체가 수면상태였다. 어쩌면 내년 봄이나 되어야 깨어날지 모른다. 그는 하는 수 없이 그녀의 샤넬 백을 열어 지갑에 있는 유로화 현금을 꺼내고 자신의 지갑에 있던 돈을 합쳐 간신히 3백 유로를 프런트에 내밀었다.

그는 줄곧 창밖의 화단을 바라보고 있었다. 방금 그곳에 저녁 식사를 다 토해 버린 터였다. 큰비는 결벽증이 있었는지 그의 토사물을 말끔히 씻어 버렸다. 얼마나 오래 밀어댔을까? 두 시간? 아니면 세 시간?

응급실 문이 열리더니 노인 한 분이 머리에 붕대를 칭칭 감은 채 걸어 나왔다. 노부인이 하품을 하면서 일어서 노인을 향해 뭐라고 중얼거리듯이 말했다. 비둘기 울음소리 같았다. 두 사람은 빗속의 주차장으로 걸어 들어갔다. 노부인이 갑자기 뭔가 생각난 듯이 고개를 돌려 다시 대기실로 들어오더니 핸드백에서 보온병을 꺼내 그에게 건넸다. 그는 거절하고 싶었지만 노부인의 표정이 너무 완강해서 그냥 감사하다는 인사와 함께 받았다. 큰비가 두 노인을 삼켜버렸다. 보온병을 여니 따스하고 촉촉한 향기가 솟아 나왔다. 이름을 알 수 없는 허브티였다. 자동판매기가 토해 낸 종이컵으로 두 잔을 따라 마셨다. 뜨거운 차가 몸 안을 굽이굽이 적셔 주었다. 몸 안에 열기가 퍼지자 시선이 흐려지면서 졸음이 밀려왔다. 안 돼. 깨어 있어야 해. 잠이 들면 일을 어떻게 처리한단 말이야.

간호사가 그를 흔들어 깨워 응급실 안으로 데려갔다. 그는 벽에 걸린 괘종시계를 바라보았다. 새벽 3시였다.

그를 보자마자 그녀가 울기 시작했다.

주치의가 다가왔다. 말이 하도 빨라 일부만 간신히 알아들을 수 있었다. 당장은 생명의 위험은 없으며, 일단은 두 시간에 한 번씩 검사를 하면서 진통제를 처방해 주겠다는 것이었다. 그러면서 내일 더 많은 검사를 하게 될 테니 일단 집에 돌아가 쉬면서 좀 더 자세한 통지를 기다리라고 했다.

"여기 남아서 나랑 같이 있어 주면 안 돼?"

그는 고개를 가로저었다. 응급실에는 환자 가족이 남는 걸 허락하지 않기 때문에 그는 먼저 호텔로 돌아가야 했다.

"방금 휴대폰을 켜려고 했어. 적어도 집에 사정을 알리기라도 해야 할 것 같아서 말이야. 하지만 배터리가 다 됐어. 게다가 병원에서는 답신을 받을 수도 없잖아. 생각해 보다가, 그만두기로 했어. 우선은 남편에게는 알리지 않는 게 좋겠어."

그는 배낭을 그녀 침대 옆에 놓아두었다. 그 안에는 그녀가 갈아입을 옷가지가 들어 있었다. 나오기 전에 충전기와 플러그도 쑤셔 넣었던 것 같았다. 배낭을 뒤져 보니 충전기와 플러그가 나왔다. 휴대폰을 전원에 연결하자 액정에 비가 내리더니 잡다한 신호가 번쩍거렸다. 이어서 완전히 검은색에 점령되었다.

"의사의 말로는 내가 여기 남아 있으면 안 된대. 먼저 호텔로 돌아가래. 무슨 일이 있으면 전화하겠대.”

그녀는 무서웠다. 그가 남아 주기를 바랐다. 병상 옆에 공간이 있지 않은가. 매트리스가 있는 건 아니지만 그는 바닥에서 자도 상관없었다. 간호사가 다가와 말했다. 약간 재촉하는 것 같은 어투였다. 지금은 확실한 상황을 알 수 없고, 생명의 위험도 없는데다 내일 더 많은 검사를 해야 하니 자신들이 통지해 줄 때까지 기다리라는 것이었다.

“나, 가야 할 것 같아. 간호사와 의사들이 있잖아. 그렇게 두려워 할 것 없어.”

그는 응급실을 나왔다. 대기실에는 사람이 하나도 없었다. 어떻게 호텔로 돌아가야 할까? 그가 밖으로 나와 보니 의사와 간호사가 등불 아래서 담배를 피우면서 하얀 연기를 내뿜고 있었다. 그들 뒤쪽에는 금연 선전 포스터 몇 장이 붙어 있었다. 의사가 담배를 건네면서 택시를 불러 주길 원하느냐고 물었다. 그는 담배를 받아 주머니에 넣었다. 자신이 파리에 있지 않다는 걸 잊고서 아래층 할머니에게 줘야겠다고 생각했다. 그는 걷고 싶어서 휴대폰으로 지도를 검색해 보았다. 병원에서 호텔까지는 걸어서 약 한 시간 거리였다. 그의 눈과 귀, 코는 방금 응급실에서 보고 들은 것들로 가득 차 있었다. 다리가 절단된 환자와 데시벨 높은 비명, 늙어서 죽음만을 기다리는 눈빛, 그리고 그녀의 눈물이었다. 비는 땅 위를 기어 다니고 하늘을 날았다. 끝이 없는 바다 같았다. 그에게 필요한 것은 자신을 바다에 버리는 일이었다. 비에, 바다에, 모든 것을 씻어 버리는 것이었다. 멀지 않은 곳에서 구급차의 사이렌 소리가 들려왔다. 구급차 한 대가 빗물을 튀기면서 빠른 속도로 응급실을 향해 달려왔다. 이는 일상적인 풍경이었다. 삶과 죽음은 항상 어깨를 나란히 하고 있었다. 의사들의 손가락 사이에 끼워져 있던 담배가 곧장 사형을 당했다. 구급차 안의 환자는 어쩌면 곧 생과 사의 기로를 넘게 될 것이었다.

구급차 사이렌의 힘은 대단히 사나워 그를 바다로 떠밀고 그녀를 침대 위로 떠밀었다.

그녀는 소변을 보고 싶었지만 벨을 눌러 간호사를 번거롭게 하고 싶진 않았다. 통증이 비교적 가벼워진 것 같았다. 시험 삼아 침대를 내려가 화장실에 가 봐도 될 것 같았다. 구급차의 날카로운 사이렌 소리가 벽을 뚫고 들려와서는 그녀의 방광을 가격했다. 낭패였다. 더 참을 수 없었다. 그녀는 간신히 몸을 지탱하면서 자신을 침대 밑으로 밀어냈다. 하지만 침대보를 벗어나는 순간, 통증이 요의를 대체했다. 그녀는 차가운 병실 바닥에 주저앉아 소리 없이 절규하면서 간호사가 와서 구해 주기를 기다렸다. 구급차가 입을 다물자 들것이 응급실 안으로 들어왔다. 그녀는 보았다. 온통 피였다. 팔이 보이지 않았다. 구급대원들이 황급히 달려와 응급조치를 시작했다. 피를 본 그녀는 토하고 싶어졌다. 요의가 다시 돌아왔다. 방광 안에서 소변이 탭댄스를 추고 있었다. 안 될 것 같았다. 참을 수 없었다.

엉덩이가 뜨듯한 호수에 빠졌다. 아주 오래전의 그날처럼.

구급차 안에서 그녀는 구급대원들에게 오줌이 마려운데 어떻게 하냐고, 차를 좀 세워 화장실에 다녀올 수 있게 해 줄 수 있느냐고 물었다. 구급대원들은 난처한 표정을 보이면서 병원에 거의 다 왔으니 조금만 더 참으라고 했다. 구급차는 인터체인지를 미끄러져 내려가 속도를 높였다. 그녀의 요의는 더 사나워졌다.

그녀가 참지 못하고 다시 한번 물었다.

“죄송합니다. 정말로 차를 세울 방법이 없나요? 정말 더는 못 참겠어요.”

“이런 씹할! 염병할, 그렇게 힘들면 그냥 싸! 나도 곧 죽어. 그렇게 소변이 마렵다고 시끄럽게 떠들지 말고 그냥 싸라고. 젠장!”

그의 아버지가 죽기 전에 했던 마지막 말이었다.

그녀는 그 말의 음량이 대단히 놀라운 수준이었다는 걸 기억했다. 전혀 중환자 같지 않았다. 구급차의 사이렌마저도 놀라서 입을 다물었다.

그날 그녀는 방송국에서 종합 예능 프로그램의 녹화를 마친 터였다. 미션에 실패하여 매운 고춧물을 마신 그녀는 두 볼이 빨갛게 달아올라 있었다. 그녀는 계속 틀린 답을 말하는 바람에 수 리터의 물을 마셨고 얼굴에는 피에로 분장을 해야 했다. 녹화가 끝나고 그녀는 곧장 화장실로 달려갔지만 뜻밖에도 여자 화장실은 이미 장사진을 이루고 있었다. 정말 더 참을 수 없었던 그녀는 남자 화장실로 뛰어 들어갔다. 문제를 해결하고 화장실 문을 여는 순간, 소변기 앞에 키가 큰 사람의 뒷모습이 보였다. 그였다.

그녀는 주먹으로 그의 등을 한 대 툭 쳤다.

“영화 황제님, 정말 대단하시네요. 정말 잘나가세요. 영화의 황제가 되시더니 나처럼 별 볼 일 없는 사람은 거들떠보지도 않으시네요.”

바지 지퍼를 올리고 뒤를 돌아본 그는 그녀의 얼굴에 종횡으로 마구 립스틱이 칠해져 있는 걸 보고는 참지 못하고 웃음을 터뜨렸다.

“웃긴 뭘 웃어. 그래. 나는 너처럼 잘나가지 못해. 너는 유럽 영화에도 출연해서 상도 받았다면서. 나는 그냥 멍청이 예능프로나 녹화하고 있는데 말이야. 보긴 뭘 봐. 화장이나 좀 지워 주지 않고. 멍청이!”

두 사람은 침침한 복도에 앉았다. 그가 화장용 솜에 화장수를 묻혀 그녀 얼굴의 어릿광대를 밀어내 주었다.

“난 네가 돌아간 줄 알았어.”

“돌아간다고…… 어디로 돌아간다는 거야?”

“음, 내 말은 그러니까…… 너 지금 거주하는 곳이 유럽 아니야? 에이, 신문에서 봤단 말이야. 이미 타이완으로 이사했다고 말하진 마. 그렇다면 이사해 놓고도 아직 날 찾아오지 않았다는 얘기잖아. 정말 너무하네.”

“응. 그래.”

“산 위로 돌아가지 않았어?”

그는 고개를 가로저었다. 손바닥에 클렌징오일이 가득 묻어 있었다. 배낭에서 보온병을 꺼낸 그는 기름에 물을 섞어 거품이 일게 했다. 따스한 손바닥으로 그녀의 얼굴을 덮자 마침내 완고했던 어릿광대가 녹아 버렸다.

“방송국에는 녹화하러 온 거야?”

그가 고개를 가로저었다.

“친구를 만나러 왔어.”

그녀가 다시 한번 주먹으로 그의 몸을 세게 후려쳤다.

“이 나쁜 자식. 친구를 만나러 왔다고? 그게 무슨 뜻이야? 나는 네 친구가 아니란 말이야?"

"그러니까…… 이전에 세트 제작하던 친구 말이야."

"내가 남자 화장실로 뛰어 들어가지 않았다면 평생 널 다시 만나지 못했겠네? 안 그래? 말해 봐. 대답해 보란 말이야."

두 사람은 타이베이 거리를 산책했다. 전부 둘이 함께 걸었던 길이었다. 같은 나무, 익숙한 건물이었지만 함께 자주 가던 카페는 보이지 않았다. 골목에는 여전히 노란 고양이들이 햇볕을 쬐고 있고, 오래된 집 마당에서는 마늘 볶는 냄새가 풍겨져 나왔다. 국부 기념관에도 들어가 보았다. 드넓은 광장에는 포크댄스를 추는 사람들도 있고, 인라인 스케이트를 타는 사람들도 있었다. 힙합댄스를 추는 젊은이들도 있고, 비둘기에게 먹이를 주는 아이들도 있었다. 개들이 비둘기를 쫓고 있고 사람들은 걷거나 한가롭게 앉아 있었다. 계란 케이크 향기가 떠다녔다. 타이베이의 평범한 주말이었다.

"고마워. 팡싼을 기억해 줘서."

그녀는 납골당으로 팡싼을 만나러 갔다. 꽃바구니가 놓여 있었다. 틀림없이 그였다. 다른 사람이 팡싼을 찾아올 리가 없었다. 가족을 통틀어 팡싼을 기억하는 사람은 하나도 없었다. 두 딸은 팡싼과 얘기도 나누지 않았고, 당시 어린 아들은 겨우 몇 살밖에 되지 않아 누나를 완전히 잊은 터였다. 팡싼의 방은 일찌감치 인테리어를 다시 해 창고로 사용되고 있었다. 집 안에 팡싼의 사진은 한 장도 없었다. 며칠 전에 그녀는 팡싼을 만나러 갔었다. 영전에 생화 몇 송이가 담긴 바구니가 놓여 있었다. 아직까지 팡싼을 기억할 사람은 그밖에 없었다.

"가끔씩 내게 팡싼이라는 딸이 있었나 하는 생각이 들 때가 있어. 아주 오래전 일이지. 생각날 때마다 사무치게 보고 싶어. 영전에 머리가 큰 아이의 작은 사진만 한 장 남아 있는 게 마치, 뭐랄까, 내가 함부로 헛된 생각을 하지 않는지 확인하려는 것 같았어. 너도 내가 잠을 잘 못 잔다는 걸 알잖아. 잔다 해도 계속 어지러운 꿈을 꾸지. 이제 나이가 들었는데도 증상은 더 심각해졌다니까. 짜증나 죽겠어. 꿈속에 온갖 이상한 것들이 다 나타나는데 팡싼만 나타나지 않아. 어떡하지. 꿈에서라도 그 애를 꼭 보고 싶은데."

두 사람은 광장의 인파 속으로 섞여 들어갔다. 목적지도 없었고 시간에 쫓기지도 않았다. 이렇게 천천히 걸으면서 얘기를 나눌 수 있어 정말 좋았다. 그녀는 아주 오래 길을 걷지 않은 터였다. 아주 오래 말도 하지 않았다. 말을 하는 것, 진지하게 말을 하는 데는 진심이 필요했다. 그녀는 매일 말을 했지만 이는 일종의 은폐였다. 말에 아주 빨리 구멍이 나고 입이 말랐다. 그는 상태가 가장 심한 그녀, 가장 적막한 그녀를 보았다. 그 앞에만 있으면 그녀는 갖가지 예의를 생략하고 언어의 핵심을 공략했었다. 하고 싶은 말은 뭐든지 다 했었다. 그는 그녀가 회피하고 있다는 걸 간파했다. 지나친 진심만 못했다.

"영화 홍보하러 돌아다니는 일은 다 끝났어? 얼마나 더 있을 예정이야?"

그는 부근에 새로 지은 고층 건물을 응시하면서 어깨를 가볍게 들썩였다. 타이베이의 번화한 모습에는 힘이 넘쳤다. 일부러 높고 큰 것만 추구하는 것 같았다. 새롭고 강인한 실루엣으로 황폐함에 진지하게 저항하고 있는 듯했다. 쇠락을 허용하지 않고 어떠한 공백도 봐주지 않으면서 집단적으로 다음 성세(盛世)를 향해 달려가는 듯했다. 하지만 그는 힘이 없었다. 타이베이는 그녀처럼 힘을 쓰는 사람에게만 적합했다.

"이봐, 우리 산 위에 가 보는 게 어때? 너희 아버지를 만나러 가는 거야. 산 위의 그 집이 정말 그립더라고."

그가 미간을 찌푸렸다.

"가자. 우리 택시 타고 가 보자."

그가 걸음을 멈췄다.

"내가 얘기하지 않았지? 우리 엄마 일 말이야. 너에게 말할 기회도 없었으니까. 그러니까, 어떻게 말할까, 너 나랑 우리 엄마가 서로를 잘 알지 못했다는 거 알지? 엄마는 갑자기 내게 인도네시아 화교와 결혼한다고 말하더라. 그러고는 백만 달러를 요구하더라고. 그러더니 다시 3백만 달러를 더 달라고 했어. 나중에는 이혼했대. 그 뒤에는 또 그 뒤의 일들이 이어졌지. 작년 설에 타이베이로 돌아와서는 또 돈을 보내 달라고 했어. 성형이 실패해서 얼굴을 보여주고 싶지 않다나. 홍바오(紅包)*만 있으면 된다는 거야. 건물 관리인에게서 관리비를 내지 않았다는 연락이 오더니, 이어서 발코니에 쓰레기가 가득한데 처리하지 않아 악취가 난다고 이웃들의 항의가 쇄도한다는 통지가 오더군. 한참을 뒤져 간신히 예비용 열쇠를 찾았지. 너무나 오래 엄마의 거처를 찾아가지

* 중화권에서는 세뱃돈을 비롯한 모든 축의금을 길상의 의미로 빨간 봉투(紅包) 즉 '홍바오'에 담아서 준다. 이는 금일봉의 의미로 쓰이기도 한다.

않았어. 엄마는 그 안에서 죽어 있더라고. 얼마나 오래됐는지조차 알 수 없었어."

그녀도 말로 어떻게 엄마를 표현해야 좋을지 몰랐다. 아파트 도처에 먹다 남은 도시락이 가득했다. 파리와 바퀴벌레가 욕실 바닥에 가득했다. 말라비틀어진 대변 덩어리도 있었다. 바닥에 널브러져 있는 엄마의 시신에서 시수(尸水)가 흘러나오고 있었다. 얼굴은 함몰되어 있고 입은 크게 벌려져 있었다. 악취가 정말 지독했다. 그녀는 앉아서 머릿속으로 생각했다. 구급차를 불러야 하나? 아니면 경찰? 그것도 아니면 관리인을 불러야 하나? 잠시 적절한 답안이 떠오르지 않았다. 우선 그 자리에 주저앉았다. 엄마 옆에 앉아 있었다. 오 분. 십 분. 그렇게 앉아 있었다. 엄마에게 잘 지냈느냐고 물었다. 엄마는 내 안부도 묻지 않네. 하지만 난 지금 엄마의 안부를 묻고 있어. 떠날 때 많이 아팠어? 내 생각 안 났어? 언제 떠났어? 시신에게 시간이 의미가 있을까? 살아 있는 사람은 수시로 시간의 제한을 받는데, 죽어서도 분초를 따지게 될까? 모녀는 생전에 줄곧 친하지 않았다. 죽음도 서로의 거리를 좁혀 주지 않았다. 그녀는 이 시신이 엄마인지, 아니면 다른 사람인지조차 확인할 수 없었다. 시신 옆에 얼마나 앉아 있었을까. 여전히 엄마인지 여부를 확신할 수 없었다. 졸렸다. 하지만 잠이 오지 않았다. 숫자를 세기 시작했다. 천산갑 한 마리, 비늘이 다 뽑힌 천산갑 쉰 마리, 온몸이 피투성이가 된 천산갑 3백 마리. 그러다가 관리인이 와서 벨을 눌렀다. 그녀는 일어서서 몸에 있던 천산갑을 다 털어 버리고 관리인에게 침착한 어투로 말했다. 저기요.…… 우리 엄마가 돌아가셨어요. 구급차를 불러야 할까요, 아니면 경찰을 불러야 할까요?

“모처럼 타이베이에 돌아왔으니 한번 가 보는 것도 나쁘지 않잖아. 나도 너희 아버지 뵌 지 아우 오래됐거든. 택시 부를까?”

임산품점은 보이지 않았다. 그 자리에는 한 줄로 나란히 산속 별장들이 들어서 있었다. 가는 길 내내 새 건물들이 가득했다. 호텔도 있고, 민박집도 있고, 경치를 구경할 수 있는 전망대도 있었다. 과거에는 산을 오르내릴 때 차가 거의 없었는데, 지금은 산에 오르는 동안 차가 심하게 밀렸다.

태풍 때문인지 지진 때문인지 모르지만 집 지붕은 날아가고 없었다. 그는 아버지에게 수리할 돈이 없었을 거라고 추측했다. 그래서 판자 몇 개랑 범포를 연결해 대충 못을 박아두었던 것이리라. 마당에는 잡동사니들이 잔뜩 쌓여 있었다. 아니, 잡동사니가 아니라 쓰레기였다. 개집도 있고 오래된 신문, 누드 사진집, 만화책, 망가진 텔레비전, 음식물 찌꺼기, 말라 죽은 화분, 가위로 한쪽 구석을 자른 원피스, 가라오케 기계, 산더미 같은 술병들이 있었다. 집 안에는 사람이 없었다. 그녀가 방문마다 열고 다니며 사람을 찾아 봤지만 그녀를 맞아주는 건 날리는 먼지뿐이었다.

두 사람은 마당의 폐기된 냉장고 위에 앉아 숲에서 불어오는 바람 소리를 들었다.

“아무래도 이사를 가신 것 같지 않아? 하지만 탁자 위에 도시락이 있어. 아주 오래 놔둔 것 같진 않아.”

닭고기 튀김 도시락이었다. 밥알에 윤이 나는 걸 보면 아직 시간에 의해 말라 버린 것 같지는 않았다.

그는 마당의 쓰레기를 뒤지다가 어린 시절의 교과서와 공책을 발견했다. 어린 시절에 쓴 필적이 버려진 것이었다. 시험답안지도 한 뭉치 나왔다. 엄마의 사인도 있었다. 답안지를 집에 가져가 학부모의 사인을 받아야 했다. 점수는 애매했다. 엄마는 펜을 휘둘러 사인을 하면서 '잘했음'이라고 썼다.

그녀는 이 바람이 의도적이고 독특하다는 생각이 들었다. 어렸을 때 자주 이곳에 와서 놀았었다. 이곳의 바람은 달랐다. 시내의 바람은 커다란 건물들 사이를 돌아 나오기 때문에 도시의 냄새를 잔뜩 품은 채 온갖 연기와 먼지를 담고 있었다. 하지만 이곳의 바람은 집 뒤의 야트막한 산 숲에서 불어오기 때문에 어린아이 같았다. 아직 거짓말을 배우지 않은 터라 할 말이 있으면 그대로 다 하는 바람, 인공적으로 여과되지 않은 바람이었다. 초목과 흙의 냄새를 품고서 담백하고 솔직하게 모든 걸 사실대로 말해 주는 바람이었다. 이 바람이 그녀의 귓가를 집중적으로 공략했다. 머리카락이 날리고 귓속에 윙윙 소리와 함께 언어가 가득했다. 물론 그녀는 바람의 언어를 알아듣지 못했다. 바람이 자신에게 뭔가를 말하고 있다는 것만 알 뿐이었다.

그녀는 집 뒤로 가 보았다. 마치 어제 같았다. 와이어에 매트리스를 매달아 들어 올리고 감독은 큰 소리로 두통을 호소했었다. 메이크업 담당 언니가 산 아래로 도시락을 사러 간 사이에 촬영감독은 연신 배가 고프다고 툴툴거렸다. 바람이 감독의 손에 들려 있던 시나리오를 날려 버리고 매트리스는 나뭇가지 위를 날았다. 마술 양탄자 같았다. 그녀와 그는 그날 도시락이 어떤 맛일지 알아맞히기 내기를 했다. 그녀는 닭다리라고 했고 그는 돼지갈비라고 했다. 결과는 둘 다 틀렸다. 그날 메이크업 담당 언니가 찾아간

집은 채식전문 자조찬(自助餐)* 가게였다. 도시락 뚜껑을 열어 보니 커다란 두부 튀김이 들어 있었다. 당시엔 천산갑이 아직 살아 있었다. 그는 잠시 후에 큰비가 내리면 아주 많은 물개미들이 날아들 테고, 그러면 천산갑들도 포식을 할 수 있을 것이라고 예감했다. 옆에서 구경하고 있던 그의 엄마와 아버지는 알고 보니 영화 촬영이 이렇게 무료한 것이었구나 하는 생각을 하면서 줄곧 기다렸다. 그녀의 엄마는 오지 않았다. 출연료로 받은 수표도 보이지 않았다. 촬영 기간 내내 그렇게 나타나지 않았다. 매트리스는 완전히 감독의 지시를 듣지 않고 공중을 마구 맴돌았다. 기중기 기사가 말했다.

"방법이 없어요. 바람이 너무 세다고요. 바람이 집으로 돌아갈 때까지 기다려야 할 것 같습니다. 바람도 실컷 놀다가 지치면 집으로 돌아가겠지요. 우린 먼저 도시락이나 먹자고요."

그녀는 당시 시나리오의 대사를 전부 잊었지만 기중기 기사의 이 한 마디는 아직도 선명하게 기억하고 있었다. 집으로 돌아간다고? 그럼 바람의 집은 어디지?

그녀는 숲속으로 걸어 들어갔다. 이렇게 오랜 세월이 지났으니 더 무성해지지 않았을까? 하지만 숲은 변한 게 하나도 없었다. 벌목의 흔적과 대형 쓰레기 더미만 남아 있었다. 그녀는 녹슨 세탁기 위로 올라섰다. 눈이 기억과 결탁하여 유년 시절의 그 큰 나무들을 소환했다. 바람이 멎었다. 바람은 말을 충분히 했는지, 그

* 가게에 준비된 여러 가지 음식을 손님이 취향에 따라 적당량을 골라 도시락에 담아 이를 카운터에 보여주고, 그 자리에서 계산을 하고 가져가는 방식의 음식점. 타이완에서는 보편화된 음식점 시스템이다.

말이 그녀의 귀에 들렸는지 살피고 있었다. 그녀는 바람이 하는 말을 들었다. 그녀는 성겨진 숲속에서 배의 잔해를 발견했다. 배는 몸체가 아주 컸지만 갑판은 녹슬고 돛대는 부러져 있었다. 돛도 찢겨 있었다. 산 위의 숲에 어떻게 침몰한 배가 출현할 수 있나? 하늘을 비행하다가 구름에 부딪쳐 좌초한 다음 숲 깊은 곳으로 침몰한 것일까?

그녀는 황급히 마당으로 돌아왔다. 돌아오면서 계속 소리쳤다.

"빨리, 빨리 구급차 불러! 어서!"

그의 아버지는 언제 이렇게 거대해진 걸까? 줄곧 덩치가 큰 사람이었지만, 숲속 흙바닥 위에 누워 있는 그 몸은 긴 세월 속에 침수되어 팽창했는지, 지나치게 살이 쪄 있었다. 과거 모습의 몇 배는 되는 것 같았다. 거대한 배의 잔해 같았다. 그녀는 세탁기에서 뛰어내려 배의 잔해를 흔들었다. 아직 심장이 뛰고 숨을 쉬고 있었지만 의식은 없었다.

구급차가 날카로운 소리와 함께 산 위로 올라왔다. 들것이 숲으로 들어가고 구급대원 두 명에 그와 그녀까지 합세하여 있는 힘을 다 소진하고야 그의 아버지를 들것에 올릴 수 있었다. 숲속에서는 들것을 굴릴 수 없어 인력으로 들어야 했다. 네 사람이 한참이나 사투를 벌인 끝에 배의 잔해를 뭍으로 끌어올려 구급차에 실을 수 있었다.

구급차는 산길을 휙휙 소리를 내며 달렸다. 배의 잔해가 체적이 너무 커서 그런지 들것이 마구 흔들렸다. 차가 모퉁이를 돌 때면 배의 잔해가 한쪽으로 기울었다. 흔들리는 들것이 해체를 예고하고 있었다.

그녀는 자신의 눈이 너무 작다는 생각이 들었다. 눈앞의 거대한 배의 잔해가 눈에 다 안 들어왔다. 들것 위에는 낯익은 얼굴이 있었다. 주름이 많이 늘어 있고 몸에도 반점이 많았다. 그녀는 그가 울고 있는 걸 발견하고는 재빨리 그의 손을 잡아 주었다.

구급차는 산간지대를 벗어나 고속도로에 올라섰다. 사이렌이 홍해를 갈랐다. 차량 행렬이 구급차가 지나갈 길을 내준 것이었다.

배의 잔해가 갑자기 깨어나 옆에 있는 그와 그녀를 알아보았다. 돛대를 마구 휘두르며 선체를 두드렸다.

아버지의 손바닥이 그의 얼굴을 때렸다. 입으로는 더러운 물을 쏟아냈다. 병든 것 같지 않았다.

"쳐 죽일 변태 새끼! 이 씹할 개새끼야. 내가 어쩌다 너 같은 변태 새끼를 낳았는지 모르겠다! 네미 씹이다. 나가 죽어! 네 어미가 널 버린 것도 당연하지. 네 어미는 그나마 나보다 똑똑해서 아들놈이 변태라는 걸 일찌감치 알아챘지. 나만 멍청이였어. 멍청하게 널 키웠으니 말이야. 이렇게 오랜 세월 동안 나는 네 어미가 왜 도망쳤는지 몰랐는데 알고 보니 문제는 너한테 있었어! 어서 날 차에서 내려 줘!"

그의 아버지가 그녀 쪽으로 몸을 돌려 그녀의 팔을 잡아끌고는 갑판 위의 보물상자를 열게 했다. 안에는 항해일지가 들어 있었다. 항해일지가 그녀가 들어보지 못한 지난 일들을 말해 주었다. 그에 관한 일이었다. 그는 그 일을 그녀에게 말한 적이 없었다. 그가 이런 일들을 어떻게 내게 말할 수 있었겠어. 그녀는 속으로 생각했다. 그녀는 자신을 때려 주고 싶었다. 왜 여태 자기에게 이런 얘기를 하지 않은 걸까. 배의 잔해가 말해 준 것들을. 그는 듣기만 하고 그녀에게 말하게 했다. 하지만 그녀는 그에게 말을 하게 했던가? 하지 않았다. 그녀가 그가 하는 말을 들었던가? 듣지 않았다.

"너희들이 어렸을 때, 나는 너희 둘이 죽마고우라고 생각했어. 커서 둘이 결혼할 거라고 믿었지. 그런데 내 개 같은 눈이 멀었던 거야. 보아하니 너도 눈깔이 삔 것 같네. 내 아들이 변태라는 걸 몰랐으니 말이야! 경찰 친구가 연락해 줬던가. 나는 경찰국에 가서 저 녀석을 데리고 와야 했어. 나는 그날 밤 신공원에서 무슨 일이 있었는지 알지 못했지. 공원이 밤에 문을 닫았는데도 녀석은 집에 돌아오지 않았어. 옆에 있는 어느 거리에서, 거리 이름이 뭐였지? 네가 한 더러운 짓, 네가 직접 얘기해!"

돛대가 또 그의 얼굴을 때렸다.

"말해!"

"창더가(常德街)요."

"맞아! 이 개자식은 평소에 말을 잘 안 하지. 그런 놈이 그날 경찰국에서는 큰 소리로 경찰에게 물었어. '왜 사진을 찍어야 합니까? 우리가 무슨 죄를 지었다고!' 내가 따귀를 한 대 때리면서 호통을 치자 그제야 입을 다물더군. 국장이 내 친구였거든. 변태들을 한 무더기 데리고 경찰국으로 돌아와서는 압수한 신분증에서 낯익은 이름을 발견하고 곧장 내게 전화를 했던 거야. 그 친구는 나를 도와주려는 거였는데, 이 변태 새끼가 거기서 뭐라고 나불댔는지 알아? 당시 나는 상황을 제대로 파악하지 못하고 있었어. 내 아들이 밖에서 무슨 일을 저지른 줄만 알았지. 경찰국 안에 있던 그 변태들을 보고서야 결국 알게 되었어. 알고 보니 내 아들이 죽일 놈의 보리(玻璃)*였던 거야! 남자들에게 엉덩이를 대주는 그 죽일 놈의 보리 말이야! 한밤중에 길거리에서 경찰에 잡혀 오는 죽일 놈의 보리였다고!"

그녀는 창더가 사건에 관한 얘기를 들은 적이 있었다. 최근 몇 년 사이 남편의 정당에서도 동지(同志)**들 표의 중요성을 의식하여 동지들의 활동에 참여하기 시작했다. 그녀는 퀴어 가두행진에서 타이베이에서 벌어진 타이완 동지 운동 사건의 내막을 전해 들을 수 있었다. 여름밤 창더가에서 경찰들이 권력을 남용하여 남자 동지들을 불심 검문하자 소요가 일어난 것이었다. 자세히 듣지는 못했지만 대단히 인상 깊은 사건이었다.

알고 보니, 그날 밤, 그도 그 거리에 있었던 것이다.

"이렇게 오랫동안 돌아오지 않기에 나는 이 자식을 죽은 셈 쳤어. 죽어 버린 줄 알았지! 제 어미와 마찬가지로 말이야. 전부 다 죽어 버린 줄 알았어. 나 혼자 산 위에서 자유롭게 지낼 수 있었어. 맘대로 실컷 먹고 마시면서 말이야. 그런데 최근에 뉴스마다 이 죽일 놈의 변태 새끼가 나오네. 촌장은 와서 축하한다며 인사를 건네더군. 평소에는 나를 거들떠보지도 않았는데 말이야. 매번 나랑 경선할 때마다 뇌물에 의지하여 나를 이겼던 인간이 뜻밖

* '玻璃'는 원래 유리를 의미하지만 여기서는 'Boy Love', 즉 남성 동성애자의 이니셜인 BL을 의미한다. 중화권에서 남성 동성애자들을 칭하는 은어다.

** 중화권에서 남녀 동성애자들을 통칭하는 용어다. 홍콩의 사회학자가 'gay'를 '同志'로 번역하면서 보편적으로 수용되어 사용되고 있다.

에도 나를 찾아와 축하 인사를 건네면서 우리 아들이 나온 영화를 봤다는 거야. 정말 대단했다고, 영화에서 물건을 다 드러내고 있더라고, 유전 덕분인지 물건이 아주 대단하더라고 하더군. 영화 안에서는 한 무리의 남자들이 서로 키스를 하고 몸을 비벼대고 난리가 아니었대. 정면으로 보이는 나체가 아주 멋있었다고 하더라고. 무슨 대상인가 뭔가를 받았다면서 정말로 가문의 영광이라고 떠벌리는 거야."

배의 잔해는 큰 노를 뻗어 그를 걷어차 버렸다.

"차에서 내려줘! 차를 세우란 말이야! 기사, 차 세워! 내 말 안 들려! 이 변태 새낀 내 아들이 아니란 말이야! 차 세우라고! 아아아!"

기사가 갑작스러운 고함에 놀라 핸들을 제대로 잡지 못했다. 차체가 흔들리면서 하마터면 번개처럼 지나가는 차와 충돌할 뻔했다.

그가 몸을 일으켜 창문을 두드리더니 앞에 있는 기사를 향해 큰 소리로 말했다.

"부탁이니 차 좀 세워 주세요. 제가 내릴게요. 제가 내리면 우리 아버지가 더이상 소리를 지르지 않을 거예요."

수행하는 구급대원들의 얼굴에 놀라움과 두려움이 가득했다.

"선생, 그건 안 됩니다. 우리 마음대로 차를 세울 수 있는 게 아니에요. 여긴 고속도로란 말입니다."

배의 잔해는 애당초 병이 난 게 아니었던가? 놀라울 정도로 기운이 셌다. 그가 산소통을 집어 들더니 아들을 향해 던졌다. 이어서 자동 심장제세동기를 걷어내고 짐승처럼 소리를 질러댔다.

"저 앞에 세워주세요. 저 앞에 입체교차로가 있어요. 저를 믿어주세요. 저분은 우리 아버지예요. 제가 차에서 내리면 난동을 멈출 거예요."

기사는 당황했다. 전방 입체교차로는 갈림길 입구 하나가 봉쇄되어 있어 갓길에 차를 세울 수 있었다.

기사가 브레이크를 밟았다. 구급차가 멈추자 그는 재빨리 뛰어내렸다. 그가 차 문을 툭툭 치자 구급차는 계속 앞을 향해 달려갔다.

너무 빨랐다. 모든 것이 너무 빨리 진행되었다. 당시에 그녀도 머릿속에서 사자후가 폭발하고 있었다. 산소통이 빗나가면서 그녀를 가격했던 것이다. 그녀는 그의 팔꿈치 굳은살을 만지려 했다. 그에게 말을 하려던 참이었다. 그의 얼굴을 바라보려던 참이었다. 그런데 갑자기 구급차가 멈추고 그가 내려 버린 것이다. 그 입체교차로는 마침 한쪽을 막고 아스팔트 교체 작업을 하고 있어서 노면에 하얀 연기가 피어오르고 있었다. 구급차 문이 닫히자 그녀는 얼굴을 차창에 대고 그가 연기 나는 도로 위로 걸어가는 모습을 바라보았다. 비틀비틀 걷다가 넘어졌다. 다시 일어선 그의 바지에 검은 역청이 묻어 있었다. 계속 걸었다. 연기가 모여 짙은 안개로 변하면서 그의 뒷모습을 삼켜 버렸다.

그때 입체교차로에서 헤어지고 나서 그다음에 만난 것은 파리의 작은 아파트에서였다.

너는 왜 내게 말하지 않았을까.

나는 왜 한 번도 네 말에 귀를 기울이지 않았을까.

구급차가 병원 응급실에 도착했다. 들것이 들어갔다. 그녀는 좌석에 그대로 앉아 있었다. 감히 차에서 내릴 수가 없었다. 그녀는 정말 더 참을 수 없었다. 어떻게 하나. 지금 그녀는 도대체 어떻게 해야 하는 걸까? 오줌 방울이 구급차 의자에서 바닥으로 떨어졌다. 어떻게 하나. 지금 그녀는 도대체 어떻게 해야 하는 걸까? 응급실로 따라 들어가야 할까? 아니면 얼른 뛰어서 그 입체교차로 돌아가야 할까?

그의 아버지는 응급실로 들어갔다가 몇 시간 뒤에 세상을 떠났다.

왜 그녀는 한 번도 남의 말을 듣지 않았던 걸까.

왜 그녀는 한 번도 어린 아들의 말에 귀를 기울이지 않았던 걸까.

간호사가 그녀를 다시 침대로 잡아끌더니 많은 얘기를 해 주었다. 그녀는 이번에는 진지하게 경청했다. 프랑스어는 전혀 알아듣지 못했지만 상관없었다. 그녀는 진지하게 귀 기울여 들었다.

그녀는 걱정이 되었다. 방금 응급실을 나간 그가 어떤 행로를 택할지 알 수 없었다. 지난번 입체교차로에서처럼 떠나갈지, 아니면 완자탕 때나 팡싼의 장례가 끝난 뒤처럼 사라지게 될지 알 수 없었다.

“간호사 아가씨, 그가 내일 또 올 것 같아요?”

물론 간호사는 그녀의 말을 알아듣지 못했다. 하지만 그러면서도 그녀를 향해 환한 미소를 지어 보였다.

그가 십 분쯤 걸었을 때 비가 멎었다. 고개를 돌려 보았지만 그 은색 대형 병원은 보이지 않았다. 공기는 축축했다. 하늘색이 변하기 시작했다. 손에 든 휴대폰의 GPS를 살펴보니 이 길은 곧장 남쪽으로 통하는 길이었다. 모퉁이를 돌면 호텔로 갈 수 있었다. 주변에는 평범한 프랑스 교외 지역의 풍경이 펼쳐졌다. 집과 앞마당, 뒷마당, 작은 나무들, 꽃, 주유소, 주택단지의 빵집, 작은 슈퍼마켓, 대형마트 같은 것들이었다. 만물이 아직 깨어나기 전에 비마저 지쳐 잠이 든 것 같았다. 작은 길 위에서 검은 고양이 한 마리가 그를 향해 야옹야옹 말을 걸었다. 두 눈이 어둠 속에서 반짝반짝 빛났다. 그는 멈출 수 없었다. 계속 걸었다. 앞을 향해 계속 걸었다. 그래야 자신이 살아 있다는 걸 느낄 수 있었다. 살아 있어야 모든 일들을 해결할 수 있었다. 그는 호텔로 돌아가 잠을 몇 시간 자고 내일 다시 병원으로 돌아갈 작정이었다. 길가에 서 있는 SUV 차량에 사람들 그림자가 스쳤다. 그는 빠른 걸음으로 지나쳤다. 안에는 두 사람의 몸이 겹쳐져 있었다. 그는 분명히 보았다. 둘 다 남자였다. 한번 하면 기분이 좋아질 것 같았다. 하지만 그럴 수 없었다. 멈출 수 없었다. 계속 걸었다. 멈출 수 없었다. 돌아볼 수도 없었다. 시간이 만들어낸 환상이 그가 멈추도록 유혹하고 있었다. 그는 절대로 속지 않을 것이었다. 하늘이 점점 밝아오고 있었다. 할아버지가 개를 끌고 나와 산책을 하고 있었다. 엄마가 갓난아기를 유아차에 태워 천천히 밀고 가고 있었다. 새들이 울어댔다. 모퉁이를 돌자 모든 것이 조용했다. 사람도 없고, 새도 없고, 개도 없고, 고양이도 없고, 차도 없고, 해도 없고, 달도 없었다. 어둔 밤이 하얀 낮에 저항하고 있었다. 이쪽 열 걸음은 어둡고 다음 열 걸음은 밝았다. 명암이 교차하고 있었다. 주변 교외의 풍경은 거의 변화가 없었다. 이 나무는 지나온 거리의 그 나무와 똑같았다. 검은 고양이 한 마리가 또 나타났다. 그는 자신의 몸이 도대체 앞으로 나아가고 있긴 한 건가 하는 의심이 들었다. 시간이 사기를 치고 공간이 궤계를 꾸미고 있는 것 같았다. 그는 대체 어디에 와 있는 것일까? 왜 이곳에 와 있는 것일까?

호텔로 돌아오자마자 재빨리 샤워를 하고 억지로 잠을 청했다. 많이 걸은 게 유효했다. 몸이 피곤하니 순식간에 잠이 들었다. 아래층 창녀와 많은 얘기를 했다. 얘기를 하다가 고개를 들어보니 아파트 건너편 테라스가 번쩍거렸다. 테라스 공연예술가가 좁은 테라스에서 외발자전거를 타고 있었다. 휴대폰 알람이 그를 깨웠다. 일어나 창문을 열었다. 어째서 창밖에 한 줄기 강이 있는 것일까. 강에게 물었다. 넌 누구지? 파리야? 창가에 한참을 그렇게 멍하니 서 있었다. 시공이 점차 되돌아왔다. 어째서 파리가 이처럼 음산하단 말인가.

그는 걸어서 병원에 갈 작정이었다. 오늘은 처리해야 할 일이 아주 많을 게 분명했다. 체력이 필요했다. 아침 식사로 크루아상을 몇 개 더 먹고 커다란 접시 가득 스크램블드 에그를 먹었다. 호텔은 원래 두 밤만 예약했으나 프런트에 이틀 더 묵을 수 있는지 물었다. 마음속으로 계산을 해보았다. 계속 이곳에 묵으면 낭트는 어떻게 하지? 지금은 낭트를 생각할 겨를이 없었다. 이틀 더 묵는 것으로 확정했다. 투숙 수속을 마치자 당직 직원이 정중한 어투로 물었다. 부인은 무사하신가요? 저희가 도와드릴 일은 없나요?

그는 북쪽을 향해 걸음을 재촉하기 시작했다. 자신에게 길가의 풍경에 미련을 갖지 말라고 당부했다. 날씨는 무척이나 쾌청했다. 햇빛이 누런 잎들을 태우고 있었다. 공기도 더없이 상쾌했다. 재킷 아래쪽에 미세하게 비가 오기 시작했다. 눈앞에 커다란 원형 입체교차로가 나타났다. 갈림길이 아주 많았다. 그가 어느 길로 가야 하는지 가늠해 보고 있을 때, 둥그런 원형 도로 맨 끝에 뭔가 보였다. 잘못 본 게 아닐까? 문자 메시지를 받았다. 왔다. 휴대폰 문자 메시지였다. 마침내 왔다.

그녀의 아들이었다.

갑자기 트럭 한 대가 원형 도로로 진입하면서 시야를 가렸다. 트럭이 원형 도로를 벗어나자 아들이 보이지 않았다. 그는 그 원형 도로를 여러 바퀴 돌았다. 돌면서 도로 입구마다 확인했다. 머리가 빙글빙글 돌았다. 몇 시간밖에 자지 못한 탓이었다. 방금 그 모습은 잘못 본 것이겠지.

그는 자신의 죄가 무겁다고 생각했다.

그녀의 아들이 자신을 버렸다고 생각했다.

그녀의 아들을 파리에 오게 한 사람은 그였다.

그가 그녀의 아들을 버렸다.

그녀에게 말해야 할까. 어떻게 그녀에게 말할 수 있단 말인가. 그녀에게 말할 수 있는 일이 아니었다.

그녀 아들이 파리에서 스스로 밖에 나갔던 그날 밤, 그는 아들의 엉덩이를 취했다.

아파트로 돌아온 아들은 혼자 파리를 돌아다닌 모험담을 늘어놓았다. 눈가에서 파란 고래들이 쏟아져 나왔다. 아들은 그의 수세미를 잡았다. 파란 고래들이 울면서 애원했다.

"가르쳐 주세요. 아무도 제게 가르쳐 주지 않잖아요. 저를 먹어 주세요."

그는 파란 고래들에게 설복당했다.

그녀 아들은 다급한 모습을 보였다. 입을 크게 벌리고 혀를 내밀었다.

그는 눈빛으로 아들의 몸에 일시정지 단추를 눌렀다. 그는 아무 말도 하지 않았고, 그녀 아들은 이해했다.

천, 천, 히, 하자.

그는 아들의 몸에 걸친 옷들을 제거했다. 천, 천, 히, 벗겼다. 셔츠 단추를 풀면서 손가락으로 탱고를 췄다. 구멍을 들어갔다가 구멍에서 나와 열었다. 하나하나 천천히 했다. 소매를 당겼다. 오페라의 막이 올랐다. 악단이 가볍고 부드러운 서곡을 연주하기 시작했다. 셔츠가 완전히 그녀 아들의 몸을 떠나면서 창백하고 야윈 어린 몸이 드러났다. 그의 눈빛이 뜨거워지기 시작하더니 그녀 아들의 얼굴을 태웠다. 셔츠를 잘 개켜 탁자 위에 내려놓았다. 거리 건너편 테라스에서 바이올린을 연주하는 소리가 들려왔다. 그는 오늘 저녁만은 고개를 돌려 건너편 테라스에서 어떤 공연이 펼쳐지는지 보고 싶지 않았다. 하지만 그 느린 연주만은 고맙게 생각했다. 느린 박자가 그의 동작의 운율과 일치했다. 청바지 혁대를 풀었다. 혁대가 손바닥에 감겼다. 뱀 같았다. 청바지 허리춤 단추를 풀었다. 지퍼를 내렸다. 지퍼를 내리는 동작을 건너편 바이올린 음악에 맞췄다. 내렸다가 다시 올렸다. 몸에 착 달라붙는 스판 청바지가 허벅지를 감싸고 있었다. 일 센티, 또 일 센티 천천히 벗겼다. 복사뼈까지 벗겼다. 그녀 아들이 몸을 돌려 그에게 등을 보이더니 엉덩이를 들어올렸다. 그가 손가락을 아들의 팬티 안으로 뻗었다. 길의 원근을 잊었다. 갑자기 복숭아나무 숲을 만났다. 중간에 잡목들은 없었다. 향기로운 풀들이 신선하고 아름다웠다.

꽃잎이 휘날렸다. 아들의 엉덩이는 아주 작았다. 미세하게 떨리고 있었다. 건너편 바이올린 소리가 빨라졌다. 그가 손가락으로 팬티의 봉제선을 잡아당겼다. 종이가 찢기는 듯이 천이 찢어졌다. 엉덩이가 아래로 내려왔다. 동시에 그녀 아들의 입이 벌어졌다. 편안하고 쾌적한 소리가 떨어져 나왔다.

먼저 씻자.

수도꼭지로 물의 온도와 양을 조절했다. 그녀 아들은 벽에 기대 엉덩이를 그에게로 향했다. 더운물이 등 아래쪽을 출발하여 아래로 흘러 항문에 도달했다. 물이 근육을 풀어 주었다. 그는 손가락으로 비누칠을 해 주고 부드럽게 마사지를 해 주었다. 그런 다음 몸에 따뜻한 수건을 감아 주었다.

테니스공 차례였다.

그녀 아들은 엎드린 자세로 매트리스에 누웠다. 그의 두 손이 테니스공으로 변했다. 아들의 엉덩이는 붉은 흙이었다. 프랑스 테니스 오픈 대회가 시작되었다. 찾았다. 측면에 두 개의 혈도가 있었다. 테니스공에 마사지 기름을 발랐다. 서브를 했다. 아들이 토해 내는 소리가 점점 커지기 시작했다.

“어서 해 줘요.”

아직 아니었다. 밤은 막 시작된 터였다. 건너편 바이올린은 이제 막 1악장 연주를 마쳤을 뿐이었다.

그가 혀를 아들의 엉덩이로 내밀었다. 그는 엉덩이의 맛을 무척 좋아했다. 남자들 엉덩이의 맛은 각양각색이었다. 여주 맛도 있고 오이 맛도 있었다. 피망 맛, 오렌지 맛, 모래흙 맛, 두부 맛, 돌 맛, 오징어 맛, 고구마 맛, 귀뚜라미 튀김 맛, 생수 맛, 나무껍질 맛 등 무궁무진했다. 그는 많은 사람들이 엉덩이 냄새가 고약하다고 말한다는 걸 알고 있었다. 많은 사람들이 엉덩이를 두려워한다는 것도 알고 있었다. 엉덩이에는 치욕감이 뒤따랐다. 어떻게 공개적으로 엉덩이를 얘기할 수 있겠는가. 변태들이나 그럴 수 있었다. 어떻게 엉덩이를 먹을 수 있단 말인가. 쳐 죽일 변태 놈들만 가능했다. 어떻게 엉덩이를 좋아할 수 있단 말인가? 냄새가 고약하지 않은가? 인체의 숨결에는 수백 가지의 모습이 있었다. 고약한 냄새가 나는 건 그렇게 끔찍한 일이 아니었다. 고약한 냄새는 수치스러운 게 아니었다. 진심으로 좋아한다면, 심지어 사랑한다면, 고약한 냄새는 향기로 변했다. 아주 좋은 냄새가 된다.

그녀 아들의 엉덩이 맛은 여름날의 비 같았다. 뜨거웠다. 그의 혀에 후두둑 떨어졌다. 물론 J가 생각났다. J의 엉덩이는 고추 같았다. 그는 고추를 즐겨 먹었다. J의 고추를 생각할 때마다 아랫부분이 딱딱해졌다.

"해 줘요."

그는 그녀 아들이 준비가 다 되었다는 것을 알았다.

파리의 달빛이 창가에서 두 사람을 엿보고 있었다. 바람도 엿듣고 있었다. 바이올린 소리는 잠시 멈췄다.

잠깐. 윤활제를 바르고 손가락을 깊숙이 집어넣었다. 그의 손가락에는 카메라가 내장되어 있었다. 천천히 들어갔다가 도로 나왔다. 콘돔을 끼었다. 더 많은 윤활제를 발랐다. 딱딱한 부분이 먼저 조금 들어갔다. 아주 조금이었다. 그렇게 들어갔다. 그녀 아들의 몸이 그의 딱딱함에 익숙해지자 다시 천천히 물러났다. 이런 동작을 여러 차례 반복했다. 눈빛으로 그녀 아들에게 확인해 보았다. 괜찮았어? 이러면 되겠어? 계속해 줄까? 곤란하면 말해. 조금 더 했다. 몸에 통로를 개척했다. 전부 끌어냈다. 그녀 아들이 고개를 끄덕였다. 눈빛이 뜨거운 비가 되어 있었다. 아이가 다시 말했다.

"더 해 주세요."

이번에는 약간 명령조의 어투였다. 그는 신복했다. 개척해 놓은 통로로 돌아가 이번에는 전부 집어넣었다.

그날 밤, 그녀 아들은 왜 자신에게 엉덩이로 절정을 느낄 수 있다고 아무도 말해 주지 않았는지 모르겠다고 말했다.

아파트는 작지만 테이블과 의자가 있고 낡은 매트리스가 있었다. 냉장고도 있고 창문도 있었다. 전부 자세를 바꿀 수 있는 도구들이었다. 그는 그녀 아들의 몸을 드나들었지만 성기는 건드리지 않았다. 녀석 스스로 분사했다. 가슴과 배가 한 폭의 추상화가 되었다. 입에서는 만족과 희열의 소리가 터져 나왔다. 그날 밤 그는 녀석의 몸에 세 번이나 들어갔다 나왔다. 바이올린이 언제 연주를 중단했는지는 아예 신경조차 쓰지 않았다.

그 뒤로도 여러 차례 이런 일이 있었다.

그가 녀석을 버릴 때까지 그랬다.

그녀에게 어떻게 말해야 할까.

내가, 네 아들을 범했어.

내가, 네 아들을 버렸어.

병원에 도착해 프런트에 그녀에 관해 물었다. 방금 응급실에서 나와 일반병실로 옮겼으니 엘리베이터를 타고 올라가 보라고 했다.

일반병실로 갔다는 말에 그는 마음이 놓였다. 아침에 잠에서 깼을 때 휴대폰을 뒤져 보았다. 그녀의 문자 메시지는 없었다. 그렇게 문자 메시지를 좋아하는 그녀가 어떻게 하루를 조용히 보낼 수 있었는지 알 수 없었다.

그는 조용히 병실에서 기다리면서 그녀가 이리저리 끌려 다니며 각종 검사를 받는 모습을 지켜보았다. 그녀는 아직도 아프긴 하지만 통증이 많이 경감되었다고 말했다. 초음파를 찍은 다음에는 아주 커다란 기계 같은 것을 이용했다. 그녀의 몸 전체가 누운 채로 터널같이 생긴 기계 안으로 들어갔다. 정말 무서웠다.

"의사들이 아주 무서운 뭔가를 찾아낼까 봐 두려워. 종양 같은 것 말이야. 아이고, 나도 모르겠다."

병원의 창백한 조명 아래에서 그녀는 밤새 잠을 자지 못했다. 휴대폰은 고장인지 충전이 되지 않았다. 밤새 꼬박 기다린 끝에 그녀는 그가 돌아온다는 사실을 알았다. 그녀는 자신에게 이번에는 그의 말을 잘 듣겠다고 다짐했다. 한 글자도 놓치지 않고 다 듣겠다고 마음먹었다. 그의 숨소리까지 들을 결심이었다. 그 말 속에, 그 숨결 속에 틀림없이 빵 부스러기들이 들어 있을 것이다. 그가 돌아오기만 한다면 그녀는 반드시 귀 기울여 잘 들을 것이다.

그날 아침 그녀는 일반병실로 옮겼다. 그가 남기고 간 배낭을 뒤져 팡싼의 크레파스 그림을 찾았다. 그녀는 팡싼의 그림을 침대 옆 탁자에 놓아두었다. 아들의 부서진 안경 바로 옆이었다.

팡싼에 대한 응급조치가 아무런 효과도 거두지 못하자 아들은 병실 밖에서 대성통곡했었다. 그녀는 그에게 아들을 밖으로 데리고 나가 산책 좀 해 달라고 부탁했다. 그녀가 의사 선생님에게 물었다.

"제게 몇 분만 시간 좀 주실 수 있겠어요?"

193센티미터 의사가 고개를 끄덕이자 모든 의료진이 일제히 병실을 나갔다.

그녀는 병상 옆에 앉아 팡싼에게 미안하다고 말했다.

"엄마가 널 구해 주지 못해서 미안해. 엄마가 널 죽인 거야. 너에게 말하진 않았지만 네가 처음이 아니었어. 미안해. 엄마는 이미 여러 아이들을 죽였어. 너마저 엄마 때문에 죽게 될 줄은 생각하지 못했어."

그녀는 팡싼의 얼굴에 입을 맞췄다. 아이 얼굴은 많이 부어 있었다. 죽은 눈동자에서 여전히 눈물이 새어 나오고 있었다. 그녀는 얼굴의 눈물을 닦아 주고 팡싼을 꼭 껴안아 주었다. 이어서 그녀는 창문을 열었다. 뛰어내리고 싶었다. 그녀는 아래를 내려다 보았다. 건물 아래 거리가 무척 향기로워 보였다. 진한 꽃향기인 것 같았다. 아니, 꽃향기는 보이지 않았다. 어아젠(蚵仔煎)* 냄새였다. 그녀는 직접 내려가서 냄새를 맡아 보고 싶었다. 먹어 보고 싶었다. 몸으로 부딪쳐야 냄새를 맡고 먹을 수 있었다. 하지만 창문이 열리지 않았다. 그녀는 머리로 힘껏 창문을 들이받았다.

그녀는 반드시 아들을 찾아야 했다. 모든 것이 그녀 탓이었다. 그녀는 살인의 괴수였다. 안 돼. 이번에는 반드시 자신의 살인을 저지해야 했다. 찾을 수 있을 것 같았다.

* 계란을 밑에 깔고 그 위에 굴과 갖가지 야채를 올려 지진 전으로, 대개 속을 완전히 익히지 않고 먹는다. 타이완의 대표적인 길거리 음식으로 이름도 민남어로만 부른다.

하루종일 갖가지 검사를 받았다. 의사들이 여러 번 왔다 갔다 하는 사이에 그녀와 그는 자다 깨기를 반복했다. 아무 말도 하지 않았다. 그냥 조용히 있었다. 그녀는 그가 곧 말을 하리라는 걸 알았다. 억지로 묻지 않았다. 참았다. 이렇게 오래 기다렸으니 계속 기다릴 수 있었다. 그녀의 장기가 바로 기다리는 것이다. 그가 곧 입을 열 것이다.

저녁에 의사가 회진을 왔을 때, 그녀는 자고 있었다. 몸 위에 천산갑이 가득했다. 의사는 그에게 진단 내용을 말해 주었다. 너무 많은 어휘들을 알아들을 수 없었다. 의료진에게서는 최대한 빨리 수술을 할 계획이기 때문에 당분간 금식을 해야 하고 물도 마시면 안 된다는 말만 알아들었다. 우선 참도록 하세요. 긴장하실 필요는 없고요. 부인에게 사망 위험은 없습니다. 오늘 저녁에 수술을 하는 것도 아니고요. 우선 마음 푹 놓고 돌아가서 쉬도록 하세요. 내일 상세한 의료 보고가 있을 겁니다.

한밤중에 당직 간호사가 그가 아직 병실에 있는 것을 발견하고는 예의를 갖춰 내보냈다. 죄송합니다. 저희 병원은 가족이 남아서 밤을 보내는 걸 허용하지 않습니다.

그녀가 깼다. 수액 안에 진통제나 수면제 성분이 있었는지 그녀는 아주 잘 잤다. 그가 간호사와 얘기를 주고받는 걸 보고는 마음속으로 생각했다. 아직 있었네. 그가 아직 남아 있었어. 아직도 아팠다. 살아 있다는 뜻이었다.

밖이 시끄러웠다. 강한 힘에 밀려 병실 문이 열렸다.

조끼였다.

선거용 조끼.

죽도록 꼴 보기 싫은 선거용 조끼.

'장(江)'이라고 큰 글씨가 인쇄된 선거용 조끼가 병실에 들어왔다.

장하이타오가 온 것이었다.

휴대폰 독백 6

"알아. 약속할게. 내가 고개를 끄덕이면 약속하는 거야."

"내가 너에게 약속해 주기를 바랐잖아."

"나는 너희 엄마에게 아무것도 말해 줄 수 없어."

"알아. 너희 엄마가 내게 하고 싶은 말이 있다는 걸."

"나는 너희 엄마가 내게 말하길 기다리고 있어."

"왜냐하면, 네가 말하지 않았다는 걸 알기 때문이지."

"너는 말하지 않았어."

"나도 말하지 않을 거야."

"나도 할 말이 있어. 꼭 해야 하는 말이지. 너희 엄마에게 꼭 해야 하는 말이야. 하지만 말하지 않을 거야."

6 바퀴벌레

그녀의 큰딸과 둘째 딸은 끊임없이 불만을 늘어놓았다. 병원 인근은 너무나 썰렁했다. 아무것도 없었다. 그랬다. 귀신조차도 없었다. 죽도록 무료했다. 어떻게 LV 플래그숍도 없는 거야. 에르메스가 없는 게 무슨 프랑스야. 어떻게 디저트 카페 하나 없는 거지. 방금 나가서 한 바퀴 둘러봤는데 사진을 한 장도 못 찍었어. 엄마 이게 믿어져요? 사진을 한 장도 못 찍었단 말이에요. SNS에 올릴 만한 게 아무것도 없다고요. 이런 귀신들의 땅이 어디 있어. 죽도록 무료하네. 에이, 됐어. 그만두자. 아빠가 줄곧 우리에게 인터넷에 사진을 올리면 안 된다고 경고하고 있잖아. 정말로 올려야 한다면 위치를 밝히지 말아야 한다고. 아주 신비한 분위기를 연출해야 돼. 너 정신병자야? 네가 무슨 국제적인 스타라도 되는 줄 알아? 행적이 폭로되면 수많은 개들이 여기까지 쫓아오기라도 한단 말이야? 부탁이야. 우리가 방금 밖에 나가 봤지만 개는 한 마리도 못 봤어! 엄마가 아빠한테 말 좀 해 줘요. 우리는 거리 구경도 하고 쇼핑도 하고 싶단 말이에요. 응? 부탁이야. 프랑스까지 왔잖아요. 거리 구경도 못 하고 쇼핑도 못 하게 하면 돌아 버릴 것 같단 말이에요. 차라리 잠이나 좀 자야겠어. 엄마, 우리 먼저 호텔로 돌아가서 자면 안 될까요?

남편의 전화가 계속 울려댔다. 이사회에서 재촉 전화가 온 것이다. 선거의 세를 불리기 위한 저녁 모임에 오지 않으면 어떡하느냐는 것이었다. 함께 그 무슨 궁(宮)인가 사(寺)인가 하는 곳으로 사람들에게 표를 부탁하러 가기로 하지 않았느냐고, 교회 표는 아주 안정적이라 자기편에게는 무조건 표를 준다고, 안 그러면 하나님한테 벌을 받는다고 말했다. 만찬에 참석하지 못한다고 해. 아니, 아니, 그게 아니라 감기라고 하세요. 우선 사람들에게 우리가 어디 있는지는 말하지 마시라고요. 방금 그 누구야, 우리를 위해 현지 통역원을 연결해 주겠다고 한 사람이 누구지요? 아, 그걸 어떻게 알아요. 아직 도착하지 않고 있다고요. 프랑스 사람들은 동작이 정말 느리네요. 정말 이상해요. 여기 한 무더기나 되는 의사와 간호사들은 전부 영어를 쓰질 않네요. 이상하다는 생각 안 드세요? 제 생각에 프랑스 사람들은 정말 이상한 것 같아요. 영어를 저보다 훨씬 잘하지 않나요? 하하하, 부탁이에요. 저는 우등생이잖아요. 이래 봬도 국제노선을 걷는 사람이라고요. 물론 영어도 잘하지요. 유엔에서 제게 연설을 해 달라고 부탁하면 저는 모든 청중이 울음을 터뜨리게 만들 자신이 있어요. 우리 타이완의 민주주의를 위해 울면서 무릎을 꿇게 만들 수 있다고요. 잘 알아두세요. 우리는 실력이 만만치 않은 사람들이란 말이에요. 미국 유학이 장난은 아니잖아요? 네, 됐어요. 혹시 부인께서 명품백이 필요하다고 하시면 브랜드 명칭을 보내 주세요. 마누라가 퇴원하면 우리는 곧장 명품 매장으로 달려갈 예정이거든요. 괜찮아요. 원래 걱정을 아주 많이 했었어요. 의사가 하는 말을 하나도 알아듣지 못하겠더라고요. 하지만 우리 마누라 상태는 그다지 나쁘지 않은 것 같아요. 걱정 마세요, 형님.

병원에서 이틀을 보내는 사이에 그녀 복부의 통증은 많이 경감되었다. 병실에는 딸과 남편의 목소리가 가득했다. 이미 타이베이 집으로 돌아온 것 같았다. 단지 창밖에 다안 삼림공원이 아니라 조용한 녹지가 펼쳐져 있는 것이 다를 뿐이었다. 간병인 하나가 휠체어를 밀고 풀밭으로 가서 환자에게 햇볕을 쬐게 했다. 이 각도에서는 휠체어에 앉아 있는 사람이 누구인지 선명하게 보이지 않았다. 희미하게 백발이 바람에 날리는 모습만 눈에 들어올 뿐이었다. 투르 시내로 가려면 이 방향이 맞을까? 그들이 묵고 있는 호텔은 여기서 얼마나 멀까? 창밖의 햇살이 너무도 쾌적해 보였다. 그녀는 나가서 좀 걷고 싶었다.

“저는 이 사람 남편입니다. 고맙습니다. 이제 우리가 그녀를 접수할 테니 집에 돌아가셔도 될 것 같습니다. 아, 맞다. 제가 사람을 호텔로 보내 와이프의 짐을 받아 오도록 하겠습니다. 선생은 아무것도 안 하셔도 됩니다. 감사했습니다. 우리 온 가족이 선생께 절을 올립니다. 신세 많이 졌습니다.”

어제저녁에 그녀의 남편은 그를 보자 군중을 상대로 연설을 하는 듯한 음량과 어투로 이제 집으로 돌아가도 된다고 말했다. 예의를 갖춘 말 속에 칼이 숨겨져 있었다. 고개 숙인 절은 손님을 보내는 의미였다. 지금까지도 그녀는 자신이 프랑스 병원에 입원해 있는 걸 남편이 어떻게 알았는지 알 수 없었다.

"나는 문자 메시지를 받자마자 곧장 공항으로 달려갔어. 항공권이 얼마가 되든지 간에 먼저 타고 볼 생각이었지. 당신의 두 딸이 내가 프랑스에 간다는 말을 듣더니 당장 여권을 들고 따라나서더군. 다행히 파리에 귀인이 있어 우리를 위해 차와 기사를 마련해 주었어. 우린 비행기에서 내리자마자 곧장 이리로 달려온 거야. 잠깐, 그런데 여기가 도대체 어디야? 휴대폰 신호가 아주 안 좋네. 보아하니 외딴 지역인 것 같아. 프랑스에도 이렇게 황량한 데가 있나? 병원에 무선 와이파이 있어? 간호사에게 가서 비밀번호를 좀 물어봐야겠다."

그는 호텔로 돌아갔을까? 그가 오늘 병원에 올까? 그에게 문자 메시지를 보내고 싶지만 여전히 휴대폰을 켤 방법이 없었다.

오늘 회진을 한 의사는 키가 아주 컸다. 나무 같았다. 그녀가 눈으로 대충 재보니 193센티미터쯤 될 것 같았다. 마음속으로 의사에게 즉흥적으로 별명을 하나 지어 주었다. 프랑스 193이었다. 프랑스 193은 영어로 남편에게 검사 결과를 상세히 설명했다. 남편이 처음부터 끝까지 한 말은 예스, 노, 예스, 예스, 오 마이 갓, 예스, 예스, 굿이 전부였다. 줄곧 의사의 말을 끊으면서도 완전한 문장을 하나도 말하지 못했다. 프랑스 193은 인내심을 갖고 그녀의 병상 곁으로 다가와 휴대폰으로 핵심 단어들을 중국어로 번역해 주었다.

담결석이었다.

종양이 아니었다. 그녀가 머릿속으로 멋대로 추측한 다른 것들도 아니었다. 담결석. 듣기에는 그다지 두려운 병이 아닌 것 같았다. 하지만 왜 그렇게 아팠던 걸까?

그녀는 프랑스 193에게 다시 한번 말해 달라고 부탁했다. 프랑스어로도 담결석이었다.

쉬이잉. 쉬잉.

그녀는 눈앞에 있는 이 큰 나무가 자신에게 바람을 불어 주는 것 같았다. 무척이나 부드럽고 달콤한 바람이었다.

담결석을 프랑스어로 말하면 왜 유명한 디저트 이름처럼 들리는 걸까.

프랑스 193은 계속해서 천천히 바람을 불어주더니 수첩을 꺼냈다. 언어에 손 그림까지 더하면서 인내심 있게 설명해 주었다. 담낭 안에 결석이 아주 많았다. 한 개가 밖으로 나왔다. 오늘 몸 안에 있는 그 개구쟁이 결석을 꺼내는 시도를 할 것이다. 요 녀석이 바로 그녀로 하여금 통증을 참지 못하고 병원으로 달려오게 한 놈이었다. 그녀는 프랑스 193의 직업이 의사이긴 하지만 진정으로 열정을 갖고 있는 영역은 그림이 아닐까 하는 추측을 해보았다. 그녀가 그의 수첩에서 본 담낭은 너무나 아름다웠다. 안에 있는 결석은 다이아몬드 같았다. 언뜻 보면 아주 맛있는 프랑스 디저트 같기도 했다. 프랑스 193이 관을 하나 그렸다. 입을 통해 몸 안으로 들어가 각 기관을 돌아다니며 결석을 찾아내는 관이었다. 깊은 바다에 들어가 돌을 건져내는 것 같았다.

프랑스 193이 불어주는 바람 소리를 듣고 있는 사이, 두 딸은 시끄럽게 말다툼을 했고 남편의 휴대폰은 쉬지 않고 울려댔다. 그녀는 잠을 자고 싶었다. 어제는 밤새 잠이 오지 않았다. 침대 위에 누워 있는 자신이 폭우 속 물 위에 떠 있는 작은 배 같았다. 이른 아침이 되어서야 그녀는 간신히 잠이 들었다. 깨어보니 남편이 자신을 내려다보고 있었다.

그녀는 남편에게 더이상 자신을 쳐다보지 말라고 하고 싶었다.

남편에게 제발 그 조끼 좀 벗어 달라고 말하고 싶었다.

왜 프랑스까지 와서 그 조끼를 입어야 하는 걸까.

집 안 옷장에는 장하이타오라는 이름이 인쇄된 각양각색의 조끼들이 가득했다. 모든 색깔의 조끼가 다 있었지만 상대 정당을 대표하는 색깔은 없었다. 앞면에는 정당의 휘장과 직함, 정당 명칭이 찍혀 있고, 뒷면에는 표어와 함께 그의 이름이 대문짝만하게 찍혀 있었다. 매일 입어야 하기 때문에 재질은 싸구려 천이었다. 카메라를 만나면 반드시 환하게 웃으면서 주먹을 불끈 쥐어야 했지만 주먹으로 조끼에 찍힌 이름을 가리는 일은 없어야 했다. 남편은 매일 집을 나설 때 꼭 이 조끼를 입었다. 길을 걸을 때 어떻게 단순히 걷기만 하고, 집을 나설 때 어떻게 아무 생각 없이 나설 수 있겠는가. 길을 걸을 때는 반드시 목적이 있어야 했다. 길을 걷는다는 것은 자신의 위대한 이름을 소개하는 일이고, 표를 모으는 일이었다. 한 사람이라도 더 그의 이름을 기억하면 한 표라도 더 얻을 밑천이 되었다. 상대 진영을 지지하는 유권자를 만나더라도 반드시 자신의 이름을 기억하게 해야 했다. 그 자리에서 비난을 받고 모욕을 당해도 상관없었다. 장하이타오는 모든 것을 웃는 얼굴로 받아들였다. 사실은 장하이타오가 지나친 유통량 때문에 혐오의 대상이 되고 있다는 사실을 기억해야 했다. 인터넷을 너무 소란스럽게 하고 있는 것이다. 하지만 장하이타오가 가장 두려워하는 건 사람들에게서 잊히는 것이었다. 성대는 휴대용 확성기였고 조끼는 갑옷이었다. 분초를 다투는 싸움에서는 수시로 무대에 올라 연설을 할 수 있어야 했다. 기자회견이나 자전거 타기, 배드민턴, 조깅, 위산(玉山) 등반, 스노클링, 어선 승선, 지하철 탑승, 미슐랭급 음식점 방문, 혼례와 상례 참석, 아이들의 졸업식과 학교 학부모회 참석, 외부인사 접견 등 모든 활동에서 반드시 이 조끼를 입고 카메라에 찍혀야 했다. 장하이타오만 이 조끼를 입는 게 아니라 온 가족이 카메라 앞에 노출될 때면 전원이 이 조끼를 입고 카메라를 향해 주먹을 들어 올려야 했다. 거짓 웃음이라는 건 누구나 다 알았고, 외치는 구호가 공허하다는 건 삼척동자도 아는 사실이었다. 왜 거짓이 아닐 수 없는 걸까. 왜 공허하지 않을 수 없는 걸까. 그녀는 항상 속이 비어 있었다. 톡톡 두드리면 속이 빈 도자기 인형 같았다. 넘어져 깨진 게 한두 번이 아니었지만 매번 테이프를 붙여 제자리에 가져다 놓았다. 몸에 남아 있는 켈로이드 흉터와 주름, 셀룰라이트, 임신선 등이 전부 깨진 자국이었다. 두드리지 마세요. 틀림없이 겉만 그럴듯하고 속은 비어 있으니까요.

왜, 왜 그래야 하는 걸까. 그녀는 마음속으로 수백 번 외쳤다. 왜 프랑스에 와서도 그 조끼를 입어야 하는 걸까. 왜. 도, 대, 체, 왜. 그 조끼를 입고 간호사랑 셀카라도 찍을 작정이란 말인가. 간호사는 당연히 거부할 것이었다. 그런데도 왜 그렇게 사람들을 난처하게 만들어야 하는 걸까.

"통역원에게서 전화가 왔어. 곧 온대. 당신은 걱정할 것 없어. 잠시 후면 우리는 저 의사와 간호사가 도대체 무슨 귀신 씻나락 까먹는 소리를 하는지 다 알아듣게 될 거라고. 그때까지 좀 자는 게 어때?"

자지 않으면 그 조끼를 계속 봐야 한다. 방금 교체한 수액에 수면제 성분이 들어 있을지 추측해 보았다. 천산갑을 셀 필요도 없었다. 머리를 베개에 파묻고 떨어지기 적당한 곳을 찾으면 그만이었다. 눈을 감고 절벽에서 떨어지는 광경을 상상하자 이내 의식이 잠 속으로 빨려 들어갔다.

그는 어젯밤에 호텔 침대 위에 누워 있었다. 침대보가 거센 파도 같아서 밤새 뱃멀미를 했다. 담배 냄새에 잠이 깬 그는 벽에 걸린 괘종시계를 바라보았다. 새벽 3시였다. 틀림없이 아래층 할머니일 것이었다. 그는 발을 세 번 세게 구른 다음 창문을 열고 아래를 내려다보았다. 손이 뻗어 나오지 않았다. 눈앞의 루아르강이 그가 파리에 있지 않음을 일깨워주었다. 누군가 담배를 피운 게 아니었다. 그는 자신의 뺨을 때리면서 침대 위로 돌아갔다. 왜 그랬을까. 도대체 왜 줄곧 자신이 파리에 있다고 생각한 것일까. 침대보가 소용돌이치고 몸이 흔들리면서 몸부림을 쳤다. 몸을 왼쪽으로 돌리면 J가 보이고, 오른쪽으로 돌리면 그녀 아들이 보였다. 4시에 또 깼다. 침대가 비좁았다. 많은 남자들로 가득했다. 같이 잤던 남자들이 전부 침대 위에 모여 있었다. 그는 남자들의 몸에 의해 위로 밀려 올라갔다. 몸이 천장에 닿았다. 5시였다. 누군가 비명을 질렀다. 누가 지르는 건지 비명은 몹시 처연하고 우울했다. 그는 자신의 귀를 후려쳤다. 귀가 파리에서 멀어졌다. 어떻게 줄곧 파리가 들리는 걸까. 비명은 계속됐다. 아니, 이 비명은 원래 파리가 아니었다. 그는 침대 위에서 꿈틀대는 남자들의 몸을 힘껏 밀어냈다. 그런 다음 창가로 기어가 귀를 후려치고 얼굴을 후려쳤다. 확실히 의식이 돌아왔다. 지금 이 순간, 그는 투르에 있었다. 잘못 들은 것도 아니고, 잘못 본 것도 아니었다. 강가에 남자가 하나 있었다. 미친 사람처럼 산발을 하고 몹시 남루한 차림으로 흐르는 강물을 향해 날카롭게 소리치고 있었다. 그래도 자고 싶었다. 자신과 약속했다. 강가의 남자가 아침 6시까지 소리를 지르면 자신도 나가 함께 소리를 지르기로. 약속은 삼십 분 앞당겨 실현되었다. 5시 반, 그는 강가로 나가 흐르는 강물을 마주한 남자의 사자후를 들었다. 강물에 대해 원한을 갖고 있는 게 분명했다. 아니면 가을이 죽도록 싫은 것인지도 모른다. 강물은 아무런 반응도 보이지 않고 계속 바다를 향해 흘러갔다. 갑자기 낭트가 생각났다. 강물은 낭트를 향해 흘러가고 있었다. 원래는 오늘 낭트로 출발할 예정이었다. 그도 강물을 향해 사자후를 토했다. 두 남자의 고함이 대지를 깨웠다. 떠오르는 해가 강물 위로 금빛을 뿌렸다. 그는 소리를 지른 남자에게 고맙다고 인사를 건네고 싶었다. 그 끊임없는 외침이 그와 함께 일출을 보고 외로움을 느끼지 않게 해 준 것이었다. 그는 눈을 감고 땅바닥에 주저앉았지만 머릿속의 파리를 쫓아낼 수 없었다. J가 생각났다. 눈을 떠 보니 소리를 지르던 남자는 사라지고 없었다. 강가에는 그만 홀로 남았다. 강물에게 물었다. 방금 긴 머리 남자가 날카롭게 소리를 질러대지 않았어? 강물은 말이 없었다. 그는 강물에게 외로움이 두려웠다는 것을 인정하는 수밖에 없었다. 그는 혼자 있는 게 몹시 두려웠다. 그는 항상 혼자였다.

구급차에 오르기 전에 그는 그녀 아들에게 문자 메시지를 보냈다. 여전히 읽기만 하고 답신이 없었다. 매니저에게도 문자 메시지를 보냈다. 타이베이에 있는 그녀의 가족들에게 현재의 상황을 전해 달라고 했다. 그녀의 남편이 즉시 날아오리라고는 전혀 생각지 못했다. 지난 이틀 동안 매니저는 이미 아주 많은 문자 메시지를 보내왔지만 그는 줄곧 읽지 못했다. 읽지 않기로 했다.

이른 아침의 투르는 하늘이 불타는 듯이 붉었다. 멀리 떨어진 숲에 불이 난 것일까, 아니면 자신의 눈에 불이 난 것일까. 감히 돌아보지 못했다. 그는 어젯밤 호텔 침대 위로 기어 올라왔던 남자들이 줄곧 자신을 따라왔다는 걸 잘 알고 있었다. 그의 몸이 뜨거워져 있었다. 그는 정말로 아버지가 보고 싶었다. 몸 깊은 곳의 모닥불을 떨어버리고 싶었다. 유일한 방법은 한번 하는 것이었다. 하면 편안해질 수 있었다.

아버지가 죽기 전에 구급차 안에서 했던 말은 하나도 틀리지 않았다. 전부 맞는 말이었다. 그는 쳐 죽일 변태였다. 신공원은 밤이 되면 문을 닫았다. 밤이 잘려 버린 것이다. 하지만 그는 마음을 접지 않고 공원 주변의 거리로 갔다. 잘린 밤은 수궁의 꼬리처럼 그 거리에 신속하게 원기 왕성한 새 생명을 만들어냈다. 남자들의 눈빛이 조용한 밤거리에 요염하게 붉은 꽃을 피웠다. 적막은 죄였다. 갈망은 끝이 없었다. 이 얼굴 위의 꽃이 저 얼굴 위의 꽃과 부딪쳤다. 꽃술이 서로 뒤엉켰다. 너희 집으로 갈까, 아니면 우리 집으로? 아니면 근처 여관에 방을 잡을까? 거리 근처에 타이완 대학병원 구관이 있었다. 르네상스 양식의 건물이 밤의 고요함 속에서 빛을 발하고 있었다. 낮처럼 진료를 위해 몰려든 인파도 없었다. 지금 거리에 남은 사람은 남자들뿐이었다. 몸에 착 달라붙는 청바지와 작고 하얀 조끼, 면 재질의 트레이닝복, 버뮤다(Bermuda) 바지,* 이탈리아 양복, 가죽 구두, 발가락이 노출되는 슬리퍼, 가는 수염, 보조개, 곱발 털 같은 것들이 그들의 겉모습이었다. 그의 눈빛은 길가 화단에 머물러 있었다. 가파른 엉덩이를 찾고 있었다. 가슴은 긴 이빨을 가진 괴수였다. 이빨로 셔츠 단추를 깨물었다. 여름밤이 술에 취한 척 경망한 모습으로 인도의 가로수들을 희롱하고 있었다. 바지 지퍼를 내렸다. 갑자기 경찰 순찰차가 왔다. 과연 욕망은 죄였다. 경찰은 거리의 남자들을 포위하여 모두 신분증을 꺼내게 하고는 경찰국으로 끌고 갔다.

그는 아버지에 의해 경찰국에서 끌려 나와 강제로 차에 탔다. 차는 빠른 속도로 타이베이 도로를 달렸다. 빨간불 몇 개를 그냥 지나쳤다. 아버지가 갑자기 브레이크를 밟았다. 주먹이 그의 눈두덩을 조준했다. 주먹 하나로는 부족했다. 두 번째 주먹으로도 부족했다. 세 번째 주먹에는 인이 박였다. 손가락 관절이 아플 때까지 주먹을 휘둘렀다. 아버지는 그를 차 밖으로 쫓아냈다. 길거리에 그를 버린 것이다.

"어쩐지 네 어미도 널 필요로 하지 않더라니. 네가 알아서 집으로 가."

그는 아버지의 말이 맞다고 생각했다. 유년의 수수께끼를 도저히 풀 수가 없었는데, 아버지가 풀어 주었다. 알고 보니 그였다. 모든 문제의 근원이 그였다. 그는 순순히 아버지의 말에 따랐다.

* 아주 단정한 형태의 서양식 바지로 속칭 '아버지 바지'라고도 불린다. 이와 함께 타이완을 비롯한 아열대 지역에서는 한때 버뮤다 반바지(Bermuda shorts)도 유행했다.

알아서 길을 걷기로 했다. 하지만 집으로 돌아가진 않았다.

걸었다. 오로지 걷는 것에 의지하여 불을 삭이려 시도했다. 투르의 시내를 마구 걸었다. 자신을 버렸다. 걸음으로써 자신을 버리려 했다. 불길이 식으리라는 보장은 없었다. 도시가 막 깨어나기 시작할 무렵이라 거리에 점차 사람들이 많아지기 시작했다. 시청과 대극장, 백화점, 의류점은 아직 전부 자고 있었다. 경전철이 새벽 궤도를 달리고 있고, 멀지 않은 곳에서 종소리가 들렸다. 휴대폰을 따라 좌회전과 우회전을 반복했다. 그날 밤 강도를 당했던 좁은 골목을 지났다. 땅바닥에는 아직 안경의 잔해가 남아 있을 것이었다. 걷고 또 걸어서 어느 대성당에 이르렀다. 표지판에는 '생가티앙 성당'이라고 쓰여 있었다. 아침부터 무슨 행사가 있는지 대문이 활짝 열려 있고, 업무 보는 사람들이 분주히 드나들며 물건을 나르고 있었다. 그는 성당 안에 들어가 좀 앉아 있고 싶었다. 누군가 저지하면 다시 사정해 볼 작정이었다. 하지만 그들은 그에게 신경 쓸 겨를이 없었다. 자리를 잡고 앉은 그는 고개를 들어 스테인드글라스를 바라보았다. 아주 단정하고 가지런한 모습이었다. 계속 그를 따라오던 남자들도 덩달아 성당 안으로 들어와 그와 함께 긴 나무 의자에 앉았다.

그의 신변에 모여 있는 남자들 가운데 그는 몇 명이나 사랑했었을까?

매번 그를 사랑하고 좋아하는 사람이 있었다. 그의 생활 풍경의 일부가 되고 싶어 하는 사람이 있었다. 그에게 가까이 다가와 그를 꼭 껴안고 놓아주지 않으려는 사람이 있었다. 그와 함께 살면서 매일 그와 함께 아침을 먹고 그의 과거와 현재, 미래에 참여하고 싶어 하고 그의 가족과 친구들과 알고 지내고 싶어 하는 사람이 있었다. 그럴 때마다 그는 도망쳤다. 계속 도망 다녔다. 왜 도망치는지, 왜 숨으려는지 알지 못했다. 그는 다른 사람들의 사랑을 거절하는 방법을 알지 못했다. 그는 그저 소리 없이 도망칠 뿐이었다. 귀신처럼, 담장을 넘었다. 안녕이라는 말을 하지 않았다.

J는 그가 진정으로 사랑했던 유일한 사람이었다. J는 그로 하여금 도망치지 않게 했기 때문이었다. J는 그의 옆에 꼭 붙어 다녔다. 어느 날 저녁, J가 작은 아파트에 와서 같이 밤을 보내고 싶다고 말했다. 가족들과 싸웠고 몹시 짜증이 난다는 것이었다. 열 명이 넘는 아프리카 출신 열혈 남녀가 아주 작은 공간에 모여 있는데 곧 싸움이 벌어질 것 같다고 했다. 그러면서 가도 되냐고 물었다. 그는 전화도 받지 않고 문자 메시지에 답장도 하지 않고 벨을 눌러도 대응하지 않았다. 집에 없는 척했다. J는 건물 아래서 소리를 지르다가 건물 위로 올라와 문을 두드리며 계속 날카로운 소리를 질러댔다. 그가 아파트 안에 있다는 걸 알고 있던 J는 문밖에서 이틀을 기다렸다. 일단 안 가기로 마음먹으면 절대로 가지 않는 친구였다. 투항하고 문을 연 그는 깊은 잠에 빠져 있는 J를 두 팔로 안아 침대로 옮겼다. J가 말했다. 넌 어디에도 도망가지 못해. 내가 반드시 기다릴 테니까. 내가 반드시 찾아낼 테니까.

J는 거의 그를 침략하다시피 했다. 그의 산책길을 다 알고 있어 끊임없이 그의 앞에 나타나 사랑한다고 말하고 영원히 사랑할 거라고 말했다. 길거리 매트리스를 처음 만났을 때부터 사랑에 빠졌다고, 자신을 떠나는 것은 허락하지 않는다고, 빨리 자신에게 구혼해 달라고, 지금 당장 구혼해 달라고 말했다. 그는 자신이

저항을 포기하고 점차 J의 침략을 받아들이고 있다는 걸 깨달았다. 손바닥으로 J의 엉덩이를 만지며 잠이 들었고, J가 밤새 악몽에 시달리면서 비명을 질러댈 때면 꼭 안아주었다. 잠에서 깨 기관이 딱딱해지면 J의 몸 안으로 들어가고 싶었다. J는 완전히 수동적이지는 않았다. 그의 일방적인 태도는 받아들이지 않았다. 그의 몸 위를 이리저리 돌아다니며 뭔가를 찾았다. 그렇게 탐색과 탐험을 계속하더니 마침내 그의 약점을 찾아냈다. J는 그에게 많은 단어들을 가르쳐주었다. J가 말했다. 이건 영어로 '슈림프 잡(Shrimp Job)'이라고 해. 존 워터스(John Waters)의 흑백영화 「몬도 트라쇼(Mondo Trasho)」 봤어? 그 영화에 '슈림프 잡'이 나오거든. J는 유럽으로 오기 전에 이미 대학을 졸업한 터였다. 문학을 공부했고 예술을 공부했다. 아는 게 아주 많았다. J가 가르쳐 주는 것들은 전부 그가 고등학교 때 배우지 못한 것들이었다. '새우 빨기'라고? 그는 곰곰이 생각해 보았다. 확실히 새우를 빠는 것 같았다. J가 그의 발가락을 빨면 그의 온몸에 지진이 나면서 한번도 내본 적이 없는 소리를 내게 되었다. 그는 자신의 약점이 발가락에 있다는 사실을 몰랐었다. 발가락에 열 마리의 새우를 키우고 있다는 사실을 몰랐었다. J가 그의 새우들을 찾아 주었다. 그는 도망치지 않았다. 길을 걷고 싶지 않았다. 발가락이 매일 밖을 걷다 보면 결국 J의 입으로 돌아가고 싶어졌다. 그는 그렇게 J를 사랑하게 되었다.

그녀 아들이 따지듯이 물었다.

"말해 주세요. 누구죠?"

그는 고개를 가로저었다. 누구 말이야?

"보이지는 않아요. 하지만 알아요. 느껴져요. 여기에 또 다른 사람이 있어요. 아저씨는 제 안에 들어올 때 다른 사람을 생각하고 있어요. 그가 누구냐고요. 부탁이에요. 저는 질투하는 게 아니에요. 아저씨랑 싸우려는 것도 아니에요. 단지 그냥 묻고 싶은 거예요. 제게 문제가 많다는 건 저도 잘 알아요. 하지만 제발 그렇게 고통스러운 표정 좀 짓지 않으시면 안 돼요? 저는 묻는 걸 좋아하죠. 죽을 수 있는지 물을까요? 어차피 아저씨는 제게 아무것도 말해 주지 않을 테니까요."

그가 무슨 말을 할 수 있을까. 사실 그는 말하고 싶었다. 뭐든지 다 말해 버리고 싶었다. 결국 그녀 아들에게 말했다.

"미안해."

대성당의 스테인드글라스에는 최면의 힘이 있는 것 같았다. 계속 바라보다 보니 잠이 오기 시작했다. 성직자 한 분이 그의 어깨를 가볍게 두드리면서 성당에서 오늘 행사가 있기 때문에 곧 대문을 닫으려 한다고 알려 주었다. 성직자는 매우 부드러운 어투로 그 말만 하고 가 버렸다. 그는 눈을 비볐다. 눈을 떴다가 다시 감았다. 성당 앞으로 나와 다시 여러 번 뒤를 돌아보았다. 위를 보고 아래를 보았다. 남자들은 다 사라지고 없었다. 그는 종교가 없었지만 이 순간만은 신에게 감사했다. 자신을 받아들여 잘 수 있게 해 주고 그 남자들을 다 쫓아준 데 대해 감사했다. 그는 그 남자들이 곧 다시 돌아올 것임을 잘 알고 있었다. 오늘 저녁에 올지도 모른다. 하지만 적어도 지금은 아무도 쫓아오지 않았다. 발걸음을 느긋하게 해도 문제가 없었다.

그녀 아들에게는 미안했다.

하지만 그녀에게는 미안하다고 말하지 않았다.

미안해. 나 스스로 고속도로를 달리던 구급차에서 뛰어내렸지. 널 데리고 오지 못했어. 너를 구급차 안에 남겨두어 계속 아버지의 포효를 듣게 했지. 우리 아버지가 그다음에 어떻게 되었는지는 알고 있어. 전부 네가 처리해 준 거지. 나는 아무것도 돕지 못했어.

미안해. 네 손을 뿌리친 것 말이야. 당시 몇 살이었더라. 우리는 백화점에서 막 매트리스 특별할인행사를 마친 터였어. 어른들이 주의하지 않는 틈을 타서 우리는 다른 층으로 빠져나갔지. 모험을 한다면서 손에 손을 잡고 미친 듯이 뛰어다니다가 너희 학교 남자아이들 몇몇을 만났어. 그 애들은 우리를 비웃었지. 남자랑 여자가 그렇고 그런 걸 한다고 했어. 네가 헐렁헐렁한 공주 원피스를 입고 있는 걸 보니 임신한 게 분명하다고 말했지. 그 옷이 임부복이라는 거였어. 또 우리가 찍은 매트리스 광고가 성인 영화였다고, 서로 구린 짓을 하고 있다고, 타이완 사투리로 읽으면 '사랑(愛)'과 '똥(屎)'이 압운이 된다고 말했지. 그러면서 우리가 서로 손을 잡고 백화점을 미친 듯이 뛰어다니는 걸 보니, 화장실도 서로 손을 잡고 가는 것 아닌지 궁금하다고 했어. 너는 배를 앞으로 불쑥 내밀면서 "임신은 무슨 임신이야. 그래. 나 곧 아기를 낳을 거다. 대단하지?"라고 말했지. 그때 나는 네 손을 뿌리치면서 그 남자애들한테 너를 어떻게 한 적이 없다고 말했어. 그 애들은 큰 소리로 떠들면서 백화점 남성복 코너를 초등학교로 만들었지. 그 애들은 내가 널 어떻게 했기 때문에 네 손을 뿌리치는 거라고 말했어. 짜릿한 맛을 봤기 때문에 도망치는 거라면서 "진짜 사나이야. 대단해. 다음은 우리 차례인가?"라고 말했지. 그 애들이 널 어떻게 해도 되냐고 묻자 너는 울음을 터뜨렸어. 나는 부끄러워하는 네 표정을 보았어. 나는 뒤로 물러서서 뒷짐을 지고 있었지. 너에게서 더 멀리 떨어졌어. 그 뒤로는 아예 너랑 손을 잡으려 하지도 않았지.

미안해. 내가 네 아들을 범했어. 어떻게 친구의 아들을 범할 수 있었을까. 나는 애당초 네 기분을 생각지도 않았어. 너와 네 아들 사이에 어떤 일이 있었는지도 알지 못했지. 네 아들은 내게 파리가 자신을 구해 줬다고 말하더군. 파리의 작은 아파트가 자유를 주었다는 거야. 길가에서 주워 온 낡은 매트리스가 타이베이의 집에 있는 주문 제작한 스웨덴 매트리스보다 더 편하고 쾌적하다고 하더군. 녀석은 내가 자신을 구해 줬다고, 알고 보니 몸은 그렇게 부끄러운 게 아니라는 사실을 알게 해 줬다고 하더군. 우리 이웃들은 아주 이상하다고도 했어. 발소리가 조금만 커도 쫓아와 항의하면서, 나랑 작은 아파트에서 다양하게 자세를 바꾸면서 온갖 음란하고 사악한 소리를 다 내도 조용하기만 하다는 거야.

이런 것들을 그녀에게 다 말할 수 있을까? 그럴 기회가 있을까? 그녀와 얼굴을 마주하고 미안하다고 말할 수 있을까?

통역원은 줄곧 나타나지 않았다. 프랑스 193은 무수한 종이에 아주 많은 그림을 그리면서 그가 집행해야 할 돌 건져내기 임무를 설명했다. 결석이 나오면 그는 부드러운 탐사용 관을 이용하여 그녀의 입을 통해 몸 안으로 들어가야 했다. 걱정할 건 없었다. 마취를 할 것이고, 그녀는 아무런 통증도 느끼지 못할 것이었다. 잠자는 거나 다름없었다. 결석을 제거한 다음에는 담낭을 떼어낼지의 여부를 결정해야 했다. 그녀는 이 부분을 전혀 알아듣지 못했다. 보조 역할을 하는 그림도 소용이 없었다. 담낭을 떼어낸다는 말이 큰 수술을 한다는 말로 들렸다. 그녀의 남편은 병상 옆에서 줄곧 고개를 끄덕였다가 가로젓기를 반복했다. 그러다가 그녀를 힐끗 쳐다보고는 뭔가를 알아듣는 것 같다고 생각했는지 그녀에게 의사에게 통역을 좀 해 주라고 말했다.

"마누라님, 의사 선생한테 의료비는 걱정할 필요가 없다고 말해 주세요. 우리에겐 보험이 있기 때문에 돈은 문제가 안 된다고요. 지금 당장이라도 돈을 지불할 수 있다고 하세요."

이어서 고개를 돌려 프랑스 193에게 말했다.

"머니, 머니, 노 프라블럼, 위 해브. 유즈 익스펜시브, 페이 나우. 오케이?"

그제야 그녀는 자신이 장하이타오에 대해 너무 모르고 있었다는 사실을 깨달았다. 장하이타오는 명함에 요란하게 학력을 기재하면서 특히 로스앤젤레스에서 초등학교를 다닌 걸 강조했다. 그는 항상 공개적인 연설에서 어린 시절 미국에 유학했던 일을 여러 번 반복해서 얘기했다. 가족들이 자신을 훈련시키기 위해 큰 돈을 들여 미국 로스앤젤레스의 명문 초등학교에 보내 주었고, 열 몇 살 때 타이완으로 돌아왔다고 말했다. 당시 미국 친척 집에서의 생활이 너무 힘들어 매일 엄마를 그리워하면서 울었다고 했다. 당시에는 인터넷도 없어 가족들과 매일 연락할 방법이 없었지만 부모님들의 고심을 잘 알았기 때문에 모든 걸 참았다고 했다. 초등학생 시절의 경력이 자신을 조숙하게 만들었고, 흑인과 백인 학우들을 상대로 싸우면서 무술을 연마하기도 했다고 했다. 교회 안에서 즐거웠던 일들을 언급하면 이야기가 훨씬 더 생동감이 넘쳤을 테고, 굳이 싸움을 언급할 필요 없이 매주 주일마다 친척들과 함께 현지 교회에 가서 봉사한 얘기를 늘어놓았을 것이다. 타이완에 있는 엄마가 그리웠지만 하나님이 함께하셔서 매일 기도하고 열심히 영어를 배우고 진지하게 책을 읽었으며 그 뒤로는 외롭지 않았다고 말했을 것이다. 그는 어떤 자리에서든 반드시 그녀를 언급했다. 여름방학 때 타이완으로 돌아와 그 매트리스 광고를 본 순간, 광고에 등장하는 그 어린 여자아이를 사랑하게 되었고, 뜻밖에도 어른이 되어 그녀를 아내로 맞게 되었다고, 인생은 정말 놀라운 것이라고, 그러니 젊은이 여러분들도 큰 꿈을 갖고 반드시 꿈속의 여인을 아내로 맞으라고, 그러면 인생의 꿈을 실현할 수 있을 거라고 말했다. 물론 그녀는 정치인들이 종종 자기 부인 얘기를 한다는 걸 알고 있었다. 유권자들은 아름다운 가족 구성원들이 다 같이 찍은 사진을 원하기 때문이었다. 사람들은 후보자에게 사랑하는 아내와 자녀들이 있고, 원만하고 행복한 생활을 유지하고 있어야 유권자들의 복지를 창조할 수 있을 거라고 믿었다. 이 순간 그녀는 장하이타오를 쳐다보았다. 그가 영어를 말하는 걸 처음 듣는 순간이었다. 이전에 단체를 따라 출국할 때는 가이드가 모든 것을 처리했기 때문에 그가 영어를 하는 걸 들을 기회가 없다가 지금 몇 마디 듣고서야 알게 되었다. '안다'는 것은 정말 좋은 일이었다. 상대를 제대로 파악하고 까발려야 혼인생활의 중대한 금기로 삼을 수 있었다. 하지만 모르면 아무 일도 없었다. 가장 좋은 것은 모르는 것이었다. 그녀는 이제야 자신이 여러 해 동안 애써 '알려고' 하지 않았다는 것을 깨달았다. 너무 잘 아는 게 두려웠다. 모르면 그저 예의로 상대할 수 있고, 인사치레로 적당한 거리를 유지할 수 있었다. 너무 많이 알면 마찰이 생기고 마찰은 혐오감을 유발했다. 부탁인데 장하이타오, 당신 제발 입 좀 다물면 안 되겠어. 더 얘기하면 정치인 아내가 해서는 안 되는 말이 튀어나올 것 같단 말이야. 두 딸은 내가 그런 말 하는 걸 들어본 적이 없단 말이야. 장하이타오는 그녀와 서로 잘 알지 못하기 때문에 계속 서로를 바라보면서 잠을 자는 것이었다. 만일 그녀의 과거를 '알게 된다면', 그녀가 한 번도 입 밖에 내지 않았던 그 말들을 듣게 된다면, 만일 그렇게 된다면…….

그녀는 의사가 도대체 어떻게 돌을 건져내는 임무를 수행할지 알 수 없었다. 때문에 그다지 두렵지 않았다. 의사는 그녀를 수술실로 밀어 넣고 팔에 주사를 놓았다. 그 뒤로는 아무런 기억이 없었다. 깨어 보니 이미 원래 있던 병실로 돌아와 있었다. 남편과 딸들은 모두 보이지 않았다. 병실에는 그녀 혼자만 남았다. 창밖의 풀밭을 바라보니 역시 사람 그림자 하나 없었다. 하늘에 구름 한 점 없는데 해가 보이지 않았다. 아무런 소리도 들리지 않았다. 자신의 손을 들어 냄새를 맡아 보았지만 아무 냄새도 나지 않았다. 그녀가 아직 살아 있는 걸까? 이것이 바로 죽음이 아닐까?

장하이타오가 문을 밀고 들어와 그녀의 죽음을 중단시켰다. 장하이타오는 휴대폰을 손에 들고 주저리주저리 공허하고 내용 없는 얘기를 늘어놓았다. 주간지 기자가 뒤처진 여론조사 수치에 정당에선 어떻게 대처하는지 묻고 있었다. 그는 물론 연말 선거에 자신이 있으며 시정의 성과를 누구나 다 알고 있다고, 정치의 유일한 목적은 인민에게 복무하는 것이라고 말했다. 가장 중요한 것은 진지하게 일을 하는 것인 만큼, 터무니없는 여론조사 결과는 한쪽으로 치워두고자 한다고 말했다. 기자님께서는 이렇게 늦은 시각까지 야간근무를 하시는군요? 식사는 제대로 하셨나요? 가을이에요, 기자님. 옷을 따스하게 입고 다니세요. 그의 입에서 나오는 건 온통 주제에서 벗어난 이야기, 거짓말, 전혀 공감 능력 없는 관심뿐이었다. 그녀는 조금 전의 죽음이 너무나 그리웠다.

장하이타오가 전화를 끊었다. 마찬가지였다. 주제에서 벗어난 이야기와 거짓말, 공감 능력 없는 관심이 계속 이어졌다. 가족에게나 외부 사람들에게나 똑같았다. 표리일치였다.

"기자님들도 정말 힘들 거야. 지금이 타이완 시각으로 몇 시지? 이렇게 늦게까지 기사를 써야 하는 건가? 비참하군. 마누라님께서는 기분이 좀 어떠신가? 당신의 보물 같은 두 따님은 호텔로 돌아가서 자고 있을 거야. 시차는 정말 방법이 없네. 의사 말로는 모든 것이 순조롭다고 하더군. 내가 프랑스어를 알아듣지 못해서 이미 그에게 '노 프렌치(No French)'라고 말했는데도 여전히 프랑스어로 말하는 거야. 아, 이 프랑스인들은 정말. 그들이 말하는 게 다 진실일까? 프랑스인들은 모두 영어를 말하기 싫어하나? 그 통역원은 정말 과장이 심하네. 곧 온다고 하더니 아직도 나타나지 않고 있잖아. 걱정하지 마. 내가 방금 린리웨이(林立委)에게 다른 사람을 구해 달라고 부탁해 놓았으니까. 종종 우리 집에 와서 식사하던 친구 말이야. 그 친구 아들이 이 근처에서 음악을 공부하고 있거든. 수재야. 아주 우수한 녀석이지. 통역을 해 줄 사람은 얼마든지 구해 줄 수 있다고 하더라고."

그녀는 애당초 남편의 말을 듣고 있지 않았다. 창밖의 하늘이 점점 어두워지고 있는 걸 바라보고 있었다. 빗방울 몇 개가 창문에 부딪치고 나무가 흔들렸다. 바람 때문인지 다람쥐 때문인지 알 수 없었다. 복강에는 아직 통증이 느껴졌지만 많이 경감되어 있었다. 결석이 몸 안을 이리저리 돌아다니고 있었다. 이렇게 아픈 것도 당연했다. 이미 꺼냈을까? 그다음 수순은 또 무엇일까? 담낭을 제거해야 할까? 그날 밤 병원으로 이송되지 않았다면 두 사람은 지금쯤 낭트에 가 있지 않았을까? 첫날 밤의 활동은 화보 촬영과 인터뷰였을 것이다.

장하이타오도 그녀가 자기 말을 듣고 있지 않다는 걸 모르지 않았다. 힘껏 헛기침을 해보았지만 목소리의 색조는 변하지 않았다. 창밖의 하늘과 걸음을 같이하고 있었다.

"난 당신 아들이 휴학했다는 걸 알아."

그녀는 듣고 있었다. 못 들은 척하고 싶을 뿐이었다. 하지만 그녀의 머리가 가볍게 흔들렸다. 틀림없이 장하이타오가 보았을 것이다.

"지금은 어때? 당신들 모자는 대체 무슨 연극을 하고 있는 거지? 봐도 모르겠어. 당신들은 내가 아무것도 모른다고 생각하나? 처음에는 나를 속였지. 학교 인근에 방을 얻었다고, 독립적으로 학습을 진행한다고 했지. 나를 바보로 아는 거였어. 내가 얼마든지 사람을 보내 조사할 수 있다는 것 몰라? 어떻게 된 거야? 도대체 무슨 일이 일어난 거지? 부탁이야. 뭔가 좋은 일이 있었다면 내게 먼저 말해 줘야 하는 것 아닌가? 그래야 나도 이 문제를 처리할 수 있지. 부탁이야, 마누라님. 휴학은 어떻게 된 거야? 당신도 동의했다고는 말하지 말라고. 대학을 마치지도 않고 뭘 하겠다는 거야? 농사를 지을 건가? 나무를 심을 거야? 제발 부탁이야. 아들은 내가 키우는 거라고. 내가 몰랐다면 얼마나 멍청해졌을 거야? 아무것도 할 수 없어. 대학 학력이 없으면 할 수 있는 일이 없다고. 설마 우리가 평생 먹여 살려야 하는 건 아니겠지? 우리는 비서를 뽑을 때도 대졸자로 제한한다고. 대학도 안 나오고 도대체 뭘 하겠다는 거야. 사내 녀석이 하는 일마다 기가 죽어 있고 휴대폰도 연결이 안 되잖아. 그래도 성장하면 남자가 되겠지. 휴학을 한다고? 그럼 휴학을 하고 뭘 할 건지 말해 보라고. 이봐, 어서 말해 보라니까. 당신이 말을 안 하면 내 머릿속이 엉망진창이 된단 말이야. 그러니 어디 가서 유세활동을 할 수 있겠어? 제발 부탁이야. 미국에 보내느라고 돈을 얼마나 많이 썼는지 알아? 죽도록 비싼 치료였단 말이야. 그쪽에서는 효과가 아주 좋다고 했고. 성실하게 치료에 임하기만 하면 제대로 고쳐서 돌아올 수 있다고 했단 말이야. 다시 한번 가는 것도 나쁘지 않아. 이봐, 바보인 척하지 말라고. 왜 그러는 거야. 지금은 그 거인 의사랑 똑같이 프랑스어밖에 못 하는 거야? 제발 말 좀 해보라고!"

빵 부스러기였다.

장하이타오를 바라보면서 그녀는 갑자기 알 것 같았다. 장하이타오에게 감사해야 했다. 그녀는 왜 그 생각을 하지 못했던 것일까.

아들 방의 벽시계는 1시 30분을 가리키고 있었다.

그녀는 왜 이렇게 멍청했던 걸까.

그건 미국 시간이었다. 애리조나주의 시각으로 오후 1시 30분이었다.

주일이 시작되고 주일이 끝났다. 여섯 주 내내 매일 오후 1시

30분에 시작되었다.

일력은 어느 주일에 멈춰 있었다.

작년 여름, 그녀는 아들과 함께 미국에 갔었다. 큰딸과 둘째 딸은 무척 부러워하면서 연수단에 참가하여 미국에도 갈 수 있으니 대학생들은 참 행복하다고 말했다. 뜻밖에도 엄마까지 따라가니 얼마나 좋겠냐는 것이었다. 두 사람은 남편이 예약해 둔 민박에 투숙했다. 피닉스(Phoenix)의 전형적인 미국 교외 건물이었다. 사막 안의 주거단지였다. 앞마당에는 차고가 두 칸이나 있고, 거대한 선인장 화단이 있었다. 바위로 조경이 되어 있었다. 뒷마당에는 수영장이 있었다. 방이 다섯 개에 화장실 겸 욕실이 두 개였다. 실내에는 가구가 전혀 없어 집 안에 메아리가 쳤다. 모든 것이 새것이었다. 방은 황량하다는 느낌이 들 정도로 컸다. 모자 두 사람은 서둘러 차를 몰고 대형 매장에 가서 필요한 물건들을 샀다. 냉장고에 먹을 것을 가득 채워 넣고, 텔레비전을 켰다. 볼륨을 최대한으로 높였다. 더러운 옷이 몇 점 없었는데도 세탁기와 건조기를 돌리고 소리가 나는 전자제품은 전부 전원을 켰다. 그래도 방이 너무 크고 썰렁하게 느껴졌다. 두 사람은 수영장 옆에 앉아 전자레인지로 조리한 음식을 먹었다. 뭐가 맛있는지 몰라 전부 마구잡이로 사다 보니 대부분 별로 맛이 없었다. 목구멍으로 가장 넘기기 어려웠던 것은 몇 가지 아시아 풍미의 냉동식품이었다. 브랜드 명칭이 'Taipei'였다. 두 사람 모두 웃음을 터뜨릴 정도로 맛이 없었다. 어머나, 어째서 타이베이가 이렇게 맛이 없지?

미국으로 여름휴가를 보내러 온 건 연수가 아니라 진료가 목적이었다.

장하이타오는 아들이 타이베이 퀴어 축제에 모습을 나타낸 것을 발견했다. 등에 천사의 날개를 달고 있었고 두 가닥 요염한 무지개가 가는 눈썹을 대신하고 있었다. 그날 그녀는 지인의 결혼식에 참석했다가 집으로 돌아오자마자 아들이 바닥에 무릎을 꿇고 앉아 있는 걸 보았다. 장하이타오는 바삐 어딘가로 전화를 걸고 있었다. 시어머니는 소파 위에 앉아 눈을 감고 기도를 하고 있었다.

시어머니는 그녀를 보자마자 나무라기 시작했다.

"넌 엄마라는 사람이 왜 이렇게 책임감이 없는 거야? 네 아들에게 무슨 일이 일어났는지 알아? 그런 차림으로 어딜 그렇게 쏘다니는 거야? 나이도 먹은 여편네가 말이야. 체면도 없는 거야? 정말 죽겠네. 내가 보기에는 다 네가 잘못 가르쳐서 이렇게 된 거야. 정말 창피해 죽겠어. 이런 일이 남들에게 알려지는 건 정말 안 좋은 일이야."

장하이타오가 전화를 끊었다.

"엄마, 우선 좀 냉정을 찾으세요. 혈압 조심하셔야죠."

"할머니, 말씀 좀 함부로 하지 마세요. 이 일은 엄마랑 아무런 관련도 없어요. 제가 스스로 간 거라고요."

"너 말투가 왜 그래? 조금 전에는 나한테 대들더니 그걸로 부족한 거야? 그래서 지금 또 할머니한테 대드는 거야?"

도대체 무슨 일이 일어난 건지 전혀 알지 못했던 그녀는 아들을 따라 바닥에 무릎을 꿇었다. 그녀는 시어머니의 성깔을 잘 알고 있었다.

"그러지 말고 어서 할머님께 잘못했다고 말씀 드려! 어머님,

죄송해요. 전부 제가 잘못 가르친 탓이에요."

아들이 일어서 평온한 어투로 말했다.

"다들 위선이 엄청나시네요. 아버지도 여러 차례 동지들의 활동에 참여하지 않으셨나요? 아버지 정당 사람들은 스스로 동지들에게 우호적인 정당이라고 천명하지 않았나요? 그러면서 지금은 또 어떤 태도를 보이고 계신가요? 저는 친구들과 함께 동성애를 지지하기 위해 거리를 조금 걸은 것뿐이라고요. 이런 일로 제가 무릎을 꿇어야 하나요? 그럼 아버지는 과거에 동지들의 활동에 참여하고 돌아와서 왜 할머니 앞에서 무릎을 꿇지 않으셨던 건가요?"

알고 보니 교회의 형제가 통보했던 것이다. 누군가 아들이 퀴어 축제 가두행진 대오에 참여하고 있는 모습을 보고 사진을 찍어 전송하여 알린 것이었다.

"무슨 말도 안 되는 소리를 지껄이고 있는 거야? 내가 행사에 참여한 건 일 때문이었다고. 가지 않으면 안 되는 상황이었단 말이야. 몸을 뺄 수가 없었다고. 알기나 해? 다행히 하나님이 보우하사 지금까지 나 장하이타오의 아들이 동지들의 가두행진에 참여한 걸 기자들이 몰랐지. 안 그랬으면 정말……."

"왜죠? 타이완은 혼인의 권리가 평등하다면서요. 당신 아들이 퀴어 가두행진에 참여한 게 그렇게 체면 깎이는 일이에요?"

"미치겠군. 혼인권 평등을 그렇게 요란하게 떠들어대야 하는 거야? 법률이 통과됐다고 해서 그걸 반드시 사용해야만 하는 거냐고? 살인자도 사형에 처하지 말아야 한다고 하면 당신은 곧장 밖에 나가 사람을 죽이겠네? 상황을 좀 제대로 파악하란 말이야."

부자는 매일 싸웠다. 시어머니는 교회의 어르신들을 데리고 와서 어렸을 때부터 성인이 될 때까지 보아 온 이 남자아이를 위해 기도를 하고 교리를 설명했다. 남자아이는 어느 날부터 갑자기 침묵하기 시작했다. 시끄럽게 소란을 피우지도 않았다. 어른들이 말을 하게 그냥 놔뒀다. 한동안 조용한 날들이 지나갔다. 아무 일 없는 것 같았다. 하지만 장하이타오는 잊지 않고 있었다. 문제를 철저히 해결하기 위해 미국에 있는 친척들이 나섰다. 그쪽 교회에서 성 취향을 교정하는 치료를 제공하고 있다고 했다. 이것이 타이완에서는 불법이었지만 미국의 여러 주에서는 아직 금지되지 않고 있었고, 많은 사람들이 효과가 아주 좋다고 평가했다. 비용이 많이 들긴 하지만 이미 돈도 지불한 터였다. 여름방학 기간에 충분히 치료를 끝낼 수 있고, 하나님의 능력을 보증할 수 있다고 했다. 아이에게 반드시 정상적인 길을 갈 수 있게 해 준다는 것이었다.

교회 외관은 종교기관 같지 않았다. 소박한 모래 색이 사막의 풍경에 녹아들어 있었다. 밖을 볼 수 있는 창문은 없었다. 내부 시설도 아주 소박했다. 마치 군영 같다는 생각이 들었다. 모자를 맞아준 사람은 얼굴 가득 미소를 보였고 무척 친절했다. 일요일 오후 1시 반, 시간에 정확히 맞춰 치료가 시작되었다. 그녀는 매일 커다란 항아리에 든 우유를 아주 커다란 사발에 따라 아주 커다란 포장에 든 시리얼을 넣었다. 모자는 아주 큰 방에서 조용히 아침식사를 했다. 그녀가 아들에게 기분이 어떠냐고 물었다. 하지만 아들은 아무 말도 하지 않았다. 두 사람은 아침에 아무것도 하지 않았다. 밖은 사막 기후라 실내에 틀어박혀 냉기를 쐬면서 이리저리 텔레비전 채널을 돌렸다. 정오가 되면 전자레인지 음식으로 대충 점심을 때우고 차로 삼십 분 달려야 하는 교회로 갔다. 그녀가 차를 몰고 아들은 차 안에서 잤다. 교회에 도착하면 아들은 혼자 안으로 들어가고, 그녀는 차를 몰고 민박집으로 돌아왔다가 5시가 되면 아들을 데리러 갔다.

첫 주는 그런대로 평온하게 지나갔지만 둘째 주부터 그녀는 아들의 눈빛에 초점이 없어지는 때가 많아진 걸 발견했다. 식욕도 없었고 욕실에서 구토를 하기도 했다. 밤에는 잠을 자다가 날카로운 비명을 지르며 깼다. 장하이타오는 전화로 그녀에게 경고했다. 이 모든 것들이 치료과정에 나타나는 정상적인 현상이니 간섭하거나 지나친 관심을 보이지 말라는 거였다. 시어머니가 수화기를 빼앗아 말했다.

"여보세요, 차라리 내가 가는 게 어떻겠니? 어차피 할 일도 없으니까 말이야. 사실 나는 손자를 네게 맡겨놓고 영 마음이 놓이질 않아."

그녀는 시어머니의 말이 그 커다란 방 안에 가득 차는 것 같아 하마터면 욕을 할 뻔했다. 오물을 배 속에 삼키는 기분으로 그녀가 말했다.

"어머니, 하이타오 혼자 타이베이에 남겨 두시면 마음 놓으실 수 있겠어요? 그럼 그가 매일 뭘 먹겠어요? 밖에 나가 도시락을 먹나요? 그러면 건강에 좋지 않을 텐데 어떻게 하시려고요?"

치료 삼 주 차에 밖에 나갈 채비를 하고 있었다. 갑자기 아들이 보이지 않았다. 물에 뛰어드는 소리가 들렸다. 커튼을 젖혀 보니 아들이 다이빙을 하고 있었다. 집 뒤의 수영장에는 스프링보드가 있었다. 아들은 스프링보드 위에서 다이빙을 하고 있었다. 다양하게 괴상한 자세를 취하면서 입수를 반복했다. 그녀가 소리쳤다.

"됐어. 그만해. 우리 이제 나가야 해. 다이빙 그만하라고."

그제야 그녀는 생각했다. 아들은 수영을 할 줄 몰랐다. 어려서부터 수많은 수영 교육을 받았지만 어찌된 일인지 끝내 수영을 하지 못했다. 물을 두려워했다. 그런데 지금은 어떻게 다이빙을 하고 있는 것일까? 아들은 엄마의 말에 반응하지 않았다. 물에서 기어 올라오면 다시 다이빙보드에서 뛰어내렸다. 몸을 허공에서 비틀어 등이 물에 닿는 방식으로 입수했다. 옆에서 보고 있던 그녀의 옷도 흘딱 젖었다.

그녀는 아들이 울고 있다는 걸 알았다. 다음 날 아침 아들은 온몸에 멍이 들어 있었다. 어제 튀긴 물보라가 전부 아들의 피부에 남아 있었다. 아주 커다란 자줏빛 반점도 있었다. 그녀는 울면서 제발 그러지 말라고 애원했다. 우리 거기 가지 말자. 여기를 떠나는 거야. 엄마가 차를 몰아 네가 이곳을 떠날 수 있게 도와줄게. 가서 짐을 싸자. 차라리 우리 의사를 만나러 가자.

몇 분 뒤 장하이타오에게서 전화가 왔다.

"왜 그래? 뭐 하는 거야? 어딜 가려고? 당신을 보낸 건 당신을 믿었기 때문이야. 날 혼란스럽게 하지 말라고. 짐은 어디에 둘 건데?"

그녀는 온몸이 얼어붙었다. 알고 보니 장하이타오가 줄곧 두 사람을 감시하고 있었던 것이다.

"아들이 소란을 피우더라도 놀라거나 이상하게 생각하지 말라고. 정말 심각해지면 그때 가서 얘기하란 말이야. 내가 의사를 알아볼 테니까."

그녀의 시선은 장하이타오를 넘어 테이블 위의 깨진 안경을 바라보고 있었다.

그녀였다.

다른 사람이 아니었다.

장하이타오도 아니었다.

전부 그녀였다.

그녀가 어린 아들을 파괴한 것이었다.

사막의 수영장은 깊이가 삼 미터나 됐다. 아들의 몸이 수면에 부딪쳤다. 다이빙을 계속했다. 다이빙하면서 계속 울었다. 그녀는 방관했다.

하지만 그녀는 지금 웃고 싶어졌다. 장하이타오, 당신은 자신이 모든 걸 손에 쥐고 있다고 생각하겠지.

웃으면 아플 수도 있었다. 하지만 그녀는 장하이타오를 바라보면서 웃었다.

"바퀴벌레."

"뭐? 바퀴벌레? 어디?"

그녀는 장하이타오가 바퀴벌레를 무서워한다는 걸 잘 알고 있었다.

장하이타오가 벌떡 일어나 상하좌우로 두리번거렸다.

"당신 마취 증상 아니야? 우리는 지금 프랑스에 와 있다고. 여긴 바퀴벌레가 없잖아? 독일에는 있겠지? 그렇게 히스테리 좀 부리지 말라고."

그녀는 바퀴벌레라고 생각했다.

아들이 다이빙을 할 때, 그녀는 바퀴벌레를 보았다. 그녀가 소리쳤다. 바퀴벌레, 바퀴벌레다. 바퀴벌레가 있어! 아들은 그런 그녀를 거들떠보지도 않고 허공에서 몸을 돌려 등으로 수면을 강타했다. 수영장 바닥을 향해 잠수해 들어갔다. 어떻게 된 걸까? 숨을 참고 있나? 물속에서 혼절한 건 아닐까? 왜 움직이질 않는 거지? 어떻게 하지? 아들은 바퀴벌레를 몹시 무서워했다. 바퀴벌레라는 말만 들어도 도망쳤다. 아주 멀리 계속 도망쳤다. 한번은 아침식사를 하다가 부엌에서 바퀴벌레를 발견하고는 곧장 도망쳤다. 그녀는 창밖에서 보고 있었다. 아들이 건물 밖으로 나가 삼림공원을 향해 달려가 나무 그림자 속으로 사라지는 모습을 보았다. 그런데 어떻게 지금은 바퀴벌레라는 말을 듣고서도 전혀 반응을 보이지 않고 물속에 누워 떠오르려 하지 않는 걸까.

왜 도망치지 않는 거야. 왜 도망치지 않는 거냐고.

그녀는 신경을 곤두세우고 있는 남편을 바라보면서 마음속으로 생각했다. 하하. 내 아들은 결국 도망쳤어. 내가 줄곧 그 애를 찾고 있었지. 그 애를 찾기만 하면 아무 일 없을 거라고 생각했어. 하지만 이제 알겠어. 내가 그 애를 도망치도록 고무한 거였어. 큰 소리로 바퀴벌레를 외쳤을 때, 그 애가 도망치기를 바랐던 거야. 제발 도망쳐. 사막으로 달려가.

사막의 바퀴벌레, 애리조나주의 바퀴벌레가 있어.

휴대폰 독백 7

"찾았다."

"우리가 찾아냈다."

7 나사

그가 얼마나 오래 잔 것일까? 휴대폰이 얼마나 오래 울린 것일까?

휴대폰을 충전했다. 침대에서 다섯 걸음 떨어져 있었다. 다섯 걸음. 겨우 다섯 걸음인데 어째서 올라가지 못한 것일까. 침대보는 나사 위에 있고 그의 몸은 아래를 향하고 있었다. 생각났다. 어젯밤에는 정말로 잠이 오지 않았다. 루아르강을 따라 몇 킬로미터를 달리고 돌아와서 더운물로 목욕을 한 다음, 욕실 바닥에서 몸을 쭉 펴는 요가를 했다. 하지만 아무리 뭔가를 해도 소용이 없었다. 몸은 여전히 경직되고 피곤하기만 했다. 잠은 오지 않았다. 물구나무서기 요가 남자가 가르쳐준 방법이 생각나 벽에 바짝 붙어 물구나무서기를 했다. 피가 역류하여 머리로 몰리는 게 느껴졌다. 손으로 받치고 있는 그 공간이 나사 모양이라고 상상했다. 예컨대 나선형 계단 같은 것이었다. 심호흡을 했다. 몸이 천천히 나사를 따라 아래로 내려가도록 허락했다. 계속 아래로 내려갔다. 출발점도 없고 끝나는 곳도 없었다. 팔에 힘이 없었다. 손을 풀어 천천히 바닥으로 돌아오게 했다. 송장자세에 이르자 몸이 어지러운 상태로 돌입했다. 끊임없이 회전하면서 수면 상태로 들어갔다. 나선의 상상은 효과가 있었다. 마침내 몸이 많이 부드러워졌다. 머릿속이 쉬지 않고 빙글빙글 돌면서 침상으로 올라왔다. 마침내 잠이 들었다. 이 순간 벽에 걸린 시계를 보고는 손톱으로 눈꺼풀을 긁었다. 잘못 보았다. 시계는 망가져 있었다. 그럴 리가 없었다. 그는 정말로 열 시간을 잤다.

문 두드리는 소리가 났다. 휴대폰이 또 울렸다. 창밖에서 구급차 사이렌 소리가 들렸다. 나선형 계단이 사라지고 그의 의식이 이 매트리스 위로 돌아왔다. 몸을 일으켜 문을 열고는 문밖에 있는 청소부 아주머니에게 미안하다고 하면서 아울러 감사 인사를 건넸다. 방은 정리할 필요가 없다고 말하면서 '방해하지 마세요.' 라고 쓰인 팻말을 문고리에 걸었다. 휴대폰을 집어 들었다. 뜨끈했다. 휴대폰 액정에 받지 않은 전화가 오십 통이라고 떴다. 무수한 문자 메시지가 와 있었다. 휴대폰이 또 손바닥에서 지진을 일으켰다. 낯선 번호였다. 타이완 국가번호 886이었다. 버튼을 눌러 전화를 받았다.

"에…… 저기, 여보세요, 실례지만 천(陳) 선생님이신가요?"

"여보세요." 한마디면 충분했다. 중간의 몇 단어는 지나친 과잉이었다. 마이크를 들고 전화를 거는 것 같았다. 몹시도 높은 소리의 데시벨이 그의 귀를 향해 칼을 날려댔다. 전화를 건 사람은 장하이타오일 수밖에 없었다.

"이렇게 전화를 많이 걸어서 죄송합니다. 선생님께서는 혹시 제가 누구인지 아실까요. 먼저 자기소개를 좀 하지요. 저는 장하이타오라고 합니다."

이런 자기소개가 그다음 이어질 길고 지루한 치사를 예고하고 있었다. 그는 자신의 청각을 휴대폰에서 멀찌감치 떨어뜨렸다. 갑자기 파리 지하철이 생각났다. 어느 역이었더라? 역 이름이 뭐였더라?

"정말 죄송합니다. 우리 일가에게는 선생님의 도움이 정말 필요합니다. 천 선생님, 제 아내의 짐을 병원으로 좀 가져다주실 수 있겠습니까?"

왜 갑자기 파리 지하철이 생각나는 걸까? 어느 역인지는 아직 생각이 나지 않았다. 하지만 맥베스 부인은 분명히 기억했다. 맥베스 부인. 왜 장하이타오는 그에게 셰익스피어를 생각나게 한 걸까.

"사정이 이렇습니다. 제가 타이완 친구에게 인근에 사는 통역원을 한 사람 구해 달라고 부탁했거든요. 그러지 않고는 정말로 프랑스어를 하나도 알아들을 수가 없으니까요. 온통 안개 속 같아서 상황이 어떤지 알 수가 있어야지요. 저는 지금까지도 아내에게 도대체 어떤 병이 생긴 건지 잘 모르고 있습니다. 오늘 아침에 선생님의 매니저를 통해서 투숙하고 계신 호텔 주소를 알아냈어요. 휴대폰으로 택시를 불러 직접 호텔에 가서 짐을 좀 가져다 달라고 부탁하고 싶습니다."

어느 역이었더라? 지하철역에서 남자가 포효하고 있었다. 열차를 기다리는 승객들은 스스로 뒤로 물러서 남자에게 사자후를 토할 충분한 거리를 제공했다. 그는 멀찌감치 떨어져 남자를 주시하고 있었다. 단정하고 소박한 옷차림에 신발과 양말까지 잘 갖춰 신고 있었다. 두발 형태도 깔끔했다. 하지만 눈빛은 무질서하고 무정부적이고 초점이 없었다. 울부짖는 소리가 너무 뜨거웠다. 그는 갑자기 남자가 뭘 외치고 있는지 알 것 같다는 생각이 들었다. 그가 뭘 부르짖고 있는지 어떻게 알 수 있었을까. 열차가 역으로 들어서자 그는 열차에 탔다. 남자는 플랫폼에 남아 계속 열차를 향해 포효하고 있었다. 남자가 포효하는 소리가 그를 따라 객차 안으로 들어와 그 옆에 앉았다. 여섯 정거장 지나 남자의 포효가 그의 머릿속 서랍을 하나 열었다. 생각이 났다. 남자가 울부짖은 내용은 셰익스피어였다. 맥베스 부인이 손에 묻은 핏자국을 씻는 장면의 독백이었다. 그 전에 그는 카메라 테스트를 받으러 간 적이 있었다. 감독은 그에게 그 독백을 낭송하라고 시켰다. 그는 독백을 중국어로도 외우고 프랑스어로도 외웠다. 카메라 테스트는 실패했다. 그는 독백을 잘게 씹어 땅바닥에 어지럽게 뱉어 버렸다. 카메라 테스트 감독은 미간을 찌푸렸다. 카메라 테스트는 실패했지만 그 독백은 그의 몸속으로 들어와 있었다. 이렇게 오랜 시간이 지나, 지하철 객차 안에서 마음속으로 되뇌어 보았다. 뜻밖에도 그 단락 전체를 잊지 않고 있었다. 그는 그 남자가 연극 배우가 아닐까 하는 추측을 해보았다. 감독이 과제를 준 것일 수도 있었다. 오늘의 임무는 지하철에서 크고 낭랑한 소리로 열차와 승객들을 향해 이 단락의 독백을 외치는 것이었다. 아니면 그와 마찬가지로 한물간 배우라서 카메라 테스트를 반복해서 보고 반복해서 떨어져 결국 정신이 나가 버렸는지도 모른다. 그래서 세상을 향해 여러 해 전에 암기하여 몸 안에 쌓여 있는 다양한 연극과 드라마의 대사를 토해 내는 것인지도.

"그런데 말이에요. 어떻게 말해야 할까요. 애당초 방향을 모르잖아요. 차가 저를 태우고 이리저리 빙빙 돌면서 마구 돌아다니는 거예요. 너무나 오래 돌아다니더라고요. 그러더니 더 없이 외진 곳에 저를 내려 주더군요. 저는 멍청하게 차에서 내렸지요. 눈앞에 있는 건물이 호텔이라고 믿고 싶었어요. 초인종을 눌렀더니 커다란 개가 뛰어나와 물려고 덤비더라고요. 민간 주택이었던 거예요. 결국 저는 또다시 휴대폰으로 차를 불러야 했지요. 애당초 차가 잡히지도 않았어요. 한참을 기다려서야 간신히 부를 수 있었지요. 그런데 뜻밖에도 조금 전에 빙빙 돌다 저를 그곳에 내려준 그 차가 다시 온 거예요. 우리는 서로 말이 전혀 통하지 않았어요. 미치기 직전이었지요. 아무리 돌아다녀도 호텔을 찾을 수 없었어요. 결국 포기하는 수밖에 없었지요. 최소한 마지막으로 병원까지는 올 수는 있었어요."

그는 장하이타오의 말을 듣지 않았다. 침만 계속 삼켰다. 입이 열렸다 닫혔다. 그 독백을 말하기 시작했다. 목소리가 울리진 않았지만 그 자신은 들을 수 있었다. 맥베스 부인은 힘들게 손에 묻은 혈흔을 씻어냈다.

"결국 선생님의 매니저를 통하는 수밖에 없었습니다. 그러면 선생님과 연락을 취할 수 있으리라 생각했지요. 선생님의 매니저는 대단히 바쁘더군요. 선생님 전화번호를 알려주면서 아울러 최대한 통역원을 찾아봐 주겠다고 했습니다. 다시 한번 죄송하다는 말씀을 드려야겠습니다. 번거롭게 해 드리지 않겠다고 말은 했지만 부득이하게 마지막으로 부탁을 드려야 할 것 같네요. 짐을 좀 병원까지 가져다주실 수 있겠습니까? 그러니까, 제 아내의 캐리어 말이에요. 대단히 감사합니다."

그의 맥베스 부인 대사는 이미 마지막 부분에 도달했다가 첫 구절로 다시 돌아갔다. 다시 낭송하고 또 낭송했다. 아무도 듣지 않았다. 그 자신만 듣고 있었다.

"여보세요? 죄송합니다. 들리세요? 여보세요!"

그는 자신의 눈이 몹시 촉촉하다는 걸 깨달았다. 장하이타오의 감사 인사를 듣고 감동하여 우는 것일 리는 없었다. 자신이 왜 우는지 알 수 없었다. 방금 잠을 자면서 울었던 것임에 틀림이 없었다. 너무 울다가 깬 것이었다. 깨고 나서도 조용히 계속 울었다. 파리가 몹시 그리웠다. 길에서 주운 그 매트리스가 그리웠다. 그는 투르에 이미 도착했으면서도 계속 이리저리 유랑하고 있었다. 과거에 J가 일하던 카센터를 찾지 못했다. J가 강가에서 사진을 찍었던 자리도 찾지 못했다. 그는 자신이 J를 잊게 될까 봐 두려웠다. 머리카락을 깎고 싶었다. 파리의 그 아프리카 헤어숍에 가서 머리카락을 깎고 싶었다. 그 헤어숍 사람들은 그와 J를 알고 있었다. 이 헤어숍을 나서면 이 세상에는 그와 J를 아는 사람이 하나도 없었다.

"좋아요, 천 선생님. 선생님의 뜻을 알겠어요. 제가 공항에서 환전한 현금이 좀 있습니다. 쑥스러워하지 마시고 숫자만 말씀해주세요. 저 장하이타오는 아주 화끈한 성격이거든요. 쩨쩨하게 굴지 않습니다. 일을 해결할 수만 있으면 됩니다."

장하이타오의 감사 인사가 휴대폰을 통해 전달되었다가 호텔 방 안에 한 번 메아리친 다음, 다시 창문 밖으로 날아가 루아르

강물 속을 돌아다니다가 마지막으로 바람을 타고 창문으로 들어와 또다시 그의 귓속으로 들어왔다.

그는 마침내 그렇게 해 주겠다고 말하면서 고개를 끄덕였다. 하지만 장하이타오는 계속 소리쳤다.

"여보세요!"

그제야 그는 고개를 끄덕이는 게 아무 소용도 없다는 것을 깨달았다. 소리를 내야 했다.

"알겠습니다."

알겠다고 말하고 나서 그는 곧장 전화를 끊었다. 장하이타오는 어째서 배우가 되지 않은 걸까. 이 정도 음량과 기백으로 카메라 테스트를 받는다면 심지어 오페라에서 테너를 맡을 수도 있지 않을까.

그는 진심으로 장하이타오가 부러웠다. 커다란 광장에서 치사를 할 때 필요한 음량과 기백으로 통화에서 패배를 감출 수 있다는 게 정말 부러웠다. 이런 사람들은 일반적으로 살아남는 자들이었다. 화재나 공공재난, 곤경에서 실패를 인정하지도 않고 받아들이지도 않았다. 절대로 죽지도 않았다. 선거 패배의 선언도 대단히 분명하고 또렷했다. 몸의 자세는 정밀하게 계산된 춤이었다. 오랜 시간 뒤의 권토중래를 위한 포석이었다. 침이 바람과 비를 흩날렸다. 확실히 무슨 일이든지 다 맡길 수 있다. 이 호텔에 온다 해도 장하이타오로선 짐을 빼낼 방법이 없었다. 끊임없이 전화를 하고 큰 소리로 떠들어대야 원하는 것을 얻을 수 있을 거였다. 그는 장하이타오가 치사를 하는 장면을 본 적이 있었다. 사람이 자기 이름과 다르지 않아서 사자후를 토해 내다가 눈두덩이 파도(海濤)가 되었다. 그 바다와 그 파도에는 맥락이 있고 인과관계가 있고 혈육이 있었다. 머리와 꼬리가 있었다. 광장에 모인 수만 군중의 눈두덩도 덩달아 파도가 되었다. 그럼 그는 어떨까? 그는 치사를 할 줄 몰랐다. 말을 할 줄 모르고 입이 항상 메말라 있었다. 대신 울기를 잘했다. 눈물의 성분은 불분명하고 생성 원인도 이해하기 어려웠다. 다른 사람들은 그가 도대체 왜 우는지 알지 못했다. 그는 아무것도 할 줄 몰랐다.

J가 그에게 같이 배달을 해보는 게 어떻겠느냐고 물었다. 그는 아무것도 할 줄 몰랐지만 자전거는 탈 줄 알았다. 파리의 크고 작은 거리와 골목을 숙지하고 있고 몸과 손이 민첩한 편이었다. 이런 일이라면 충분히 할 수 있었다.

먼저 자전거를 사야 했다. 아프리카 헤어숍을 찾아가니 헤어스타일이 파리 오페라 배우 같고 복장도 휘황찬란하고 장식이 많은 주인아줌마가 J를 껴안고 놓아주지 않았다. 연신 J의 볼에 입을 맞췄다. J는 자신에게 두 개의 가정이 있다고 말했다. 하나는 작은 아파트에서 함께 사는 부모와 형제, 숙모, 외삼촌, 사촌들로 이루어진 가정이고 하나는 이 아프리카 헤어숍이었다. 이곳에서만 J는 연기를 할 필요도 없이 립스틱을 바르거나 가발을 쓰거나 치마를 입을 수 있었다. 엄마 아버지한테는 절대로 자신의 그런 모습을 보여줄 수 없었다. 그랬다가는 창밖으로 내던져져 4층에서 떨어질 것이고, 죽은 모습이 몹시 보기 안 좋았을 것이다. 몸이 하나같이 화려한 헤어 스타일의 디자이너들이 일제히 그를 에워싸고는 알고 보니 그가 바로 J의 새 아시아 남자친구였다고 말했다. 들리는 바에 의하면 너는 아주 크다며. 우리 J를 단번에 꺾어 버렸다며.

어서 이리 와 앉아. 머리를 손질해 줄게. 내친김에 아래쪽 털도 좀 깎아줄까. 농담이 아니었다. 헤어숍 가격표에는 없지만 단골손님들은 다 알고 있었다. 뒤쪽에 작은 방이 하나 있고 손님들이 그 방에 들어가 바지를 벗으면 헤어디자이너가 가서 아랫부분의 무성한 숲을 제거해 주었다. 자전거를 사려고 그곳에 간다면 잘못 간 것 아닐까? 왜 자전거를 사러 헤어숍에 간단 말인가? J는 파리에서 뭔가를 사려고 할 때는 먼저 그들에게 묻는 게 정답이라고 말했다. 가격이 절대적으로 아름답기 때문이었다. 주인아줌마는 키가 무척 컸다. 손가락이 그의 우람한 허벅지 위를 왔다 갔다 했다. 그러고는 눈썹을 치켜 올리며 미소 띤 얼굴로 J를 향해 고개를 끄덕이면서 오케이, 라고 말했다. OK. 문제없어. 그는 자리에 앉아 머리를 깎았다. 이어서 작은 방으로 들어가 은밀한 모발을 정리했다. 밖으로 나오니 새 자전거 한 대가 그를 기다리고 있었다.

나중에는 그도 단골손님이 되었다. 그 시절 J는 항상 잠자기 불편하다며 매트리스에 대한 불만을 늘어놓았다. 등이 아프다는 거였다. 그는 헤어숍 주인아줌마에게 매트리스를 하나 주문했다.

사건이 터지던 그날 파리는 몹시 건조했다. 하늘은 맑고 구름 한 점 없었다. 그와 J는 각자 자전거를 타고 돌아다니다가 바쁜 점심시간이 끝나갈 무렵에 나무 아래서 만나기로 약속했다. 그 나무는 관광객들이 몰려오는 음식점 거리에 있었다. 나무 아래에는 벤치가 있어 몇몇 배달부들이 이곳에 모여 커다란 보온박스를 내려놓고 쉬면서 주문을 기다리곤 했다. 그는 항상 이 나무 아래서 J와 함께 점심을 먹으면서 거리의 인파를 바라보았다. 다른 배달부들이 서로 엉덩이를 때리는 소리를 들으면 J와 키스를 하고 싶었다.

저녁에 다시 좁은 아파트로 돌아가면 또 키스를 했다. 그는 아무것도 할 줄 몰랐지만 이 일 덕분에 파리를 두루 돌아다닐 수 있었다. 무수한 주택과 아파트에 들어가 보았고, 매일 수천 개의 계단을 올라갔다. 생활은 아주 단순했고 적지만 안정적인 수입도 생겼다. 그는 카메라 테스트를 완전히 포기했다.

하지만 그날 그는 J를 기다리지 않았다.

그는 나무 아래 벤치에 앉아 졸고 있었다. 배달부 동료 하나가 그를 흔들어 깨우더니 방금 J에게 일이 터졌다고 말했다. 대형 트럭이었다. 저 방향으로 두 블록 지나서. 빨리 가 봐.

그는 자전거에 올라타면서 구급차의 사이렌 소리를 들었다. 끝났다. 어떡해야 하나. 구급차는 뒤쪽에서 요란한 소리를 내면서 빠른 속도로 달려와 그의 곁을 스쳐 지나갔다. 핸들을 놓친 그는 인도 위로 넘어졌다. 그는 재빨리 다시 일어섰다. 망했다. 자전거 체인이 끊어져 버렸다. 시간이 없었다. 자전거를 자신에게 다가와 관심을 보이는 행인에게 맡겨두고 큰 걸음으로 뛰어 구급차를 뒤쫓기 시작했다. 길은 두 블록이나 됐고 그는 그다지 젊지 않았다. 하지만 달리는 속도는 그런대로 괜찮았다. 틀림없이 따라잡을 수 있을 것 같았다. 단지 좁은 길에 사람들의 행렬이 끊이지 않는 게 문제였다. 그는 쉴 새 없이 몸을 피하느라 속도가 느려졌다. 어쨌든 곧 도착할 것 같았다. 따라잡을 수 있을 것 같았다. 구급차가 오른쪽으로 모퉁이를 돌았다. 바로 옆에 있는 베트남 음식점을 가로지르면 다음 블록으로 더 빨리 도달할 수 있다는 걸 알고 있었던 그는 재빨리 그 베트남 음식점 안으로 뛰어 들어갔다. 주인장에게 일상적인 안부를 묻는 것도 생략하고 곧장 뒤쪽에 있는 주방으로 뛰어 들어가 뒷문을 열었다.

그의 눈에 가장 먼저 들어온 것은 배달원들의 대형 보온박스였다. 요염한 색이었다. 눈으로 대충 측정해 보니 백 미터도 안 되는 거리였다. 보온박스는 햇빛 아래서 반짝반짝 빛나고 있었다. 안에 들어 있는 음식물이 줄줄 새어 나오고, 노면에는 국수와 샐러드가 쏟아져 있었다. 그는 또다시 넘어져 무릎이 석판 길에 부딪혔다. 들것이 보였다. 그는 고통을 참고 계속 뛰었다. 들것 위에 J가 누워 있었다. 아니다. J가 아니었다. 그가 잘못 본 것이었다. 어떻게 J일 수 있단 말인가. 피범벅이 된 낯선 사람이었다. 그는 본 적도 없는 사람이었다. 하지만 신발은 J의 것이었다. 온몸이 피범벅이 된 낯선 사람이 J의 신발을 훔친 것이었다. 좀도둑이었다. 어떻게 J의 신발을 훔칠 수 있단 말인가. J가 틀림없었다. J는 요염하게 빨간 립스틱을 가장 좋아했다. 그것은 립스틱이 아니었다. 그것은 고온에서 녹아 이리저리 흘러내렸다. 치아 틈새까지 파고들었고 입가에도 새어 나왔다. 들것은 재빨리 구급차로 옮겨졌다. 문이 닫히고 사이렌이 울리면서 도로 위를 달리기 시작했다. 마침내 따라잡았다. 하지만 쫓아가지 못했다. 그는 허리를 구부리고 헉헉 가쁜 숨을 몰아쉬었다. J의 자전거가 트럭 바퀴 밑에 깔려 있었다. 경찰이 그에게 봉쇄선 밖으로 물러나라고 소리쳤다.

그럴 수 없었다. 그는 자전거가 필요했다. 자전거가 없이 어떻게 구급차를 쫓아간단 말인가. 그는 방금 그 거리로 달려가다가 또 넘어졌다. 이번에는 인도 위를 몇 바퀴 굴렀지만 기어 일어나 계속 달렸다. 자전거는 길가 담벼락에 세워져 있었지만 체인이 끊긴 상태였다. 그는 재빨리 자전거를 뒤집어 손으로 체인을 잡았다. 망할 놈의 체인은 왜 이리도 완고한지 다시 톱니에 물리기를 거부하고 있었다. 잘 보이지도 않았다. 왜 잘 보이지 않는 걸까. 염병할. 알고 보니 자신이 엉엉 울고 있었다. 눈물이 담을 쌓는 바람에 체인이 보이지 않았다. 힘껏 자신의 얼굴을 후려쳤다. 울면 안 돼. 손가락이 눈을 찌르고 담장을 걷어냈다. 체인에 묻어 있던 검은 기름이 그의 얼굴에 종횡으로 흔적을 남겼다. 어떻게 하나. 구급차의 사이렌 소리는 갈수록 작아졌다. 배달원 동료가 달려와서는 그의 귀에 대고 소리쳤다. 저쪽이야. 구급차가 저쪽으로 달려갔어. 그러면서 자전거를 그에게 넘겼다. 빨리 가. 그는 큰 소리로 고맙다는 인사를 건넸다. 메르시(Merci)가 아니라 셰셰(謝謝)였다. 그는 프랑스어를 완전히 잊어 버렸다. 알아듣지도 못하고 말을 하지도 못했다. 지금 그는 구급차 사이렌이 하는 말만 듣고 싶었다. 어서 말해 줘. 어느 병원으로 달려가고 있는 거야?

그날 병원 응급실을 몇 군데나 찾아갔을까? 어쨌든 간신히 그가 실려 간 병원을 찾았다. 하지만 그는 말을 한 마디도 하지 못했다. 프랑스어를 완전히 잊어 버려 묻지도 못했다. 게다가 어느 응급실도 얼굴이 검은 기름투성이인 이 사람을 마음대로 드나들게 하지 않았다. 저녁 무렵, 그의 휴대폰에 몇 건의 문자 메시지가 나타났다. 전부 배달원 동료들이었다. 이구동성으로 말했다. J가, 떠났다고.

그 문자 메시지들을 반복해서 읽는 동안 오후 내내 그의 프랑스어는 문맹이었다. 읽고도 이해하지 못했다. 읽고 또 읽다 보니 서서히 글자를 알아볼 수 있었다. 프랑스어가 돌아왔다. 문자 메시지를 전부 읽을 수 있었다. 프랑스어는 돌아왔다. 하지만, J는 떠나고 없었다.

그것이 J의 마지막 인상이었다. 멀리서 바라보았다. 몸이 일그러져 있었다. 피범벅이었다. 입은 크게 벌리고 있었다. 눈은 가늘게 뜨고 있는 것 같았다. 구급차의 날카로운 소리가 J를 먹어 버렸다. 어째서 또 구급차인가. 그는 정말로 구급차가 두려웠다. 구급차는 사람을 잡아먹을 수 있었다. 구급차는 그로 하여금 엄마를 기다리지 못하게 했다.

며칠 후 그는 그날의 그 거리로 돌아왔다. J의 자전거는 보이지 않았다. 자신이 넘어졌던 거리로 가 보았다. 뜻밖에도 헤어숍에서 산 자전거는 그 자리에 그대로 남아 있었다. 체인이 톱니에 연결되어 있는데도 아무도 타고 가 버리지 않았다.

J의 식구들은 그가 장례식에 참석하는 걸 허락하지 않았다.

누구세요? 무슈, 실례지만 누구시죠? 우린 선생을 몰라요.

부(vous)라는 대명사를 썼다. 튀(tu)라고 부르지 않았다.*

그의 프랑스어는 엉망진창이었다. 하지만 철자 하나로 거리가 멀어진다는 사실을 모르지 않았다.

그들은 그의 얼굴을 본 적이 없었다. 그는 누구인가. 무슨 말을 하려는 것인가. 어떻게 증명할 것인가. 그는 휴대폰을 꺼내 J와 함께 찍은 사진을 보여주었다. 서로 얼굴을 맞대고 찍은 사진이었다. J의 아버지는 그를 향해 몇 마디 더러운 욕설을 내뱉으면서 그를 밀어내고 문을 닫았다. 사실 그는 그 사람이 J의 아버지라고 확

* 'vous'는 낯선 사람을 부를 때 쓰는 존칭의 의미를 갖는 대명사이고 'tu'는 잘 아는 사이에 부르는 대명사이다. 둘 다 이인칭이다.

신하지도 못했다. 그 표정이 자신의 아버지가 죽기 전에 구급차 안에서 보였던 얼굴을 탁본한 듯했다. 혐오였다. 경멸이었다. 미는 힘이 아주 강렬했다. 그는 계단에서 넘어지고 말았다. 고통의 감각이 마치 전류 같았다. 정말로 일어설 수 없었다. 그는 그 자리에서 한참을 울었다. 몇몇 주민들이 계단을 오르내렸지만 그를 쳐다보지도 않았고 한 마디 묻지도 않았다. 그는 이 낯선 사람들의 차가움에 감사했다. 이런 무시 덕분에 그는 감정을 다해 울 수 있었다.

그는 건물 아래 빨간 머리 창녀를 끌어안고 울었다. 빨간 머리 창녀가 말했다. 화장을 하기로 했대. 유골은 아프리카로 가져간다고 하더군. 하지만 그저 들은 얘기일 뿐이야. 울어, 자기야. 실컷 울어. 하지만 한 가지 사실은 반드시 알아둬야 해. J의 가족은 틀림없이 그를 많이 사랑했을 거야. 일가족이 전부 대성통곡했대. 울음소리가 너무 시끄러워서 이웃집에서 경찰에 신고했다고 하더라고. 모두들 J를 사랑했어. 그걸 기억해야 해. J가 너를 너무 사랑했다는 것도 기억해야겠지. 잊어선 안 돼.

작은 아파트에는 J의 셔츠와 양말, 칫솔이 있었다. 이 모든 것들이 증거였다. 아래층의 담배 할머니와 길거리 창녀들도 있었다. 그녀들도 증인이었다. 그의 생명 속에 J가 있었다는 사실을 증명해 주고 있었다.

그는 하마터면 여러 차례 창문 밖으로 뛰어내릴 뻔했다.

거리 건너편의 공연예술가도 거리 이웃사람들의 전언을 들었는지 검은 상복을 입고 테라스에는 검정 천을 내걸었다. 한 줄로 늘어놓은 촛불에 불도 밝혀놓았다. 촛불은 밤새 꺼지지 않았다. 파리의 하늘은 눈물을 보이지 않고 대신 짙은 먹구름 몇 송이를 보내왔다.

갑자기 그녀가 생각났다.

어려서부터 함께 잤던 그녀가 보고 싶었다.

그는 그 말을 기억하고 있었다. 어렸을 때 그녀가 그에게 한 말이었다.

“네가 담이 그렇게 큰지 몰랐어. 설마 죽는 것도 두렵지 않은 거야?”

그녀는 말하는 걸 그토록 좋아했다. 그에게 그렇게 많은 말을 했는데, 어째서 이 한 마디만 유난히 선명했던 걸까.

두려웠다. 이미 연락이 끊긴 그녀에게 말하고 싶었다. 뭘 말한단 말인가? 두렵다고 말하고 싶었다. 솔직한 마음으로 두렵다고 말하고 싶었다. 두려워. 그래서 뛰어내리지 못했어. 몸을 파리의 하늘에 줄 수 없었어. 몸을 파리의 거리에 바치는 걸 상상할 수 없었어.

그는 그녀의 옷을 전부 잘 개켜 커다란 캐리어 안에 담고 아래층으로 끌고 내려가 차에 실었다. 앞당겨 체크아웃을 하고 투르를 떠나기로 마음먹었다. 호텔 프런트에서 체크아웃 수속을 할 때, 프런트 직원은 미소를 지으며 친절하게 물었다. 투숙 기간에 모든 것이 만족스러우셨나요? 이어서 어디로 가실 계획이신가요? 즐거운 여행 되시길 빕니다.

이제 어디로 가야 하나?

그는 휴대폰을 만지작거리다가 결국 매니저가 보낸 한 무더기의 문자 메시지를 열어 읽기 시작했다. 몹시 초조한 메시지들이었다. 줄곧 언제 낭트에 도착하느냐고 묻고 있었다. 이미 수많은 인터뷰를 취소했지만, 오늘 도착할 수 있다면 저녁에 진행되는 첫 상영을 관람할 수 있고 내일은 영화포럼에서 강연도 준비되어 있다고 했다.

짐을 장하이타오에게 전달하고 나면 어디로 가야 할까? 낭트로 가야 할까? 그는 복원된 영화를 보고 싶진 않았다. 하지만 동물원에 가서 시차를 조절하지 못하는 그 천산갑들은 보고 싶었다. 시차를 계산해 보니 지금쯤 천산갑들은 깨어 있을 시각이었다.

그녀도 열 시간을 잤다.

프랑스 193은 그녀와 토론을 벌였다. 몸에 염증 상태가 많이 개선되었지만 당분간 계속 항생제를 복용해야 한다면서, 담낭 제거 수술은 급하지 않으니 타이완으로 돌아가서 하라고 권했다. 그녀가 정말 비행기를 타도 되냐고 물었다. 프랑스 193은 고개를 끄덕였다. 상황이 그다지 심각하지 않다면서 통증이 많이 경감되지 않았느냐고 되물었다. 타이완으로 돌아가 곧장 진료 예약을 하면 아주 작은 수술이 될 것이라고, 지금은 의술이 많이 발전했다고 하면서 종이 위에 그림을 그려 보여 주었다. 복강에 상처가 몇 개 있긴 하지만 즉시 퇴원하여 정상적인 생활을 할 수 있다고 했다. 그러다가 담낭을 잘라내기만 하면 된다고 했다.

그녀는 프랑스 193의 엉덩이가 정말 예쁘다는 생각이 들었다. 그를 본받아야 할 것 같았다. 그랬다. 그를 본받아야 했다. 이 순간부터 그녀는 남자들의 엉덩이를 좋아하기 시작했다.

그녀는 목욕을 하고 전신을 잘 말렸다. 그러고는 딸들에게 바디로션이 있느냐고 물었다. 큰딸의 핸드백 안에 핸드크림이 있었다. 그녀는 그걸 몸에 발랐다.

"엄마. 이, 이건 손에 바르는 건데 그래도 괜찮아요?"

"에이, 아무러면 어때."

'아무러면 어때'라는 말을 입으로 내뱉고 마음속에서 다시 한 번 되뇌었다. 마음에서 나온 진심어린 말 같았다. 이 다음은 모르겠지만 적어도 지금 이 순간만은 그렇게 생각했다. 과거 같았으면 그녀가 어떻게 핸드크림을 얼굴에 바르겠는가. 틀림없이 값비싼 스킨케어 화장품을 사용했을 것이다. 화장수와 아이크림, 에센스 로션을 종류별로 다 갖췄을 것이다. 하지만 지금은 정말 아무래도 좋다는 생각이었다. 핸드크림에서는 딸기향이 났다. 인공향기가 아주 진했다. 기름 성분이 많은 재질이었다. 그녀는 얼굴 전체가 기름을 바른 솥 같다는 생각이 들었다. 다행히 열이 물러갔다. 안 그랬다면 눈과 코가 폭발했을 것이다. 아무래도 좋았다.

장하이타오가 병실로 들어왔다. 퇴락한 눈빛이었다. 하지만 두 딸이 아내와 함께 있는 것을 보는 순간 눈빛에 힘이 들어갔다. 그녀는 보았다. 아주 빨리 감췄지만 그녀는 확실히 보았다. 장하이타오는 좌절하고 있었다. 그녀는 장하이타오의 이런 눈빛을 본 적이 없었다. 선거 패배와 피소, 추문, 섹스스캔들 때에도 장하이타오 눈빛 속의 불길은 여전히 활활 타오르고 있었다. 그런데 오늘은 왜 그 불길이 꺼진 것일까.

장하이타오는 모든 것을 다 사전에 준비하고 계획할 수 있었다. 진학이나 정계 입문, 결혼, 생육, 경선, 식사, 교우, 진로, 호흡, 취침 등 큰일이건 사소한 일이건 간에 모든 것을 통제하고 조종할 수 있었고 모든 난관을 기획할 수 있었다. 인맥을 운용하고 자신의 노력을 강화하기만 하면, 해결하기 곤란한 문제들도 얼마든지 해결할 수 있었다. 하지만 이번에 갑자기 프랑스로 날아와서는 모든 게 계획대로 이루어지지 않았다. 딸들은 그녀에게 파리 드골 공항에 도착했을 때 애당초 약속한 차가 나타나지도 않아 택시를 타야 했다고 말했다. 하지만 투르까지 가자고 하자 기사들은 전부 운행을 거부했고, 수많은 택시 기사들에게 묻고 또 물은 끝에 장하이타오가 현금을 한 다발이나 내밀었으나 기사가 계속 추가할 것을 요구하여 결국 거액의 돈을 강탈당하다시피 해서 병원에 올 수 있었다는 것이었다. 프런트에는 아무도 없었다. 한참을 찾아서야 간신히 당직 직원을 찾을 수 있었다. 언어가 추락하고 훼멸하여 한 마디도 알아들을 수 없었다. 아무리 애써도 병실을 묻는 것조차 불가능했다. 마침내 정말로 물은 것 같았지만 애당초 면회시간이 아니었는지 병실에 들여보내 주지도 않았다. 장하이타오는 개의치 않았다. 그냥 위로 밀고 올라갔다. 어느 병실까지 밀고 들어갔을 때 뜻밖에도 안에는 노부인이 누워 있었다. 두 딸은 그 노부인이 한동안 보지 못한 엄마라고 생각했다. 병에 시달려 이런 모습으로 변한 것이라 생각했다. 한나절이 지나서야 그들은 그녀의 병실을 찾았다. 병실로 들어서자마자 장하이타오의 눈에 들어온 것은 그였다. 그녀는 장하이타오가 몹시 놀랐다는 걸 알았다. 어떻게 병실에 이 사람이 나타날 수 있단 말인가. 그가 누구인지 장하이타오가 모를 리가 없었다. 눈빛이 칼날 같았다. 이어서 통역원이 온다고 하더니 끝내 오지 않았다. 다른 친구를 통해 구해 봤지만 통역원은 나타나지 않았다. 장하이타오는 의료진과 얘기하는 걸 무척 좋아했다. 상대가 깔끔한 영어를 구사했는데도 알아듣지 못한 장하이타오는 있는 힘을 다해 알아듣는 척했다. 오늘 아침에는 차를 불러 호텔에 가서 짐을 가져와야겠다고 하더니 빈손으로 돌아왔다. 눈빛 속의 화로가 프랑스 시골의 가을 하늘에 다 젖어 버렸는지, 아무리 불을 붙이려 해도 이 순간에는 전혀 불꽃을 일으키지 못했다.

그녀는 장하이타오가 캐리어를 챙겨 오지 않았다는 걸 알면서도 일부러 물어보고 싶었다.

"짐 챙겨 왔어?"

장하이타오는 한창 눈빛에 불을 지피려 애를 쓰고 있었다.

"그럼 미안하지만 캐리어 좀 가져다줘요. 옷을 좀 갈아입어야 할 것 같아."

화로는 여전히 냉랭했다.

"방금 의사와 얘기를 나누지 않았어? 의사가 뭐라고 그래?"

그는 점화를 포기하고 언어로 궁색한 태도를 가렸다.

"아, 그러니까, 얘기 좀 나눠봤지. 방금 밖에서 만났어. 내게 그러더군. 오케이, 오케이, 오케이."

"그럼 이제 계획을 세워도 되겠네. 내 휴대폰이 망가졌어. 아예 켜지질 않아. 그날 비행기를 예약할 수 있는지 좀 알아봐 줘. 예약이 안 된다면 호텔 먼저 예약해야 하니까. 그리고 우린 차를 좀 빌려야 할 것 같아. 파리로 돌아가 비행기를 타려면 차를 몰고 가야 하잖아? 여권 가져왔어? 국제면허증은? 내 생각엔 의사가 필요한 서류에 서명을 해 줄 것 같아. 준비해야 할 서류를 다 준비하는 게 좋겠어. 안 그러면 보험사 배상처리가 어려울 테니까. 맞다, 프런트에 가서 계산도 해야 하네."

너무 많은 정보가 쏟아지자 당황한 장하이타오는 말을 더듬었다.

"내…… 내가 가서 물어볼게. 의사한테 가서 물어보면 되겠지."

"의사 선생님들 귀찮게 할 필요 없어. 방금 와서 깔끔하게 다 설명해 주고 갔거든. 방금 의사랑 얘길 다 했다고 하지 않았어? 어서 계획이나 세워 봐. 어차피 이렇게 된 것, 계획이나 잘 세워 보라고. 나는 아무래도 좋아. 맘대로 해. 단, 이 두 여자 분은 정말 짜증나 죽겠어. 나를 들들 볶는다니까. 계속 거리 구경을 하고 싶다고 하는데, 나는 시내를 잠깐 본 게 다야. 크고 넓은 대로가 있고 상점들이 아주 많더군. 당신이 거리 구경을 하고 싶어 하는 두 여자 분 소원을 좀 들어줘. 어렵사리 여기까지 온 거잖아. 하지만 나는 여기 이렇게 갇혀 있으니 정말 미안할 수밖에 없네. 모두에게 정말 미안해. 아, 맞다. 내 항공권 영수증은 캐리어 안에 있어. 거기 있는 예약번호를 대고 날짜를 좀 바꿔 달라고 해. 어느 날로 바꿀지는 당신이 알아서 결정하고. 문제는 당신 포함 세 사람의 항공사와 내 항공사가 같은가 하는 거야. 내 캐리어는 어떻게 됐어?

문 두드리는 소리가 장하이타오를 구제해 주었다. 장하이타오가 재빨리 문을 열었다. 그였다. 그녀의 캐리어를 끌고 있었다.

장하이타오는 밖으로 나가 문을 닫으려 했다.

"장, 하이, 타오."

장하이타오는 이렇게 단호하게 자기 이름 전체를 부르는 소리를 지금까지 들어보지 못했다. 발음이 차갑고 깔끔했다. 글자와 글자 사이에 분명한 정지와 단절이 있었다.

"들어오시게 해. 예의 없게 굴지 말라고."

"부탁인데, 당신은 가만있어. 신경질 부리지 말라고. 당신 캐리어만 놓고 가실 거야. 아주 바쁘신 분이란 말이야."

그녀가 목소리를 높였다. 배에 약간의 통증이 느껴졌다.

"장, 하이, 타오. 내가 신경질을 잘 부리는 건 맞아. 하지만 그건 당신도 일찌감치 알고 있는 사실이잖아? 나는 소란을 피우지도 않았다고. 그날 밤 나를 구급차에 태워 주고, 내가 진료를 받는 동안 옆에 있어 준 사람이란 말이야. 그리고 이 배낭도 전해 줘야 하고."

문이 반쯤 열려 있었지만 장하이타오는 아직 포기하지 않았다.

"배낭? 무슨 배낭? 내가 대신……."

"내 말 좀 들어. 당신 딸들 데리고 거리 구경이나 가라고."

장하이타오는 문손잡이를 잡은 채 머릿속에서 적절한 단어를 찾고 있었다.

"뭘 걱정하는 거야? 내가 저 사람이랑 정분이 나서 도망이라도 칠까 봐 그래? 당신은 상황을 정확하게 다 체크하고 있잖아. 장하이타오 씨, 어서 딸들 데리고 거리 구경이나 가라고. 그다음에는 퇴원 수속을 하고. 우리 같이 타이완으로 돌아가야 하잖아. 솔직히 말해서 당신은 휴대폰을 켜면 언제든지 내가 여기서 뭘 하고 있는지 다 알 수 있잖아?"

장하이타오의 손이 문손잡이에서 미끄러져 내렸다.

"다 설치해 놓았잖아? 내가 귀찮아서 찾아 보지 않아서 그렇지 틀림없이 내가 자고 있는 사이에 다 설치해 놓았을 거야. 안 그래?"

타이베이의 집에도 여기저기 카메라가 설치되어 있었다. 말은 도청을 방지하기 위해서라고 했다. 단지 그녀는 눈에 보이는 카메라 외에 보이지 않는 카메라도 있으리라고는 미처 생각지 못한 것뿐이다. 한번은 그녀가 블라우스를 하나 찾느라 방 안 여기저기를 들쑤신 적이 있었다. 뜻밖에도 드레스 룸에 감시 카메라가 감춰져 있었다. 그녀는 짐짓 발견하지 못한 척했다. 그 뒤로 더 많은 카메라들을 찾아냈다. 침실 벽에 걸린 그림 액자에도 있고 욕실 거울에도 있었다. 연기 탐지기 안이었다. 드레스 룸에는 하나로 그치지 않았다. 최근 이 년 전에 장하이타오가 그녀에게 명품 백을 하나 선물한 적이 있었다. 그녀는 백 안에 재봉된 포켓의 일부를 가위로 잘라냈다. 예상이 틀리지 않았다. 안에는 원형 위치 추적기가 들어 있었다. 그녀는 연기를 하는 수밖에 없었다. 재빨리 백을 택시 안에 두고 내렸다고 통보했다.

"당신은 언제든지 나를 볼 수 있잖아. 내가 어디를 가는지도 다 알고 있고 말이야. 그러니 내가 어떻게 당신 몰래 이상한 짓을 할 수 있겠어? 내가 언젠가 분명히 말했지. 나는 한 번도 다른 사람과 이상한 짓을 한 적이 없다고 말이야. 나는 당신하고 달라. 당신이 밖에서 온갖 짓을 다 하고 다녀도 나는 아무 말도 안 하잖아. 나는 아무 문제도 없다고. 최근에 내가 당신한테 문제를 일으킨 적이 있어? 난 말이야, 천성이 게으른 사람이야. 그렇게 열심히 뭔가를 하지 못한다고. 나는 당신한테 문제를 일으킬 리가 없어. 나랑 난잡한 짓을 벌이자고 꼬드기는 사람도 없다고."

대형 캐리어가 미끄러져 들어왔다. 하늘은 맑게 갰다. 햇빛이 병상 위로 쏟아져 들어왔다. 빗방울은 유리창에 미련을 남겼다.

창밖 풀밭에는 아이들과 개가 원반을 던지기 놀이를 하고 있었다. 풀밭 한쪽에는 긁어다 모아 놓은 낙엽이 한 무더기 쌓여 있었다. 아이들과 개가 빠른 속도로 낙엽 더미 위로 뛰어들었다. 너무 멀어서 아이들의 웃음소리는 들리지 않았다. 귀는 듣지 못했지만 몸은 들었다. 그녀도 밖에 나가 좀 걷고 싶은 마음이 간절했다. 자신을 낙엽 더미 위로 던지고 싶었다.

두 사람은 말이 없었다. 그는 의자에 앉아 있고 그녀는 병상에 앉아 있었다. 각자 따듯한 차를 한 잔씩 마시고 있었다. 간호사가 설탕을 몇 스푼 넣었는지 무척 달았다.

"지금 내 모습 아주 추하지?"

그는 방금 안으로 들어서면서 그녀의 전신 피부가 누렇게 뜬 것을 보았다. 과거 팡싼이 병원이 있을 때와 다르지 않았다. 그는 눈빛을 감추지 않았다. 그녀도 틀림없이 보았을 것이다.

"며칠 동안 거울을 보지 않았어. 정말 이상한 게, 뜻밖에 욕실에도 거울이 없더라고. 그런데 거울을 안 봐도 좋더라고. 내 병이 이런 지경이고 이곳에 누워 있으니 내 몰골이 추하리라는 건 너무나 당연하지. 하지만 이상하게도 마음이, 뭐라고 할까, 에이, 뭐라고 말해야 하지. 그러니까 어젯밤에 아주 잘 잤어. 오래 잤지. 아침에 깨서 몇 분 동안은 내가 어디에 와 있는지 기억이 나지 않더라고. 내가 누군지도 모르겠고. 머릿속이 한참을 공회전했어. 줄곧 팡싼의 그림을 생각하고 있었지. 그제야 생각났어. 오, 내 성은 라이(賴)인데 이름은 뭐였지. 나는 지금 이 순간 프랑스의 병원에 있어. 생각났어. 하지만 머릿속이 공백이던 그 몇 분 동안 나는 아주 편안했어. 아무 일도 없는 것 같았지. 됐어. 아무러면 어때."

"나도 어제저녁에 아주 오래 잤어."

두 사람은 팡싼의 크레파스 그림을 응시하면서 계속 차를 마셨다. 차를 다 마시자 할 말이 아주 많아진 것 같았다. 또 아무것도 말할 필요가 없는 것 같기도 했다.

"의사 선생님이 나 타이완으로 돌아가서 수술해도 된대. 아주 간단한 수술이래. 걱정할 것 없어."

"아직도…… 아파?"

그녀는 고개를 가로저었다. 눈을 감고 복강의 느낌을 확인해 보았다. 아직 미세한 통증이 남아 있었다. 창밖의 비처럼 가는 통증이었다. 이불을 젖히고 햇빛을 배 위로 초대했다. 창문에 달라붙어 있던 빗방울은 증발해 버리고 없었다. 배 속의 작은 빗방울도 가져가 주면 안 될까.

"고마워. 날 병원에 데려다줘서 고마워. 내 짐을 가져다 준 것도 고맙고, 팡싼의 그림을 남겨 준 것도 고마워. 액자도. 이거 내게 줄 수 있어? 팡싼의 물건을 전부 버려서 그래. 당시에 무슨 풍수의 대가인가 하는 인간이 와서 이리저리 둘러보더니 인테리어를 새로 해야 한다고 하더라고. 그러면서 방 안에 있는 것들을 전부 버려야 한다는 거야. 그러지 않으면 온 가족이 재수가 없게 된다나. 결국 아무것도 남기지 못했지."

"내가 한 게 아니야."

"응? 네가 한 게 아니라니?"

"팡싼의 그림 말이야. 내가 남긴 게 아니라고……."

그녀는 이불을 걷어차고 벌떡 일어섰다.

당연한 일이었다. 어째서 그녀는 그 생각을 하지 못했던 걸까. 그녀는 정말 바보 천치였다. 실패한 엄마였다. 어떻게 그걸 생각하지 못했을까.

그녀는 크레파스 그림을 들어올렸다. 뒷면에 나사가 몇 개 박혀 있었다.

"너, 빨리, 빨리 간호사나 의사한테 가서 그거 있는지 좀 물어봐. 그거 말이야! 아이고, 그걸 뭐라고 하는지 생각이 안 나네. 그거 말이야. 나사를 푸는 거 말이야, 빨리! 작은 걸로. 작은 거여야 해."

나사를 돌리고 액자 덮개를 열었다. 두 개의 작은 나무판 사이에 종이가 한 장 끼워져 있었다. 종이는 무척 두꺼웠다. 무슨 종이 곽을 찢어낸 것 같았다. 인쇄된 글자의 잔해가 보였다. 하지만 알아볼 수 있는 건 'FISH'라는 영문 글자뿐이었다.

맥도날드 피시버거였다. 피시버거를 담았던 곽이었다.

그녀가 소리 내어 울기 시작했다. 찾았다. 그녀가 빵 부스러기를 하나 찾은 것이었다.

내가 널 찾았어.

맥도날드 피시버거, 좋았어. 우리 맥도날드 피시버거 먹으러 가자.

애리조나주의 바퀴벌레는 애초에 바퀴벌레가 아니었다.

아들은 온몸에 멍 자국이 가득했다. 며칠 계속 정확히 오후 1시 30분이 되면 아이는 사막에 있는 종교 건물 안으로 들어갔다. 어느 날 밤, 두 사람은 민박집에서 전자레인지로 조리한 피자를 먹었다. 아들은 피자를 한입 물고 천천히 씹었다. 삼키지는 않고 다시 뱉어냈다. 다시 피자를 한입 물고 끝없이 씹다가 다시 뱉어냈다. 이런 동작이 계속되었다. 집 밖에서 요란한 소리가 나더니 집 앞까지 확대되었다. 커튼을 들추고 밖을 내다보니 길 건너편 집 일가족이 전부 앞마당에 나와 있었다. 강력한 조명 설비를 손에 들고서 바위를 옮기고 물을 뿌리면서 날카롭게 소리를 지르고 있었다. 심야에 신비한 의식이라도 거행하고 있는 것 같았다. 그녀는 호기심을 도저히 억누를 수 없어 문을 열고 나가 살펴보았다.

전형적인 미국식 친절한 이웃이었다. 큰 소리로 친절하게 인사를 건네면서 안부를 물었다. 어디에서 왔어요? 오, 얼마나 계실 계획이신가요? 사막 생활이 맘에 드세요? 하하하, 방법이 없어요. 사막은 정말 덥거든요. 무슨 문제가 있으면 언제든지 저희 집 벨을 누르셔도 돼요. 이 단지에 오신 것을 환영합니다.

그녀는 호기심을 참지 못하고 물었다. 지금 뭐 하고 계시는 건가요? 엄마는 손에 물통을 들고 있고 남자아이는 조명을 비추고 있었다. 아빠는 화단 안의 조경용 바위들을 들어 올리고 있었다.

모르세요? 그럼 우리가 하는 걸 잘 보세요. 우리한테 장비를 빌려 가셔도 돼요. 안 그러면 아주 위험할 수 있거든요.

위험하다고요?

애리조나주에 오신 걸 환영하긴 하지만, 사막에는 위험한 동물들이 아주 많아요. 낮에는 햇볕이 강한데 전갈들은 더위를 무서워하거든요. 그래서 전부 바위 밑으로 숨어 들어가지요. 저희도 잘 이해하진 못하지만 밤에 바위를 들어 올리고 자외선 랜턴을 비추면 전갈들의 몸에 뭔가가 나타나요. 자외선을 받으면 청록색 빛을 발산하지요. 청록색 빛이 보였다 하면 재빨리 뜨거운 물을 뿌려야 해요. 안 그러면 독을 지닌 전갈이 집 안으로 들어올 수 있거든요. 지난번에 저희 집 아들이 목욕을 마치고 나오다가 전갈에 물렸어요. 전갈이 수건 속에 숨어 있었던 거예요. 병원에 며칠 입원해야 했지요.

아들도 나와 그녀의 뒤에 섰다. 입 안에 아직 삼키지 않은 피자가 들어 있었다. 달이 은빛을 뿌리고 사막에는 따스한 바람이 불고 있었다. 달빛 아래서는 아들의 얼굴에 난 멍 자국이 보이지 않았다. 얼굴이 무척 수척해 보였다. 이렇게 안 먹으면 어떡해.

아빠가 가족들에게 물었다. 준비됐지? 저분들 뒤로 조금만 물러서라고 해.

아들은 옆으로 다가와 그녀의 팔을 잡았다. 눈앞에서 곧 미국 서부의 공포 영화가 상영될 것 같았다. 아들이 입에 씹고 있던 것을 삼켰다. 그녀의 마음속에서 벤파오가 터졌다. 그 한입의 피자를 마침내 목구멍으로 넘긴 것이다.

아빠가 힘껏 바위를 들어 올리자 남자아이가 손에 들고 있던 자외선 랜턴이 이리저리 움직였다. 여러 마리의 전갈이 바위 밑에서 기어 나왔다. 자외선 불빛을 받은 전갈들의 몸에서 기이한 초록색 형광이 발산되었다. 청록색 전갈들이 앞마당에 마구 흩어져 도망치려 하자 엄마가 전갈들을 조준하여 뜨거운 물을 뿌렸다. 뜨거운 물이 지상에서 수증기를 뿜어댔다. 저기! 여기! 저기! 한 마리 더 있어! 여러 통의 물을 다 썼다. 앞마당에 온통 열기가 솟아올랐다. 형광 전갈들은 뜨거운 물에 데쳐져 움직임을 멈췄다.

정말 한 편의 공포 영화였다.

알고 보니 그날 수영장에서 본 건 바퀴벌레가 아니었다. 전갈이었다.

다음 날 두 사람은 길 건너편 집에서 물통과 조명설비를 빌려왔다. 그 집 엄마는 또 두 사람에게 커다란 대야 가득 라자냐 (Lasagna)*를 선물해 주었다. '대야'라고 말한 건 그릇이 정말로 대야처럼 컸기 때문이다. 모자 두 사람이 한 달은 먹을 수 있지 않을까.

두 사람은 티스푼으로 라자냐를 떠 먹으면서 전갈을 잡기 위한 작전을 논의했다.

"엄마, 이건 너무 무서워. 건너편 집 아빠 말로는 한번은 바위 밑에 전갈이 아니라 뱀이 있었대! 뱀이 나오면 어떡해? 뜨거운 물을 뿌리는 걸로 충분할까?"

그녀는 재채기를 하고 싶었다. 가짜였다. 눈을 가늘게 뜨고 입을 크게 벌린 채 욕실로 달려가 문을 닫았다. 있는 힘껏 가짜 재채기를 했다. 사실은 하마터면 울 뻔했지만 그런 모습을 아들에게 보이고 싶지 않았던 것이다. 어린 아들은 마침내 음식을 제대로 먹기 시작했다. 이미 여러 날째 음식을 한입도 먹지 않은 터였다. 미국에 온 지 이렇게 오래되어서야 아들은 마침내 밤에 많은 얘기를 하면서 라자냐를 많이 먹었다. 그녀를 마주 보고서 입으로는 말을 하고 메모지에 전갈을 그리기도 했다. 눈빛을 피하지도 않았다. 웃었다. 몸에 난 퍼런 멍 자국들이 서서히 희미해지기 시작했다. 그녀는 정말로 참을 수가 없었다. 욕실의 모든 수도꼭지를 다 틀고 변기 물을 내렸다. 그렇게 바닥에 앉아 실컷 울었다. 힘껏 눈 속의 눈물을 빨아들였다. 어떻게 하나. 도대체 어떻게 해야 할까?

* 이탈리아 북부에서 유래한 파스타의 하나로, 직사각형 모양의 파스타 면 사이사이에 미트 소스와 치즈, 채소 등을 겹겹이 쌓아 오븐에 구운 것이다.

어떻게 해야 아들을 구해 낼 수 있을까? 남편은 미국에 온 것이 아들을 구하기 위해서라고 주장하지만 절대로 그럴 리가 없었다. 나는 왜 이렇게 멍청할까. 할 줄 아는 게 아무것도 없었다.

사실 아들은 그녀에게 많은 암시를 주었다. 아주 많은 빵 부스러기를 준 것이다. 서가에 꽂혀 있는 소설이나 침대 밑의 잡지, 구두 위의 무지개 같은 것들이었다. 그녀는 애써 이런 암시를 받아들이려 하지 않았다. 자신에게 그 모든 것들이 성장단계의 현상이라고, 다 지나가면 되는 거라고 타일렀다. 지나가긴 뭐가 지나간단 말인가. 그녀는 정말로 무능한 바보 천치였다.

"내가 물을 끓일게. 우리는 물통이 아주 많이 필요할 것 같아. 제발, 만약에, 만약에, 에이, 너무 무서워. 감히 그 말은 하지 못하겠다. 생각만 해도 온몸이 마비되는 것 같아. 그 기다란 물체가, 말이야, 나는 모든 걸 버릴 수 있어. 먼저 방에 들어가서 얘기하자."

"엄마, 그건 정말 멍청한 짓이야! 뱀이 엄마를 따라 들어오지 않을까?"

"난 신경 안 써! 그 단어는 입 밖에 내지 마."

뜨거운 물이 가득 든 다섯 개의 물통이 앞마당에 놓였다. 모자 둘 다 긴 소매 상의에 긴 바지를 입었다. 장갑을 끼고 모자를 쓰고 양말과 신발을 신었다. 더워 죽을 지경이었지만 전갈에 물리는 것보다는 나았다. 어쩌면 전갈이 아니라 긴 물체일 수도 있었다.

"엄마, 우린 겨우 두 사람이잖아. 내가 바위를 들어 올릴 테니까 엄마가 자외선 랜턴을 들고 있어요. 아, 잠깐, 그건 누가 하지? 뜨거운 물은 누가 뿌려요?"

"아이고, 누가 먼저 기절하나 보자. 우선 물통을 들고 와! 내가 어떻게 알겠니? 그렇게 다 묻지 말라고! 죽겠군. 만약에 그 기다린 물체가 나오면 어떻게 하지?"

아들은 그녀의 겁먹은 표정을 보고는 참지 못하고 웃음을 터뜨렸다.

"웃긴 뭘 웃어! 그렇게 웃으면 뜨거운 물을 너한테 뿌릴 거야!"

"엄마, 준비 됐어. 우선 이 바위를 들어 올릴게."

첫 번째 큰 바위는 꿈쩍도 하지 않았다. 전갈도 없고 뱀도 없었다. 두 번째 바위 밑에도 아무것도 없었다. 두 사람은 긴장을 풀었다. 전갈들이 길 건너편 집을 더 좋아하는 것 같다고 말하고 싶었다. 하지만 세 번째 바위를 옮기자 숨어 있던 여러 마리의 전갈들이 흩어져 도망치기 시작했다. 너무 긴장한 그녀는 날카로운 비명을 지르며 손에 들고 있던 자외선 랜턴을 마구 휘둘렀다. 랜턴 불빛을 맞은 전갈은 금세 청록색 형광을 내뿜으며 빠른 속도로 도망쳤다.

모자 두 사람은 몸이 얼음처럼 굳어 버렸다. 누구도 물통을 들지 않았다. 눈을 똑바로 뜨고 청록색 전갈이 선인장 위로 기어오르고, 도로 위로 달아나고, 옆 집 정원으로 도망치고, 길 건너편 집으로 달아나는 모습을 뻔히 보고 있었다.

아들이 손을 휘저으며 말했다.

"바이(Bye), 전갈들아."

아름다웠다. 그녀는 청록색 전갈들이 너무나 아름답게 느껴졌다. 외계의 별에서 온 생물이 사막의 밤을 빠르게 기어다니고 있는 것 같았다.

두 사람은 땅바닥에 앉아 물통의 뜨거운 물이 식기를 기다렸다. 배가 고파지자 집 안으로 들어가 라자냐를 가져다가 땅바닥에 앉아 먹으면서 하늘의 달빛을 바라보았다. 사막의 주택단지는 아주 조용했다. 인기척이 전혀 없었다. 전 세계 인류가 다 죽고 모자 두 사람만 남은 것 같았다. 그리고 형광 전갈들이 있었다.

뜨거운 물은 마침내 다 식어 미지근해졌다.

그녀의 머릿속에 한 가지 방법이 떠올랐다.

며칠 후 그녀는 부엌에서 또 바퀴벌레를 보았다. 문을 열고 밖으로 나가려 하다가, 나가지 않았다. 오후 1시 30분의 치료에 시간을 맞출 수가 없었다. 더 지체하다간 장하이타오가 타이완에서 전화를 걸어 왜 아직도 집을 나서지 않고 꾸물대고 있느냐고 따져 물을 게 분명했다.

이웃의 말이 틀리지 않았다. 정말로 들어왔다.

그녀는 이번에는 바퀴벌레라고 외치지 않았다.

그녀는 손을 뻗었다. 미스터 전갈, 부탁해.

그녀는 표현을 과장하려 했다. 수많은 연속극에 출연했던 그녀는 당연히 과장에 능했다. 심호흡을 하고 큰 소리로 비명을 내질렀다. 그 소리가 전갈을 놀라게 한 것 같았다. 전갈은 부엌 조리대 위에 정지해 있었다. 사실 그 비명은 감사의 인사였다. 고마워, 미스터 전갈. 그날 네게 뜨거운 물을 뿌리지 않은 건 정말 올바른 선택이었어. 고마워. 어서 들어와 나를 물어줘. 빨리. 걱정하지 마, 너에게 뜨거운 물을 뿌리진 않을 테니까. 사막은 네 거야. 나는 그저 잠시 지나가는 과객일 뿐이라고. 빨리 도망쳐.

아들은 길 건너편 집으로 달려가 벨을 눌렀다. 이웃집 엄마가 구급차를 불렀다.

의사는 생명에는 위험이 없을 거라면서 하룻밤 병원에 머물면서 관찰해 보기로 했다.

남편은 전화로 비서가 이미 항공권을 샀다고 말했다. 앞으로 며칠 동안은 정말로 회의를 미룰 수 없다고, 회의가 끝나자마자 곧장 미국으로 달려오겠다고 말했다. 그녀는 그럴 필요 없다고, 제발 그러지 말라고, 얼른 가서 항공권을 환불하라고, 며칠 입원하면 된다고 말했다.

사실 그녀는 바로 다음 날 퇴원했다. 죽지 않았다. 그녀는 설사 형광 전갈이 자신을 죽였다 해도 나쁘지 않았을 거라는 생각이 들었다. 죽기 전에 아들에게 말했을 것이다. 빨리 도망쳐. 그녀는 휴대폰을 끄고 아들과 함께 호텔에 투숙했다.

"엄마, 이러는 게, 좋아?"

"안 좋아. 당연히 안 좋지. 며칠이면 돼. 너희 아빠는 애당초 내가 그 병원에 이송됐다는 사실도 모를 거야. 네 아빠가 소식을 듣게 되면 알아서 하겠지. 이 일은 내게 맡겨. 네 아빠가 그렇게 모든 걸 다 아는 사람이라고 믿지는 마. 안심해. 그들이 날 욕하지 어떻게 금쪽같은 손자인 너를 욕하겠니?"

두 사람은 호텔에 묵으면서 매일 밖에 나가 관광을 하고 매일 밤 영화를 보았다. 아들과 영화를 보는 건 정말 즐거웠다. 영화관에 들어가면 마음 내키는 대로 상영관을 고르고 커다란 통에 담긴 팝콘을 샀다. 캄캄한 공간에서 마음껏 웃고 울었다. 두 사람은 거의 매일 맥도날드에 갔다. 피닉스에 있는 맥도날드 지점은 거의 다 찾아갔다. 매번 피시버거를 먹었다. 할머니와 아빠는 절대로 이 금쪽같은 손자가 이런 쓰레기 음식을 먹도록 허락하지 않았을 것이다. 그녀는 정말 형편없는 엄마였다. 매일 아들을 데리고 가서 함께 피시버거를 먹었고, 때로는 점심과 저녁 모두 피시버거로 식사를 해결했다. 아무리 먹어도 질리지 않았다. 먹을수록 더 배가 고팠다. 저녁에 호텔로 돌아와 잠자기 전에 또 먹고 싶으면 어떻게 하지? 맥도날드에 배달 서비스는 없나?

여름방학이 끝나가고 있었다. 두 사람은 오후 1시 30분의 치료를 위해 사막으로 돌아가지 않았다. 비행기를 타고 타이완으로 돌아가야 하는 그날, 두 사람은 전갈이 있는 사막의 그 민박집으로 돌아갔다. 앞마당에 차가 한 대 늘어나 있었다. 장하이타오가 거실 소파 위에서 코를 골고 있었다. 그녀는 자고 있는 장하이타오의 얼굴을 바라보았다. 몸에 형광색 선거 조끼를 입고 있었다. 그녀는 자신이 정말로 좋은 사람에게 시집을 갔다는 생각이 들었다. 장하이타오는 나쁜 사람이 아니었다. 그는 누구에게도 해를 끼치고 싶어 하지 않았다. 그저 모두가 자신이 정한 규칙에 따라주기를 바랐을 뿐이다. 그가 정한 규칙에 따르기만 하면 누구나 편안했다. 나쁜 사람은 그녀였다.

"쉿, 자게 놔둬. 소리 나지 않게 짐을 싸자고."

액자 뒤 나무판 사이에는 맥도날드 피시버거 종이 곽을 찢은 종이가 하나 끼워져 있었다. 그 위에 일련의 숫자가 쓰여 있었다. 47.21388036198538, -1.5581944595118227이었다.

그녀는 이 숫자들의 의미를 이해하지 못했다. 전화번호인가?

그는 휴대폰을 들고 천천히 이 숫자들을 입력했다. 과연 틀림없었다. 좌표였다. 지도에 숫자를 입력했다. 손가락으로 지도를 확대했다. 낭트에 위치한 어느 거리였다. 그 거리에 맥도날드가 한 군데 있었다.

지도를 보면서 그녀는 심호흡을 한 번 하고는 곧장 결정을 내렸다. 그러고는 그의 귀에 대고 낮은 목소리로 말했다.

"우리 빨리 움직이자. 정말 장하이타오가 딸들을 데리고 거리 구경을 하러 나갔는지 모르겠어. 어쩌면 아직 병원에 있을지도 몰라. 나는 옷 몇 벌과 신발만 있으면 돼. 신분증은 전부 백 안에 있어. 캐리어 안에 외투가 있고. 갈아입어야 해. 모자도 쓰고 말이야."

그녀는 울지 않았다. 울 일이 뭐 있단 말인가. 있는 힘을 다해 팔에 꽂혀 있는 수액 바늘을 뽑아 버렸다.

대체 예전의 그녀는 무슨 일로 그렇게 허둥댔던 걸까. 아들이 보이지 않으면 기뻐해야 하는 것 아닌가. 그녀는 아들이 빨리 도망치길 원했다. 그녀는 정말 바보 천치였다.

"바퀴벌레다. 아니, 전갈이다. 빨리 도망치자."

"가자, 우리 낭트로 가자."

3부

낭트

1 공사장

파란색 시트로앵이 GPS에 따라 도로에 올라서 서쪽으로 달라기 시작했다. 목적지는 낭트에 있는 그 맥도날드였다.

그녀가 차를 몰았다. 차가 투르를 벗어나자마자 그녀가 고개를 돌려 그에게 말했다.

"걱정하지 마. 난 괜찮으니까. 나 운전 잘해. 좀 자도록 해. 너 몹시 피곤해 보여."

그는 고개를 비스듬히 숙이더니 아주 빨리 잠이 들었다.

두 사람은 빠른 걸음으로 주차장에 도착하자마자 나이든 부부 한 쌍을 마주쳤다. 진료실에서 나오는 길이었다. 황급히 차 트렁크를 연 그가 보온병을 꺼내 와 백발의 노부인에게 건네면서 감사 인사를 전했다. 다시 만나게 되리라고는 생각지도 못했다. 안 그랬더라면 어떻게 돌려줘야 할지 몰랐을 것이다. 노부인은 차가운 얼굴로 보온병을 받아들고는 잘 가라고 말했다. 노부인의 남편은 머리의 붕대를 제거하지 않은 상태였고, 이번에는 지팡이를 짚고 있었다. 왼쪽 다리에 붕대가 잔뜩 감겨 있었다. 노부인이 운전을 맡았다. 차창을 내리고 담배에 불을 붙인 그녀는 가속 페달을 밟았다. 차는 놀라운 속도로 움직여 주차장을 빠져나가자마자 고속으로 전방의 곡선주로로 진입했다.

그녀가 말했다.

"열쇠 이리 줘. 내가 운전할 테니까. 어서."

곧게 뻗은 도로를 달리면서 그녀는 목과 어깨를 돌려 방송을 틀었다. 프랑스어로 발라드 음악이 흘러나왔다. 참지 못하고 줄곧 룸 미러를 주시했다. 따라오는 차는 없었다. 아무 일도 없었다. 룸 미러 속의 나이든 여인은 얼굴 전체가 누른빛이었다. 어지럽게 헝클어진 머리가 마른 등나무 줄기 같았고, 메마른 입술은 벽돌담 같았다. 손에는 의료용 반창고가 붙어 있었다. 그녀가 갑자기 웃었다. 어릴 때 길가의 매트리스 위에서 자다가 비행기를 놓친 일이 떠올랐다. 그래서 지금 우리는 마침내 낭트로 가고 있다.

"야, 인생이 참 기이하다는 생각 안 들어?"

그는 대답이 없었다. 얼굴이 붉게 물들어 있었다. 그녀가 손을 뻗어 그의 팔을 만졌다. 이어서 이마를 만졌다. 열이 있었다. 요 며칠 너무 피곤해서 그런 것 아냐? 설마 큰 문제가 있는 건 아니지?

그녀는 말을 하고 싶었다.

그에게 말하고 싶었다.

자신에게도 말하고 싶었다.

말했다.

진심을 말했다.

"야, 네가 진짜로 자든 말든 간에 어차피 오늘은 너에게 꼭 말하고 싶어. 오늘은 기필코 전부 다 말할 거야."

전방에 안개가 끼어 있었다.

"어떻게 말하면 좋을까. 이렇게 말하면 될까. 내가 연쇄살인마라는 것, 알아?"

전방의 안개는 그리 우호적이지 않았다. 하늘에서 녹말가루가 왕창 쏟아지고 가을의 물기와 버무려져 짙고 끈적끈적한 안개가 되어 도로를 점거하고 있는 것 같았다. 그녀는 두렵지 않았다. 두려울 게 뭔가. 안개등을 켜고 가속 페달을 밟으며 짙은 안개를 뚫고 지나갔다.

"내가 잘못 기억하고 있나. 옛날에 네가 몰던 그 똥차는 빨간색이었지? 나를 태워 의사를 찾으러 가오슝에 갈 때 몰았던 차, 빨간색 아니었어?"

짙은 안개가 끈덕지게 따라붙었다. 그녀는 하는 수 없이 속도를 줄였다. 안개야, 안개야, 힘을 좀 아끼는 게 어떻겠니. 이번에 우리는 반드시 낭트에 가야 한단 말이다. 너는 절대로 막지 못할 거야.

"너도 분명히 기억하고 있겠지? 어떻게 기억 못 할 수가 있겠어. 나는 어려서부터 사람들과 관계가 좋지 않았어. 네가 유일한 친구였지. 우리 큰딸이 며칠 전에 새 단어 하나를 가르쳐 주더라. 전에 못 들어 본 단어야. 어디서 튀어나온 말인지 모르겠더라. 그 애의 게이미(Gay蜜) 하나가 파리에서 공부하고 있대. 내가 무슨 말인지 모르겠다고 했더니, 딸은 여자들이 훌륭한 게이와 친구가 되고 싶어 한다고 알려주더군. 나는 그 자리에서 너에게 말하고 싶었어. 헬로, 헬로, 천 군, 너는 나의 게이미야,라고."

전방에서 차 두 대가 접촉사고를 일으켰다. 다행히 그녀의 차는 속도가 빠르지 않았다. 안 그랬으면 충돌했을 게 분명했다. 그녀는 힘껏 핸들을 돌려 갓길로 우회해 갔다. 흥! 길을 막을 생각은 하지 마. 박으려면 너희끼리나 실컷 박으란 말이야. 우리는 어울리고 싶지 않으니까. 우리는 낭트에 가야 한다고. 우리가 찍은 영화가 고화질로 복원되었단 말이야. 오늘 밤 낭트에서 처음 상영된단 말이야.

"너한테 하고 싶은 말은 아들을 낳기 위해 내가, 나중에 살인을…… 내가……."

어떡하지. 끝내 입 밖에 내지 못했다.

연달아 딸 셋을 낳자 장하이타오와 시어머니는 그녀에게 엄청난 스트레스를 주었다. 다음 아이는 반드시 아들이어야 한다면서. 장씨 집안에 어떻게 대를 이을 아들이 없을 수 있느냐고 했다. 의사가 태아의 성별을 확인해 주면 장하이타오가 물었다.

"지워야겠지?"

장하이타오는 의사가 친한 친구이니 자신들의 요구를 최대한 들어줄 거라고 말했다.

그리하여, 그녀는 다 합쳐서 몇 명의 여성을 죽였나.

항상 그 하얀 병실에서였다. 꿈속에 끊임없이 나타나는 장면이었다.

"나는 간신히 아들을 가졌어. 너도 알잖아. 내가 정말 힘들게 간신히 아들을 낳았다는 걸 말이야. 나는 내가 뭣 때문에 화를 내는지 몰랐어. 정말 몰랐어. 너도 알지? 내 머리가 아주 형편없다는 걸. 내가 화가 나는 건, 왜 그렇게 여러 번 실패하다가 마침내 아들을 낳았느냐 하는 거야. 그런데 그 결과가, 하하하, 이것 참 웃기지 않아? 뭐라고 해야 할까. 분명히 딸이 둘이나 더 있는데, 어린 아들이 닮은 건 나랑 마음이 가장 잘 맞았던 딸이었단 말이야. 그래서 너한테 화가 나는 거야. 네가 어떻게 그럴 수 있어? 있잖아, 그 애는 내 아들이라고. 어떻게 네가 그럴 수 있어?"

그녀는 자신이 참여하는 여성 조직에서 장하이타오를 초청해서 강연을 하게 했던 일이 생각났다. 강연 주제는 양성평등이었다. 하하하. 법률이 수정되어 성별이 평등해졌다. 새 시대가 되었다. 남자와 여자가 평등해졌다. 동성애자도 결혼할 수 있게 되었다. 세상은 이때부터 태평해졌다. 하하하. 더 이상 성별 불균형과 성 정체성 차별이 존재할 수 없게 되었다. 모두가 손에 손을 잡고 아름답고 찬란한 미래를 향해 나아갈 수 있게 된 것이다.

안개가 흐려지기 시작했다.

큰비가 차체를 때렸다.

그녀의 눈에도 덩달아 비가 내렸다.

"내가 왜 화가 나는지 알아. 난 멍청이였어. 지금 너한테 묻고 싶을 뿐이야. 솔직하게 말해 줘. 너, 그거, 했어? 그 애에게, 그러니까 내 말뜻은, 네가 우리 아들을 짜릿하게 해 주었냐 하는 거야."

그의 몸이 가볍게 흔들렸다. 정신을 차릴 수가 없었다. 그는 눈을 꼭 감았다. 대답하지 않았다.

"왜냐하면, 나는 평생 짜릿할 기회가 없었거든. 나는 한 번도 짜릿했던 적이 없어. 하지만 내가 바라는 건, 그러니까, 지금 나의 가장 큰 바람은, 내 아이가 짜릿해지는 거야."

그랬어? 그녀는 틀림없이 했다는 것을 알았다. 그녀가 소리

내 웃었다. 짜릿했어? 이 무슨 지저분한 질문인가. 하지만 결국 소리 내어 말할 수 없었다. 우리 아들을 짜릿하게 해 준 적 있어? 우리 아들에게 절정을 느끼게 해 줬어? 나는 평생 짜릿해 본 적이 없어. 됐어. 됐어. 그만두자. 하하하. 어디서 굴러들어온 정신병자 같은 여자가 프랑스 시골에서 차를 몰면서 게이미에게 자기 아들을 짜릿하게 해 준 적이 있느냐고 묻고는 웃다가 또 울고 있네. 절망적인 슈퍼 멍청이.

그의 눈에서 물이 나왔다. 그녀는 자기 말 때문인지 아니면 꿈속에서 누군가를 보았기 때문인지 확실히 알 수가 없었다. 상관없었다. 그녀는 말을 뱉었다. 아주 오래전 그녀는 그의 몸을 가까이하면서 신호를 보냈었다. 그가 자신을 짜릿하게 해 주기를 바랐다. 그 시절 그녀는 정말 멍청이였다. 아무것도 몰랐다. 지금도 그때보다 많은 걸 알고 있다고 말하기 어렵다. 하지만 그녀는 알고 있었다. 게이미가 틀림없이 자기 아들을 짜릿하게 해 주었으리라는 걸. 게이미에게 감사해야지.

낭트가 멀지 않았다. 날이 빠른 속도로 어두워지고 있었다. 그녀는 줄곧 핸들을 꼭 잡고 있었다. 도로 표지판에 '낭트(Nantes)'라고 쓰여 있는 것을 보고서야 소변이 급하다는 걸 깨달았다. 체력을 너무 소모해서 더 버틸 수 없었다.

전방에 인터체인지가 보였다. 그녀는 재빨리 방향등을 켰다. 어차피 낭트에 도착했다. 우선 도로를 벗어나 뭘 좀 먹을 수 있는 곳을 찾아야 했다. 그다음 행보는 그때 결정하면 된다.

그녀는 차를 길가의 작은 음식점 앞에 세우고 그를 흔들어 깨웠다.

"야, 더는 못 버티겠어. 배고파 죽겠어."

뜨거운 수프를 주문하여 몇 모금 마시자 몸이 약간 따뜻해졌다.

"난 더 못 버티겠어. 눕고 싶어. 너무 졸려. 휴대폰으로 근처에 호텔이 있는지 좀 찾아봐. 아무 데나 좋아. 너무 멀지만 않으면 돼. 내가 보기엔 너도 꽤 피곤한 것 같아."

그가 휴대폰 지도를 찾아보니 수백 미터 밖에 호텔이 하나 있었다. 새로 문을 연 것 같았다. 관광 사이트를 찾아보니 공항에서 가까워 여행객들의 비행기 탑승이 편하다는 점을 강조하고 있었다. 공항이라고? 지도를 찾아보니 낭트 공항이 멀지 않은 곳에 있었다. 두 사람이 어릴 때 놓쳤던 비행기가 바로 이 공항에 착륙하는 걸까. 너무나 황당하고 부조리하게 길을 돌아왔다. 이렇게 오랜 세월이 지나서, 이렇게 늦게 두 사람은 마침내 낭트에 도착하게 된 것이다.

손목시계를 보니 천산갑 영화의 복원 판본이 두 시간 후면 처음으로 상영될 예정이었다.

호텔에 체크인 해서 커튼을 걷었다. 창밖은 거대한 공사장이었다. 새로 개발되는 지역인 듯했다. 호텔도 새로 연 곳이고 정면의 공사장은 지반 굴착 작업을 마친 상태였다. 달빛을 받은 은색 비계(飛階)가 반짝거렸다. 벽돌과 시멘트가 한가롭게 방치되어 있고 사람은 하나도 없었다. 영화 촬영을 위해 설치한 공업단지의 말세 세트장 같았다.

마침내 낭트에 도착했다. 하지만, 도착지는 공사장이었다.

"장담할 순 없지만 서두르면 영화 상영 시간에 맞출 수 있을

지도 몰라. 하, 그런 생각 안 들어? 온몸이 이처럼 누렇게 떠서 중환자 같은 모습인데 어떻게 이 꼴로 관중들 앞에 나가 인사를 하지? 젠장, 꼴이 너무 추하지 않을까?"

그녀는 이렇게 말하면서도 몸을 매트리스에게 바치고 있었다. 몸을 일으킬 생각이 전혀 없었다.

불을 껐다.

낭트의 첫날 밤, 천산갑을 셀 필요는 전혀 없었다. 그녀와 그 둘 다 너무나 지쳐 있었다. 베개에 머리가 닿자마자 곧장 잠에 떨어지고 말았다.

2 포스터

얼마나 오래 잔 걸까.

분초의 작은 단위로는 계산할 수 없었다. 좀전의 잠을 통해 두 사람은 유년의 숲으로 돌아갔다. 그가 먼저 깨서 옆에 있는 그녀를 보았다. 곤혹스러웠다. 어떻게 이렇게 늙을 수 있단 말인가. 방금 광고를 찍지 않았나. 영화 촬영이 이제 막 끝나지 않았나. 곁에 있던 소녀가 어떻게 이렇게 늙은 여인으로 변할 수 있단 말인가. 그는 일어나 거울을 보았다. 어린 남자아이도 늙은 남자가 되어 있었다.

의식이 현재의 순간으로 돌아왔다. 밤새 그녀는 그의 오른쪽 팔꿈치 굳은살을 만지고 있었다. 그가 자신의 팔꿈치를 만져보니 아직 그녀 손의 부드러운 촉감이 남아 있었다. 그들은 정말로 엄마와 아들이었다. 둘 다 맥도날드 피시버거를 좋아했고, 말투도 닮았고, 웃음소리의 주파수도 같았다. 어린 아들은 그와 함께 잘 때면 손가락을 아래로 뻗어 그의 음낭을 쥐고 가볍게 주물러야 잠이 들었다. 그는 손가락으로 팔꿈치의 굳은살을 만지다가 손을 바지 속으로 뻗어 음낭을 만져 보았다. 촉감이 정말 비슷했다.

어린 아들은 자신의 독보적인 묘기가 '새점'이라고 말했다. 그 말을 들었을 때 그는 웃었다. 구급차가 J를 삼켜 버린 후, 처음으로 그는 웃음소리를 냈다. 멈출 수 없어 계속 웃었다.

그녀도 잠에서 깼다.

두 사람은 침대에 앉아 있었다. 창밖에는 큰비가 쏟아지고 있었다. 그들의 인생은 정말 한 편의 곰팡이 핀 옛날 영화다. 필름에 스크래치가 너무 많아서 화면 전체에 비가 내린다. 내리려면 내리라지. 상관없었다. 그 어떤 기술도 없지만, 두 사람의 이 낡은 영화를 복원할 수 있을 것이다.

그녀는 더운물로 목욕을 하고 간편한 옷으로 갈아입었다. 어제는 너무 바빠 아무거나 손에 잡히는 대로 집어 입었다. 잘 어울리는지 아닌지는 따지지도 않았다. 지금 거울을 보니 상의와 바지가 정말로 안 어울렸다. 상관없었다. 샤넬 백만 있으면 그만이다.

그도 목욕을 하고 이마를 만져 보았다. 열이 가셨다. 배가 고파 배 속이 아우성이었다.

그녀는 산책을 하고 싶었다.

"비가 멎으면 우리 밖에 나가서 좀 걸을까."

밖에는 햇빛이 두루 비치고 있고, 노면의 웅덩이들이 빛을 반사하고 있었다. 두 사람은 이처럼 찬란한 변두리에 와 있었다. 그들은 아직도 낭트에 도달하지 못한 걸까. 두 사람은 멀리 가지 않았다. 근처 주택단지를 한 바퀴 돌다가 작은 빵집을 하나 찾았다. 커피와 크루아상을 사서 호텔 앞 공사장으로 돌아온 두 사람은 인도의 기다란 벤치에 앉아 아침을 먹었다.

벤치에 앉자마자 두 사람은 함께 보았다.

어린 여자아이, 어린 남자아이, 침대, 천산갑.

공사장에 설치된 임시 울타리 위에 여러 장의 포스터가 붙어 있었다. 콘서트와 영화제, 음악회, 전시회 등을 알리는 포스터였다. 그 중 한 장이 두 사람의 영화 포스터였다.

포스터 위쪽엔 두 사람의 이름이 알파벳으로만 쓰여 있었다. Lai Pin Yen(라이핀옌)과 Chen Da Wei(천다웨이)였다.

마음속으로 두 이름을 되뇌다 보니 낯설다는 느낌이 들었다. 누구지?

천다웨이는 라이핀옌에게 뭔가를 보여주고 싶었다.

그는 손을 뻗어 배낭 깊숙이 집어넣었다. 가장 깊은 곳, 맨 아래에서 천으로 된 뭔가를 꺼내 지퍼를 열었다. 안에 뭔가가 들어 있었다. 그가 어디를 가든 가지고 다니는 것들이었다.

하나하나 꺼내 그녀에게 보여 주었다.

교사증이 하나 있었다. 열여섯 살이던 해에 그에게 테니스공 기술을 가르쳐 준 그 교사의 것이었다. 그해에 그는 그 교사증을 훔쳐 줄곧 가지고 다녔다.

교사증을 보면서 그녀는 아무것도 묻지 않았다. 계속 커피만 마셨다.

J의 칫솔이 있었다.

엄마와 함께 찍은 사진이 있었다.

아빠와 엄마가 함께 찍은 사진이 있었다.

천산갑의 비늘이 있었다.

그녀는 마음속으로 생각했다. 천 군, 너만 이런 이상한 물건들을 간직하고 있는 게 아니야. 사실은 말이야, 나도 피 묻은 팬티를 하나 간직하고 있어. 너에게 말할 순 없지만 줄곧 그걸 간직하고 있어. 그걸 버리지 않고 타이베이 드레스 룸 서랍 깊은 곳에 보관하고 있지. 어렸을 때 그는 그녀를 데리고 약국에 가서 약을 사 주고, 매일 그녀를 위해 피 묻은 속옷을 빨아 준 적이 있었다. 가운데 진 얼룩 하나는 깨끗이 지워지지 않았지만 그녀는 차마 버리지 못했다. 그 해진 팬티를 보면 그 해의 누군가가 떠올랐다. 너무나 부드러운 사람이었다. 그녀는 영화관에 가서 「브로크백 마운틴(Brokeback Mountain)」*을 보았다. 결말에 남자 주인공은 피 묻은 셔츠를 남겨서 간직했다. 그녀는 마음속으로 소리를 질렀다.

"리안(李安) 감독, 왜 날 따라 하는 거야!"

J의 양말이 있었다.

사진첩이 한 권 있었다.

그녀가 사진첩을 펼쳤다.

첫 번째 사진을 보았다. 그녀의 두 손에 지진이 일어나면서 사진첩을 바닥에 떨어뜨리고 말았다.

잘못 본 걸까.

그녀는 사진첩을 집어 들어 다시 페이지를 넘겼다. 계속 넘기면서 보았다. 잘못 본 게 아니었다.

* 2005년에 타이완의 리안(李安) 감독이 제작한 영화로 E. 애니 프루의 동명 소설을 영화화한 작품이다. 1963년부터 1983년 사이 미국 서부지역을 배경으로, 두 남자 사이의 동성애를 다룬 이 영화는 2005년 아카데미 시상식에서 감독상 등 세 부문에서 수상했다.

네가 어떻게 이걸 갖고 있지. 이 사진들은 다 뭐야. 뭐냐고.

어째서 장이판의 사진을 갖고 있는 거야.

그는 뭐라고 말해야 했을까? 그만두자. 말하지 않기로 했다. 그녀가 직접 사진을 보게 하는 것으로 충분했다.

그해에 두 사람이 약국에 가서 약을 사고 나서 그녀는 그의 그 작고 허름한 방에서 묵었다. 한 주가 지나 장이판이 텔레비전 방송국 밖에서 그녀를 기다렸다. 사람들에게 그녀의 행방을 묻기도 했다. 그는 거들떠보지도 않았다. 빨리 차를 몰아 이 골치 아픈 귀신을 떨궈 버리고 싶었다. 장이판은 사진을 한 무더기 꺼내면서 그녀를 보내주지 않으면 이 사진들을 어느 잡지사에 보낼지 장담할 수 없다고 말했다. 그는 그 사진들을 보았다. 그녀는 풀밭에 누워 있었다. 알몸을 다 드러낸 얼굴이 선명했다. 장이판의 기관이 그녀의 몸 안에 들어가 있었다. 그가 냉정하게 말했다.

"차에 타."

장이판은 차가 똥차라고 투덜거리면서 어디로 가는 거냐고 물었다. 차는 산으로 갔다. 그는 그날 밤 아버지가 집에 없다는 걸 잘 알고 있었다. 장이판은 힘이 없어 너무나 쉽게 제압당했다. 밧줄로 몸을 묶고 테이프로 입을 막아 천산갑을 폐기하는 커다란 우리 안에 가둬 버렸다. 그는 차를 몰고 산을 내려가 폴라로이드 카메라를 샀다. 장이판이 그녀를 찍은 방식 그대로 장이판을 찍었다. 그는 장이판의 옷을 다 벗기고 그 한 무더기의 사진들과 대조하면서 자신의 기관을 꺼내 장이판의 엉덩이에 집어넣었다. 여러 각도와 자세로 사진을 찍었다. 앞에서도 찍고 뒤에서도 찍었다. 필름이 다 떨어지자 그는 장이판에게 말했다.

"네 얼굴이 아주 선명하게 찍혔어. 또다시 나타나서 그 애를 괴롭혔다간 이 사진들이 어디로 가게 될지 장담할 수 없어. 그 애에게 가까이 가기만 해도 마찬가지야."

그는 넋이 나간 장이판을 시내에 데려다준 다음, 차를 몰고 숙소로 돌아갔다.

그날 밤 그녀가 그에게 말했다.

"넌 죽는 게 두렵지도 않아? 병이 나면 죽어. 치료할 약도 없잖아."

그녀는 그의 숙소를 떠나 다시는 돌아오지 않았다.

그는 다른 물건들을 다시 배낭에 쑤셔 넣고 사진첩은 그녀에게 건넸다.

"줄곧 네게 주고 싶었어. 버릴지 말지는 네가 정해."

커피를 다 마셨다. 크루아상도 깡그리 다 먹었다.

그녀는 알았다.

그녀는 느낄 수 있었다.

그는 아무 말도 할 필요가 없었다.

말을 안 해도 다 들었다.

그는 떠나려 했다.

그가 몸을 일으켰다. 동물원에 가고 싶었다. 걷고 싶었다. 걸어야 했다. 계속 걸었다. 언제 멈춰야 할지는 알 수 없지만, 지금 걷지 않으면 무너질 것 같았다. 물건들을 그녀에게 건넸다. 말, 하고 싶은 말은 입 밖에 내지 않았다. 하지만 한 것 같았다.

그는 걸어서 어디로 가야 할지 알지 못했다. 어젯밤 자기 전에 그는 파리 카메라 테스트에 합격했다는 통지를 받았다. 그 감독이 그와 함께 작업을 하고 싶다고 했다. 파리로 돌아갈까? 동물원에 갈까? 알 수 없었다. 아는 것이라곤 몸에 힘이 없다는 것, 걸을 수 없다는 것뿐이었다. 하지만 그는 걸어야 했다.

그녀가 고개를 끄덕이며 그에게 미소를 보냈다. 작별을 고하는 가벼운 미소였다. 감사의 미소였다. 고마워. 그녀는 조금도 두렵지 않았다. 이미 낭트에 왔는데 두려울 게 뭐란 말인가.

안녕이라고 말하지 않았다. 다음에 다시 만나자는 말도 하지 않았다. 그녀는 눈을 감았다. 눈으로는 그를 배웅할 수 없을 것 같았다. 그녀는 그의 팔꿈치의 굳은살을 만졌다가 금세 손을 뗐다. 이별의 순간이었다. 떠나는 사람이 손을 흔들었다. 그녀가 팔꿈치의 굳은살을 만졌다. 또 비가 오려는 것 같았다. 콧구멍에 곰팡이 냄새가 가득했다. 그녀는 그의 몸이 움직이는 걸 느꼈다. 그는 입으로 계속 단어 하나를 반복했지만 그녀는 알아듣지 못했다. 그녀가 모르는 말이었다. 그가 말했다. 페트리쇼르, 페트리쇼르, 페트리쇼르.

그녀의 눈이 또 흐려졌다. 그녀는 두 눈을 꼭 감았다. 그래도 여전히 벽에 붙은 포스터가 보였다. 그에게 미처 묻지 못했다. 포스터에 천산갑이 몇 마리나 있었는지 알아? 세어 봤어?

한 마리. 두 마리. 쉰 마리. 예순다섯 마리.

예순일곱 마리까지 세고 눈을 떴다. 눈 속에 갇혀 있던 빗방울이 떨어져 내렸다. 몸에는 천산갑이 뚫어 놓은 구멍이 무수했다. 낭트에는 비가 내렸다. 이 비는 여러 날 동안 멈추지 않을 것이다.

그녀는 이제 고개를 돌리지 않았다. 산 위로 돌아가지 않을 것이다. 그 입체교차로로 돌아가지 않을 것이다. 완자탕을 찾으러 돌아가지 않을 것이다. 마침내 그녀는 준비가 다 되었다. 기다리지 않고 큰 걸음으로 앞을 향해 나아갈 작정이었다.

작가의 말

독자들은 늘 글을 쓰다가 벽에 부딪히면 어떻게 하느냐고 묻는다.

내 대답은 간단하다. 산책한다.

문학적 사유가 고갈되고 종이와 펜, 컴퓨터가 메말라 버리면 나는 나 자신을 더 밀어붙이지 않는다. 펜을 놓고 컴퓨터를 끈다. 날씨가 맑든 비가 오든 상관하지 않고 밖으로 나간다.

베를린에는 내가 고정적으로 산책하는 길이 있다. 이 거리의 윤곽은 나와 이미 친근하다. 음식점과 서점, 버스 정류장과 거리를 만난다. 산책은 이런 거리와 대화를 나누는 일이다. 은행나무, 너는 왜 그렇게 고약한 냄새를 풍기는 거야. 공원 벤치, 잘 있었지? 벽의 대형 낙서가 오늘은 생기 가득해 보인다. 슈퍼마켓의 못생긴 캐셔 아줌마가 뜻밖에도 내게 미소를 짓는다. 강물은 우울하고 오래된 다리는 코를 곤다. 길 위의 수많은 사람들이 연애를 하고 있다.

시간이 허락하면 나는 지하철을 타고 가다가 기분 내키는 대로 마구 환승한다. 목적지도 없다. 휴대폰에는 36분이라는 스톱워치가 설정되어 있다. 카운트다운이 끝났을 때 열차가 도착하는 역에서 하차한다. 왜 36분이냐고는 묻지 말기 바란다. 내게는 답이 없다. 숫자는 임의적이지만 산책 구간은 휴대폰에 따른다. 때로는 37분으로 설정하기도 한다. 항상 가 보지 않은 역에서 내린다. 거리 풍경이 낯설지만 길 잃을 걱정을 하진 않는다. 오히려 길 잃을 것을 갈망하면서 걷는다. 모든 감각기관이 열리고 심호흡을 하면 눈은 포르모사*가 되고 귀는 날아다니는 새끼 코끼리가 된다.

그렇게 걸으면서 소리와 색깔과 냄새를 채집한다. 그러다 보면 머릿속의 완고한 적체가 서서히 풀리고 벽에 부딪힌 느낌이 사라진다. 계속 걸으면 피부에 가는 비가 내리고 새로운 냄새와 색채, 새로운 이야기의 에너지가 생긴다. 그러면 된 것이다. 집으로 돌아가도 된다. 앉아서 소설의 새로운 단락, 새로운 장절에 시동을 건다.

이 소설은 산책의 결과물이다.

좋은 친구들과 함께 타이베이 근교 낮은 산간지역을 산책하면서 걷고 또 걷다가, 우연히 천산갑을 보게 되었다.

그 천산갑은 대단히 수줍음이 많았다. 인류 개체 둘과 마주친 녀석은 다급한 걸음으로 수풀 속으로 재빨리 사라졌다. 친구가 물었다.

"방금 그거 뭐였어?"

* Formosa. '아름다운 섬'이라는 의미로, 타이완의 또 다른 이름이다.

잠시 '천산갑'이라는 동물 이름을 소환해 내지 못한 내가 대답했다.

"은색 구름이야."

친구는 등을 구부리고 화난 얼굴로 나를 보았다. 천산갑이면 천산갑이지, 무슨 쓸데없는 시흥(詩興)이냐고. 이 짜증 나는 녀석을 산골짜기로 떠밀어 버릴까 하는 표정이었다.

그날, 햇빛은 찬란했고 천산갑의 비늘은 은빛으로 반짝였다. 내 눈에는 은빛 구름이 소리 없이 숲 사이를 빠르게 이동하는 것처럼 보였다.

친구에게 용서를 구하고 산책을 계속하자고 말했다. 나를 떠밀진 말아 달라는 부탁도 잊지 않았다. 소설을 한 권 쓰기로 마음먹었기 때문이었다. 방금 그 구름에게 바치는 소설이었다.

베를린의 친한 친구 하나가 라이프치히(Leipzig) 동물원에 타이완에서 온 천산갑이 있는 걸 아느냐고 물었다. 녀석들은 타이완에서 비행기를 타고 왔고, 인간과는 다르게 평생 시차를 느끼지 못하기 때문에 라이프치히 동물원에서 영원히 타이완의 시간을 보내고 있다고 했다.

나는 기차를 타고 산책을 하면서 라이프치히 동물원으로 녀석들을 만나러 갔다.

헬로, 시차를 느끼지 못하는 천산갑들아, 잘 지냈니. 나도 타이완에서 왔어.

인사를 마치고 나니 한 쌍의 남녀에게 눈길이 갔다. 연인이나 부부 같진 않았다. 몸의 상호작용에 보이지 않는 장력이 존재했다. 두 사람의 대화에 귀를 기울여 보았다. 그들이 천산갑이 되어 발톱으로 동굴을 파는 모습을 상상하는 이야기였다. 두 남녀의 처지를 알게 되었다. 남자는 게이였고 여자는 유쾌하지 못한 이성 혼인생활에 갇혀 있었다. 어려서 함께 자란 두 사람은 여전히 서로를 남달리 의지하고 있었다. 두 사람 사이엔 비밀이 있지만, 입 밖에 내지 않았다. 나는 꼭 소설과 상상으로 이 비밀들을 구성해 내야 했다.

당시 나는 베이징 친구에게서 막 새로운 인터넷 용어를 하나 배웠다. '게이미(Gay蜜)'*라는 단어였다. 베이징 친구가 말했다.

"케빈, 그거 알아. 너는 여성들의 '게이미'야. 그녀들은 너를 아끼고 사랑하지. 어떤 비밀이든지 너에게 다 얘기하고."

대학 시절 타과 수업을 들을 때, 한 수학과 남학생이 나를 몹시 부러워하면서 어째서 내 주위엔 여학생들이 그렇게 많이 몰려드느냐고 물었던 게 생각났다.

그는 나의 성적 성향을 알아보지 못했다. '몰려든다'라는 동사는 아주 정확한 표현이었다. 여학생들은 나의 성적 성향과 불안을 한눈에 알아보고 내 주위로 몰려들어 내 외로움을 달래 주었던 것이다. 몇몇 여학생들은 근시이거나 제대로 관찰하지 못해 내게 청춘의 연정을 고백하기도 했다. 나중에 그들은 모두 필생의 좋은 친구들로 남았다. 하지만 당시에 눈먼 고백을 했던 걸 기억하면 나를 산골짜기로 밀어 버리고 싶을 수도 있을 것이다.

맞다. 나는 수많은 여성들의 '게이미'다.

* 여성들의 남성 동성애 친구를 말한다. 그들에게 'Gay미'는 가장 안전하고 위험이 없으면서도 친밀한 남성 친구를 의미한다.

동성애자 남성과 이성애자 여성 사이에 미묘한 결탁과 보살핌이 존재하는 경우는 너무나 많다.

그녀들은 나의 고독을 간파한다. 그녀들은 자신들의 여성으로서의 고독과 어려움을 내게 말해 준다.

이 소설의 두 주인공인 그녀와 그를 통해 나는 고독의 다양한 모습들을 깊이 탐구한다.

그녀와 그는 둘 다 이름이 없다. 나는 그들에게 대명사만 주었다. 소설 결말에 이르러서야 두 사람은 공사장 벽에 공교롭게도 자신들의 이름을 남긴다.

이야기는 파리에서 시작한다.

파리에 갈 때마다 나의 주요 이동 방식은 산책이었다. 파리는 휘황찬란한 곳이라 굳이 내가 긴말을 하지 않아도 됐다. 파리를 마구 돌아다니면서 나는 잡다한 정보들을 수없이 채집했다. 큰비가 내리기 직전의 곰팡이 냄새와 비좁은 주거 공간, 테라스에서의 공연자, 뱅센 숲에 들어찬 남자들의 육체 같은 것들.

이처럼 잡다한 정보들을 나는 소설의 언어로 써 내려 갔다.

이 이야기의 도로 여행은 파리에서 출발하여 낭트에서 끝맺는다.

이 년 전 프랑스 여행에서도 나는 파리에서 출발하여 낭트까지 단숨에 내려갔다. 루아르 강변에선 긴급 의료사고가 발생하기도 했다. 구급차를 타고 진료실에 들어가야 했다.

이 작품 속의 그녀와 그는 어려서부터 낭트에 가기로 약속했지만, 어른이 되고 늙어서 함께 길을 가면서도 끝내 그곳에는 도달하지 못한다.

우리가 소중히 여겨야 할 것 중 하나가 바로 이런 인생의 '도달하지 못함' 아닐까.

유감스럽게도 아주 강력한 힘이 우리를 앞으로 밀어냈다. 더 이상 갈 수 없다는 걸 알면서도 온몸의 힘을 다 소진했고 고독에 부식되었다. 하지만 우리는 찾지 못했다. 직접 눈으로 보지 못했고 그 한 마디 진심을 말하지 못했다. 그 한 그릇 국물을 먹지 못하고 몸을 일으켜야만 했다. 계속.

더 써 내려 갈 수 없었다. 도저히 안 될 것 같았다. 이야기는 존재하지 않았다.

유감과 고독을 안고 문을 나섰다. 땀이 날 때까지 걸었다. 집에 돌아와 샤워를 하고 누웠다. 천산갑을 세기 시작했다. 아주 잘 잤다. 하나, 둘, 셋, 넷, 다섯.

깨어보니 우리의 온몸에 천산갑이 뚫어 놓은 구멍이 남아 있었다.

수없는 상처와 구멍. 우리는 나가서 산책을 했다.

옮긴이의 말

보편적이지 않은 관계에 관한 질의

나이를 먹어가면서 가끔씩 책을 읽거나 번역을 하다가 이야기에 감정이 이입되어 눈물을 흘리는 경우가 있다. 나이를 먹는다는 건 부끄러워하지 않고 마음껏 울 권리를 쟁취하는 과정이기도 하다. 젊었을 때는 창피하고 쑥스럽고 민망해서 애써 참았던 눈물을 나이가 들면 쑥스러움 없이 마음껏 흘려 버릴 수 있다. 지하철 안에서 소설을 읽다가 울 때도 있을 것이다. 전혀 창피할 필요가 없다. 주머니에 손수건만 한 장 있으면 된다. 눈물의 힘이다. 물론 내가 이 소설을 번역하면서 흘린 눈물은 '그녀'가 '그'의 집이 있던 골목을 찾지 못해 인근의 다른 완자탕 가게에서 먹었던 맛 없는 국물만큼 풍성하진 않을 것이다.

어쨌든 이 소설은 번역가를 여러 번 울렸다. 얼핏 그 눈물의 배경은 고통인 것 같지만, 고통이 자아내는 것은 분노와 원한이지 이슬 같은 눈물이 아니다. 눈물의 출처를 정확히 밝히자면, 감정의 진실한 교감과 실천, 모든 인간관계의 바닥에 마땅히 깔려 있어야 하는 사랑과 아름다움의 회복과 확인이라고 할 수 있다. 물론 이 소설에는 무수히 많은 유형의 고통이 등장하지만 적어도 눈물은 그런 고통 따위에 감정과 실천의 공간을 내어 주지 않는다. 이 소설의 주제를 한마디로 말하자면 '눈물의 힘'이라고 할 수 있다. 소설을 관통하는 메타포 장치의 핵심이 눈물이긴 하지만, 눈물의 생성은 사람과 사람의 관계가 서로가 서로의 지옥인 타자의 세계가 아닐 때만 가능하다. 그렇다고 진부한 카타르시스가 눈물의 가치를 지배하지도 않는다. 따라서 이 소설에서의 눈물은 위로나 치유라기보다는 일종의 적극적인 감성 에너지의 소환이자 발휘라고 할 수 있다.

이 소설의 또 다른 핵심은 보편적이지 않은 인간관계에 관한 적극적인 제안과 질의다. 보편적이지 않다는 것은 소수자들의 소외된 세계의 성격과 의미를 부정적으로 규정하는 말인지도 모른다. 특수한 인간관계는 무조건적이고 무비판적이고 인습적인 배척과 기시의 대상이 되어야 한다는 근거 없는 당위성을 암시하는 말인지도 모른다. 하지만 왜 소수자들의 삶과 이 사회의 모든 소수적 가치들이 일률적으로 무시되고 소외되어야 하는지에 대해선 조심스러운 질의도 없고 구체적이고 자세한 설명도 없다. 우리 사회를 유지하는 동력이 인습과 폭력, 기득권 같은 것들이기 때문은 아닐까. 사람들의 삶을 둘러싼, 아직 해석되지 않은 섬세한 가치와 문제들에 대한 사유가 부족하기 때문 아닐까. '그녀'와 '그'의 이야기는 이러한 문제에 대한 사유와 이해를 요구한다. 무조건 적극적인 해석일 필요는 없을 것이다. 어쨌든 제발 생각 좀 해 보라는 것이다.

'그'는 동지(同志)이자 '그녀'의 '게이미'다. 여성인 '그녀'와 게이 친구, 즉 게이미인 '그'의 보편적이지 않은 관계가 이 소설의 주요 서사 배경이다. 중화권에서 '미(蜜)'는 허물없이 다정한 친구를 의미하는 단어로, 사람들이 누릴 수 있는 가장 이상적인 관계를 의미한다. 이런 관계의 어원적 속성은 근면한 노동과 봉헌, 단결과 조화다. 봉헌 정신과 자율 정신의 결합을 인류가 숭상하는 최고의 자질로 규정하는 의미에서 중화권에서 사용하는 단어가 바로 '미'인 것이다. 사람들이 실현하고 향유할 수 있는 가장 달콤한 관계의 상태가 바로 이런 것이다.

이 소설은 서로 뜻이 통하고 마음이 투영되며 서로를 누구보다도 잘 알고, 서로를 가장 잘 도와주는 '그녀'와 '그'의 관계를 통해 이런 어원적 의미를 증명하고 있다. '그녀'와 '그'는 연인은 아니지만 '서로를 바라보는 게 아니라 손을 잡고 함께 같은 방향을 바라보는' 관계라는 생텍쥐페리의 명제를 완미하게 실증하고 있다. 번역하는 과정에서 아무도 모르게 흘린 눈물의 주요 출처도 바로 두 사람의 이런 관계가 보여주는 서글프지만 아름다운 감정의 깊고 아득한 심연이었다. 이 두 사람의 관계는 이 사회가 인정하는 그 잘난 보편적 관계들보다 훨씬 더 아름답고 인성의 본질에 더 가까울 수 있다는 가능성. 그것이 이 소설이 제시하는 중요한 의의 아닐까.

2024년 여름

김태성

옮긴이 김태성

한국외국어대학교 중국어과를 졸업하고 같은 학교 대학원에서 타이완 문학 연구로 박사학위를 받았다. 중국학 연구공동체인 한성문화연구소(漢聲文化研究所)를 운영하면서 중국 문학 및 인문 저작 번역과 문학 교류 활동에 주력하고 있다. 중국의 문화 번역 관련 사이트인 CCTSS 고문, 《인민문학》 한국어판 총감 등의 직책을 맡고 있다. 『귀신들의 땅』, 『인민을 위해 복무하라』, 『사람의 목소리는 빛보다 멀리 간다』,『고전의 배후』,『방관시대의 사람들』, 『마르케스의 서재에서』등 150여 권의 중국 저작물을 우리말로 옮겼다. 2016년 중국 신문광전총국에서 수여하는 '중화도서특수공헌상' 을 수상했다.

67번째 천산갑

1판 1쇄 펴냄 2024년 9월 5일
1판 2쇄 펴냄 2024년 10월 22일

지은이 천쓰홍
옮긴이 김태성
발행인 박근섭·박상준
펴낸곳 (주)민음사

출판등록 1966. 5. 19. 제16-490호
주소 서울시 강남구 도산대로 1길 62(신사동)
강남출판문화센터 5층(06027)
대표전화 02-515-2000 | 팩시밀리 02-515-2007
홈페이지 www.minumsa.com

ISBN 978-89-374-2806-7 03820